SCIENCE FICTION

Herausgegeben
von Dr. Herbert W. Franke
und Wolfgang Jeschke

Vom gleichen Autor erschienen außerdem
als Heyne-Taschenbücher

Jenseits des schweigenden Sterns · Band 3499
Perelandra · Band 3511

CLIVE STAPLES LEWIS

DIE BÖSE MACHT

Ein klassischer Science Fiction-Roman

WILHELM HEYNE VERLAG
MÜNCHEN

HEYNE-BUCH Nr. 3524
im Wilhelm Heyne Verlag, München

Titel der englischen Originalausgabe
THAT HIDEOUS STRENGTH
Deutsche Übersetzung von Walter Brumm

Redaktion: Wolfgang Jeschke
Copyright © 1945 by Clive Staples Lewis
Copyright © der deutschen Übersetzung
1976 by Wilhelm Heyne Verlag, München
Printed in Germany 1977
Umschlagzeichnung: Karl Stephan, München
Umschlaggestaltung: Atelier Heinrichs, München
Gesamtherstellung Mohndruck Reinhard Mohn OHG, Gütersloh

ISBN 3-453-30390-3

Vorwort

Ich habe dieses Buch ein Märchen genannt, in der Hoffnung, daß der Verächter phantastischer Erzählungen von den beiden ersten Kapiteln nicht zum Weiterlesen verführt werde, um hinterher zu klagen, wie sehr er enttäuscht sei. Wenn Sie mich fragen, warum ich – wenn ich über Magier, Teufel, pantomimische Tiere und planetarische Engel schreiben will – dennoch mit so faden Szenen und Personen beginne, dann antworte ich, daß ich damit nur der Form des herkömmlichen Märchens folge. Wir erkennen diese Form nicht immer, weil die Hütten, Schlösser, Holzhacker und Kleinkönige für uns ebenso fernliegend geworden sind wie die Hexen und Ungeheuer, zu denen das Märchen hinführt. Doch den Menschen, die sie ersannen und die sich zuerst daran erfreuten, erschienen diese Geschichten ganz und gar nicht fernliegend. Tatsächlich waren sie für diese Leute realistischer und alltäglicher als das Bracton College für mich ist: denn viele Menschen der damaligen Zeit kannten selbst grausame Stiefmütter, während ich an keiner Universität ein College wie Bracton angetroffen habe.

Dies ist eine ›Räubergeschichte‹ über Teufelswerk, obwohl hinter ihr eine ernste Absicht steht, die ich in meinem Buch *Die Abschaffung des Menschen* darzustellen versucht habe. In der vorliegenden Geschichte soll gezeigt werden, wie der äußere Saum dieses Teufelswerks das Leben eines gewöhnlichen und geachteten Berufsstands berührt und verändert. Ich wählte meinen eigenen Beruf, selbstverständlich nicht, weil ich etwa dächte, Universitätslehrer seien für solche Verderbnis anfälliger als andere, sondern weil ich meinen eigenen Beruf natürlich am besten kenne. Die beschriebene Universität ist sehr klein, weil dies für einen Roman bestimmte Vorteile bietet. Edgestow hat, abgesehen von seiner Kleinheit, keine Ähnlichkeit mit Durham, einer Universität, mit der mich nur Angenehmes verbindet.

Ich glaube, daß ich einen der zentralen Gedanken dieser Erzählung Gesprächen mit einem wissenschaftlichen Kollegen verdanke, einige Zeit bevor ich in Olaf Stapledons Werken auf eine ziemlich ähnliche Anregung stieß. Sollte ich darin irren, so ist Herr Stapledon doch so reich an Einfällen, daß er es sich bestimmt ohne weiteres leisten kann, einen auszuleihen; und ich bewundere seinen Einfallsreichtum (wenn auch nicht seine Philosophie) so sehr, daß ich mich einer Anleihe nicht schämen sollte.

Wer gerne mehr über Numinor und den »Wahren Westen« erfahren möchte, muß leider die Veröffentlichung dessen abwarten, was bislang nur in den Manuskripten meines Freundes J. R. R. Tolkien existiert.

Der Roman ist ohne präzise Festlegung in der Zeit nach dem Zweiten Weltkrieg angesiedelt. Er beschließt die Trilogie, deren erster Band *Jenseits des schweigenden Sterns* und deren zweiter Band *Perelandra* war, kann aber auch für sich gelesen werden.

Magdalen College, Oxford.   *C. S. Lewis*

1

Verkauf von Universitätseigentum

»Und drittens wurde die Ehe eingesetzt«, murmelte Jane Studdock vor sich hin, »damit jeder Ehepartner beim anderen Halt, Hilfe und Trost finde.« Sie war seit ihrer Schulzeit nicht mehr in der Kirche gewesen, bis sie vor einem halben Jahr zur Eheschließung hingegangen war, und die Worte hafteten noch immer in ihrem Gedächtnis.

Durch die offene Tür konnte sie die winzige Küche der Wohnung sehen und das laute, unsanfte Ticken der Küchenuhr hören. Sie hatte gerade das Frühstücksgeschirr gespült, die Tücher hingen über dem Herd, und der Boden war aufgewischt. Die Betten waren gemacht und die Zimmer aufgeräumt. Der einzige Einkaufsweg dieses Tages lag hinter ihr, und es war erst eine Minute vor elf. Bis auf die Bereitung ihres Mittagessens und des Nachmittagstees gab es bis sechs Uhr nichts für sie zu tun, selbst wenn sie davon ausging, daß Mark zum Abendessen nach Haus käme. Aber für diesen Tag war im College eine Sitzung anberaumt. Sehr wahrscheinlich würde Mark zur Teestunde anrufen und sagen, daß die Sitzung länger als erwartet dauere und er im College werde essen müssen. Die vor ihr liegenden Stunden waren leer wie die Wohnung. Die Sonne schien, und die Küchenuhr tickte.

»Halt, Hilfe und Trost«, sagte Jane bitter. In Wahrheit hatte die Ehe sich als die Tür erwiesen, die aus einer Welt voller Arbeit und Kameradschaft, Frohsinn und Geschäftigkeit in eine Art Einzelhaft geführt hatte. In den Jahren vor ihrer Heirat hatte sie nie so wenig von Mark gesehen wie in den vergangenen sechs Monaten. Selbst wenn er daheim war, redete er fast nie. Immer war er entweder schläfrig oder in Gedanken bei seiner Arbeit. Solange sie Freunde gewesen waren, und auch später, als sie ein Liebespaar geworden waren, hatten sie geglaubt, das Leben sei zu kurz für all das, was sie einander zu sagen hatten. Aber nun... warum hatte er sie überhaupt geheiratet? Liebte er sie noch? Dann mußte Liebe für Männer etwas ganz anderes sein als für Frauen. War es die brutale Wahrheit, daß all die endlosen Gespräche, die ihr selbst vor der Ehe als das eigentliche Medium der Liebe erschienen waren, für ihn nicht mehr als ein Vorspiel gewesen waren?

»Schon wieder bin ich dabei, einen Tag zu verplempern«, tadelte sie sich. »Ich muß was arbeiten.«

Damit meinte sie ihre Doktorarbeit über den Dichter John Donne. Sie hatte immer die Absicht gehabt, ihre wissenschaftliche Karriere nach der Eheschließung fortzusetzen; dies war einer der Gründe, warum sie jetzt und in der überschaubaren Zukunft keine Kinder wollten. Jane war vielleicht keine sehr originelle Denkerin, und so hatte sie vorgehabt, besonderes Gewicht auf Donnes ›triumphale Ehrenrettung des Körpers‹ zu legen. Sie glaubte noch immer, ihre einstige Begeisterung für diesen Gegenstand werde wieder erwachen, wenn sie erst alle ihre Aufzeichnungen und Bücher hervorgeholt und sich ernsthaft an die Arbeit gemacht hätte. Doch bevor sie das tat, wandte sie eine Zeitung auf dem Tisch um und überflog die letzte Seite, vielleicht um den Augenblick des Beginns hinauszuschieben.

Als sie das Bild sah, fiel ihr sofort der Traum ein. Sie erinnerte sich nicht nur an den Traum selbst, sondern mehr noch an die nichtendenwollende Zeit, nachdem sie aus dem Bett gekrochen war und sitzend die ersten Anzeichen des Morgens erwartet hatte – ohne Licht zu machen und womöglich Mark zu wecken, aber vom Geräusch seines gleichmäßigen Atmens herausgefordert. Er war ein ausgezeichneter Schläfer. Nur eins schien imstande, ihn wach zu halten, nachdem er zu Bett gegangen war, und auch das nicht lange.

Der Schrecken dieses Traums verflüchtigt sich wie die Schrecken der meisten Träume mit dem Erzählen, aber er muß um der folgenden Ereignisse willen festgehalten werden.

Zu Anfang hatte sie nur ein Gesicht gesehen. Es war ein fremdländisch aussehendes Gesicht, bärtig und ziemlich gelblich, mit einer Hakennase. Seine Miene war beängstigend, weil sie Entsetzen zeigte. Der Mund hing offen, und die Augen stierten wie unter dem Eindruck eines jähen Schocks. Aber das Gesicht sah aus, als sei es schon seit Stunden im Schock erstarrt. Dann sah sie nach und nach mehr von der Gestalt. Das Gesicht gehörte einem Mann, der zusammengekauert in der Ecke eines kleinen viereckigen Raums mit weißgetünchten Wänden hockte und offenbar wartete, daß diejenigen, in deren Gewalt er sich befand, hereinkommen und ihm Schreckliches zufügen würden. Schließlich wurde die Tür geöffnet, und ein ziemlich gutaussehender Mann mit grauem Spitzbart kam herein. Der Gefangene schien in ihm einen alten Bekannten wiederzuerkennen, und sie setzten sich zusammen und begannen zu sprechen. In allen Träumen, die Jane bisher geträumt hatte, verstand man entweder, was die Traumgestalten sagten, oder man hörte es nicht. Aber in diesem Traum – und das verhalf ihm zu außerordentlichem Realismus – wurde das Gespräch auf französisch geführt, und Jane verstand einzelne Brocken, wenn auch keineswegs alles, wie sie es auch im wirklichen Leben getan haben würde. Der Besucher erzählte dem Gefangenen etwas, das dieser anscheinend als gute Nachricht betrachten sollte. Und der Gefangene blickte zuerst auch mit einem Hoffnungsschimmer in den Augen auf und sagte: »Tiens... ah... ça marche«, aber dann wurde er unsicher und schien seine Meinung zu ändern. Der Besucher fuhr fort, mit leiser, gleichmäßiger Stimme auf ihn einzureden. Er wirkte stattlich, aber in einer eher kalten Art, und die Spiegelung des Lichts in den Gläsern seines Kneifers verbarg seine Augen. Dies und die beinahe unnatürliche Vollkommenheit seiner Zähne machten auf Jane einen irgendwie unangenehmen Eindruck. Und dieser wurde von der wachsenden Unruhe und dem Schrecken des Gefangenen noch verstärkt. Jane konnte nicht verstehen, was der Besucher dem Mann vorschlug, aber sie hörte heraus, daß der Gefangene zum Tod verurteilt worden war. Was immer der Besucher ihm anbot, es schien den anderen mehr zu ängstigen als der Gedanke an die bevorstehende Hinrichtung. An diesem Punkt verlor der Traum alle Wirklichkeitsnähe und wurde zu einem gewöhnlichen Alptraum. Der Besucher rückte seinen Kneifer zurecht und faßte den Kopf des Gefangenen mit beiden Händen, noch immer das kalte Lächeln im Gesicht. Dann drehte er den Kopf mit einem scharfen Ruck herum und schraubte ihn ab – genauso, wie Jane es im letzten Sommer beim Abnehmen eines Taucherhelmes gesehen hatte. Der Besucher nahm den Kopf des Gefangenen mit sich, und nun ging alles durcheinander. Der Kopf stand zwar noch immer im Mittelpunkt des Traums, aber jetzt war es ein ganz anderer Kopf – ein Kopf mit einem rötlichweißen Bart und voll anhaftender Erde. Er gehörte zu einem alten Mann, den irgendwelche Leute in einer Art Friedhof ausgruben – einem alten Briten, einem druidenhaften Mann in einem langen Mantel. Jane dachte sich anfangs nicht viel dabei, weil sie glaubte, es sei ein Leichnam. Doch plötzlich bemerkte sie, daß dieser altertümliche Kelte oder Angelsachse zum Leben erwachte. »Paßt auf!« rief sie in ihrem Traum. »Er lebt. Halt! Halt! Ihr weckt ihn.« Aber die Leute kümmerten sich nicht um sie. Der ausgegrabene alte Mann richtete sich auf und begann in einer Sprache zu reden, die ungefähr wie Spanisch klang. Und dies erschreckte Jane aus irgendeinem Grund so sehr, daß sie erwachte.

So war der Traum gewesen, nicht schlechter, aber auch nicht besser als viele andere Alpträume. Aber nicht die bloße Erinnerung an den Alptraum machte ihr jetzt so zu schaffen, daß das Wohnzimmer vor ihren Augen verschwamm und sie sich rasch setzen mußte, um nicht zu fallen. Die Anwandlung hatte einen anderen Grund. Dort, auf der Rückseite der Zeitung, war der Kopf, den sie im Alptraum gesehen hatte: der Kopf des Gefangenen. Mit äußerstem Widerwillen nahm sie die Zeitung vom Tisch. ›Alcasans Hinrichtung‹ lautete die Überschrift, und darunter hieß es: ›Blaubart geht zur Guillotine‹. Sie erinnerte sich vage, von dem Fall gehört zu haben. Alcasan war ein bekannter Radiologe in einem Nachbarland – arabischer Abstammung, wie es hieß –, der seine Frau vergiftet und damit seine glänzende Karriere zerstört hatte. Das also war der Ursprung ihres Traums. Sie mußte sich dieses Zeitungsfoto – der Mann hatte wirklich ein sehr unangenehmes Gesicht – angesehen haben, bevor sie zu Bett gegangen war. Aber nein, das konnte nicht sein. Dies hier war die neue Morgenzeitung. Nun, dann mußte der Traum auf irgendeine frühere Abbildung zurückgehen, die sie gesehen und vergessen hatte – wahrscheinlich vor Wochen, als der Prozeß begonnen hatte. Albern, sich so darüber aufzuregen. Und nun zu Donne. Mal sehen, wo waren wir stehengeblieben? Bei der zweifelhaften Stelle am Schluß der *Alchimie der Liebe:*

> Nicht auf Verstand bei Frauen hoffe;
> an Süßigkeit und Witz im besten Falle reich,
> sind sie doch nur beseeltem Wachse gleich.

›Nicht auf Verstand bei Frauen hoffe.‹ Gab es Männer, die wirklich Frauen mit Verstand wollten? Aber das war nicht der entscheidende Punkt. »Ich muß wieder lernen, mich zu konzentrieren«, sagte Jane zu sich selbst, und dann: »Habe ich wirklich schon früher ein Bild von diesem Alcasan gesehen? Angenommen...«

Fünf Minuten später schob sie ihre Bücher beiseite, ging zum Spiegel, setzte ihren Hut auf und verließ das Haus. Sie wußte nicht genau, wohin sie wollte. Irgendwohin, nur fort aus diesem Zimmer, dieser Wohnung, diesem ganzen Haus.

Mark ging unterdessen zum Bracton College hinunter und dachte an ganz andere Dinge. Er bemerkte nichts von der morgendlichen Schönheit der kleinen Straße, die ihn von dem höher gelegenen Vorort, wo er und Jane wohnten, ins zentral gelegene Universitätsviertel von Edgestow hinabführte.

Obwohl ich in Oxford studiert habe und Cambridge sehr schätze, finde ich Edgestow schöner als beide. Zum einen ist es so klein. Kein Hersteller von Autos oder Würstchen oder Marmeladen hat die stille Landstadt bisher industrialisiert, und das Format der Universität harmoniert vortrefflich mit der ruhigen Kleinstadt. Außer Bracton und dem Frauencollege jenseits der Eisenbahnlinie gibt es nur zwei Colleges: Northumberland, das flußabwärts von Bracton am Ufer des Wynd steht, und Duke's gegenüber vom Kloster. Bracton nimmt keine Studienanfänger auf. Es wurde um dreizehnhundert gegründet, um den Lebensunterhalt zehn gelehrter Männer zu sichern, deren Pflichten darin bestanden, für Henry de Bractons unsterbliche Seele zu beten und die Gesetze Englands zu studieren. Die Zahl der Professoren und

Dozenten ist allmählich auf vierzig angewachsen, von denen nur sechs Juristen sind und von denen vermutlich keiner mehr für Bractons Seele betet. Mark Studdock war Soziologe und vor fünf Jahren auf einen Lehrstuhl dieses Fachs berufen worden. Er begann allmählich Fuß zu fassen. Wenn er daran gezweifelt hätte (was er nicht tat), so wäre er beruhigt gewesen, als er vor der Post mit Curry zusammentraf und sah, wie selbstverständlich Curry es fand, mit ihm zum College zu gehen und über die Tagesordnung der bevorstehenden Sitzung zu diskutieren. Curry war der Vizerektor von Bracton.

»Ja«, sagte Curry. »Es wird höllisch lange dauern, wahrscheinlich über das Abendessen hinaus. Wir werden erleben, wie die Obstruktionisten nach Kräften Verzögerungstaktik betreiben. Aber das ist zum Glück alles, was sie können.«

Dem Ton von Studdocks Antwort war nicht zu entnehmen, wie ungemein wohltuend er Currys Gebrauch des Wortes ›wir‹ empfunden hatte. Noch bis vor kurzem war er ein Außenseiter gewesen, der die Aktivitäten von ›Curry und seiner Clique‹ mit ehrfürchtiger Scheu und wenig Verstehen beobachtet und bei Sitzungen kurze, nervöse Ansprachen gehalten hatte, die den Gang der Ereignisse niemals beeinflußten. Jetzt gehörte er dazu, und aus ›Curry und seiner Clique‹ waren ›wir‹ oder ›das fortschrittliche Element‹ am College geworden. Das war alles ziemlich plötzlich und unerwartet gekommen und war noch immer wie ein süßer Geschmack im Mund.

»Sie glauben also, es wird durchgehen?« sagte Studdock.

»Ganz sicher«, antwortete Curry. »Wir haben den Rektor, den Quästor und alle Chemiker und Biochemiker auf unserer Seite. Mit Pelham und Ted habe ich gesprochen, und von ihnen ist nichts zu befürchten. Außerdem habe ich Sancho bearbeitet und glaube, daß auch er dafür sein wird. Bill der Blizzard wird wahrscheinlich wüten, aber wenn es zur Abstimmung kommt, wird er sich auf unsere Seite schlagen müssen. Übrigens habe ich Ihnen noch nicht gesagt, daß Dick dabeisein wird. Er kam gestern abend und machte sich gleich an die Arbeit.«

Studdock überlegte verzweifelt, wie er die Tatsache verbergen könne, daß er nicht wußte, wer Dick war. Im letzten Augenblick fiel ihm ein sehr unbedeutender Kollege ein, dessen Vorname Richard war.

»Telford?« sagte er ein wenig verwundert. Er wußte sehr gut, daß Telford nicht der Dick sein konnte, den Curry meinte, und darum gab er seiner Frage einen leicht ironischen Unterton.

»Lieber Himmel! Telford!« sagte Curry und lachte. »Nein. Ich meine Lord Feverstone – Dick Devine, wie er früher hieß.«

»Die Idee mit Telford kam mir auch ein bißchen komisch vor«, sagte Studdock, in das Lachen einstimmend. »Ich bin froh, daß Feverstone kommt. Ich habe ihn bisher noch nicht kennengelernt, wissen Sie.«

»Nun, dann wird es höchste Zeit«, sagte Curry. »Hören Sie, kommen Sie heute zum Abendessen zu mir. Ich habe auch ihn eingeladen.«

»Mit Vergnügen«, sagte Studdock wahrheitsgemäß. Nach einer kurzen Pause fügte er hinzu: »Ich nehme an, daß Feverstones Position hier gesichert ist, oder irre ich mich da?«

»Wie meinen Sie das?« fragte Curry.

»Nun, Sie werden sich erinnern, daß es einiges Gerede gegeben hat, ob jemand, der so viel abwesend ist, seinen Lehrstuhl hier weiterhin behalten könne oder nicht.«

»Ach, Sie meinen Glossop und all diesen Schwindel. Das hat nichts zu bedeuten. Haben Sie es nicht auch für absoluten Unsinn gehalten?«

»Unter uns gesagt, ja. Aber wenn ich vor die Öffentlichkeit hintreten und erklären müßte, warum jemand, der fast immer in London ist, weiterhin ein Lehramt in Bracton innehaben sollte, würde ich es nicht ganz einfach finden. Die wahren Gründe sind von einer Art, die Watson Imponderabilien nennen würde.«

»Da bin ich nicht Ihrer Meinung. Ich hätte nichts dagegen, die wahren Gründe öffentlich zu erläutern. Ist es für ein College wie dieses nicht wichtig, einflußreiche Verbindungen zur Außenwelt zu haben? Es ist ganz und gar nicht ausgeschlossen, daß Dick im nächsten Kabinett sitzen wird. Schon bisher war Dick dem College in London nützlicher als Glossop und ein halbes Dutzend andere von der Sorte, die ihr ganzes Leben hier herumsitzen.«

»Ja. Darauf kommt es natürlich an. Trotzdem würde es schwierig sein, das in dieser Form in einer Sitzung des Kollegiums vorzubringen.«

»Da gibt es übrigens was«, sagte Curry in einem etwas weniger freundschaftlichen Ton, »das Sie über Dick wissen sollten.«

»Was ist es?«

»Er hat Ihnen den Lehrstuhl verschafft.«

Mark schwieg. Er ließ sich nicht gern daran erinnern, daß er einmal nicht nur außerhalb des ›progressiven Elements‹ gestanden hatte, sondern sogar außerhalb des Colleges. Ihm wurde klar, daß Curry ihm nicht immer sympathisch war.

»Ja«, sagte Curry. »Denniston war Ihr Hauptrivale. Unter uns gesagt, vielen Leuten gefielen seine Empfehlungen besser als die Ihren. Aber Dick beharrte die ganze Zeit darauf, daß Sie der richtige Mann für uns seien. Er ging hinüber zum Duke's College und erkundigte sich über Sie. Er nahm den Standpunkt ein, daß es darauf ankomme, den Typ von Hochschullehrer zu finden, den wir wirklich brauchen, und zum Teufel mit allen papierenen Qualifikationen. Und ich muß sagen, seine Ansicht stellte sich als die richtige heraus.«

»Sehr freundlich von Ihnen«, sagte Studdock mit einer ironischen Verbeugung. Er war überrascht über die Wendung, die das Gespräch genommen hatte. Am Bracton College wie vermutlich an den meisten anderen Hochschulinstituten war es seit jeher ungeschriebenes Gesetz, daß man in der Gegenwart eines Mannes niemals die Umstände erwähnte, die zu seiner Wahl geführt hatten, und Studdock hatte bis zu diesem Augenblick nicht daran gedacht, daß auch dies eine der Traditionen sein könnte, die das »progressive Element« abschaffen wollte. Auch war ihm bisher nie in den Sinn gekommen, seine Wahl könne von etwas anderem als der Qualität seiner Arbeiten und seinem ausgezeichneten Ruf als Wissenschaftler abhängig gewesen sein. Und daß seine Wahl eine so knappe Angelegenheit gewesen sein sollte, wäre ihm erst recht nicht eingefallen. Er hatte sich inzwischen so an seine Position gewöhnt, daß der Gedanke die seltsam zwiespältige Empfindung in ihm wachrief, die einen bei der Entdeckung überkommt, daß der eigene Vater einst beinahe eine andere Frau geheiratet hätte.

»Ja«, fuhr Curry fort, der inzwischen einen anderen Gedankengang verfolgte. »Heute sieht man, daß wir mit Denniston nicht gut gefahren wären. In keiner Weise. Damals war er natürlich ein brillanter Mann, aber inzwischen scheint er mit seiner Verteilungstheorie und all diesem Zeug völlig entgleist zu sein. Ich höre, daß er möglicherweise in einem Kloster enden wird.«

»Er ist dennoch ein ausgezeichneter Mann«, sagte Studdock.

»Ich bin froh, daß Sie Dick kennenlernen werden«, sagte Curry. »Wir haben jetzt keine Zeit, aber es gibt da einen ihn betreffenden Punkt, den ich mit Ihnen besprechen wollte.«

Studdock sah ihn fragend an.

»James und ich und ein paar andere«, sagte Curry mit gedämpfter Stimme, »haben uns gedacht, daß er der neue Rektor werden sollte. Aber nun sind wir da.«

»Es ist noch nicht zwölf«, sagte Studdock. »Wie wär's, wenn wir auf ein Gläschen ins *Bristol* gingen?«

Sie gingen ins *Bristol*. Ohne diese kleinen Aufmerksamkeiten wäre es nicht einfach gewesen, die Atmosphäre zu erhalten, in der das progressive Element sich bewegte. Die daraus erwachsenden Auslagen belasteten Studdock stärker als Curry, der unverheiratet war und das Gehalt eines Vizerektors bezog. Aber das *Bristol* war ein sehr angenehmes Lokal. Studdock bestellte einen doppelten Whisky für seinen Gefährten und ein kleines Bier für sich.

Als ich Gast am Bracton College war, überredete ich meinen Gastgeber, mich für eine Stunde allein in den Wald gehen zu lassen. Er entschuldigte sich, daß er mich dort einschließen mußte.

Nur wenige Leute hatten Zutritt zum Bragdon-Wald. Das Tor war von Inigo Jones und der einzige Eingang. Eine hohe Mauer umschloß den Wald, der vierhundert Meter breit und eineinhalb Kilometer lang sein mochte. Er erstreckte sich in westöstlicher Richtung, und wenn man durch das College ging, um ihn zu erreichen, war das Gefühl des allmählichen Vordringens zu einem Allerheiligsten sehr stark. Zuerst ging man über den Newton-Hof, der kahl und mit Kies bestreut ist; überladene, aber schöne Gebäude im späten Barock des georgianischen Stils blicken auf ihn herab. Als nächstes muß man eine kühle, tunnelartige Passage durchwandern, die selbst zur Mittagszeit beinahe dunkel ist, es sei denn, zur Rechten stünde die Tür zur Speisehalle oder zur Linken die Tür zur Studentenschenke offen und gewährte flüchtige Blicke auf karges Licht an dunkelgetäfelten Wänden. Kam man aus diesem Tunnel, so fand man sich im mittelalterlichen College wieder: im Kreuzgang des viel kleineren Republic-Hofs. Nach der kargen Öde des Newton-Hofs sieht das Gras hier sehr grün aus, und selbst das Mauerwerk ringsum erweckt den Eindruck, weich und lebendig zu sein. Die Kapelle ist nicht weit, und von oben kommt das rauhe, schwerfällige Geräusch eines mächtigen alten Uhrwerks. Man geht durch diesen Kreuzgang, vorüber an Grabplatten und Urnen und Büsten, die an tote Mitglieder des Kollegiums von Bracton gemahnen, und dann niedrige Stufen hinab ins volle Tageslicht des Lady-Alice-Hofs. Die Gebäude links und rechts stammen aus dem siebzehnten Jahrhundert, bescheidene, fast anheimelnde Häuser mit Dachfenstern, die Dächer bemoost und schiefergrau. Man sieht sich in einer einfachen protestantischen Welt, denkt vielleicht an Bunyan oder an Waltons *Leben*. Auf der vierten Seite des Lady-Alice-Hofs, gerade voraus, gibt es keine Gebäude: nur eine Reihe von Ulmen und eine Wand. Und hier werden einem zum erstenmal die Geräusche fließenden Wassers und das Gurren von Wildtauben bewußt. Die Straße ist mittlerweile so weit entfernt, daß keine anderen Geräusche hörbar sind. In der Wand ist eine Tür. Sie führt in einen Gang mit schmalen Fenstern auf beiden Seiten. Blickt man durch diese hinaus, so macht man die Entdeckung, daß man sich auf einer gedeckten Brücke über dem dunkelbraunen Wasser des Wynd befindet. Nun ist man dem Ziel sehr nahe. Durch eine Pforte am anderen Ende der Brücke gelangt man auf den grünen Rasen des Bowling-Platzes der Kollegiumsmitglieder, hinter dem sich die hohe Mauer des Waldes erhebt. Inigo Jones' schmiedeeisernes Gitter gewährt einen Durchblick in sonnenbeschienenes Grün und tiefe Schatten.

Ich vermute, daß die eigenartige Stimmung dieses Waldes durch seine Einfriedung entstand, denn etwas Umschlossenes verliert den Charakter des Gewöhnlichen. Als ich über die stillen Rasenflächen zum Tor ging, hatte ich das Gefühl, empfangen zu werden. Die Bäume standen gerade so weit auseinander, daß man in der Ferne ein ununterbrochenes Laubdach sah, doch die Stelle, wo man stand, schien immer eine kleine Lichtung zu sein: umgeben von einer Schattenwelt, bewegte man sich im milden Sonnenschein. Bis auf die Schafe, die das Gras kurzhielten und gelegentlich ihre langen, einfältigen Gesichter hoben, um mich anzustarren, war ich ganz allein; und es war mehr wie die Einsamkeit eines sehr großen Raums in einem verlassenen Haus als irgendeine gewöhnliche Einsamkeit im Freien. Ich erinnere mich, daß ich dachte: dies ist einer von den Orten, wie man sie als Kind entweder fürchtet oder sehr liebt. Und einen Augenblick später dachte ich: aber wenn allein – wirklich allein –, ist jeder ein Kind. Oder niemand? Jugend und Alter berühren nur die Oberfläche unseres Daseins.

Ein halber Kilometer ist ein kurzer Spaziergang, doch schien es lange zu dauern, bis ich in die Mitte des Waldes kam. Ich wußte, daß es die Mitte war, denn hier war, was ich vor allem sehen wollte: die Quelle. Stufen führten zu ihr hinab, und die Reste eines antiken Steinpflasters umgaben sie. Die Einfassung war nur noch sehr unvollkommen erhalten, und ich betrat sie nicht, sondern legte mich daneben ins Gras und berührte sie mit den Fingern. Denn dies war das Herz von Bracton oder vielmehr des Bragdon-Waldes. Dies war der Ursprung aller Legenden, und auf diesem Ort, so vermutete ich, hatte ursprünglich die Existenz des Colleges beruht.

Die Archäologen stimmten darin überein, daß das Mauerwerk der Fassung aus der späten britisch-römischen Zeit stammte, entstanden am Vorabend der angelsächsischen Invasion. Wie der Wald von Bragdon mit dem Rechtsgelehrten Bracton zusammenhing, war ein Geheimnis, aber ich denke mir, daß die Familie der Bractons sich einer zufälligen Ähnlichkeit der Namen bediente, um glauben zu machen, daß sie etwas mit dem Wald und seiner Geschichte zu tun habe. Wenn die Legenden nur zur Hälfte der Wahrheit entsprachen, dann war der Wald zweifellos viel älter als das Geschlecht der Bractons. Heute würde man Strabos *Balachthon* vermutlich nicht viel Bedeutung beimessen, obgleich das Werk einen College-Rektor des sechzehnten Jahrhunderts zu der Bemerkung bewogen hatte, daß »wir selbst in der ältesten Überlieferung von keinem Britannien ohne Bragdon wissen«. Ein mittelalterliches Lied führt uns ins vierzehnte Jahrhundert zurück:

> In Bragdon, als der Abend fiel,
> erlauscht' ich Merlins Saitenspiel
> und hörte Singens und Sagens viel.

Dies ist hinreichender Beweis, daß die Quelle mit der britisch-römischen Einfassung bereits ›Merlins Brunnen‹ war, obgleich die Bezeichnung erst zur Zeit der Königin Elizabeth erscheint, in jenen Tagen, da der wackere Rektor Shovel den Wald mit einer Mauer umgab, »um allem profanen und heidnischen Aberglauben zu wehren und das gemeine Volk von allerlei Lustbarkeit, Maienspiel, Tanz, Mummenschanz und dem Backen des Morganbrotes abzubringen, wie sie ehedem bei der in Eitelkeit ›Merlins Brunnen‹ genannten Quelle Brauch waren und als ein Mischmasch von Papismus, Heidentum, Liederlichkeit und nichtswürdiger Narretei entschieden zu verwerfen und zu verabscheuen sind«. Nicht, daß das College damit sein eigenes Interesse an dem Ort verworfen hätte. Der alte Doktor Shovel, der beinahe hundert Jahre alt wurde, war kaum in seinem Grab erkaltet, als einer von Cromwells Generälen, der es für seine Aufgabe hielt, »Haine und heilige Stätten« zu zerstören, einige Soldaten ausschickte, um die Landbevölkerung für dieses fromme Werk zu gewinnen. Schließlich wurde nichts aus dem Vorhaben, aber im Herzen des Bragdon-Waldes kam es zuvor noch zu einem Streit zwischen den Collegegelehrten und den Soldaten, wobei der durch seine Gelehrsamkeit berühmte und heiligmäßige Richard Crowe auf den Stufen des Brunnens von einer Musketenkugel niedergestreckt wurde. Niemand würde Crowe des Papismus oder heidnischer Neigungen bezichtigen, doch nach der Überlieferung waren seine letzten Worte: »Wahrlich, ihr Herren, wenn Merlin, der Sohn des Teufels, ein treuer Gefolgsmann des Königs war, ist es dann nicht schändlich, daß ihr, die ihr nichts als Hundsfötter seid, Rebellen und Königsmörder sein müßt?«

Und durch alle Zeitläufte und Veränderungen hindurch hatte jeder Rektor von Bracton am Tag seiner Wahl mit dem großen Becher, der wegen seiner Schönheit und seines Alters Bractons größte Kostbarkeit war, einen zeremoniellen Trunk aus Merlins Brunnen getan.

An all dies dachte ich, als ich neben Merlins Brunnen lag, dem Brunnen, der sicherlich aus Merlins Zeit datierte, wenn es jemals einen wirklichen Merlin gegeben hatte. Ich lag, wo Sir Kenelm Digby eine ganze Sommernacht lang gelegen und eine seltsame Erscheinung gesehen hatte; wo der Dichter Collins geruht und Georg III. Tränen vergossen hatte; wo der hervorragende und vielgeliebte Nathaniel Fox drei Wochen vor seinem Tod in Frankreich das berühmte Gedicht verfaßt hatte. Die Luft war so still und die Wolken aus Laubwerk über mir waren so schwer, daß ich einschlief. Ich wurde von meinem Freund geweckt, der mir aus der Ferne zurief.

Die bei der Sitzung des Kollegiums am meisten umstrittene Frage war der Verkauf des Bragdon-Waldes. Käufer war das N.I.C.E., das ›National Institute of Co-ordinated Experiments‹. Dieses Institut suchte ein geeignetes Grundstück, auf dem die geplante Verwaltungszentrale dieser bemerkenswerten Organisation erstehen sollte. Das N.I.C.E. war die erste Frucht jener konstruktiven Verbindung zwischen dem Staat und der Wissenschaft, mit der so viele nachdenkliche Menschen ihre Hoffnungen auf eine bessere Welt verbinden. Es sollte von möglichst allen staatlichen Behinderungen und Eingriffen frei sein – Bürokratismus war der von seinen Anhängern gebrauchte Ausdruck –, wie sie Wissenschaft und Forschung bisher eingeengt und gelähmt hatten. Auch sollte es weitgehend frei von ökonomischen Zwängen sein, denn ein Staat, so argumentierte man, der für einen Krieg jeden Tag viele Millionen ausgeben kann, könne sich in Friedenszeiten gewiß ein paar Millionen im Monat für produktive Forschung leisten. Das geplante Verwaltungsgebäude des Instituts würde sogar die Stadtsilhouette von New York merklich bereichert haben, der Mitarbeiterstab sollte ungewöhnlich groß sein, die Gehälter fürstlich. Beharrlicher Nachdruck und endlose diplomatische Bemühungen des Senats von Edgestow hatten das neue Institut von Oxford, von Cambridge und von London fortgelockt, die nacheinander als mögliche Standorte in Betracht gezogen worden waren. Zuweilen war das progressive Element in Edgestow der Verzweiflung nahe gewesen. Aber nun war der Erfolg so gut wie sicher. Wenn das N.I.C.E. den benötigten Grund und Boden bekäme, würde es nach Edgestow kommen. Und war das Institut einmal in Edgestow, dann – das fühlte jeder – würden die Dinge endlich in Bewegung kommen. Curry hatte sogar Zweifel geäußert, ob Oxford und Cambridge überhaupt als bedeutende Universitäten überleben könnten.

Wäre Mark Studdock vor drei Jahren zu einer Sitzung gekommen, in der eine solche Frage entschieden werden sollte, hätte er erwartet, daß Einwände des Gefühls gegen den Fortschritt und Argumente der Schönheit gegen die Nützlichkeit öffentlich vorgebracht und diskutiert würden. Als er heute seinen Sitz in dem langen Konferenzsaal auf der Südseite des Lady-Alice-Hofs einnahm, erwartete er nichts dergleichen. Er hatte inzwischen gelernt, daß dies nicht die Art und Weise war, wie solche Projekte vorangetrieben werden.

Die ›fortschrittlichen Kräfte‹ hatten ihre Sache sehr gründlich vorbereitet. Die meisten Mitglieder des Kollegiums wußten bei Sitzungsbeginn nicht, daß es um den Verkauf des Waldes ging. Natürlich entnahmen sie der Tagesordnung, daß Punkt 15 mit ›Grundstücksverkauf‹ betitelt war, da solche Pläne aber in fast jeder Sitzung zur Sprache kamen, machten sie sich darüber keine Gedanken. Auf der anderen Seite sahen sie, daß Punkt 1 der Tagesordnung ›Fragen im Zusammenhang mit dem Bragdon-Wald‹ lautete, aber diese schienen mit dem vorgeschlagenen Landverkauf nichts zu schaffen zu haben. Curry, der sie in seiner Eigenschaft als Vizerektor zur Sprache brachte, hatte dem Kollegium einige Briefe vorzulesen. Der erste kam von einer Gesellschaft, die sich mit der Erhaltung von Kulturdenkmälern befaßte. Ich glaube selbst, daß diese Vereinigung schlecht beraten war, in einem Brief gleich zwei Beschwerden vorzubringen. Es wäre klüger gewesen, wenn sie sich darauf beschränkt hätte, die Aufmerksamkeit der Collegeverwaltung auf den schlechten Zustand der Umfassungsmauer des Waldes zu lenken. Als sie jedoch drängte, daß ein Schutzdach über dem Brunnen selbst errichtet werden sollte, und obendrein darauf hinwies, daß sie diese Anregung bereits in der Vergangenheit vergeblich vorgebracht hatte, wurde das Kollegium unruhig. Und als am Ende des Briefes gleichsam als Nachsatz der Wunsch geäußert wurde, das College möge sich ernsthaften Altertumsforschern, die den Brunnen untersuchen wollten, ein wenig zugänglicher zeigen, wurden entschiedene Unmutsäußerungen laut. Ich möchte einen Mann in Currys Position nicht gern beschuldigen, einen Brief falsch zu verlesen; aber seine Wiedergabe war gewiß nicht geeignet, irgendwelche Mängel im Tonfall des Originals zu glätten und auszugleichen. Noch ehe er sich niedersetzte, verspürte beinahe jeder Sitzungsteilnehmer ein Bedürfnis, der Außenwelt klarzumachen, daß der Bragdon-Wald privates Eigentum des Bracton Colleges sei und daß Außenstehende sich besser um ihre eigenen Angelegenheiten kümmerten. Dann verlas Curry einen zweiten Brief. Dieser kam von einer spiritistischen Vereinigung, die um Erlaubnis bat, ›gewisse Phänomene‹ im Bragdon-Wald zu erforschen. Der nächste Brief war von einer Firma, die über das Anliegen der Spiritistenvereinigung im Bilde war und an Ort und Stelle einen Film drehen wollte, allerdings weniger über die betreffenden Phänomene als vielmehr über die Spiritisten, die nach den Phänomenen Ausschau hielten. Das Kollegium beauftragte Curry, alle drei Briefe mit knappen Absagen zu beantworten.

Dann meldete sich eine neue Stimme aus einer anderen Ecke des Raums. Lord Feverstone war aufgestanden. Er stimmte mit der Haltung des Colleges gegenüber diesen impertinenten Briefen von verschiedenen Wichtigtuern völlig überein. Aber war es schließlich nicht eine Tatsache, daß die Umfassungsmauer des Waldes in einem beklagenswerten Zustand war? Viele Kollegiumsmitglieder – Studdock war nicht unter ihnen – bildeten sich ein, sie hätten es mit einer Revolte von Feverstone gegen ›Curry und seine Clique‹ zu tun und begannen sich sehr für die Vorgänge zu interessieren. Im nächsten Augenblick war der Quästor, James Busby, auf den Beinen und begrüßte Lord Feverstones Frage. In seiner Eigenschaft als Schatzmeister des Colleges hatte er erst kürzlich ein Expertengutachten über den Zustand der Umfassungsmauer eingeholt. ›Beklagenswert‹ war, wie er fürchtete, ein beinahe beschönigender Ausdruck zur Beschreibung ihres desolaten Zustands. Wenn man hier wirklich Abhilfe schaffen wolle, käme man an einem vollständigen Abriß der alten und der Errichtung einer neuen Mauer nicht herum. Unter großen Schwierigkeiten wurde ihm eine Schätzung der wahrscheinlichen Kosten eines solchen Neubaus entlockt; und als das Kollegium die Zahl hörte, war es entsetzt. Lord Feverstone fragte eisig, ob der Quästor ernstlich den Vorschlag erwäge, daß das College eine solche Ausgabe auf sich nehmen solle. Busby (ein sehr großer und breiter Exgeistlicher mit einem buschigen schwarzen Bart) erwiderte ein wenig gereizt, daß er nichts vorgeschlagen habe: wenn er einen Vorschlag zu machen hätte, dann wäre es der, daß die Frage nicht isoliert von einigen wichtigen finanziellen Überlegungen behandelt werden könne, die er ihnen pflichtgemäß im weiteren Verlauf der Sitzung vortragen werde. Auf diese unheilverkündende Feststellung folgte eine Pause, bis nach und nach die ›Außenseiter‹ und ›Obstruktionisten‹, das heißt diejenigen, welche nicht zu den ›fortschrittlichen Kräften‹ zählten, in die Debatte eingriffen. Die meisten von diesen fanden es nicht leicht zu glauben, daß nichts anderes als eine völlig neue Mauer in Frage käme. Die ›fortschrittlichen Kräfte‹ ließen sie ungefähr zehn Minuten lang reden, dann ergriff Lord Feverstone wieder das Wort, und es schien, als führe er tatsächlich die Außenseiter an. Er wollte wissen, wieso es möglich sei, daß der Quästor und der Instandsetzungsausschuß wirklich keine Alternative zwischen der Errichtung einer neuen Mauer und der Degeneration des Bragdon-Waldes zu einem allgemein zugänglichen Stadtwald finden könne. Er drängte auf eine Antwort. Einige der Außenseiter begannen sogar den Eindruck zu gewinnen, daß er mit dem Quästor zu grob umspringe. Der Quästor antwortete schließlich mit leiser Stimme, daß er sich tatsächlich rein theoretisch über mögliche Alternativen erkundigt habe. Ein Stacheldrahtzaun, zum Beispiel – aber der Rest ging in einem Aufruhr von Mißbilligung unter, währenddessen man den alten Canon Jewel sagen hörte, er würde lieber jeden Baum im Bragdon-Wald fällen lassen als ihn mit Stacheldraht eingezäunt zu sehen.

Schließlich wurde die Angelegenheit bis zur nächsten Sitzung vertagt.

Der folgende Punkt der Tagesordnung gehörte zu denen, die von der Mehrheit des Kollegiums kaum verstanden wurden. Er betraf die Rekapitulation (von Curry) einer langen Korrespondenz zwischen dem College und dem Senat der Universität über die vorgeschlagene Eingliederung des N.I.C.E. in die Universität Edgestow. In der folgenden Debatte kehrten die Wörter ›verpflichtet‹ und ›festgelegt‹ immer wieder. »Es scheint«, sagte Watson, »daß wir uns als College verpflichtet haben, dem neuen Institut die größtmögliche Unterstützung zu gewähren.« »Es scheint«, sagte Feverstone, »daß wir an Händen und Füßen gebunden sind und der Universität unbeschränkte Vollmacht gegeben haben.« Worauf das alles tatsächlich hinauslief, wurde keinem der Außenseiter klar. Bei der vorausgegangenen Sitzung hatten sie entschieden gegen das N.I.C.E. und seine Pläne angekämpft und waren überstimmt worden; aber jede Bemühung, herauszubringen, was ihre Abstimmungsniederlage bedeutet hatte, verstrickte sie trotz Currys mit großer Klarheit vorgetragenen Antworten nur noch tiefer in das undurchdringliche Labyrinth der Universitätsverfassung und die noch dunkleren Geheimnisse der Beziehungen zwischen Universität und College. Als Ergebnis der Diskussion behielten sie den Eindruck, daß die Ehre des Colleges mit der Ansiedlung des N.I.C.E. in Edgestow verknüpft sei.

Während dieser langwierigen Erörterungen waren die Gedanken vieler Kollegiumsmitglieder zum bevorstehenden Mittagessen und anderen Gegenständen abgeschweift. Aber als Curry sich um fünf Minuten vor eins erhob, um Punkt 3 der Tagesordnung anzukündigen, kam es zu einem raschen Wiederaufleben des allgemeinen Interesses. Er trug den Titel ›Berichtigung von Anomalien in der Besoldungsstruktur junger Kollegiumsmitglieder‹. Ich möchte nicht sagen, was die meisten jungen Lehrbeauftragten und Dozenten am Bracton College zu jener Zeit erhielten, aber ich glaube, es deckte kaum die Ausgaben für Verpflegung und ihre Wohnung im College, die obligatorisch war. Studdock, der erst vor kurzem aus dieser Klasse aufgestiegen war, hatte großes Mitleid mit ihnen. Er verstand den Ausdruck in ihren Gesichtern. Die Erhöhung ihrer Gehälter, wenn sie genehmigt wurde, bedeutete für sie Kleidung und Ferien und Fleisch zum Mittagessen und eine Chance, statt eines Fünftels die Hälfte der Bücher zu kaufen, die sie brauchten. Ihrer aller Blicke hingen am Gesicht des Quästors, als er sich erhob, um auf Currys Vorschlag zu antworten. Er gab seiner Hoffnung Ausdruck, daß niemand glaube, er billige die Anomalie, welche im Jahre 1910 die unterste Klasse der akademischen Lehrer von den neuen Klauseln in § 18 des Statuts 17 ausgeschlossen hatte. Er sei überzeugt, sagte er, daß alle Anwesenden diese Berichtigung wünschten. Es sei jedoch seine Pflicht als Quästor, darauf hinzuweisen, daß dies bereits der zweite Vorschlag sei, dessen Verwirklichung starke finanzielle Belastungen mit sich bringen würde. Er könne auch hierzu nur sagen, daß man die Frage nicht isoliert vom gesamten Problem der gegenwärtigen finanziellen Situation des Colleges behandeln könne, die er ihnen im Lauf des Nachmittags darlegen wolle. Es wurde noch mehr geredet, aber niemand hatte den Ausführungen des Schatzmeisters etwas entgegenzusetzen, und so wurde die Entscheidung aufgeschoben. Als die Kollegiumsmitglieder um Viertel vor zwei aus dem Sitzungssaal strömten, hungrig und mit Kopfschmerzen und gierig nach Tabak, war es für jeden der betroffenen Jungakademiker eine ausgemachte Sache, daß eine neue Umfassungsmauer für den Wald und eine Erhöhung seines Gehalts Alternativen waren, die einander strikt ausschlossen. »Dieser verdammte Wald war uns den ganzen Vormittag im Weg«, sagte einer. »Wir sind noch nicht aus ihm heraus«, antwortete ein anderer. In dieser Stimmung kehrten die Kollegiumsmitglieder nach dem Mittagessen in den Sitzungssaal zurück. Da es um finanzielle Fragen ging, war Busby, der Quästor, naturgemäß der Hauptsprecher. An sonnigen Nachmittagen kann es im Sitzungssaal sehr heiß werden; und der glatte Redefluß des Schatzmeisters sowie das Blitzen seines gleichmäßigen weißen Gebisses über dem Bart (er hatte bemerkenswert schöne Zähne) hatten beinahe hypnotische Kraft. Universitätslehrer finden sich in Geldangelegenheiten nicht immer mühelos zurecht; wahrscheinlich wären sie andernfalls auch nicht Hochschullehrer geworden. Sie begriffen, daß die finanzielle Situation schlecht war, sehr schlecht. Einige der jüngsten und unerfahrensten Kollegiumsmitglieder hörten auf, sich Gedanken darüber zu machen, ob sie eine neue Umfassungsmauer oder eine Gehaltserhöhung bekommen würden und begannen sich statt dessen zu fragen, ob der Fortbestand des Colleges überhaupt noch gesichert sei. Die Zeiten, wie der Quästor so treffend sagte, waren außerordentlich schwierig. Ältere Mitglieder hatten von Dutzenden früherer Schatzmeister sehr oft von solchen Zeiten gehört und waren weniger beunruhigt. Ich will damit nicht etwa andeuten, daß der Quästor des Bracton Colleges die tatsächliche finanzielle Situation falsch darstellte. Es ist sehr selten, daß die Gesamtsituation einer großen Körperschaft, die sich der Förderung von Forschung und Lehre verschrieben hat, als rundum zufriedenstellend bezeichnet werden kann. Busbys Vortrag war ausgezeichnet, jeder Satz ein Muster an Klarheit: und wenn seine Zuhörer den Kern seiner Darlegungen weniger klar fanden als die Einzelheiten, mochte das an ihnen liegen. Einige kleinere Sparmaßnahmen und Investitionen, die er vorschlug, wurden einstimmig gebilligt, und das Kollegium vertagte sich in ernüchterter Stimmung bis nach der Teestunde. Studdock rief zu Hause an und sagte Jane, daß er zum Abendessen nicht heimkommen werde.

Erst um sechs Uhr liefen alle konvergierenden Gedankenbahnen und Gefühle, aufgestört von den vorausgegangenen Geschäften, bei der Frage zusammen, ob der Bragdon-Wald verkauft werden solle. Es wurde nicht ›der Verkauf des Bragdon-Waldes‹ genannt. Der Schatzmeister nannte es den »Verkauf der rotumrandeten Fläche auf dem Plan, den ich jetzt mit Erlaubnis des Rektors um den Tisch gehen lasse«. Er wies ganz offen daraufhin, daß dies den Verlust eines Teils vom Bragdon-Wald bedeutete. Tatsächlich würde dem College nach dem Verkauf lediglich ein etwa acht Meter breiter Waldstreifen entlang der Südseite verbleiben, aber von Täuschung konnte keine Rede sein, weil die Mitglieder des Kollegiums Gelegenheit hatten, den Plan mit eigenen Augen zu begutachten. Der Plan war eine fotokopierte Umgebungskarte von Edgestow im Maßstab 1 : 100 000 und vielleicht nicht ganz genau – nur gedacht, um eine ungefähre Vorstellung zu vermitteln. In Beantwortung verschiedener Fragen räumte Busby ein, daß der Brunnen selbst unglücklicherweise – oder vielleicht glücklicherweise – auf dem Gebiet liege, das vom N.I.C.E. benötigt wurde. Selbstverständlich würde das College ein garantiertes Zugangsrecht erhalten; Brunnen und Fassung würden überdies vom Institut in einer Form erhalten werden, daß alle Archäologen der Welt zufrieden sein dürften. Er enthielt sich aller Ratschläge und erwähnte nur die ganz und gar erstaunliche Summe, die das N.I.C.E. bot. Danach kam Leben in die Versammlung. Die Vorteile des Verkaufs waren wie reife Früchte, die einem nacheinander in die Hand fielen. Der Verkauf löste das Problem mit der baufälligen Mauer; er löste das Problem der Denkmalpflege; er löste das finanzielle Problem; und er versprach das Problem der Gehaltserhöhung für die jungen Kollegiumsmitglieder zu lösen. Ferner stellte sich heraus, daß das Institut das Gebiet des Bragdon-Waldes als den einzig möglichen Standort in Edgestow zu betrachten schien. Wenn das College aus irgendeinem Grund nicht verkaufte, so fiele der ganze Plan ins Wasser, und das Institut würde nach Cambridge gehen. Durch ausdauerndes Fragen wurde dem Quästor sogar die Auskunft entlockt, daß er einen Kollegen in Cambridge kenne, der sehr begierig sei, zu verkaufen.

Die wenigen wirklich Unbeugsamen unter den Anwesenden, für die der Bragdon-Wald beinahe eine Lebensnotwendigkeit war, konnten kaum fassen, was geschah. Als sie sich endlich Gehör verschafften, brachten sie einen Mißklang in das allgemeine Gesumm fröhlichen Meinungsaustausches. Sie waren in eine Position gedrängt, wo sie als die Grupe erschienen, die den Wald unbedingt mit Stacheldraht einzäunen wollte. Als schließlich der alte Jewel aufstand, blind und zitterig und den Tränen nahe, war seine Stimme kaum hörbar. Männer wandten sich um und betrachteten – manche in Bewunderung – die scharfgeschnittenen, halb kindlichen Gesichtszüge und das weiße Haar, das im allmählich dunkelnden Raum zu leuchten schien. Aber nur die in seiner Nähe konnten hören, was er sagte. In diesem Augenblick sprang Lord Feverstone auf, verschränkte die Arme auf der Brust, blickte den alten Mann gerade an und sagte mit sehr lauter Stimme:

»Wenn der ehrenwerte Kollege Jewel wünscht, daß wir seine Ansichten nicht hören, dann ließe sich das besser durch Schweigen erreichen.«

Jewel war schon vor dem Ersten Weltkrieg ein alter Mann gewesen, in einer Zeit, als alte Männer noch mit Achtung und Güte behandelt worden waren, und es war ihm nie gelungen, sich an die moderne Welt zu gewöhnen. Mit verstörtem Blick starrte er in Feverstones Richtung. Als er so mit vorgerecktem Kopf dastand, dachten die anderen einen Moment lang, er werde antworten. Dann breitete er ganz plötzlich in einer Geste der Hilflosigkeit die Hände aus und begann sich mit mühsamer Umständlichkeit zu setzen.

Der Verkauf wurde mit großer Mehrheit gutgeheißen.

Nachdem Jane die Wohnung verlassen hatte, ging sie nach Edgestow und kaufte einen Hut. Früher hatte sie geringschätzig von jener Sorte Frauen gesprochen, die sich zum Trost und als Anreiz Hüte kaufen, so wie Männer Alkohol trinken. Es kam ihr nicht in den Sinn, daß sie diesmal das gleiche tat. Sie bevorzugte ziemlich streng geschnittene Kleider in gedeckten Farben und von guter Qualität, wie sie einem ernsthaften Geschmack zusagten – Kleider, die jedem klarmachen sollten, daß sie eine intelligente Erwachsene war und nicht ein gedankenloses junges Ding nach Art der Werbeplakate und Illustriertenanzeigen. Wegen dieser Vorliebe wußte sie nicht, daß sie überhaupt an Kleidern interessiert war, und so verdroß es sie ein wenig, als sie beim Verlassen des Hutladens Mrs. Dimble begegnete und mit den Worten begrüßt wurde: »Hallo, meine Liebe! Haben Sie sich einen Hut gekauft? Kommen Sie zum Mittagessen zu uns und lassen Sie sich damit anschauen. Cecil hat den Wagen gleich um die Ecke stehen.«

Cecil Dimble, Professor am Northumberland College, war während ihrer letzten Studienjahre Janes Tutor gewesen, und seine Frau (man war geneigt, sie ›Mutter Dimble‹ zu nennen) war für alle Studentinnen ihres Jahrgangs eine Art Universaltante gewesen. Sympathie für die Schülerinnen des eigenen Mannes ist unter Professorenfrauen vielleicht weniger verbreitet, als wünschenswert wäre: aber Mrs. Dimble schien alle Studenten und Studentinnen ihres Mannes zu mögen, und das Haus der Dimbles, etwas abgelegen auf der anderen Seite des Flusses, war während des Semesters so etwas wie ein geräuschvoller Salon, wo man immer jemanden antreffen konnte.

Die Frau hatte Jane besonders gern gehabt und ihr jene Art von Zuneigung entgegengebracht, wie sie eine humorvolle, gutmütige und kinderlose Frau zuweilen für ein Mädchen empfindet, das sie hübsch und ein wenig spaßig findet. Im letzten Jahr hatte Jane die Dimbles etwas aus den Augen verloren und hatte deswegen Gewissensbisse. Sie nahm die Einladung zum Mittagessen an.

Sie fuhren nördlich vom Bracton College über die Brücke und dann am Ufer des Wynd entlang nach Süden, vorbei an kleinen Häusern in verträumten Gärten, dann ostwärts zur normannischen Kirche und die gerade Landstraße mit den Pappeln auf der einen und der Mauer des Bragdon-Waldes auf der anderen Seite hinunter bis vor die Haustür der Dimbles.

»Wie schön es hier ist!« sagte Jane impulsiv, als sie aus dem Wagen stieg. Der Garten der Dimbles war berühmt.

»Dann sollten Sie es sich gut ansehen«, sagte Professor Dimble.

»Wie meinen Sie das?« fragte Jane.

»Hast du es ihr noch nicht erzählt?« sagte Professor Dimble zu seiner Frau.

»Ich habe mich noch nicht dazu durchgerungen«, sagte Mrs. Dimble. »Außerdem ist ihr Mann einer der Bösewichter in dem Stück. Armes Mädchen! Übrigens nehme ich an, daß sie es weiß.«

»Ich habe keine Ahnung, wovon Sie reden«, sagte Jane.

»Ihr eigenes College macht uns solche Schwierigkeiten, meine Liebe. Man setzt uns auf die Straße. Man hat uns den Mietvertrag gekündigt.«

»Ach, Mrs. Dimble!« rief Jane bekümmert aus. »Und ich wußte nicht mal, daß dieses Haus dem College gehört.«

»Da siehst du es!« sagte Mrs. Dimble zu ihrem Mann. »Die eine Hälfte der Welt weiß nicht, wie die andere lebt. Und ich bildete mir ein, Sie würden Ihren ganzen Einfluß aufbieten, um Ihren Mann zu bewegen, daß er uns hilft. In Wirklichkeit dagegen...«

»Mark spricht nie mit mir über Angelegenheiten des College.«

»Das tun gute Ehemänner nie«, sagte Professor Dimble. »Höchstens reden sie über die Angelegenheiten anderer Colleges.

Deshalb weiß Margaret alles über Bracton und nichts über Northumberland. Aber wollen wir nicht hineingehen?«

Dimble vermutete, daß Bracton den Wald und alles andere verkaufen werde, was dem College auf dieser Seite des Flusses gehörte. Die ganze Gegend erschien ihm jetzt noch paradiesischer als bei seinem Einzug vor fünfundzwanzig Jahren, und er war über die jüngste Entwicklung viel zu bekümmert, um vor der Frau eines Bracton-Mannes darüber zu sprechen.

»Du wirst auf dein Mittagessen warten müssen, bis ich Janes neuen Hut gesehen habe«, sagte Mutter Dimble und eilte mit Jane die Treppe hinauf. Es folgte ein im altmodischen Sinne weibliches Gespräch, das Jane als irgendwie wohltuend empfand, obgleich sie ein gewisses Überlegenheitsgefühl wahrte. Und obschon Mrs. Dimble in solchen Dingen wirklich falsche Vorstellungen hatte, war nicht zu leugnen, daß die eine kleine Änderung, die sie vorschlug, an den Kern der Sache rührte. Als der Hut wieder eingepackt wurde, sagte Mrs. Dimble unvermittelt:

»Es ist doch nichts Unangenehmes passiert?«

»Wieso?« sagte Jane. »Was sollte passiert sein?«

»Sie sehen so verändert aus.«

»Oh, mir fehlt nichts«, sagte Jane laut. Und in Gedanken fügte sie hinzu: Sie platzt vor Neugierde, ob ich ein Baby erwarte. Frauen wie sie sind immer so.

»Mögen Sie nicht geküßt werden?« sagte Mrs. Dimble unerwartet.

Mag ich nicht geküßt werden? dachte Jane. Wie kommt sie nur darauf? Ob ich nicht geküßt werden mag...? Sie wollte erwidern: natürlich nicht, brach aber plötzlich zu ihrem großen Verdruß in Tränen aus. Und dann wurde Mrs. Dimble für einen Augenblick einfach eine Erwachsene, wie Erwachsene für ein sehr kleines Kind sind: große, warme, weiche Wesen, zu denen man sich mit aufgeschlagenen Knien oder zerbrochenem Spielzeug flüchtet. Wenn sie an ihre Kindheit dachte, erinnerte Jane sich gewöhnlich an jene Anlässe, wo die voluminöse Umarmung von Kindermädchen oder Mutter unwillkommen und wie eine Beleidigung der eigenen Reife gewesen war. Nun aber war sie vorübergehend wieder in jene vergessene Zeit eingetaucht, wo Angst oder Elend zu williger Ergebung führten und Ergebung Trost brachte. Getätschelt und liebkost zu werden, widersprach ihrer ganzen Lebenstheorie; doch ehe sie wieder hinuntergingen, hatte sie Mrs. Dimble erzählt, daß sie kein Kind erwarte und nur zuviel allein und von einem Alptraum deprimiert sei.

Beim Essen sprach Professor Dimble über die Artussage. »Es ist wirklich wundervoll«, sagte er, »wie alles zusammenhängt, selbst in einer späten Version wie der von Malory. Haben Sie bemerkt, daß es zwei Gruppen von Charakteren gibt? Im Mittelpunkt stehen Ginevra und Lancelot und all diese Leute: sehr höfisch und ohne spezifisch britische Züge. Aber im Hintergrund – auf Artus' anderer Seite, sozusagen – gibt es all diese dunklen Gestalten wie Morgan und Morgawse, die tatsächlich sehr britisch sind und sich mehr oder weniger feindselig zeigen, obgleich sie seine eigenen Verwandten sind. Durchmischt mit Magie. Sicherlich erinnern Sie sich an diese besonders schöne Wendung, wie die Königin Morgan ›mit ihren Zauberinnen das ganze Land in Brand setzte‹. Auch Merlin ist natürlich britisch, wenn auch nicht feindselig. Sieht das Ganze nicht sehr wie ein Bild Britanniens aus, wie es am Vorabend der Invasion gewesen sein muß?«

»Können Sie mir das genauer erklären, Mr. Dimble?« sagte Jane.

»Nun, muß es nicht einen Teil der Gesellschaft gegeben haben, der entweder römisch oder weitgehend romanisiert war? Leute, die in Togen gehüllt gingen und ein keltisiertes Latein sprachen – etwas, das sich in unseren Ohren wie Spanisch ausgenommen hätte? Und natürlich christianisiert. Aber im Landesinnern, in den abgelegenen, von den Wäldern und Mooren isolierten Gegenden, wird es kleine Königshöfe gegeben haben, regiert von echten alten britischen Stammeskönigen, die ein dem Walisischen ähnliches Keltisch sprachen und sicherlich noch in großem Umfang dem alten Druidenglauben anhingen.«

»Und zu welcher Gruppe wird Artus selbst gehört haben?« fragte Jane. Es war albern, daß sie bei den Worten »wie Spanisch« das Gefühl hatte, ihr Herz setze aus.

»Eben das ist der interessante Punkt«, sagte Professor Dimble. »Man kann sich ihn als einen altbritisch-keltischen Stammeskönig vorstellen, zum Christentum bekehrt und ein in römischer Kriegstechnik ausgebildeter General, der diese ganze zersplitterte Gesellschaft zusammenzufassen versucht, was ihm beinahe gelingt. Nun, auf der einen Seite wird er Schwierigkeiten mit seiner eifersüchtigen, womöglich noch keltisch-heidnischen Sippe gehabt haben, während die romanisierte Schicht – die Lancelots und Lionels – auf jene Leute herabsah. Das würde erklären, warum Kay immer als ein grober, bäurischer Mensch dargestellt wird: er gehört dem bodenständigen Element an. Und immer ist diese Unterströmung spürbar, dieser Zug zurück zum Druidenglauben.«

»Und welchen Platz würde Merlin in diesem Bild einnehmen?«

»Ja... er ist die wirklich interessante Gestalt. Scheiterte alles, weil er so früh starb? Haben Sie sich einmal überlegt, was für eine seltsame Erscheinung Merlin ist? Er ist nicht böse, aber ein Zauberer. Er ist offensichtlich ein Druide, doch weiß er alles über den

Gral. Er ist ›des Teufels Sohn‹, aber Layamon macht sich die Mühe, einem zu erklären, daß ein Wesen, welches Merlin gezeugt hat, nicht notwendigerweise böse gewesen sei. Denken Sie an die Zeile: ›Im Himmel wohnen Geschöpfe mancherlei Art. Einige sind gut, und andere tun Böses.‹«

»Ja, das ist ziemlich sonderbar. Es war mir noch nie aufgefallen.«

»Ich frage mich oft«, sagte Dimble, »ob Merlin nicht die letzte Spur von etwas repräsentiert, das die spätere Tradition völlig vergessen hat – etwas, das unmöglich wurde, als die einzigen Leute, die mit dem Übernatürlichen in Berührung kamen, entweder weiß oder schwarz waren, entweder Priester oder Hexenmeister und Zauberer.«

»Welch eine schreckliche Idee«, sagte Mrs. Dimble, die bemerkt hatte, daß Jane in Gedanken verloren schien. »Wie auch immer, Merlin lebte vor langer Zeit, wenn er überhaupt lebte, und wie wir alle wissen, ist er zuverlässig tot und liegt unter dem Bragdon-Wald begraben.«

»Begraben, aber nicht tot, folgt man der Legende«, berichtige Professor Dimble seine Frau.

Jane machte ein Geräusch, als würge sie etwas in der Kehle, aber Professor Dimble fuhr sinnend fort:

»Ich frage mich, was sie finden werden, wenn sie dort für die Fundamente ihres Instituts ausschachten«, sagte er.

»Zuerst Erde und Lehm und dann Wasser«, sagte Mrs. Dimble. »Deshalb können sie es hier eigentlich gar nicht bauen.«

»Sollte man meinen«, sagte ihr Mann. »Aber warum kommen sie überhaupt hierher? Ein Londoner Cockney wie Horace Jules wird sich kaum von poetischen Phantasien über Merlins Mantel, der sich um seine Schultern legt, beeinflussen lassen.«

»Was nicht gar!« sagte Mrs. Dimble. »Merlins Mantel!«

»Ja«, sagte der Professor. »Es ist eine Schnapsidee. Sicherlich würden manche von seinen Freunden den Mantel gern finden. Ob sie aber auch groß genug sein werden, ihn auszufüllen, ist eine andere Sache! Es würde ihnen kaum gefallen, wenn mit dem Mantel auch der alte Mann wieder lebendig würde.«

»Sie wird ohnmächtig!« sagte Mrs. Dimble plötzlich und sprang auf.

»Nanu, was ist passiert?« sagte Professor Dimble, verdutzt in Janes blasses Gesicht blickend. »Ist es Ihnen hier zu heiß?«

»Ach, es ist zu dumm«, stammelte Jane.

»Kommen Sie mit ins Wohnzimmer«, sagte der Professor. »Hier, stützen Sie sich auf meinen Arm.«

Ein wenig später saß Jane an einem Wohnzimmerfenster, das sich auf den jetzt mit hellgelben Blättern bestreuten Rasen öffnete, und versuchte ihr sonderbares Benehmen zu erklären, indem sie ihren Traum schilderte. »Wahrscheinlich habe ich mich nun ganz schrecklich bloßgestellt«, sagte sie abschließend. »Jetzt können Sie beide anfangen, meine Psychoanalyse zu machen.«

Professor Dimbles Gesicht war anzusehen, daß Janes Traum ihn außerordentlich beschäftigte. »Höchst ungewöhnlich... höchst ungewöhnlich«, murmelte er immer wieder. »Zwei Köpfe. Und einer von ihnen Alcasans. Könnte das eine falsche Fährte sein?«

»Laß doch, Cecil«, sagte Mrs. Dimble.

»Meinen Sie, daß ich analysiert werden sollte?« sagte Jane.

»Analysiert?« erwiderte Professor Dimble und blickte sie an, als habe er nicht ganz verstanden. »Ach, ich sehe. Sie meinen, ob Sie zu Brizeacre oder jemandem von dieser Sorte gehen sollen?« Jane begriff, daß ihre Frage ihn von einem völlig anderen Gedankengang abgebracht hatte, und es berührte sie ein wenig seltsam, daß das Problem ihrer eigenen Gesundheit ganz beiseite geschoben worden war. Die Wiedergabe ihres Traums hatte irgendein anderes Problem in den Vordergrund gerückt, aber von welcher Art dieses Problem war, konnte sie sich nicht vorstellen.

Professor Dimble blickte aus dem Fenster. »Da kommt mein dümmster Student«, sagte er. »Ich muß ins Arbeitszimmer gehen und mir einen Essay über Swift anhören, der mit den Worten beginnt: ›Swift wurde geboren...‹ Und ich muß versuchen, bei der Sache zu sein, was nicht einfach sein wird.« Er stand auf und verharrte einen Augenblick, die Hand auf Janes Schulter. »Wissen Sie«, sagte er, »ich möchte Ihnen da keinen Rat geben. Sollten Sie sich aber entschließen, wegen dieses Traums jemanden aufzusuchen, so möchte ich Sie bitten, zuerst zu jemandem zu gehen, dessen Adresse Margaret oder ich Ihnen geben werden.«

»Sie halten nichts von Mr. Brizeacre?« fragte Jane.

»Ich kann es nicht erklären«, antwortete Dimble. »Nicht jetzt. Es ist alles so kompliziert. Versuchen Sie, sich deswegen keine Sorgen zu machen. Aber wenn Sie etwas unternehmen, lassen Sie es uns vorher wissen. Auf Wiedersehn.«

Kaum war er gegangen, kamen andere Besucher, so daß sich für Jane und ihre Gastgeberin keine Gelegenheit zu weiterer ungestörter Unterhaltung bot. Jane verließ die Dimbles ungefähr eine halbe Stunde später und ging nach Haus, nicht die Pappelallee entlang, sondern auf dem Fußweg über die Gemeindewiesen, vorbei an Eseln und Gänsen, mit den Türmen von Edgestow zur Linken und der alten Windmühle am Horizont zu ihrer Rechten.

2
Abendessen beim Vizerektor

»Das ist ein Schlag!« sagte Curry. Er stand vor dem Kamin in seinen prachtvollen Räumen am Newton-Hof. Es war die beste Wohnung im College.

»Etwas von N. O.?« fragte James Busby. Er, Lord Feverstone und Mark tranken miteinander Sherry, bevor sie mit Curry zu Abend aßen. N. O. stand für ›Non Olet‹* und war der Spitzname des Rektors von Bracton, Charles Place. Seine Wahl zum Rektor, die schon gute fünfzehn Jahre zurücklag, war einer der frühesten Triumphe der fortschrittlichen Kräfte gewesen. Mit dem Argument, das College brauche ›neues Blut‹ und müsse aus den ›eingefahrenen akademischen Gleisen‹ gebracht werden, war es ihnen gelungen, einen älteren Verwaltungsbeamten an die Spitze zu bringen, einen Mann, der gewiß von keiner akademischen Schwäche angesteckt worden war, seit er noch im vorigen Jahrhundert sein ziemlich obskures College an der Universität Cambridge verlassen hatte, aber der Verfasser eines monumentalen Untersuchungsberichts über das staatliche Gesundheitswesen war. Mochten andere darüber die Nase rümpfen, dieser Sachverhalt hatte ihn den fortschrittlichen Kräften eher empfohlen. Sie sahen darin einen Schlag ins Gesicht der konservativen Ästheten und verknöcherten Akademiker, die sich revanchierten, indem sie ihren neuen Rektor ›Non Olet‹ tauften.

Nach und nach hatten sogar Places Anhänger den Spitznamen übernommen. Denn Place hatte ihre Erwartungen nicht erfüllt und sich als ein verdauungsschwacher Eigenbrötler mit einem Hang zur Philatelie erwiesen, dessen Stimme so selten gehört wurde, daß einige der jüngeren Kollegiumsmitglieder nicht wußten, wie sie sich anhörte.

»Ja, der Henker soll ihn holen«, sagte Curry. »Wünscht mich gleich nach dem Abendessen in einer äußerst wichtigen Angelegenheit zu sprechen.«

»Das bedeutet«, sagte der Quästor, »daß Jewel und Co. bei ihm gewesen sind und nach Möglichkeiten suchen, wie man die ganze Sache rückgängig machen kann.«

»Das kümmert mich verdammt wenig«, erklärte Curry. »Wie kann man einen Mehrheitsbeschluß rückgängig machen? Nein, eine Gefahr ist es nicht. Aber es reicht aus, einem den ganzen Abend zu verderben.«

»Nur Ihren Abend«, erwiderte Feverstone. »Vergessen Sie

---

* »non olet« = [Geld] riecht nicht.

29

nicht, uns diesen ganz besonderen Cognac herauszustellen, bevor Sie gehen.«

»Jewel! Lieber Himmel!« sagte Busby, die linke Hand in seinem Bart vergraben.

»Der alte Jewel tat mir eigentlich leid«, sagte Mark. Seine Motive für diese Bemerkung waren sehr unterschiedlicher Natur. Um ihm Gerechtigkeit widerfahren zu lassen, muß gesagt werden, daß die völlig unerwartete und anscheinend unnötige Brutalität, mit der Feverstone dem alten Mann begegnet war, ihn angewidert hatte. Außerdem verdroß ihn die Vorstellung, seinen Lehrstuhl ausgerechnet Feverstones Fürsprache zu verdanken und dafür in seiner Schuld zu stehen. Wer war dieser Feverstone? Er fühlte, daß es Zeit sei, seine Unabhängigkeit herauszustellen und zu zeigen, daß seine Zustimmung zu den Methoden des progressiven Elements nicht als selbstverständlich angesehen werden konnte. Ein gewisses Maß an Unabhängigkeit würde ihm sogar innerhalb dieses Elements zu einer höheren Position verhelfen.

»Mitleid mit Jewel?« fragte Curry und wandte sich zu Mark um. »Das würden Sie nicht sagen, wenn Sie wüßten, wie er in seiner Glanzzeit war.«

»Ich stimme Ihnen zu«, sagte Feverstone zu Mark, »aber ich halte es mit Clausewitz. Auf lange Sicht ist der totale Krieg am humansten. Ich brachte ihn sofort zum Schweigen. Nachdem er den Schock überwunden hat, wird er seine Freude an der Sache haben, denn ich habe ihn in alldem bestätigt, was er seit vierzig Jahren über die jüngere Generation gesagt hat. Welches war die Alternative? Ihn weiterfaseln zu lassen, bis er sich in einen Hustenanfall oder gar in einen Herzinfarkt hineingesteigert hätte, und ihm dazu noch die Enttäuschung höflicher Behandlung zu verschaffen.«

»Das ist natürlich ein Gesichtspunkt«, sagte Mark.

»Verdammt noch mal«, fuhr Feverstone fort, »niemand läßt sich gern sein Handelskapital wegnehmen. Was würde der arme Curry hier tun, wenn die Obstruktionisten eines Tages aufhörten, Obstruktion zu treiben? Othellos Beruf würde verschwinden.«

»Es ist serviert, Sir«, sagte Currys Collegediener.

»Das ist alles Unfug, Dick«, sagte Curry, als sie sich zu Tisch setzten. »Nichts wäre mir lieber, als das Ende all dieser Obstruktionisten zu sehen und in der Lage zu sein, die Arbeit voranzubringen. Sie glauben doch nicht etwa, daß es mir Spaß macht, meine ganze Zeit bloß darauf zu verwenden, den Weg freizumachen?« Mark bemerkte, daß sein Gastgeber über Lord Feverstones Spöttelei ein wenig gereizt war. Letzterer hatte ein männliches und sehr ansteckendes Lachen. Mark begann ihn sympathisch zu finden.

»Und die Arbeit ist...?« sagte Feverstone, ohne Mark direkt

anzusehen oder ihm gar zuzuzwinkern, ihm aber doch zu verstehen gebend, daß er ihn in den Spaß mit einbezog.

»Nun, manche von uns haben noch eigene Arbeit zu tun«, erwiderte Curry ernst, in einem beinah feierlichen Ton, als spräche er über religiöse Dinge.

»Ich wußte nicht, daß Sie so einer sind«, sagte Feverstone.

»Das ist das Schlimmste an der ganzen Sache«, erwiderte Curry. »Entweder gibt man sich damit zufrieden, daß alles vor die Hunde geht – ich meine: stagniert –, oder man opfert die eigene wissenschaftliche Karriere dieser verfluchten Collegepolitik. Eines schönen Tages werde ich diese ganze Last abwerfen und mich an mein Buch machen. Das Material ist alles beisammen, wissen Sie. Eine lange und ungestörte Ferienzeit, und ich könnte es in Form bringen, wirklich.«

Mark, der Curry noch nie geködert gesehen hatte, begann sich zu amüsieren.

»Ich verstehe«, sagte Feverstone. »Um den Betrieb des Colleges als Stätte der Gelehrsamkeit aufrechtzuerhalten, müssen die besten Gehirne darin aufhören, sich mit Gelehrsamkeit zu beschäftigen.«

»Genau!« sagte Curry. »Das ist...« Dann brach er ab, im Ungewissen, ob er völlig ernst genommen wurde oder nicht. Feverstone brach in Gelächter aus. Der Quästor, der sich bisher ausschließlich mit seiner Mahlzeit beschäftigt hatte, wischte sich sorgfältig den Bart und ergriff das Wort.

»All das klingt in der Theorie sehr schön«, sagte er, »aber ich glaube, Curry hat ganz recht. Angenommen, er gäbe sein Amt als Vizerektor auf und zöge sich in seine Klause zurück. Er wäre imstande, uns mit einem verteufelt guten Buch über Volkswirtschaft zu überraschen...«

»Volkswirtschaft?« sagte Feverstone mit hochgezogenen Brauen.

»Ich bin zufällig Militärhistoriker, James«, sagte Curry. Er ärgerte sich häufig über die Schwierigkeiten, die seine Kollegen immer dann zu haben schienen, wenn sie sich an sein erwähltes Lehrfach erinnern sollten.

»Ich meine natürlich Militärgeschichte«, sagte Busby. »Wie ich sagte: er wäre imstande, uns mit einem verteufelt guten Buch über Militärgeschichte zu überraschen. Aber in zwanzig Jahren würde es von neueren Publikationen verdrängt sein. Dagegen wird das College für Jahrhunderte von der Arbeit profitieren, die er jetzt tut. Zum Beispiel diese ganze Geschichte mit der Ansiedlung des N.I.C.E. in Edgestow. Was ist damit, Feverstone? Ich spreche nicht nur von der finanziellen Seite, obwohl ich sie als Quästor natürlich für sehr wichtig halte. Aber denken Sie an das neue Leben, die neuen Perspektiven, die Impulse, die von so etwas ausgehen. Was würde irgendein Buch über Volkswirtschaft...«

»Militärgeschichte«, sagte Feverstone sanft, doch diesmal hörte Busby ihn nicht.

»Was würde irgendein Buch über Volkswirtschaft bewirken, verglichen mit einer solchen Sache?« fuhr er fort. »Ich betrachte sie als den größten Triumph des praktischen Idealismus in diesem Jahrhundert.«

Der gute Wein begann seine Wirkung zu tun. Wir alle kennen den Geistlichen, der nach dem dritten Glas dazu neigt, seinen Klerikerkragen zu vergessen: aber Busby hatte die entgegengesetzte Gewohnheit. Nach dem dritten Glas begann er sich seines Kragens zu entsinnen. Als Wein und Kerzenschimmer seine Zunge lösten, begann der nach dreißig Jahren Abtrünnigkeit noch immer latent in ihm vorhandene Pfarrer zu einem seltsamen galvanischen Leben zu erwachen.

»Wie Sie wissen«, sagte er, »erhebe ich keinen Anspruch auf Orthodoxie. Aber wenn man Religion in einem tieferen Sinne versteht, dann zögere ich nicht, zu sagen, daß Curry, indem er das Institut nach Edgestow brachte, mehr für sie getan hat als ein Theologe wie Jewel in seinem ganzen Leben.«

»Nun«, erwiderte Curry bescheiden, »das ist natürlich, was man sich erhofft. Ich würde es vielleicht nicht genauso ausdrücken wie Sie, James...«

»Nein, nein«, sagte der Quästor. »Natürlich nicht. Jeder hat seine Sprache, aber wir meinen wirklich alle das gleiche.«

»Hat eigentlich schon jemand entdeckt«, fragte Feverstone, »was das N.I.C.E. eigentlich ist und welche Zielsetzungen es hat?«

Curry blickte ihn verdutzt an. »Aus Ihrem Mund, Dick, hört sich das merkwürdig an«, sagte er. »Ich dachte, Sie gehörten selbst dazu.«

»Ist es nicht ein wenig naiv«, sagte Feverstone, »anzunehmen, daß die Teilnahme an einer Unternehmung genaue Kenntnisse des offiziellen Programms beinhalte?«

»Na schön, wenn Sie Einzelheiten meinen«, sagte Curry, dann brach er ab.

»Sie machen ein großes Geheimnis um nichts, Feverstone«, sagte Busby. »Man sollte meinen, die Zielsetzungen des N.I.C.E. seien völlig klar. Es ist der erste Versuch, die angewandte Wissenschaft auf nationaler Ebene ernst zu nehmen. Der Größenunterschied zwischen dem geplanten Institut und allem, was wir bisher hatten, bringt unausweichlich einen qualitativen Unterschied mit sich. Allein schon die Gebäude, der ganze Apparat – stellen Sie sich vor, was das für die Industrie bedeutet. Stellen Sie sich vor, in welchem Umfang es die Begabungen des Landes mobilisieren wird; und nicht nur die wissenschaftlichen Talente im engeren Sinn. Fünfzehn Abteilungsdirektoren, jeder mit einem Jahresgehalt von fünfzehntausend Pfund! Eine eigene Rechtsabteilung, eine eigene Polizei, wie ich hörte! Das Institut wird einen ständigen Stab von Architekten, Vermessungsbeamten und Ingenieuren beschäftigen! Die Sache ist kolossal!«

»Karrieren für unsere Söhne«, sagte Feverstone. »Ich verstehe.«

»Was meinen Sie damit, Lord Feverstone?« fragte Busby, sein Glas absetzend.

»Ach Gott!« sagte Feverstone, und seine Augen lachten. »Wie taktlos. Ich hatte ganz vergessen, daß Sie Familie haben, James.«

»Ich stimme James zu«, sagte Curry, der mit deutlicher Ungeduld auf eine Gelegenheit gewartet hatte, wieder das Wort zu ergreifen. »Das Institut bezeichnet den Beginn eines neuen Zeitalters – des wirklich wissenschaftlichen Zeitalters. Bisher war alles mehr oder weniger zufällig. Von nun an wird die Wissenschaft selbst auf eine wissenschaftliche Grundlage gestellt. Es wird vierzig ständige Ausschüsse geben, die jeden Tag zusammentreten und über ein großartiges Hilfsmittel verfügen werden – das Modell habe ich gesehen, als ich das letztemal in der Stadt war. Es handelt sich um ein Gerät, das die Arbeitsergebnisse eines jeden Ausschusses fortlaufend und völlig selbsttätig auf eine analytische Anzeigetafel projiziert. Jeder einlaufende Bericht wird dort in die Position gebracht, die seinem sachlichen Zusammenhang entspricht, und durch kleine Hinweispfeile mit den jeweils relevanten Teilen der anderen Berichte verbunden. So gewinnt man praktisch mühelos einen interdisziplinären Überblick über die Arbeit des gesamten Instituts. Im obersten Geschoß des Instituts wird ein Stab von mindestens zwanzig Fachleuten den von der Tafel koordinierten Informationsfluß auswerten und gezielt zu den verschiedenen Abteilungen zurückleiten. Es ist ein großartiges Gerät und eine einmalige Organisationshilfe. Die verschiedenen Arbeitsbereiche sind durch farbige Leuchtschrift gekennzeichnet, so daß die Anzeigetafel immer übersichtlich bleibt. Das Gerät muß eine halbe Million gekostet haben. Sie nennen es Pragmatometer.«

»Und daran können Sie sehen«, sagte Busby, »was das Institut bereits für das Land tut. Die Pragmatometrie wird eine große Zukunft haben. Hunderte von Leuten werden sich dafür ausbilden lassen. Nicht auszudenken, welche Entwicklung damit eingeleitet worden ist. Wahrscheinlich wird diese analytische Anzeigetafel schon veraltet sein, bevor das Institutsgebäude bezugsfertig wird!«

»Ja, bei Gott«, sagte Feverstone. »Und Non Olet selbst erzählte mir heute morgen, daß die sanitären Einrichtungen des Institutsgebäudes ganz außergewöhnlich sein würden.«

»Richtig«, sagte Busby mit Nachdruck. »Ich sehe nicht, warum man diesen Aspekt für unwichtig halten sollte.«

»Und was halten Sie davon, Studdock?« fragte Feverstone.

»Ich denke«, sagte Mark, »daß James bereits den wichtigsten Punkt erwähnte, als er sagte, das Institut werde seine eigene Rechtsabteilung und Polizei erhalten. Ich gebe keinen Pfifferling für Pragmatometer und Luxustoiletten. Das Wesentliche ist, daß wir diesmal die Wissenschaft anwenden werden, um die großen sozialen Aufgaben zu lösen, unterstützt von der ganzen Macht und Autorität des Staates. Es wird ein entscheidender Fortschritt gegenüber der bisherigen Praxis sein, die darauf hinauslief, daß der Staat seine Autorität und Macht nur für Kriegszwecke mobilisierte. Man hofft natürlich, daß die Wissenschaft mit diesen Mitteln mehr erreichen wird als mit der alten Methode unkoordinierter Wurstelei. Auf jeden Fall wird sie mehr Möglichkeiten haben.«

»Verdammt«, sagte Curry mit einem Blick auf seine Uhr. »Ich muß jetzt gehen und mit N. O. reden. Wenn Sie nach dem Wein noch Cognac möchten, die Flasche steht in diesem Schrank. Schwenker sind in dem Fach darüber. Ich werde so bald wie möglich zurückkommen. Sie wollen doch nicht schon gehen, James?«

»Doch«, erwiderte der Quästor. »Ich gehe früh zu Bett. Aber laßt ihr zwei euch nicht stören. Ich bin schon den ganzen Tag auf den Beinen, müssen Sie wissen. Wer an diesem College ein Amt bekleidet, ist ein Dummkopf. Ständige Sorgen. Erdrückende Verantwortung. Und dann gibt es Leute, die einem erzählen wollen, daß all die kleinen Bücherwürmer, die ihre Nasen bloß in die Bibliotheken und Laboratorien stecken, die eigentlichen Arbeiter wären! Ich möchte sehen, was für Gesichter Glossop und seine Freunde machen würden, wenn sie die Art von Tagesarbeit zu tun hätten, die ich heute hinter mir habe. Curry, mein Lieber, Sie hätten auch ein leichteres Leben, wenn Sie bei der Volkswirtschaft geblieben wären.«

»Ich habe Ihnen schon mal gesagt...«, begann Curry, doch der Quästor, der sich inzwischen erhoben hatte, beugte sich schon über Lord Feverstone und erzählte ihm eine komische Anekdote.

Als die beiden Männer den Raum verlassen hatten, blickte Lord Feverstone einige Sekunden lang mit rätselhaftem Ausdruck Mark an. Dann schmunzelte er, und aus dem Schmunzeln wurde ein Lachen. Er warf seinen schlanken, kräftigen Körper in den Sessel zurück und lachte lauter und immer lauter. Seine Heiterkeit war sehr ansteckend, und Mark ertappte sich, daß er auch lachte

– ganz aufrichtig und sogar hilflos, wie ein Kind. »Pragmatometer
– Luxustoiletten – praktischer Idealismus!« keuchte Feverstone.
Für Mark war es ein Augenblick außerordentlicher Erleichterung.
Alle möglichen Eigenheiten an Curry und Busby, die er in seiner
Ehrfurcht vor den fortschrittlichen Kräften zuvor nur flüchtig
wahrgenommen hatte, fielen ihm jetzt ein. Er fragte sich, wie er
so blind gewesen sein konnte, die komische Seite der beiden nicht
zu sehen.

»Es ist wirklich ziemlich verheerend«, sagte Feverstone, als er
sich halbwegs erholt hatte, »daß die Leute, auf die man zur Erledigung der Arbeit angewiesen ist, solchen Blödsinn reden, sobald
man sie über die Arbeit selbst ausfragt.«

»Und doch sind sie in gewisser Weise das Gehirn von Bracton«,
sagte Mark.

»Lieber Gott, nein! Glossop und Bill der Blizzard und selbst der
alte Jewel sind zehnmal klüger.«

»Ich wußte nicht, daß Sie diese Einstellung haben.«

»Ich denke, daß Glossop und seine Freunde sich im Irrtum befinden. Ich halte ihre Vorstellungen von Kultur und Wissen und
was sonst noch für unrealistisch. Sie passen nicht mehr in die
Welt, in der wir leben. Es sind Vorstellungen, die nicht mehr verwirklicht werden können, bloße Wunschträume. Aber es sind immerhin klare und zusammenhängende Vorstellungen, und sie
versuchen, konsequent nach ihnen zu handeln. Sie wissen, was sie
wollen und was sie nicht wollen.

Unsere beiden armen Freunde dagegen kann man zwar überreden, den richtigen Zug zu nehmen und ihn sogar zu führen, sie
haben jedoch keine Ahnung, wohin der Zug fährt, oder warum.
Sie werden Blut schwitzen, um das N.I.C.E. nach Edgestow zu
bringen: darum sind sie unentbehrlich. Aber was der Sinn des Instituts ist, was der Sinn und Zweck von irgend etwas ist – danach
darf man sie nicht fragen. Pragmatometrie! Fünfzehn Vizedirektoren!«

»Nun, vielleicht geht es mir genauso.«

»Ganz und gar nicht. Sie erkannten sofort den entscheidenden
Punkt. Ich hatte es nicht anders von Ihnen erwartet. Ich habe
sämtliche Ihrer Veröffentlichungen gelesen, als Sie sich um den
Lehrstuhl hier bewarben. Darüber wollte ich mit Ihnen reden.«

Mark schwieg. Das schwindelerregende Gefühl, plötzlich von
einer Geheimnisebene auf eine andere gewirbelt zu werden, verbunden mit der zunehmenden Wirkung von Currys ausgezeichnetem Portwein, verschlug ihm die Sprache.

»Ich möchte, daß Sie ins Institut kommen«, sagte Feverstone.

»Sie meinen – ich solle Bracton verlassen?«

»Das wäre doch denkbar, nicht? Ich glaube nicht, daß Sie hier etwas zurückhält. Wenn N. O. in den Ruhestand geht, machen wir Curry zum Rektor und...«

»Es wurde davon gesprochen, Sie zum Rektor zu wählen.«

»Mein Gott!« sagte Feverstone und starrte ihn verdutzt an. Mark begriff, daß der Vorschlag sich in Feverstones Augen wie die Anregung ausnehmen mußte, er solle Vorsteher einer kleinen Hilfsschule werden, und er war froh, daß er seine Bemerkung in einem nicht allzu ernsten Ton vorgebracht hatte. Dann lachten sie wieder.

»Sie als Rektor«, sagte Feverstone kopfschüttelnd, »das wäre eine Vergeudung wertvollen Talents. Das ist der richtige Job für Curry. Er wird sich da sehr gut machen. Für einen solchen Posten braucht man jemanden, der die Tagesgeschäfte und das Ziehen an den Fäden als Selbstzweck betrachtet und nicht ernsthaft fragt, wozu das alles gut sein soll. Wenn er das täte, würde er anfangen, seine eigenen – nun, wahrscheinlich würde er sie ›Ideen‹ nennen – hineinzubringen. Wie die Dinge liegen, brauchen wir ihm nur zu sagen, er halte den Soundso für einen Mann, den das College braucht, und er wird genauso denken. Und dann wird er weder ruhen noch rasten, bis dieser Soundso einen Lehrstuhl bekommt. Und genau dafür brauchen wir das College: als ein Schleppnetz, ein Rekrutierungsbüro.«

»Als ein Rekrutierungsbüro für das Institut, meinen Sie?«

»Ja, in erster Linie. Aber das ist nur ein Teilaspekt.«

»Ich bin nicht sicher, daß ich Sie verstanden habe.«

»Bald werden Sie verstehen. Die richtige Seite und all das, Sie wissen schon. Es paßt gut zu Busby, wenn er meint, die Menschheit stehe am Scheideweg. Aber im Moment ist das die entscheidende Frage, auf welcher Seite man steht – Obskurantismus oder Ordnung. Es sieht wirklich so aus, als hätten wir jetzt endlich die Macht, uns als eine Spezies für eine hübsch lange Zeit einzugraben und unser Schicksal in die eigenen Hände zu nehmen. Wenn der Wissenschaft wirklich freie Hand gelassen wird, kann sie jetzt die menschliche Rasse beherrschen und umformen, den Menschen zu einem wirklich leistungsfähigen Tier machen. Wenn sie es nicht schafft – nun, dann sind wir erledigt.«

»Fahren Sie fort.«

»Es gibt drei Hauptprobleme. Erstens: das interplanetarische Problem.«

»Was in aller Welt wollen Sie damit sagen?«

»Nun, das tut hier nichts zur Sache und ist auch wirklich nicht so wichtig. Auf dem Gebiet können wir gegenwärtig nichts tun. Der einzige Mann, der uns da weiterhelfen konnte, war Weston.«

»Er kam bei einem Bombenangriff um, nicht wahr?«

»Er wurde ermordet.«

»Ermordet?«

»Ich bin dessen ziemlich sicher, und ich habe sogar eine schlaue Idee, wer der Mörder gewesen sein könnte.«

»Großer Gott! Kann man da nichts tun?«

»Es gibt keine Beweise. Der Mörder ist ein angesehener Professor in Cambridge, hat schwache Augen, ein lahmes Bein und einen blonden Bart. Er war schon hier bei uns zu Gast.«

»Weshalb wurde Weston ermordet?«

»Weil er auf unserer Seite stand. Der Mörder ist einer von der feindlichen Seite.«

»Wollen Sie allen Ernstes behaupten, er habe ihn deshalb ermordet?«

»Jawohl!« sagte Feverstone und schlug kurz und hart auf die Tischplatte. »Das ist genau der entscheidende Punkt. Sie können Leute wie Curry oder James über den ›Kampf gegen die Reaktion‹ faseln hören, aber dabei kommt es ihnen nie in den Sinn, daß es ein wirklicher Kampf mit wirklichen Verlusten sein könnte. Sie denken, der gewaltsame Widerstand der anderen Seite habe mit der Verfolgung Galileis und alledem aufgehört. Glauben Sie bloß das nicht. Erst jetzt geht es wirklich los. Die andere Seite weiß jetzt, daß wir endlich über wirkliche Macht verfügen; daß die Frage, welchen Weg die Menschheit gehen wird, in den nächsten sechzig Jahren entschieden wird. Sie werden um jeden Fußbreit kämpfen und vor nichts zurückschrecken.«

»Sie können nicht gewinnen«, sagte Mark.

»Hoffen wir es«, sagte Lord Feverstone. »Ich glaube es auch nicht. Aber gerade darum ist es von so immenser Bedeutung für jeden von uns, die richtige Seite zu wählen. Wenn Sie versuchen, neutral zu bleiben, werden Sie einfach zu einer Schachfigur.«

»Oh, ich habe nicht den leisesten Zweifel, auf welcher Seite ich stehe«, sagte Mark. »Hol's der Teufel – der Fortbestand der Menschheit ist eine verdammt grundsätzliche Verpflichtung.«

»Nun, ich persönlich teile nicht Busbys Erregung darüber«, sagte Feverstone. »Es ist ein bißchen phantastisch, seine Handlungen darauf auszurichten, was in ein paar Hunderttausend oder Millionen Jahren geschehen wird; und Sie dürfen nicht vergessen, daß auch die andere Seite behauptet, das Wohl und den Fortbestand der Menschheit zu verteidigen. Beides läßt sich psychologisch erklären. Der praktische Aspekt ist, daß wir – Sie und ich – nicht gern anderer Leute Schachfiguren sind und lieber kämpfen – besonders auf der Seite der Gewinner.«

»Und welches ist der erste praktische Schritt?«

»Ja, das ist die eigentliche Frage. Wie ich sagte, muß das interplanetarische Problem einstweilen sich selbst überlassen bleiben. Das zweite Problem sind unsere Rivalen auf diesem Planeten. Ich meine damit nicht bloß Insekten und Bakterien. Es gibt viel zuviel Leben jeglicher Art, tierisches und pflanzliches Leben. Wir haben noch nicht richtig aufgeräumt. Zuerst konnten wir nicht, und dann hatten wir ästhetische und humanitäre Skrupel. Und wir haben die Frage des Gleichgewichts in der Natur noch immer nicht kurzgeschlossen. All das muß noch untersucht werden. Das dritte Problem ist der Mensch selbst.«

»Fahren Sie fort. Dies interessiert mich sehr.«

»Der Mensch muß sich des Menschen annehmen. Das bedeutet natürlich, daß einige Menschen sich des Restes annehmen müssen – und es ist ein weiterer Grund, sobald wie möglich einzusteigen. Schließlich wollen wir zu den Aufsehern gehören, nicht zu den Beaufsichtigten.«

»Und an welche praktischen Maßnahmen haben Sie gedacht?«

»Am Anfang stehen ganz einfache und offensichtliche Maßnahmen – Sterilisierung der Untüchtigen, Liquidation rückständiger Rassen (Ballast können wir nicht gebrauchen) und Zuchtwahl. Dann richtige Erziehung, worunter ich eine verstehe, die mit dem Prinzip der Freiwilligkeit und ähnlichem Unsinn aufräumt. Eine richtige Erziehung bringt den Schüler unfehlbar dorthin, wo sie ihn haben will, gleichgültig, was er oder seine Eltern dagegen zu unternehmen versuchen. Natürlich wird sie zuerst hauptsächlich psychologischer Natur sein müssen; aber im weiteren Verlauf werden wir zur biochemischen Konditionierung und der direkten Manipulation des Gehirns übergehen.«

»Äh – erstaunlich.«

»Es ist endlich das einzig Wahre: ein neuer Menschentyp. Und wir brauchen Leute wie Sie, um ihn zu schaffen.«

»Da sehe ich ein Problem. Glauben Sie bitte nicht, es sei falsche Bescheidenheit, aber ich habe noch nicht gesehen, wie ich hier einen Beitrag leisten könnte.«

»Nein, aber wir haben. Sie sind genau, was wir brauchen: ein ausgebildeter Soziologe mit einer radikal realistischen Betrachtungsweise, der sich nicht fürchtet, Verantwortung zu übernehmen. Außerdem ein Soziologe, der schreiben kann.«

»Wollen Sie vielleicht von mir, daß ich dies alles niederschreibe?«

»Nein. Wir wollen, daß Sie darüber etwas schreiben – daß Sie es tarnen. Natürlich nur für den Anfang. Ist die Sache erst einmal in Gang gekommen, werden wir uns um die Großherzigkeit der britischen Öffentlichkeit nicht weiter zu kümmern haben. Wir werden daraus machen, was wir wollen. Aber bis es soweit ist, kann uns nicht gleichgültig sein, wie die Dinge dargestellt werden. Würde zum Beispiel nur andeutungsweise bekannt, daß das

Institut Vollmachten für Experimente an Kriminellen verlangte, so hätten wir sofort alle alten Weiber beiderlei Geschlechts mit ihrem Gezeter über Humanität am Hals. Nennen Sie es dagegen Umerziehung der Nichtangepaßten, und schon sabbern sie vor Freude, daß die Ära des vergeltenden Strafrechts endlich zu Ende sei. Ein überaus seltsames Phänomen: Das Wort ›experimentieren‹ zum Beispiel ist unpopulär, nicht aber das Wort ›experimentell‹. Mit Kindern darf man nicht experimentieren: aber bieten Sie den lieben Kleinen kostenlose Erziehung in einer experimentellen Schule, die dem Institut angeschlossen ist, und alles ist in bester Ordnung.«

»Wollen Sie damit sagen, daß diese – hm – journalistische Tätigkeit meine Hauptaufgabe sein würde?«

»Es hat nichts mit Journalismus zu tun. Ihre Leser würden in erster Linie die Ausschüsse des Unterhauses sein, nicht die Öffentlichkeit. Aber das würde in jedem Falle nur ein Nebenaspekt sein. Was Ihre eigentliche Arbeit angeht – nun, es ist unmöglich vorauszusagen, wie sich das entwickeln wird. Bei einem Mann wie Ihnen betone ich die finanzielle Seite nicht eigens. Sie würden in einem ganz bescheidenen Rahmen anfangen: sagen wir, mit vielleicht fünfzehnhundert Pfund im Jahr.«

»Daran dachte ich nicht«, sagte Mark, der nichtsdestoweniger vor Aufregung errötete.

»Natürlich sollte ich Sie warnen«, sagte Feverstone. »Die Sache ist mit Gefahr verbunden. Vielleicht jetzt noch nicht, aber wenn die Dinge wirklich ins Rollen kommen, dann muß mit der Möglichkeit gerechnet werden, daß man versuchen wird, Sie wie seinerzeit den armen Weston um die Ecke zu bringen.«

»Ich glaube, daran habe ich auch nicht gedacht«, sagte Mark.

»Passen Sie auf«, sagte Feverstone. »Ich fahre Sie morgen zu John Wither. Er sagte mir, ich solle Sie für das Wochenende mitbringen, wenn Sie interessiert wären. Sie werden dort alle wichtigen Leute treffen, und es wird Ihnen helfen, sich schlüssig zu werden.«

»Was hat Wither damit zu tun? Ich dachte, Jules sei der Kopf des N.I.C.E.« Horace Jules war ein ausgezeichneter Schriftsteller und Autor populärwissenschaftlicher Bücher, dessen Name in fast allen öffentlichen Verlautbarungen in Verbindung mit dem neuen Institut genannt wurde.

»Jules! Er ist das Aushängeschild«, sagte Feverstone. »Sie glauben doch nicht, daß dieses kleine Maskottchen im Ernst etwas zu sagen hätte! Er ist der richtige Mann, um dem britischen Publikum in den Wochenendzeitungen das Institut nahezubringen, und dafür bezieht er ein klotziges Gehalt. Für die eigentliche Arbeit taugt er nicht. In seinem Kopf hat er nichts als angelesenen

Sozialismus des neunzehnten Jahrhunderts und dummes Zeug über die Menschenrechte. Er ist ungefähr so weit wie Darwin gekommen!«

»Kann ich mir denken«, sagte Mark. »Ich wunderte mich immer, daß er überhaupt mit von der Partie ist. Wissen Sie, da Sie schon so freundlich sind, werde ich Ihr Angebot annehmen und das Wochenende bei Wither verbringen. Wann wollen Sie fahren?«

»So gegen elf. Sie wohnen draußen in Sandown, nicht wahr? Ich könnte vorbeikommen und Sie abholen.«

»Vielen Dank. Nun erzählen Sie mir von Wither.«

»John Wither«, begann Feverstone und brach ab. »Verdammt!« sagte er. »Da kommt Curry. Jetzt müssen wir alles hören, was Non Olet sagte, und wie wunderbar unser Erzpolitiker ihn eingewickelt hat. Laufen Sie nicht weg. Ich werde Ihre moralische Unterstützung brauchen.«

Der letzte Bus war längst fort, als Mark das College verließ, und er ging im hellen Mondlicht zu Fuß nach Hause. Als er leise aufgesperrt hatte und in die Wohnung trat, geschah etwas sehr Ungewöhnliches. Noch auf dem Fußabstreifer stehend, hatte er plötzlich eine verängstigte, halb schluchzende Jane in den Armen – sogar eine verschüchterte Jane, die sagte: »Oh, Mark, ich habe mich so gefürchtet.«

Etwas an ihr fühlte sich ungewohnt an; eine gewisse undefinierbare Abwehrhaltung, die sonst für sie charakteristisch war, war momentan von ihr gewichen. Er kannte solche Anlässe von früher, aber sie waren selten; und er wußte aus Erfahrung, daß ihnen am nächsten Morgen unerklärliche Streitereien zu folgen pflegten. Dies bereitete ihm großes Kopfzerbrechen, aber er hatte seine Verwunderung nie in Worte gefaßt.

Es ist zweifelhaft, ob er ihre Gefühle hätte verstehen können, selbst wenn sie ihm erklärt worden wären; und Jane hätte sowieso nichts erklären können. Sie war in völliger Verwirrung. Aber die Gründe ihres ungewöhnlichen Verhaltens an diesem Abend waren einfach genug. Um halb fünf war sie von den Dimbles zurückgekehrt, aufgeheitert und hungrig von ihrem Spaziergang, und fest davon überzeugt, daß ihre Erlebnisse der vergangenen Nacht und beim Mittagessen nicht wiederkehren würden. Bevor sie ihren Tee getrunken hatte, mußte sie das Licht einschalten und die Vorhänge zuziehen, denn die Tage wurden kurz. Während sie das tat, kam ihr der Gedanke in den Sinn, daß ihre Angst vor dem Traum und ihre Panik bei der bloßen Erwähnung eines Mantels, eines begrabenen, aber nicht toten alten Mannes und einer Sprache wie Spanisch wirklich kindisch und unvernünftig gewesen sei, noch unvernünftiger als die Angst eines Kindes vor der Dunkelheit. Dies brachte die Erinnerung an Augenblicke ihrer Kindheit, als sie sich vor der Dunkelheit gefürchtet hatte. Vielleicht beging sie den Fehler, zu lange bei diesen Erinnerungen zu verweilen. Wie auch immer, als sie sich niedersetzte, um ihre letzte Tasse Tee zu trinken, war der Abend ihr irgendwie verdorben. Es wurde nichts mehr daraus. Zuerst fand sie es ziemlich schwierig, sich auf ihr Buch zu konzentrieren; dann, als sie diese Schwierigkeit erkannt hatte, fand sie es schwierig, sich für irgendein anderes Buch zu interessieren. Sie begriff, daß sie ruhelos und nervös war. Sie fürchtete sich nicht, wußte aber, daß sie leicht in Panik geraten würde, wenn sie sich nicht in der Hand behielt. Dann überkam sie ein merkwürdiger Widerwille, in die Küche zu gehen und das Abendessen zu bereiten, und als sie sich überwunden und es doch getan hatte, konnte sie nichts essen. Es war nicht länger zu verheimlichen, daß sie sich fürchtete. Verzweifelt rief sie bei den Dimbles an. »Ich glaube, ich sollte vielleicht doch die Person aufsuchen, die Sie mir empfahlen«, sagte sie. Nach einer seltsamen kleinen Pause gab Mrs. Dimbles Stimme ihr die Adresse. Ironwood war der Name, anscheinend Miß Ironwood. Jane hatte angenommen, es werde ein Mann sein, und fühlte sich ziemlich abgestoßen. Miß Ironwood wohnte draußen in St. Anne auf dem Hügel. Jane fragte, ob sie sich anmelden solle. »Nein«, sagte Mrs. Dimble, »Sie werden... Sie brauchen sich nicht anzumelden.« Jane versuchte das Gespräch nach Kräften auszudehnen. Sie hatte hauptsächlich angerufen, um Mutter Dimbles Stimme zu hören. Insgeheim hegte sie die abenteuerliche Hoffnung, daß Mutter Dimble ihre Bedrängnis fühlen und sofort sagen würde: »Ich setz' mich gleich in den Wagen und komm' zu Ihnen.« Statt dessen bekam Jane die bloße Information und ein hastiges »Gute Nacht«. Es schien ihr, daß Mrs. Dimbles Stimme einen merkwürdigen Klang hatte, und sie hatte irgendwie das Gefühl, daß sie mit ihrem Anruf ein Gespräch unterbrochen hatte, dessen Gegenstand sie selbst gewesen war: nein – nicht sie selbst, sondern etwas anderes, Wichtigeres, das in irgendeinem Zusammenhang mit ihr stand. Und was hatte Mrs. Dimble mit »Sie werden...« gemeint? »Sie werden dort erwartet?« Schreckliche, kindisch-alptraumhafte Visionen von jenen, die ›sie erwarteten‹, erstanden in ihrer Phantasie. Sie sah Miß Ironwood ganz in Schwarz gekleidet steif dasitzen, die gefalteten Hände auf den Knien, und dann führte jemand sie vor Miß Ironwood und sagte: »Sie ist gekommen.«

»Zum Teufel mit den Dimbles!« murmelte Jane vor sich hin, und dann machte sie es in Gedanken schnell rückgängig, mehr aus Angst als aus Reue. Und nun, da der rettende Telefondraht gebraucht worden war und keinen Trost gebracht hatte, brach der

Schrecken wieder über sie herein, wie ergrimmt über ihren vergeblichen Versuch, ihm zu entfliehen, und später konnte sie sich nicht erinnern, ob der gräßliche alte Mann und der Mantel ihr tatsächlich in einem Traum erschienen waren oder ob sie bloß dagesessen hatte, zusammengekauert und ängstlich um sich blickend, hoffend und sogar betend (obwohl sie an niemanden glaubte, zu dem sie hätte beten können), daß dieser schreckliche Greis sie verschonen möge.

Und so kam es, daß Mark unerwartet eine völlig verängstigte Jane vorfand, als er nach Haus kam. Doppelt unangenehm, dachte er, daß dies ausgerechnet an einem Abend passieren mußte, an dem er sich so verspätet hatte und so müde und – um die Wahrheit zu sagen – nicht mehr ganz nüchtern war.

»Fühlst du dich heute morgen besser?« sagte Mark.

»Ja, danke«, murmelte Jane.

Mark lag im Bett und trank eine Tasse Tee. Jane saß halb angekleidet vor der Frisierkommode und bürstete ihr Haar. Marks Blick ruhte mit trägem, morgendlichem Behagen auf ihr. Wenn er von der fehlenden Übereinstimmung zwischen ihnen nur sehr wenig erriet, lag dies zum Teil an der unheilbaren Gewohnheit des Menschen, zu projizieren. Wir halten das Lamm für sanft, weil seine Wolle sich weich anfühlt. Männer nennen eine Frau sinnlich, wenn sie sinnliche Gefühle in ihnen weckt.

Janes Körper, weich und doch fest, schlank und doch gerundet, wirkte genau in diesem Sinne auf Mark, und es war ihm so gut wie unmöglich, ihr nicht die gleichen Empfindungen zuzuschreiben, die sie in ihm erregte.

»Bist du ganz sicher, daß dir nichts fehlt?« fragte er wieder.

»Absolut«, sagte Jane wortkarg.

Sie dachte, sie sei ärgerlich, weil ihr Haar sich widerspenstig zeigte und weil Mark so ein Getue machte. Natürlich ärgerte sie sich wegen ihres Schwächeanfalls am Vorabend auch über sich selbst. Er hatte sie zu dem gemacht, was sie am meisten verabscheute – zu dem zitternden, tränenreichen Frauchen sentimentaler Romane, das sich bei jeder Gelegenheit kopflos und trostsuchend in männliche Arme flüchtet. Aber sie glaubte, dieser Ärger existiere nur im Hintergrund ihres Bewußtseins, und ahnte nicht, daß er durch ihre Adern pulsierte und in diesem selben Augenblick die Ungeschicklichkeit in ihren Fingern bewirkte, die ihr Haar so widerspenstig erscheinen ließ.

»Denn wenn du dich auch nur im geringsten unwohl fühlst«, fuhr Mark fort, »könnte ich den Besuch bei diesem Wither auf später verschieben.«

Jane sagte nichts.

»Wenn ich fahre«, sagte Mark, »werde ich sicherlich eine Nacht fortbleiben müssen; vielleicht zwei.«

Jane preßte die Lippen ein wenig fester zusammen und sagte noch immer nichts.

»Angenommen, ich nähme die Einladung an«, sagte Mark. »Könntest du nicht Myrtle bitten, auf ein, zwei Tage herüberzukommen?«

»Nein, danke«, sagte Jane mit Nachdruck; dann fügte sie hinzu: »Ich bin es gewohnt, allein zu sein.«

»Ich weiß«, sagte Mark in defensivem Ton. »Zur Zeit ist im College der Teufel los. Das ist einer der Hauptgründe, daß ich an eine Veränderung denke.«

Jane schwieg.

»Hör zu, altes Haus«, sagte Mark, richtete sich mit einem Ruck auf und schwang seine Beine aus dem Bett. »Es hat keinen Sinn, um den heißen Brei herumzugehen. Ich gehe nicht gern fort, während du in deinem gegenwärtigen Zustand bist...«

»Welchem Zustand?« sagte Jane, die sich nun umwandte und ihn zum erstenmal ansah.

»Nun – ich meine ... du bist ein bißchen nervös, nicht? Wie es jedem mal passieren kann.«

»Weil ich zufällig einen Alptraum hatte, als du gestern abend – oder, besser gesagt, heute morgen nach Haus kamst, brauchst du noch nicht so zu tun, als ob ich eine Neurasthenikerin wäre.« Das war ganz und gar nicht, was Jane hatte sagen wollen.

»Es hat doch keinen Sinn, gleich loszulegen, als ob...«, begann Mark.

»Als ob *was*?« sagte Jane heftig, und dann, bevor er etwas erwidern konnte: »Wenn du findest, daß ich verrückt werde, solltest du lieber Brizeacre kommen und mich untersuchen lassen. Es würde praktisch sein, die Angelegenheit zu erledigen, während du fort bist. Sie könnten mich in deiner Abwesenheit ohne großes Aufhebens abtransportieren. Ich werde mich jetzt um das Frühstück kümmern. Wenn du dich nicht schnell rasierst und anziehst, wirst du nicht fertig sein, wenn Lord Feverstone kommt.«

Das Ergebnis war, daß Mark sich beim Rasieren einen sehr bösen Schnitt verpaßte (und sofort eine Vision hatte, wie er, einen großen Wattebausch auf der Oberlippe, mit dem überaus bedeutenden Mr. Wither sprach), während Jane aus verschiedenen Gründen beschloß, Mark ein ungewöhnlich reichhaltiges Frühstück zu bereiten – lieber wäre sie gestorben, als selbst davon zu essen –, und das tat sie mit den raschen, sparsamen Bewegungen einer zornigen Frau, nur um im letzten Moment an den neuen Herd zu stoßen und alles durcheinanderzuwerfen. Sie saßen noch am Frühstückstisch und gaben beide vor, Zeitung zu lesen, als

Lord Feverstone kam. Unglücklicherweise traf Mrs. Maggs gleichzeitig mit ihm ein. Mrs. Maggs war jenes Element in Janes Haushalt, das sie mit der Redewendung zu umschreiben pflegte: »Ich habe eine Frau, die zweimal die Woche kommt.« Zwanzig Jahre früher hätte Janes Mutter eine solche Frau einfach mit »Maggs« angeredet und wäre ihrerseits als »Madam« tituliert worden. Aber Jane und ihre Haushalthilfe nannten einander Mrs. Maggs und Mrs. Studdock. Sie waren ungefähr gleichaltrig, und das Auge eines Junggesellen hätte in den Kleidern, die sie trugen, keinen auffälligen Unterschied gesehen. So war es vielleicht nicht unentschuldbar, daß Feverstone, als Mark ihn seiner Frau vorstellen wollte, Mrs. Maggs die Hand schüttelte: aber es versüßte Jane nicht die letzten Minuten vor dem Weggang der beiden Männer.

Unter dem Vorwand, einkaufen zu gehen, verließ Jane gleich darauf ebenfalls die Wohnung. »Ich könnte Mrs. Maggs heute wirklich nicht ertragen«, sagte sie zu sich selbst. »Sie ist furchtbar geschwätzig.« Das war auch Lord Feverstone – dieser Mann mit dem lauten, unnatürlichen Lachen, dessen Mund an einen Hai erinnerte und der offensichtlich keine Manieren hatte. Was konnte es Mark nützen, mit einem solchen Mann zu verkehren? Jane hatte seinem Gesicht mißtraut. Sie hatte einen Blick dafür – der Mann machte einen unsteten, unzuverlässigen Eindruck. Wahrscheinlich hielt er Mark zum Narren. Mark war so leicht anzuführen. Wäre er nur nicht in Bracton! Es war ein gräßliches College. Was fand Mark an Leuten wie Mr. Curry und dem abscheulichen alten Exgeistlichen mit dem Bart anziehend? Und was war nun mit dem Tag, der sie erwartete, und der Nacht, und der darauffolgenden Nacht – denn wenn Männer sagen, daß sie möglicherweise zwei Nächte ausbleiben, dann bedeutet es, daß zwei Nächte das Minimum sind und daß sie eine ganze Woche auszubleiben hoffen. Ein Telegramm (niemals ein Ferngespräch) brachte das für sie in Ordnung.

Sie mußte etwas tun. Sie dachte sogar daran, Marks Anregung zu befolgen und Myrtle einzuladen. Aber Myrtle war ihre Schwägerin, Marks Zwillingsschwester, und sie hatte entschieden genug von der verehrungsvoll zum klugen Bruder aufblickenden kleinen Schwester. Sie würde über Marks Gesundheit und seine Hemden und Socken reden, und in allem würde eine unausgesprochene, aber unverkennbare Verwunderung über Janes Glück mitschwingen, einen solchen Mann gekriegt zu haben. Nein, bestimmt nicht Myrtle. Dann dachte sie daran, als Patientin Dr. Brizeacre aufzusuchen. Er war ein Bracton-Mann und würde ihr deshalb wahrscheinlich nichts berechnen. Aber als sie sich vorstellte, wie sie ausgerechnet Brizeacre die Art von Fragen beantworten sollte, die ein Psychoanalytiker mit Gewißheit stellen würde, erwies die Idee sich als unhaltbar. Aber sie mußte etwas unternehmen. Schließlich entdeckte sie zu ihrer eigenen Überraschung, daß sie beschlossen hatte, nach St. Anne hinauszufahren und Miß Ironwood aufzusuchen. Sie kam sich ziemlich töricht vor.

Ein Beobachter hoch über Edgestow hätte an diesem Tag weit im Süden einen sich bewegenden Punkt auf einer Landstraße gesehen, und später, mehr im Osten und beim silbernen Band des Wynd, den langsamer kriechenden, eine weiße Fahne nachziehenden Personenzug.

Der Punkt war der Wagen, der Mark Studdock zum vorläufigen Sitz des N.I.C.E. in Belbury brachte. Größe und Stil des Wagens hatten vom ersten Augenblick an Eindruck auf ihn gemacht. Die Polsterung der Sitze war von solcher Qualität, daß sie sich geradezu anfühlten, als müßten sie gut zu essen sein. Und welch eine vortreffliche männliche Energie (Mark war des weiblichen Geschlechts momentan überdrüssig) sprach aus den Gesten, mit denen Feverstone es sich hinter dem Lenkrad bequem machte und die Pfeife fest zwischen die Zähne klemmte! Die Geschwindigkeit des Wagens, selbst in den schmalen Straßen von Edgestow, war beeindruckend, und das gleiche ließ sich von der lakonischen Kritik sagen, mit der Feverstone andere Fahrer und Fußgänger bedachte. Als sie den Bahnübergang und Janes altes College (St. Elizabeths) hinter sich hatten, zeigte er, was in seinem Wagen steckte. Ihre Geschwindigkeit wurde so hoch, daß die unentschuldbar schlechten Autofahrer, die offensichtlich schwachsinnigen Fußgänger und Radfahrer, die Hühner, die sie tatsächlich überfuhren, und jene Hunde, Katzen und Hühner, die, wie Feverstone erklärte, »noch mal verdammtes Glück gehabt hatten«, fast ohne Unterbrechung aufeinanderzufolgen schienen. Telegrafenmasten rasten vorbei, Brücken rauschten unter ihnen weg, Dörfer blieben zurück und gesellten sich zu dem bereits verschlungenen Land, und Mark, trunken von der frischen Luft und von der kaltblütigen Unverschämtheit, mit der Feverstone fuhr, zugleich fasziniert und abgestoßen, saß da und sagte »Ja« und »Ganz recht« und »Es war deren Schuld« und warf seinem Gefährten verstohlene Seitenblicke zu. Nach der geschäftigen Wichtigtuerei Currys und des Quästors war Feverstone gewiß eine erfrischende Abwechslung! Die lange gerade Nase und die zusammengebissenen Zähne, die harten knochigen Umrisse unter der Gesichtshaut, die Art und Weise, wie er seine Kleider trug: alles das sprach von einem Mann, der einen schweren Wagen zu irgendeinem Ziel steuerte, wo wichtige Entscheidungen getroffen wurden. Und er,

Mark, sollte dazugehören. Einige Male, wenn sein Herzschlag für Augenblicke auszusetzen schien, fragte er sich, ob Lord Feverstones Fahrkunst seine Geschwindigkeit rechtfertige.

»Eine Kreuzung wie die braucht man nie so ernst zu nehmen«, schrie Feverstone, als sie, wieder um Haaresbreite einem Zusammenstoß entgangen, weiterjagten.

»Ganz recht«, brüllte Mark zurück. »Hat keinen Zweck, sie zum Fetisch zu machen!«

»Fahren Sie selbst?« fragte Feverstone.

»Früher ziemlich viel«, sagte Mark.

Die Fahne aus Kohlenrauch und Dampf, die unser imaginärer Beobachter im Osten von Edgestow gesehen haben würde, markierte den Zug, in dem Jane Studdock sich langsam dem Dorf St. Anne näherte. Für jene, die es mit dem Zug aus London erreichten, hatte Edgestow das Aussehen einer Endstation: aber wenn man umherblickte, konnte man an einem Nebenbahnsteig einen kleinen Zug aus zwei oder drei Personenwagen, einem Güterwaggon und einer Tenderlokomotive sehen – einen Zug, der zischte und unter den Trittbrettern Dampf verströmte und in dem die meisten Passagiere einander zu kennen schienen. Auf dem Bahnsteig vor dem Güterwaggon standen Kisten und Körbe mit toten Kaninchen oder lebendigem Geflügel, beaufsichtigt von einem Mann in Hosenträgern und mit brauner Schirmmütze. Dieser Zug, der Edgestow täglich um halb zwei verließ, ratterte und schlingerte mit Jane einen Bahndamm entlang, von wo sie durch kahle Äste und mit roten und gelben Blättern gesprenkelte Zweige in den Bragdon-Wald hinabsehen konnte, dann durch den Einschnitt und über die Landstraße bei Bragdon-Camp am Rand des Brawell Park entlang (der schloßartige Landsitz war von einer Stelle aus kurz sichtbar) und so zur ersten Haltestelle Duke's Eaton. Hier kam der Zug wie in Woolham und Cure Hardy und Fourstones mit einem kleinen Ruck und etwas wie einem Seufzer zum Stillstand. Und dann hörte man die Geräusche von leeren Milchkannen und schweren, knirschenden Stiefeln auf dem ungeteerten Bahnsteig, und danach gab es eine Pause, die lang zu dauern schien und während der die blasse Spätherbstsonne einen durch die Zugfenster zu wärmen begann und die Gerüche von Wäldern und Feldern jenseits der winzigen Station in die Waggons eindrangen und die Bahn als einen Teil des Landes zu beanspruchen schienen. Bei jedem Haltepunkt stiegen Passagiere ein und aus; rotbackige Männer und Frauen mit imitierten Früchten auf den Hüten und Schuljungen. Jane bemerkte sie kaum; denn obgleich sie theoretisch eine extreme Demokratin war, hatte sie außer in Büchern noch nie die hautnahe Realität einer anderen als ihrer eigenen sozialen Klasse kennengelernt. Und zwischen den Stationen glitten Dinge vorbei, so isoliert von ihren Zusammenhängen, daß jedes irgendeine unirdische Glückseligkeit zu verheißen schien, wenn man nur in genau diesem Augenblick hätte aussteigen und sie ergreifen können: ein Haus vor einer Gruppe von Heuhaufen und weiten braunen Feldern ringsum, zwei betagte Pferde, die Kopf an Kopf auf einer leeren Koppel standen und sich etwas zu erzählen schienen, ein kleiner Obstgarten mit Wäsche an einer Leine, und ein Feldhase, der den Zug anstarrte und dessen steil aufgestellte Ohren mit den Augen darunter wie ein doppeltes Ausrufungszeichen aussahen. Um viertel nach zwei traf sie in St. Anne ein, das die Endstation der Zweiglinie und das Ende von allem war. Als sie die Station verließ, empfand sie die Luft als frisch und belebend.

Obwohl der Zug während der zweiten Hälfte der Reise mühsam bergauf gekeucht und geschnauft war, blieb immer noch ein Aufstieg zu Fuß übrig, denn St. Anne ist eines jener Dörfer, die auf einer Hügelkuppe angesiedelt sind und die man in Irland häufiger als in England antrifft. Die Bahnstation ist ein gutes Stück vom Dorf entfernt, und eine gewundene Straße zwischen hohen Böschungen führte Jane hinauf. Nachdem sie die Kirche hinter sich gelassen hatte, bog sie beim sächsischen Kreuz nach links ab, wie Mutter Dimble sie instruiert hatte. Zu ihrer Linken gab es keine Häuser, nur eine Reihe hoher Buchen und einen frischumgepflügten Acker, der sich die breite Hügelflanke hinabzog. Jenseits davon breitete sich die bewaldete mittelenglische Ebene aus, soweit das Auge reichte. Sie stand auf der höchsten Erhebung dieser Gegend. Bald kam sie zu einer hohen Mauer, die den Weg zur Rechten begleitete. Schließlich gelangte Jane an eine Tür, neben der ein alter eiserner Glockenzug war. Sie war niedergedrückt und erwartete, umsonst gekommen zu sein. Nichtsdestoweniger läutete sie. Als das mißtönende Geräusch verklungen war, folgte eine so lang dauernde Stille, daß Jane sich zu fragen begann, ob das Haus überhaupt bewohnt sei. Dann, als sie überlegte, ob sie noch einmal läuten oder fortgehen solle, hörte sie jenseits der Mauer rasche Schritte näherkommen.

Unterdessen war Lord Feverstones Wagen längst in Belbury eingetroffen – einem prunkvollen Herrensitz, der für einen Millionär und Bewunderer von Versailles erbaut worden war. Dem schloßartigen Bau schienen auf beiden Seiten wuchernde Auswüchse neuerer und niedrigerer Betongebäude entsprossen zu sein, welche die Keimzelle des N.I.C.E. beherbergten.

3

Belbury und St. Anne auf dem Hügel

Als sie die breite Treppe hinaufstiegen, sah Mark Studdock sich und seinen Begleiter in einem Spiegel. Feverstone war wie immer Herr der Situation, selbstsicher und von lässiger Eleganz. Der Wattebausch auf Marks Oberlippe war während der Autofahrt verrutscht und sah wie die eine Hälfte eines keck aufgezwirbelten falschen Schnurrbarts aus, unter dem ein wenig schwärzliches Blut sichtbar war. Gleich darauf befanden sie sich in einem großen Raum mit hohen Fenstern und einem knackenden Kaminfeuer, und Feverstone stellte ihn John Wither vor, dem stellvertretenden Direktor des Instituts.

Wither war ein weißhaariger alter Mann mit höflichen Manieren. Sein Gesicht war glattrasiert und sehr groß, mit wäßrigen blauen Augen und einem unbestimmten, unruhigen Ausdruck. Er schien ihnen nicht seine ganze Aufmerksamkeit zuzuwenden, und dieser Eindruck mußte den Augen zuzuschreiben sein, denn seine Worte und Gesten waren beinahe übertrieben höflich. Er sagte, es sei ihm eine große, eine sehr große Freude, Mr. Studdock in ihrem Kreis willkommen zu heißen. Er fühle sich Lord Feverstone dadurch zu noch größerem Dank verpflichtet, als er ihm ohnedies schon schulde. Er hoffe, sie hätten eine angenehme Reise gehabt. Mr. Wither schien der Meinung zu sein, daß sie mit dem Flugzeug gekommen seien, und als das korrigiert war, daß sie mit dem Wagen eingetroffen seien. Dann begann er sich zu erkundigen, ob Mr. Studdock sich in seinem Quartier auch wirklich wohl fühle, und mußte daran erinnert werden, daß sie gerade erst angekommen waren. Mark vermutete, daß der alte Mann ihm mit diesem Reden die Schüchternheit nehmen wolle, doch tatsächlich hatte Mr. Withers Konversation genau den gegenteiligen Effekt. Mark wünschte, er würde ihm eine Zigarette anbieten. Seine wachsende Überzeugung, daß dieser Mann in Wirklichkeit nichts über ihn wußte, und sein Gefühl, daß Feverstones scheinbar so substantielle Pläne und Versprechungen sich hier in eine Art Nebel auflösten, waren äußerst unbehaglich. Schließlich nahm er sich ein Herz und versuchte Mr. Wither zur Sache zu bringen, indem er sagte, daß ihm noch immer nicht ganz klar sei, in welcher Funktion er für das Institut tätig werden solle.

»Ich versichere Ihnen, Mr. Studdock«, sagte der Vizedirektor mit einem ungewöhnlich geistesabwesenden Ausdruck in den Augen, »daß Sie in diesem Punkt nicht die geringsten... ah... Schwierigkeiten zu gewärtigen brauchen. Es ist nie daran gedacht worden, Ihren Aktivitäten und Ihrem allgemeinen Einfluß auf die

Politik des Instituts irgendwelche Grenzen zu ziehen, ohne Ihre eigenen Ansichten und Ihren eigenen Rat so weitgehend wie möglich zu berücksichtigen. Dies gilt selbstverständlich erst recht für Ihre Beziehungen zu Ihren Kollegen und für das, was ich ganz allgemein die Richtlinien nennen möchte, unter denen Sie mit uns zusammenarbeiten würden. Sie werden finden, Mr. Studdock, daß wir hier in Belbury, wenn ich so sagen darf, eine sehr glückliche Familie bilden.«

»Oh, bitte mißverstehen Sie mich nicht, Sir«, sagte Mark. »Das meinte ich nicht. Ich meinte nur, daß ich gern eine Vorstellung von der Arbeit hätte, die ich tun müßte, wenn ich zu Ihnen käme.«

»Nun, wenn Sie davon sprechen, daß Sie zu uns kommen wollen«, sagte der Vizedirektor, »dann berührt das einen Punkt, über den es hoffentlich kein Mißverständnis geben wird. Ich denke, wir sind uns einig, daß die Frage des Wohnsitzes überhaupt nicht der Erörterung bedarf – ich meine, nicht in diesem Stadium. Wir alle dachten, daß Sie völlig frei sein sollten, in Ihrer Arbeit fortzufahren, wo immer es Ihnen gefiele. Wenn Sie in London oder Cambridge bleiben möchten...«

»Edgestow«, warf Feverstone ein.

»Ah ja, Edgestow.« Der Vizedirektor wandte sich zu Feverstone. »Ich erklärte Mr.... ah... Studdock gerade, und Sie werden mir sicherlich zustimmen, daß dem Ausschuß nichts ferner liegt, als Mr.... Ihrem Freund vorzuschreiben, wo er wohnen soll. Wo immer er sich aufhält, wir werden ihm selbstverständlich Transportmöglichkeiten, auch auf dem Luftwege, zur Verfügung stellen. Ich nehme an, Lord Feverstone, Sie haben ihm bereits erläutert, daß alle Fragen dieser Art sich ohne die geringste Schwierigkeit von selbst regeln werden.«

»Wirklich, Sir«, sagte Mark, »daran dachte ich überhaupt nicht. Ich habe keinerlei Einwände gegen diese oder jene Regelung der Wohnungsfrage. Ich wollte nur...«

Der stellvertretende Direktor unterbrach ihn mit so sanfter Stimme, daß man es kaum eine Unterbrechung nennen konnte. »Aber ich versichere Ihnen, Mr.... ah... ich versichere Ihnen, Sir, Sie können Ihren Wohnsitz nehmen, wo immer es Ihnen angenehm erscheint. Es wurde niemals, in keinem Stadium des Projekts, die leiseste Andeutung gemacht...« Aber hier wagte es Mark, beinahe verzweifelt, seinerseits den anderen zu unterbrechen.

»Ich wollte nur etwas mehr Klarheit über die Art dieser Arbeit«, sagte er, »und über die dafür erforderliche Qualifikation.«

»Mein lieber Freund«, sagte Wither, »auch in der Richtung brauchen Sie sich keinerlei Sorgen zu machen. Wie ich schon sagte, Sie werden uns als eine glückliche Familie kennenlernen und können überzeugt sein, daß niemand auch nur den geringsten Zweifel an Ihrer Eignung hegt. Ich würde Ihnen keine Position am Institut anbieten, wenn auch nur die geringste Gefahr bestünde, daß Sie nicht allen von uns willkommen sind oder daß man Ihre sehr wertvollen Qualitäten nicht voll zu schätzen wüßte. Sie sind – Sie sind hier unter Freunden, Mr. Studdock. Ich wäre der letzte, der Ihnen raten würde, sich mit irgendeiner Organisation zu verbinden, wo Sie Gefahr liefen, unerfreulichen... ah... persönlichen Kontakten ausgesetzt zu sein.«

Mark fragte nicht wieder nach der Art der von ihm verlangten Arbeit; teils, weil er zu befürchten begann, daß man Kenntnisse darüber von ihm darüber erwartete, und teils, weil eine völlig direkte Frage in diesem Raum derb und ungehobelt gewirkt und ihn plötzlich von der warmen und beinahe betäubenden Atmosphäre unbestimmter und doch bedeutsamer Vertraulichkeit ausgeschlossen hätte, die ihn allmählich umhüllte.

»Sie sind sehr freundlich«, sagte er. »Das einzige, worüber ich gern etwas mehr Klarheit hätte, ist der genaue – nun, der eigentliche Arbeitsbereich meiner künftigen Stellung.«

»Also«, sagte Mr. Wither so leise und weich, daß es fast ein Seufzer war, »ich bin sehr froh, daß Sie diesen Punkt hier ganz zwanglos ansprechen. Natürlich läge es weder in Ihrem noch in meinem Interesse, wenn wir uns jetzt in irgendeinem Sinne festlegten, der die Machtbefugnisse des Ausschusses verletzen würde. Ich verstehe Ihre Beweggründe und... ah... respektiere sie. Selbstverständlich sprechen wir nicht von einer Stellung im quasi technischen Sinne des Worts; es wäre für uns beide unpassend, wenn auch aus unterschiedlichen Gründen, und könnte zu gewissen Ungelegenheiten führen. Aber ich denke, ich kann Ihnen mit aller Entschiedenheit versichern, daß niemand Sie in irgendeine Art von Zwangsjacke oder Prokrustesbett zwingen will. Wir denken hier eigentlich nicht in Begriffen streng abgegrenzter Funktionen. Die Verwendung solcher Begriffe liegt, wenn ich das richtig sehe, Männern wie Ihnen und mir eher fern. Jeder im Institut empfindet seine eigene Arbeit nicht so sehr als einen Beitrag der Abteilung zu einem bereits definierten Zweck, sondern vielmehr als eine treibende Kraft in der fortschreitenden Entwicklung eines organischen Ganzen.«

Und Mark sagte – Gott vergebe ihm, denn er war jung und schüchtern und eitel und furchtsam zugleich –: »Ich glaube, gerade das ist sehr wichtig. Die Beweglichkeit Ihrer Organisation gehört zu den Dingen, die mich anziehen.« Danach hatte er keine Gelegenheit mehr, den stellvertretenden Direktor zum Kern der Sache zu bringen, und wann immer die langsame, freundliche Stimme verstummte, antwortete Mark in der gleichen ausweichenden und umschweifigen Art, anscheinend unfähig, sich anders zu verhalten, obwohl er sich wiederholt die quälende Frage stellte, worüber sie eigentlich redeten. Am Ende des Gesprächs gab es dann noch einen Augenblick der Klarheit. Mr. Wither meinte, daß er, Mark, es angenehm finden würde, in den Club des Instituts einzutreten. Als ein Mitglied habe er von Anfang an mehr Bewegungsfreiheit als ein Gast. Mark stimmte zu und errötete dann wie ein kleiner Junge, als er erfuhr, die einfachste Möglichkeit sei der Erwerb einer lebenslangen Mitgliedschaft zum Preis von zweihundert Pfund. Er hatte nicht soviel auf der Bank. Natürlich, wenn er den neuen Job mit seinen fünfzehnhundert Pfund im Jahr bekäme, wäre alles in Ordnung. Aber hatte er ihn? Gab es überhaupt einen Job?

»Wie dumm!« sagte er laut. »Ich habe mein Scheckbuch nicht bei mir.«

Kurz darauf befand er sich mit Feverstone draußen auf der Treppe.

»Nun?« fragte er gespannt. Feverstone schien ihn nicht zu hören.

»Nun?« wiederholte Mark. »Wann wird sich meine Sache entscheiden? Ich meine, habe ich den Job?«

»Hallo, Guy!« brüllte Feverstone plötzlich einem Mann in der Eingangshalle unter ihnen zu. Im nächsten Moment war er zum Fuß der Treppe hinuntergelaufen, schüttelte seinem Bekannten warm die Hand und verschwand mit ihm. Mark folgte ihnen langsam und stand allein in der Eingangshalle herum, stumm und verlegen zwischen Gruppen und Paaren plaudernder Männer, die alle nach links zu einer großen Schiebetür gingen.

Das Herumstehen, die Ratlosigkeit und die Anstrengung, sich natürlich zu geben und nicht aufzufallen, schienen sich unerträglich hinzuziehen. Die Geräusche und angenehmen Düfte, die aus dem Raum hinter der Schiebetür kamen, ließen erkennen, daß die Leute dort ihr Mittagessen einnahmen. Mark zögerte, im Ungewissen über seinen Status. Schließlich sagte er sich, daß er nicht länger wie ein Trottel in der Halle herumstehen könne, und ging den anderen nach.

Er hatte gehofft, einen kleinen Tisch für sich allein zu finden, aber es gab nur eine einzige lange Tafel, die bereits so dicht besetzt war, daß er, nachdem er vergeblich nach Feverstone Ausschau gehalten hatte, sich neben einen Fremden setzen mußte. »Ich nehme an, man setzt sich, wo man will?« murmelte er, als er sich niederließ, aber der Fremde schien nicht zu hören. Er war ein geschäftiger Typ, der sehr hastig aß und gleichzeitig mit seinem Nachbarn auf der anderen Seite redete.

»Das ist es eben«, sagte er gerade. »Wie ich ihm sagte, mir ist es gleich, wie sie es regeln. Von mir aus können die IVD-Leute die ganze Schau übernehmen, wenn der VD es will, aber mir mißfällt, daß ein Mann dafür verantwortlich sein soll, wenn die Hälfte der Arbeit von jemand anders getan wird. Ich sagte ihm, daß er jetzt drei Abteilungsdirektoren hat, die einander auf den Füßen herumsteigen und die gleiche Arbeit leisten, die ein Angestellter erledigen könnte. Es wird allmählich lächerlich. Denken Sie bloß daran, was heute morgen passierte.«

Gespräche dieser Art dauerten während der ganzen Mahlzeit an. Obwohl Speisen und Getränke ausgezeichnet waren, fühlte sich Mark erleichtert, als die Leute den Tisch zu verlassen begannen. Er folgte der allgemeinen Bewegung durch die Eingangshalle und kam in einen großen Gesellschaftsraum, wo Kaffee serviert wurde. Hier endlich traf er Feverstone wieder. Tatsächlich wäre es schwierig gewesen, ihn zu übersehen, denn er war der Mittelpunkt einer Gruppe und lachte schallend. Mark hätte sich ihm gern genähert, und sei es nur, um zu erfahren, ob er im Haus übernachten solle und ob ihm ein Zimmer zugewiesen sei. Aber der Kreis um Feverstone bestand offenbar aus lauter Vertrauten, und Mark wollte sich nicht dazwischendrängen. Er ging zu einem der vielen Tische und begann in einer Illustrierten zu blättern. Alle paar Sekunden blickte er auf, um zu sehen, ob es eine Gelegenheit gebe, mit Feverstone ein Wort unter vier Augen zu wechseln. Als er zum fünften Mal aufschaute, blickte er ins Gesicht eines seiner eigenen Kollegen, William Hingest. Die fortschrittlichen Kräfte nannten ihn unter sich Bill den Blizzard.

Hingest hatte an der Sitzung des Kollegiums nicht teilgenommen und war mit Lord Feverstone kaum oberflächlich bekannt. Mark begriff mit einer gewissen Ehrfurcht, daß hier ein Mann vor ihm stand, der direkte Verbindungen zum N.I.C.E. hatte – einer, der sozusagen von einem Punkt jenseits von Feverstone ausging. Hingest war Chemophysiker und einer der zwei Wissenschaftler am Bracton College, dessen Ruf über England hinausreichte. Ich hoffe, der geschätzte Leser hat sich nicht zu der Annahme verleiten lassen, die Kollegiumsmitglieder von Bracton seien eine besonders ausgezeichnete und illustre Gesellschaft. Es lag gewiß nicht in der Absicht des progressiven Elements, mittelmäßige Leute auf Lehrstühle zu berufen, aber ihre Entschlossenheit, nur »vernünftige Leute« zu wählen, engte ihre Auswahl sehr ein, und wie Busby einmal gesagt hatte: »Man kann nicht alles haben.« Bill der Blizzard hatte einen altmodisch gezwirbelten Schnurrbart, in dem das Weiß beinahe, aber noch nicht vollständig, über das Gelb triumphierte, eine große Hakennase und einen kahlen Schädel.

»Welch unerwartetes Vergnügen«, sagte Mark ein wenig förmlich. Er hatte immer ein bißchen Angst vor Hingest.

»Hah?« grunzte dieser. »Eh? Ach, Sie sind es, Studdock. Ich wußte nicht, daß man sich Ihre Dienste hier schon gesichert hat.«

»Ich bedauerte, daß ich Sie bei der gestrigen Sitzung des Kollegiums nicht gesehen habe«, sagte Mark.

Das war gelogen. Den fortschrittlichen Kräften bereitete Hingests Gegenwart stets Verlegenheit. Als der einzige wirklich bedeutende Wissenschaftler, den sie hatten, gehörte er von rechts wegen zu ihnen; aber er war ein Wissenschaftler von der falschen Sorte. Glossop, ein klassischer Philologe, war im College sein bester Freund. Er hatte das Gebaren (Curry nannte es »affektiert«), seine eigenen bahnbrechenden Entdeckungen auf dem Gebiet der Chemie nicht viel Bedeutung beizumessen und sich viel mehr darauf zugute zu halten, daß er ein Hingest war: der Familienstammbaum reichte beinahe bis in mythische Zeiten zurück und war nach dem Zeugnis eines Geschichtsschreibers im neunzehnten Jahrhundert »niemals durch einen Verräter, Politiker oder Baron entehrt worden«. Besonders großes Ärgernis hatte Hingest anläßlich eines Besuchs des Herzogs von Broglie in Edgestow erregt. Der Franzose hatte seine freie Zeit ausschließlich mit Bill dem Blizzard verbracht, aber als ein enthusiastischer junger Dozent vorgefühlt hatte, welche wissenschaftlichen Themen von den beiden Weisen erörtert worden waren, hatte Bill der Blizzard einen Augenblick überlegt und dann erwidert, daß sie gar nicht zur Behandlung solcher Fragen gekommen seien. »Wahrscheinlich«, hatte Curry hinter Hingests Rücken gespottet, »haben sie über diesen blödsinnigen »Gothaischen Adelskalender geredet.«

»Wie? Was sagen Sie da? Sitzung des Kollegiums?« sagte der Blizzard. »Worüber wurde gesprochen?«

»Über den Verkauf des Bragdon-Waldes.«

»Alles Unsinn«, knurrte der Blizzard.

»Ich hoffe, Sie hätten unserem Beschluß zugestimmt.«

»Völlig einerlei, welcher Beschluß gefaßt wurde.«

»Oh!« sagte Mark verdutzt.

»Es war alles Unsinn. Das N.I.C.E. hätte den Wald in jedem Fall bekommen. Es hatte die Macht, einen Zwangsverkauf zu erwirken.«

»Sehr merkwürdig! Man gab mir zu verstehen, das Institut werde nach Cambridge gehen, wenn wir nicht verkauften.«

»Daran ist kein wahres Wort. Was das Merkwürdige angeht, so hängt es davon ab, was Sie meinen. Es ist nichts Merkwürdiges daran, wenn das Kollegium von Bracton den ganzen Nachmittag über eine unwirkliche Streitfrage diskutiert. Und es liegt nichts

Merkwürdiges in der Tatsache, daß das N.I.C.E. nach Möglichkeit Bracton die Schande zuschieben möchte, das Herz Englands in eine Kreuzung zwischen einem Wolkenkratzerhotel und einem heiliggesprochenen Gaswerk verwandelt zu haben. Das einzige echte Rätsel ist, warum das Institut gerade dieses Stück Land will.«

»Ich nehme an, wir werden es im weiteren Verlauf erfahren.«
»Sie vielleicht. Ich nicht.«
»Warum nicht?« fragte Mark.
»Ich habe genug«, sagte Hingest mit gedämpfter Stimme. »Ich reise noch heute ab. Ich weiß nicht, was Sie am Bracton College getan haben, aber wenn es was taugte, dann gebe ich Ihnen den guten Rat, zurückzugehen und dabeizubleiben.«
»Wirklich?« sagte Mark. »Warum sagen Sie das?«
»Einem alten Kerl wie mir macht es nichts aus«, sagte Hingest, »aber Ihnen könnten sie übel mitspielen. Natürlich hängt alles davon ab, wie jeder über die Sache denkt.«
»Ich habe mich noch nicht endgültig entschieden«, sagte Mark. Man hatte ihn gelehrt, Hingest als einen verknöcherten Reaktionär zu betrachten. »Ich weiß nicht einmal, welches meine Arbeit wäre, wenn ich bliebe.«
»Was ist Ihr Fach?«
»Soziologie.«
»Hm«, machte Hingest. »In diesem Fall kann ich Ihnen sagen, unter wem Sie arbeiten würden. Es ist ein Bursche namens Steele. Dort drüben beim Fenster ist er, sehen Sie ihn?«
»Vielleicht könnten Sie mich vorstellen?« sagte Mark.
»Dann sind Sie also entschlossen, zu bleiben?«
»Nun, ich denke, wenigstens sollte ich mit ihm reden.«
»Von mir aus«, sagte Hingest. »Nicht meine Sache.« Dann fügte er mit lauter Stimme hinzu: »Steele!«

Steele wandte sich um. Er war ein großer, düsterer Mann mit einer von jenen Physiognomien, in denen sich pferdeartige Länge mit wulstig dicken Lippen verbindet.

»Das ist Studdock«, sagte Hingest. »Der neue Mann für Ihre Abteilung.« Dann wandte er sich ab.

»Oh«, sagte Steele verdutzt. Nach einer kurzen Pause fügte er hinzu: »Sagte er meine Abteilung?«

»Das sagte er«, erwiderte Mark mit einem versuchsweisen Lächeln. »Aber vielleicht hat er das falsch verstanden. Ich bin Soziologe, wenn das zur Aufhellung dienen kann.«

»Ich bin Abteilungsleiter für Soziologie«, sagte Steele. »Aber ich höre Ihren Namen zum ersten Mal. Wer sagte Ihnen, daß Sie in dieser Abteilung arbeiten sollen?«

»Nun, um die Wahrheit zu sagen«, sagte Mark, »die ganze Geschichte ist ziemlich vage. Ich hatte gerade ein Gespräch mit dem stellvertretenden Direktor, aber wir besprachen keine Einzelheiten.«

»Wie haben Sie es fertiggebracht, mit ihm zu sprechen?«

»Lord Feverstone brachte uns zusammen.«

Steele pfiff leise durch die Zähne. »He, Cosser!« rief er einem sommersprossigen Mann zu, der in der Nähe stand. »Hören Sie sich das an. Feverstone hat gerade diesen Burschen auf unsere Abteilung abgeladen. Brachte ihn gleich zum VD, ohne mir ein Wort davon zu sagen. Wie finden Sie das?«

»Ich will verdammt sein!« sagte Cosser, der Mark kaum eines Blickes würdigte und unverwandt Steele anblickte.

»Tut mir leid«, sagte Mark ein wenig lauter und förmlicher, als er bisher gesprochen hatte. »Kein Grund zur Beunruhigung. Anscheinend hat mich jemand für die falsche Position vorgeschlagen. Es muß irgendein Mißverständnis vorliegen. Außerdem bin ich vorläufig nur hier, um mich umzusehen. Es ist keineswegs sicher, daß ich zu bleiben beabsichtige.«

Keiner der beiden anderen schenkte dieser letzten Bemerkung auch nur die geringste Beachtung.

»Das sieht Feverstone wieder mal ähnlich«, sagte Cosser zu Steele.

Steele wandte sich zu Mark. »Ich würde Ihnen raten, nicht allzuviel darauf zu geben, was Lord Feverstone hier verbreitet«, sagte er. »Dies geht ihn nämlich überhaupt nichts an.«

Mark konnte sein Gesicht nicht daran hindern, puterrot zu werden. »Hören Sie, ich denke nicht daran, mich in eine falsche Position schieben zu lassen. Ich bin nur hier, um mir einen Überblick zu verschaffen. Es ist mir ziemlich gleichgültig, ob ich für das Institut arbeite oder nicht.«

»Sie wissen selbst«, sagte Steele zu Cosser, »daß in unserer Schau gar kein Platz für einen weiteren Mann ist – schon gar nicht für einen, der den Betrieb nicht kennt.«

»Das ist wahr«, sagte Cosser.

»Mr. Studdock, glaube ich«, sagte eine neue Stimme neben Mark, eine Fistelstimme, die nicht zu dem Berg von einem Mann passen wollte, den Mark sah, als er den Kopf wandte. Er erkannte den Sprecher sofort. Das glatte, ein wenig gelbliche Gesicht und die glänzendschwarzen Haare waren so unverkennbar wie der ausländische Akzent. Es war Professor Filostrato, der bekannte Physiologe, der bei einem Abendessen vor zwei Jahren Marks Tischnachbar gewesen war. Er war in einem Maße fett, daß man es auf der Bühne als komisch empfunden hätte, aber im wirklichen Leben hatte der Effekt nichts Lustiges. Mark fühlte sich geschmeichelt, daß ein so bekannter Mann sich seiner erinnerte.

»Es freut mich sehr, daß Sie sich uns anschließen wollen«, sagte Filostrato, ergriff Marks Ärmel und zog ihn sanft mit sich, fort von Steele und Cosser.

»Um Ihnen die Wahrheit zu sagen«, sagte Mark, »ich bin mir keineswegs schlüssig, ob ich bleiben werde. Feverstone brachte mich hierher, aber er ist verschwunden, und Steele – anscheinend wäre ich für seine Abteilung vorgesehen – scheint überhaupt nichts von mir zu wissen.«

»Pah! Steele!« sagte der Professor. »Das ist alles eine Bagatelle. Er plustert sich bloß auf. Eines Tages werden wir ihm den Kopf zurechtsetzen. Vielleicht werden Sie derjenige sein, der es tut. Ich habe alle Ihre Arbeiten gelesen, si, si. Machen Sie sich seinetwegen keine Gedanken.«

»Ich habe etwas dagegen, herumgeschoben und auf den falschen Stuhl gesetzt zu werden...«, begann Mark.

»Hören Sie zu, mein Freund«, unterbrach ihn Filostrato. »Sie müssen sich solche Gedanken aus dem Kopf schlagen. Machen Sie sich vor allem klar, daß das Institut eine seriöse Angelegenheit ist. Nichts Geringeres als der Fortbestand der menschlichen Rasse hängt von unserer Arbeit ab: unserer wirklichen Arbeit, verstehen Sie? Unter dieser canaglia, diesem Pöbel werden Sie immer Reibereien und Unverschämtheiten ausgesetzt sein. Sie verdienen so wenig Beachtung wie Ihre Abneigung gegen einen Waffengefährten, wenn die Schlacht ihren Höhepunkt erreicht hat.«

»Wenn ich eine Arbeit habe, die der Mühe wert ist«, sagte Mark, »lasse ich mich von solchen Dingen nicht stören.«

»Ja, ja, das ist richtig. Und unsere Arbeit hier ist wichtiger, als Sie bis jetzt verstehen können. Sie werden sehen. Diese Steeles und Feverstones – sie sind ohne Bedeutung. Solange Sie mit dem stellvertretenden Direktor gutstehen, können Sie auf die anderen pfeifen. Hören Sie auf keinen als auf ihn, verstehen Sie? Ach ja – und da gibt es noch etwas. Machen Sie sich die Fee nicht zur Feindin. Allen anderen können Sie eine lange Nase machen.«

»Die Fee?«

»Ja. Sie wird hier so genannt. Eine schreckliche Angelsächsin, kann ich Ihnen sagen! Sie ist die Chefin unserer Polizei, der Institutspolizei. Ecco, da kommt sie. Ich werde Sie vorstellen. Miß Hardcastle, gestatten Sie, daß ich Ihnen Mr. Studdock vorstelle.« Mark zuckte unter dem Händedruck eines Heizers oder Fuhrmanns zusammen. Ein mächtiges Weib in schwarzer, kurzrockiger Uniform musterte ihn mißtrauisch. Trotz eines Busens, der einer viktorianischen Kellnerin Ehre gemacht hätte, war sie eher stämmig als fett, und ihr eisengraues Haar war kurz geschnitten. Ihr Gesicht war kantig, streng und bleich, ihre Stimme tief. Ein

Schmierer bläulichroten Lippenstifts, mit gewaltsamer Mißachtung der wirklichen Form ihres Mundes aufgelegt, war ihr einziges Zugeständnis an die Mode, und zwischen ihren Zähnen rollte oder kaute sie einen langen schwarzen Stumpen, den anzuzünden sie offenbar vergessen hatte. Beim Sprechen hatte sie die Gewohnheit, den Stumpen aus dem Mund zu nehmen, angestrengt auf die Mischung von Lippenstift und Speichel am zerkauten Ende zu starren und ihn dann fester als zuvor zwischen die Zähne zu klemmen. Sie setzte sich ohne Umschweife in einen Sessel, wälzte die stämmigen Schenkel übereinander und fixierte Mark mit einem Blick kalter Vertraulichkeit.

Schritte knirschten auf der anderen Seite der Mauer, dann wurde die Tür geöffnet, und Jane sah sich einer großgewachsenen Frau ungefähr ihres Alters gegenüber. Diese Person musterte sie mit scharfen, nichtssagenden Blicken.
»Wohnt hier eine Miß Ironwood?« fragte Jane.
»Ja«, sagte die Frau, doch sie öffnete weder die Tür weiter, noch trat sie zur Seite.
»Ich möchte sie bitte sprechen«, sagte Jane.
»Haben Sie eine Verabredung?« fragte die große Frau.
»Nun, eigentlich nicht«, antwortete Jane. »Professor Dimble gab mir die Adresse. Er kennt Miß Ironwood. Er sagte, ich könne unangemeldet hierher kommen.«
»Ja, wenn Sie von Professor Dimble kommen, ist es eine andere Sache«, sagte die Frau. »Kommen Sie herein. Warten Sie einen Moment, bis ich zugesperrt habe. So, das wäre in Ordnung. Auf diesem Weg ist nicht Platz für zwei, darum müssen Sie mich entschuldigen, wenn ich vorangehe.«
Die Frau führte sie durch einen Obstgarten und dann einen bemoosten Pfad entlang nach links, der zwischen Reihen von Stachelbeersträuchern hindurchführte. Dann kam eine kleine Rasenfläche mit einer Schaukel in der Mitte, und dahinter stand ein Gewächshaus. Hier befanden sie sich in jener Art von kleinem Weiler, wie man sie zuweilen in sehr großen Gärten oder Schloßparks antrifft, und gingen eine kleine Straße hinunter, die auf einer Seite von einem Stall und einer Scheune und auf der anderen von einem zweiten Gewächshaus, einem Schuppen und einem Schweinestall flankiert war – bewohnt, wie die Grunztöne und der nicht gänzlich widerwärtige Geruch ihr sagten. Danach kamen schmale Pfade durch einen Gemüsegarten, der an einem ziemlich steilen Hang lag, und dann Heckenrosen, alle kahl und stachelig und mit glänzenden roten Hagebutten. An einer Stelle gingen sie einen Pfad entlang, der aus einzelnen Planken bestand. Dies erinnerte Jane an etwas. Es war ein sehr großer Garten, es war wie...

ja, nun hatte sie es: es war wie der Garten in *Peter Rabbit*. Oder war es wie Klingsors Garten? Oder der Garten in *Alice im Wunderland*? Oder wie der Garten auf irgendeinem mesopotamischen Zikkurrat, auf den manche Leute die Legende vom Paradies zurückführten? Oder war dieser Garten einfach wie alle anderen ummauerten Gärten? Freud hatte gesagt, wir liebten Gärten, weil sie Symbole des weiblichen Körpers seien. Aber das mußte ein männlicher Standpunkt sein und war auch für einen solchen noch überspitzt. In den Träumen von Frauen bedeuteten Gärten sicherlich etwas anderes. Oder war es möglich, daß Männer und Frauen ein gleichartiges Interesse am weiblichen Körper hatten? Jane fand die Vorstellung lächerlich, aber im gleichen Augenblick kam ihr ein Satz in den Sinn: ›Die Schönheit des Weibes ist der Quell der Freude für Weib und Mann, und nicht zufällig ist die Göttin der Liebe älter und stärker als der Gott.‹ Wo in aller Welt hatte sie das gelesen? Und was für einen schrecklichen Unsinn hatte sie in den letzten paar Minuten gedacht! Sie schüttelte diese Gedanken über Gärten ab und sagte sich, daß sie sich zusammenreißen müsse. Ein seltsames Gefühl sagte ihr, daß sie sich auf feindlichem oder zumindest fremdem Boden befinde, und sie gut daran täte, ihre Sinne beisammenzuhalten. Fast im gleichen Augenblick kamen sie zwischen Rhododendron- und Lorbeergebüsch ins Freie und erreichten nach ein paar Schritten eine kleine Seitentür an der Längsseite eines großen Hauses. Neben der Tür war ein Wasserbecken, und als sie haltmachten, wurde oben ein Fenster zugeschlagen.

Minuten später saß Jane in einem großen, spärlich möblierten Zimmer und wartete. Ein Kachelofen verbreitete Wärme, aber die nackten Dielenbretter und die kahlen, über der dunklen Holztäfelung hellgrau getünchten Wände sorgten für eine kalte, nüchterne und irgendwie klösterliche Atmosphäre. Die Schritte der großen Frau verhallten in den Korridoren, und im Raum wurde es sehr still. Gelegentlich hörte man von draußen das rauhe Krächzen der Saatkrähen. Jane dachte bekümmert, daß sie nun, da sie sich darauf eingelassen hatte, dieser Miß Ironwood von ihrem Traum erzählen und sich alle möglichen Fragen gefallen lassen müsse. Sie hielt sich für einen im großen und ganzen modernen Menschen, der ohne Verlegenheit über alles sprechen konnte. Aber wie sie jetzt in diesem Zimmer saß, begann es ganz anders auszusehen. Alle möglichen geheimen Vorbehalte in ihrem Offenheitsprogramm, Dinge, die sie, wie ihr jetzt klarwurde, als unaussprechlich ausgesondert hatte, kamen nun in ihr Bewußtsein zurückgekrochen. Es war überraschend, daß sehr wenige von ihnen mit sexuellen Fragen zu tun hatten. Wenn man zum Arzt geht, dachte Jane, findet man im Wartezimmer wenigstens ein paar Zeitschriften und Illustrierte. Sie stand auf und schlug das einzige Buch auf, das auf dem Tisch in der Mitte des Zimmers lag. Sofort fiel ihr Blick auf die Worte: ›Die Schönheit des Weibes ist der Quell der Freude für Weib und Mann, und nicht zufällig ist die Göttin der Liebe älter und stärker als der Gott. Der Wunsch, um der eigenen Schönheit willen begehrt zu werden, ist die Eitelkeit Liliths, doch der Wunsch, sich an der eigenen Schönheit zu erfreuen, ist Evas Gehorsam. Beide erleben in ihrem Geliebten die eigene Wonne. Wie Gehorsam zur Freude führt, so führt Demut...‹

In diesem Augenblick wurde plötzlich die Tür geöffnet. Jane errötete, als sie das Buch schloß und aufblickte. Dasselbe Mädchen, das sie zuvor eingelassen hatte, stand in der Türöffnung. Auf einmal empfand Jane jene fast leidenschaftliche Bewunderung für sie, wie Frauen sie häufig für andere Frauen empfinden, deren Schönheit von anderer Art als die eigene ist. Es wäre schön, dachte Jane, so zu sein – so gerade, so aufrichtig, so tapfer, so fähig, auf ein Pferd zu steigen und davonzujagen, und so göttlich groß.

»Ist... ist Miß Ironwood zu Hause?« fragte Jane.

»Sind Sie Mrs. Studdock?« fragte das Mädchen.

»Ja«, sagte Jane.

»Ich werde Sie sofort zu ihr bringen. Wir haben Sie erwartet. Mein Name ist Camilla – Camilla Denniston.«

Jane folgte ihr. Aus der Enge und Schlichtheit der Korridore schloß sie, daß sie noch immer im rückwärtigen Teil des Hauses waren und daß es ein sehr großes Haus sein müsse. Sie gingen lange, bevor Camilla an eine Tür klopfte und zur Seite trat, um Jane vorbeizulassen, wobei sie mit lauter, klarer Stimme (wie eine Dienerin, dachte Jane) sagte: »Sie ist gekommen.« Jane ging hinein, und da saß Miß Ironwood, ganz in Schwarz, die Hände auf den Knien gefaltet, genauso wie Jane sie in ihrem Traum – wenn es ein Traum gewesen war – gesehen hatte.

»Setzen Sie sich, junge Frau«, sagte Miß Ironwood.

Ihre gefalteten Hände waren sehr groß und knochig, aber nicht eigentlich derb, und selbst wenn sie saß, war Miß Ironwood ungemein groß. Alles an ihr war groß – die Nase, der ernste Mund und die großen Augen. Sie war eher sechzig als fünfzig. Jane fand die Stimmung im Zimmer unbehaglich.

»Wie ist Ihr Name, junge Frau?« sagte Miß Ironwood und nahm Bleistift und Notizbuch auf.

»Jane Studdock.«

»Sind Sie verheiratet?«

»Ja.«

»Weiß Ihr Mann, daß Sie zu uns gekommen sind?«

»Nein.«

»Und Ihr Alter, bitte?«

»Dreiundzwanzig.«

»Und nun, Mrs. Studdock«, sagte Miß Ironwood, »was haben Sie mir zu sagen?«

Jane holte tief Atem. »Ich hatte in letzter Zeit des öfteren schlechte Träume und fühle mich dadurch niedergeschlagen«, sagte sie.

»Was für Träume waren das?« fragte Miß Ironwood.

Janes etwas umständliche und unbeholfene Erzählung nahm einige Zeit in Anspruch.

Beim Sprechen blickte sie unverwandt auf Miß Ironwoods große Hände, ihr schwarzes Kleid und den Bleistift mit dem Notizbuch. Und darum brach sie ihren Bericht plötzlich ab. Denn sie sah Miß Ironwoods Hand aufhören zu schreiben, und die Finger umklammerten den Bleistift. Es schienen ungeheuer kräftige Finger zu sein. Sie verstärkten ihren Druck, bis die Knöchel weiß wurden und die Adern auf den Handrücken hervortraten, und schließlich, wie unter dem Einfluß irgendeiner heftigen, aber unterdrückten Gefühlsbewegung, brachen sie den Bleistift entzwei. Jane blickte erschrocken in Miß Ironwoods Gesicht auf. Die großen grauen Augen sahen sie mit unverändertem Ausdruck an.

»Bitte fahren Sie fort, Mrs. Studdock«, sagte Miß Ironwood.

Jane folgte der Aufforderung. Als sie geendet hatte, stellte Miß Ironwood eine Anzahl Fragen. Danach versank sie in ein so langes Schweigen, daß Jane schließlich sagte:

»Glauben Sie, daß ich ernstlich krank bin?«

»Sie sind nicht krank«, sagte Miß Ironwood.

»Sie meinen also, diese Träume und Angstzustände werden sich wieder verlieren?«

»Das vermag ich nicht zu sagen. Aber wahrscheinlich nicht.«

»Dann – kann denn nichts dagegen getan werden? Es waren schreckliche Träume, furchtbar lebendig, überhaupt nicht wie gewöhnliche Träume.«

»Ich kann das gut verstehen.«

»Ist es etwas, das nicht geheilt werden kann?«

»Der Grund, weshalb Sie nicht geheilt werden können, ist, daß Sie nicht krank sind.«

»Aber es ist doch etwas nicht in Ordnung. Sicherlich ist es nicht natürlich, solche Träume zu haben.«

Nach einer Pause sagte Miß Ironwood: »Ich denke, ich sollte Ihnen lieber die ganze Wahrheit sagen.«

»Ja, bitte«, sagte Jane mit gepreßter Stimme. Die Worte der Frau erschreckten sie.

»Ich möchte eins vorausschicken«, fuhr Miß Ironwood fort. »Sie sind eine wichtigere Person, als Sie glauben.«

Jane sagte nichts, dachte aber bei sich, daß die Frau sie für verrückt halten müsse und darum auf sie eingehe.

»Wie war Ihr Mädchenname?« fragte Miß Ironwood.

»Tudor«, sagte Jane. Bei jedem anderen Anlaß hätte sie es eher verlegen gesagt, denn sie war sehr darauf bedacht, nicht für stolz auf ihre alte Familie gehalten zu werden.

»Die Warwickshire-Linie der Familie?«

»Ja.«

»Haben Sie jemals das kleine Buch gelesen – es hat nur vierzig Seiten Umfang –, das einer Ihrer Vorfahren über die Schlacht von Worcester geschrieben hat?«

»Nein. Vater hatte ein Exemplar davon – ich glaube, er sagte, es sei das einzige. Aber ich habe es nie gelesen. Es ging verloren, als der Haushalt nach seinem Tod aufgelöst wurde.«

»Ihr Vater irrte. Es gibt zumindest zwei weitere Exemplare: eins ist in Amerika, und das andere ist in diesem Haus.«

»Und?«

»Ihr Ahnherr gab eine vollständige und im großen und ganzen richtige Schilderung der Schlacht, und er gibt an, er habe sie während der Kämpfe niedergeschrieben. Aber er war nicht auf dem Schlachtfeld. Er befand sich zu der Zeit in York.«

Jane, die nicht wußte, worauf die andere hinauswollte, blickte Miß Ironwood fragend und abwartend an.

»Wenn er die Wahrheit sagte«, sagte Miß Ironwood, »und wir glauben es, dann träumte er alles. Verstehen Sie?«

»Er träumte von der Schlacht?«

»Ja. Aber er träumte sie richtig. Er sah in seinem Traum die wirklichen Kämpfe.«

»Ich sehe den Zusammenhang nicht.«

»Sehertum – die Gabe, ein wirkliches Geschehen im Traum zu sehen – ist manchmal erblich«, sagte Miß Ironwood.

Jane schwieg verwirrt. Sie fühlte sich irgendwie verletzt. Es war genau das, was ihr verhaßt war: etwas aus der Vergangenheit, etwas Irrationales und völlig Unerwünschtes, das aus seiner Höhle hervorkam und sich in ihr Leben einmischte.

»Kann man es beweisen?« fragte sie nach längerer Pause. »Ich meine, es gibt nur seine Aussage, nicht wahr?«

»Wir haben Ihre Träume«, sagte Miß Ironwood, und ihre stets ernste Stimme hatte einen strengen Unterton. War diese alte Frau womöglich der Meinung, man sollte seine Vorfahren nicht Lügner nennen?

»Meine Träume?« sagte sie etwas scharf.

»Ja.«

»Was soll das heißen?«

»Meiner Meinung nach haben Sie in Ihren Träumen Ereignisse

gesehen, die wirklich geschehen sind. Sie haben Alcasan gesehen, wie er wirklich in der Todeszelle saß; und Sie haben einen Besucher gesehen, den er wirklich hatte.«

»Aber... aber nein, das ist lächerlich!« sagte Jane. »Dieser Teil war bloßer Zufall. Und der ganze Rest war ein reiner Alptraum. Es war absolut unsinniges Zeug. Ich sagte Ihnen ja, er schraubte ihm den Kopf ab. Und dann gruben sie diesen gräßlichen alten Mann aus. Sie erweckten ihn zum Leben.«

»Zweifellos gibt es da einige Unklarheiten. Aber meiner Ansicht nach ist selbst in jenen Episoden wirkliches Geschehen verborgen.«

»Ich fürchte, ich glaube nicht an solche Dinge«, erklärte Jane kalt.

»Ihre Erziehung und Ausbildung machen es natürlich, daß Sie übersinnlichen Phänomenen ablehnend gegenüberstehen«, antwortete Miß Ironwood. »Aber eines Tages werden Sie selbst entdecken, daß Sie eine Tendenz haben, wirkliche Geschehnisse im Traum zu sehen.«

Jane dachte an das Buch auf dem Tisch, das sie anscheinend gekannt hatte, ohne es jemals zuvor gesehen zu haben. Und dann Miß Ironwoods Erscheinung – auch die hatte sie im Traum erblickt, bevor sie sie mit eigenen Augen gesehen hatte. Aber es *mußte* Unsinn sein.

»Dann können Sie nichts für mich tun?«

»Ich kann Ihnen die Wahrheit sagen«, sagte Miß Ironwood. »Ich habe versucht, es zu tun.«

»Ich meine, können Sie mich nicht von diesen Alpträumen befreien – mich heilen?«

»Sehertum ist keine Krankheit.«

»Aber ich will nichts damit zu tun haben«, sagte Jane heftig. »Ich muß mich davon befreien. Ich hasse diese Dinge.«

Miß Ironwood sagte nichts.

»Kennen Sie nicht jemanden, der diese Alpträume zum Verschwinden bringen könnte?« sagte Jane ärgerlich. »Können Sie mir niemanden empfehlen?«

»Wenn Sie zu einem gewöhnlichen Psychotherapeuten gehen«, sagte Miß Ironwood, »dann wird er von der Annahme ausgehen, daß die Alpträume bloß Ihr eigenes Unbewußtes reflektieren. Er würde versuchen, Sie zu behandeln. Ich weiß nicht, welche Ergebnisse eine Behandlung haben würde, die auf dieser Annahme aufbaut, aber ich fürchte, daß eine solche Behandlung ernste Folgen haben könnte. Und sie würde sicherlich nicht die Träume zum Verschwinden bringen.«

»Aber was hat das alles zu bedeuten?« sagte Jane. »Ich will ein gewöhnliches Leben führen und meine eigene Arbeit tun. Es ist unerträglich! Warum sollte ausgerechnet ich von so etwas betroffen sein?«

»Die Antwort darauf ist nur Autoritäten bekannt, die viel höher stehen als ich.«

Sie schwiegen. Jane machte eine unbestimmte Bewegung und sagte verdrießlich: »Nun, wenn Sie nichts für mich tun können, sollte ich vielleicht lieber gehen...« Dann fügte sie unvermittelt hinzu: »Aber wie können Sie das überhaupt wissen? Ich meine... von welchen wirklichen Geschehnissen sprechen Sie?«

»Ich denke«, erwiderte Miß Ironwood, »daß Sie selbst wahrscheinlich mehr Grund haben, den Wahrheitsgehalt Ihrer Träume zu vermuten, als Sie mir gegenüber zugegeben haben. Wenn nicht, wird es bald so sein. In der Zwischenzeit werde ich Ihre Frage beantworten. Wir wissen, daß Ihre Träume teilweise wahre Ereignisse widerspiegeln, weil sie zu Informationen passen, die wir bereits besitzen. Weil er die Bedeutung dieser Träume kannte, schickte Professor Dimble Sie zu uns.«

»Wollen Sie damit sagen, daß er mich hierher schickte, nicht weil er mir helfen wollte, sondern damit ich Ihnen Informationen liefere?« sagte Jane. Die Vorstellung paßte gut zu Dimbles Verhalten, als sie ihm von ihren Träumen erzählt hatte.

»Genau.«

»Ich wünschte, ich hätte das eher gewußt«, sagte Jane kalt und stand entschlossen auf, um zu gehen. »Ich fürchte, es war ein Mißverständnis. Ich hatte mir eingebildet, Professor Dimble versuchte mir zu helfen.«

»Das wollte er auch. Aber er versuchte gleichzeitig etwas noch Wichtigeres zu tun.«

»Wahrscheinlich sollte ich dankbar sein, daß man mich überhaupt beachtete«, sagte Jane trocken. »Und wie wollte er mir helfen? Vielleicht durch all diese Erklärungen?« Der Versuch zu eisiger Ironie mißlang, als sie diese letzten Worte sagte, und roter, unverhüllter Zorn schoß wieder in ihr Gesicht. In mancher Hinsicht war sie sehr jung.

»Junge Frau«, sagte Miß Ironwood, »Sie sind weit davon entfernt, den Ernst dieser Angelegenheit zu erkennen. Was Sie gesehen haben, betrifft etwas, verglichen mit dem Ihr und mein Glück oder sogar Leben tatsächlich ohne Bedeutung sind. Ich muß Sie bitten, sich der Situation zu stellen. Sie können sich Ihrer Gabe nicht entledigen. Sie können versuchen, sie zu unterdrücken, aber es wird Ihnen nicht gelingen, und Sie werden sich noch mehr fürchten als bisher. Auf der anderen Seite können Sie Ihre Gabe uns zur Verfügung stellen. Wenn Sie das tun, werden Sie sich auf lange Sicht viel weniger fürchten müssen, und Sie werden obendrein mithelfen, die menschliche Rasse vor einem sehr großen

Unheil zu bewahren. Als dritte Möglichkeit könnten Sie jemand anders davon erzählen. Wenn Sie das tun, so muß ich Sie warnen, daß Sie mit großer Wahrscheinlichkeit in die Hände anderer Leute fallen werden, die mindestens so begierig sind wie wir, aus Ihrer Fähigkeit Nutzen zu ziehen, und denen Ihr Leben und Ihr Glück nicht mehr bedeuten werden als das Leben und Glück einer Fliege. Die Menschen, die Sie in Ihren Träumen gesehen haben, sind wirkliche Menschen. Es ist keineswegs unwahrscheinlich, daß jene anderen Leute Ihre Gabe kennen und wissen, daß Sie ihnen unwissentlich nachspioniert haben. Und wenn es so ist, dann werden sie nicht ruhen, bis sie Sie in ihrer Gewalt haben. Ich würde Ihnen raten, selbst um Ihretwillen, sich uns anzuschließen.«

»Sie sprechen ständig von ›wir‹ und ›uns‹. Sind Sie eine Art Gesellschaft?«

»Ja. Man könnte es eine Gesellschaft nennen.«

Jane hatte die Rede der anderen stehend gehört; und sie war nahe daran gewesen, alles zu glauben. Aber nun überkam sie plötzlich wieder ihr ganzer Abscheu – ihre verletzte Eitelkeit, ihre Erbitterung über die Komplikationen, in denen sie sich gefangen sah, und ihre allgemeine Abneigung gegen das Geheimnisvolle und Unvertraute. In diesem Augenblick kam es ihr nur noch darauf an, aus diesem Raum hinauszukommen, fort von der ernsten und geduldigen, aber auch strengen und spröden Stimme dieser alten Jungfer. Sie hat es nur verschlimmert, dachte Jane, die sich noch immer als Patientin betrachtete. Laut sagte sie:

»Ich muß jetzt gehen. Ich weiß nicht, wovon Sie reden. Ich will nichts damit zu tun haben.«

Mark entdeckte schließlich, daß man mit seinem Bleiben rechnete, wenigstens für die Nacht, und als er in sein Zimmer hinaufging, um sich zum Abendessen umzukleiden, hatte sich seine Stimmung gebessert. Dies lag zum Teil an einem Whisky-Soda, den er unmittelbar zuvor mit ›Fee‹ Hardcastle getrunken hatte, und zum Teil an der Tatsache, daß der Wattebausch auf der Oberlippe inzwischen entbehrlich geworden war, wie er durch einen Blick in den Spiegel feststellte. Das Schlafzimmer mit seinem hellen Kaminfeuer und dem privaten Bad hatte auch etwas damit zu tun. Wie gut, daß er sich von Jane hatte überreden lassen, diesen neuen Smoking zu kaufen! Er sah sehr gut aus, wie er da auf dem Bett lag; und Mark begriff jetzt, daß der alte es nicht mehr getan hätte. Aber das Gespräch mit der Fee hatte ihm am meisten Mut gemacht.

Es wäre irreführend zu sagen, daß er sie mochte. Im Gegenteil, sie hatte in ihm den ganzen Widerwillen geweckt, den ein junger

Mann in der Nähe einer übermäßig üppigen, schon ranzig wirkenden Sexualität empfindet, die zugleich völlig unattraktiv ist. Und etwas in ihrem kalten Blick hatte ihm gesagt, daß sie sich dieser Reaktion wohl bewußt sei und sie amüsant finde. Sie hatte allerhand anstößige Geschichten zum besten gegeben. Auf Mark hatten die ungeschickten Versuche emanzipierter Frauen, sich in dieser Art von Humor zu ergehen, immer einen peinlichen und abstoßenden Eindruck gemacht, aber sein Schaudern war stets von einem Gefühl der Überlegenheit gemildert worden. Diesmal hatte er das Gefühl, daß er das Objekt sei: Diese Frau provozierte männliche Prüderie zur eigenen Unterhaltung. Im weiteren Verlauf der Unterhaltung hatte sie ihm Erinnerungen aus dem Polizeidienst aufgetischt. Trotz anfänglicher Skepsis entsetzte sich Mark über ihre kaltblütige Schätzung, daß ungefähr dreißig Prozent aller Mordverfahren mit der Verurteilung eines Unschuldigen endeten. Auch gab es Einzelheiten über den Exekutionsschuppen, die ihm bis dahin nicht bekannt gewesen waren.

All dies war unerfreulich. Aber es wurde durch den angenehm vertraulichen Charakter des Gesprächs mehr als ausgeglichen. Wiederholt hatte man ihn an diesem Tag fühlen lassen, daß er ein Außenseiter war: dieses Gefühl löste sich völlig auf, solange Miß Hardcastle mit ihm sprach. Er hatte den Eindruck, aufgenommen zu werden. Offenbar hatte Miß Hardcastle ein bewegtes Leben hinter sich. Sie war nacheinander Frauenrechtlerin, Pazifistin und Faschistin gewesen. Sie war von der Polizei mißhandelt und eingekerkert worden. Auf der anderen Seite hatte sie mit Premierministern, Diktatoren und berühmten Filmstars verkehrt. Sie hatte mit beiden Enden des Gummiknüppels Bekanntschaft gemacht und wußte, was polizeiliche Gewalt vermochte und was nicht. In ihren Augen gab es nur wenig, was sie nicht vermochte. »Besonders jetzt«, sagte sie. »Hier im Institut unterstützen wir den Kreuzzug gegen den Bürokratismus.«

Der polizeiliche Aspekt des Instituts war, wie Mark ihren Ausführungen entnahm, für die Fee das Wichtigste. Die Institutspolizei war dazu da, der gewöhnlichen Exekutive alle Fragen des Gesundheitswesens abzunehmen. Darunter fielen sowohl Impfungen wie auch geistige Defekte und Beschuldigungen wegen widernatürlicher Unzucht; von da, meinte die Fee, sei es nur noch ein Schritt, um auch alle Erpressungsfälle an sich zu ziehen. Was das Verbrechen im allgemeinen betraf, so hatten sie bereits durch die Presse für die Idee geworben, daß man dem Institut weitgehend freie Hand lassen sollte, um Erfahrungen mit experimentellen Methoden zu sammeln, die eine humane, abhelfende Behandlung an die Stelle der alten, strafrechtlich bestimmten Vergeltungspraxis setzen sollte. Hier gab es noch viele juristisch-bürokratische Hindernisse. »Aber es gibt nur zwei Tageszeitungen, die wir nicht direkt oder indirekt kontrollieren«, sagte die Fee. »Und wir werden diese Hindernisse niederwalzen. Man muß den Mann auf der Straße dahin bringen, daß er automatisch ›Sadismus‹ sagt, wenn er das Wort Bestrafung hört.« Und dann würde man freie Bahn haben. Mark konnte diesem Gedankengang nicht gleich folgen, doch die Fee erklärte ihm, daß es genau der Gedanke der verdienten Strafe sei, der die britische Polizei bis zum heutigen Tag behindert habe. Denn verdiente Strafe sei immer endlich: man könne dem Kriminellen nur soviel antun und nicht mehr. Dagegen gebe es bei der abhelfenden Behandlung keine feste Grenze; sie könne fortgesetzt werden, bis sie eine Heilung bewirke, und jene, die sie verabreichten, würden entscheiden, wann dieser Zeitpunkt gekommen sei. Und wenn Heilung durch abhelfende Behandlung human und wünschenswert sei, wieviel mehr gelte dies erst für die Verhütung? Bald werde jeder, der schon einmal mit der Polizei zu tun gehabt habe, unter die Kontrolle des N.I.C.E. kommen, und schließlich werde diese Kontrolle alle Bürger mit einbeziehen. »Und das ist der Punkt, wo wir zwei ins Spiel kommen, mein Lieber«, fügte die Fee hinzu und stieß mit dem Zeigefinger gegen Marks Brust. »Auf lange Sicht gibt es keinen Unterschied zwischen Polizeiarbeit und Soziologie. Sie und ich, wir müssen Hand in Hand arbeiten.«

Dies hatte in Mark wieder die alten Zweifel geweckt, ob man ihm wirklich einen Posten anbiete und wenn ja, von welcher Art er sein werde. Die Fee hatte ihn vor Steele als einem gefährlichen Mann gewarnt. »Es gibt zwei Leute, vor denen Sie sich in acht nehmen sollten«, sagte sie. »Der eine ist Frost, und der andere ist der alte Wither.« Aber über seine allgemeinen Befürchtungen hatte sie nur gelacht. »Sie sind schon dabei, keine Sorge, Jungchen«, sagte sie. »Seien Sie nur nicht zu wählerisch, was die Art Ihrer Arbeit betrifft. Sie müssen die Dinge nehmen, wie sie kommen. Wither mag keine Leute, die ihn festzunageln versuchen. Es hat keinen Zweck zu sagen, Sie wären hierhergekommen, um dieses zu tun, und darum würden Sie sich mit jenem nicht abgeben. Für eine solche Einstellung läuft die Entwicklung gegenwärtig einfach zu schnell. Sie müssen sich nützlich machen. Und glauben Sie nicht alles, was Ihnen gesagt wird.«

Beim Abendessen saß Mark neben Hingest. »Nun«, sagte Hingest, »hat man Sie also doch noch eingefangen, wie?«

»Sieht so aus, ja«, antwortete Mark.

»Sollten Sie sich nämlich eines Besseren besinnen«, sagte Hingest, »könnte ich Sie mitnehmen. Ich fahre heute abend zurück.«

»Sie haben mir noch nicht erzählt, warum Sie selber nicht für das Institut arbeiten wollen«, sagte Mark.

»Ach, wissen Sie, es hängt davon ab, was einer mag oder nicht mag. Wenn Sie Gefallen an der Gesellschaft dieses italienischen Eunuchen und des verrückten Pfarrers und dieser Hardcastle finden – deren Großmutter, lebte sie noch, ihr die Ohren langziehen würde –, dann gibt es natürlich nichts mehr zu sagen.«

»Ich glaube, man kann das Institut kaum von einem rein gesellschaftlichen Standpunkt aus beurteilen – ich meine, es ist etwas mehr als ein Klub, nicht wahr?«

»Wie? Beurteilen? – Soviel ich weiß, habe ich in meinem ganzen Leben noch nie etwas beurteilt, außer auf einer Blumenausstellung. Es ist alles eine Frage des Geschmacks. Ich kam hierher, weil ich dachte, es hätte etwas mit Wissenschaft zu tun. Nun, da ich sehe, daß es eher eine politische Verschwörung ist, werde ich nach Haus gehen. Ich bin zu alt für solche Sachen, und wenn ich an einer Verschwörung teilnehmen wollte, dann wäre diese hier nicht meine Wahl.«

»Vermutlich meinen Sie damit, daß das Element der sozialen Planung Ihnen mißfällt? Ich kann gut verstehen, daß es in Ihr Arbeitsgebiet nicht so gut paßt wie in die Wissenschaft der Soziologie, aber...«

»Soziologie ist keine Wissenschaft. Und wenn ich entdeckte, daß die Chemie beginnen würde, mit einer Geheimpolizei zusammenzupassen, die von einem ältlichen Mannweib geleitet wird und Pläne ausarbeitet, jedem Engländer seinen Bauernhof und seinen Laden und seine Kinder wegzunehmen, würde ich die Chemie zur Hölle fahren lassen und zur Gärtnerei zurückkehren.«

»Ich verstehe dieses Gefühl der Zuneigung für den kleinen Mann, aber wenn man wie ich die Tatsachen...«

»Dann würde auch ich den Wunsch verspüren, alles niederzureißen und etwas anderes an seine Stelle zu setzen. Natürlich. Genau das passiert, wenn Sie die Menschen studieren: Sie finden nichts als Unordnung und Verdrehtheit und Widersprüchlichkeit. Ich bin im übrigen der Meinung, daß man Menschen nicht studieren kann, man kann sie nur kennenlernen, was etwas ganz anderes ist. Weil Sie die Menschen studieren, wollen Sie ihnen alles wegnehmen, was das Leben lebenswert macht; nur ein privilegierter Haufen von Spitzbuben und Professoren soll davon ausgenommen bleiben.«

»Bill!« rief Miß Hardcastle plötzlich vom anderen Ende des Tisches herüber, so laut, daß Hingest es nicht ignorieren konnte. Er blickte sie an, und sein Gesicht begann sich zu röten.

»Ist es wahr«, schrie die Fee, »daß Sie gleich nach dem Abendessen mit dem Wagen wegfahren?«

»Ja, Miß Hardcastle, das stimmt.«

»Ich fragte mich eben, ob Sie mich mitnehmen könnten.«

»Mit Vergnügen«, sagte Hingest in einem Ton, der niemanden täuschen konnte, »wenn wir die gleiche Richtung haben.«
»Wohin fahren Sie?«
»Nach Edgestow.«
»Werden Sie durch Brenstock kommen?«
»Nein, ich verlasse die Umgehungsstraße bei der Kreuzung hinter Lord Holywoods Vordereingang und fahre dann die Potter's Lane hinunter.«
»Ach, schade! Nützt mir nichts. Dann warte ich lieber bis morgen früh.«

Danach wurde Mark von seinem Nachbarn zur Linken in ein Gespräch verwickelt und sah Bill den Blizzard erst nach dem Abendessen in der Eingangshalle wieder. Er war in seinem Mantel und gerade im Begriff, zu seinem Wagen zu gehen.

Als er die Tür öffnete, begann er zu reden, und so war Mark genötigt, ihn über die kiesbestreute Abstellfläche zum Wagen zu begleiten. »Befolgen Sie meinen Rat, Studdock«, sagte er, »oder denken Sie wenigstens darüber nach. Ich selbst glaube nicht an Soziologie, aber Sie haben eine ganz anständige Karriere vor sich, wenn Sie am Bracton College bleiben. Sie tun sich selbst keinen Gefallen, indem Sie sich mit dem N.I.C.E. einlassen – und bei Gott, Sie werden auch sonst keinem damit nützen.«

»Ich denke, man kann über alles zweierlei Ansicht sein«, sagte Mark.

»Wie? Zweierlei Ansicht? Es gibt ein Dutzend Ansichten über alles, bis man die Antwort weiß. Dann gibt es niemals mehr als eine. Doch das ist nicht meine Sache. Gute Nacht.«

»Gute Nacht, Hingest«, sagte Mark. Hingest ließ den Motor an und fuhr davon.

Ein leiser Frosthauch lag in der Luft. Die Schulter Orions funkelte über den Baumwipfeln auf ihn herab, doch Mark kannte nicht einmal dieses erhabene Sternbild. Er zögerte, ins Haus zurückzugehen. Dort mochten ihn weitere Gespräche mit interessanten und einflußreichen Menschen erwarten, vielleicht aber würde er sich wieder als ein Außenseiter fühlen, allein herumstehen und Konversationszirkel beobachten, zu denen er sich nicht gesellen konnte. Er war sowieso müde. Als er die Vorderseite des Gebäudes entlangschlenderte, kam er bald zu einer weiteren, kleineren Tür, durch die man ins Haus gelangen konnte, ohne die Eingangshalle oder die öffentlichen Räume zu betreten. Er ging hinein, stieg die Treppe hinauf und legte sich schlafen.

Camilla Denniston brachte Jane hinaus – nicht durch die kleine Tür in der Mauer, durch die sie hereingekommen war, sondern durch das Haupttor, das sich ungefähr hundert Schritte weiter zur selben Straße öffnete. Gelbes Licht ergoß sich durch eine westliche Auflockerung in der grauen Wolkendecke und breitete eine kurzlebige und frostige Helligkeit über das Land. Jane hatte sich geniert, vor Camilla Denniston Zorn oder Furcht zu zeigen, und als Folge davon waren diese Empfindungen fast vergangen, als sie sich verabschiedete. Aber eine entschiedene Abneigung gegen das, was sie ›all diesen Unsinn‹ nannte, blieb zurück. Sie hatte keine absolute Gewißheit, daß es Unsinn war, war aber entschlossen, es so zu behandeln. Sie wollte nicht in diese undurchsichtige Angelegenheit hineingezogen werden. Jeder mußte sein eigenes Leben leben. Das Vermeiden von Verstrickungen und unerwünschten Einmischungen war seit langem eines ihrer wichtigsten Prinzipien. Selbst als sie entdeckt hatte, daß sie nicht abgeneigt wäre, Mark zu heiraten, wenn er um sie anhielte, war sofort der Gedanke ›Aber ich muß trotzdem mein eigenes Leben weiterführen‹ aufgekommen und hatte sich niemals länger als ein paar Minuten aus ihrem Bewußtsein entfernt. Ein gewisser Groll gegen die Liebe selbst und darum auch gegen Mark, der auf diesem Weg in ihr Leben eingedrungen war, blieb zurück. Es hatte eine Weile gedauert, aber nun endlich war sie sich sehr lebhaft bewußt, wieviel eine Frau durch die Heirat aufgibt. Mark schien dies nicht hinreichend klar zu erkennen. Obwohl sie es nicht formulierte, war diese Abneigung gegen Verstrickungen und Verpflichtungen der tiefere Grund für ihre Entschlossenheit, kein Kind zu haben – oder erst viel später. Man mußte sein eigenes Leben leben.

Kaum war sie wieder in ihrer Wohnung, läutete das Telefon.

»Sind Sie es, Jane?« sagte eine Stimme. »Ich bin es, Margaret Dimble. Etwas Furchtbares ist geschehen. Ich werde es Ihnen sagen, wenn ich komme. Im Moment bin ich zu zornig und aufgeregt, um darüber zu sprechen. Haben Sie vielleicht ein überzähliges Bett? Wie? Mr. Studdock ist fort? Nicht ein bißchen, wenn es Ihnen nichts ausmacht. Ich habe Cecil ins College schlafen geschickt. Werde ich Sie wirklich nicht stören? Ich bin Ihnen wirklich schrecklich dankbar. In einer halben Stunde bin ich bei Ihnen.«

4

Die Liquidation von Anachronismen

Jane hatte Marks Bett eben frisch bezogen, da traf auch schon Mrs. Dimble ein, beladen mit vielen Paketen. »Sie sind ein Engel, daß Sie mich für die Nacht aufnehmen«, sagte sie. »Ich glaube, wir haben es bei jedem Hotel in Edgestow versucht. Dieser Ort wird bald ganz unerträglich sein. Überall die gleiche Antwort! Jedes Hotel ist bis unter das Dach vollgestopft mit den Quartiermachern und dem ganzen Troß dieses abscheulichen N.I.C.E. Sekretärinnen hier, Stenotypistinnen dort, Bauingenieure, Vermessungsleute – es ist schrecklich. Hätte Cecil nicht einen Raum im College, so würde er tatsächlich im Wartesaal des Bahnhofs schlafen müssen. Ich hoffe nur, daß dieser Hausdiener im College das Bett gelüftet hat.«

»Aber was in aller Welt ist geschehen?« fragte Jane.

»Man hat uns an die Luft gesetzt, meine Liebe!«

»Aber das ist doch nicht möglich, Mrs. Dimble. Ich meine, ich meine – das kann unmöglich legal sein.«

»Das sagte Cecil auch... Stellen Sie sich bloß vor, Jane, als wir heute morgen aus dem Fenster schauten, sahen wir als erstes einen Lastwagen in unserer Einfahrt stehen, die Hinterräder mitten im Rosenbeet, und einen Haufen Leute mit Äxten und Sägen abladen, Leute, die wie Kriminelle aussahen. Direkt in unserem Garten! Ein abscheulicher kleiner Mann mit einer Schirmmütze war dabei, der die Zigarette im Mund behielt, während er mit Cecil sprach. Und wissen Sie, was er sagte? Er sagte, sie hätten nichts dagegen, wenn wir bis morgen früh um acht im Haus blieben. *Nichts dagegen!*«

»Aber sicherlich muß es sich um einen Irrtum handeln. Ganz bestimmt!«

»Natürlich rief Cecil gleich den Quästor des Bracton College an. Und natürlich war der Quästor nicht im Haus. Mit diesem Herumtelefonieren verging der ganze Vormittag, und inzwischen waren alle Pflaumenbäume und die große Buche, die Sie so gern hatten, gefällt. Wenn ich nicht so wütend gewesen wäre, hätte ich mich hingesetzt und mir die Augen ausgeweint. So war mir zumute. Schließlich erreichte Cecil diesen Mr. Busby, der sich als völlig nutzlos erwies und sagte, es müsse irgendein Mißverständnis vorliegen, aber er habe jetzt nichts mehr mit der Sache zu tun, und wir sollten uns an das Institut in Belbury wenden. Selbstverständlich erwies es sich als ganz unmöglich, eine Verbindung mit denen zu bekommen. Und zur Mittagszeit sahen wir, daß wir einfach nicht mehr zu Haus bleiben konnten, was immer geschehen mochte.«

»Warum nicht?«

»Meine Liebe, Sie haben keine Vorstellung, wie es war. Riesige Lastwagen und Zugmaschinen donnern die ganze Zeit vorbei, und dann schleppten sie einen ungeheuren Kran auf Tiefladern heran. Die Lieferanten kamen nicht mehr durch. Der Milchfahrer war erst um elf da. Das Fleisch, das ich bestellt hatte, kam überhaupt nicht, und am Nachmittag rief die Fleischerei an und sagte, ihr

Fahrer hätte uns nicht erreichen können. Wir hatten selbst die größten Schwierigkeiten, in die Stadt zu kommen. Von unserem Haus zur Brücke brauchten wir eine halbe Stunde. Es war wie ein Alptraum. Überall Lichtsignale und Lärm, und die Straße praktisch ruiniert, und auf der Gemeindewiese errichten sie bereits ein riesiges Barackenlager. Und die Leute! Solche gräßlichen Männer. Ich wußte nicht, daß wir in England Arbeiter mit solchen Gesichtern haben. Ach, gräßlich, gräßlich!« Mrs. Dimble fächelte sich mit dem Hut, den sie gerade abgenommen hatte, Luft zu.

»Und was werden Sie nun tun?« fragte Jane.

»Das weiß der Himmel!« sagte Mrs. Dimble. »Einstweilen haben wir das Haus zugesperrt, und Cecil ist bei unserem Anwalt, Mr. Rumbold, gewesen, um zu sehen, ob wir das Haus wenigstens versiegeln und unangetastet lassen können, bis wir unsere Sachen herausholen. Rumbold scheint nicht zu wissen, woran er ist. Er sagt ständig, das N.I.C.E. sei juristisch in einer ganz besonderen Position. Was das heißt, kann ich beim besten Willen nicht sagen. Soweit ich sehen kann, wird es in Edgestow überhaupt keine Privathäuser mehr geben. Zum anderen Flußufer hinüberzuziehen, hat überhaupt keinen Zweck, selbst wenn sie uns ließen. Was meinten Sie? Oh, unbeschreiblich. Alle Pappeln werden gefällt. Und all diese hübschen kleinen Häuser bei der Kirche werden abgerissen. Ich traf die arme Yvy – das ist Ihre Mrs. Maggs, wissen Sie –, und sie war in Tränen aufgelöst. Die armen Mädchen! Sie sehen wirklich furchtbar aus, wenn sie auf all das Make-up weinen. Die arme Frau ist auch auf die Straße gesetzt worden; als ob sie es nicht ohnedies schon schwer genug hätte. Ich war froh, wegzukommen. Die Männer waren so schrecklich. Drei große, rohe Kerle kamen an die Hintertür und wollten heißes Wasser und führten sich so auf, daß Martha vor Angst völlig den Kopf verlor und Cecil hinausgehen und mit ihnen sprechen mußte. Ich dachte schon, sie würden Cecil schlagen, wirklich. Es war schrecklich unerfreulich. Irgendein besonderer Polizist schickte sie dann weg. Wie? Ach ja, überall sind welche, Dutzende von Uniformierten, die wie Polizisten aussehen, aber sie gefielen mir auch nicht. Sie wippen ständig mit so einer Art Gummiknüppel, wie man es in amerikanischen Filmen sieht. Wissen Sie, Jane, Cecil und ich dachten beide das gleiche: wir dachten, es ist beinahe, als hätten wir den Krieg verloren. Oh, gutes Mädchen, Tee! Das ist genau, was ich brauche.«

»Bleiben Sie hier, solange Sie wollen, Mrs. Dimble«, sagte Jane. »Mark wird einfach im College schlafen müssen.«

»Also wirklich«, sagte Mutter Dimble, »wenn es danach ginge, wie mir jetzt zumute ist, dann dürfte kein Kollegiumsmitglied des Bracton Colleges Erlaubnis erhalten, irgendwo zu schlafen! Aber bei Ihrem Mann würde ich eine Ausnahme machen. Wie die Dinge liegen, werde ich nicht Siegfrieds Schwert spielen müssen – und was würde das auch für ein böses, fettes, unbeholfenes Schwert sein! Übrigens ist die Frage unseres Unterkommens schon geklärt. Cecil und ich werden nach St. Anne ins Landhaus ziehen. Dort haben wir zur Zeit sowieso oft zu tun, wissen Sie.«

»Oh«, sagte Jane beinahe erschrocken, als die Erlebnisse des Tages in ihr Bewußtsein zurückfluteten.

»Aber! Wie egoistisch bin ich gewesen!« sagte Mutter Dimble. »Da plappere ich über meine eigenen Schwierigkeiten und Kümmernisse und vergesse ganz, daß Sie dortgewesen sind und sicherlich viel zu erzählen haben. Haben Sie mit Grace gesprochen? Und hat sie Ihnen gefallen?«

»Ist ›Grace‹ Miß Ironwood?« fragte Jane.

»Ja.«

»Ich habe mit ihr gesprochen. Ich weiß nicht, ob sie mir gefallen hat oder nicht. Aber ich möchte jetzt nicht über diese Dinge sprechen. Ich kann an nichts anderes denken als an diese empörenden Ereignisse hier in Edgestow. Sie sind die Märtyrerin, nicht ich.«

»Nein, mein Liebes«, sagte Mrs. Dimble, »ich bin keine Märtyrerin. Ich bin nur eine zornige alte Frau mit schmerzenden Füßen und Kopfweh – aber das beginnt sich schon zu bessern –, die versucht, sich in eine bessere Stimmung hineinzuschwatzen. Schließlich haben Cecil und ich nicht wie die arme Yvy Maggs unseren Lebensunterhalt verloren. So schrecklich ist es nun auch wieder nicht, das alte Haus verlassen zu müssen. Wissen Sie, Jane, das Vergnügen, dort zu leben, war in mancher Hinsicht ein melancholisches Vergnügen. – Ich frage mich übrigens, ob es den Menschen wirklich gefällt, glücklich zu sein? – Ein wenig melancholisch, ja. All diese großen Zimmer im Obergeschoß, die wir wollten, weil wir dachten, daß wir viele Kinder haben würden, und dann bekamen wir nicht eines. Vielleicht fand ich zuviel Gefallen daran, ihnen an den langen Nachmittagen, wenn Cecil nicht da war, nachzutrauern. Mich selbst zu bemitleiden. Es wird besser für mich sein, von dort wegzukommen, glaube ich. Am Ende hätte ich noch wie diese fürchterliche Frau bei Ibsen werden können, die sich immer mit Puppen umgab. Für Cecil ist es wirklich viel schlimmer. Er hatte so gern alle seine Studenten um sich. Jane, jetzt haben Sie schon zum drittenmal gegähnt. Sie sind todmüde, und ich rede Ihnen ein Loch in den Bauch. Das kommt davon, wenn man dreißig Jahre verheiratet ist. Ehemänner sind dazu da, daß man zu ihnen redet. Es hilft ihnen, sich auf das zu konzentrieren, was sie gerade lesen – wie das Geräusch eines Wasserfalls. Da! Nun gähnen Sie schon wieder.«

Jane fand in Mutter Dimble eine etwas unbequeme Zimmergenossin, weil sie vor dem Zubettgehen lange betete. Sonderbar, dachte Jane, wie lästig einem so etwas ist. Sie wußte nicht, wo sie hinschauen sollte, und nachdem Mrs. Dimble sich von den Knien erhoben hatte, blieb es mehrere Minuten lang schwierig, den natürlichen, ungezwungenen Gesprächston wiederzufinden.

»Sind Sie jetzt wach?« fragte Mrs. Dimbles Stimme mitten in der Nacht.

»Ja«, antwortete Jane. »Es tut mir leid. Habe ich Sie geweckt? Habe ich gerufen?«

»Ja. Sie schrien und redeten, daß jemand auf den Kopf geschlagen würde.«

»Ich sah, wie sie einen Mann umbrachten ... einen Mann, der in einem großen Wagen eine Landstraße entlangfuhr. Er kam zu einer Kreuzung und bog nach rechts ab, vorbei an einigen Bäumen, und dort stand jemand mitten auf der Straße und schwenkte ein Licht, um ihn anzuhalten. Ich konnte nicht hören, was sie sagten, denn ich war zu weit entfernt. Es waren ein paar Männer, und sie mußten ihn überredet haben, den Wagen zu verlassen. Er stieg aus und redete mit einem der Männer. Das Licht fiel voll auf sein Gesicht, und ich konnte ihn gut erkennen. Er war nicht derselbe alte Mann, den ich in dem anderen Traum gesehen hatte. Dieser hatte keinen Bart, nur einen Schnurrbart. Seine Bewegungen waren sehr schnell und knapp, er wirkte irgendwie stolz. Er geriet mit dem Mann, der ihn angehalten hatte, in Streit und schlug ihn nieder. Ein anderer Mann versuchte ihn hinterrücks mit einem Gegenstand auf den Kopf zu schlagen, aber der alte Mann war zu schnell und drehte sich rechtzeitig um. Dann gab es einen schrecklichen Kampf, der aber auch etwas Großartiges hatte. Sie gingen zu dritt auf ihn los, und er wehrte sich gegen alle drei. Ich habe in Büchern davon gelesen, konnte mir aber nie vorstellen, wie einem dabei zumute ist. Natürlich überwältigten sie ihn schließlich. Mit den Dingern in ihren Händen schlugen sie furchtbar auf seinen Kopf ein. Sie erledigten ihn ganz kaltblütig, und dann bückten sie sich, um ihn zu untersuchen und sich zu vergewissern, ob er wirklich tot war. Das Licht der Laterne kam mir seltsam vor, als sähe man alles durch eine Art Gitter. Aber vielleicht war ich da schon am Aufwachen. Nein, danke, mir ist nicht schlecht. Es war natürlich furchtbar, aber ich habe keine Angst ... nicht so wie in den früheren Träumen. Was ich fühle, ist hauptsächlich Mitleid mit dem alten Mann.«

»Glauben Sie, daß Sie wieder einschlafen können?«
»O ja! Haben die Kopfschmerzen nachgelassen, Mrs. Dimble?«
»Sie sind ganz vergangen, danke. Gute Nacht.«

Kein Zweifel, dachte Mark, dies muß der verrückte Pfarrer sein, den Bill der Blizzard erwähnt hatte. Die Ausschußsitzung begann erst um halb elf in Belbury, und seit dem Frühstück war Mark trotz des rauhen und nebligen Wetters mit Reverend Straik im Garten spazierengegangen. Die abgetragenen Kleider und die plumpen Schuhe, der durchgewetzte Klerikerkragen, das magere, düster-tragische Gesicht, zerfurcht und schlecht rasiert, und die geradezu erbitterte Aufrichtigkeit seines Benehmens hatten auf Mark schon im ersten Augenblick, als der Mann ihn angesprochen hatte, wie ein Mißklang gewirkt. Er hatte nicht erwartet, im Institut einer solchen Gestalt zu begegnen.

»Denken Sie nicht«, sagte Mr. Straik, »daß ich mich der Illusion hingäbe, unser Programm könne ohne Gewalt verwirklicht werden. Es wird Widerstand geben. Sie werden mit den Zähnen knirschen und keine Reue zeigen. Aber wir werden uns nicht abschrecken lassen. Wir werden diesen Unruhen mit einer Festigkeit begegnen, die Verleumder zu der Behauptung verleiten wird, wir hätten sie gewollt. Lassen wir sie reden. In gewissem Sinne haben wir sie gewollt. Es kann nicht unsere Sache sein, jene Organisation geordneter Sünde zu erhalten, die Gesellschaft genannt wird. Für diese Organisation ist die Botschaft, die wir zu verkünden haben, die Botschaft völliger Verzweiflung.«

»Nun, das eben meinte ich«, sagte Mark, »als ich sagte, Ihr Standpunkt und der meine wären auf lange Sicht unvereinbar. Die Erhaltung der Gesellschaft durch gründliche Planung aller Lebensbereiche ist genau das Ziel, das ich vor Augen habe. Ich glaube nicht, daß es ein anderes Ziel gibt oder geben kann. Für Sie stellt sich das Problem völlig anders, weil Sie auf etwas Besseres als die menschliche Gesellschaft hoffen, in einer anderen Welt.«

»Mit jedem Gedanken und jedem Herzschlag, mit jedem Tropfen meines Bluts weise ich diese verdammenswerte Doktrin zurück«, sagte Mr. Straik. »Genau das ist die Ausflucht, mit der die Welt, dieses organisierte Gehäuse des Todes, die Lehre Jesu Christi zur Seite schob und entmannte und die einfache Forderung des Herrn nach Rechtschaffenheit und Gericht hier und jetzt in Pfaffenlist und Mystizismus verwandelte. Das Königreich Gottes muß hier verwirklicht werden – in dieser Welt. Und es wird geschehen. Bei der Erwähnung des Namens Jesu soll jedes Knie sich beugen. Und im Namen unseres Herrn sage ich mich völlig von allen Formen organisierter Religion los, die diese Welt bisher gesehen hat.«

Mark empfand starkes Unbehagen über die Richtung, die das Gespräch nahm. Er wäre imstande gewesen, vor einem Hörsaal voll junger Frauen ohne Verlegenheit über Abtreibung oder Perversion zu dozieren, aber dieser religiöse Fanatismus brachte ihn so aus der Fassung, daß er leicht errötete; und bei dieser Entdeckung wurde er so zornig über sich selbst und Mr. Straik, daß seine Wangen noch viel stärker erröteten. Dies war genau die Art von Gespräch, die er nicht ertragen konnte; und seit dem Elend der Religionsstunden in der Schule, an die er sich nur zu gut erinnerte, hatte er sich nie so unbehaglich gefühlt. Er murmelte etwas über seine mangelnden Kenntnisse in Theologie.

»Theologie!« sagte Mr. Straik mit unendlicher Verachtung. »Ich spreche nicht über Theologie, junger Mann, sondern über den Herrn Jesus Christus. Theologie ist Geschwätz, Augenwischerei, ein Rauchvorhang, ein Spiel für reiche Müßiggänger. Ich fand den Herrn Jesus nicht in Vorlesungssälen. Ich fand ihn in den Kohlengruben und neben dem Sarg meiner Tochter. Wenn die Geistlichkeit meint, Theologie sei eine Art Watte, die sie am Tag des großen und schrecklichen Gerichts sicher schützen und vor unsanften Stößen bewahren werde, so irrt sie. Denken Sie an meine Worte: so wird es geschehen! Das Reich Gottes wird kommen, in diese Welt, in dieses Land. Die Macht der Wissenschaft ist ein Instrument. Ein unwiderstehliches Werkzeug, wie wir alle im Institut wissen. Und warum ist sie ein unwiderstehliches Werkzeug?«

»Weil Wissenschaft auf Beobachtung beruht«, sagte Mark.

»Sie ist ein unwiderstehliches Werkzeug«, rief Straik, »weil sie ein Werkzeug in Seiner Hand ist. Richtschwert und Balsam zugleich. Das konnte ich keiner der Kirchen klarmachen. Sie sind mit Blindheit geschlagen, ihr Blick ist verhangen von den schmutzigen Fetzen des Humanismus, der Kultur, des Liberalismus und ihrer eigenen Sünden oder was sie dafür halten, obgleich sie wirklich das am wenigsten Sündige an ihnen sind. Darum stehe ich allein: ein armer, schwacher, unwürdiger alter Mann, aber der einzige überlebende Prophet. Ich weiß, daß Er in Macht und Herrlichkeit kommen wird. Und darum sehen wir die Zeichen Seiner Ankunft, wo wir Macht sehen. So kommt es, daß ich mich mit liederlichen Menschen und Materialisten und jedem anderen verbünde, der wirklich bereit ist, die Herabkunft des Herrn zu beschleunigen. Noch der geringste dieser Menschen hier begreift den tragischen Sinn des Lebens und hat die Unbarmherzigkeit, die völlige Hingabe, die Bereitschaft, alle bloß menschlichen Werte aufzuopfern, welche ich unter all der ekelerregenden Heuchelei der organisierten Religionen nicht finden konnte.«

»Sie wollen damit also sagen«, sagte Mark, »daß es bezüglich der unmittelbaren Praxis keine Einschränkungen für Ihre Zusammenarbeit mit dem Institut gibt?«

»Fort mit diesem Unsinn!« sagte der ereiferte Gottesmann.

»Arbeitet der Ton mit dem Töpfer zusammen? Arbeitete Kyros mit dem Herrn zusammen? Diese Leute werden Werkzeuge sein. Auch ich werde ein Werkzeug sein. Ein Mittel zum Zweck. Aber hier kommen wir zu dem Punkt, der Sie angeht, junger Mann. Sie haben keine Wahl, ob Sie Werkzeug sein wollen oder nicht. Sobald Sie Ihre Hand an den Pflug gelegt haben, gibt es kein Zurück mehr. Niemand kehrt dem Institut den Rücken. Jene, die es versuchen, werden in der Wildnis umkommen. Aber die Frage ist, ob Sie sich damit zufriedengeben, eins von den Werkzeugen zu sein, die zur Seite geworfen werden, wenn sie Ihm gedient haben – die gerichtet werden, nachdem sie andere gerichtet haben. Oder werden Sie unter jenen sein, die das Erbe antreten? Denn es ist alles wahr, wissen Sie. Die Heiligen werden die Erde erben – hier in England vielleicht innerhalb der nächsten zwölf Monate –, die Heiligen und keine anderen. Wissen Sie nicht, daß wir sogar über Engel zu Gericht sitzen werden?« Dann fügte Straik mit vertraulich gedämpfter Stimme hinzu: »Die wahre Wiederauferstehung findet schon jetzt statt. Das wirkliche Leben wird ewig währen, hier in dieser Welt. Sie werden es sehen.«

»Es ist gleich zwanzig nach«, sagte Mark. »Sollten wir nicht zur Ausschußsitzung?«

Straik wandte sich schweigend mit ihm um, und sie gingen zum Haus zurück. Teils um eine Fortsetzung des Gesprächs in diesen Bahnen zu vermeiden, und teils, weil er wirklich an einer Auskunft interessiert war, sagte Mark nach einer Weile: »Es ist mir etwas ziemlich Unangenehmes passiert. Ich habe meine Brieftasche verloren. Es war nicht viel Geld darin: nur etwa drei Pfund. Aber es waren Briefe und Aufzeichnungen dabei. Kann ich den Verlust irgendwo melden?«

»Sie könnten es dem Hausverwalter sagen« sagte Straik.

Die Ausschußsitzung dauerte ungefähr zwei Stunden, und der stellvertretende Direktor führte den Vorsitz. Seine Art der Geschäftsführung war langsam und umständlich, und Mark, der in Bracton seine Erfahrungen gesammelt hatte, gewann bald den Eindruck, daß die eigentliche Arbeit des Instituts anderswo geleistet wurde. Dies entsprach auch seinen Erwartungen, und er war zu vernünftig, um anzunehmen, daß er schon zu diesem frühen Zeitpunkt im inneren Kreis oder was immer hier dem ›progressiven Element‹ am Bracton College entsprach, Aufnahme finden würde. Aber er hoffte, man würde ihn nicht allzulange seine Zeit in Schattenausschüssen vergeuden lassen. An diesem Morgen wurden hauptsächlich Einzelheiten der in Edgestow bereits angelaufenen Arbeiten besprochen. Das N.I.C.E. hatte anscheinend eine Art Sieg errungen, der ihm das Recht gab, die kleine normannische Kirche abzureißen.»Natürlich wurden die üblichen Einwände auf den Tisch gebracht«, sagte Wither. Mark, der an Architektur und Kunst nicht sonderlich interessiert war und die andere Seite des Wynd nicht annähernd so gut kannte wie seine Frau, ließ seine Aufmerksamkeit abschweifen. Erst am Ende der Sitzung kam Wither auf einen mehr sensationellen Vorfall zu sprechen. Er meinte, die meisten der Anwesenden hätten die sehr traurige Nachricht bereits gehört (Mark fragte sich, warum Vorsitzende immer mit solchen Wendungen anfingen), die offiziell bekanntzugeben er nichtsdestoweniger verpflichtet sei. Er bezog sich natürlich auf die Ermordung des Professors William Hingest. Soweit Mark dem gewundenen und anspielungsreichen Bericht des Vorsitzenden entnehmen konnte, war Bill der Blizzard gegen vier Uhr früh mit eingeschlagenem Schädel neben seinem Wagen in der Potter's Lane aufgefunden worden. Der Tod war mehrere Stunden vorher eingetreten. Mr. Wither wagte anzunehmen, daß es den Anwesenden eine melancholische Befriedigung sein werde, zu erfahren, daß die N.I.C.E.-Polizei noch vor fünf Uhr am Schauplatz des Verbrechens eingetroffen sei und daß weder die lokalen Behörden noch Scotland Yard Einwände gegen eine weitestgehende Zusammenarbeit erhöben. Wäre der Anlaß passender, so würde er einen Antrag begrüßt haben, Miß Hardcastle den Dank und die Glückwünsche des Ausschusses für das reibungslose Zusammenwirken ihrer Sicherheitskräfte mit denen des Staates auszusprechen. Das sei ein erfreulicher Aspekt und ein Lichtblick in dieser traurigen Geschichte und, wie er meine, ein gutes Omen für die Zukunft. Dezent gedämpfter Applaus antwortete ihm, und Mr. Wither fuhr fort, mit einiger Ausführlichkeit über den Toten zu sprechen. Sie alle hätten Mr. Hingests Beschluß, sich vom Institut zurückzuziehen, sehr bedauert, wiewohl sie seinen Beweggründen volle Anerkennung zollten; sie alle hätten gefühlt, daß diese offizielle Trennung nicht im mindesten die herzlichen Beziehungen beeinträchtigen würde, die zwischen dem Verblichenen und den meisten – er glaube sogar sagen zu dürfen, ohne Ausnahme all seinen früheren Kollegen im Institut existierten. Der stellvertretende Direktor war durch seine besonderen Talente sehr gut befähigt, Leichenreden zu halten, und er ließ es in seinem Nachruf nicht an der gebotenen Ausführlichkeit fehlen. Er schloß mit der Bitte an die Versammelten, sich zu erheben und das Andenken William Hingests durch eine Schweigeminute zu ehren.

Sie taten es, und eine schier endlose Minute folgte, während der vereinzeltes Knarren und Schnaufen hörbar wurde, und hinter der Maske eines jeden glasig blickenden, die Lippen zusammenpressenden Gesichts kamen schüchterne, belanglose Gedanken an dies und das hervor, wie Vögel und Mäuse wieder auf eine Waldlichtung herausschlüpfen, wenn die Ausflügler gegangen sind, und jeder versicherte sich im stillen, daß wenigstens er nicht morbide sei und nicht an den Tod denke.

Es folgte ein Räuspern und Füßescharren, und die Ausschußsitzung löste sich in Lärm und Bewegung auf.

Das Aufstehen und die Morgenarbeiten waren für Jane viel angenehmer, weil sie Mrs. Dimble bei sich hatte. Mark half ihr häufig im Haushalt; da er aber immer die Ansicht vertrat – und Jane fühlte es, auch wenn er es nicht sagte –, daß Jane sich eine Menge unnötiger Arbeit mache und daß Männer einen Haushalt mit einem Zehntel von dem Aufhebens in Ordnung halten könnten, das Frauen davon machten, war Marks Hilfe eine der häufigsten Streitursachen zwischen ihnen. Mrs. Dimble dagegen paßte sich ihr in allem an. Es war ein heller, sonniger Morgen, und als sie sich zum Frühstück in die Küche setzten, fühlte sich Jane heiter und aufgeräumt. Während der Nacht hatte sie sich eine bequeme Theorie zurechtgelegt, nach der die bloße Tatsache ihres Besuchs bei Miß Ironwood und der Aussprache mit ihr wahrscheinlich zum Aufhören der Träume führen werde. Damit wäre die Episode abgeschlossen. Und nun dachte sie an die aufregende Möglichkeit von Marks neuer Stellung, auf die man sich freuen konnte. Sie begann sich schon Zukunftsbilder auszumalen.

Mrs. Dimble war begierig, zu erfahren, was Jane in St. Anne erlebt hatte und wann sie wieder hinausfahren werde. Jane antwortete auf die erste Frage ausweichend, und Mrs. Dimble war zu höflich, sie zu bedrängen. Zur zweiten Frage meinte Jane, sie werde Miß Ironwood nicht wieder behelligen, auch werde sie sich nicht weiter wegen der Träume beunruhigen. Sie sagte, sie sei albern gewesen, aber jetzt sei alles in Ordnung. Und sie blickte zur Uhr und fragte sich, warum Mrs. Maggs noch nicht erschienen sei.

»Meine Liebe, ich fürchte, Sie haben Yvy Maggs verloren«, sagte Mrs. Dimble. »Sagte ich Ihnen nicht, daß sie auch das Haus zum Abbruch geräumt haben, in dem Mrs. Maggs wohnte? Ich dachte, es wäre Ihnen klar, daß sie in Zukunft nicht mehr zu Ihnen kommen würde. Sehen Sie, die arme Frau hat hier in Edgestow keine Bleibe mehr.«

»Mist!« sagte Jane; und fügte ohne viel Interesse an einer Antwort hinzu: »Wissen Sie, was sie jetzt macht?«

»Sie ist nach St. Anne gefahren.«

»Hat sie dort Freunde?«

»Sie ist mit Cecil und mir in das Landhaus gezogen.«

»Hat sie dort eine Stellung gefunden?«

»Nun ja, ich nehme an, man kann es so nennen.«

Mrs. Dimble ging um elf. Bevor sie nach St. Anne fuhr, wollte sie ihren Mann treffen und mit ihm im Northumberland College zu Mittag essen. Jane ging mit ihr in die Stadt hinunter, um ein paar Einkäufe zu machen, und sie trennten sich am unteren Ende der Market Street. Kurz darauf traf Jane Mr. Curry.

»Haben Sie die Nachricht schon gehört, Mrs. Studdock?« sagte Curry. Er trug immer ein wichtigtuerisches Gehabe zur Schau, und sein Ton hatte stets etwas unbestimmt Vertrauliches, doch an diesem Morgen wirkte es fast übertrieben.

»Nein. Was ist passiert?« sagte Jane.

Sie hielt Mr. Curry für einen aufgeblasenen Trottel und Mark für einen Dummkopf, weil er sich von ihm beeindrucken ließ. Aber sobald Curry zu sprechen begann, zeigte ihr Gesicht alle Verwunderung und Bestürzung, die er sich nur wünschen konnte. Auch waren sie diesmal nicht geheuchelt. Er erzählte ihr, daß Mr. Hingest ermordet worden sei, irgendwann während der Nacht oder in den frühen Morgenstunden. Der Leichnam sei neben seinem Wagen in der Potter's Lane aufgefunden worden, mit eingeschlagenem Schädel. Er war unterwegs von Belbury nach Edgestow gewesen. Er, Curry, sei gerade im Begriff, ins College zurückzueilen, um dem Rektor zu berichten: er komme gerade von der Polizei. Man sah, daß der Mordfall bereits Currys Eigentum geworden war. Die ›Angelegenheit‹ lag, in irgendeinem undefinierbaren Sinne, ›in seinen Händen‹, und die Verantwortung ruhte schwer auf ihm. Zu einer anderen Zeit hätte Jane dies alles erheiternd gefunden. Sie entwischte ihm so bald wie möglich und ging zu Blackie's, um eine Tasse Kaffee zu trinken. Sie fühlte, daß sie sich setzen mußte.

Für sich genommen, bedeutete ihr Hingests Tod nichts. Sie war ihm nur einmal begegnet und hatte von Mark die Ansicht übernommen, daß er ein unangenehmer alter Mann und ein ziemlicher Snob sei. Aber die Gewißheit, daß sie in ihrem Traum Zeugin einer wirklichen Mordtat geworden war, zertrümmerte mit einem Schlag alle tröstlichen Vorspiegelungen, mit denen sie diesen Tag begonnen hatte. Mit schmerzlicher Klarheit wurde ihr bewußt, daß die Angelegenheit mit ihren Träumen, weit davon entfernt, beendet zu sein, erst begann. Das heitere, engumfriedete kleine Leben, das sie hatte führen wollen, war unabänderlich zerbrochen. Auf allen Seiten öffneten sich Fenster in ungeheure dunkle Landschaften, und sie hatte nicht die Kraft, sie zu schließen. Sie fürchtete, es werde sie um den Verstand bringen, wenn sie es allein ertragen müßte. Die andere Alternative war, zu Miß Ironwood zurückzugehen. Aber dieser Weg schien nur noch tiefer in all diese Dunkelheit hineinzuführen. Das Landhaus in St. Anne – diese

»Art von Gesellschaft« – war in die Sache verwickelt. Sie wollte da nicht hineingezogen werden. Es war ungerecht. Schließlich hatte sie nicht viel vom Leben verlangt. Sie wollte nur in Ruhe gelassen werden. Und es war so widersinnig! Nach allem, was die Wissenschaft wußte, konnten solche Dinge einfach nicht wirklich geschehen.

Cosser – der sommersprossige Mann mit dem schmalen schwarzen Schnurrbart – näherte sich Mark, als dieser die Ausschußsitzung verließ.

»Es gibt Arbeit für uns«, sagte er. »Wir müssen einen Bericht über Cure Hardy rausbringen.«

Mark war sehr erleichtert, von Arbeit zu hören. Aber es ging ein wenig gegen seine Würde, denn er hatte Cosser nicht sehr gemocht, als er ihn am Vortag kennengelernt hatte.

»Soll das heißen«, sagte er, »daß ich nun doch in Steeles Abteilung sein soll?«

»Das ist richtig«, sagte Cosser.

»Ich frage nur«, sagte Mark, »weil weder er noch Sie besonders scharf darauf zu sein schienen, mich zu haben. Ich will mich nicht aufdrängen, wissen Sie. Ich brauche überhaupt nicht im Institut zu bleiben, was das angeht.«

»Nun, reden wir nicht hier darüber«, sagte Cosser. »Kommen Sie mit nach oben.«

Sie standen in der Eingangshalle, und Mark sah Wither in Gedanken versunken auf sie zukommen.

»Wäre es nicht besser, mit ihm zu reden und die ganze Sache auszudreschen?« fragte Mark. Aber der Vizedirektor war, nachdem er sich ihnen bis auf drei Schritte genähert hatte, in eine andere Richtung abgebogen. Er summte vor sich hin und schien so geistesabwesend, daß Mark den Augenblick für ein Interview ungeeignet fand. Cosser sagte nichts, schien aber genauso zu denken, und so folgte Mark ihm die Treppe hinauf zu einem Büro im dritten Stockwerk.

»Es geht um das Dorf Cure Hardy«, sagte Cosser, als sie sich gesetzt hatten. »Sehen Sie, sobald die Arbeiten richtig losgehen, wird diese ganze Gegend um den Bragdon-Wald nicht viel mehr als eine Schlammwüste sein. Warum wir ausgerechnet dort hingehen mußten, weiß der Teufel. Wie dem auch sei, nach dem neuesten Plan soll der Wynd umgeleitet werden. Das alte Flußbett durch Edgestow soll ganz trockengelegt werden. Sehen Sie, hier ist Shillingbridge, zehn Meilen nördlich der Stadt. Dort wird der Fluß umgeleitet und durch einen künstlichen Kanal hier im Osten herumgeführt, wo die blaue Linie verläuft. Hier unten mündet der Umleitungskanal wieder in das alte Flußbett.«

»Damit wird die Universität kaum einverstanden sein«, sagte Mark. »Was wäre Edgestow ohne den Fluß?«

»Wir haben die Universität im Schwitzkasten«, sagte Cosser. »Da können Sie ganz unbesorgt sein. Aber das ist sowieso nicht unser Job. Die Sache ist die, daß der neue Flußlauf des Wynd direkt durch Cure Hardy führen muß. Nun sehen Sie sich die Höhenlinien auf der Karte an. Cure Hardy liegt in diesem engen kleinen Tal. Wie? Ach, Sie sind schon dort gewesen? Um so besser. Ich kenne die Gegend dort nicht aus eigener Anschauung. Also, es ist daran gedacht, am südlichen Talausgang einen Damm zu errichten und den Wynd zu einem großen Reservoir aufzustauen. Als künftige Großstadt braucht Edgestow eine neue Wasserversorgung und eine Menge Elektrizität. Beides wird dieser Stausee liefern.«

»Aber was soll mit Cure Hardy geschehen?«

»Das ist ein weiterer Vorteil. Wir bauen vier Meilen entfernt ein neues Musterdorf (es soll Jules Hardy oder Wither Hardy genannt werden). Hier drüben, an der Bahnlinie.«

»Wissen Sie, das wird einen höllischen Stunk geben, wenn Sie mich fragen. Cure Hardy ist berühmt. Es ist eine Sehenswürdigkeit. Da gibt es Häuser aus dem sechzehnten Jahrhundert und ein mittelalterliches Spital, und eine normannische Kirche und alles das.«

»Genau. Da liegt unsere Aufgabe. Wir müssen einen Bericht über Cure Hardy machen, der dann veröffentlicht wird. Wir fahren morgen hin und sehen uns das Nest an, aber den größten Teil des Berichts können wir heute schon schreiben. Nicht weiter schwierig. Wenn es eine Sehenswürdigkeit ist, können Sie sich darauf verlassen, daß es unhygienisch ist. Das ist der erste Punkt, den es hervorzuheben gilt. Dann müssen wir ein paar Tatsachen über die Bevölkerung ausgraben. Sicherlich werden Sie finden, daß sie überwiegend aus den beiden am wenigsten erwünschten Elementen besteht – kleinen Rentnern und Landarbeitern.«

»Der kleine Rentner ist ein unproduktives Element, darin gebe ich Ihnen recht«, sagte Mark. »Aber über die Landarbeiter läßt sich streiten.«

»Das Institut hält nichts vom Landarbeiter. In einer geplanten Gesellschaft ist er ein stets rückständiges und sehr widerspenstiges Element. Unsere Agrarreform wird neben anderen längst fälligen Änderungen auch auf diesem Gebiet neue Verhältnisse schaffen. Sie sehen also, wir brauchen nur ein paar Fakten zu belegen. Davon abgesehen, schreibt sich der Bericht beinahe von selbst.«

Mark schwieg einen Augenblick lang, dann nickte er und sagte: »Das wäre kein Problem, aber bevor ich damit anfange, möchte ich gern meine Position ein bißchen genauer geklärt wissen. Sollte ich nicht mit Steele sprechen? Ich habe keine große Lust, mit der Arbeit in dieser Abteilung anzufangen, wenn er mich nicht haben will.«

»Das würde ich nicht tun«, sagte Cosser.

»Warum nicht?«

»Nun, zum einen kann Steele nichts gegen Sie machen, wenn der VD Sie unterstützt, wie er es einstweilen zu tun scheint. Zum anderen ist Steele ein ziemlich gefährlicher Mann. Wenn Sie einfach Ihre Arbeit tun, ruhig und ohne viel Aufhebens, dann wird er sich schließlich an Sie gewöhnen. Aber wenn Sie hingehen und mit ihm verhandeln, könnte das zu einem Zerwürfnis führen. Und dann gibt es da noch was.« Cosser machte eine Pause, schneuzte sich nachdenklich und fuhr fort: »Unter uns gesagt, ich glaube nicht, daß es in dieser Abteilung noch lange so weitergehen kann wie bisher.«

Mark hatte in Bracton bereits genug Erfahrungen gesammelt, um zu verstehen, was damit gemeint war. Cosser hoffte Steele ganz aus der Abteilung verdrängen zu können. Mark glaubte die ganze Situation zu durchschauen. Steele war gefährlich, solange er auf seinem Posten saß, aber das konnte sich bald ändern.

»Ich gewann gestern den Eindruck«, sagte Mark, »daß Sie und Steele ziemlich gut miteinander auskommen.«

»Hier im Institut kommt es darauf an, nie mit jemandem Streit zu haben«, sagte Cosser. »Ich hasse Streitigkeiten und kann mit jedermann zurechtkommen – solange die Arbeit getan wird.«

»Natürlich«, sagte Mark. »Übrigens, wenn wir morgen nach Cure Hardy fahren sollen, könnte ich die Nacht zu Hause in Edgestow verbringen.«

Für Mark hing viel von der Antwort auf diese Bemerkung ab. Er konnte daraus erkennen, ob Cosser tatsächlich sein Vorgesetzter war. Wenn Cosser sagte: »Das können Sie nicht machen«, dann würde er wenigstens wissen, wo er stand. Wenn Cosser sagte, er könne auf Mark nicht verzichten, wäre es noch besser. Oder Cosser könnte antworten, daß er lieber den Vizedirektor fragen sollte. Auch das hätte Mark seiner Position sicherer gemacht. Aber Cosser sagte bloß: »Oh«, und ließ Mark im Zweifel, ob niemand eine Erlaubnis benötigte, oder ob er als Angehöriger des Instituts noch nicht hinreichend etabliert war, daß seine Abwesenheit von Bedeutung gewesen wäre. Dann begannen sie mit der Arbeit an ihrem Bericht.

Es kostete sie den Rest des Tages, so daß Cosser und er verspätet und ohne sich umzuziehen zum Abendessen kamen. Mark hatte das angenehme Gefühl, etwas geleistet zu haben, und auch die Mahlzeit schmeckte ihm. Obgleich er unter Männern war, die er nicht kannte, gewöhnte er sich rasch an die neuen Gesichter und nahm ungezwungen am Tischgespräch teil. Er lernte sich ihrer Redeweise und ihrer Ausdrücke zu bedienen.

Die Lieblichkeit der Landschaft beeindruckte Mark, als sie am nächsten Morgen bei Duke's Eaton die Hauptstraße verließen und auf einer holperigen kleinen Landstraße in das langgestreckte Tal fuhren, wo Cure Hardy lag. Mark war im allgemeinen nicht sehr empfänglich für Schönheit, aber Jane und seine Liebe zu ihr hatten sein Empfinden dafür bereits ein wenig geweckt. Weil er nie gelernt hatte, solche Dinge besonders schön zu finden, mochte der sonnige Wintermorgen unerwartet stark auf seine Sinne wirken, und allmählich begann ihn eine heitere Ruhe zu erfüllen, die aus der stillen Landschaft in ihn einzuströmen schien. Erde und Himmel waren wie frisch gewaschen, die braunen, umgepflügten Felder sahen aus, als könnte man sie essen, und die Wiesen und Hecken überzogen die kleinen Hügel mit lieblichen, abwechslungsreichen Mustern. Der Himmel wirkte weiter entfernt als sonst, doch auch klarer, so daß die Ränder der langen, schieferfarbenen Wolkenstreifen wie ausgeschnitten aussahen. Jede kleine Baumgruppe war schwarz und struppig wie eine Haarbürste, und als der Wagen in Cure Hardy hielt, war die Stille, die auf das Ausschalten des Motors folgte, vom Krächzen der Saatkrähen erfüllt, die »wart! wart!« zu rufen schienen.

»Machen einen verdammten Lärm, diese Teufelsvögel«, sagte Cosser. »Haben Sie die Karte? Gut, dann also los.« Er ging sofort an die Arbeit.

Zwei Stunden lang durchwanderten sie das Dorf und seine nähere Umgebung und sahen mit eigenen Augen alle die Anachronismen, die zu zerstören sie gekommen waren. Sie sahen den widerspenstigen und rückständigen Landarbeiter und hörten seine Ansichten über das Wetter. Sie begegneten dem mit verschwendeten Steuermitteln unterstützten Armen in der Gestalt eines alten Mannes, der über den Hof des Spitals schlurfte, um einen Kessel zu füllen, und beobachteten eine Rentnerin (um das Maß vollzumachen, hatte sie einen fetten alten Hund bei sich) in ernstem Gespräch mit dem Postboten. Mark hatte das Gefühl, in den Ferien zu sein, denn nur in Ferienzeiten war er jemals durch ein englisches Dorf gewandert. Aus diesem Grund machte es ihm Spaß. Es entging nicht seiner Aufmerksamkeit, daß das Gesicht des rückständigen Landarbeiters um einiges interessanter war als das Cossers und seine Stimme dem Ohr viel angenehmer. Die Ähnlichkeit zwischen der Rentnerin und Tante Gilly (wann hatte er das letztemal an sie gedacht? Lieber Himmel, das brachte einen zurück...) ließ ihn verstehen, wie es möglich war, eine solche Person zu mögen. Alles das beeinflußte jedoch nicht im geringsten seine soziologischen Überzeugungen. Selbst wenn er nichts mit Belbury zu tun und keinerlei Ehrgeiz gehabt hätte, wäre es nicht anders gewesen, denn seine wissenschaftliche Ausbildung hatte zur Folge gehabt, daß ihm Gelesenes und Geschriebenes realer erschienen als Dinge, die er sah. Statistiken über Landarbeiter waren der Stoff, die Substanz: jeder wirkliche Grabenräumer, Pflüger oder Melker war der Schatten. Obgleich es ihm selbst niemals aufgefallen war, pflegte er in seiner Arbeit Worte wie ›Mann‹ oder ›Frau‹ nach Möglichkeit zu vermeiden. Er zog es vor, über ›Berufsgruppen‹, ›Elemente‹, ›Klassen‹, ›Populationen‹ und dergleichen zu schreiben, denn in seiner eigenen Art glaubte er so fest wie jeder Mystiker an die höhere Realität der Dinge, die man nicht sehen kann.

Und doch konnte er nicht umhin, dieses Dorf zu mögen. Als er Cosser um ein Uhr überredete, im Wirtshaus einzukehren, sagte er es sogar. Sie hatten beide belegte Brote mitgebracht, aber Mark wollte ein Bier. Im Wirtshaus war es sehr warm und ziemlich dunkel, denn das Fenster der Gaststube war klein. Zwei Arbeiter (zweifellos widerspenstig und rückständig) saßen hinter Bierkrügen und aßen dicke Stullen, und ein dritter lehnte an der Theke und unterhielt sich mit dem Wirt.

»Für mich kein Bier, danke«, sagte Cosser. »Und wir wollen uns hier nicht zu lange aufhalten. Was sagten Sie?«

»Ich sagte, daß ein Ort wie dieser an einem schönen Tag etwas recht Attraktives hat, trotz seiner offensichtlichen Mängel.«

»Ja, es ist wirklich ein schöner Tag. Ein bißchen Sonnenschein, und gleich fühlt man sich viel besser.«

»Ich dachte an den Ort.«

»Sie meinen dies hier?« sagte Cosser mit einem Blick rundum durch die Gaststube. »Ich würde sagen, daß es genau das ist, was wir loswerden wollen. Kein Licht, keine Luft. Ich selbst kann mit Alkohol nicht viel anfangen – Sie sollten mal den Miller-Report lesen –, aber wenn die Leute das Zeug schon haben müssen, dann sollte es wenigstens in einer hygienischeren Form verabreicht werden.«

»Ich glaube, so vereinfacht darf man das nicht sehen«, sagte Mark und blickte in sein Bier. Die ganze Szene gemahnte ihn an Wirtshausgespräche in seiner Studentenzeit. Irgendwie hatte man sich damals leichter angefreundet. Er fragte sich, was aus seinen alten Freunden geworden sein mochte – aus Carey und Wadsden und Denniston, der beinahe seinen eigenen Lehrstuhl bekommen hätte. »Nun, Bier würde ich noch gelten lassen«, sagte Cosser, »aber Ernährungslehre ist nicht mein Fach. Darüber müßten Sie Stock fragen.«

»Ich denke nicht so sehr an dieses Lokal«, sagte Mark, »sondern an das ganze Dorf. Natürlich haben Sie recht: solche Relikte müssen verschwinden. Aber es hat seine angenehmen und idyllischen Seiten. Wir werden achtgeben müssen, daß das neue Dorf das alte wirklich in allen Bereichen übertrifft – nicht bloß im Sanitären.«

»Oh, Architektur und all das«, sagte Cosser. »Nun, das ist kaum mein Fachgebiet, wissen Sie. Das ist mehr was für Leute wie Wither. Sind Sie fertig?«

Ganz plötzlich überkam Mark die Erkenntnis, was für ein schrecklicher Langweiler dieser Mann war, und im selben Augenblick verspürte er eine heftige Aufwallung von Überdruß am N.I.C.E. Aber er ermahnte sich, daß man nicht erwarten dürfe, sofort in den interessanten Kreis aufgenommen zu werden; für später konnte er Besseres erwarten. Außerdem hatte er noch nicht alle Brücken hinter sich abgebrochen. Vielleicht würde er den ganzen Krempel hinwerfen und in ein, zwei Tagen zum College zurückkehren. Aber noch nicht sofort. Es schien nur vernünftig, noch eine Weile auszuharren und zu sehen, wie die Dinge sich entwickelten.

Auf der Rückfahrt setzte Cosser ihn in der Nähe des Bahnhofs von Edgestow ab, und als er nach Haus ging, begann Mark zu überlegen, was er Jane über Belbury sagen würde. Man würde ihn völlig mißverstehen, wenn man unterstellte, daß er bewußt eine Lüge erfand. Als er sich ausmalte, wie er die Wohnung betreten und in Janes fragendes Gesicht blicken würde, kam wie von selbst die Vorstellung seiner eigenen antwortenden Stimme hinzu, die in zuversichtlichen, salopp-humorvollen Wendungen die wesentlichen Merkmale des Institutsbetriebs in Belbury schilderte. Diese imaginäre Rede vertrieb nach und nach die wirklichen Erfahrungen, die er dort gemacht hatte, aus seinem Bewußtsein. Jene wirklichen Erfahrungen von Unbehagen und Befürchtungen und Ungewißheit verstärkten sogar sein Verlangen, in den Augen seiner Frau eine gute Figur zu machen. Beinahe unbewußt hatte er beschlossen, die Sache mit Cure Hardy nicht zu erwähnen; Jane machte sich etwas aus alten Gebäuden und romantischen Winkeln und dergleichen. Infolgedessen sah Jane, als sie die Tür gehen hörte und in den Wohnungsflur kam, einen ziemlich frischen und munteren Mark. Ja, er sei fast sicher, daß er die Stellung bekommen habe. Die Gehaltsfrage sei noch nicht endgültig geklärt, aber er werde sich morgen darum kümmern. Es sei ein komischer Haufen dort in Belbury; er werde ihr das alles später erklären. Aber er habe bereits die richtigen Leute getroffen. Wither und Miß Hardcastle seien die entscheidenden Figuren. »Ich muß dir von dieser Hardcastle erzählen«, sagte er. »Sie ist völlig unmöglich.«

Jane mußte viel schneller als er entscheiden, was sie ihm sagen würde. Und sie beschloß, ihm nichts von den Träumen und ihrem Besuch in St. Anne zu erzählen. Männer mochten keine Frauen, mit denen etwas nicht stimmte, schon gar nicht, wenn sie seltsame und unerklärliche Eigenschaften oder Fähigkeiten zeigten. Es fiel ihr nicht schwer, bei ihrer Entscheidung zu bleiben, denn Mark, ganz im Bann der Arbeit an seinen eigenen Geschichten, stellte ihr keine Fragen. Was er sagte, konnte sie nicht völlig überzeugen, weil alle Einzelheiten unbestimmt blieben. Sehr bald schon unterbrach sie ihn mit scharfer, ängstlicher Stimme (sie hatte keine Ahnung, wie zuwider ihm dieser Tonfall war): »Mark, du hast doch nicht etwa deinen Lehrstuhl am Bracton College aufgegeben?« Er sagte nein, natürlich nicht, und redete weiter. Sie lauschte nur mit halber Aufmerksamkeit. Sie wußte, daß er eine Schwäche für grandiose Ideen und hochfliegende Pläne hatte, und etwas in seinem Gesicht sagte ihr, daß er während seiner Abwesenheit viel mehr getrunken hatte als gewöhnlich. Und so stellte das Vogelmännchen den ganzen Abend lang sein Gefieder zur Schau, und das Vogelweibchen spielte seine Rolle und stellte Fragen und lachte und heuchelte mehr Interesse, als es fühlte. Beide waren jung, und wenn auch kein Partner den anderen sehr innig liebte, wollte doch jeder bewundert sein.

Am gleichen Abend saßen die Kollegiumsmitglieder des Bracton Colleges im Speisesaal bei Wein und Dessert. Während des Krieges hatten sie aus Einsparungsgründen auf das obligate Umkleiden zum Abendessen verzichtet und den traditionellen Brauch seither noch nicht wieder aufgenommen, und ihre Straßenanzüge und Tweedjacken harmonierten nicht recht mit der dunklen Holztäfelung der Wände, dem Kerzenschein und dem Tafelsilber aus verschiedenen Epochen. Feverstone und Curry saßen beisammen. Dreihundert Jahre lang war dieser Speise- und Gesellschaftsraum eine der angenehmen und stillen Stätten Englands gewesen. Er war im Lady-Alice-Hof, im Erdgeschoß unter dem Sitzungssaal, und die Fenster der Ostseite blickten über eine kleine Terrasse hinweg (wo die Kollegiumsmitglieder an warmen Sommerabenden zu sitzen pflegten) auf den Fluß und das nahe Grün des Bragdon-Waldes. Zu dieser Jahreszeit und Stunde waren die Fenster natürlich geschlossen und die Vorhänge zugezogen. Trotzdem drangen von dort Geräusche herein, die in diesem Raum nie zuvor gehört worden waren – Gebrüll und Flüche und das dumpfe Röhren und Rumpeln vorbeirollender Lastwagen, das Krachen von Gangschaltungen, das Rattern von Preßluftbohrern, Eisengeklirr, Kettengerassel, Pfiffe, dumpfe Schläge und eine alles durchdringende Vibration. »Saeva sonare verbera, tum stridor ferri tractaeque catenae«, wie Glossop am Kaminfeuer zu Jewel bemerkt hatte. Denn jenseits jener Fenster, kaum dreißig Schritte entfernt am anderen Ufer des Wynd, machte die Umwandlung eines alten Waldlandes in ein Inferno aus Schlamm und Lärm, Stahl und Beton rasche Fortschritte. Selbst Mitglieder des progressiven Elements – diejenigen, welche ihre Zimmer auf dieser Seite des Colleges hatten – murrten bereits über den Lärm. Curry selbst war einigermaßen überrascht von der Form, die sein Traum angenommen hatte, da er nun Wirklichkeit geworden war, aber er tat sein Bestes, die Unannehmlichkeiten eisern durchzustehen, und obgleich er sein Gespräch mit Feverstone aus voller Kehle führen mußte, spielte er mit keinem Wort auf diesen lästigen Umstand an.

»Dann ist es also endgültig«, brüllte er, »daß der junge Studdock nicht zurückkommt?«

»Absolut«, rief Feverstone. »Er schickte mir eine Botschaft durch einen hohen Beamten, und bat mich darin, dem College Bescheid zu geben.«

»Wann wird er ein formales Entlassungsgesuch einreichen?«

»Ich habe nicht die leiseste Ahnung! Wie alle diese jungen Leute nimmt er es mit Formalitäten nicht so genau. Je länger er übrigens damit wartet, desto besser.«

»Sie meinen, das gibt uns Gelegenheit, uns in Ruhe umzusehen?«

»Genau. Sehen Sie, das Kollegium braucht nichts zu erfahren, bis er schreibt. Und die ganze Frage seines Nachfolgers kann in der Zwischenzeit geregelt werden.«

»Sehr gut. Das ist von großer Wichtigkeit. Wenn man all diesen Leuten, die von dem Fach nichts verstehen und nicht wissen, was sie wollen, eine offene Personalfrage zur Diskussion vorlegt, dann ist alles möglich.«

»Richtig. Das wollen wir vermeiden. Die einzige Methode, eine Institution wie diese zu regieren, besteht darin, daß man seinen Kandidaten wie das Kaninchen aus dem Hut hervorzaubert, gleich nachdem man das Rücktrittsgesuch bekanntgegeben hat.«

»Wir müssen sofort anfangen, uns über einen Nachfolger Gedanken zu machen.«

»Muß dieser Mann ein Soziologe sein? Ich meine, ist das Lehramt an dieses Fach gebunden?«

»Oh, nicht im mindesten. Warum? Dachten Sie an etwas anderes?«

»Es ist lange her, daß wir einen Politologen genommen haben.«

»Hm... ja. Allerdings gibt es noch immer beträchtliche Widerstände gegen die Anerkennung der Politologie als wissenschaftliches Fach. Was meinen Sie, Feverstone, sollten wir nicht dieser neuen Disziplin in den Sattel helfen?«

»Welcher neuen Disziplin?«

»Der Pragmatometrie.«

»Nun, es ist wirklich komisch, daß Sie das sagen, denn der Mann, an den ich gerade dachte, ist ein Politiker, der sich auch ziemlich intensiv mit Pragmatometrie beschäftigt hat. Man könnte es ein Lehramt in sozialer Pragmatometrie nennen, oder so ähnlich.«

»Wer ist der Mann?«

»Laird – vom Leicester College, Cambridge.«

Für Curry war es beinahe ein automatischer Reflex, daß er ein sehr nachdenkliches Gesicht machte, obwohl er nie von Laird gehört hatte. Dann sagte er: »Ach ja, Laird. Wissen Sie Einzelheiten über seine akademische Karriere?«

»Nun«, sagte Feverstone, »wie Sie sich erinnern werden, war er zur Zeit der Schlußexamen bei schlechter Gesundheit und hatte einen Mißerfolg. Die Prüfungen in Cambridge sind heutzutage so schlimm, daß das kaum etwas zu sagen hat. Jeder wußte, daß er einer der brillantesten Köpfe seines Jahrgangs war. Er war Herausgeber einer Studentenzeitschrift. David Laird, wissen Sie.«

»Ja, richtig. David Laird. Aber ich muß sagen, Dick...«

»Ja?«

»Ich bin über sein schlechtes Examensergebnis nicht ganz glücklich. Natürlich messe ich solchen Ergebnissen keine übertriebene Bedeutung bei, aber trotzdem... In letzter Zeit haben wir mit Berufungen nicht immer Glück gehabt.« Als er das sagte, blickte Curry beinahe unfreiwillig zu Pelham hinüber – Pelham mit dem kleinen, knopfartigen Mund und dem Puddinggesicht. Pelham war ein vernünftiger Mann, doch selbst Curry fand es schwierig, sich an irgend etwas zu erinnern, das Pelham jemals getan oder gesagt hätte.

»Ja, ich weiß«, sagte Feverstone, »aber selbst unsere schlechtesten Berufungen sind nicht ganz so blödsinnig wie diejenigen, die das College ausspricht, wenn wir es sich selbst überlassen.«

Vielleicht, weil der unerträgliche Lärm seine Nerven angegriffen hatte, zweifelte Curry momentan an der ›Blödsinnigkeit‹ dieser Außenseiter. Kürzlich hatte er im Northumberland College zu Abend gegessen und war dort mit Telford zusammengekommen. Der Kontrast zwischen dem wachen und geistreichen Telford, den im Northumberland College jeder zu kennen schien, und dem ›blödsinnigen‹ Telford im Gesellschaftsraum des Bracton Colleges hatte ihn verblüfft. Könnte es sein, daß das Stillschweigen dieser ›Außenseiter‹ in seinem eigenen College, ihre einsilbigen

Antworten, wenn er sie anzusprechen geruhte, und ihre ausdruckslosen Mienen, wenn er sich von seiner vertraulichen Seite zeigte, eine Erklärung hatten, die ihm nie in den Sinn gekommen war? Die phantastische Vorstellung, daß er, Curry, ein Langweiler sein könne, ging ihm so rasch durch den Sinn, daß er sie eine Sekunde später für immer vergessen hatte. Dafür wurde die viel weniger schmerzhafte Vorstellung beibehalten, daß diese Traditionalisten und Fachidioten auf ihn herabsähen. Aber Feverstone rief ihm wieder etwas zu.

»Ich werde nächste Woche in Cambridge sein«, verkündete er. »Werde dort ein Essen geben. Ich möchte, daß es unter uns bleibt, denn möglicherweise kommt der Premierminister. Außer ihm werden ein paar große Zeitungsleute und Tony Dew da sein. Was? Ach, natürlich kennen Sie Tony. Dieser kleine, dunkelhaarige Mann von der Bank. Laird wird auch kommen. Er ist eine Art Cousin oder Neffe des Premierministers.

Ich fragte mich, ob Sie nicht dabeisein könnten. Ich weiß, daß David viel daran liegt, Ihre Bekanntschaft zu machen. Er hat von jemand, der Ihre Vorlesungen zu besuchen pflegte, schon viel von Ihnen gehört.«

»Nun, das würde sehr schwierig sein. Es hängt davon ab, wann der alte Bill beerdigt wird. Natürlich sollte ich zur Beerdigung hier sein. Wurde in den Sechsuhrnachrichten etwas über die Nachforschungen gesagt?«

»Ich habe die Nachrichten nicht gehört. Aber das wirft natürlich eine zweite Frage auf. Nun, da der Blizzard in eine bessere Welt gegangen ist, haben wir zwei freie Stellen.«

»Ich kann nichts hören!« schrie Curry. »Wird dieses Geräusch immer lauter, oder werde ich taub?«

»Sagen Sie mal, Curry«, rief Ted Raynor vom Nebentisch, »was zum Teufel tun Ihre Freunde dort draußen?«

»Können diese Leute nicht arbeiten, ohne zu brüllen?« fragte ein anderer.

»Ich finde, es hört sich überhaupt nicht wie Arbeit an«, sagte ein Dritter.

»Hören Sie!« rief Glossop plötzlich. »Das hat nichts mit Arbeit zu tun! Hören Sie das Getrampel und Gerenne! Das ist mehr wie ein Rugbyspiel.«

»Es wird mit jeder Minute schlimmer«, sagte Raynor.

Im nächsten Augenblick sprangen fast alle Anwesenden auf. »Was war das?« rief einer. »Sie bringen jemanden um«, sagte Glossop. »So schreit nur jemand, dem es ans Leben geht.« »Wohin gehen Sie?« fragte Curry. »Nachsehen, was da passiert«, sagte Glossop. »Jemand sollte die Polizei anrufen!« »Ich an Ihrer Stelle würde nicht hinausgehen«, sagte Feverstone, der sitzen geblieben war und sein Weinglas auffüllte. »Es hört sich an, als ob die Polizei oder wer schon da wäre.«

»Was meinen Sie damit?«

»Hören Sie. Da!«

»Ich dachte, das wären ihre verdammten Preßlufthämmer.«

»Hören Sie genau hin!«

»Mein Gott... denken Sie wirklich, es sei ein Maschinengewehr?«

»Vorsicht! Vorsicht!« riefen ein halbes Dutzend Stimmen durcheinander, als Glas splitterte und klirrte, und ein Schauer von Steinen auf den Boden des Gesellschaftsraums fiel. Mehrere beherzte Kollegiumsmitglieder waren sofort zu den Fenstern gestürzt und schlossen die Läden; und dann standen sie alle da und starrten einander schwer atmend an. Niemand sagte ein Wort. Glossop hatte eine Schnittwunde an der Stirn, und auf dem Boden lagen die Fragmente jenes berühmten Ostfensters, in das Henrietta Maria einst mit einem Diamanten ihren Namen geschnitten hatte.

5

Elastizität

Am folgenden Morgen fuhr Mark mit dem Zug nach Belbury zurück. Er hatte seiner Frau versprochen, eine Anzahl von Fragen im Zusammenhang mit seinem künftigen Gehalt und einem etwa erforderlichen Wohnungswechsel zu klären, und die Erinnerung an diese Versprechungen erzeugte eine kleine Wolke des Unbehagens in seinem Bewußtsein, doch im ganzen war er in guter Stimmung. Diese Rückkehr nach Belbury – einfach hineinzuschlendern und den Hut aufzuhängen und ein Glas Whisky zu bestellen – war ein angenehmer Kontrast zu seiner ersten Ankunft. Der Hausdiener, der den Whisky brachte, kannte ihn. Filostrato nickte ihm zu. Frauen machten immer eine Menge Getue, aber dies war offensichtlich die reale Welt. Nach dem Whisky ging er gemächlich hinauf zu Cossers Büro. Er war nur fünf Minuten dort, und als er wieder herauskam, hatte seine Gemütslage sich völlig gewandelt.

Steele und Cosser waren beide da, und beide blickten mit der Miene von Männern auf, die von einem wildfremden Menschen bei der Arbeit gestört worden sind. Keiner der beiden sagte etwas.

»Ah – guten Morgen«, sagte Mark unbeholfen.

Steele beendete eine Bleistiftnotiz auf irgendeinem großen Dokument, das vor ihm ausgebreitet war. »Was gibt es, Mr. Studdock?« sagte er, ohne aufzublicken.

»Ich wollte mit Mr. Cosser sprechen«, sagte Mark, dann wandte er sich an Cosser und fuhr fort: »Ich habe gerade über den vorletzten Abschnitt dieses Berichts nachgedacht...«

»Was ist das für ein Bericht?« sagte Steele zu Cosser.

»Ach, ich dachte«, antwortete Cosser mit einem kleinen schiefen Lächeln in einem Mundwinkel, »daß es eine gute Sache wäre, in meiner Freizeit einen Bericht über Cure Hardy zusammenzustellen, und nachdem gestern nichts Besonderes zu tun war, setzte ich ihn auf. Mr. Studdock half mir dabei.«

»Nun, das braucht uns jetzt wirklich nicht zu kümmern«, sagte Steele gereizt. »Sie können darüber ein andermal mit Mr. Cosser sprechen, Mr. Studdock. Ich fürchte, er hat im Moment zu tun.«

»Hören Sie«, sagte Mark, »ich denke, wir täten gut daran, hier klare Verhältnisse zu schaffen. Haben diese Bemerkungen zu bedeuten, daß der Bericht über Cure Hardy lediglich Cossers privates Steckenpferd war? Wenn es sich so verhält, dann hätte ich es gern gewußt, bevor ich acht Stunden Arbeit darauf verwendete. Und wer ist mir gegenüber weisungsberechtigt?«

Steele spielte mit seinem Bleistift und blickte Cosser an.

»Ich habe Ihnen eine Frage über meine Position gestellt, Mr. Steele«, sagte Mark.

»Ich habe keine Zeit für solche Dinge«, erwiderte Steele endlich. »Wenn Sie nichts zu tun haben, ist das Ihre Sache. Ich habe jedenfalls zu tun. Und ich weiß nichts über Ihre Position.«

Mark dachte daran, sich an Cosser zu halten; aber Cossers glattes, sommersprossiges Gesicht mit den gleichgültigen leeren Augen erfüllte ihn plötzlich mit soviel Verachtung, daß er auf dem Absatz kehrtmachte und das Büro verließ. Er warf die Tür hinter sich zu, entschlossen, sofort mit dem stellvertretenden Direktor zu sprechen. Vor Withers Zimmer zögerte er, denn er hörte Stimmen durch die Tür. Aber er war zu ärgerlich, um zu warten. Er klopfte kurz und trat ein, ohne zu beachten, ob sein Klopfen beantwortet worden war.

»Mein lieber Junge«, sagte der stellvertretende Direktor und blickte auf, ohne jedoch die Augen direkt auf Marks Gesicht zu richten, »ich bin erfreut, Sie zu sehen.«

Als er diese Worte hörte, bemerkte Mark, daß eine dritte Person im Raum war. Es war ein Mann namens Stone, den er an seinem ersten Tag in Belbury beim Abendessen kennengelernt hatte. Stone stand vor Withers Schreibtisch, und seine Finger rollten und entrollten unaufhörlich ein Blatt Löschpapier. Sein Mund hing offen, seine Augen blickten unverwandt den Vizedirektor an.

»Erfreut, Sie zu sehen«, wiederholte Wither. »Um so mehr, als Sie mich in einem ziemlich schmerzlichen Gespräch... ah... unterbrochen haben. Wie ich gerade zu dem armen Mr. Stone sagte, als Sie hereinkamen, liegt mir nichts näher am Herzen als der Wunsch, daß alle Mitglieder dieses großartigen Instituts wie eine Familie zusammenarbeiten... Von meinen Kollegen, Mr. Stone, erwarte ich die größtmögliche Einheit des Willens und der Zielsetzung, das größtmögliche gegenseitige Vertrauen. Aber wie Sie einwenden mögen, Mr.... ah... Studdock, gibt es selbst im Familienleben gelegentlich Spannungen und Reibungen und Mißverständnisse. Und das ist auch der Grund, mein lieber Junge, warum ich im Moment nicht viel Muße habe – gehen Sie nicht, Mr. Stone. Ich habe Ihnen noch eine Menge zu sagen.«

»Vielleicht sollte ich später wiederkommen?« sagte Mark.

»Nun, unter den obwaltenden Umständen... es sind Ihre Gefühle, an die ich denke, Mr. Stone... vielleicht... die übliche Methode, mit mir zu sprechen, Mr. Studdock, ist, daß Sie bei meiner Sekretärin vorsprechen und sich einen Termin geben lassen. Nicht, verstehen Sie mich recht, daß ich den Wunsch hätte, auf Formalitäten zu bestehen oder etwas anderes als erfreut sein würde, Sie zu sehen, wann immer Sie hereinschauen. Es ist die Vergeudung Ihrer Zeit, die ich gern vermeiden möchte.«

»Danke, Sir«, sagte Mark. »Dann werde ich mit Ihrer Sekretärin sprechen.«

Das Sekretariat war nebenan. Ging man hinein, so fand man nicht die Sekretärin selbst, sondern eine Anzahl von Sekretariatsangestellten, die hinter einem Tresen an Schreibtischen arbeiteten. Mark traf eine Verabredung für den nächsten Tag um zehn Uhr, welches der frühestmögliche Zeitpunkt war, den sie ihm anbieten konnten. Als er das Büro verließ, stieß er auf Miß Hardcastle.

»Hallo, Studdock«, sagte die Fee. »Sie treiben sich beim Büro des VD herum? Das geht nicht, wissen Sie.«

Mark schüttelte verärgert den Kopf. »Wenn meine Position nicht ein für allemal definitiv festgelegt wird«, sagte er, »verlasse ich das Institut.«

Sie musterte ihn mit einem schwierig zu deutenden Gesichtsausdruck, in dem Heiterkeit vorzuherrschen schien. Dann nahm sie seinen Arm.

»Hören Sie, Jungchen«, sagte sie, »Sie müssen sich alles das abgewöhnen. Es wird Ihnen nichts nützen. Kommen Sie mit, und wir werden alles besprechen.«

»Es gibt nichts zu besprechen, Miß Hardcastle«, erwiderte Mark. »Ich habe meine Entscheidung getroffen. Entweder bekomme ich hier eine wirkliche Anstellung und befriedigende Arbeit, oder ich gehe ans Bracton College zurück. Das ist einfach genug. Es macht mir nicht mal sehr viel aus, von welcher Art meine Arbeit sein wird, aber ich muß es wissen.«

Die Fee antwortete darauf nicht, und der gleichmäßige Druck ihrer Hand zwang Mark, mit ihr den Korridor entlangzugehen, wenn er nicht offen Widerstand leisten wollte. Ihr Griff war in einer lächerlich zweideutigen Weise intim und autoritär und hätte gleich gut die Beziehungen zwischen Polizist und Gefangenem, Geliebter und Liebhaber, Kinderfrau und Kind widergespiegelt. Mark fühlte, daß er wie ein Dummkopf aussehen würde, wenn ihnen jemand begegnete.

Sie führte ihn zu ihren eigenen Büros im zweiten Stockwerk. Das Vorzimmer war voll von Mädchen der weiblichen Institutspolizei, ›Wips‹ genannt. Die männlichen Angehörigen dieser Streitmacht, obgleich sehr viel zahlreicher, waren in den Gebäuden nur selten anzutreffen, aber wo immer Miß Hardcastle erschien, waren auch ständig hin und her eilende Wips zu sehen. Weit davon entfernt, die männlichen Züge ihrer Chefin zu teilen, waren sie (wie Feverstone einmal gesagt hatte) »feminin bis zur Geistesschwäche« – klein und zart und flauschig und voller Gekicher. Miß Hardcastle benahm sich ihnen gegenüber, als ob sie ein Mann wäre, und sprach mit ihnen in einem Ton halb flotter und halb grimmiger Galanterie. »Cocktails, Dolly«, plärrte sie beim Betreten des Vorzimmers. Als sie das innere Büro erreichten, forderte sie Mark zum Sitzen auf, blieb aber selbst mit dem Rücken zum Kaminfeuer stehen. Die Gläser wurden gebracht, und Dolly zog sich zurück und schloß die Tür. Unterwegs hatte Mark murrend seine Beschwerden vorgebracht.

»Hören Sie auf damit, Studdock«, sagte Miß Hardcastle. »Und was immer Sie tun, behelligen Sie nicht den VD damit. Ich habe Ihnen schon mal gesagt, daß Sie sich wegen dieser kleinen Nebenfiguren aus dem dritten Stock keine Sorgen zu machen brauchen, vorausgesetzt, er ist auf Ihrer Seite. Und das ist gegenwärtig der Fall. Aber wenn Sie ständig mit Beschwerden zu ihm kommen, werden Sie seine Sympathie verlieren.«

»Das wäre sicherlich ein guter Rat, Miß Hardcastle«, erwiderte Mark, »wenn ich gezwungen wäre, hierzubleiben. Aber das ist nicht der Fall. Und nach allem, was ich gesehen habe, gefällt es mir hier nicht. Ich bin so gut wie entschlossen, wieder nach Haus zu gehen. Ich dachte nur, daß ich zuvor mit ihm sprechen sollte, um klare Verhältnisse zu schaffen.«

»Klare Verhältnisse sind genau das, was Wither nicht ausstehen kann«, sagte Miß Hardcastle. »Das ist nicht die Art, wie er den Laden leitet. Und er weiß, was er tut, denn es klappt. Sie haben keine Ahnung, wie gut es klappt. – Was Ihren Weggang betrifft... Sie sind nicht abergläubisch, nicht wahr? – Nun, ich bin es. Ich glaube nicht, daß es Glück bringt, das N.I.C.E. zu verlassen. Sie brauchen sich über die Steeles und Cossers nicht den Kopf zu zerbrechen; das gehört zu Ihrer Lehrzeit. Sie müssen es im Moment durchmachen, aber wenn Sie aushalten, werden Sie über diese Leute hinauskommen. Warten Sie nur ab: nicht einer von ihnen wird übrig sein, wenn wir richtig anfangen.«

»Das ist genau die Art, wie Cosser sich über Steele äußerte«, sagte Mark, »aber als es darauf ankam, schien es mir nicht viel zu nützen.«

»Wissen Sie, Studdock«, sagte Miß Hardcastle, »ich habe Gefallen an Ihnen gefunden. Und das ist gut so, denn wäre es anders, so würde ich jetzt geneigt sein, diese letzte Bemerkung übelzunehmen.«

»Ich will niemand beleidigen«, sagte Mark. »Aber – Teufel noch mal, sehen Sie es von meinem Standpunkt aus.«

Miß Hardcastle schüttelte den Kopf. »Zwecklos, Jungchen. Ihr Standpunkt ist keinen roten Heller wert, weil Sie noch nicht genug Tatsachen kennen. Sie haben noch nicht begriffen, worauf Sie sich eingelassen haben. Wir bieten Ihnen eine Chance, etwas viel Größeres als einen Ministersessel zu erreichen. Und es gibt nur zwei Alternativen, wissen Sie. Entweder man ist im Institut, oder man ist draußen. Und ich weiß besser als Sie, was mehr Spaß machen wird.«

»Das verstehe ich«, sagte Mark. »Aber alles ist besser als nominell dabeizusein und nichts zu tun zu haben. Geben Sie mir einen richtigen Arbeitsplatz in der soziologischen Abteilung, und ich werde...«

»Unsinn! Diese ganze Abteilung wird aufgelöst. Aus Propagandagründen mußte sie zu Anfang da sein. Diese Leute werden alle verschwinden.«

»Aber welche Gewißheit habe ich, daß ich einer ihrer Nachfolger sein werde?«

»Keine. Sie werden keine Nachfolger haben. Die eigentliche Arbeit hat mit all diesen Abteilungen nichts zu tun. Die Art von Soziologie, an der wir interessiert sind, wird von meinen Leuten gemacht werden – der Polizei.«

»Was habe dann ich damit zu tun?«

»Wenn Sie mir vertrauen wollen«, sagte die Fee, nachdem sie ihr leeres Glas weggestellt und eine von ihren schwarzen Zigarren hervorgezogen hatte, »kann ich Ihnen gleich etwas von Ihrer eigentlichen Arbeit geben – der Arbeit, für die man Sie in Wirklichkeit hierhergeholt hat.«

»Was soll das sein?«

»Alcasan«, sagte Miß Hardcastle durch die Zähne. Sie hatte

wieder mit dem endlosen Kaltrauchen begonnen. Mit einem etwas geringschätzigen Blick zu Mark fügte sie hinzu: »Sie wissen, von wem ich spreche, nicht wahr?«

»Sie meinen den Radiologen – den Mann, der geköpft wurde?« fragte Mark bestürzt.

Die Fee nickte.

»Er muß rehabilitiert werden«, sagte sie. »Allmählich. Ich habe alle Tatsachen in einer Akte gesammelt. Sie beginnen mit einem unauffälligen kleinen Artikel, stellen seine Schuld nicht in Frage, wenigstens nicht zu Anfang, deuten aber an, daß er nun einmal der Regierung der Kollaborateure angehörte und daß es deshalb Vorurteile gegen ihn gab. Sagen Sie, daß Sie zwar nicht an der Gerechtigkeit des Schuldspruchs zweifeln, jedoch unter der beunruhigenden Erkenntnis litten, daß das Urteil mit großer Wahrscheinlichkeit genauso gelautet hätte, wenn er unschuldig gewesen wäre. Dann lassen Sie einen oder zwei Tage später einen Artikel völlig anderer Art folgen. Eine populäre Darstellung seiner Verdienste. Die Fakten für einen Artikel dieser Art können Sie an einem Nachmittag zusammenbringen. Dann verfassen Sie einen ziemlich empörten Leserbrief an die Zeitung, die den ersten Artikel druckte, und gehen darin viel weiter. Die Hinrichtung war ein Justizirrtum. Mittlerweile...«

»Was in aller Welt ist der Sinn des Ganzen?«

»Ich sage es Ihnen doch, Studdock. Alcasan muß rehabilitiert werden. Wir wollen ihn zu einem Märtyrer machen, einem unersetzlichen Verlust für die gesamte Menschheit.«

»Aber warum?«

»Da fangen Sie schon wieder an! Sie klagen, man gebe Ihnen nichts zu tun, und sowie ich Ihnen eine kleine Arbeit vorschlage, wollen Sie den Plan der gesamten Kampagne erzählt haben, bevor Sie etwas tun. So geht es nicht. Mit einer solchen Einstellung werden Sie hier nicht Karriere machen. In erster Linie kommt es darauf an, daß Sie tun, was man Ihnen sagt. Wenn Sie etwas taugen, werden Sie bald verstehen, was vorgeht. Aber Sie müssen damit anfangen, daß Sie die Arbeit tun. Sie scheinen nicht zu begreifen, was wir sind. Wir sind eine Armee.«

»Ich bin kein Journalist«, sagte Mark. »Ich bin nicht hierhergekommen, um Zeitungsartikel zu schreiben. Das habe ich Feverstone gleich als erstes klargemacht.«

»Je eher Sie all dieses Gerede über die Gründe Ihres Kommens einstellen, desto besser werden Sie sich hier zurechtfinden. Ich sage das zu Ihrem eigenen Besten, Studdock. Sie können schreiben. Das ist einer der Gründe, weshalb Sie gebraucht werden.«

»Dann bin ich aus einem Mißverständnis hierhergekommen«, sagte Mark. Die Bestechung seiner literarischen Eitelkeit entschädigte ihn keinesfalls für die verächtliche Andeutung, daß seine Soziologie bedeutungslos sei. »Ich habe nicht die Absicht, mein Leben mit dem Schreiben von Zeitungsartikeln zu verbringen«, sagte er. »Und wenn ich die Absicht hätte, würde ich sehr viel mehr über die Politik des Instituts wissen wollen, bevor ich mich auf so etwas einließe.«

»Ist Ihnen nicht gesagt worden, daß das N.I.C.E. strikt unpolitisch ist?«

»Man hat mir so viel erzählt, daß ich nicht mehr weiß, ob ich Männchen oder Weibchen bin«, sagte Mark. »Aber ich sehe nicht, wie man eine Pressesensation – denn darauf läuft es hinaus – inszenieren will, ohne politisch zu sein. Sollen links- oder rechtsstehende Zeitungen all diesen Unfug über Alcasan drucken?«

»Beide, Jungchen, beide«, sagte Miß Hardcastle. »Verstehen Sie denn überhaupt nichts? Ist es denn nicht absolut notwendig, die Linken und die Rechten in Atem zu halten und dafür zu sorgen, daß sie einander fürchten und beschimpfen? So bringen wir die Dinge voran. Jede Opposition gegen das N.I.C.E. wird in der Rechtspresse als eine linke Machenschaft hingestellt, in der Linkspresse dagegen als eine Provokation der Rechten. Wird es richtig angefaßt, so werden beide Seiten sich darin überbieten, uns zu unterstützen, um die Schmähungen ihres jeweiligen Gegners zu widerlegen. Selbstverständlich sind wir unpolitisch. Die wirkliche Macht ist es immer.«

»Ich glaube nicht, daß Sie das schaffen werden«, sagte Mark. »Nicht mit den Zeitungen, die von gebildeten Menschen gelesen werden.«

»Das zeigt, daß Sie noch nicht aus dem Kinderzimmer herausgekommen sind, Jungchen«, sagte Miß Hardcastle seufzend. »Haben Sie noch nicht erkannt, daß es genau umgekehrt ist?«

»Wie meinen Sie das?«

»Gerade die gebildeten Leser können übertölpelt werden. Schwierigkeiten haben wir nur mit den anderen. Haben Sie je einen Arbeiter gekannt, der einer Zeitung geglaubt hätte? Er geht davon aus, daß alles bloß Schwindel und Propaganda ist und liest die Leitartikel gar nicht erst. Er kauft die Zeitung wegen der Fußballergebnisse, der Lokalseite und der kleinen Meldungen über Mädchen, die aus Fenstern fallen und Leichen, die in herrschaftlichen Londoner Wohnungen gefunden werden. Er ist unser Problem: ihn müssen wir umkonditionieren. Aber das gebildete Publikum, der Leser der anspruchsvollen Wochenzeitschriften, bedarf keiner Umkonditionierung. Diese Leute sind schon in Ordnung: sie glauben alles.«

»Dann bin ich als Angehöriger dieser Klasse eine Ausnahme«, sagte Mark lächelnd.

»Herr im Himmel!« sagte die Fee. »Wo haben Sie Ihre Augen? Ist Ihnen nicht bekannt, was die Wochenzeitschriften sich alles leisten? Sehen Sie sich die ›Weekly Question‹ an. Das ist ein Blatt für Leute wie Sie. Als ein freidenkerischer Professor aus Cambridge das vereinfachte Englisch propagierte, wurde es über den grünen Klee gelobt; als dann aber ein konservativer Premierminister die Idee aufgriff, wurde sie plötzlich zu einer Bedrohung für Reichtum und Reinheit unserer Sprache. Und wurde die Monarchie nicht zehn Jahre lang als eine kostspielige Albernheit bezeichnet? Nun, als der Herzog von Windsor abdankte, wurde die ›Weekly Question‹ für ungefähr vierzehn Tage ganz monarchistisch und legitimistisch. Verlor das Blatt deswegen einen einzigen Leser? Sehen Sie nicht, daß der gebildete Leser gar nicht aufhören kann, die anspruchsvollen Wochenzeitschriften zu lesen, egal, was sie schreiben? Er kann es nicht. Die Lektüre dieser Blätter gehört zu seinem Lebensstil. Er ist konditioniert.«

»Nun«, sagte Mark, »dies ist alles sehr interessant, Miß Hardcastle, aber es hat nichts mit mir zu tun. Ich habe nicht die geringste Neigung, Journalist zu werden; und wenn ich sie hätte, würde ich ein ehrlicher Journalist sein wollen.«

»Sehr gut«, sagte Miß Hardcastle. »Dann werden Sie eben mithelfen, dieses Land und vielleicht die menschliche Rasse zu ruinieren. Außerdem werden Sie Ihre eigene Karriere zugrunde richten.«

Der vertrauliche Ton, in dem sie bisher gesprochen hatte, war verschwunden, und in ihrer Stimme war eine drohende Endgültigkeit. Der Bürger und aufrechte Mann, der durch das Gespräch in Mark geweckt worden war, verzagte. Sein anderes und viel stärkeres Selbst, ein Selbst, das um keinen Preis zu den Außenseitern gezählt werden wollte, sprang alarmiert auf.

»Ich will damit nicht sagen«, versicherte er, »daß ich Ihren Standpunkt nicht verstehe. Ich frage mich bloß...«

»Mir ist es gleich, Studdock«, sagte Miß Hardcastle und setzte sich endlich an ihren Schreibtisch. »Wenn Ihnen der Job nicht gefällt, dann ist das natürlich Ihre Sache. Gehen Sie und regeln Sie es mit dem stellvertretenden Direktor. Er hat es nicht gerne, wenn Leute weggehen, aber Sie können es natürlich tun. Feverstone wird einiges zu hören bekommen, weil er Sie hierhergebracht hat. Wir nahmen an, Sie seien im Bilde.«

Die Erwähnung Feverstones konfrontierte Mark unvermittelt mit der Realität seines Plans, nach Edgestow zurückzukehren und sich mit der Karriere eines Professors am Bracton College zufriedenzugeben. Unter welchen Bedingungen würde er zurückgehen? Würde er in Bracton noch zum inneren Kreis gehören? Die Vorstellung, nicht länger das Vertrauen der fortschrittlichen Kräfte zu genießen und zu den Telfords und Jewels hinabgestoßen zu werden, erschien ihm unerträglich. Und das Gehalt eines bloßen Dozenten nahm sich nach den Träumen, die er während der letzten Tage genährt hatte, recht armselig aus. Das Leben eines verheirateten Mannes hatte sich bereits als unerwartet kostspielig erwiesen. Dann kam ein scharfer Zweifel wegen dieser zweihundert Pfund Mitgliedsbeitrag für den Klub des N.I.C.E. Aber nein – das war absurd. Deswegen konnten sie ihn nicht bearbeiten.

»Also werde ich mit dem stellvertretenden Direktor sprechen«, sagte er mit unsicherer Stimme.

»Da Sie uns nun verlassen«, sagte die Fee, »muß ich Ihnen noch einen guten Rat mit auf den Weg geben. Ich habe alle Karten auf den Tisch gelegt. Sollte es Ihnen in den Sinn kommen, daß es spaßig wäre, irgend etwas von diesem Gespräch in der Öffentlichkeit zu wiederholen, dann tun Sie es lieber nicht. Es würde Ihrer zukünftigen Karriere ganz und gar nicht zuträglich sein.«

»Oh, selbstverständlich werde ich kein Wort...«, begann Mark.

»Sie sollten jetzt lieber gehen«, sagte Miß Hardcastle. »Unterhalten Sie sich gut mit dem VD. Und ärgern Sie den alten Mann nicht. Austritte sind ihm verhaßt.«

Mark machte einen Versuch, das Gespräch fortzusetzen, aber die Fee ließ sich nicht darauf ein, und ein paar Sekunden später stand er vor der Tür. Übelgelaunt verbrachte er den Rest des Tages und ging den Leuten aus dem Weg, damit sie seine Untätigkeit nicht bemerkten. Vor dem Mittagessen unternahm er einen jener kurzen, unbefriedigenden Spaziergänge, die man in fremder Nachbarschaft unternimmt, wenn man weder bequeme alte Kleider bei sich hat noch die Gegend kennt. Nach dem Essen erforschte er das Gelände gründlicher, aber es war nicht von der Art, daß man darin hätte lustwandeln mögen. Der Millionär, der Belbury um die Jahrhundertwende erbaut hatte, hatte ungefähr acht Hektar Land mit einem gußeisernen Gitterzaun auf Ziegelsockel einfrieden und das eingezäunte Gebiet als Ziergarten anlegen lassen. Da und dort wuchsen kleine Gruppen von Bäumen und Ziersträuchern, und überall schlängelten sich Wege, die so dick mit runden weißen Kieseln bestreut waren, daß man kaum auf ihnen gehen konnte. Es waren riesige Blumenbeete, manche oval, manche rautenförmig und manche kreisrund. Die eckig beschnittenen Lorbeergebüsche sahen aus, als ob sie aus gestanztem und bemaltem Blech wären. Schwere, hellgrün gestrichene Bänke standen in regelmäßigen Abständen an den Spazierwegen. Der Gesamteindruck erinnerte an einen städtischen Friedhof. Doch so wenig anziehend der Garten auch war, Mark suchte ihn nach dem Tee abermals auf und lief ruhelos zwischen den Beeten und Bänken auf und ab, wobei er unaufhörlich rauchte, obgleich seine Zunge bereits brannte und der Wind seine Zigaretten einseitig herunterglimmen ließ. Nach einiger Zeit ging er um das Haus zu den neuen Anbauten auf der Rückseite. Hier überraschten ihn Stallgerüche und ein Durcheinander von knurrenden, grunzenden, schnatternden und winselnden Stimmen – Anzeichen eines regelrechten Zoos. Zuerst wurde er daraus nicht schlau, doch bald erinnerte er sich, daß zu den Plänen des Instituts ein umfangreiches Programm mit Tierversuchen gehörte, frei von bürokratischen Hemmnissen und kleinlicher Sparsamkeit. Er hatte sich nicht sonderlich dafür interessiert und vage an Ratten, Kaninchen und gelegentlich einen Hund gedacht. Das Durcheinander von Geräuschen aus dem Innern erweckte nun ganz andere Vorstellungen in ihm. Als er noch dastand und lauschte, erhob sich ein mächtiges Heulen, das halb ein Gähnen schien, und dann, als sei es ein Signal gewesen, begann ein allgemeines Trompeten, Wiehern, Kreischen und sogar Lachen, das für wenige Augenblicke zu chaotischem Lärm anschwoll, um dann in Grollen und Wimmern zu ersterben. Mark hatte keine Skrupel, was Tierversuche und Vivisektion betraf. Das Durcheinander der ungezählten Tierstimmen bewies ihm lediglich den Umfang und die Großartigkeit dieses ganzen Unternehmens, von dem er, wie es schien, ausgeschlossen sein sollte. Hinter diesen Mauern verbarg sich alles mögliche: lebende Tiere im Wert von vielen tausend Pfund standen dem Institut zur Verfügung, und die dort angestellten Wissenschaftler konnten es sich leisten, diese Versuchstiere um der bloßen Möglichkeit irgendeiner interessanten Entdeckung willen wie Papier zu zerschneiden. Er mußte den Job haben: irgendwie mußte das Problem mit Steele gelöst werden. Aber die Geräusche aus den niedrigen Anbauten wurden ihm bald unangenehm, und er ging fort.

Am nächsten Morgen erwachte Mark mit dem Gefühl, daß er an diesem Tag ein oder zwei Hindernisse werde überwinden müssen. Das erste war die Unterredung mit dem stellvertretenden Direktor, um die er nachgesucht hatte. Sollte er keine präzisen Angaben über Arbeitsplatz und Gehalt bekommen, so würde er seine Verbindung mit dem Institut abbrechen. Die zweite Schwierigkeit wäre dann bei der Heimkehr zu meistern, wenn er Jane würde erklären müssen, wie der ganze Traum zu nichts zerronnen war.

Die ersten dichten Herbstnebel hatten sich an diesem Morgen auf Belbury herabgesenkt. Mark frühstückte bei künstlichem Licht, und weder die Post noch Zeitungen waren gekommen. Es war ein Freitag, und ein Hausdiener händigte ihm die Rechnung für den Teil der Woche aus, den er im Institut verbracht hatte.

Nach einem hastigen Blick steckte er die Rechnung in die Tasche und beschloß, daß Jane nichts davon erfahren sollte. Weder die Gesamtsumme noch die einzelnen Posten waren von der Art, die von Frauen mühelos verstanden wird. Er war im Zweifel, ob beim Ausstellen der Rechnung nicht ein Fehler unterlaufen sei, doch befand er sich noch in jenem Alter, wo man sich lieber bis zum letzten Pfennig ausnehmen läßt, als eine Rechnung anzufechten. Dann leerte er seine zweite Tasse Tee, tastete in seinen Taschen nach Zigaretten, fand keine und bestellte eine neue Packung.

Die halbe Stunde, die er noch bis zu seiner Verabredung mit dem Vizedirektor warten mußte, verstrich überaus langsam. Niemand redete mit ihm. Alle schienen es eilig zu haben, irgendwelchen wichtigen und festumrissenen Aufgaben nachzugehen. Einen Teil der Wartezeit verbrachte er allein im Gesellschaftsraum und hatte den Eindruck, daß die Bedienungen ihn ansahen, als habe er dort nichts zu suchen. Er war froh, als er endlich hinaufgehen und an Withers Tür klopfen konnte.

Er wurde sofort eingelassen, aber das Gespräch ließ sich schwierig an, weil Wither nichts sagte; und obgleich er bei Marks Eintreten mit einem Ausdruck träumerischer Höflichkeit aufblickte, sah er Mark nicht direkt an, noch forderte er ihn auf, sich zu setzen. Im Raum war es wie gewöhnlich extrem heiß, und Mark, zerrissen zwischen seinem Wunsch, dem anderen klarzumachen, daß er nicht länger gewillt war, in Ungewißheit zu verharren, und dem ebenso starken Verlangen, die Stellung nicht zu verlieren, wenn es wirklich eine für ihn gab, sprach nervös und nicht sehr gut. Jedenfalls ließ ihn der stellvertretende Direktor ausreden, bis er anfing, sich in unzusammenhängende Wiederholungen zu verlieren und endlich ganz verstummte. Darauf folgte ein längeres Schweigen. Wither saß mit gespitzten Lippen, als pfiffe er eine lautlose Melodie.

»Darum denke ich, Sir, daß ich lieber gehen sollte«, sagte Mark schließlich mit unbestimmten Bezug auf das zuvor Gesagte.

»Sie sind Mr. Studdock, nicht wahr?« sagte Wither nach einer weiteren längeren Pause.

»Ja«, sagte Mark ungeduldig. »Ich suchte Sie vor einigen Tagen mit Lord Feverstone auf. Sie gaben mir zu verstehen, daß Sie im soziologischen Bereich des Instituts eine Position für mich hätten. Aber wie ich schon sagte...«

»Einen Moment, Mr. Studdock«, unterbrach ihn der Vizedirektor. »Es ist überaus wichtig, daß wir uns im klaren darüber sind, was wir tun. Zweifellos wird Ihnen bewußt sein, daß es in einem gewissen Sinn höchst unglücklich wäre zu sagen, ich hätte irgend jemandem eine Position im Institut angeboten. Sie dürfen nicht einen Augenblick die Vorstellung hegen, ich sei hier eine Art autokratischer Alleinherrscher. Ebensowenig dürfen Sie glauben, daß die Beziehungen zwischen meinem persönlichen Einflußbereich und den Machtbefugnissen des ständigen Ausschusses oder des Direktors selbst durch irgendeine feste Ordnung geregelt wären, sei sie nun verfassungsmäßiger oder... ah... vertraglichen Charakters. Zum Beispiel...«

»Können Sie mir dann wenigstens sagen, Sir, ob jemand mir eine Position angeboten hat, und wenn ja, wer?«

»Oh«, sagte Wither plötzlich und änderte Haltung und Stimme, als ob ihm ein neuer Gedanke gekommen wäre.

»In diesem Punkt hat es niemals irgendwelche Zweifel gegeben. Es wurde stets vorausgesetzt, daß Ihre Zusammenarbeit mit dem Institut durchaus erwünscht und von größtem Wert sein würde.«

»Nun, kann ich – ich meine, sollten wir nicht die Einzelheiten besprechen? Zum Beispiel die Frage meines Gehalts, und unter wem ich arbeiten soll?«

»Mein lieber Freund«, sagte Wither lächelnd, »ich erwarte nicht, daß es wegen der... ah... finanziellen Seite der Angelegenheit irgendwelche Schwierigkeiten geben wird. Was die Art Ihrer Arbeit betrifft...«

»Wie hoch würde das Gehalt sein, Sir?« fragte Mark unbeirrt.

»Nun, da berühren Sie einen Punkt, der kaum in meinen Entscheidungsbereich fällt. Ich glaube, daß Institutsangehörige in einer Position, wie wir sie Ihnen zugedacht hatten, gewöhnlich etwa fünfzehnhundert Pfund im Jahr beziehen, wobei Schwankungen nach oben wie nach unten vorkommen. Sie werden finden, daß sich alle Fragen dieser Art mit Leichtigkeit regeln lassen. Wenn ich fünfzehnhundert Pfund erwähne, so dürfen Sie nicht annehmen, Mr. Studdock, daß ich damit die Möglichkeit einer höheren Summe ausschließe. Ich denke, keiner von uns hier würde Meinungsverschiedenheiten über diesen Punkt zum Anlaß nehmen...«

»Mit fünfzehnhundert wäre ich durchaus zufrieden«, sagte Mark. »Daran dachte ich nicht. Aber... aber...«

Withers Miene wurde immer freundlicher und väterlicher, als Mark zu stammeln begann, und als er schließlich herausplatzte: »Ich nehme an, es sollte einen Vertrag oder dergleichen geben«, hatte er prompt das Gefühl, eine unaussprechliche Pöbelhaftigkeit begangen zu haben.

»Nun«, sagte der stellvertretende Direktor, blickte zur Decke auf und ließ seine Stimme zu einem Flüstern absinken, als ob auch er auf das Peinlichste berührt wäre, »das ist eigentlich nicht ganz die Verfahrensweise... es wäre ohne Zweifel möglich...«

»Und das ist nicht die Hauptsache, Sir«, sagte Mark errötend.

»Da ist noch die Frage meines Status. Habe ich unter Mr. Steele zu arbeiten?«

»Ich habe hier ein Formblatt«, sagte Wither, eine Schublade öffnend, »das, wie ich glaube, niemals tatsächlich gebraucht worden ist, aber für solche Vereinbarungen entworfen wurde. Vielleicht lesen Sie es einmal in Ruhe durch, und wenn Sie damit einverstanden sind, können wir es jederzeit unterzeichnen.«

»Aber wie ist das mit Mr. Steele?«

In diesem Augenblick kam ein Mädchen aus dem Sekretariat herein und legte einige Briefe auf Withers Schreibtisch.

»Ah! Endlich die Post!« sagte Wither. »Vielleicht, Mr. Studdock, ...ah... werden auch Sie Briefe haben, die Ihre Aufmerksamkeit verdienen. Sind Sie nicht verheiratet?« Ein Lächeln väterlicher Nachsicht breitete sich über seine Züge aus.

»Es tut mir leid, Sie aufzuhalten, Sir«, sagte Mark, »aber wie steht es mit Mr. Steele? Es hat für mich wenig Sinn, das Formblatt durchzulesen, solange diese Frage nicht geklärt ist. Ich würde mich gezwungen sehen, jede Position abzulehnen, die mich zu Mr. Steeles Untergebenen macht.«

»Das bringt uns auf eine sehr interessante Frage, über die ich ein andermal gern ein zwangloses und vertrauliches Gespräch mit Ihnen führen würde«, sagte Wither. »Einstweilen, Mr. Studdock, werde ich nichts von dem, was Sie sagten, als endgültig betrachten. Wenn Sie mich morgen noch einmal aufsuchen wollen...« Er begann sich in einen Brief zu vertiefen, den er geöffnet hatte, und Mark verließ den Raum mit dem Gefühl, daß er für ein Gespräch genug erreicht habe. Anscheinend legte das Institut wirklich Wert auf seine Mitarbeit und war gewillt, einen hohen Preis für ihn zu zahlen. Die Sache mit Steele konnte er später ausfechten; zunächst würde er das Formblatt studieren.

Als er in die Eingangshalle kam, lag dort ein Brief für ihn im Fach.

Bracton College
Edgestow
20. Oktober 19–

Mein lieber Mark,
wir alle haben bedauert, von Dick zu hören, daß Sie auf Ihr Lehramt verzichten, meinen aber, daß Sie die für Ihre eigene Karriere richtige Entscheidung getroffen haben. Sobald das N.I.C.E. sich hier in Edgestow etabliert haben wird, werden wir Sie hoffentlich beinahe ebensooft sehen wie bisher. Wenn Sie Non Olet noch keine formale Rücktrittserklärung geschickt haben, würde ich mich an Ihrer Stelle nicht damit beeilen. Schrieben Sie zu Beginn des neuen Semesters, so würde die Vakanz bei der Februarsitzung

zur Sprache kommen, und wir hätten Zeit, einen geeigneten Kandidaten als Ihren Nachfolger zu finden. Haben Sie zu diesem Punkt irgendwelche eigenen Vorstellungen? Kürzlich sprach ich mit James und Dick über David Laird. Sicherlich kennen Sie seine Arbeiten: könnten Sie mir ein paar Zeilen darüber schreiben, wie auch über seine allgemeine Qualifikation? Möglicherweise sehe ich ihn nächste Woche, wenn ich nach Cambridge hinüberfahre, um mit dem Premierminister und ein paar anderen Leuten zu essen. Sie werden gehört haben, daß wir hier einen beträchtlichen Krawall hatten. Anscheinend gab es Krach zwischen den neuen Arbeitern und der einheimischen Bevölkerung. Die Institutspolizei, die ziemlich nervös zu sein scheint, beging den Fehler, einige Schüsse über die Köpfe der Menge zu feuern. Bei uns wurde das Henrietta-Maria-Fenster eingeworfen, und mehrere Steine flogen in den Gesellschaftsraum. Glossop verlor den Kopf und wollte hinaus, um dem Pöbel eine geharnischte Rede zu halten, aber ich beruhigte ihn. Dies alles ist streng vertraulich. Es gibt hier viele Leute, die aus den Vorgängen Kapital schlagen wollen und gegen uns zetern und geifern, weil wir den Wald verkauften. In Eile – ich muß fort, um Vorbereitungen für Hingests Begräbnis zu treffen.

Ihr G. C. Curry

Mark hatte kaum die ersten Worte dieses Briefes gelesen, als die Angst ihn mit einem heißen Stich durchbohrte. Dann versuchte er sich Mut zu machen. Eine Erklärung des Mißverständnisses – die er sofort schreiben und zur Post bringen würde – müßte alles wieder ins Lot bringen. Sie konnten ihn nicht von seinem Lehrstuhl stoßen, nur weil Lord Feverstone im Gesellschaftsraum ein paar zufällige Bemerkungen gemacht hatte. Doch mit einem elenden Gefühl mußte er sich eingestehen, daß solche wie zufälligen Bemerkungen genau die Methode waren, die das progressive Element mit ›Erledigen der eigentlichen Geschäfte unter vier Augen‹ oder ›Umgehung des bürokratischen Papierkriegs‹ zu bezeichnen pflegte. Er entsann sich, daß der arme Conington seinen Posten tatsächlich auf eine sehr ähnliche Art und Weise verloren hatte, versuchte sich aber einzureden, daß die Umstände ganz anders gewesen seien. Conington war ein Außenseiter gewesen; er selbst aber gehörte zum inneren Kreis, mehr noch als Curry selbst. Aber stimmte das wirklich? Wenn er in Belbury ein Außenseiter blieb (und danach sah es momentan aus), würde Feverstone ihn schleunigst fallenlassen, und bei einer möglichen Rückkehr ans Bracton College mochte sich erweisen, daß er selbst dort seinen alten Status eingebüßt hatte. Konnte er überhaupt zurück? Ja, natürlich. Er mußte sofort einen Brief schreiben und erklären, daß er nicht auf seinen Lehrstuhl verzichtet habe noch daran denke, es zu tun. Er setzte sich an einen Tisch im Schreibzimmer und nahm seinen Füllhalter heraus. Dann traf ihn ein weiterer Gedanke. Ein Brief an Curry, in dem er offen erklärte, daß er am Bracton College bleiben wollte, würde Feverstone gezeigt werden. Feverstone würde es Wither sagen. Ein solcher Brief würde als klare Absage an Belbury verstanden werden. Nun – mochte es darauf ankommen! Er sollte schleunigst diesen kurzlebigen Traum aufgeben und auf seinen alten Platz zurückkehren. Aber wie, wenn das unmöglich wäre? Die ganze Geschichte mochte arrangiert worden sein, um ihn zwischen zwei Stühle fallen zu lassen – in Belbury hinausgeworfen, weil er seinen Posten am Bracton College nicht aufgeben wollte, und vom College abgeschrieben, weil er nach Belbury gegangen war... Dann hieße es für ihn und Jane schwimmen oder untergehen, denn sie hatten keinen Pfennig gespart. Vielleicht hätte er obendrein Feverstones Einfluß gegen sich, wenn er versuchte, anderswo unterzukommen. Und wo war Feverstone überhaupt?

Er begriff, daß er seine Karten sehr sorgfältig ausspielen mußte. Er läutete und bestellte einen doppelten Whisky. Zu Hause hätte er vor zwölf Uhr nichts getrunken, und auch dann nur ein Bier. Aber jetzt... und außerdem verspürte er ein seltsames Frösteln. Es wäre nicht gut, sich zu all seinen anderen Schwierigkeiten auch noch eine Erkältung aufzuladen.

Er beschloß, einen sehr vorsichtigen und ausweichenden Brief zu schreiben. Der erste Entwurf geriet ihm nicht vage genug: er könnte als ein Beweis verwendet werden, daß er jeden Gedanken an einen Posten in Belbury aufgegeben hatte. Er mußte den Brief unbestimmter halten. Aber zu unbestimmt durfte er wiederum auch nicht sein, sonst bliebe er ohne Wirkung. Mark verfluchte die ganze Geschichte, die er sich da eingebrockt hatte. Die zweihundert Pfund Mitgliedsbeitrag, die unglaublich hohe Rechnung für seine erste Woche und bruchstückhafte Vorstellungsbilder von seinen Versuchen, die ganze Episode vor Jane ins rechte Licht zu rücken, drängten sich immer wieder zwischen ihn und seine Arbeit. Schließlich brachte er mit Hilfe des Whiskys und zahlreicher Zigaretten den folgenden Brief zustande:

21. Okt. 19–
Mein lieber Curry,
Feverstone muß mich mißverstanden haben. Ich machte niemals die leiseste Andeutung, daß ich mein Lehramt zur Verfügung stellen würde, und denke nicht im entferntesten daran, es zu tun. Tatsächlich bin ich nahezu entschlossen, keine Vollzeitbeschäftigung am N.I.C.E. anzunehmen, und hoffe, in ein bis zwei Tagen wieder

im College zu sein. Zum einen mache ich mir Sorgen um den Gesundheitszustand meiner Frau und möchte mich nicht verpflichten, viel von zu Hause fort zu sein. Zum anderen ist die Stellung, für die man mich gewinnen möchte, mehr auf der administrativen und publizistischen Seite und weniger wissenschaftlich, als ich erwartet hatte. Das sagt mir nicht sonderlich zu, obgleich alle sehr freundlich zu mir gewesen sind und mich drängen, zu bleiben. Also versäumen Sie nicht, zu widersprechen, wenn Sie jemanden sagen hören, ich dächte daran, Edgestow zu verlassen. Ich hoffe, der Ausflug nach Cambridge wird Ihnen Spaß machen. In welchen Kreisen Sie sich bewegen!

Ihr Mark G. Studdock

P. S. Laird wäre sowieso nicht der richtige Mann gewesen. Seine Examensarbeit wurde mit ›kaum ausreichend‹ bewertet, und die einzige bisher von ihm veröffentlichte Arbeit wurde von ernsthaften Kritikern als ein Scherz behandelt. Im besonderen fehlt ihm jede kritische Fähigkeit. Sie können sich immer darauf verlassen, daß er irgendeinen ausgemachten Schwindel bewundern wird.

Die Erleichterung über die getane Arbeit blieb vorübergehend, denn kaum hatte er den Umschlag zugeklebt, drängte wieder das Problem auf ihn ein, wie er den Rest des Tages verbringen solle. Er beschloß, in sein eigenes Zimmer hinaufzugehen und dort zu bleiben. Aber als er eintrat, fand er das Bett abgezogen und einen Staubsauger mitten im Zimmer. Anscheinend erwartete man von Institutsangehörigen nicht, daß sie zu dieser Tageszeit ihre Schlafräume aufsuchten. Er ging wieder hinunter und versuchte es mit dem Gesellschaftsraum. Die Hausdiener räumten auf und fegten. Er warf einen Blick in die Bibliothek. Bis auf zwei Männer, die ihre Köpfe zusammensteckten, war der Raum leer. Als er eintrat, unterbrachen sie ihr Getuschel, blickten auf und warteten offensichtlich, daß er wieder gehe. Er tat, als sei er gekommen, sich ein Buch zu holen, und zog sich zurück. In der Eingangshalle sah er Steele beim Schwarzen Brett stehen und auf einen spitzbärtigen Mann einreden. Keiner der beiden blickte zu Mark herüber, aber als er vorbeiging, verstummten sie. Er schlenderte durch die Halle und gab vor, den Barometerstand zu prüfen. Wo immer er ging, hörte er Türenschlagen, eilige Schritte, gelegentliches Telefongeklingel: alle die Zeichen einer geschäftigen Institution, die ein kraftvolles Leben führte, von dem er ausgeschlossen war. Er öffnete die Eingangstür und blickte hinaus: der Nebel war dicht, naß und kalt.

Es gibt eine Dimension, in der jede Erzählung falsch ist; selbst wenn sie es könnte, darf sie nicht versuchen, den tatsächlichen

Ablauf der Zeit auszudrücken. Dieser Tag erschien Mark so lang, daß eine wahrheitsgetreue Schilderung unlesbar wäre. Manchmal saß er oben – denn sein Zimmer war endlich ›gemacht‹ –, manchmal ging er hinaus in den Nebel, und manchmal trieb er sich in den allgemein zugänglichen Räumen herum. Hin und wieder füllten sich diese unerklärlicherweise mit Mengen durcheinanderredender Leute, und bei solchen Gelegenheiten war er angestrengt bemüht, nicht unbeschäftigt auszusehen und keinen elenden und verlegenen Eindruck zu machen. Dann eilten diese Leute ebenso unvermittelt, wie sie hereingekommen waren, wieder hinaus, ihrem nächsten Ziel entgegen.

Einige Zeit nach dem Mittagessen begegnete er in einem der Korridore Stone. Mark hatte seit dem vergangenen Vormittag nicht an ihn gedacht, aber als er jetzt den Gesichtsausdruck und die bedrückte, beinahe verstohlene Haltung des anderen sah, begriff er, daß Stone ebenso unbehaglich zumute war wie ihm selbst. Stone hatte den typischen Blick, den Mark oft bei unbeliebten oder neuen Jungen in der Schule gesehen hatte oder bei gewissen ›Außenseitern‹ im Bracton College. Es war ein Blick, der für Mark das Symbol seiner schlimmsten Befürchtungen darstellte, denn einer zu sein, der mit diesem Gesichtsausdruck umhergehen mußte, stellte in seiner Wertskala das schlimmste Übel dar. Sein Instinkt sagte ihm, nicht mit diesem Stone zu sprechen. Er wußte aus Erfahrung, wie gefährlich es sein kann, mit einem untergehenden Mann befreundet zu sein oder auch nur mit ihm gesehen zu werden: man kann ihn nicht über Wasser halten, aber er kann einen mit hinabziehen. Doch sein Verlangen nach Gesellschaft war jetzt so verzweifelt, daß er gegen seine bessere Einsicht ein kränkliches Lächeln aufsetzte und »Hallo!« sagte.

Stone fuhr zusammen, als sei es eine beinahe beängstigende Erfahrung, angesprochen zu werden. »Guten Tag«, sagte er und wollte weitergehen.

»Kommen Sie und lassen Sie uns irgendwo miteinander reden, wenn Sie nicht zu beschäftigt sind«, sagte Mark.

»Ich bin... das heißt... ich weiß nicht genau, wie lange ich frei sein werde«, sagte Stone.

»Erzählen Sie mir von Belbury«, sagte Mark. »Ich finde es ausgesprochen abstoßend, aber ich habe mich noch nicht entschieden. Kommen Sie doch mit auf mein Zimmer.«

»So denke ich überhaupt nicht. Ganz und gar nicht. Wer sagt, daß ich dieser Meinung wäre?« antwortete Stone hastig, und Mark sagte darauf nichts, denn in diesem Augenblick sah er den Vizedirektor näher kommen. Während der nächsten Wochen sollte er entdecken, daß kein Korridor und kein öffentlicher Raum in Belbury jemals sicher vor den ausgedehnten Hausspaziergängen des VD war. Man konnte dieses Umherwandern nicht als eine Form der Spionage betrachten, denn das Knarren von Withers Schuhen und die trübselige kleine Melodie, die er fast immer vor sich hin summte, hätten jedes derartige Vorhaben frühzeitig verraten. Man hörte ihn schon von weitem. Oft sah man ihn auch von weitem, denn er war ein großer Mann – ohne seine gebeugte Haltung wäre er ungewöhnlich groß gewesen –, und selbst in einer Menschenmenge sah man dieses Gesicht oft aus der Ferne unbestimmt zu einem herüberstarren.

Aber dies war Marks erste Bekanntschaft mit dieser Allgegenwart, und er fand, daß Wither nicht in einem ungünstigeren Augenblick hätte erscheinen können. Sehr langsam kam er auf sie zu und blickte in ihre Richtung, obwohl seinem Gesicht nicht anzusehen war, ob er sie erkannte oder nicht. Dann ging er weiter. Weder Stone noch Mark versuchten, ihr Gespräch fortzusetzen.

Als Mark zur Teezeit den Gesellschaftsraum betrat, sah er Feverstone, ging sofort hinüber und setzte sich zu ihm. Er wußte, daß ein Mann in seiner Position nichts Schlimmeres tun konnte, als sich jemandem aufzudrängen, aber er war jetzt verzweifelt.

»Hallo, Feverstone«, begann er munter, »ich muß Sie etwas fragen...« Mit Erleichterung sah er Feverstone zurücklächeln.

»Ja«, fuhr er fort. »Steele bereitete mir nicht gerade, was man einen warmen Empfang nennen könnte, aber Wither will von meinem Weggang nichts wissen. Und die Fee scheint von mir zu erwarten, daß ich Zeitungsartikel schreibe. Was zum Teufel soll ich eigentlich tun?«

Feverstone lachte laut und anhaltend.

»Es scheint völlig unmöglich zu sein«, fuhr Mark fort, »von irgend jemand hier klare Auskünfte zu erhalten. Ich habe schon versucht, den alten Knaben direkt anzugehen...«

»Gott!« gluckste Feverstone, von einem neuen Heiterkeitsausbruch geschüttelt.

»Ist denn überhaupt nichts aus ihm herauszukriegen?«

»Nicht, was Sie wollen«, schnaufte Feverstone atemlos.

»Nun, wie zum Teufel soll man herauskriegen, was gewünscht wird, wenn kein Mensch Auskünfte erteilt?«

»Ganz recht.«

»Das erinnert mich übrigens an etwas anderes. Wie in aller Welt kam Curry auf die Idee, ich verzichtete auf meine Position am College?«

»Tun Sie das denn nicht?«

»Ich habe nie daran gedacht!«

»Na, so was! Die Fee sagte mir ausdrücklich, daß Sie nicht zurückkehren würden.«

»Sie denken doch nicht etwa, ich würde es durch die verkünden, wenn ich meine Stelle aufgeben wollte?«

Feverstone grinste. »Es hat übrigens nichts zu bedeuten, wissen Sie«, sagte er. »Wenn das N.I.C.E. will, daß Sie irgendwo außerhalb von Belbury einen nominellen Job haben, dann werden Sie einen haben; und wenn das Institut es nicht will, dann werden Sie eben keinen haben. So einfach ist es.«

»Zum Henker mit dem N.I.C.E. Ich will nur das Lehramt behalten, das ich schon hatte. Das geht diese Leute überhaupt nichts an. Man möchte sich nicht zwischen zwei Stühle setzen.«

»Man möchte nicht.«

»Wie meinen Sie das?«

»Folgen Sie meinem Rat und sehen Sie zu, daß Sie so bald wie möglich Withers Gunst wiedergewinnen. Ich verhalf Ihnen zu einem guten Anfang, aber wie es scheint, haben Sie ihn gegen den Strich gestreichelt. Seine Haltung hat sich gegenüber heute morgen erheblich verändert. Sie müssen auf ihn eingehen, wissen Sie. Und ganz unter uns gesagt, ich würde mich mit der Fee nicht zu dick befreunden: es würde Ihnen weiter oben nur Nachteile bringen. Es gibt Kreise in Kreisen, müssen Sie wissen.«

Mark zuckte die Achseln. »Jedenfalls habe ich Curry geschrieben, daß alle Gerüchte über meinen Weggang vom Bracton College barer Unsinn sind.«

»Schadet nichts, wenn es Ihnen Spaß macht«, sagte Feverstone, noch immer lächelnd.

»Nun, das College wird mich nicht gleich hinauswerfen wollen, nur weil Curry etwas mißverstand, das Miß Hardcastle zu Ihnen sagte.«

»Ein Lehramt, für das Sie eine Berufung erhalten haben, kann Ihnen nach dem Universitätsstatut nicht genommen werden, es sei denn wegen grober Unmoral oder andauernder Pflichtvernachlässigung.«

»Nein, natürlich nicht. Das meinte ich nicht. Ich meinte, daß die Berufung für das nächste Semester nicht erneuert werden könnte.«

»Oh. Ich verstehe.«

»Und darum muß ich Sie ersuchen, Curry diese Idee, die Sie ihm beigebracht haben, wieder auszutreiben.«

Feverstone sagte nichts.

»Ich erwarte von Ihnen«, drängte Mark wider sein besseres Urteil, »daß Sie die Sache ihm gegenüber als Mißverständnis klarstellen.«

»Kennen Sie Curry nicht? Er wird in der Frage Ihres Nachfolgers bereits das ganze Räderwerk seiner Machenschaften in Gang gesetzt haben.«

»Darum verlasse ich mich darauf, daß Sie ihn davon abbringen.«

»Ich?«

»Ja.«

»Warum ich?«

»Nun – Teufel noch mal, Feverstone, wie ich eben schon sagte, waren schließlich Sie derjenige, der Curry diesen Floh ins Ohr gesetzt hat.«

»Wissen Sie«, sagte Feverstone, an einem Teekuchen knabbernd, »ich finde das Gespräch mit Ihnen ziemlich anstrengend. Ihre Wiederberufung wird in einigen Monaten turnusmäßig zur Debatte stehen. Das College kann sich dann für Ihre Wiederberufung entscheiden oder dagegen. Soweit ich da durchblicke, versuchen Sie im Augenblick, sich meine Stimme im voraus zu sichern. Die passende Antwort darauf ist die, die ich jetzt gebe: Scheren Sie sich zum Teufel!«

»Sie wissen sehr gut, daß es an meiner Wiederberufung keinen Zweifel gab, bis Sie Curry etwas einflüsterten!«

Feverstone beäugte kritisch den Teekuchen. »Sie ermüden mich«, sagte er. »Wenn Sie nicht wissen, wie Sie an einem Ort wie Bracton Ihren eigenen Kurs zu steuern haben, warum kommen Sie dann und behelligen Sie mich? Ich bin keine Kinderschwester. Und zu Ihrem eigenen Besten würde ich Ihnen raten, sich angenehmerer Manier zu befleißigen, wenn Sie mit den Leuten hier reden. Andernfalls könnte Ihr Leben, um die bekannten Worte zu gebrauchen, ›schlecht, arm, unvernünftig und kurz‹ sein!«

»Kurz?« sagte Mark. »Ist das eine Drohung? Meinen Sie mein Leben am Bracton College oder im N.I.C.E.?«

»Ich an Ihrer Stelle würde den Unterschied nicht zu sehr betonen«, sagte Feverstone.

»Ich werde es mir merken«, sagte Mark erzürnt und stand auf. Ehe er ging, konnte er nicht umhin, sich noch einmal nach dem lächelnden Feverstone umzuwenden und vorwurfsvoll zu sagen: »Sie waren es, der mich herbrachte. Ich hatte Sie für einen Freund gehalten.«

»Unheilbarer Romantiker!« sagte Lord Feverstone. Sein Mund dehnte sich zu einem noch breiteren Grinsen, und er steckte den Teekuchen ganz hinein.

Und so wußte Mark, daß er mit dem Posten am Institut auch seinen Platz am Bracton College verlieren würde.

Während dieser Tage verbrachte Jane sowenig Zeit wie möglich in der Wohnung und hielt sich abends durch Lesen im Bett möglichst lange wach. Der Schlaf war ihr Feind geworden. Tagsüber ging sie nach Edgestow – unter dem Vorwand, als Ersatz für Mrs.

Maggs eine neue Putzfrau ›für zweimal in der Woche‹ zu suchen. Zu ihrer Freude wurde sie bei einem dieser Wege plötzlich von Camilla Denniston angesprochen. Camilla war gerade aus einem Wagen gestiegen, und gleich darauf stellte sie Jane einen großen dunkelhaarigen Mann als ihren Gatten vor. Jane sah sofort, daß die Dennistons von der Art waren, die sie mochte. Sie wußte, daß Mr. Denniston früher einmal mit Mark befreundet gewesen war, aber sie hatte ihn nie gesehen. Und wieder fragte sie sich, wie sie es schon des öfteren getan hatte, warum Marks derzeitige Freunde sich so unvorteilhaft von seinen früheren Freunden unterschieden. Carey und Wadsdon und die Taylors, die zu seinem Freundeskreis gehört hatten, als sie Mark kennengelernt hatte, waren viel netter als Curry und Busby, ganz zu schweigen von diesem Feverstone.

»Wir wollten Sie gerade besuchen«, sagte Camilla Denniston. »Kommen Sie doch mit, wir haben Mittagessen bei uns. Fahren wir hinauf in die Wälder hinter Sandown und essen wir dort im Wagen. Es gibt soviel zu besprechen.«

»Warum kommen Sie nicht mit in meine Wohnung und essen bei mir?« sagte Jane. »Das Wetter ist für ein Picknick nicht sehr einladend.«

»Das würde für Sie nur zusätzliche Arbeit mit sich bringen«, sagte Camilla. »Aber sollten wir nicht lieber hier in ein Lokal gehen, Arthur? Mrs. Studdock findet, daß es zu kalt und neblig ist.«

»Ein Restaurant wäre kaum das Richtige, Mrs. Studdock«, sagte Denniston. »Wir möchten gern ungestört sein.« Das ›wir‹ bedeutete offensichtlich ›wir drei‹ und stellte sogleich eine angenehme, sachliche Einheit zwischen ihnen her. »Außerdem«, fuhr er fort, »was haben Sie gegen einen nebligen Tag in einem Herbstwald? Sie werden finden, daß es im Wagen warm und behaglich zu sitzen ist.«

Jane sagte, sie habe noch nie von jemandem gehört, der Nebel mochte, aber sie sei nicht gegen einen Versuch. Alle drei stiegen in den Wagen.

»Deshalb haben Camilla und ich geheiratet«, sagte Denniston, als sie fuhren. »Wir mögen Wetter. Nicht diese oder jene Art Wetter, sondern jedes Wetter. Das ist eine nützliche Vorliebe, wenn man in England lebt.«

»Wie sind Sie zu dieser Vorliebe gekommen, Mr. Denniston?« fragte Jane. »Ich glaube nicht, daß ich jemals Gefallen an Regen und Schnee finden werde.«

»Es ist anders herum«, sagte Denniston. »Jeder fängt als Kind damit an, daß er jedes Wetter mag. Im Heranwachsen lernt man dann, dieses oder jenes Wetter nicht zu mögen. Denken Sie nur an einen Tag, an dem es schneit. Die Erwachsenen gehen alle mit langen Gesichtern umher, aber sehen Sie sich die Kinder an – und die Hunde! Sie wissen, wozu Schnee gut ist.«

»Ich weiß genau, daß ich als Kind schon nasse Tage haßte«, sagte Jane.

»Das war nur so, weil die Erwachsenen Sie nicht ins Freie ließen«, versicherte Camilla. »Jedes Kind liebt den Regen, wenn man ihm nur erlaubt, hinauszugehen und herumzuplatschen.«

Jenseits von Sandown bogen sie von der Landstraße in einen Waldweg ein und holperten noch ein Stück durch Gras und über Baumwurzeln, um schließlich am Rand einer kleinen Lichtung zu halten. Auf einer Seite war ein Kieferndickicht, auf der anderen eine Gruppe hoher Buchen. Nasse Spinnweben hingen in den Zweigen, und die Luft war von würzigen, herbstlichen Gerüchen erfüllt. Alle drei saßen zusammen im Wagen, und es wurden Körbe geöffnet, belegte Brote ausgepackt, und eine kleine Flasche Sherry machte die Runde. Schließlich gab es heißen Kaffee aus einer Thermosflasche und Zigaretten. Jane begann der Ausflug Spaß zu machen.

»Nun«, sagte Denniston, »ich denke, ich sollte endlich zur Sache kommen. Sie wissen natürlich, wo wir wohnen, Mrs. Studdock?«

»Bei Miß Ironwood«, sagte Jane.

»Richtig, wir wohnen im selben Haus. Aber wir gehören nicht zu Grace Ironwood. Sie und wir beide gehören zu einem anderen.«

»Ja?« sagte Jane.

»Unser kleiner Haushalt oder unsere Gesellschaft, oder wie immer man es nennen mag, wird von einem Mr. Fisher-King geleitet. Das ist jedenfalls der Name, den er gegenwärtig angenommen hat. Vielleicht ist Ihnen sein ursprünglicher Name bekannt, vielleicht nicht. Er ist ein großer Reisender, aber jetzt ein Invalide. Von seiner letzten Reise hat er eine Wunde am Fuß davongetragen, die nicht heilt.«

»Warum änderte er seinen Namen?«

»Er hatte eine verheiratete Schwester in Indien, eine Mrs. Fisher-King. Vor nicht allzulanger Zeit starb sie und hinterließ ihm ein großes Vermögen unter der Bedingung, daß er den Namen annehme. Sie war in ihrer Art eine bemerkenswerte Frau, eine Vertraute des bekannten einheimischen christlichen Mystikers Sura, von dem Sie gehört haben mögen. Und damit kommen wir zur Hauptsache. Dieser Sura war überzeugt, daß der Menschheit eine große Gefahr drohe. Und kurz vor seinem Ende – kurz bevor er verschwand – gewann er die Überzeugung, daß die Entscheidung tatsächlich auf dieser Insel fallen werde. Und als er fort war...«

»Ist er tot?« fragte Jane.

»Das wissen wir nicht«, antwortete Denniston. »Einige Leute glauben, daß er lebt, andere, daß er gestorben ist. Jedenfalls ist er von uns gegangen. Und Mrs. Fisher-King reichte das Problem ihrem Bruder weiter, unserem Oberhaupt. Darum vermachte sie ihm auch ihr Vermögen. Er sollte eine Gruppe um sich sammeln, nach dieser Gefahr Ausschau halten und gegen sie kämpfen.«

»Das ist nicht ganz richtig, Arthur«, sagte Camilla. »Man sagte ihm, daß sich eine Gruppe um ihn sammeln werde, deren Oberhaupt er sein sollte.«

»Ich dachte, darauf brauchten wir jetzt nicht einzugehen«, sagte Arthur, »aber das ist richtig. Und hier, Mrs. Studdock, kommen Sie ins Spiel.«

Jane wartete.

»Sura sagte, wenn die Zeit käme, würden wir einen Seher finden: eine Person mit dem zweiten Gesicht.«

»Er sagte nicht, daß wir einen Seher finden würden, Arthur«, widersprach Camilla. »Er sagte, ein Seher werde erscheinen, und entweder wir oder unsere Gegner würden sich seiner Hilfe versichern.«

»Und es sieht ganz danach aus«, sagte Denniston zu Jane, »daß Sie diese Person sind, die Seherin.«

»Aber bitte«, sagte Jane lächelnd, »ich habe nicht den Wunsch, etwas so Aufregendes zu sein.«

»Das ist verständlich«, sagte Denniston. »Für Sie ist es ein hartes Los.« In seiner Stimme war ein Unterton von Mitleid.

Camilla wandte sich zu Jane und sagte: »Ich hörte von Grace Ironwood, Sie seien nicht ganz überzeugt, eine Seherin zu sein. Sie meinten, es könne sich einfach um gewöhnliche Träume handeln. Glauben Sie das immer noch?«

»Es ist alles so seltsam und – so brutal!« sagte Jane. Sie mochte diese Leute, aber die vertraute innere Stimme warnte sie und wisperte: Nimm dich in acht. Laß dich nicht hineinziehen. Verpflichte dich zu nichts. Du mußt dein eigenes Leben leben. Ein Impuls von Aufrichtigkeit zwang sie, laut zu sagen: »Tatsächlich hatte ich in der Zwischenzeit einen weiteren Traum. Und es stellte sich heraus, daß es eine wahre Begebenheit zeigte. Ich sah im Traum den Mord – den Mord an Mr. Hingest.«

»Da sehen Sie selbst!« sagte Camilla. »Oh, Mrs. Studdock, Sie müssen zu uns kommen. Sie müssen! Das bedeutet, daß die Dinge auf eine Entscheidung zutreiben. Sehen Sie es nicht? Die ganze Zeit haben wir uns gefragt, wo genau es zum Ausbruch kommen würde: und nun gibt Ihr Traum einen Hinweis. Sie haben etwas gesehen, das sich nur wenige Meilen von Edgestow abspielte. Anscheinend sind wir schon mittendrin – was immer es ist. Und ohne Ihre Hilfe können wir nichts unternehmen. Sie sind unser Geheimdienst, unsere Augen. Das alles war lange vor unserer Geburt vorherbestimmt. Verderben Sie jetzt nicht alles. Schließen Sie sich uns an.«

»Nein, Camilla, nicht so«, sagte Denniston. »Der Pendragon – unser Oberhaupt, meine ich, würde jedes Drängen mißbilligen. Mrs. Studdock muß aus freien Stücken kommen.«

»Aber ich weiß nichts über all das«, sagte Jane. »Ich will nicht in einer Sache Partei ergreifen, die ich nicht verstehe.«

»Aber begreifen Sie nicht«, sagte Camilla, »daß Sie nicht neutral bleiben können? Wenn Sie sich nicht uns zur Verfügung stellen, wird der Feind Sie gebrauchen.«

Die Worte ›zur Verfügung stellen‹ waren schlecht gewählt. Jane versteifte sich unwillkürlich, und hätte Camilla ihr nicht so gut gefallen, wäre jeder weitere Appell an ihr abgeprallt. Denniston legte die Hand auf Camillas Arm.

»Du mußt es von Mrs. Studdocks Standpunkt aus sehen, Liebes«, sagte er. »Du vergißt, daß sie so gut wie nichts über uns weiß. Und das ist die wirkliche Schwierigkeit. Solange sie nicht zu uns gehört, können wir ihr nicht viel sagen. Was wir von ihr verlangen, läuft tatsächlich darauf hinaus, einen Sprung ins Ungewisse zu tun.« Er wandte sich mit einem etwas komischen Lächeln in seinem sonst so ernsten Gesicht an Jane. »Es ist wie mit dem Heiraten«, sagte er, »oder wie beim Eintritt in ein Kloster, oder wie bei der Berufswahl eines Jungen. Man weiß erst wie es ist, wenn man den Sprung getan hat.« Er konnte nicht ahnen, welche komplizierten Abneigungen und Widerstände die Wahl seiner Beispiele in Jane wachrief, noch konnte sie selbst sie analysieren. Sie erwiderte nur in einem merklich kühleren Ton:

»In diesem Fall ist nicht einzusehen, warum man den Sprung überhaupt tun sollte.«

»Ich gebe offen zu«, sagte Denniston, »daß Sie ihn nur im Vertrauen auf uns tun können. Alles hängt wirklich davon ab, welchen Eindruck die Dimbles und Grace Ironwood und wir beide auf Sie gemacht haben. Und vor allem davon, wie unser Oberhaupt Ihnen gefallen wird.«

Jane war wieder besänftigt.

»Nun möchte ich doch einmal genau wissen, was Sie eigentlich von mir erwarten«, sagte sie.

»Zunächst einmal, daß Sie mit uns kommen und unser Oberhaupt kennenlernen. Und dann – nun, daß Sie sich uns anschließen. Dazu gehört, daß Sie ihm bestimmte Zusicherungen machen. Er ist wirklich ein Oberhaupt, wissen Sie. Wir sind alle übereingekommen, seinen Befehlen zu folgen. Ja, und dann ist da noch ein anderer wichtiger Punkt. Wie würde Mark sich dazu stellen? Er und ich sind alte Freunde, müssen Sie wissen, aber...«

»Ich frage mich«, unterbrach ihn Camilla, »ob wir das jetzt erörtern müssen.«

»Er muß früher oder später zur Sprache gebracht werden«, sagte ihr Mann. Eine Pause folgte.

»Mark?« sagte Jane endlich. »Ich kann mir nicht vorstellen, was er zu alledem sagen würde. Wahrscheinlich würde er denken, wir seien alle übergeschnappt.«

»Würde er Einwände machen, wenn Sie sich uns anschlössen?« fragte Denniston.

»Wäre er zu Hause, so würde er vermutlich einigermaßen überrascht sein, wenn ich verkündete, ich würde für unbestimmte Zeit in St. Anne wohnen. Das verstehen Sie doch unter ›sich Ihnen anschließen‹, nicht wahr?«

»Ist Mark denn nicht zu Hause?« fragte Denniston erstaunt.

»Nein, er ist in Belbury«, antwortete Jane. »Er hat eine Position im N.I.C.E. in Aussicht.« Sie war froh und stolz, dies sagen zu können, denn sie war sich der Auszeichnung, die damit verbunden war, wohl bewußt. Wenn Denniston beeindruckt war, so ließ er es sich nicht im geringsten anmerken.

»Ich glaube nicht«, meinte er, »daß die Aufnahme in unsere Gemeinschaft zum gegenwärtigen Zeitpunkt bedeuten würde, daß Sie in St. Anne wohnen müßten. Schließlich sind Sie eine verheiratete Frau. Wenn Mark nicht selbst mitkäme...«

»Das ist völlig ausgeschlossen«, sagte Jane und dachte, daß er Mark wenig zu kennen scheine.

»Nun«, fuhr Denniston fort, »das ist im Moment auch nicht der entscheidende Punkt. Würde er gegen Ihren Beitritt – die Bereitschaft, den Befehlen des Oberhauptes zu gehorchen, die Versprechen zu machen und all das – Einspruch erheben?«

»Ob er Einspruch erheben würde?« fragte Jane. »Aber was würde es mit ihm zu tun haben?«

»Sehen Sie«, sagte Denniston ein wenig zögernd, »das Oberhaupt – oder die über ihm stehenden Mächte – haben ziemlich altmodische Vorstellungen. Er würde nach Möglichkeit vermeiden, eine verheiratete Frau aufzunehmen, ohne die... ohne Ihren Mann zu konsultieren...«

»Wollen Sie damit sagen, ich müßte Marks Erlaubnis einholen?« fragte Jane mit einem angestrengten kleinen Lachen. Ihre Verärgerung, die während der letzten Minuten abwechselnd angeschwollen und wieder zurückgewichen war, floß nun über. All dies Gerede von Gehorsam gegenüber einem unbekannten Mr. Fisher-King und über Versprechen, die ihm zu leisten waren, hatte sie bereits abgestoßen. Aber die groteske Idee, daß dieselbe Person sie zurückschickte, um Marks Erlaubnis einzuholen – als ob sie ein Kind wäre, das erst bitten muß, ehe es an einem Ausflug teilnehmen darf –, das schlug dem Faß den Boden aus. Sekundenlang musterte sie Mr. Denniston voll echter Abneigung. Sie sah ihn und Mark und diesen Fisher-King und seinen albernen indischen Fakir einfach als Männer – selbstzufriedene, patriarchalische Gestalten, die Vorkehrungen für Frauen trafen, als ob Frauen Kinder wären oder als ob man sie wie Vieh tauschte. (›Und der König ließ verkünden, daß er demjenigen, der den Drachen tötete, seine Tochter zur Frau *geben* würde.‹) Sie war sehr zornig.

»Arthur«, sagte Camilla Denniston, »da drüben ist ein Lichtschein. Sieht wie ein Feuer aus, nicht?«

»Ja, es muß ein Feuer sein.«

»Ich kriege kalte Füße. Laß uns einen kleinen Spaziergang machen und das Feuer anschauen. Ich wollte, wir hätten ein paar Kastanien zum Rösten dabei.«

»Ja, lassen Sie uns ein bißchen gehen«, sagte Jane.

Sie stiegen aus. Im Freien war es wärmer als im abgekühlten Wageninnern – still und voll Laubgeruch und Feuchtigkeit und dem leisen Geräusch fallender Tropfen. Das Feuer war groß, und in seiner Mitte war Leben – ein qualmender Hügel aus Blättern und Zweigen auf einer Seite, und schaurige Höhlen und Klippen aus roter Glut auf der anderen. Sie umstanden es eine Weile und redeten über Belanglosigkeiten.

»Ich will Ihnen sagen, was ich tun werde«, sagte Jane schließlich. »Ich werde nicht Ihrer Gruppe, oder was immer es ist, beitreten. Aber ich verspreche Ihnen, Sie zu verständigen, sollte ich wieder Träume dieser Art haben.«

»Das ist ausgezeichnet«, sagte Denniston. »Und ich denke, daß wir kein Recht haben, mehr zu erwarten. Ich verstehe Ihren Standpunkt durchaus. Darf ich Sie um ein weiteres Versprechen bitten?«

»Und was soll das sein?«

»Daß Sie niemanden von uns erzählen.«

»Oh, gewiß nicht.«

Später, als sie zum Wagen zurückgekehrt waren und wieder in die Stadt fuhren, sagte Mr. Denniston: »Ich hoffe, die Träume werden Sie nicht allzusehr beunruhigen, Mrs. Studdock. Damit will ich nicht die Hoffnung ausdrücken, die Träume würden ganz aufhören. Ich glaube im Gegenteil, daß sie wiederkehren werden. Aber da Sie nun wissen, daß diese Träume nichts mit Ihnen selbst zu tun haben, sondern allein mit Vorgängen in der Außenwelt, werden Sie sie sicherlich erträglicher finden – wenn auch zweifellos schlimme Dinge darin vorkommen. Je weniger Sie darin Ihre persönlichen Träume und je mehr Sie darin – nun, Nachrichten vom Tage sehen, desto unbefangener werden Sie ihnen gegenüberstehen.«

Nebel

Eine Nacht mit wenig Schlaf und ein weiterer halber Tag schleppten sich dahin, bevor Mark den stellvertretenden Direktor wieder aufsuchen konnte. Er war ernüchert und bereit, den Posten zu beinahe jeder Bedingung anzunehmen.

»Ich bringe Ihnen das Formblatt zurück, Sir«, sagte er.

»Was für ein Formblatt?« fragte der stellvertretende Direktor erstaunt. Mark sah sich einem neuen und anderen Wither gegenüber. Die Geistesabwesenheit war noch immer da, aber die Höflichkeit war verschwunden. Traumverloren blickte er Mark an, wie durch ungeheure Weiten von ihm getrennt, zugleich aber mit einer unbestimmten Abneigung, die in aktiven Haß umschlagen mochte, sollte jene Distanz je verringert werden. Er lächelte noch immer, aber das Lächeln hatte etwas Katzenhaftes: eine gelegentliche Veränderung der Linien um den Mund gemahnte sogar an ein Fauchen. Mark war in seinen Händen wie eine Maus. Am Bracton College waren die ›fortschrittlichen Kräfte‹, da sie es nur mit mehr oder weniger weltfremden Gelehrten zu tun gehabt hatten, als sehr bewanderte und durchtriebene Burschen angesehen worden, aber hier in Belbury war einem ganz anders zumute. Wither sagte, er sei nach dem letzten Gespräch der Meinung gewesen, daß Mark die Stellung bereits abgelehnt habe. Er könne das Angebot jedenfalls nicht erneuern. Er sprach unbestimmt und beunruhigend von Spannungen und Reibungen, von unklugem Verhalten, von der Gefahr, sich Feinde zu machen, von der Unmöglichkeit, im Institut eine Person zu beherbergen, die sich schon in der ersten Woche mit den meisten anderen Institutsangehörigen überworfen zu haben schien. Er sprach noch unbestimmter und beunruhigender von Gesprächen, die er mit ›Ihren Kollegen vom Bracton College‹ geführt habe und die diese Ansicht vollauf bestätigt hätten. Er zweifelte an Marks Eignung für eine akademische Laufbahn, lehnte es jedoch ab, irgendwelche Ratschläge zu geben. Erst nachdem er Mark mit Gemurmel und Andeutungen hinreichend entmutigt hatte, warf er ihm, wie einem Hund den Knochen, das Angebot hin, ihn probeweise für ungefähr – er könne das Institut nicht festlegen – sechshundert Pfund im Jahr einzustellen. Und Mark schnappte dankbar nach dem Knochen und ging darauf ein. Auch jetzt noch versuchte er auf einige seiner Fragen Antworten zu bekommen. Wem werde er unterstellt sein? Habe er in Belbury zu wohnen?

»Ich denke, Mr. Studdock«, erwiderte Wither, »wir haben bereits erwähnt, daß Elastizität einer der wichtigsten Wesenszüge des Instituts ist. Wenn Sie nicht bereit sind, die Mitgliedschaft als eine... ah... eine Berufung anzusehen, sondern in Ihrer Arbeit hier nur eine Berufstätigkeit erblicken, so kann ich Ihnen nicht guten Gewissens raten, zu uns zu kommen. Es gibt keine fest abgegrenzten Abteilungen. Ich fürchte, ich könnte den ständigen Ausschuß nicht überreden, Ihnen zuliebe irgendeine maßgeschneiderte Position zu erfinden, in der Sie künstlich begrenzte Pflichten wahrnehmen würden, um im übrigen Ihre Zeit als Privatangelegenheit zu betrachten. – Bitte lassen Sie mich ausreden, Mr. Studdock. Wir sind, wie ich schon einmal sagte, mehr wie eine Familie, oder vielleicht sogar wie eine einzige Persönlichkeit. Es kann nicht darum gehen, daß Sie irgendeiner bestimmten Person ›unterstehen‹, wie Sie sich ziemlich unglücklich ausdrückten, und sich im übrigen für berechtigt halten, Ihren anderen Kollegen gegenüber eine intransigente Haltung einzunehmen. – Ich muß Sie bitten, mich nicht zu unterbrechen. – Das ist nicht der Geist, in dem Sie an Ihre Pflichten herangehen sollten. Sie müssen sich nützlich machen, Mr. Studdock – allgemein nützlich. Ich denke, das Institut würde kaum jemanden behalten können, der eine Neigung zeigte, auf seinen Rechten zu bestehen und diesen oder jenen Dienst zu verweigern, weil er vielleicht außerhalb eines Funktionsbereichs liegt, den der Betreffende mit einer starren Definition zu umschreiben beliebte. Auf der anderen Seite wäre es ebenso verhängnisvoll – ich meine verhängnisvoll für *Sie,* Mr. Studdock: ich denke durchaus an Ihre Interessen –, wenn Sie sich jemals durch nichtgenehmigte Zusammenarbeit mit anderen von Ihrer eigentlichen Arbeit ablenken ließen – oder schlimmer noch, sich in die Arbeit anderer Institutsmitglieder einmischten. Lassen Sie sich nicht von beiläufigen Andeutungen ablenken oder zur Verzettelung von Energien verleiten. Konzentration, Mr. Studdock, *Konzentration.* Und der freie Geist des Gebens und Nehmens. Wenn Sie die beiden Irrtümer vermeiden, die ich eben erwähnte... ah... so wird es Ihnen vielleicht gelingen, von sich aus den gewissermaßen unglücklichen Eindruck zu korrigieren, den Ihr Benehmen hier bereits hervorgerufen hat. – Nein, Mr. Studdock, ich kann keine weitere Diskussion gestatten. Meine Zeit ist bereits voll in Anspruch genommen. Ich kann nicht ständig mit Konversationen dieser Art belästigt werden. Sie müssen selber Ihren Platz finden, Mr. Studdock. Guten Morgen, Mr. Studdock, guten Morgen. Denken Sie an meine Worte. Ich versuche für Sie zu tun, was ich kann. Guten Morgen.«

Mark entschädigte sich für die Demütigung dieses Gespräches, indem er dachte, daß er es nicht einen Augenblick ertragen hätte, wäre er nicht verheiratet. Damit schien (obwohl er es nicht in Worte kleidete) die Bürde der Verantwortlichkeit auf Jane abgewälzt, und dies brachte ihn darauf, an alles zu denken, was er Wither an den Kopf geworfen haben würde – und noch werfen würde, wenn er jemals Gelegenheit dazu bekäme –, hätte er nicht auf Jane Rücksicht zu nehmen. Diese Überlegungen bewirkten für wenige Minuten trügerische Gefühle von Befriedigung und schmerzlichem Glück; und als er zum Tee in den Gesellschaftsraum kam, fand er, daß seine Unterwerfung bereits Früchte zu tragen begann. Die Fee bedeutete ihm, sich neben sie zu setzen.

»Sie haben in der Sache Alcasan noch nichts unternommen?« fragte sie.

»Nein«, sagte Mark, »denn ich habe mich erst heute morgen zum Bleiben entschlossen. Ich könnte heute nachmittag zu Ihnen kommen und mir die Unterlagen ansehen ... wenigstens vorläufig, denn ich habe noch nicht herausgebracht, was ich eigentlich tun soll.«

»Elastizität, Jungchen, *Elastizität,*« sagte Miß Hardcastle. »Das werden Sie nie herausbringen. Sie tun, was immer Ihnen gesagt wird und belästigen vor allem nicht den alten Mann.«

Während der folgenden Tage gingen mehrere Prozesse vor sich, die später wirkliche oder scheinbare Bedeutung erlangen sollten.

Der Nebel, der Edgestow wie Belbury einhüllte, dauerte an und verdichtete sich noch. In Edgestow pflegte man zu sagen, er komme aus dem Fluß, aber in Wirklichkeit lag er über dem ganzen Herzen Englands. Er deckte die ganze Stadt zu, so daß die Feuchtigkeit von den Wänden tropfte und man seinen Namen auf die beschlagenen Tische schreiben konnte und die Menschen mittags bei künstlichem Licht arbeiteten. Die Arbeiten in der Gegend, wo einmal der Bragdon-Wald gewesen war, hörten auf, konservative Augen zu beleidigen und wurden zu bloßem Gehämmer, Gestampfe, Getute, Gebrüll, Gefluche und metallischem Gekreisch in einer unsichtbaren Welt.

Manche waren froh, daß die obszöne Wunde in der Landschaft so barmherzig zugedeckt wurde, denn jenseits des Wynd war jetzt alles ein einziger Greuel. Der Griff des N.I.C.E. schloß sich fester um Edgestow. Der Fluß selbst, der einst bräunlichgrün und bernsteinfarben unter silbrig glatter Haut gewesen war, der am Röhricht gezupft und mit den roten Wurzeln gespielt hatte, strömte jetzt undurchsichtig und lehmverdickt einher, beladen mit Flotten von leeren Konservendosen, Zeitungen, Zigarettenstummeln, Holzfragmenten und anderen Abfällen, gelegentlich angereichert durch in Regenbogenfarben schillernde Öllachen. Dann überquerte die Invasion den Fluß; das Institut hatte einen Landstreifen am linken oder östlichen Ufer gekauft. Aber nun wurde Busby von Feverstone und einem Professor Frost als Vertretern des N.I.C.E.

zu einem Gespräch eingeladen und erfuhr zum erstenmal, daß der Wynd umgeleitet werden sollte: in Zukunft würde es in Edgestow keinen Fluß mehr geben. Die Neuigkeit war noch immer streng vertraulich, aber das Institut besaß die Macht und die Rechtsmittel, um die Verlegung des Flußbetts notfalls zu erzwingen. In Anbetracht dieser Lage war eine neue Grenzziehung zwischen dem Institut und dem College notwendig. Busby machte ein langes Gesicht, als er begriff, daß das Institut sich bis an die Mauern des Colleges ausdehnen wollte. Er weigerte sich, weiteres Land zu verkaufen und hörte zum erstenmal andeutungsweise von Zwangsenteignung. Das College konnte jetzt verkaufen, und das Institut bot einen guten Preis. Verkaufte es nicht, so hatte es mit einem Enteignungsverfahren und einer bloß nominellen Entschädigung zu rechnen. Die Beziehungen zwischen Feverstone und dem Quästor verschlechterten sich während dieses Gesprächs zusehends. Eine außerordentliche Sitzung des Kollegiums mußte einberufen werden, und Busby hatte die unangenehme Aufgabe, seinen Kollegen die neue Sachlage schmackhaft zu machen. Er war von dem Sturm der Ablehnung und des Hasses, der ihm entgegenschlug, betroffen und verletzt. Vergeblich wies er darauf hin, daß jene, die ihn jetzt beschimpften, selbst für den Verkauf des Waldes gestimmt hatten. Aber auch sie beschimpften ihn vergebens. Das College war in einer Zwangslage. Es verkaufte den schmalen Uferstreifen auf dieser Seite des Wynd, der vielen Kollegiumsmitgliedern soviel bedeutete. An einer Stelle war er nicht mehr als eine Terrasse zwischen den östlichen Wänden und dem Wasser. Vierundzwanzig Stunden später überdeckte das N.I.C.E. den zum Verschwinden verurteilten Fluß mit Bretterverschlägen und verwandelte die Terrasse in einen Schuttabladeplatz. Den ganzen Tag über trampelten Arbeiter mit Schubkarren über die Bretterplanken und kippten ihre Lasten gegen die Mauern des Bracton Colleges, bis die Schutthaufen das mit Brettern verschlagene Henrietta-Maria-Fenster zur Hälfte begruben und beinahe das Ostfenster der Kapelle erreichten.

In diesen Tagen wurden viele Mitglieder des progressiven Elements abtrünnig und schlossen sich der Opposition an. Die übrigen wurden von der Unbeliebtheit, der sie sich gegenübersahen, fester zusammengeschmiedet. Und während das College solchermaßen in sich gespalten war, gewann es in seinen Beziehungen zur Außenwelt aus dem gleichen Grund eine neue, erzwungene Einheit. Bracton als Ganzes war schuld daran, daß das N.I.C.E. überhaupt nach Edgestow gekommen war. Diese vorherrschende Einstellung war ungerecht, denn viele führende Persönlichkeiten innerhalb der Universität hatten das Verhalten des Bracton Colleges ursprünglich entschieden gebilligt und unterstützt. Doch nun, da die Ergebnisse dieser Politik für jedermann sichtbar wurden, wollte man sich daran nicht mehr erinnern. Obschon Busby die Andeutung über eine mögliche Zwangsenteignung als vertraulich akzeptiert hatte, verlor er jetzt keine Zeit, sie in Edgestow zu verbreiten. »Es wäre absolut nutzlos gewesen, wenn wir uns geweigert hätten, zu verkaufen«, sagte er. Aber niemand glaubte, daß Bracton deshalb verkauft habe, und die Unbeliebtheit dieses Colleges nahm ständig zu. Die Studenten boykottierten die Vorlesungen und Seminare von Bracton-Professoren. Busby und sogar der völlig unschuldige Rektor wurden auf den Straßen angerempelt und ausgepfiffen.

Die Stadt, nicht selten uneins mit der Universität, war gleichfalls in Unruhe. Der Tumult, in dessen Verlauf einige Fenster des Bracton College zerbrochen worden waren, fanden wenig Aufmerksamkeit in den Londoner Zeitungen und wurde sogar im ›Edgestow Telegraph‹ mit wenigen Zeilen abgetan. Aber ihm waren andere Zwischenfälle gefolgt. Es gab eine versuchte Vergewaltigung in der Nähe des Bahnhofs und zwei heftige Wirtshausschlägereien. Die Zahl der Beschwerden und Klagen über herausforderndes und ordnungswidriges Benehmen der N.I.C.E.-Arbeiter nahmen zu. Aber diese Klagen erschienen nie in den Zeitungen. Jene, die selber Zeugen häßlicher Zwischenfälle geworden waren, konnten zu ihrer Überraschung im ›Telegraph‹ lesen, daß das neue Institut mehr und mehr mit Edgestow verschmelze und daß sich zwischen seinen Angehörigen und den Stadtbewohnern die herzlichsten Beziehungen entwickelten. Jene, die keine schlimmen Zwischenfälle gesehen und nur von ihnen gehört hatten, taten sie daraufhin als Gerüchte oder Übertreibungen ab, nachdem die Zeitung nichts darüber berichtete. Augenzeugen und Betroffene schrieben Leserbriefe an die Zeitung, doch sie wurden nicht veröffentlicht.

Aber während dergleichen Zwischenfälle bezweifelt werden konnten, konnte niemand daran zweifeln, daß die Hotels der Stadt in die Hände des Instituts übergegangen waren, das dort seine Leute einquartiert hatte. Man konnte auch nicht daran vorbeigehen, daß die vertrauten Geschäfte und Lokale voller Fremder waren, die viel Geld zu haben schienen, und daß die Preise stiegen. Man konnte nicht übersehen, daß an jeder Bushaltestelle eine Menschenschlange wartete und daß es schwierig geworden war, für die Abendvorstellungen Kinokarten zu bekommen. Stille Häuser, die bisher in kleinen Gärten an stillen Straßen vor sich hingeträumt hatten, wurden nun den ganzen Tag lang von schwerem und ungewohntem Verkehr erschüttert. Wo immer man ging, bewegte man sich zwischen Scharen von Fremden. In der kleinen Marktstadt Edgestow waren bisher sogar Besucher aus benachbarten Grafschaften als Fremde angesehen worden: das tägliche Lärmen nordenglischer, schottischer, walisischer und sogar irischer Stimmen, die Zurufe, die Pfiffe, die Lieder, die im Nebel vorbeigleitenden wilden Gesichter – dies alles war äußerst beunruhigend und abstoßend. »Das kann nicht gutgehen«, war die Meinung vieler Bürger; und ein paar Tage später sagten sie: »Man könnte meinen, daß sie Streit und Unfrieden suchen.« Es ist nicht verzeichnet, wer zuerst den Ruf nach mehr Polizei laut werden ließ, aber nun endlich nahm der ›Edgestow Telegraph‹ die Entwicklung zur Kenntnis. Ein vorsichtiger kleiner Artikel erschien und gab zweispaltig der Vermutung Ausdruck, daß die örtliche Polizei durch den Bevölkerungszuwachs wohl überfordert sei.

Von all diesen Dingen bemerkte Jane wenig. Sie verbrachte die Tage in einem Zustand des Wartens und der Ungewißheit. Vielleicht würde Mark sie nach Belbury rufen. Vielleicht würde er seine Pläne dort aufgeben und nach Haus kommen – seine Briefe waren unbestimmt und unbefriedigend. Vielleicht sollte sie nach St. Anne hinausfahren und die Dennistons besuchen.

Die Träume dauerten an, aber Mr. Denniston hatte recht gehabt: es war besser, wenn man sie als ›Nachrichten‹ betrachtete. Wäre sie nicht zu dieser Betrachtungsweise gekommen, so hätte sie ihre Nächte kaum ertragen können, obgleich es auch welche gab, in denen sie nichts träumte. Ein ganz bestimmter Traum zeichnete sich dadurch aus, daß er mehrmals wiederkehrte, obwohl fast nichts in ihm geschah. In diesem Traum schien sie in ihrem eigenen Bett zu liegen, aber es saß jemand neben dem Bett auf einem Stuhl und hielt Wache. Dieser Jemand hatte ein Notizbuch, in das er gelegentlich Eintragungen machte. Abgesehen davon saß er völlig still und verharrte in geduldiger Aufmerksamkeit – wie ein Arzt.

Sie kannte sein Gesicht schon und lernte es in diesen Träumen sehr genau kennen: den Zwicker auf der Nase, die gutgeschnittenen, ziemlich blassen Züge und den kleinen spitzen Kinnbart. Und wenn er sie sehen konnte, mußte er ihre Züge inzwischen genausogut kennen, denn seine Aufmerksamkeit schien nur ihr zu gelten. Als sie diesen Traum das erstemal hatte, schrieb Jane den Dennistons nichts darüber. Selbst nach der ersten Wiederholung zögerte sie, bis es zu spät war, den Brief noch am gleichen Tag aufzugeben. Sie hoffte, daß ihr Stillschweigen zu einem neuerlichen Besuch der Dennistons führen werde. Sie wollte Trost und eine Gelegenheit, sich auszusprechen, aber sie wollte beides ohne einen Besuch in St. Anne, ohne diesen Fisher-King und ohne die Gefahr, unter seinen Einfluß zu geraten.

Mark arbeitete unterdessen an der Wiederherstellung von Alcasans Ehre. Er hatte nie zuvor Polizeiakten studiert und fand manches schwer verständlich. Trotz mancher Bemühung, sich seine Unwissenheit nicht anmerken zu lassen, blieb sie der Fee nicht lange verborgen. »Ich werde Sie mit dem Hauptmann zusammenbringen«, sagte sie. »Er wird Ihnen die Tricks zeigen.« So kam es, daß Mark den größten Teil seiner Arbeitszeit mit ihrem Stellvertreter, Hauptmann O'Hara, verbrachte, einem stämmigen, weißhaarigen Mann mit einem angenehmen Gesicht, dessen Sprache ein Engländer irische Mundart genannt, ein Ire aber als breitesten Dubliner Dialekt erkannt haben würde. Er behauptete, aus einer alten Familie zu stammen und hatte einen Landsitz in Castlemortle. Mark verstand seine Erklärungen über Anfrageregister, das Aktendurchlaufsystem und andere Techniken, die der Hauptmann ›jäten‹ und ›abklopfen‹ nannte, nur unvollkommen. Aber er mochte es nicht eingestehen, und die Folge davon war, daß die gesamte Auswahl der Fakten in O'Haras Händen blieb und Mark lediglich als Schreiber arbeitete. Er tat sein Bestes, dies vor O'Hara zu verbergen und den Anschein zu erwecken, als arbeiteten sie wirklich zusammen. Das machte es ihm natürlich unmöglich, seine ursprünglichen Proteste, daß man ihn als einen bloßen Journalisten behandle, zu wiederholen. Er hatte tatsächlich einen einnehmenden Stil (der seiner akademischen Karriere viel mehr genützt hatte, als er wahrhaben wollte), und seine journalistischen Versuche waren ein Erfolg. Seine Artikel und Briefe über Alcasan erschienen in Zeitungen, wo er ohne Förderung niemals mit Beiträgen angekommen wäre, Zeitungen mit Millionen von Lesern. Er konnte ein Prickeln angenehmer Erregung darüber nicht unterdrücken.

Auch vertraute er Hauptmann O'Hara seine finanziellen Nöte an. Wann wurde man bezahlt? Ihm sei inzwischen das Geld ausgegangen. Schon am ersten Abend in Belbury habe er seine Brieftasche verloren, und sie sei nie wieder aufgetaucht. O'Hara brüllte vor Lachen. »Sie brauchen nur den Verwalter zu fragen, der gibt Ihnen, soviel Sie wollen.«

»Sie meinen, es wird einem dann vom nächsten Gehaltsscheck abgezogen?« fragte Mark.

»Mann«, sagte der Hauptmann, »wenn Sie einmal im Institut sind, Gott segne es, brauchen Sie sich über so was nicht mehr den Kopf zu zerbrechen. Übernehmen wir denn nicht das ganze Währungswesen? Wir machen ja selber das Geld.«

»Wirklich?« sagte Mark. Nach einer Pause fügte er hinzu: »Aber wenn Sie das Institut verließen, würde man alles zurückfordern, nicht wahr?«

»Warum reden Sie davon, das Institut zu verlassen?« fragte

O'Hara. »Niemand verläßt das Institut. Ich weiß nur von einem, der es tat, und das war der alte Hingest.«

Ungefähr um diese Zeit wurde die Untersuchung des Mordes an Hingest abgeschlossen und Mordanklage gegen Unbekannt erhoben. Der Trauergottesdienst fand in der Kapelle des Bracton Colleges statt.

Es war der dritte Nebeltag, und der Nebel war so dicht und weiß, daß das Auge vom Hineinsehen schmerzte und alle entfernten Geräusche ausgelöscht wurden; im Innern des Colleges waren nur das Tropfen von den Giebeln und Bäumen und die Rufe der Arbeiter außerhalb der Kapelle hörbar. In der Kapelle brannten die Kerzen mit unbewegten Flammen, jede Flamme der Mittelpunkt einer verschwommenen Lichtkugel, die nur wenig Helligkeit verbreitete. Ohne das gelegentliche Husten und Füßescharren hätte man nicht vermutet, daß die Bänke bis auf den letzten Platz besetzt waren. Curry, in seiner schwarzen Amtstracht ungewöhnlich groß erscheinend, ging im Westteil der Kapelle auf und ab, murmelte nervös vor sich hin und spähte immer wieder hinaus, besorgt, daß der Nebel die Ankunft dessen, was er die ›sterblichen Überreste‹ nannte, verzögern könnte. Nicht ohne Genugtuung war er sich bewußt, daß die Verantwortung für die ganze Zeremonie auf seinen Schultern ruhte. Bei Beerdigungen war Curry großartig. Er hatte nichts von einem Leichenbestatter; er war der beherrschte, männliche Freund, betroffen von einem schweren Schicksalsschlag, doch stets eingedenk, daß er (in irgendeinem unbestimmten Sinne) der Vater des Colleges war und inmitten der Verwüstungen der Vergänglichkeit um keinen Preis nachlassen durfte. Fremde, die solche Trauerfeiern miterlebt hatten, pflegten hinterher oft zu sagen: »Man konnte diesem Vizerektor ansehen, wie ihm zumute war, obwohl er versuchte, es nicht zu zeigen.« Dabei hatte Currys Verhalten nichts mit Heuchelei zu tun. Curry war so daran gewöhnt, das Leben seiner Kollegen zu überwachen, daß es ihm ganz natürlich erschien, auch ihren Tod unter seine Regie zu nehmen. Und wenn er mit einem analytischen Verstand begabt gewesen wäre, hätte er vielleicht in sich selbst eine vage Überzeugung entdeckt, daß sein Einfluß und seine Macht, Wege zu ebnen und an Schicksalsfäden zu ziehen, wirklich nicht einfach aufhören könnten, sobald der Körper den Geist aufgegeben hatte.

Die Orgel dröhnte los und erstickte sowohl das Husten in der Kapelle wie auch die rauheren Geräusche draußen – wie das eintönige, mißgelaunte Geschrei, das Rasseln von Eisen und die vibrierenden Stöße, mit denen von Zeit zu Zeit neue Ladungen Schutt gegen die Kapellenwand gekippt wurden. Aber der Nebel verzögerte, wie Curry befürchtet hatte, die Ankunft des Sarges, und der Organist mußte eine halbe Stunde lang spielen, ehe am Eingang Bewegung entstand und die trauernden Angehörigen, die schwarzgekleideten Hingests beiderlei Geschlechts mit ihren geraden Rücken und bäuerlichen Gesichtern, zu den für sie reservierten Plätzen geführt wurden. Dann kamen der Träger des Amtsstabes, die Kirchendiener, die Ministranten und Seine Magnifizenz der Großrektor von Edgestow; dann der singende Chor und schließlich der Sarg – eine erschreckende Blumeninsel, die undeutlich durch den Nebel trieb, der mit dem Öffnen der Tür dicht, kalt und naß eingedrungen war. Der Gottesdienst begann.

Kanonikus Storey hielt ihn ab. Seine Stimme war noch immer schön, und Schönheit war auch in seiner Isolation von der ganzen Trauergemeinde. Er war sowohl durch seinen Glauben wie auch durch seine Taubheit isoliert. Er zweifelte nicht an der Angemessenheit der Worte, die er über dem Leichnam des stolzen alten Ungläubigen las, denn er hatte nie von seinem Unglauben geahnt; und er war sich des seltsamen Wechselgesangs zwischen seiner eigenen Stimme und den Stimmen von draußen gänzlich unbewußt. Glossop mochte zusammenzucken, wenn eine dieser Stimmen, in der Stille des Kirchenraums nicht zu überhören, verdrießlich brüllte: »Geh mit deinem Klumpfuß aus dem Weg, oder ich schmeiß dir den ganzen Krempel drauf«; aber Storey erwiderte unbewegt und nichtsahnend: »Ihr Toren, was ihr gesät, wird nicht gedeihen, ehe es gestorben ist.«

»Kriegst gleich eine in die Schnauze, warte nur!« rief eine andere Stimme.

»Als stofflicher Leib ist er geboren; als geistiger Leib wird er wiedererstehen«, sagte Storey.

»Abscheulich, abscheulich«, raunte Curry dem Quästor zu, der neben ihm saß. Aber einige der jüngeren Kollegiumsmitglieder sahen, wie sie es nannten, die komische Seite davon, und dachten, welchen Spaß Feverstone, der am Kommen verhindert gewesen war, an der Geschichte haben würde.

Die schönste Belohnung, die Mark für seinen Gehorsam zuteil wurde, war der Zutritt zur Bibliothek. Bald nach seinem kurzen Eindringen an jenem elenden Morgen hatte er entdeckt, daß dieser Raum, wiewohl dem Namen nach öffentlich, in Wirklichkeit jenen vorbehalten blieb, die man am Bracton College ›das progressive Element‹ genannt hatte. Die wirklich wichtigen und vertraulichen Gespräche fanden hier zwischen zehn Uhr und Mitternacht am Kamin statt und aus diesem Grund lächelte Mark und unterdrückte allen nachtragenden Groll, als Feverstone sich eines Abends im Gesellschaftsraum an ihn heranmachte und fragte: »Wie wär's mit einem Gläschen in der Bibliothek?« Und obwohl seine innere Stimme ihm sagte, diese Haltung sei charakterlos und opportunistisch, hielt sein Verstand dagegen, daß alles andere kindisch und unrealistisch wäre.

Der Kreis in der Bibliothek bestand gewöhnlich aus Feverstone, der Fee, Filostrato und – was Mark einigermaßen überraschte – Straik. Es war Balsam für Marks Wunden, daß Steele sich niemals hier blicken ließ. Anscheinend war er schon über Steele hinaus, wie sie ihm versprochen hatten: alles lief programmgemäß. Eine Person, deren häufiges Erscheinen in der Bibliothek ihm rätselhaft blieb, war der schweigsame Mann mit dem Zwicker und dem Spitzbart, Professor Frost. Der stellvertretende Direktor – oder, wie Mark ihn jetzt nannte: der VD oder ›der Alte‹ – war ebenfalls oft zugegen, jedoch in einer ziemlich sonderbaren Art und Weise. Er hatte die Gewohnheit, hereinzukommen und scheinbar ziellos durch den Raum zu wandern, wie immer summend und mit den Schuhen knarrend, den Blick in unbestimmte Fernen gerichtet. Zuweilen näherte er sich dem Kreis beim Kaminfeuer und lauschte und schaute mit einem unbestimmt väterlichen Gesichtsausdruck zu; aber er sagte selten etwas, und nie gesellte er sich zu der Gruppe. Er wanderte wieder hinaus, um vielleicht nach einer Stunde zurückzukehren und in den leeren Teilen des Raumes umherzugehen und abermals zu verschwinden. Seit jener demütigenden Begegnung in seinem Arbeitszimmer hatte er nicht mehr mit Mark gesprochen, und Mark erfuhr von der Fee, daß er noch immer in Ungnade war. »Der Alte wird mit der Zeit schon auftauen«, sagte sie. »Aber wie ich Ihnen erzählte, kann er es nicht leiden, wenn Leute vom Fortgehen sprechen.«

Das unangenehmste Mitglied des Kreises war in Marks Augen Straik. Dieser unternahm keinen Versuch, sich dem unflätigen und wirklichkeitsnahen Ton anzupassen, in dem seine Kollegen sprachen. Er trank und rauchte nicht. Meistens saß er still da, umfaßt das Knie in der fadenscheinigen Hose mit magerer Hand und richtete seine großen, unglücklichen Augen auf einen Sprecher nach dem anderen, ohne in die Diskussion einzugreifen oder in die Heiterkeit einzustimmen, wenn sie lachten. Dann – vielleicht einmal im Verlauf des Abends – brachte ihn irgendeine Bemerkung plötzlich in Schwung; gewöhnlich war es etwas über die reaktionäre Opposition in der Außenwelt und die Maßnahmen, die das Institut gegen sie ergreifen würde. Bei solchen Gelegenheiten begann er lange und lautstarke Vorträge zu halten, drohte, klagte an, prophezeite. Seltsam war, daß die anderen ihn weder unterbrachen noch über ihn lachten. Es gab irgendeine tiefere Bindung zwischen diesem wunderlichen Mann und ihnen, das den offensichtlichen Mangel an Sympathie ausglich, aber Mark entdeckte nicht, was es war. Gelegentlich wandte sich Straik direkt an Mark und sprach zu seinem großen Unbehagen über die Auferstehung. »Weder eine historische Tatsache, noch eine Fabel, junger Mann«, sagte er, »sondern eine Prophezeiung. Alle Wunder sind die Schatten kommender Dinge. Befreien wir uns von aller falschen Geistigkeit. Es wird alles geschehen, hier in dieser Welt, in der einzigen Welt, die es gibt. Was hat der Herr uns geheißen? Heilet die Kranken, treibt die Teufel aus, erwecket die Toten. Wir werden es tun. Der Menschensohn – das heißt, der Mensch selbst – hat die Macht, die Welt zu richten, Leben ohne Ende zu spenden und Strafe ohne Ende zu verhängen. Sie werden es erleben. Hier und jetzt.« Es war Mark alles furchtbar peinlich und unangenehm.

Am Tag nach Hingests Beerdigung wagte sich Mark zum erstenmal auf eigene Faust in die Bibliothek; bis dahin war er immer von Feverstone oder Filostrato mitgenommen worden. Er war ein wenig unsicher, wie der Empfang ausfallen würde, und befürchtete zugleich, daß sein Recht auf freien Zutritt verfallen könnte, wenn er es aus Bescheidenheit nicht bald beanspruchte. Er wußte, daß in solchen Dingen ein Irrtum nach beiden Seiten hin fatal ist; man muß erraten und das Risiko auf sich nehmen.

Es war ein großer Erfolg. Der Kreis war vollzählig versammelt, und ehe er die Tür hinter sich geschlossen hatte, hatten sich alle mit freundlichen Gesichtern zu ihm umgewandt, und Filostrato sagte: »Ecco!« und die Fee: »Da ist unser Mann!« Mark fühlte sich von einem Schauer reiner Freude überlaufen. Nie zuvor schien das Feuer im Kamin heller gebrannt, nie die Getränke verlockender geduftet zu haben. Man hatte ihn erwartet! Er war erwünscht! »Wie schnell können Sie zwei Leitartikel schreiben, Mark?« fragte Feverstone.

»Können Sie die Nacht durcharbeiten?« fragte Miß Hardcastle.

»Es wäre nicht das erstemal«, sagte Mark. »Worum handelt es sich?«

»Sind Sie überzeugt«, sagte Filostrato, »daß die ... die Unruhen weitergehen müssen, ja?«

»Das ist der Witz dabei«, sagte Feverstone zu Mark. »Sie hat ihre Arbeit zu gut gemacht. Sie hätte ihren Ovid lesen sollen: ›Ad metam properate simul.‹«

»Wir können es nicht verschieben, selbst wenn wir wollten«, sagte Straik.

»Worüber reden wir eigentlich?« fragte Mark.

»Über die Unruhen in Edgestow«, antwortete Feverstone.

»Ach so ... ich habe sie nicht aufmerksam verfolgt. Nehmen sie ernste Formen an?«

»Sie werden ernste Formen annehmen, Jungchen«, sagte die Fee. »Und das ist der entscheidende Punkt. Der wirkliche Aufruhr war für nächste Woche geplant. All diese kleinen Sachen hatten nur den Zweck, den Boden zu bereiten. Aber es ist zu gut vorwärtsgegangen, verdammt noch mal. Das Unternehmen wird also morgen oder spätestens übermorgen steigen müssen.«

Mark blickte verwirrt von ihr zu Feverstone. Der letztere krümmte sich vor Lachen, und Mark gab seiner eigenen Verwirrung instinktiv eine scherzhafte Note.

»Ich glaube, der Groschen ist bei mir noch nicht gefallen, Miß Hardcastle«, sagte er.

»Sie werden doch nicht gedacht haben«, grinste Feverstone, »daß die Fee den Einheimischen die Initiative überlassen würde?«

»Sie meinen, Sie selbst haben die Unruhen ausgelöst?« fragte Mark.

»Ja, gewiß«, antwortete Filostrato. Seine kleinen Augen glänzten listig über den gedunsenen Wangen.

»Es ist alles gerecht und in Ordnung«, sagte Miß Hardcastle. »Sie können nicht einige Zehntausend importierte Arbeiter...«

»Nicht die Sorte, die Sie angeheuert haben!« warf Feverstone ein.

»... in ein verschlafenes kleines Nest wie Edgestow bringen«, fuhr Miß Hardcastle fort, »ohne Schwierigkeiten zu kriegen. Ich meine, es hätte so oder so Ärger gegeben. Nach Lage der Dinge hätten meine Jungs nicht einmal einzugreifen brauchen. Aber da die Unruhen unvermeidlich waren, konnte es nicht schaden, sie zum richtigen Zeitpunkt auszulösen.«

»Soll das heißen, Sie hätten die Unruhen inszeniert?« fragte Mark. Um ihm Gerechtigkeit widerfahren zu lassen, muß gesagt werden, daß er über diese neue Enthüllung entgeistert war. Aber in der gemütlichen Intimität des Kreises nahmen seine Gesichtsmuskeln und seine Stimme ohne jedes bewußte Zutun Ausdruck und Ton seiner Kollegen an.

»Das ist etwas grob ausgedrückt«, meinte Feverstone.

»Das spielt keine Rolle«, erklärte Filostrato. »So und nicht anders müssen die Dinge gedeichselt werden.«

»Genau«, pflichtete ihm Miß Hardcastle bei. »Es ist immer so. Jeder, der sich in der Polizeiarbeit auskennt, wird es Ihnen bestätigen. Und wie ich sagte, das richtige Ding – der große Aufruhr – muß in den nächsten achtundvierzig Stunden stattfinden.«

»Es ist gut, den Tip aus berufenem Munde zu bekommen!« sagte Mark. »Ich wünschte, ich könnte vorher noch meine Frau aus der Stadt schaffen.«

»Wo wohnt sie?« fragte die Fee.

»Oben in Sandown.«

»Ah. Dann wird sie kaum betroffen. Aber wir zwei müssen uns unterdessen an den Bericht über den Aufruhr machen.«

»Aber – wozu soll das alles gut sein?«

»Notstandsgesetze«, sagte Feverstone. »Solange die Regierung nicht erklärt, daß in Edgestow ein Notstand existiert, kriegen wir nicht die Vollmachten, die wir dort brauchen.«

»Genau«, sagte Filostrato. »Es ist töricht, von friedlichen Revolutionen zu sprechen. Nicht daß die *canaglia* immer Widerstand leisten würde – oft muß sie noch dazu angestachelt werden: denn ohne Unruhen, Schüsse und Barrikaden bekommt niemand Vollmachten zu entschlossenem Durchgreifen.«

»Und die Geschichte muß am Tag nach dem Krawall in den Zeitungen erscheinen«, sagte Miß Hardcastle. »Das bedeutet, daß der VD den Text spätestens morgen früh haben muß.«

»Aber wie sollen wir heute nacht den Bericht schreiben, wenn die Sache frühestens im Laufe des morgigen Tages passiert?«

Alle brachen in Gelächter aus.

»So werden Sie mit der Publizistik nie zurechtkommen, Mark«, sagte Feverstone. »Sie brauchen doch nicht auf ein Ereignis zu warten, bis Sie darüber berichten!«

»Nun, ich gebe zu«, sagte Mark lachend, »daß ich ein gewisses Vorurteil gegen solche Methoden hatte.«

»Das hilft alles nichts, Jungchen«, erklärte Miß Hardcastle. »Wir müssen sofort anfangen. Trinken wir unsere Gläser leer, dann an die Arbeit. Um zwei lassen wir uns Kaffee bringen.«

Dies war das erstemal, daß von Mark etwas verlangt wurde, das er von Anfang an als verbrecherisch erkannte. Aber der Augenblick seiner Einwilligung wurde ihm kaum bewußt; es gab keinen inneren Kampf und nicht einmal das Gefühl, eine Grenze zu überschreiten. In der Weltgeschichte mag es eine Zeit gegeben haben, da solche Augenblicke ihren Ernst und ihre Tragweite ganz enthüllten, mit prophezeienden Hexen auf versengter Heide oder einem sichtbaren Rubikon. Aber für ihn glitt alles in Zwanglosigkeit und Lachen vorüber, jenem vertrauten Lachen unter Fachleuten, das mehr als alles andere geeignet ist, Menschen unversehens zu schlechten Handlungen zu verleiten, ehe sie noch, individuell gesehen, schlechte Menschen sind. Wenige Augenblicke später trottete Mark mit der Fee die Treppe hinauf. Unterwegs begegneten sie Cosser, und Mark, der eifrig auf seine Begleiterin einredete, sah aus den Augenwinkeln, daß Cosser sie beobachtete. Zu denken, daß er Cosser einmal gefürchtet hatte!

»Wer hat die Aufgabe, um sechs Uhr den VD zu wecken?« fragte Mark.

»Wahrscheinlich nicht notwendig«, sagte die Fee. »Ich nehme an, der alte Mann muß irgendwann schlafen, aber ich habe noch nicht entdeckt, wann er es tut.«

Um vier Uhr früh saß Mark im Büro der Fee und überlas die zwei Artikel, die er geschrieben hatte – einen für die seriöseste und angesehenste britische Zeitung, den anderen für ein mehr volkstümliches Organ. Dies war der einzige Teil der nächtlichen Arbeit, der literarische Eitelkeit auf ihre Kosten kommen ließ. Die früheren Nachtstunden waren mit der mühevollen Arbeit hingegangen, den Nachrichteninhalt zu ersinnen. Diese beiden Leitartikel hatten bis zum Schluß warten müssen, und die Tinte war sozusagen noch naß. Der erste lautete folgendermaßen:

Obgleich es voreilig wäre, zu den gestrigen Unruhen in Edgestow abschließend Stellung zu nehmen, scheinen die ersten Berichte (wir drucken sie im Nachrichtenteil ab) zwei Schlußfolgerungen zuzulassen, die von späteren Entwicklungen kaum noch erschüttert werden dürften. In erster Linie werden diese Ereignisse jeder etwa noch vorhandenen Selbstzufriedenheit über die Aufgeklärtheit unserer Zivilisation einen schweren Stoß versetzen. Es muß zugegeben werden, daß die Umwandlung einer kleinen Universitätsstadt in ein nationales Forschungszentrum nicht ohne Reibungen vonstatten gehen kann und für die Einwohner gewisse Härten mit sich bringt. Aber der Engländer hat immer seine besondere ruhige und humorvolle Art gehabt, mit Reibungen fertigzuwerden, und hat es nie an der Bereitschaft fehlen lassen, im nationalen Interesse Opfer zu bringen – größere Opfer, als sie jetzt im Namen des Fortschritts den Bürgern von Edgestow abverlangt werden. Es ist erfreulich, festzustellen, daß von keiner maßgeblichen Seite behauptet wird, das N.I.C.E. habe in irgendeiner Weise seine Machtbefugnisse überschritten oder es an der Höflichkeit und Rücksichtnahme fehlen lassen, die man von ihm erwarten darf. Offenbar waren Wirtshausstreitigkeiten zwischen Arbeitern des N.I.C.E. und Einheimischen der eigentliche Ausgangspunkt der Unruhen. Aber Unruhen, die aus trivialen Anlässen entstehen, haben tiefere Ursachen, und es scheint kaum einen Zweifel daran zu geben, daß dieser geringfügige Zwischenfall von lokalen Interessen oder verbreiteten Vorurteilen angeheizt und ausgebeutet wurde.

Die Vorfälle von Edgestow lassen leider erkennen, daß das alte Mißtrauen gegen den Staat und seine pauschal als ›bürokratisch‹ bezeichneten Organe allzu leicht – wenn auch nur vorübergehend, wie zu hoffen ist – wiederbelebt werden kann. Hier werden Lücken und Schwächen in unserem nationalen Erziehungswesen sichtbar, welche zu den Symptomen eben jener Krankheit zählen, die zu heilen das Nationale Institut ins Leben gerufen wurde. Daß es sie heilen wird, bezweifeln wir nicht. Der Wille der Nation steht hinter dieser großartigen ›Friedensanstrengung‹, wie Mr. Jules das Institut so treffend beschrieb, und jeder schlechtinformierten Opposition, die sich mit ihm messen zu sollen glaubt, wird, so ist zu hoffen, höflich, aber mit Festigkeit begegnet werden.

Die zweite Nutzanwendung, die aus den Ereignissen des gestrigen Abends abgeleitet werden kann, ist mehr erfreulicher Natur. Die ursprüngliche Entscheidung, dem N.I.C.E. eigene Sicherheitsorgane zuzuordnen – die von manchen irreführend ›Polizeitruppe‹ genannt wurden –, stieß seinerzeit in vielen Kreisen auf unverhohlenes Mißtrauen. Unsere Leser werden sich erinnern, daß wir dieses Mißtrauen zwar nicht teilten, ihm aber ein gewisses Verständnis entgegenbrachten. Selbst die grundlosen Befürchtungen jener, die die Freiheit lieben, sollten respektiert werden, ebenso wie wir die übertriebenen Ängste einer Mutter respektieren. Gleichzeitig vertraten wir die Meinung, daß es angesichts der komplexen Vielfalt unserer modernen Gesellschaft ein Anachronismus sei, die Vollstreckung des gesellschaftlichen Willens einer Truppe aufzubürden, deren eigentliche Funktion in der Verhütung und Verfolgung von Verbrechen liegt: daß die Polizei darum früher oder später von jenem wachsenden Komplex ordnungspolitischer Funktionen entlastet werden müsse, der nicht auf ihren eigentlichen Aufgabenbereich entfällt. Daß dieses Problem von anderen Ländern in einer Art gelöst worden ist, die sich als fatal für Freiheit und Recht erwies, weil man einen Staat im Staate schuf, ist eine Tatsache, die niemand vergessen wird. Die sogenannte Polizei des N.I.C.E. (der man die zutreffendere Bezeichnung ›Gesundheitsorgane‹ zubilligen sollte) ist die typisch englische Lösung. Ihr Verhältnis zur nationalen Polizei kann vielleicht nicht mit perfekter logischer Genauigkeit definiert werden; aber wir sind als Volk niemals besonders leidenschaftliche Liebhaber der Logik gewesen. Die Exekutive des N.I.C.E. hat keine Verbindung mit der Politik; und wenn sie jemals in Beziehungen zur Strafjustiz tritt, so tut sie es in der Rolle eines Retters – eines Retters, der den Straffälligen aus der rauhen Luft eines rückständigen Strafvollzugs in den Bereich abhelfender Behandlung überführt. Sollte es bisher noch Zweifel am Wert einer solchen Ordnungstruppe gegeben haben, so sind sie durch die Ereignisse von Edgestow nun wohl gänzlich ausgeräumt worden. Die Zusammenarbeit zwischen den Organen des Instituts und der Nationalen Polizei, welche sich ohne die Hilfe des Instituts einer äußerst schwierigen Situation gegenübergesehen hätte, scheint durchweg reibungslos und kollegial gewesen zu sein. Wie ein leitender Polizeioffizier heute morgen einem unserer Berichterstatter sagte, »hätten die Dinge ohne das Eingreifen der Ordnungskräfte des Instituts sehr leicht eine völlig andere Wendung nehmen können«. Wenn es im Licht dieser Ereignisse zweckmäßig gefunden wird, das gesamte Gebiet von Edgestow für begrenzte Zeit der ausschließlichen Kontrolle der N.I.C.E.-Ordnungsorgane zu unterstellen, wird die britische Bevölkerung – realistisch, wie sie immer gewesen ist – nicht den geringsten Einwand machen. Besondere Anerkennung verdienen die weiblichen Angehörigen der Gruppe, die wieder einmal jene Mischung von Mut und gesundem Menschenverstand zeigten, die für unsere englischen Frauen so charakteristisch ist. Die heute morgen in London umlaufenden Gerüchte von Maschinengewehrfeuer in den Straßen und Hunderten von Opfern bleiben zu prüfen. Wenn genaue Einzelheiten vorliegen, wird sich wahrscheinlich herausstellen, daß, wie ein ehemaliger Premierminister es ausdrückte, »das meiste Blut aus den Nasen floß«.

Der zweite Artikel hatte folgenden Wortlaut:

Was geht in Edgestow vor?
Das ist die Frage, auf die der Mann auf der Straße eine Antwort erwartet. Das Institut, das sich in Edgestow niedergelassen hat, ist ein nationales Institut. Das heißt, es gehört uns allen. Wir sind keine Wissenschaftler und geben nicht vor, zu wissen, was die Köpfe des Instituts denken. Aber wir wissen, was jedermann von ihm erwartet. Wir erwarten eine Lösung der Arbeitslosenfrage; des Problems der Krebsbekämpfung; des Wohnungsproblems; des Währungsproblems; des Ausbildungsproblems. Wir erwarten von ihm ein schöneres, gesünderes und erfüllteres Leben für unsere Kinder. Das N.I.C.E. ist das Werkzeug des Volkes, das verwirklichen soll, wofür wir gekämpft haben.
Niemand wird glauben, dieser Aufruhr sei entstanden, nur weil Frau Hinz oder Herr Kunz entdeckten, daß die Grundbesitzer ihr Wohnhaus oder ihren Schrebergarten an das N.I.C.E. verkauft hatten. Frau Hinz und Herr Kunz wissen es besser. Sie wissen, daß das Institut für Edgestow mehr Handel bedeutet, mehr öffentliche Einrichtungen, eine größere Bevölkerung und ungeahnten Wohlstand. Die Schlußfolgerung ist klar: Die Unruhen waren organisiert.
Es gibt Verräter unter uns. Ich fürchte mich nicht, es auszusprechen, wer immer sie sein mögen. Es mögen religiöse Gruppen sein, oder es mögen finanzielle Interessen dahinterstehen. Es mögen die versponnenen alten Professoren und Philosophen der Edgestow-Universität sein, oder es mögen Juden und Spekulanten

sein. Es sollte uns nicht kümmern, wer sie sind, aber sie sollen gewarnt sein. Nehmt euch in acht! rufen wir ihnen zu. Das britische Volk wird sich dies nicht bieten lassen. Wir werden nicht gestatten, daß reaktionäre Kräfte das Institut sabotieren.

Was ist zu tun? Wer einmal einen Wochenendausflug nach Edgestow unternommen hat, weiß, daß es eine kleine, schläfrige Landstadt mit einem halben Dutzend Polizisten ist, die bisher nichts zu tun hatten, als Radfahrer anzuhalten, deren Beleuchtung nicht funktionierte. Es wäre unsinnig, zu erwarten, daß diese biederen Ordnungshüter mit einem organisierten Aufruhr fertig werden könnten. In der vergangenen Nacht zeigte die Institutspolizei, daß sie imstande ist, für Ruhe und Ordnung zu sorgen. Man darf Miß Hardcastle und ihre tüchtigen Männer und Frauen beglückwünschen. Man sollte ihnen darüber hinaus freie Hand geben und mit der Arbeit fortfahren lassen. Die Regierung wäre gut beraten, wenn sie alle bürokratischen Hindernisse aus dem Weg räumen und ganz Edgestow der Institutspolizei unterstellen würde.

In diesen Tagen der hitzigen Diskussionen sollten wir es den Fortschrittsgegnern nicht zu leicht machen. Wenn wir hören, daß sie die Institutspolizei angreifen und mit Gestapo und KGB vergleichen, sollten wir ihnen sagen, daß sie bei uns an der falschen Adresse sind. Und wenn wir jemand über die bürgerlichen Freiheiten reden hören, mit denen er die Freiheiten der Grundbesitzer, der Bischöfe und der Kapitalisten meint, dann wollen wir uns diesen Mann sehr genau ansehen. Er ist der Feind. Machen wir ihm klar, daß das N.I.C.E. der Boxhandschuh an der Faust der Demokratie ist und daß er lieber aus dem Weg gehen sollte, wenn ihm das nicht gefällt.

Man könnte denken, daß Mark, nachdem er in der Hitze der Niederschrift zunächst Gefallen an diesen Artikeln fand, beim Überlesen des fertigen Produkts zur Vernunft kommen und Abscheu empfinden würde. Unglücklicherweise war beinahe das genaue Gegenteil der Fall. Je länger seine Beschäftigung damit währte, desto mehr söhnte er sich mit der Art seiner Arbeit aus.

Die vollkommene Aussöhnung kam, als er beide Artikel ins reine schrieb. Wenn man eine Nacht für etwas drangegeben hat und einem das Ergebnis gefällt, dann überantwortet man es nicht gern dem Papierkorb. Je öfter er die Artikel las, desto besser gefielen sie ihm. Und das Ganze faßte er sowieso mehr als einen Scherz auf. Er sah sich selbst alt und reich, möglicherweise geadelt, auf jeden Fall aber sehr distinguiert, wenn alles das – alle die unerfreulichen Seiten des N.I.C.E. – der fernen Vergangenheit angehörte, wie er seine jüngeren Kollegen und Mitarbeiter mit unglaublichen Geschichten aus dieser gegenwärtigen Zeit beeindruckte. Und für einen Mann, dessen Aufsätze bisher nur in wissenschaftlichen Fachzeitschriften oder bestenfalls in Büchern erschienen waren, die nur von anderen Wissenschaftlern gelesen wurden, lag ein fast unwiderstehlicher Reiz in dem Gedanken, daß seine Worte durch die Tagespresse eine breite Öffentlichkeit im ganzen Land erreichten und wirklich beeinflußten. Vor noch nicht allzulanger Zeit war er über seine Aufnahme in den Kreis der fortschrittlichen Kräfte am Bracton College freudig erregt gewesen. Aber was waren die fortschrittlichen Kräfte, verglichen mit dieser Position? Nicht, daß er selbst geglaubt hätte, was er in den Artikeln schrieb. Er verfaßte sie in einer unernsten, beinahe ironischen Stimmung, die das Ganze wie einen handfesten Scherz erscheinen ließ und ihn dadurch beruhigte. Außerdem würde ein anderer die Artikel schreiben, wenn er es nicht machte. Und die ganze Zeit über flüsterte das Kind in ihm, wie großartig und wie wunderbar erwachsen es sei, so dazusitzen und Artikel für die größten Zeitungen des Landes zu schreiben, die ihm seine Manuskripte aus den Händen rissen, während der innere Kreis des Instituts von ihm abhing und niemand jemals wieder das Recht haben würde, ihn nur als eine Nummer oder gar als eine Null zu betrachten.

Jane streckte in der Dunkelheit die Hand aus, fühlte aber nicht den Tisch, der dort am Kopfende ihres Bettes hätte sein müssen. Dann entdeckte sie mit einem Schreck, daß sie überhaupt nicht im Bett lag, sondern stand. Ringsum herrschte völlige Dunkelheit, und es war unangenehm kalt. Umhertastend berührte sie unebene Steinoberflächen. Auch die Luft war von besonderer und seltsamer Qualität – tot, abgestanden und ohne jede Bewegung. Irgendwo in weiter Ferne, möglicherweise über ihr, waren Geräusche, die dumpf und vibrierend wie durch Erde an ihr Ohr drangen. Also war das Schlimmste geschehen: eine Bombe hatte das Haus getroffen, und sie war verschüttet. Doch ehe dieser Gedanke seine volle Wirkung auf sie entfalten konnte, fiel ihr ein, daß der Krieg vorüber war... ach ja, und alle möglichen Dinge waren seither geschehen... sie hatte Mark geheiratet... sie hatte Alcasan in seiner Zelle gesehen... sie hatte Camilla kennengelernt. Dann kam ihr mit großer und rascher Erleichterung der Gedanke, daß es einer ihrer Träume sei, eine Nachricht, die bald zu Ende sein werde. Es gab keinen Grund, sich zu fürchten.

Der Ort, an dem sie sich befand, schien nicht sehr groß zu sein. Sie tastete sich an einer der rohen Steinwände entlang, und dann, als sie die Ecke nehmen wollte, stieß ihr Fuß gegen etwas Hartes. Sie bückte sich und tastete umher. Sie fühlte eine Art Plattform oder niedrigen Tisch aus Stein, ungefähr drei Fuß hoch. Und darauf? Sollte sie es wagen, weiterzuforschen? Aber es würde schlimmer sein, wenn sie es nicht täte. Vorsichtig begann sie mit der Hand die Oberfläche des steinernen Tisches abzutasten, und einen Augenblick später biß sie sich hart auf die Unterlippe, um nicht laut aufzuschreien, denn sie hatte einen menschlichen Fuß berührt. Es war ein nackter Fuß, und seine Kälte sagte ihr, daß er einem Toten gehörte. Sich an dem Körper entlang weiterzutasten, erschien ihr schwieriger als alles, was sie je getan hatte, aber irgendwie stand sie unter einem Zwang, es zu tun. Der Tote war in sehr groben Stoff gehüllt, der sich außerdem uneben anfühlte, als sei er mit dicken Stickereien geschmückt. Es mußte ein sehr großer Mann sein, dachte sie, während sie die Fingerspitzen vorsichtig über den voluminös ausgebreiteten Stoff wandern ließ. Auf der Brust der Toten änderte sich die Beschaffenheit des Materials plötzlich – als ob die Haut irgendeines haarigen Tieres auf den groben Stoff des Gewands gelegt worden wäre. Einen Moment später wurde ihr klar, daß das Haar in Wirklichkeit zu einem Bart gehörte. Eine Weile zögerte sie dann, das Gesicht zu befühlen. Sie befürchtete, der Liegende könne sich plötzlich bewegen oder erwachen und sprechen, wenn sie es täte. Aber es war schließlich nur ein Traum, und sie würde es ertragen. Andererseits war es so schaurig und schien merkwürdigerweise lange vor ihrer Zeit zu geschehen, als ob sie durch einen Spalt aus der Gegenwart in ein kaltes, lichtloses Loch entlegener Vergangenheit gefallen wäre. Sie hoffte, man würde sie nicht allzulang hier unten warten lassen. Wenn nur jemand käme, um sie herauszulassen! Und gleich darauf erschien in ihrer Vorstellung das Bild eines bärtigen, doch jugendlichen Mannes, einer goldenen, starken und warmen Gestalt, die mit mächtigem, die Erde erschütterndem Schritt in diesen finsteren Ort herabstieg. An diesem Punkt wurde der Traum chaotisch und verwirrend. Jane hatte den Eindruck, daß sie einen Knicks vor dieser Person machen sollte (die niemals wirklich eintraf, obgleich ihr Bild hell und deutlich in Janes Traumbewußtsein blieb) und war sehr verblüfft über die Erkenntnis, daß ihre verblaßten Tanzstundenerinnerungen nicht mehr ausreichten, um ihr zu zeigen, wie es gemacht wurde. Da wachte sie auf.

Gleich nach dem Frühstück ging sie in die Stadt, um, wie sie sich einredete, einen Ersatz für Mrs. Maggs zu suchen, in Wahrheit aber zum Zeitvertreib. Am oberen Ende der Market Street geschah etwas, das sie endlich bewog, noch am selben Tag mit dem Zug um 10.23 Uhr nach St. Anne zu fahren. Sie kam zu einer Stelle, wo ein großer Wagen am Straßenrand parkte, ein Wagen des Instituts. Gerade als sie die Stelle erreichte, kam ein Mann aus einem Laden, überquerte vor ihr den Gehsteig, sprach ein paar Worte zum Chauffeur des Wagens und stieg dann ein. Er war ihr so nahe, daß sie ihn trotz des Nebels sehr deutlich sehen konnte, isoliert von allen anderen Objekten: der Hintergrund war nichts als grauer Nebel und vage Gestalten und der rauhe Lärm jenes ungewohnten Verkehrs, der Edgestow seit Tagen mit einer niemals endenden, ziellosen Unruhe erfüllte. Sie hätte das Gesicht überall wiedererkannt. Es kam ihr kaum weniger vertraut als das Gesicht Marks oder ihr eigenes Gesicht in einem Spiegel. Sie sah den Spitzbart, den Zwicker, die irgendwie wächsern wirkenden Züge. Sie brauchte nicht lange zu überlegen, was sie tun sollte. Ihr Körper, der rasch weiterging, schien von selbst entschieden zu haben, daß er zum Bahnhof gehen müsse. Es war nicht Angst allein (obwohl sie sich auch fürchtete, sogar bis zum Punkt akuter Übelkeit), was sie so unbeirrbar vorwärts trieb: es war ein totaler Widerwille gegen und Abscheu vor diesem Mann. Verglichen mit der Realität seiner Gegenwart verblaßten die Träume zur Bedeutungslosigkeit. Sie schauderte bei der Vorstellung, ihre Hände hätten einander im Vorübergehen berühren können.

Im Zug war es angenehm warm, ihr Abteil war leer und das bloße Sitzen ein Genuß. Die langsame Fahrt durch den Nebel schläferte sie ein, und sie dachte kaum an St. Anne, bis sie dort anlangte. Selbst als sie den Hügel hinaufging, machte sie keine Pläne und legte sich nicht zurecht, was sie sagen würde, sondern dachte nur an Camilla und Mrs. Dimble. Die kindliche Ebene, die Unterschicht ihres Geistes, war heraufgepflügt worden. Sie wollte mit netten Leuten zusammensein, wollte fort von den bösen Leuten: dieser Kinderzimmerunterschied schien im Moment wichtiger als alle späteren Kategorien von Gut und Böse oder Freund und Feind.

Die Beobachtung, daß es heller wurde, rüttelte sie aus diesem Zustand auf. Sie blickte geradeaus. Die Biegung der Landstraße war klarer sichtbar, als es in diesem Nebel der Fall sein sollte. Oder lag es bloß daran, daß der Nebel auf dem Lande sich von dem in einer Stadt unterschied? Es ließ sich nicht leugnen, daß weiß wurde, was gerade noch grau gewesen war. Das beinahe blendende Weiß schien in ständiger wallender Bewegung, und nach weiteren fünfzig Schritten zeigte sich hoch über ihr durchsichtiges Blau, und die Bäume warfen Schatten (seit Tagen hatte sie keinen Schatten gesehen), und dann waren ganz unvermittelt die gewaltigen Himmelsräume sichtbar, und sie blinzelte in die blaßgoldene Sonne und sah, als sie zurückblickte, daß sie am Ufer einer kleinen grünen sonnenbeschienenen Insel stand und über ein weißes Nebelmeer hinausblickte, das sich vor ihr ausbreitete, soweit das Auge reichte, gefurcht und wellig, im ganzen jedoch eben. Es waren noch andere Inseln zu sehen. Die dunklen drüben im Westen waren die bewaldeten Hügel über Sandown, wo sie mit den Dennistons spazierengegangen war. Und die viel größere und hellere Insel im Norden war das höhlenreiche Hügelland – man konnte es fast ein Bergland nennen –, wo der Wynd entsprang. Jane holt tief Atem. Die schiere Größe dieser Welt über dem Nebel beeindruckte sie. Unten in Edgestow hatte man all diese Tage selbst im Freien wie in einem geschlossenen Raum gelebt, denn nur nahe Gegenstände waren sichtbar gewesen. Sie war schon nahe daran gewesen, zu vergessen, wie groß der Himmel war und wie fern der Horizont.

7

Der Meister

Bevor Jane die kleine Tür in der Mauer erreichte, begegnete sie Mr. Denniston, und er geleitete sie durch das Haupttor zum Landhaus. Unterwegs erzählte sie ihm ihre Geschichte. In seiner Gesellschaft hatte sie die eigentümliche Empfindung, mit jemandem zu sprechen, den sie (übrigens aus völlig unerforschlichen Gründen) niemals hätte heiraten können, obwohl er ihrer eigenen Welt viel näherstand als Mark. Als sie das Haus betraten, stießen sie auf Mrs. Maggs.

»Was? Mrs. Studdock! So was!« sagte Mrs. Maggs.

»Ja, Yvy«, sagte Denniston, »und sie bringt große Neuigkeiten. Die Dinge kommen in Bewegung. Wir müssen sofort mit Grace sprechen. Und ist MacPhee in der Nähe?«

»Er arbeitet draußen im Garten«, antwortete Mrs. Maggs. »Und Professor Dimble ist ins College gefahren. Camilla ist in der Küche. Soll ich sie zu Grace schicken?«

»Ja, bitte, tun Sie das. Und wenn Sie Mr. Bultitude daran hindern könnten, uns zu stören...«

»Keine Sorge, ich werde schon aufpassen, daß er keinen Unfug macht. Sie mögen sicher eine Tasse Tee, nicht wahr, Mrs. Studdock? Die Fahrt im Zug und alles das.«

Wenig später sah Jane sich wieder in Grace Ironwoods nüchternem Zimmer. Miß Ironwood selbst und die Dennistons saßen ihr gegenüber, so daß ihr wie einer Kandidatin im mündlichen Examen zumute war. Und als Yvy Maggs den Tee hereinbrachte, ging sie nicht wieder fort, sondern setzte sich zu den anderen, als ob auch sie zum Prüfungsausschuß gehörte.

»Nun erzählen Sie!« sagte Camilla, Augen und Nasenflügel in aufgeregter, doch konzentrierter Erwartung geweitet.

Jane blickte im Raum umher.

»Lassen Sie sich durch Yvys Gegenwart nicht stören, Mrs. Studdock«, sagte Miß Ironwood. »Sie gehört zu uns.«

Jane sagte nichts. Nach einer Pause fuhr Miß Ironwood fort: »Wir haben Ihren Brief vom Zehnten bekommen, worin Sie Ihren Traum von dem Mann mit dem Spitzbart beschreiben, der neben Ihrem Bett sitzt und Notizen macht. Vielleicht sollte ich Ihnen sagen, daß er nicht wirklich da war; jedenfalls hält der Meister es nicht für möglich. Aber dieser spitzbärtige Mann hat Sie tatsächlich studiert. Er bezog aus einer anderen Quelle, die Ihnen unglücklicherweise in Ihrem Traum nicht sichtbar war, Informationen über Sie.«

»Würden Sie uns bitte erzählen, wenn es Ihnen nichts ausmacht«, sagte Mr. Denniston, »was Sie mir beim Hereinkommen berichteten?«

Jane erzählte ihren Traum von dem Leichnam (wenn es ein Leichnam gewesen war) in dem dunklen, kalten Raum, und wie sie an diesem Morgen in der Market Street den spitzbärtigen Mann getroffen hatte. Die anderen zeigten sich überrascht und lebhaft interessiert.

»Also hatten wir recht, was den Bragdon-Wald betrifft!« sagte Camilla.

»Ja, es ist wirklich Belbury«, sagte ihr Mann. »Aber welche Rolle spielt in diesem Fall Alcasan?«

»Verzeihung«, sagte Miß Ironwoods ruhige Stimme, und die anderen verstummten augenblicklich. »Wir dürfen hier nicht darüber diskutieren. Mrs. Studdock hat sich uns noch nicht angeschlossen.«

»Sie wollen mir also nichts sagen?« fragte Jane.

»Meine Dame«, erwiderte Miß Ironwood, »Sie müssen mich entschuldigen. Es wäre im Moment unklug. Im übrigen ist es uns nicht gestattet, dies zu tun. Würden Sie so freundlich sein, mir zwei weitere Fragen zu beantworten?«

»Bitte«, sagte Jane, spröde und ein wenig ärgerlich, aber nur ein wenig. Die Anwesenheit der Dennistons bewog sie, sich von ihrer besten Seite zu zeigen.

Miß Ironwood öffnete eine Schublade und kramte darin herum, während die anderen schweigend zusahen. Dann zog sie eine Fotografie heraus, hielt sie Jane hin und fragte: »Erkennen Sie diese Person?«

»Ja«, antwortete Jane, »das ist der Mann, von dem ich träumte, und den ich heute morgen in Edgestow gesehen habe.«

Es war eine gute, scharfe Aufnahme, und unter dem Bild war der Name Augustus Frost zu lesen, dazu einige andere Details, die Jane in diesem Augenblick nicht registrierte.

»Die zweite Frage ist«, fuhr Miß Ironwood fort und streckte die Hand aus, um das Foto zurückzunehmen, »ob Sie bereit sind, den Meister kennenzulernen, und zwar jetzt gleich?«

»Nun... meinetwegen, wenn Sie wollen.«

»In diesem Fall, Arthur«, sagte Miß Ironwood zu Denniston, »sollten Sie jetzt gehen und ihm sagen, was wir eben gehört haben. Fragen Sie ihn auch, ob er sich frisch genug fühlt, Mrs. Studdock zu empfangen.«

Denniston stand sofort auf und ging.

»In der Zwischenzeit«, fuhr Miß Ironwood fort, »möchte ich noch ein paar Worte mit Mrs. Studdock allein sprechen.« Nun erhoben sich auch die andern und folgten Denniston aus dem Zimmer.

Eine sehr große Katze, die Jane bisher nicht bemerkt hatte, sprang auf den von Mrs. Maggs verlassenen Stuhl.

»Ich zweifle nicht daran«, sagte Miß Ironwood, »daß der Meister Sie empfangen wird, Mrs. Studdock.«

Jane sagte nichts.

»Ich vermute«, fuhr Miß Ironwood fort, »daß er Sie in diesem Gespräch auffordern wird, eine endgültige Entscheidung zu treffen.«

Jane hüstelte unbehaglich, um die bedrückende Atmosphäre unwillkommener Feierlichkeit zu vertreiben, die mit dem Weggang der anderen entstanden war.

»Auch gibt es gewisse Dinge«, sagte Miß Ironwood, »die Sie wissen sollten, bevor Sie zum Meister gehen. Er wird Ihnen als ein sehr junger Mann erscheinen, Mrs. Studdock; jünger als Sie selbst. Sie müssen sich bitte vergegenwärtigen, daß dieser Eindruck täuscht. Er ist an die fünfzig und ein Mann von großer Lebenserfahrung, der Gegenden bereist hat, die vor ihm kein anderes menschliches Wesen jemals besuchte, und der unter Wesen gelebt hat, von deren Fremdartigkeit wir uns keine Vorstellung machen können.«

»Sehr interessant«, sagte Jane gelangweilt.

»Und drittens«, sagte Miß Ironwood, »muß ich Sie darauf aufmerksam machen, daß er häufig unter starken Schmerzen zu leiden hat. Wie auch immer Ihre Entscheidung ausfallen mag, ich hoffe, Sie werden nichts sagen oder tun, was Mr. Fisher-King unnötig verletzen oder erregen könnte.«

»Wenn Mr. Fischer-King in einer gesundheitlichen Verfassung ist, die es ihm nicht gestattet, Besucher zu empfangen...«, fing Jane an.

»Sie müssen mich entschuldigen«, sagte Miß Ironwood schnell, »daß ich auf diese Punkte solchen Nachdruck lege. Ich bin Ärztin, die einzige in unserer Gruppe. Darum bin ich verpflichtet, ihn zu schützen, so gut ich kann. Wenn Sie jetzt mit mir kommen wollen, werde ich Sie ins blaue Zimmer führen.«

Sie stand auf und hielt Jane die Tür. Sie gingen zusammen durch einen kahlen, schmalen Korridor und erreichten über niedrige Stufen eine ziemlich geräumige Eingangshalle, von wo eine schöne barocke Treppe zu den oberen Stockwerken führte. Das Haus, größer als Jane zuerst vermutet hatte, war warm und sehr still, und das Licht der Herbstsonne auf Teppichen und Wänden erschien Jane nach so vielen Nebeltagen strahlend und golden. Im ersten Stock war eine kleine erhöhte Plattform mit weißen Säulen, wo Camilla ruhig und wachsam auf sie wartete.

»Er wird Sie empfangen«, sagte sie und stand auf.

»Hat er heute morgen große Beschwerden?«

»Nur kurzzeitig. Es ist einer seiner guten Tage.«

Als Miß Ironwood zu einer Tür ging und klopfte, ermahnte sich Jane insgeheim: Sei vorsichtig. Laß dich auf nichts ein. Diese langen Korridore und leisen Stimmen werden dich zum Narren halten, wenn du nicht achtgibst. Dann wirst du eine weitere Anbeterin dieses Mannes werden. Dann ging sie hinein. Der Raum war hell, und im ersten Moment hatte es den Anschein, als bestünde er nur aus Fenstern. Und es war warm – im offenen Kamin knisterte und flammte ein großes Feuer. Und Blau war die vorherrschende Farbe. Bevor ihre Augen alles das aufgenommen hatten, bemerkte sie mit Verdruß und einem eigenartigen Gefühl von stellvertretender Scham, daß Miß Ironwood einen Knicks machte. Ich werde es nicht tun! sagte sie sich, aber es war mehr wie: Ich kann es nicht! Denn so war es auch in ihrem Traum gewesen.

»Dies ist die junge Dame, Sir«, sagte Miß Ironwood.

Jane blickte auf; und augenblicklich wurde ihre Welt verwandelt. Auf einem Sofa beim Kamin lag ein Jüngling, dem Anschein nach nicht älter als zwanzig, mit verbundenem Fuß. Auf einem der langen Fenstersimse spazierte eine zahme Dohle auf und ab. Der schwache Widerschein des Feuers und der kräftigere der Sonne überspielten die Decke. Aber alles Licht im Raum schien im goldenen Haar und im goldenen Bart des verwundeten Mannes zusammenzuströmen.

Selbstverständlich war er kein Jüngling – wie konnte sie es nur geglaubt haben? Die glatte Haut seines Gesichts und seiner Hände hatten den Gedanken wachgerufen. Aber kein Jüngling konnte einen so kräftigen Vollbart haben. Und kein Jüngling konnte so stark sein. Sie hatte mit einem Invaliden gerechnet, doch nun erkannte sie, daß es schwierig sein würde, sich dem Zugriff dieser Hände zu entwinden, und die Phantasie malte sich aus, daß diese Arme und Schultern das ganze Haus tragen könnten. Miß Ironwood kam ihr plötzlich daneben wie eine kleine alte

Frau vor, runzlig und blaß und so fragil, daß man meinte, sie umblasen zu können.

Das Sofa stand um eine Stufe erhöht auf einem hölzernen Podest, und die blauen Vorhänge hinter dem Mann erzeugten eine Wirkung, die ein wenig an einen Thronsaal gemahnte. Durch die Fenster sah sie weder Bäume noch Hügel oder Umrisse anderer Häuser, nur die gewellte und gefurchte Oberfläche des Nebelmeeres. Es war, als blicke sie von der Höhe eines blauen Turms auf die Welt hinab.

In seinem Gesicht kam und ging der Schmerz mit jähen, unkontrollierbaren Zuckungen der Muskeln. Aber wie der Blitz durch die Dunkelheit fährt, und die Dunkelheit sich wieder schließt und keine Spur zurückbleiben läßt, so verschluckte die heitere Ruhe seines Antlitzes jeden quälenden Stich. Wie hatte sie ihn für einen Jüngling halten können? Aber er war auch nicht alt. Mit einem unheimlichen Gefühl plötzlicher Angst überkam sie der Gedanke, daß dieses Gesicht überhaupt alterslos sei. Sie hatte immer eine Abneigung gegen bärtige Gesichter gehabt, außer bei alten, weißhaarigen Männern, aber das mochte daran gelegen haben, daß sie die Bilder der Könige Artus und Salomon aus der Vorstellungswelt ihrer Kindheit längst vergessen hatte. Salomon... zum erstenmal nach all den Jahren strahlte in ihrer Erinnerung wieder die glänzende Pracht auf, mit der ihre Einbildungskraft den Namen dieses Königs, Magiers und Liebhabers umgeben hatte. Zum erstenmal nach all den Jahren erschien in ihrem Bewußtsein das Wort ›König‹ wieder mit all seinen vergessenen Assoziationen von Schlacht, Hochzeitspracht, Priestertum, Gnade und Macht. In diesen Sekunden, als ihr Blick auf seinen Zügen ruhte, vergaß Jane, wo sie war und warum, und ihr leiser Groll gegen Grace Ironwood verflüchtigte sich genauso wie der tiefersitzende, halb unbewußte Groll gegen Mark und ihre eigene Kindheit und ihr Elternhaus.

Dies war natürlich nicht von Dauer. Augenblicke später war sie wieder die alte zurückhaltende Jane, die nun, da ihr bewußt wurde, daß sie einen wildfremden Mann neugierig und unhöflich angestarrt hatte, verwirrt errötete. Aber ihre Welt war aus den Fugen, sie wußte es. Alles war jetzt möglich.

»Danke, Grace«, sagte der Mann zu Miß Ironwood. »Ist das Mrs. Studdock?«

Und auch die Stimme schien wie Sonnenlicht und Gold. Wie Gold nicht nur im Sinne seiner Schönheit, sondern auch im Sinne seines Gewichts; wie Sonnenlicht nicht nur im Sinne einer sanften herbstlichen Wärme an englischen Gartenmauern, sondern auch im Sinne einer sengenden, Leben zerstörenden Wüstenglut. Und nun redete sie Jane an.

»Sie müssen mir vergeben, daß ich nicht aufstehe, Mrs. Studdock«, sagte die Stimme. »Mein Fuß ist verletzt.«

Und Jane hörte ihre eigene Stimme sanft und eingeschüchtert »Ja, Sir« sagen. Sie hatte in einem zwanglos-selbstsicheren Ton »Guten Morgen, Mr. Fisher-King« sagen wollen, um die Absurdität ihres Benehmens beim Betreten des Raums auszugleichen. Aber sie sagte es nicht, und kurz darauf folgte sie seiner einladenden Handbewegung und setzte sich auf einen Stuhl. Sie war verwirrt und bemerkte mit hilflosem Ärger, daß sogar ihre Hände zitterten. Sie hoffte angestrengt, daß sie nicht weinen oder stammeln oder irgend etwas Albernes tun werde. Denn ihre Welt war nicht mehr die alte; alles war jetzt möglich. Sie sehnte das Ende des Gesprächs herbei, damit sie ohne Blamage aus diesem Zimmer hinausgehen und dieses Haus verlassen könnte, nicht für immer, aber für lange Zeit.

»Soll ich bleiben, Sir?« fragte Miß Ironwood.

»Nein, Grace«, sagte der Meister. »Ich glaube, das wird nicht nötig sein. Danke.«

Jane spannte ihre Muskeln und saß steif auf dem Stuhl, denn nun wurde es ernst. All die unerträglichen Fragen, die er stellen und all die Überspanntheiten, zu denen er sie veranlassen mochte, schossen ihr in einem albernen Potpourri durch den Kopf. Denn alle Widerstandskraft schien von ihr gewichen, und sie war ihm schutzlos ausgeliefert.

Während der ersten Minuten verstand Jane kaum, was der Meister sagte. Nicht daß ihre Aufmerksamkeit abgelenkt gewesen wäre: sie war im Gegenteil so auf ihn konzentriert, daß sie sich selbst im Wege war. Jeder Klang, jeder Blick, jede Gebärde prägte sich ihrem Gedächtnis ein. Und erst als sie merkte, daß er nicht mehr sprach und anscheinend eine Antwort erwartete, begriff sie, daß sie nur wenig von dem Gesagten aufgenommen hatte.

»Ich... ich bitte um Verzeihung«, sagte sie, verwirrt und ärgerlich über ihr ständiges Erröten.

»Ich sagte«, antwortete er, »daß Sie uns bereits einen unbezahlbaren Dienst erwiesen haben. Wir wußten, daß sehr bald und auf dieser Insel einer der gefährlichsten Angriffe stattfinden sollte, die jemals auf die Menschheit unternommen worden sind. Wir hatten eine Vermutung, daß Belbury damit in Zusammenhang stehen würde, aber wir hatten keine Gewißheit. Vor allem wußten wir nicht, daß Belbury ein so wichtiger Faktor ist. Darum ist Ihre Information so wertvoll. Andererseits stellt sie uns vor eine Schwierigkeit. Ich meine eine Schwierigkeit, was Sie betrifft. Wir hatten gehofft, daß Sie in der Lage sein würden, sich uns anzuschließen – ein Mitglied unserer Armee zu werden.«

»Sie meinen, ich könnte es nicht, Sir?« sagte Jane.

»Es ist schwierig«, sagte Fisher-King nach einer nachdenklichen Pause. »Sehen Sie, Ihr Mann ist in Belbury.«

Jane runzelte die Stirn. Sie hatte ihn fragen wollen, ob Mark seiner Ansicht nach in irgendeiner Gefahr sei, aber im gleichen Augenblick war ihr klargeworden, daß Angst um Mark zu den komplizierten und widerstreitenden Empfindungen gehörte, die sie fühlte, und daß eine solche Frage darum Heuchelei wäre. Solche Skrupel hatte sie früher nicht oft gehabt. Schließlich sagte sie: »Wie meinen Sie das?«

»Nun«, sagte der Meister, »es würde sehr schwierig sein, gleichzeitig die Frau eines N.I.C.E.-Funktionärs und ein Mitglied meines Kreises zu sein.«

»Sie meinen, Sie könnten mir nicht vertrauen?«

»Ich meine nichts, was wir nicht ansprechen könnten. Ich meine, daß unter den gegenwärtigen Umständen zwischen Ihnen und Ihrem Mann kein Vertrauen bestehen kann.«

Jane biß zornig auf ihre Unterlippe, aber ihr Unmut galt weniger dem Meister als Mark. Warum mußten er und dieser Feverstone sich in einem Augenblick wie diesem dazwischendrängen?

»Ich muß tun, was ich für richtig halte, nicht wahr?« sagte sie nach einem Moment. »Ich meine, wenn Mark – wenn mein Mann auf der falschen Seite steht, kann ich mich dadurch nicht in meinem Handeln beeinflussen lassen.«

»Sie denken darüber nach, was Recht ist?« sagte der Meister. Jane errötete. Sie erkannte, daß sie daran nicht gedacht hatte.

»Gewiß«, sagte der Meister, »es kann eine Entwicklung eintreten, die Ihren Aufenthalt hier rechtfertigen würde, selbst wenn Sie gegen seinen Willen und im Geheimen kämen. Das hängt davon ab, wie nahe die Gefahr ist – die Gefahr, die uns allen und Ihnen persönlich droht.«

»Ich dachte, die Gefahr sei bereits über uns – nach dem, wie Mrs. Denniston redete.«

»Eben das ist die Frage«, sagte Fisher-King mit einem Lächeln. »Ich darf nicht zu vorsichtig sein, ich darf aber auch nicht zu verzweifelten Mitteln greifen, solange die Situation sie nicht rechtfertigt. Andernfalls wären wir wie unsere Feinde – würden alle Gesetze brechen, wann immer wir glaubten, es könne der Menschheit möglicherweise einmal zum Wohl gereichen.«

»Aber würde es irgend jemand schaden, wenn ich hierherkäme?« fragte Jane.

Statt einer direkten Antwort sagte er: »Es sieht so aus, als müßten Sie nach Edgestow zurückkehren; wenigstens einstweilen. Sicherlich werden Sie in nächster Zeit Ihren Mann sehen. Ich würde sagen, Sie sollten wenigstens einen Versuch machen, ihn dem N.I.C.E. abspenstig zu machen.«

»Aber wie sollte ich?« sagte Jane. »Was könnte ich ihm sagen? Ich weiß nichts über Ihre Gruppe und Ihre Ziele, womit ich ihn überzeugen könnte. Wenn ich ihm sage, was ich weiß, würde er es alles für Unsinn halten. Ein bevorstehender Angriff auf die Menschheit wäre das Letzte, was er glauben würde.«

»Sie haben recht«, sagte der Meister. »Und Sie dürfen ihm nichts sagen. Sie dürfen mich oder die Gruppe hier nicht einmal erwähnen. Unser Leben liegt in Ihrer Hand. Sie müssen Ihren Mann einfach bitten, Belbury zu verlassen. Begründen Sie es mit Ihren eigenen Wünschen. Sie sind seine Frau.«

»Mark kümmert sich nie um das, was ich sage«, antwortete Jane. Das dachten sie und Mark jeder vom anderen.

»Vielleicht haben Sie ihn nie so dringlich um etwas gebeten, wie Sie es diesmal tun können«, sagte er. »Wollen Sie ihn denn nicht auch retten?«

Jane ignorierte die Frage. Seit sie wußte, daß sie nach Edgestow in die leere Wohnung und zu den Träumen zurückkehren sollte, wuchs etwas wie Verzweiflung in ihr und verdrängte alle anderen Überlegungen. Ohne sich noch länger um die zu Besonnenheit und Selbstbeherrschung mahnende innere Stimme zu kümmern, platzte sie heraus: »Schicken Sie mich nicht zurück. Ich bin zu Hause ganz allein mit diesen schrecklichen Träumen. Auch als er noch am Bracton College war, sahen Mark und ich einander nicht viel. Es wird ihm gleichgültig sein, ob ich hierherkomme oder nicht. Wenn er davon wüßte, würde er bloß darüber lachen. Ich bin so unglücklich. Soll mein ganzes Leben verpfuscht sein, bloß weil er sich mit diesen Leuten zusammengetan hat? Sie glauben doch nicht etwa, eine Frau habe kein Recht auf ein eigenes Leben, nur weil sie verheiratet ist?«

»Sind Sie jetzt unglücklich?« fragte er.

Ein Dutzend Bekräftigungen erstarb auf Janes Lippen, als sie in Antwort auf seine Frage aufblickte. Da sah sie plötzlich in einer tiefen Ruhe wie der Windstille im Zentrum eines Wirbelsturmes die Wahrheit und hörte auf zu überlegen, wie ihre Worte sein Denken über sie beeinflussen könnten, und antwortete: »Nein«.

»Aber wenn ich jetzt zurückgehe«, fügte sie nach einer kurzen Pause hinzu, »wird es schlimmer sein als vorher.«

»Wirklich?«

»Ich weiß nicht... Nein, ich glaube nicht.« Und für eine Weile kehrte Frieden in Janes Seele ein, verbunden mit einem körperlichen Wohlbefinden, das mit der klaren Schönheit der Farben und Proportionen des Raums zu tun hatte. Aber schon bald drängte die Frustration in ihr Bewußtsein zurück, und sie begann sich zu fragen, wann Miß Ironwood kommen und sie hinausbringen würde. Es schien ihr, als hinge ihr Schicksal davon ab, was sie in den nächsten Minuten sagte.

»Aber ist es wirklich notwendig?« fing sie an. »Ich glaube, ich habe von der Ehe eine andere Auffassung als Sie. Es kommt mir... nun, gelinde gesagt, außergewöhnlich vor, daß alles davon abhängen sollte, was Mark sagt... noch dazu über etwas, von dem er nichts versteht.«

»Sehen Sie«, sagte Fisher-King, »es geht nicht darum, welche Auffassung Sie oder ich von der Ehe haben, sondern wie meine Herren darüber denken.«

»Jemand sagte, sie wären sehr altmodisch.«

»Das war ein Scherz. Sie sind nicht altmodisch. Aber sie sind sehr sehr alt.«

»Das läuft zuweilen auf das gleiche hinaus«, sagte Jane trocken. »Ihre Herren würden wohl nicht auf die Idee kommen, sich zuvor zu erkundigen, ob Mark und ich an *ihre* Vorstellungen von der Ehe glauben, nicht wahr?«

»Nun – nein«, sagte der Meister mit einem eigenartigen Lächeln. »Nein, sie würden bestimmt nicht daran denken, das zu tun.«

»Und es würde ihnen gleichgültig sein, wie eine Ehe tatsächlich ist, habe ich recht? Es würde sie nicht kümmern, ob eine Ehe ein Erfolg ist und ob die Frau ihren Mann liebt oder nicht.«

Jane hatte es nicht genau so sagen wollen. Sie ärgerte sich über ihre Geschwätzigkeit und den kindisch-trotzigen Ton, den sie, wie ihr jetzt schien, angeschlagen hatte. Mit sich selbst hadernd und das Stillschweigen des Mannes fürchtend, fügte sie hinzu: »Aber wahrscheinlich werden Sie erwidern, ich hätte Ihnen das nicht sagen sollen.«

»Liebe Mrs. Studdock«, sagte der Meister, »das gaben Sie mir zu verstehen, seit Ihr Mann das erstemal erwähnt wurde.«

»Macht das keinen Unterschied?«

»Ich denke«, sagte er, »es wird davon abhängen, wie er Ihre Liebe verloren hat.«

Jane sagte nichts. Obgleich sie ihm die Wahrheit nicht sagen konnte (die sie im übrigen selbst nicht genau kannte), kam in ihr ein neues Bewußtsein der eigenen Ungerechtigkeit und sogar von Mitleid für Mark auf, als sie ihren unausgesprochenen Groll gegen ihn zu erforschen suchte. Und das Herz wurde ihr schwer, denn dieses Gespräch, von dem sie unklar eine Art Erlösung von allen Sorgen und Problemen erhofft hatte, schien sie in Wirklichkeit in neue Sorgen und Probleme zu verstricken.

»Es war nicht seine Schuld«, sagte sie schließlich. »Ich glaube, unsere Ehe war einfach ein Fehler.«

Der Meister schwieg.

»Was würden sie ... was würden die Leute, von denen Sie sprachen, zu einem solchen Fall sagen?«

»Wenn Sie es wirklich wissen wollen, werde ich es Ihnen sagen«, sagte Fisher-King.

»Bitte«, sagte Jane widerwillig.

»Sie würden sagen«, antwortete er, »daß es Ihnen nicht aus mangelnder Liebe am Gehorsam fehlt, sondern daß Sie die Liebe verloren, weil Sie niemals versuchten, gehorsam zu sein.«

Janes normales Selbst, das auf eine solche patriarchalisch-autoritäre Erklärung je nach Stimmungslage mit Zorn oder Gelächter reagiert hätte, sah sich vorübergehend in einen entlegenen Bewußtseinswinkel zurückgedrängt (von wo seine Stimme gerade noch vernehmbar blieb), als das Wort Gehorsam – natürlich nicht Gehorsam gegenüber Mark – über sie kam und in diesem Raum und dieser Gegenwart hypnotische Kraft zu entwickeln schien, gefährlich, verführerisch und zweideutig wie ein betäubendes orientalisches Parfüm. Jane starrte ihn in fassungslosem Schweigen an, bis die seltsame Anwandlung vorüberging. Dann schüttelte sie den Kopf, gab sich einen Ruck und sagte: »Ich dachte, Liebe bedeute Gleichheit und freie Kameradschaft.«

»Ach, Gleichheit!« sagte Fisher-King. »Darüber müssen wir uns ein andermal unterhalten. Ja, wir müssen alle durch gleiche Rechte vor der Gier anderer geschützt werden, weil wir in Sünde gefallen sind. Genauso wie wir aus demselben Grund Kleider tragen müssen. Aber unter den Kleidern ist der Körper und erwartet den Tag, da wir sie nicht länger brauchen werden. Gleichheit ist nicht das Höchste, wissen Sie.«

»Gerade dafür habe ich sie immer gehalten. In ihrer Seele sind alle Menschen gleich.«

»Sie irren sich«, sagte er ernst. »In der Seele sind die Menschen einander am wenigsten gleich. Gleichheit vor dem Gesetz, Gleichheit des Einkommens – das ist alles sehr schön. Gleichheit schützt das Leben; sie bringt keins hervor. Sie ist Arznei, nicht Nahrung.«

»Aber in der Ehe ...«

»Erst recht nicht«, fiel er ihr ins Wort. »Gibt es in der Brautwerbung oder im Genuß des Besitzes Gleichheit? Was hat freie Kameradschaft damit zu tun? Die sich gemeinsam an etwas erfreuen oder gemeinsam etwas erleiden, sind Kameraden. Die sich aneinander erfreuen oder aneinander leiden, sind es nicht. Wissen Sie nicht, wie schamhaft wirkliche Kameradschaft oder Freundschaft ist? Freunde oder Kameraden sehen einander nicht mit diesen Augen an; sie würden sich schämen ...«

»Ich dachte ...«

»Ich verstehe«, unterbrach er sie. »Es ist nicht Ihre Schuld. Man hat Sie nie gewarnt. Niemand hat Ihnen je gesagt, daß Gehorsam und Demütigung erotische Notwendigkeiten sind. Sie verlangen Gleichheit in einem Bereich, wo sie nichts zu suchen hat. Es war gut, daß Sie gekommen sind, aber einstweilen muß ich Sie zurückschicken. Sie können jederzeit herauskommen und uns besuchen. Sprechen Sie in der Zwischenzeit mit Ihrem Mann, und ich werde mit meinen Vorgesetzten sprechen.«

»Wann werden Sie sie sehen?«

»Sie kommen zu mir, wenn es ihnen gefällt. Aber wir haben die ganze Zeit zu ernst über Gehorsam gesprochen. Ich möchte Ihnen auch seine heitere Seite zeigen. Sie fürchten sich doch nicht vor Mäusen, wie?«

»Wovor?« fragte Jane verdutzt.

»Vor Mäusen«, sagte er.

»N – nein.«

Er nahm eine kleine Messingglocke und läutete, und gleich darauf erschien Mrs. Maggs.

»Seien Sie so gut und bringen Sie mir jetzt mein Essen«, sagte der Meister, dann fügte er, zu Jane gewandt, hinzu: »Sie können unten zu Mittag essen, Mrs. Studdock – etwas Gehaltvolleres als meine Mahlzeit. Aber wenn Sie mir Gesellschaft leisten wollen, während ich esse und trinke, werde ich Ihnen einige der Reize unseres Hauses zeigen.«

Bald kam Mrs. Maggs mit einem Tablett zurück und brachte eine kleine Karaffe Rotwein, ein Glas und ein Brötchen. Sie stellte alles auf einen Tisch neben dem Sofa des Meisters und verließ den Raum.

»Sie sehen«, sagte er, »ich lebe frugal. Aber es ist eine überraschend angenehme Diät.« Mit diesen Worten brach er das Brot und füllte das Glas mit Wein. Sie sprachen wenig, während er aß und trank; aber seine Mahlzeit dauerte nicht lange, und dann nahm er das Tablett und schüttete die Brotkrumen auf den Teppich. »Jetzt, Mrs. Studdock«, sagte er, »werden Sie eine unterhaltende Darbietung sehen. Aber Sie müssen sich ganz ruhig verhalten.« Mit diesen Worten zog er eine kleine silberne Pfeife aus der Tasche und ließ einen Pfiff ertönen. Und Jane saß unbeweglich, bis die Stille im Raum beinahe stofflich fühlbar wurde. Dann wurde ein leises Kratzen und Rascheln hörbar, und gleich darauf sah sie drei wohlgenährte Mäuse über den Teppich laufen, dessen hoher Flor ihnen wie dichtes Unterholz vorkommen mochte. Immer wieder verhielten sie, schnupperten und änderten ihren Kurs, bis er an einen gewundenen Flußlauf gemahnte. Schließlich waren sie so nahe, daß Jane ihre blinzelnden schwarzen Kopfaugen und sogar die schnuppernden Bewegungen der kleinen Nasen sehen konnte. Entgegen ihrer Auskunft war sie von Mäusen in der

Nachbarschaft ihrer Füße nicht sehr begeistert, und es kostete sie einige Anstrengung, still zu sitzen. Dank dieser Anstrengung sah sie Mäuse zum erstenmal, wie sie wirklich sind – nicht als huschendes, schleichendes Getier, sondern als zierliche Vierfüßler, die beinahe wie winzige Känguruhs aussahen, wenn sie sich aufrichteten, mit zarten rosa Pfoten und durchscheinenden Ohren. Mit schnellen, unhörbaren Bewegungen liefen sie hin und her, bis keine Krume mehr übrig war. Dann pfiff der Meister wieder auf der Pfeife, und alle drei sausten davon und verschwanden hinter dem Kohlenkasten. Mr. Fisher-King blickte Jane mit lachenden Augen an. »Eine ganz einfache Regelung«, sagte er. »Menschen wollen die Krumen entfernt haben; Mäuse sind eifrig darauf bedacht, sie zu entfernen. Es hätte nie der Anlaß zu einem Krieg sein sollen. Sie sehen, daß Gehorsam und Ordnung eher einem Tanz als einem Drill gleichen – besonders zwischen Mann und Frau, wo die Rollen ständig vertauscht werden.«

»Wie riesig wir ihnen erscheinen müssen«, sagte Jane.

Diese nicht ganz passende Bemerkung hatte einen sonderbaren Anlaß. Sie dachte an ungeheure Größe, und momentan hatte es den Anschein gehabt, als denke sie an ihre eigene Größe im Vergleich mit den Mäusen. Aber diese Identifikation war nur scheinbar; in Wirklichkeit dachte sie einfach an ungeheure Größe. Oder, genauer ausgedrückt, sie dachte nicht nur daran, sondern erlebte es in einer geheimnisvollen Art und Weise. Etwas unerträglich Großes, etwas aus dem Lande Brobdingnag näherte sich, war fast im Zimmer und lastete auf ihr. Sie fühlte sich schrumpfen, ersticken, aller Kraft und Stärke beraubt. Sie warf dem Meister einen schnellen Blick zu, der in Wahrheit ein Hilferuf war, und dieser Blick enthüllte ihn auf unerklärliche Weise als ein Wesen wie sie, ein sehr kleines Wesen. Der ganze Raum war ein winziger Ort, ein Mauseloch, und schien sich obendrein zur Seite zu neigen, als ob die ungeheure Masse dieser formlosen Größe es halb umgeworfen hätte. Sie hörte des Meisters Stimme.

»Schnell«, sagte er freundlich, »Sie müssen jetzt gehen. Dies ist kein Ort für uns Zwerge, aber ich bin es gewohnt. Gehen Sie!«

Als Jane das hochgelegene Dorf verließ und zur Station hinunterging, fand sie, daß der Nebel selbst hier unten in Auflösung begriffen war. Große Löcher hatten sich in ihm aufgetan, und als der Zug sie nach Edgestow zurückbrachte, durchfuhr er wiederholt Strecken milden Nachmittagssonnenscheins.

Während dieser Fahrt war sie so uneins mit sich selbst, daß man sagen könnte, es säßen drei, wenn nicht vier Janes im Abteil.

Die erste war eine Jane, die während des Gesprächs nur empfangen und aufgezeichnet hatte und sich nun in unkritischer Begeisterung an jedes Wort und jeden Blick des Meisters zu erinnern suchte, um darin zu schwelgen – eine überrumpelte Jane, aufgerüttelt aus der bescheidenen Ausstattung mit zeitgenössischen Ideen, die bisher ihre Weisheit ausgemacht hatte, und auf der Flutwelle einer Erfahrung davongetragen, die sie nicht verstehen und nicht beherrschen konnte.

Die zweite Jane, stets auf Übersicht, Selbstbeherrschung und Eigenständigkeit bedacht, betrachtete die erste mit Abscheu als genau die Art von Frau, die sie immer besonders verachtet hatte. Einmal, als sie aus einem Kino gekommen war, hatte sie ein kleines Ladenmädchen zu ihrem Freund sagen hören: »Oh, war er nicht herrlich! Wenn er mich so angesehen hätte, wie er sie angesehen hat, wäre ich ihm bis ans Ende der Welt gefolgt.« Ein flitterhaftes, zurechtgemachtes kleines Mädchen, das an einem Pfefferminzbonbon lutschte. Ob die zweite Jane recht hatte, indem sie die erste Jane mit diesem Mädchen gleichsetzte, mag dahingestellt bleiben; jedenfalls tat sie es und fand sie unerträglich. Ohne weiteres der Stimme und dem Anblick dieses Fremden zu erliegen, das bißchen Selbstbestimmung über das eigene Schicksal unversehens aufzugeben, diesen kritischen Vorbehalt, der für einen erwachsenen, intelligenten Menschen unverzichtbar sein sollte... das war absolut erniedrigend, vulgär, unzivilisiert.

Die dritte Jane war eine neue und unerwartete Erscheinung. Von der ersten gab es Spuren, die in ihre Kindheit zurückreichten, und die zweite war ihr normales und wirkliches, ihr ›wahres‹ Selbst. Aber die dritte, diese moralische Jane, verkörperte einen Aspekt, von dessen Existenz sie nie gewußt hatte. Aufgestiegen aus irgendeiner unbekannten Region der Gnade oder Erblichkeit, äußerte sie mancherlei, was Jane häufig gehört, aber bisher nie in einem Zusammenhang mit dem realen Leben gesehen hatte. Hätte diese dritte Jane ihr einfach gesagt, daß ihre Gefühle für den Meister falsch seien, so wäre sie nicht sehr erstaunt gewesen, aber darauf beschränkte sie sich nicht. Sie warf ihr vor, für Mark keine vergleichbaren Empfindungen aufzubringen und drängte ihr die schuldbewußten und mitleidigen Gefühle für Mark auf, die sie zuerst in Fisher-Kings Zimmer verspürt hatte. Mark hatte einen fatalen Mißgriff getan, und nun mußte sie ihm helfen, mußte ›nett‹ zu ihm sein; der Meister schien darauf zu bestehen. Während ihre Gedanken fast ausschließlich mit einem anderen Mann beschäftigt waren, erhob sich, umwölkt von unbestimmten Empfindungen, ein Beschluß, Mark in Zukunft mehr Zuwendung als bisher zu schenken. Damit verband sich indes das zwiespältige Gefühl, daß sie die Zuwendung damit in Wirklichkeit dem Meister geben würde, und dies erzeugte in ihr eine solche Gefühlsverwirrung, daß der ganze innere Streit undeutlich wurde und in die umfassendere Erfahrung der vierten Jane überfloß, die nun alle anderen mühelos zu beherrschen schien.

Diese vierte Jane war einfach im Zustand der Freude. Die drei anderen hatten keine Macht über sie, denn sie schwebte in den Sphären Jupiters, umgeben von Licht und Musik und festlichem Pomp, lebensfroh und vor Gesundheit strahlend, gehüllt in schimmernde Gewänder. Sie dachte kaum an die sonderbaren Eindrücke, die ihrem Weggang unmittelbar vorausgegangen waren und diesen Abschied fast zu einer Erleichterung gemacht hatten. Als sie es versuchte, wurden ihre Gedanken sofort zum Meister zurückgeführt. Was sie auch zu denken versuchte, es führte wie unter einem hypnotischen Zwang zurück zum Meister und durch ihn zur Freude – einer diffusen, nicht recht erklärlichen, von Wohlbefinden und unklaren Glücksgefühlen getragenen Stimmung. Durch das Abteilfenster sah sie die breiten Bahnen des Sonnenlichts auf Stoppelfeldern und kahlen Wäldern liegen und fühlte, daß sie wie die Töne aus einer Fanfare waren. Ihr Blick ruhte auf den Kaninchen und Kühen, und in ihrem Herzen umarmte sie alle Kreaturen mit glücklicher Ferientagsfreude. Sie war entzückt von den gelegentlichen Bemerkungen des runzligen und grauhaarigen alten Mannes, der mit ihr im Abteil saß, und sah wie nie zuvor die Schönheit seines schlauen und sonnigen alten Geistes, würzig wie eine Nuß und englisch wie ein Kreidefelsen. Verwundert fragte sie sich, wie lange schon die Musik keine Rolle mehr in ihrem Leben spielte, und nahm sich vor, am Abend Bachchoräle von Schallplatten zu hören. Oder vielleicht sollte sie Sonette von Shakespeare lesen. Auch freute sie sich über ihren Hunger und Durst und beschloß, daß zum Tee Toast mit Butter essen werde. Und schließlich gefiel sie sich im Bewußtsein der eigenen Schönheit; denn sie hatte das Gefühl – es mochte den Tatsachen nicht entsprechen, hatte aber kaum etwas mit Eitelkeit zu tun –, sie blühe auf und entfalte sich wie eine Märchenblume mit jeder Minute, die verstrich. In einer solchen Stimmung war es für sie nur natürlich, daß sie nach dem Aussteigen des alten Bauern in Cure Hardy aufstand, um sich im Spiegel an der Abteilwand zu betrachten. Sie sah wirklich gut aus, ungewöhnlich gut. Und auch diesmal war kaum Eitelkeit in ihrer Selbstbetrachtung. Denn Schönheit existierte für andere, und für die vierte Jane (die vorübergehend mit der ersten zu verschmelzen schien) gab es keinen Zweifel, daß ihre Schönheit dem Meister gehörte. Sie gehörte ihm so vollständig, daß er sie sogar verschmähen und befehlen konnte, daß sie einem anderen gegeben werde – durch einen Akt niedrigen und darum höheren, bedingungslosen und darum freudigeren Gehorsams als dem, welchen er für sich selbst beansprucht hätte.

Als der Zug in den Bahnhof von Edgestow einlief, hatte Jane gerade beschlossen, nicht mit dem Bus zu fahren. Der Fußweg hinauf nach Sandown würde ihr Spaß machen. Und dann starrte sie, rüde aus ihren schwärmerischen Träumereien gerissen, aus dem Abteilfenster. Was in aller Welt hatte das zu bedeuten? Der Bahnsteig, zu dieser Stunde gewöhnlich fast menschenleer, war voller Menschen wie ein Londoner Vorortbahnsteig zur Stoßzeit. »Hier bist du richtig, Mädchen!« rief eine rauhe Stimme, als sie die Tür öffnete, und einen Augenblick später drängte ein halbes Dutzend Männer so gewaltsam herein, daß sie am Aussteigen gehindert wurde. Als sie endlich den Zug verlassen hatte, fand sie es schwierig, über den Bahnsteig zu kommen. Die Leute schienen in alle Richtungen zugleich zu wollen – zornige, rücksichtslose und aufgeregte Leute. »Steigen Sie wieder ein, schnell!« rief jemand. »Raus aus dem Bahnhof, wenn Sie nicht fahren wollen!« brüllte eine andere Stimme. »Was zum Teufel soll das bedeuten?« fragte eine dritte ganz in Janes Nähe, und dann jammerte eine Frauenstimme: »O Gott, o Gott! Warum hören sie nicht damit auf?« Und von draußen kam ein ungeheures, aufbrandendes Brüllen wie aus einem Fußballstadion. Durch die Fenster der Bahnhofshalle sah Jane eine Menge ungewohnter Lichter.

Stunden später sah sich Jane, verängstigt und todmüde, in einer Straße, die sie nicht einmal kannte, von Polizisten des N.I.C.E. und einigen ihrer weiblichen Hilfskräfte, den Wips, umringt. Ihr Weg war wie der eines Menschen gewesen, der bei auflaufender Flut am Strand entlang nach Haus zu gelangen sucht. Von ihrem gewohnten Weg durch die Warwick Street – dort wurden Geschäfte geplündert und Freudenfeuer angezündet – war sie abgedrängt und gezwungen worden, einen weiten Bogen zu schlagen, der am Altersheim vorbeiführte und sie schließlich auch nach Haus gebracht hätte. Dann hatte sich selbst dieser Umweg aus dem gleichen Grund als ungangbar erwiesen. Sie hatte sich zu einem noch weiteren Umweg genötigt gesehen, doch auch diesmal war ihr die Flut zuvorgekommen. Endlich hatte sie die Bone Lane vor sich, schnurgerade, leer und still, und offenbar die letzte Chance, an diesem Abend überhaupt noch nach Haus zu kommen. Ein paar N.I.C.E.-Polizisten – man schien sie überall anzutreffen, nur nicht dort, wo der Krawall am heftigsten war – hatten ihr zugerufen: »Da können Sie nicht durch, Miß!« Aber weil sie ihr dann den Rücken gekehrt hatten, und weil die Straße schlecht beleuchtet und sie selbst inzwischen der Verzweiflung nahe gewesen war, hatte Jane trotzdem ihr Glück versucht. Die Polizisten hatten sie festgehalten, und so war es gekommen, daß sie jetzt in einer Art Wachstube saß und von einer uniformierten Frau mit kurzgeschnittenem grauem Haar, einem kantigen Gesicht und einer unangezündeten schwarzen Zigarre im Mund verhört wurde. Der Raum war in Unordnung – als sei ein Privathaus von einer Stunde auf die andere ohne Federlesens in eine provisorische Polizeiwache umgewandelt worden. Die Frau mit der Zigarre zeigte kein besonderes Interesse, bis Jane ihren Namen nannte. Da erst blickte ihr Miß Hardcastle aufmerksam und prüfend ins Gesicht, und Jane fühlte ein neues Unbehagen. Sie war bereits müde und verängstigt, aber dies war etwas anderes. Das Gesicht der Frau wirkte auf sie, wie die Gesichter mancher Männer – fetter Männer mit kleinen, gierigen Augen und seltsam beunruhigendem Lächeln – in ihrer Backfischzeit auf sie gewirkt hatten. Es war schrecklich ruhig und schrecklich an ihr interessiert. Und Jane sah, daß der Frau eine ganz neue Idee kam, als sie sie anstarrte; eine Idee, die der Frau attraktiv erschien und die sie nach einigem Zögern und Überlegen mit einem zufriedenen kleinen Seufzer akzeptierte. Miß Hardcastle zündete ihre Zigarre an und blies Jane eine Rauchwolke ins Gesicht. Wenn Jane gewußt hätte, wie selten Miß Hardcastle tatsächlich rauchte, wäre ihre Beunruhigung noch größer gewesen. Die Polizisten und Polizistinnen im Raum wußten es wahrscheinlich: es war, als habe die Atmosphäre sich mit einem Schlag verändert.

»Jane Studdock«, sagte die Fee. »Ich weiß alles über dich, Kindchen. Du wirst die Frau von meinem Freund Mark sein.« Während sie sprach, schrieb sie etwas auf ein grünes Formular.

»So, das wäre geregelt«, sagte Miß Hardcastle. »Jetzt wirst du deinen Süßen bald wiedersehen. Wir bringen dich heute abend nach Belbury. Bloß noch eine Frage, Kindchen: Was hattest du zu so später Stunde hier unten zu tun?«

»Ich komme gerade vom Bahnhof.«

»Und wo bist du gewesen, Mädchen?«

Jane sagte nichts.

»Du hast doch nicht etwa Unfug getrieben, während dein Teurer fort war, oder?«

»Wollen Sie mich jetzt bitte gehen lassen«, sagte Jane. »Ich möchte nach Hause. Ich bin sehr müde, und es ist sehr spät.«

»Aber du gehst nicht nach Hause«, sagte Miß Hardcastle. »Du kommst mit nach Belbury.«

»Mein Mann hat nichts davon gesagt, daß ich ihn dort aufsuchen soll.«

Miß Hardcastle nickte. »Reine Vergeßlichkeit von ihm. Er ist sehr beschäftigt. Aber du kommst mit uns, Kindchen.«

»Was meinen Sie damit?«

»Es ist eine Festnahme, Kindchen«, sagte Miß Hardcastle und hielt ihr das grüne Formular hin, das sie beschrieben hatte. Jane erschien es nicht anders als alle amtlichen Formulare – mit vielen vorgedruckten Linien und Feldern, manche leer, manche voll von Kleingedrucktem, manche mit Tintenstift ausgefüllt; alles bedeutungslos. Oben links stand ihr Name.

»O – oh!« schrie Jane plötzlich, überwältigt von jähem Erschrecken, und rannte zur Tür. Natürlich erreichte sie sie nicht. Als sie einen Augenblick später zur Besinnung kam, fand sie sich im harten Griff von zwei Polizistinnen.

»Was für ein unartiges Kind!« sagte Miß Hardcastle scherzhaft. »Aber wir werden die garstigen Männer hinausschicken, nicht wahr?« Sie sagte etwas, und die Polizisten zogen sich zurück und schlossen von außen die Tür. Sobald sie gegangen waren, fühlte Jane, daß ihr ein Schutz genommen war.

»Also«, sagte Miß Hardcastle zu den zwei uniformierten Mädchen gewandt, »sehen wir mal. Viertel vor eins... und alles läuft planmäßig. Ich denke, Daisy, wir können uns eine kleine Entspannung leisten. Sei vorsichtig, Kitty, dein Griff unter ihrer Schulter ist zu locker. So ist es besser.« Während sie sprach, öffnete Miß Hardcastle ihre Gürtelschnalle, knöpfte die Uniformjacke auf und warf sie auf ein Sofa. Ihr massiger, von keinem Korsett gestützter Oberkörper (schon Bill der Blizzard hatte dies beanstandet) war üppig, schwabbelig, leicht bekleidet und etwa von der Art, wie Rubens im Rausch gemalt haben würde. Dann setzte sie sich wieder, nahm die Zigarre aus dem Mund, blies eine weitere Rauchwolke in Janes Richtung und faßte sie scharf ins Auge.

»Von wo bist du mit diesem Zug gekommen, Mädchen?« fragte sie.

Und Jane sagte nichts; teils, weil sie nicht sprechen konnte, und teils, weil sie nun mit absoluter Gewißheit erkannte, daß dies die Feinde der Menschheit waren, gegen die der Meister kämpfte, und daß sie ihnen nichts sagen durfte. Für sie hatte diese Entscheidung nichts Heroisches. Die ganze Szene erschien ihr eher zunehmend unwirklich; und wie in einem Zustand zwischen Schlafen und Wachen hörte sie Miß Hardcastle sagen: »Ich glaube, am besten bringt ihr sie zu mir.« Und die Unwirklichkeit der Szene dauerte an, während die beiden Mädchen sie um den Schreibtisch zu Miß Hardcastle führten, die mit gespreizten und von sich gestreckten Beinen zurückgelehnt auf ihrem Stuhl hing. Sie trug Schaftstiefel und einen knapp knielangen Rock. Die Polizistinnen drängten sie mit gleichmäßigem Druck, der sich wie von selbst verstärkte, sobald sie widerstrebte, weiter vorwärts, bis Jane zwischen Miß Hardcastles Schaftstiefeln stand: worauf diese ihre Füße schloß und ineinanderhakte, so daß Janes Knöchel zwischen den ihren eingeklemmt waren. Die körperliche Nähe dieser widerwärtigen

Person erfüllte Jane mit solchem Entsetzen, daß sie für das, was sie ihr antun mochten, keine Angst übrig hatte. Miß Hardcastle starrte sie lange an, lächelte ein wenig und blies ihr von Zeit zu Zeit Rauch ins Gesicht.

»Ich muß sagen«, sagte Miß Hardcastle schließlich, »daß du auf deine Art ein recht hübsches kleines Ding bist.«

Eine lange Pause folgte.

»Von wo bist du mit diesem Zug gekommen?« fragte Miß Hardcastle. »Nun zier dich nicht länger, Mädchen.«

Jane stierte zurück, die Augen vor Entsetzen geweitet, als wollten sie aus den Höhlen treten. Aber sie sagte nichts. Plötzlich beugte Miß Hardcastle sich vor, und nachdem sie Janes Kleid sehr vorsichtig aufgeknöpft und zur Seite gezogen hatte, hielt sie ihr das brennende Zigarrenende an die Schulter. Darauf folgte eine weitere Pause.

»Von wo bist du mit diesem Zug gekommen?« fragte Miß Hardcastle.

Jane konnte sich später nicht daran erinnern, wie oft dieser Vorgang sich wiederholte. Aber irgendwann kam ein Zeitpunkt, da Miß Hardcastle nicht zu ihr, sondern zu einer der Polizistinnen sprach. »Was soll diese Nervosität, Daisy?« fragte sie.

»Ich wollte nur sagen, Madam, es ist fünf nach eins.«

»Wie die Zeit vergeht, nicht wahr? Aber wenn schon. Fühlst du dich nicht wohl, Daisy? Du bist doch nicht etwa müde, nur weil du eine halbe Portion wie sie festhalten mußt?«

»Nein, Madam, danke. Aber Sie sagten, Madam, Sie seien um Punkt eins mit Hauptmann O'Hara verabredet.«

»Hauptmann O'Hara?« sagte Miß Hardcastle sinnend, dann wiederholte sie den Namen lauter, als erwache sie aus einem Traum. Im nächsten Augenblick sprang sie auf, ergriff ihre Uniformjacke und fuhr hinein. »Herr im Himmel!« sagte sie. »Ihr seid vielleicht ein paar Holzköpfe! Warum habt ihr mich nicht vorher daran erinnert?«

»Nun... ah... Madam, ich... ich mochte es nicht tun.«

»Du *mochtest* nicht! Wozu, glaubst du, bist du hier?«

»Manchmal wünschen Sie bei Verhören nicht unterbrochen zu werden, Madam«, sagte das Mädchen verdrießlich.

»Rede kein dummes Zeug!« schrie Miß Hardcastle zornig. »Mit euren Lappalien sollt ihr mich nicht unterbrechen! Jetzt paßt gut auf. Bringt die Gefangene sofort in den Wagen. Haltet euch nicht mit dem Kleid auf, ihr Idioten, das kann sie selbst zuknöpfen. Ich steck bloß noch meinen Kopf in kaltes Wasser und komme dann nach.«

Kurz darauf fuhr Jane durch die Dunkelheit, eingezwängt zwischen Daisy und Kitty, aber immer noch in Reichweite von Miß

Hardcastle; im Fond des Wagens schien Platz genug für fünf zu sein. »Fahren Sie möglichst nicht durch die Stadt, Joe«, sagte Miß Hardcastles Stimme. »Inzwischen wird es dort recht lebhaft zugehen. Fahren Sie zum Altersheim und dann eine von diesen kleinen Straßen hinunter.«

Die Nacht schien von seltsamen Geräuschen und Lichtern erfüllt. Zuweilen kamen sie an undeutlich sichtbaren Menschenansammlungen vorbei. Dann rollte der Wagen an den Straßenrand und hielt.

»Warum zum Teufel halten Sie?« fragte Miß Hardcastle. Statt einer Antwort ließ der Fahrer nur ein Grunzen hören und betätigte ohne Erfolg den Anlasser. »Was ist los«? fragte Miß Hardcastle scharf.

»Keine Ahnung, Madam«, sagte der Fahrer und versuchte es wieder mit dem Anlasser.

»Verflucht noch mal!« schrie Miß Hardcastle. »Können Sie nicht mal für einen fahrbereiten Wagen sorgen? Manche von euch hätten weiß Gott auch eine kleine Abhilfebehandlung nötig.«

Die Straße, in der sie standen, war leer, aber nach dem Lärm zu urteilen mußte in einer der Nebenstraßen eine zornige Menge heranziehen. Der Fahrer stieg mit einem unterdrückten Fluch aus und öffnete die Kühlerhaube.

»Steigt aus!« befahl Miß Hardcastle ihren Mädchen. »Schaut euch im Umkreis von fünf Minuten nach einem anderen Wagen um und beschlagnahmt ihn. Findet ihr keinen, habt ihr in zehn Minuten wieder hier zu sein, egal, was passiert. Pünktlich.«

Die zwei Polizistinnen stiegen eilig aus und verschwanden in der Nacht. Miß Hardcastle fuhr fort, den Fahrer mit Schmähungen und Beschimpfungen einzudecken, und der Fahrer arbeitete weiter am Motor. Der Lärm nahm allmählich zu. Plötzlich richtete sich der Fahrer auf und wandte das Gesicht (Jane sah den Schweiß darauf im Schein der Straßenlaternen glänzen) zu Miß Hardcastle. »Hören Sie, Miß«, sagte er, »jetzt reicht's mir allmählich, verstanden? Ich steh nicht auf diese Unflätigkeiten. Beherrschen Sie sich gefälligst, oder steigen Sie aus und bringen Sie den Scheißkarren selbst in Ordnung, wenn Sie so verdammt schlau sind!«

»Kommen Sie mir bloß nicht mit der frechten Tour, Joe«, sagte Miß Hardcastle, »oder es könnte passieren, daß ich der gewöhnlichen Polizei ein bißchen von Ihnen erzähle.«

»Na und?« sagte Joe. »Ich beginne mich sowieso zu fragen, ob ich nicht lieber im Knast eine ruhige Kugel schieben sollte, als dies noch länger mitzumachen. Das ist die Wahrheit! Ich war bei der Militärpolizei, und ich war in Nordirland, aber gegen diesen Laden waren das gemütliche Kegelvereine. Dort wurde man anständig behandelt, und man hatte Männer als Vorgesetzte, nicht einen verdammten Haufen fieser alter Weiber.«

»Ja, ich weiß, Joe«, erwiderte Miß Hardcastle belustigt. »Aber wenn ich der gewöhnlichen Polizei den richtigen Tip gäbe, würde es diesmal nicht beim Knast bleiben.«

»So, meinen Sie, hm? Nun, wenn es dazu käme, hätte ich auch ein paar Geschichtchen über Sie auf Lager.«

»Um Himmels willen, seien Sie nett zu ihm, Madam«, keuchte Kitty, die kurz zuvor mit der anderen zurückgekehrt war und den letzten Teil des Wortwechsels mitangehört hatte. »Sie kommen. Diesmal erwischt es uns richtig.«

Die Fee spähte hinaus und sah rennende Gestalten in Gruppen von zwei oder drei Mann vom anderen Ende der Straße näher kommen. »Lauft, Mädchen«, sagte sie und stieg aus. »Schlauheit ist die Losung. Hier entlang.«

Jane wurde aus dem Wagen gezerrt und im Laufschritt zwischen Daisy und Kitty mitgezerrt. Miß Hardcastle schnaufte voran. Die kleine Gruppe überquerte die Straße und bog ein kleines Stück weiter in eine Nebengasse ein.

»Weiß jemand, wie es hier weitergeht?« fragte Miß Hardcastle, als sie ein paar Schritte gegangen waren.

»Ich weiß es wirklich nicht, Madam«, sagte Daisy.

»Ich bin hier selbst fremd, Madam«, sagte Kitty.

»Da habe ich die Richtigen beisammen!« sagte Miß Hardcastle. »Gibt es überhaupt etwas, was ihr wißt?«

»Es scheint nicht weiterzugehen, Madam«, sagte Kitty.

Die Seitenstraße hatte sich tatsächlich als eine Sackgasse erwiesen. Miß Hardcastle blieb stehen und überlegte. Anders als ihre Untergebenen schien sie nicht ängstlich zu sein, sondern lediglich angenehm erregt und sichtlich erheitert über die weißen Gesichter und bebenden Stimmen der Mädchen.

»Nun«, sagte sie, »das nenne ich einen Nachtbummel. Man erlebt was, nicht wahr? Ich frage mich, ob die Häuser leer sind? Jedenfalls sind sie alle abgesperrt. Vielleicht sollten wir am besten bleiben, wo wir sind.«

Der Lärm erfüllte jetzt die Straße, die sie gerade verlassen hatten, und durch die Seitenstraße konnten sie eine ungeordnete Menschenmenge in westlicher Richtung ziehen sehen. Plötzlich lösten sich laute und zornige Schreie aus dem allgemeinen Stimmengewirr.

»Sie haben Joe erwischt«, sagte Miß Hardcastle. »Wenn er sich Gehör verschaffen kann, wird er sie hierherschicken. Verdammt! Das bedeutet, daß wir die Gefangene verlieren. Hör auf zu heulen, Daisy, du kleiner Dummkopf. Schnell jetzt, wir müssen einzeln in der Menge untertauchen. Wir haben eine sehr gute Chance, durchzukommen, denn es ist dunkel, und unsere Uniformen fallen kaum auf, wenn wir die Mützen abnehmen. Nur nicht den Kopf verlieren. Und schießt nicht, was immer geschehen mag. Versucht die Kreuzung bei Billingham zu erreichen. Nun los! Wenn ihr euch ruhig verhaltet, werden wir uns bald wiedersehen.«

Miß Hardcastle machte sich sofort auf den Weg. Jane sah sie langsam aus der Seitengasse gehen, ein paar Sekunden am Rand der Menge stehen und dann in ihr verschwinden. Die beiden Mädchen zögerten noch ein wenig, dann folgten sie ihr. Jane setzte sich auf die Stufe vor einer Haustür. Die Brandwunden schmerzten entsetzlich, wo ihr Kleid sie gerieben hatte, aber noch mehr machte ihr die Müdigkeit zu schaffen. Sie fror jämmerlich und fühlte sich ein wenig elend, aber die Müdigkeit beherrschte alles. Am liebsten hätte sie sich einfach hier an die Tür gelehnt und...

Sie schüttelte sich. Ringsum herrschte völlige Stille. Sie fror wie noch nie, und ihre Glieder schmerzten. Ich muß geschlafen haben, dachte sie. Sie erhob sich steif, reckte sich und ging die leere Gasse entlang zur Straßenecke.

Die Durchgangsstraße war völlig leer, nur ein Eisenbahner, der anscheinend zum Dienst ging, kam eilig die Straße herunter und sagte: »Guten Morgen, Miß«, als er vorbeimarschierte. Sie stand einen Moment unschlüssig, dann wandte sie sich nach rechts und ging langsam die Straße entlang. Als sie die Hand in die Tasche des Mantels steckte, den Daisy und Kitty ihr vor dem Verlassen des Wachlokals übergeworfen hatten, fand sie eine angebrochene Tafel Schokolade. Heißhungrig begann sie zu essen. Nicht lange, nachdem sie fertig war, wurde sie von einem Wagen überholt, der zwanzig Schritte weiter vorn an die Gehsteigkante fuhr und hielt. Ein Mann steckte den Kopf aus dem Fenster und fragte: »Fehlt Ihnen was?«

»Wurden Sie bei den Unruhen verletzt?« erkundigte sich eine Frauenstimme aus dem Wageninneren.

»Nein... nicht sehr... ich weiß nicht«, sagte Jane benommen.

Der Mann sah sie aufmerksam an, dann stieg er aus. »Sie sehen nicht sehr gut aus, wissen Sie«, sagte er. »Fehlt Ihnen wirklich nichts?« Darauf wandte er sich um und sprach mit der Frau im Wagen. Es schien Jane so lange her zu sein, daß sie freundliche oder auch nur vernünftige Stimmen gehört hatte, daß ihr zum Weinen zumute war. Das unbekannte Ehepaar überredete sie, sich in den Wagen zu setzen, und gab ihr Cognac und belegte Brote. Schließlich fragte der Mann, ob er sie nach Haus fahren könne. Wo sie wohne? Und Jane hörte sich zu ihrer eigenen Überraschung sehr schläfrig antworten: »In St. Anne, im Landhaus.«

»Das trifft sich gut«, sagte der Mann. »Wir fahren in Richtung Birmingham und müssen dort vorbei.«

Jane schlief fast augenblicklich wieder ein und erwachte erst, als sie in einen beleuchteten Hauseingang wankte und von einer Frau in Schlafanzug und Mantel empfangen wurde, die sich als Mrs. Maggs entpuppte. Aber Jane war so müde, daß es sie nicht kümmerte, wie oder wo sie sich schlafen legte.

8

Mondschein über Belbury

»Ich bin der letzte, Miß Hardcastle«, sagte der stellvertretende Direktor, »der sich in Ihre... ah... privaten Vergnügungen einmischen wollte. Aber wirklich, ich muß sagen...« Es war früher Morgen, noch einige Stunden vor der Frühstückszeit, und der alte Herr war voll angekleidet und unrasiert. Aber wenn er die ganze Nacht aufgeblieben war, mußte es seltsam anmuten, daß er sein Kaminfeuer hatte ausgehen lassen. Er und die Fee standen vor dem schwarzen und erkalteten Kamin seines Arbeitszimmers.

»Sie kann nicht weit sein«, sagte Miß Hardcastle. »Wir werden sie ein andermal auflesen. Der Versuch war durchaus der Mühe wert. Wenn ich aus ihr herausgebracht hätte, wo sie gewesen war – und das wäre mir gelungen, wenn ich ein bißchen mehr Zeit gehabt hätte –, nun, das hätte uns womöglich zum feindlichen Hauptquartier geführt. Wir hätten die ganze Bande hochnehmen können.«

»Es war kaum ein geeigneter Anlaß...«, begann Wither, doch sie unterbrach ihn.

»Wir haben nicht viel Zeit zu verlieren, wissen Sie. Sie selbst sagten mir, Frost beklage sich bereits, daß der Geist dieser Frau weniger zugänglich sei. Und nach Ihrer eigenen Metapsychologie oder wie immer Sie es nennen, bedeutet dies, daß sie zunehmend unter den Einfluß der anderen Seite gerät. Sie selbst haben mir das gesagt! Was wird sein, wenn Sie die Verbindung mit ihrem Geist ganz verlieren, bevor ich ihre Person hier eingesperrt habe?«

»Natürlich bin ich immer gern bereit und... ah... interessiert, Ihre persönlichen Ansichten zu hören«, sagte Wither, »und ich würde nicht einen Augenblick leugnen, daß sie in gewisser, wenn nicht in jeder Hinsicht von wirklichem Wert sind. Auf der anderen Seite gibt es Angelegenheiten, für die Ihr... ah... notwendigerweise spezialisiertes Wissen Sie nicht völlig qualifiziert... Eine Verhaftung war zu diesem Zeitpunkt nicht erwogen worden. Das Oberhaupt wird, so fürchte ich, die Ansicht vertreten, daß Sie Ihre Befugnisse überschritten haben. Daß Sie die Ihnen zugewiesene

Sphäre verlassen haben, Miß Hardcastle. Ich sage nicht, daß ich unbedingt seine Meinung teilte. Aber wir müssen uns alle darin einig sein, daß unbefugte Aktionen...«

»Ach, hören Sie doch auf, Wither!« sagte die Fee und setzte sich auf die Tischkante. »Versuchen Sie dieses Spielchen an den Steeles und Studdocks. Ich weiß zu viel darüber. Ihre Schaunummer mit der Elastizität und so brauchen Sie vor mir nicht abzuziehen. Daß ich auf dieses Mädchen stieß, war eine einmalige Gelegenheit. Hätte ich sie nicht wahrgenommen, so würden Sie jetzt über Mangel an Initiative reden. Weil ich sie wahrgenommen habe, reden Sie von Kompetenzüberschreitung. Mir können Sie keine Angst einjagen. Ich weiß verdammt gut, daß wir alle dran sind, wenn das N.I.C.E. scheitert: und in der Zwischenzeit möchte ich gern sehen, wie Sie ohne mich zurechtkommen wollen. Wir müssen das Mädchen kriegen, nicht wahr?«

»Aber nicht durch eine Verhaftung. Was nach Gewalt aussah, haben wir stets entschieden mißbilligt. Hätte uns eine bloße Verhaftung den... ah... guten Willen und die Kooperationsbereitschaft von Mrs. Studdock sichern können, so würden wir uns nicht mit der Anwesenheit ihres Ehemanns in Verlegenheit gesetzt haben. Selbst wenn wir einmal annehmen, daß Ihre Verhaftungsaktion gerechtfertigt gewesen wäre, müßte Ihr weiteres Verhalten in dieser Angelegenheit, so fürchte ich, zu ernster Kritik Anlaß geben.«

»Ich konnte doch schließlich nicht voraussehen, daß dieser Teufelswagen eine Panne haben würde, oder?«

»Ich glaube nicht«, sagte Wither, »daß das Oberhaupt bewegt werden könnte, dies als den einzigen Fehler zu betrachten. Sobald diese Frau den geringsten Widerstand zu erkennen gab, war es meiner Ansicht nach nicht vernünftig, von der angewendeten Methode Erfolg zu erwarten. Wie Sie wissen, beklage ich stets jede Handlungsweise, die nicht absolut human ist. Aber diese Einstellung ist durchaus vereinbar mit dem Standpunkt, daß drastische Mittel, wenn sie nun einmal notwendig sind, gründlich angewendet werden müssen. Mäßige Schmerzen, die mit einem durchschnittlichen Maß an Widerstandskraft ertragen werden können, sind immer ein Fehler. Sie nützen weder dem Gefangenen noch den Zielen des Vernehmers. Die wissenschaftlicheren und zivilisierteren Einrichtungen für zwangsweise Befragungen, die wir Ihnen hier zur Verfügung gestellt haben, hätten wahrscheinlich zum Erfolg geführt. Ich spreche nicht dienstlich, Miß Hardcastle, und würde mir nicht anmaßen, die Reaktionen unseres Oberhaupts vorauszusagen. Aber ich würde meine Pflicht vernachlässigen, wenn ich Sie nicht daran erinnerte, daß aus der Richtung bereits Beschwerden gekommen sind, die Ihre... ah... Neigung betreffen, sich durch eine gewisse... ah... emotionale Erregung in der Ausübung disziplinarischer Funktionen von den Erfordernissen der Politik ablenken zu lassen.«

»Wer ein Geschäft wie das meine wirklich gut erledigen will, der muß auch seinen Spaß daran haben«, erwiderte die Fee verdrießlich.

Der stellvertretende Direktor blickte auf seine Uhr. »Übrigens«, sagte die Fee, »warum will das Oberhaupt mich jetzt sprechen? Ich bin die ganze verdammte Nacht auf den Beinen gewesen. Man sollte mir wenigstens Zeit für ein Bad und ein kleines Frühstück lassen.«

»Der Weg der Pflicht, Miß Hardcastle«, sagte Wither, »kann niemals bequem sein. Vergessen Sie nicht, daß Pünktlichkeit eine der Eigenschaften ist, auf die zuweilen mit besonderem Nachdruck hingewiesen wurde.«

Miß Hardcastle rieb sich das Gesicht und stand auf. »Wenigstens muß ich was zu trinken haben, bevor ich reingehe«, sagte sie. Wither hob mißbilligend die Hände.

»Kommen Sie schon, Wither. Ich brauche ein Gläschen.«

»Sie meinen, er wird es nicht riechen?« fragte Wither.

»Jedenfalls gehe ich nicht rein, ohne mir die Kehle geschmiert zu haben«, sagte sie.

Der alte Mann schloß den Schrank auf und gab ihr Whisky. Dann verließen die beiden das Arbeitszimmer und gingen durch einen langen Flur auf die andere Seite des Hauses hinüber, wo die neuen Anbauten sich anschlossen. Zu dieser frühen Stunde war alles menschenleer und dunkel, und sie gingen im Licht von Miß Hardcastles Taschenlampe von den teppichbelegten und mit Bildern geschmückten Räumen und Durchgängen des einstigen Herrenhauses in die öden Korridore mit Gummimatten und fahl getünchten Wänden, dann durch eine Tür, die sie aufsperren mußten, und bald darauf durch eine weitere. Withers in Filzpantoffeln steckende Füße bewegten sich fast geräuschlos neben den lauten Stiefeln der Fee. Endlich kamen sie in einen Bereich, wo die Beleuchtung eingeschaltet war und eine Mischung von chemischen und tierischen Gerüchen in der Luft hing. Eine dritte Tür wurde ihnen geöffnet, nachdem sie durch eine Sprechanlage verhandelt hatten. Filostrato, in einen weißen Arbeitsmantel gekleidet, nickte ihnen zu, während er die Tür hielt.

»Kommen Sie«, sagte er. »Er erwartet Sie schon seit einiger Zeit.«

»Ist er schlecht gelaunt?« fragte Miß Hardcastle.

»Pst!« machte Wither. »Und in jedem Fall ist das nicht ganz die Art und Weise, wie man von unserem Oberhaupt sprechen sollte. Seine Leiden – in seinem besonderen Zustand, wissen Sie...«

»Sie sollen sofort hineingehen«, sagte Filostrato, »sobald Sie sich bereitgemacht haben.«

»Halt, einen Moment!« sagte Miß Hardcastle plötzlich.

»Was gibt es? Machen Sie schnell, bitte«, drängte Filostrato.

»Mir wird übel.«

»Jetzt darf Ihnen nicht schlecht werden. Kommen Sie mit, ich gebe Ihnen sofort etwas X 54.«

»Es ist schon gut«, seufzte Miß Hardcastle. »War nur momentan. Um mich umzuschmeißen, ist mehr als das nötig.«

»Ruhe bitte«, sagte der Italiener. »Öffnen Sie die zweite Tür erst, wenn mein Assistent die erste hinter Ihnen geschlossen hat. Sprechen Sie nicht mehr als nötig. Sagen Sie nicht einmal ja, wenn Sie einen Befehl erhalten. Das Oberhaupt setzt Ihren Gehorsam voraus. Vermeiden Sie plötzliche Bewegungen, gehen Sie nicht zu nahe heran, schreien Sie nicht und machen Sie vor allem keine Einwendungen. Los jetzt!«

Lange nach Sonnenaufgang hatte Jane im Schlaf das Gefühl, eine Stimme spräche zu ihr: »Freue dich, Schläfer, und wirf deine Sorgen von dir. Ich bin das Tor zu allen guten Dingen.« Und als sie erwacht war und in angenehmer Erschlaffung dalag, während das Sonnenlicht des klaren Herbstmorgens in schrägen Bahnen durch die Fenster strömte, dauerte die Stimmung an. In träger Sorglosigkeit dachte sie, daß man sie jetzt nicht mehr fortschicken könne. Einige Zeit nach ihrem Erwachen kam Mrs. Maggs herein, machte Feuer im Ofen und brachte ihr Frühstück. Jane zuckte zusammen, als sie sich im Bett aufsetzte, denn das fremde, etwas zu große Nachthemd klebte an ihren Brandwunden. Mrs. Maggs Benehmen hatte sich in einer unbestimmbaren Art und Weise verändert.

»Es ist nett, daß wir beide hier sind, nicht wahr, Mrs. Studdock?« sagte sie, und der Tonfall schien irgendwie eine engere Beziehung anzudeuten, als Jane sie zwischen ihnen eingeschätzt hatte. Aber sie war zu träge, um sich Gedanken darüber zu machen.

Nicht lange nach dem Frühstück kam Miß Ironwood. Sie untersuchte und versorgte die Brandwunden, die häßlich und schmerzhaft, aber nicht gefährlich waren.

»Wenn Sie wollen, können Sie am Nachmittag aufstehen, Mrs. Studdock«, sagte sie. »Bis dahin würde ich mich an Ihrer Stelle ausruhen. Möchten Sie etwas lesen? Wir haben hier eine ziemlich große Bibliothek.«

»Ich hätte gern *Mansfield Park*, bitte«, sagte Jane. »Und vielleicht Shakespeares *Sonette*.«

Doch als Miß Ironwood mit den Büchern zurückkam, war Jane

schon wieder eingeschlafen. Nachmittags um vier Uhr schaute Mrs. Maggs herein, um zu sehen, ob Jane wach sei, und das Öffnen der Tür weckte Jane aus ihrem Schlummer. Sie sagte, daß sie gern aufstehen würde.

»In Ordnung, Mrs. Studdock«, sagte Mrs. Maggs. »Wie Sie wollen. In einer Minute bringe ich Ihnen eine Tasse Tee, und dann mache ich das Bad für Sie bereit. Gleich nebenan ist ein Badezimmer, aber ich muß erst diesen Mr. Bultitude hinausbefördern. Er ist so faul, und wenn es draußen kalt ist, geht er da hinein und bleibt den ganzen Tag über sitzen.«

Nachdem Mrs. Maggs gegangen war, beschloß Jane aufzustehen. Sie traute sich genug Gewandtheit zu, um mit dem exzentrischen Mr. Bultitude fertig zu werden und wollte nicht noch mehr Zeit im Bett verbringen. Sie hatte die Vorstellung, daß alle möglichen angenehmen und interessanten Dinge geschehen würden, wenn sie erst auf den Beinen wäre. So warf sie sich den Mantel über, nahm ihr Handtuch und machte sich auf den Weg.

Als Mrs. Maggs kurz darauf mit dem Tee die Treppe heraufkam, hörte sie einen unterdrückten Schrei und sah Jane mit kalkweißem Gesicht aus dem Bad stürzen und die Tür heftig hinter sich zuschlagen.

»Du liebe Zeit!« rief Mrs. Maggs lachend. »Ich hätte es Ihnen sagen sollen. Aber denken Sie sich nichts dabei. Ich werde ihn gleich da herausholen.« Sie stellte das Tablett mit dem Tee auf den Boden und wandte sich dem Badezimmer zu.

»Ist er zahm?« fragte Jane überflüssigerweise.

»O ja, da brauchen Sie nichts zu befürchten«, antwortete Mrs. Maggs. »Aber er ist nicht leicht in Bewegung zu bringen. Nicht von Ihnen oder von mir, Mrs. Studdock. Bei Miß Ironwood oder dem Meister wäre es anders.« Damit öffnete sie die Badezimmertür. Drinnen saß ein mächtiger, schnaufender, listig blickender, pelziger, dickbäuchiger Braunbär neben der Badewanne auf seinen mächtigen Keulen und füllte den größten Teil des Raums aus. Nach vielen Vorwürfen, Bitten, Beschwörungen, Stößen und Knüffen von Mrs. Maggs geruhte er sich endlich schwerfällig auf alle viere zu erheben und trottete gemächlich auf den Korridor heraus.

»Warum gehst du nicht raus und verbringst den schönen Nachmittag im Garten, du Riesenfaultier?« schalt ihn Mrs. Maggs. »Du solltest dich schämen, hier herumzusitzen und jedem im Weg zu sein. Haben Sie keine Angst, Mrs. Studdock. Er ist zahm wie ein Hündchen. Er wird sich von Ihnen streicheln lassen. Los, geh schon, Mr. Bultitude. Geh und sag der Dame guten Tag.«

Jane streckte zögernd und halbherzig die Hand aus, um das

Rückenfell des Bären zu berühren, doch Mr. Bultitude war verstimmt, und ohne Jane auch nur eines Blicks zu würdigen, setzte er seine schwerfällige Wanderung durch den Korridor fort, bis er sich ungefähr zehn Meter weiter plötzlich niedersetzte. Das Teegeschirr rasselte, und im Erdgeschoß mußten alle gemerkt haben, daß Mr. Bultitude Platz genommen hatte.

»Ist es wirklich ungefährlich, ein solches Tier frei im Haus herumlaufen zu lassen?« fragte Jane zweifelnd.

»Mrs. Studdock«, erwiderte Yvy Maggs mit einiger Feierlichkeit, »wenn der Meister einen Tiger im Haus haben wollte, würde es auch ungefährlich sein. Er hat so eine Art mit Tieren, wissen Sie. Es gibt auf dem ganzen Anwesen nicht eine Kreatur, die auf eine andere oder auf uns losgehen würde, sobald der Meister mit ihr geredet hat. Mit uns ist es genauso. Sie werden sehen.«

»Wenn Sie den Tee in mein Zimmer stellen würden...«, sagte Jane ziemlich kühl und ging ins Badezimmer.

»Ja«, sagte Mrs. Maggs, blieb aber in der Türöffnung stehen. »Sie hätten unbesorgt Ihr Bad nehmen können, auch wenn Mr. Bultitude daneben gesessen hätte. Aber er ist so groß und irgendwie so menschlich, daß es mich selbst auch stören würde, wenn er mir beim Baden zusähe.«

Jane machte Anstalten, die Tür zu schließen.

»Nun, dann werde ich Sie verlassen«, sagte Mrs. Maggs, ohne sich von der Stelle zu rühren.

»Danke«, sagte Jane.

»Haben Sie auch alles, was Sie brauchen?« fragte Mrs. Maggs.

»Ja, danke«, sagte Jane.

»Nun, dann will ich weiter«, sagte Mrs. Maggs, wandte sich zum Gehen, machte aber im nächsten Augenblick abermals kehrt und sagte: »Sie werden uns in der Küche finden, Mutter Dimble und mich und die anderen.«

»Wohnt Mrs. Dimble im Haus?« fragte Jane, wobei sie das ›Mrs.‹ ein wenig betonte.

»Hier nennen wir sie alle Mutter Dimble«, sagte Mrs. Maggs. »Und es wird ihr bestimmt nichts ausmachen, wenn Sie es auch sagen. In ein paar Tagen werden Sie sich ganz gewiß an unsere Art gewöhnt haben. Es ist wirklich ein komisches Haus, wenn man darüber nachdenkt. Nun, dann will ich gehen. Lassen Sie sich nicht zuviel Zeit, sonst wird der Tee kalt. Ich würde an Ihrer Stelle überhaupt nicht baden, nicht mit diesen bösen Brandwunden. Haben Sie auch wirklich alles?«

Als Jane gebadet, Tee getrunken und sich zurechtgemacht hatte, so gut es mit einer fremden Haarbürste und einem fremden Spiegel möglich war, machte sie sich auf die Suche nach den bewohnten Räumen. Sie ging einen langen Korridor hinunter, durch jene Stille, die wie keine andere in der Welt ist – die Stille im Obergeschoß eines großen Landhauses an einem Nachmittag im Spätherbst oder Winter.

Bald kam sie zu einer Ecke, wo ein Korridor abzweigte, und hier wurde die Stille von leisen, unregelmäßigen und mysteriösen Geräuschen unterbrochen. Als Jane um die Ecke spähte, sah sie die Erklärung: Wo der Gang in einem dreifenstrigen Erker endete, stand Mr. Bultitude auf den Hinterbeinen und stieß mit den Vorderpranken nachdenklich einen Medizinball hin und her, der an einem Tau von der Decke hing. Jane ging geradeaus weiter und trat auf eine Galerie hinaus, von wo sie das Treppenhaus und die Eingangshalle überblicken konnte, in der sich Tageslicht mit Feuerschein mischte. Auf gleicher Höhe mit ihr, aber gegenüber und nur zu erreichen, wenn man zu einem Treppenabsatz hinab- und drüben wieder hinaufstieg, waren schattenhafte Regionen, die zu den Räumen des Meisters führten. Eine Ausstrahlung ernster Feierlichkeit schien von dort auszugehen, und Jane ging beinahe auf Zehenspitzen in die Halle hinunter. Unten sah sie sofort, wo die Wirtschaftsräume des Hauses liegen mußten – zwei Stufen hinunter und einen gepflasterten Korridor entlang, vorbei an einem ausgestopften Hecht in einem Glaskasten und dann an einer alten Standuhr, bis Geräusche und Stimmen sie in die Küche selbst führten.

Neben einem großen alten Herd, aus dessen Ritzen und Zugklappen heller Feuerschein auf ihre rundliche Gestalt fiel, saß Mrs. Dimble auf einem Küchenstuhl, eine Schüssel auf dem Schoß, und putzte Gemüse. Mrs. Maggs und Camilla Denniston standen auf der anderen Seite des Küchenherds und beschäftigten sich mit Töpfen und Pfannen, und in einer Türöffnung, die offenbar zum Abwaschraum führte, stand ein großer, grauhaariger Mann in Gummistiefeln, der gerade aus dem Garten gekommen zu sein schien, und trocknete sich die Hände ab.

»Kommen Sie nur herein, Jane«, sagte Mutter Dimble. »Wir erwarten nicht, daß Sie heute irgendeine Arbeit tun. Setzen Sie sich zu mir. Dies ist Mr. MacPhee – der kein Recht hat, hier zu sein, den ich Ihnen aber trotzdem vorstellen will.«

Mr. MacPhee hängte das Handtuch hinter die Tür, kam ziemlich feierlich auf Jane zu und schüttelte ihr die Hand. Seine Hand war sehr groß und derb, und er hatte ein kluges Gesicht mit wachen grauen Augen und etwas harten Zügen.

»Freut mich sehr, Sie kennenzulernen, Mrs. Studdock«, sagte er mit einem Akzent, den Jane für schottisch hielt, obwohl er in Wirklichkeit der eines Nordiren war.

»Glauben Sie ihm kein Wort, Jane«, sagte Mutter Dimble. »Er

ist Ihr Hauptgegner in diesem Haus. Er glaubt nicht an Ihre Träume.«

»Mrs. Dimble«, sagte MacPhee, »ich habe Ihnen wiederholt den Unterschied zwischen einem Gefühl persönlichen Vertrauens und einem logisch begründeten Anspruch auf Beweise erklärt. Das eine ist ein psychologisches Ereignis...«

»Und der andere ein fortwährender Unfug«, unterbrach ihn Mrs. Dimble.

»Achten Sie nicht auf sie, Mrs. Studdock«, sagte MacPhee. »Ich bin, wie ich sagte, sehr froh, Ihre Bekanntschaft zu machen und Sie unter uns willkommen zu heißen. Die Tatsache, daß ich es verschiedentlich für meine Pflicht gehalten habe, darauf hinzuweisen, daß kein Experimentum crucis bislang die Hypothese von der Realitätsbezogenheit Ihrer Träume bestätigt hat, ist ohne jeden Einfluß auf meine persönliche Haltung.«

»Natürlich«, sagte Jane unbestimmt und ein wenig verwirrt. »Sie haben ein Recht auf Ihre eigenen Ansichten.«

Alle Frauen in der Küche lachten, als MacPhee mit etwas erhöhter Lautstärke erwiderte: »Mrs. Studdock, ich habe keine Ansichten – über keinen Gegenstand der Welt. Ich stelle Tatsachen fest und zeige die Implikationen auf. Wenn alle Leute sich weniger in Ansichten (er betonte das Wort mit nachdrücklichem Abscheu) ergehen würden, so gäbe es erheblich weniger albernes Geschwätz auf der Welt.«

»Ich weiß, wer in diesem Haus am meisten redet«, sagte Mrs. Maggs zu Janes Überraschung.

MacPhee betrachtete Mrs. Maggs mit unveränderter Miene, während er eine kleine Zinndose aus der Tasche zog und sich zu einer Prise Schnupftabak verhalf.

»Worauf warten Sie eigentlich noch?« fragte Mrs. Maggs. »Heute ist in der Küche Frauentag.«

»Ich überlegte nur«, erwiderte MacPhee ungerührt, »ob Sie mir eine Tasse Tee übriggelassen haben.«

»Und warum sind Sie dann nicht rechtzeitig gekommen?« sagte Mrs. Maggs. Jane bemerkte, daß die Frau mit MacPhee im gleichen Ton wie mit dem Bären sprach.

»Ich hatte zu tun«, sagte er und setzte sich ans Ende des Küchentischs; nach einer Pause setzte er hinzu: »Ich habe Sellerie geschnitten. Miß Ironwood tut, was sie kann, aber sie hat kaum eine Vorstellung davon, was in einem Garten getan werden muß.«

»Was bedeutet ›Frauentag‹ in der Küche?« wandte sich Jane an Mutter Dimble.

»Es gibt hier kein Dienstpersonal«, sagte Mrs. Dimble. »Darum tun wir alle die Arbeit. An einem Tag sind die Frauen dran, und am nächsten die Männer... Was?... Nein, es ist eine sehr vernünftige Regelung. Der Meister geht davon aus, daß Männer und Frauen nicht gemeinsam Hausarbeit verrichten können, ohne miteinander zu streiten. Es ist etwas dran. Natürlich hat es keinen Zweck, sich am Männertag allzu genau die Tassen und Gläser anzusehen, aber im ganzen kommen wir ganz gut zurecht.«

»Aber warum sollten Sie streiten?« fragte Jane.

»Verschiedene Methoden, meine Liebe. Männer können bei einer Arbeit nicht helfen, wissen Sie. Sie können bewegt werden, die Arbeit zu tun, aber sie können nicht helfen, während wir sie tun. Zumindest macht es sie verdrießlich.«

»Die Hauptschwierigkeit«, sagte MacPhee, »in der Zusammenarbeit zwischen den Geschlechtern ist, daß Frauen eine Sprache ohne Hauptwörter sprechen. Wenn zwei Männer aufräumen, dann sagt der eine zum anderen: ›Stell diesen Topf da in den größeren Topf auf dem obersten Regal des grünen Küchenschrankes.‹ Die weibliche Version dafür ist: ›Tu diesen in den anderen da drin.‹ Und wenn man dann fragt: ›Wo hinein?‹ sagen sie: ›Natürlich da hinein.‹ Verstehen Sie?«

»Da haben Sie Ihren Tee«, sagte Yvy Maggs, »und ich werde Ihnen noch ein Stück Kuchen holen, was mehr ist, als Sie verdient haben. Und danach können Sie dann nach oben gehen und für den Rest des Abends über Hauptwörter reden.«

»Nicht über Hauptwörter: mittels Hauptwörtern«, sagte MacPhee; aber Mrs. Maggs hatte die Küche bereits verlassen. Jane nutzte diese Gelegenheit, um in gedämpftem Ton zu Mrs. Dimble zu sagen: »Mrs. Maggs scheint sich hier sehr zu Hause zu fühlen.«

»Sie ist hier zu Hause, meine Liebe.«

»Sie meinen als Hausangestellte?«

»Nun, nicht mehr als jeder andere. Sie ist hauptsächlich hier, weil man sie aus ihrem Haus vertrieben hat. Sie hatte keine andere Zuflucht.«

»Das heißt, sie ist für Mr. Fisher-King... ein Wohltätigkeitsfall?«

»Das gewiß. Warum fragen Sie?«

»Nun... ich weiß nicht. Es kam mir ein wenig komisch vor, daß Mrs. Maggs Sie Mutter Dimble nennt. Ich hoffe, Sie halten mich nicht für aufgeblasen oder hochnäsig...«

»Sie vergessen, daß Cecil und ich für den Meister auch Wohltätigkeitsfälle sind.«

»Ist das nicht ein bißchen übertrieben?«

»Keineswegs. Yvy und Cecil und ich, wir sind alle hier, weil wir aus unseren Häusern vertrieben wurden. Das gilt jedenfalls für Yvy und mich. Bei Cecil mögen die Dinge anders liegen.«

»Und weiß der Meister, daß Mrs. Maggs mit allen so redet?«

»Mein liebes Kind, fragen Sie mich nicht, was der Meister weiß.«

»Ich frage nur, weil er im Gespräch zu mir sagte, daß Gleichheit nicht das Wichtigste sei. Aber sein eigener Haushalt scheint nach... nun, nach sehr demokratischen Prinzipien geordnet zu sein.«

»Ich habe nie zu verstehen versucht, was er über diesen Gegenstand sagt«, antwortete Mrs. Dimble. »Gewöhnlich spricht er entweder über geistige Rangordnungen – und Sie waren niemals eine solche Gans, daß Sie sich Yvy Maggs im geistigen Sinne überlegen gefühlt hätten –, oder aber über die Ehe.«

»Haben Sie seine Ansichten über die Ehe verstanden?«

»Meine Liebe, der Meister ist ein sehr weiser Mann, aber schließlich ist er doch ein Mann, und obendrein unverheiratet. Was er oder seine Gebieter über die Ehe sagen, macht für meinen Geschmack zu viel Aufhebens von etwas so Einfachem und Natürlichem, daß man gar nicht darüber zu reden brauchte. Aber ich nehme an, daß es heutzutage viele junge Frauen gibt, denen es gesagt werden muß.«

»Ich sehe, daß Sie für selbständige junge Frauen nicht viel übrig haben.«

»Nun, vielleicht bin ich ungerecht. Vieles war für uns einfacher, überschaubarer. Wir wurden mit dem Gebetbuch und Geschichten aufgezogen, die einen glücklichen Ausgang hatten. Von Kindheit an lehrte man uns, daß die Frau ihren Mann zu lieben und zu ehren und ihm gehorsam zu sein habe, und wir trugen Unterröcke und liebten Walzer und wußten nichts von der Welt...«

»Walzer sind was Nettes«, sagte Mrs. Maggs, die gerade zurückgekehrt war und MacPhee sein Kuchenstück vorgesetzt hatte. »So schön altmodisch.«

In diesem Augenblick wurde die Tür geöffnet, und draußen im Gang sagte eine Stimme: »Also, dann geh rein, wenn es sein muß.« So ermuntert, hüpfte eine sehr schöne Dohle mit glänzendschwarzem Gefieder in die Küche, gefolgt von Mr. Bultitude und Arthur Denniston.

»Ich habe Ihnen schon mal gesagt, Arthur«, sagte Yvy Maggs, »daß Sie diesen Bären nicht hereinbringen sollen, wenn wir das Abendessen kochen.« Während sie sprach, tappte Mr. Bultitude, eines freundlichen Empfangs offenbar selbst nicht ganz sicher, in einer ihm unauffällig erscheinenden Manier durch die Küche und ließ sich hinter Mrs. Dimbles Stuhl nieder.

»Ihr Mann ist gerade zurückgekommen, Mutter Dimble«,

sagte Denniston. »Aber er mußte sofort ins blaue Zimmer gehen. Und der Meister erwartet auch Sie, MacPhee.«

An diesem Tag setzte Mark sich in bester Laune an den Mittagstisch. Nach allen eingegangenen Meldungen war der Aufruhr in Edgestow höchst zufriedenstellend verlaufen, und die Lektüre seiner Artikel in den Morgenzeitungen hatte ihm Spaß gemacht. Sein Vergnügen wuchs noch, als er Steele und Cosser in einer Art und Weise über die Zeitungsartikel sprechen hörte, die deutlich zeigte, daß sie nicht einmal wußten, wie die ganze Geschichte inszeniert worden war, und schon gar nicht, wer die Zeitungsartikel geschrieben hatte. Auch der Vormittag war ihm angenehm vergangen. Er hatte ein Gespräch mit Frost, der Fee und Wither gebracht, das die Zukunft von Edgestow zum Gegenstand gehabt hatte. Alle waren sich darin einig, die Regierung werde sich der (in den Zeitungen zum Ausdruck gekommenen) fast einhelligen Meinung der Nation anschließen, daß die Stadt vorübergehend der Kontrolle der Institutspolizei unterstellt werden sollte. Ein mit Sondervollmachten ausgestatteter Administrator für Edgestow und Umgebung mußte ernannt werden. Feverstone war für diesen Posten der richtige Mann. Als Unterhausmitglied repräsentierte er die Nation, als Kollegiumsmitglied des Bracton Colleges repräsentierte er die Universität, und als ein Mitglied des Instituts repräsentierte er das N.I.C.E. Alle konkurrierenden Interessen, die andernfalls zu lähmenden Rivalitäten oder offenen Zusammenstößen geführt hätten, waren in der Person Lord Feverstones auf das Glücklichste vereint und versöhnt; die Artikel, die Mark am Nachmittag über dieses Thema zu verfassen hatte, würden sich fast von selbst schreiben. Aber das war nicht alles gewesen. Im weiteren Verlauf der Konversation hatte sich herausgeschält, daß mit der Besetzung dieses beneidenswerten Postens durch Feverstone ein weiterer Zweck verfolgt wurde. Wenn die örtliche Unbeliebtheit des N.I.C.E. im Laufe der Zeit weiterwachsen und schließlich einen Höhepunkt erreichen würde, könnte Feverstone geopfert werden. Dies wurde natürlich nicht offen ausgesprochen, aber Mark begriff sehr gut, daß selbst Feverstone nicht länger dem inneren Kreis angehörte. Die Fee meinte, der alte Dick sei im Grunde seines Herzens doch bloß ein Politiker und werde es bleiben. Wither bekannte seufzend, daß Feverstones Talente in einem früheren Stadium der Bewegung vielleicht nützlicher gewesen seien, als sie es in der nun beginnenden Zeit sein könnten. Mark dachte nicht daran, Feverstones Stellung zu untergraben, noch hatte er den bewußten Wunsch, ihn gestürzt zu sehen. Aber die ganze Atmosphäre der Diskussion wurde ihm irgendwie angenehmer, als er die wirkliche Situation zu verstehen begann. Er war auch erfreut, daß er Frost kennengelernt hatte. Er wußte durch Erfahrung, daß es in beinahe jeder Organisation irgendeine ruhige, unauffällige Persönlichkeit gibt, die von den kleinen Fischen für unbedeutend gehalten wird, tatsächlich aber eine der Haupttriebfedern der ganzen Maschinerie ist. Die richtige Einschätzung solcher Leute bedeutet schon, daß man beträchtliche Fortschritte gemacht hat. Allerdings war Frosts kalte, an einen Fisch gemahnende Art nicht nach Marks Geschmack, der in Frosts ebenmäßigen Gesicht sogar abstoßende Züge entdeckte. Aber jeder Satz, den der Mann sprach – und er sprach nicht viel –, traf den Kern der Sache, die gerade diskutiert wurde, und Mark fand das Gespräch mit ihm anregend und faszinierend. Die Freude und Befriedigung an einem gehaltvollen, intelligenten Gespräch hing für Mark immer weniger von seiner spontanen Zu- oder Abneigung für die jeweiligen Gesprächspartner ab. Er war sich dieser Entwicklung bewußt, die begonnen hatte, als er sich den fortschrittlichen Kräften am College anschloß, und begrüßte sie als ein Zeichen der Reife.

Wither war in einer höchst ermutigenden Weise aufgetaut. Am Ende des Gesprächs hatte er Mark beiseite genommen, unbestimmt, aber väterlich von der großartigen Arbeit gesprochen, die er leiste, und sich schließlich nach seiner Frau erkundigt. Der stellvertretende Direktor hoffte, es sei nichts Wahres an dem zu ihm gedrungenen Gerücht, sie leide an... ah... nervösen Störungen. Mark fragte sich, wer zum Teufel ihm das erzählt haben konnte, aber Wither ließ ihm keine Zeit zum Nachdenken.

»Sehen Sie«, sagte der Vizedirektor, »in Anbetracht der großen Arbeitslast, die gegenwärtig auf Ihren Schultern ruht, und der daraus für Sie resultierenden Unmöglichkeit, so oft nach Haus zu fahren, wie wir alle es Ihnen gönnen würden, könnte das Institut in Ihrem Fall geneigt sein... ich spreche ganz zwanglos... ah... würden wir alle erfreut sein, Ihre Gattin hier willkommen zu heißen.«

Bis zu diesem Augenblick war Mark nie bewußt geworden, daß ihm nichts unangenehmer wäre, als Jane in Belbury zu haben. Es gab so vieles, was Jane nicht verstehen würde: nicht nur das ziemlich starke Trinken, das ihm hier zur Gewohnheit wurde, sondern fast alles, was sich vom Morgen bis zum Abend ereignete. Er hätte es unmöglich gefunden, in ihrer Anwesenheit irgendeins von den hundert Gesprächen zu führen, die seine Arbeit in Belbury mit sich brachte. Ihre bloße verständnislose Gegenwart hätte die beziehungsreichen Scherze und das Gelächter des inneren Kreises unwirklich und blechern klingen lassen; und was er jetzt als vorsichtiges und kluges Taktieren betrachtete, würde ihr – und durch sie ihm selbst – als opportunistische Schmeichelei und Verleumdung erscheinen. Janes Gegenwart würde ganz Belbury in einem vulgären Licht erscheinen lassen, aufgedonnert und verstohlen zugleich. Ihm wurde elend bei der Vorstellung, Jane mit Zureden und Beschwörungen beibringen zu müssen, daß sie Wither bei Laune zu halten und auf Miß Hardcastle einzugehen habe. Er entschuldigte sich mit vagen Wendungen, dankte dem VD überschwenglich und machte sich davon, so schnell er konnte.

Als er am Nachmittag beim Tee saß, kam Miß Hardcastle, beugte sich über die Stuhllehne und sagte ihm ins Ohr:

»Jetzt haben Sie sich schön in die Scheiße gesetzt, Studdock.«

»Was ist nun schon wieder los?« sagte er.

»Ich kann nicht verstehen, was mit Ihnen los ist, junger Mann. Tatsache! Haben Sie sich in den Kopf gesetzt, den alten Mann zu verärgern? Das ist ein gefährliches Spiel, glauben Sie mir!«

»Wovon reden Sie eigentlich?«

»Nun, wir alle waren um Ihretwillen bemüht, ihn zu besänftigen, und heute morgen dachten wir, es sei uns endlich gelungen. Er redete davon, daß er Ihnen die ursprünglich für Sie vorgesehene Position geben und die Probezeit wegfallen lassen wolle. Keine Wolke am Himmel: und dann sprechen Sie kaum fünf Minuten mit ihm und machen alles wieder zunichte. Ich beginne allmählich zu glauben, daß es Ihnen an Verstand fehlt.«

»Was zum Henker hat er diesmal auszusetzen?«

»Nun, Sie sollten es wissen! Hat er Ihnen nicht den Vorschlag gemacht, Ihre Frau hierherzubringen?«

»Ja, das hat er. Und was soll sein?«

»Was haben Sie ihm gesagt?«

»Ich sagte, er brauche sich deswegen nicht zu beunruhigen... und natürlich bedankte ich mich sehr und so weiter.«

Die Fee pfiff leise.

»Sehen Sie denn nicht, Junge«, sagte sie, mit den Knöcheln sanft aber nachdrücklich auf Marks Schädeldecke klopfend, »daß Sie kaum einen gröberen Schnitzer hätten machen können? Das war ein unerhörtes Entgegenkommen von ihm. So was hat er noch für keinen getan. Sie hätten sich denken müssen, daß er beleidigt sein würde, wenn Sie ihm die kalte Schulter zeigten. Jetzt murmelt er von Mangel an Vertrauen und sagt, er sei ›verletzt‹ – was bedeutet, daß bald jemand anders verletzt sein wird! Er wertet Ihr Desinteresse als ein Zeichen dafür, daß Sie sich hier noch nicht wirklich ›eingelebt‹ haben.«

»Aber das ist doch heller Wahnsinn! Ich meine...«

»Warum in drei Teufels Namen konnten Sie ihm nicht einfach sagen, daß Sie sich über sein Angebot freuen und Ihre Frau holen würden?«

»Ist das nicht meine Angelegenheit?«

»Wollen Sie Ihre Frau denn nicht bei sich haben? Sie sind nicht sehr nett zu Ihrer besseren Hälfte, Studdock. Dabei hörte ich, daß Sie ein verdammt hübsches Mädchen sei.«

In diesem Augenblick kam Withers langsam auf knarrenden Schuhen daherschlendernde Gestalt in Sicht, und das Gespräch endete abrupt.

Beim Abendessen saß Mark neben Filostrato. Keine anderen Mitglieder des inneren Kreises waren in Hörweite. Der Italiener war gutgelaunt und gesprächig. Er hatte gerade Anweisung gegeben, einige schöne Buchen auf dem Grundstück zu fällen.

»Warum haben Sie das getan, Professor?« sagte ein Mr. Winter, der ihm gegenübersaß. »In dieser Entfernung vom Haus können sie doch nicht stören. Ich habe Bäume gern und verstehe nicht, wie man etwas, das in Hunderten von Jahren herangewachsen ist, ohne zwingende Notwendigkeit und in bedenkenloser Willkür an einem Tag zerstören kann.«

»O ja, ja«, erwiderte Filostrato ungeduldig. »Ich mag sie auch, die hübschen Bäume, die Gartenbäume. Aber nicht die wilden. Ich setze die Rose in meinen Garten, aber keinen Dornbusch. Der Waldbaum ist ein Unkraut. Aber ich sage Ihnen, ich habe in Persien den zivilisierten Baum gesehen. Ein französischer Attaché hatte einen, denn im Hof seines Hauses konnte kein Baum gedeihen. Dieser Baum war aus Metall gemacht, ein ziemlich armseliges, primitives Ding. Aber wie, wenn man es vervollkommnete? Leicht, aus Aluminium, täuschend naturgetreu.«

»Das wäre kaum mit einem richtigen Baum zu vergleichen«, sagte Winter.

»Aber bedenken Sie die Vorteile! Sie werden des Baums an einem Ort überdrüssig, und zwei Arbeiter tragen ihn anderswohin. Er stirbt niemals ab. Kein Laub fällt herunter, keine Zweige, keine Vögel bauen Nester darin, es gibt keinen Schmutz und keine Unordnung.«

»Nun, ein oder zwei solcher Kunstbäume als Kuriositäten könnten ganz amüsant sein, aber...«

»Warum ein oder zwei? Ich gebe zu, gegenwärtig brauchen wir Wälder für die Erhaltung der Atmosphäre. Bald werden wir einen chemischen Ersatz finden. Und warum dann noch natürliche Bäume? Ich sehe voraus, daß es auf der ganzen Erde nur noch Kunstbäume geben wird. Ja, wir werden den Planeten säubern.«

»Soll dieser Unsinn vielleicht heißen«, warf ein Mann namens Gould ein, »daß es überhaupt keine Vegetation mehr geben soll?«

»Genau. Sie rasieren Ihr Gesicht; Sie rasieren es sogar jeden Tag. Eines Tages werden wir den Planeten rasieren.«

»Ich frage mich, was die Vögel dann anfangen werden.«

»Ich würde auch die Vögel abschaffen. Auf dem Kunstbaum gäbe es künstliche Vögel, die zu singen anfangen, wenn man im Haus auf einen Knopf drückt. Wenn man des Gesangs überdrüssig wird, schaltet man sie aus. Bedenken Sie den Fortschritt. Keine Federn, keine Nester, keine Eier, kein Schmutz.«

»Das hört sich an«, meinte Mark, »als wollten Sie praktisch alles organische Leben abschaffen.«

»Und warum nicht? Es ist einfach eine Frage der Hygiene. Hören Sie, meine Freunde, wenn Sie irgendein vermodertes Stück Holz vom Boden aufheben und finden, daß es voll von organischem Leben ist, sagen Sie dann nicht: ›Wie scheußlich! Das wimmelt von Leben!‹ und werfen es wieder fort?«

»Und weiter?« sagte Winter.

»Und sind Sie, besonders Sie Engländer, nicht feindselig gegen jegliches organische Leben auf Ihren Körpern? Statt es gewähren zu lassen, haben Sie das tägliche Bad erfunden.«

»Nun ja. Das ist richtig.«

»Und was nennen Sie schmutzige Erde? Ist damit nicht die organisch durchsetzte Erde gemeint? Mineralien sind saubere Erde. Der wirkliche Dreck stammt von Organismen – Schweiß, Schleim, Exkremente. Ist nicht Ihre ganze Idee der Reinheit ein Beispiel dafür? Das Unreine und das Organische sind auswechselbare Begriffe.«

»Worauf wollen Sie hinaus, Professor?« sagte Gould. »Schließlich sind wir selbst Organismen.«

»Zugegeben, das ist der Punkt. In uns hat das organische Leben Verstand erzeugt. Es hat seine Arbeit getan. Danach brauchen wir es nicht länger. Die Welt soll nicht länger mit organischem Leben wie mit Schimmelpilz überwuchert sein – alles ein Sprießen und Knospen, ein Zeugen und Verwesen. Wir müssen uns davon befreien. Nach und nach, versteht sich; allmählich lernen wir, wie es getan werden kann. Lernen, wie unsere Gehirne mit immer weniger Körperlichkeit leben können; lernen, wie wir unsere Körper direkt mit Chemikalien aufbauen und erhalten können, statt sie mit toten Tieren und Unkraut vollzustopfen. Lernen, wie wir uns ohne Paarung fortpflanzen können.«

»Das würde aber nicht viel Spaß machen«, sagte Winter.

»Mein Freund, Sie haben den Spaß, wie Sie es nennen, bereits von der Fruchtbarkeit getrennt. Der Spaß selbst beginnt dahinzuschwinden. Pah! Ich weiß, Sie glauben mir nicht. Aber sehen Sie sich Ihre englischen Frauen an. Sechs von zehn sind frigide, nicht wahr? Sehen Sie? Die Natur selbst beginnt den Anachronismus abzuschaffen. Erst wenn sie das getan hat, wird echte Zivilisation möglich. Wären Sie Bauern, so würden Sie mich verstehen. Wer würde versuchen, mit Hengsten und Stieren zu arbeiten? Nein, nein: Wir brauchen Wallache und Ochsen. Solange es Sexualität gibt, wird es niemals Frieden und Ordnung und Disziplin geben. Erst der geschlechtslose Mensch wird regierbar sein.«

Dies brachte sie zum Ende der Essenszeit, und als sie vom Tisch aufstanden, raunte Filostrato Mark zu: »Ich würde Ihnen empfehlen, heute abend nicht in die Bibliothek zu gehen. Sie verstehen? Sie sind in Ungnade. Kommen Sie zu mir und lassen Sie uns ein bißchen reden.«

Mark folgte ihm, froh und überrascht, daß Filostrato in dieser neuen, unerwarteten Krise mit dem VD anscheinend sein Freund geblieben war. Sie gingen ins Wohnzimmer des Italieners im ersten Stock. Mark setzte sich an den Kamin, während sein Gastgeber im Raum auf und ab wanderte.

»Ich bin sehr bekümmert, mein junger Freund«, sagte Filostrato, »von diesem neuerlichen Ärger zwischen Ihnen und dem stellvertretenden Direktor zu hören. Das muß aufhören, verstehen Sie? Wenn er Sie einlädt, Ihre Frau herzubringen, warum tun Sie es dann nicht?«

»Aber ich bitte Sie!« beschwor ihn Mark. »Ich ahnte nicht, daß er der Sache soviel Bedeutung beimißt. Ich dachte, er sagte es nur aus Höflichkeit.« Seine Einwände gegen Janes Aufenthalt in Belbury waren, wenn auch nicht beseitigt, so doch vom Wein, den er zum Essen getrunken hatte, und dem Schmerz über seinen drohenden Ausschluß aus dem Bibliothekskreis ziemlich betäubt.

»Es ist an sich nicht wichtig«, sagte Filostrato, »aber ich habe Grund zu der Annahme, daß die Anregung nicht von Wither kam, sondern vom Oberhaupt selbst.«

»Vom Oberhaupt? Sie meinen Jules?« fragte Mark überrascht. »Ich dachte, er sei bloß eine Galionsfigur. Und warum sollte es ihn kümmern, ob ich meine Frau hierherbringe oder nicht?«

»Sie haben sich geirrt«, sagte Filostrato. »Unser Oberhaupt ist keine Galionsfigur.« Mark fand, daß der Italiener sich ein wenig merkwürdig benahm. Beide schwiegen eine Weile.

»Was ich beim Abendessen sagte, ist alles wahr«, sagte Filostrato schließlich.

»Aber was hat Horace Jules mit der Sache zu tun?« beharrte Mark. »Was geht ihn meine Frau an?«

»Jules?« erwiderte Filostrato. »Warum sprechen Sie von ihm? Ich sage, es war alles wahr. Die Welt, die ich erwarte, ist die Welt vollkommener Reinheit. Der reine Geist und die reinen Minerale. Welches sind die Dinge, die die Würde des Menschen am meisten verletzen? Geburt, Fortpflanzung und Tod. Wie, wenn wir im Begriff wären, zu entdecken, daß der Geist ohne eins von den dreien leben kann?«

Mark starrte ihn an. Filostratos Konservation schien so zusammenhanglos und sein Verhalten so ungewöhnlich, daß Mark sich zu fragen begann, ob er völlig nüchtern sei.

»Was Ihre Frau betrifft«, erklärte Filostrato, »so messe ich der Sache keine Bedeutung bei. Was habe ich mit anderer Leute Frauen zu tun? Das ganze Thema stößt mich ab. Aber wenn Wither und andere darauf bestehen... sehen Sie, mein Freund, die eigentliche Frage ist, ob Sie aufrichtig eins mit uns sein wollen oder nicht.«

»Ich kann Ihnen nicht ganz folgen«, sagte Mark.

»Wollen Sie ein bloßer Mietling sein? Dafür haben Sie sich schon zu stark engagiert. Sie stehen am Wendepunkt Ihrer Karriere, Mr. Studdock. Wenn Sie versuchen, sich jetzt noch zurückzuziehen, werden Sie so unglücklich enden wie der Narr Hingest. Kommen Sie aber wirklich zu uns, so wird die Welt... pah, was sage ich?... das Universum zu Ihren Füßen liegen.«

»Aber natürlich möchte ich ganz dazu gehören«, sagte Mark. Eine gewisse Erregung begann sich in ihm auszubreiten.

»Das Oberhaupt meint, Sie könnten nicht wirklich zu uns gehören, solange Sie Ihre Frau nicht hierherbringen. Er will Sie ganz haben, mit allem, was zu Ihnen gehört – oder überhaupt nicht. Sie müssen Ihre Frau nach Belbury holen, und auch sie muß eine der unseren werden.«

Diese Erklärung traf Mark wie ein kalter Wasserguß. Und doch... in diesem Zimmer und in diesem Moment, unter dem aufmerksamen Blick der kleinen, hellen Augen des Professors, konnte er sich Jane kaum noch als reale Gestalt vorstellen.

»Sie sollen es aus dem Munde des Oberhaupts selbst hören«, sagte Filostrato plötzlich.

»Ist Jules hier?« sagte Mark.

Statt einer Antwort wandte sich Filostrato von ihm ab und riß mit ausholender Bewegung die Fenstervorhänge zurück. Dann schaltete er das Licht aus. Der Nebel war verschwunden, Wind war aufgekommen. Kleine Wolken jagten unter den Sternen und dem Vollmond vorüber. Mark glaubte, den Mond noch nie so hell gesehen zu haben. Zwischen den vorüberziehenden Wolken sah er wie ein heller Ball aus, der durch sie durchrollte. Sein blasses Licht füllte den Raum.

»Da ist eine Welt für Sie, nicht?« sagte Filostrato. »Da ist Sauberkeit, Reinheit. Zehntausende von Quadratkilometern abgeschliffenen Gesteins, ohne einen Grashalm, ohne eine Flechte, ohne Luft. Haben Sie überlegt, wie es sein würde, wenn Sie dort umhergehen könnten, mein Freund? Gewaltige Ebenen, aus denen Ringgebirge wie Wälle aufragen, hoch wie der Himalaja. Sie werfen kilometerweite, pechschwarze Schatten, und in den

Schatten herrschen hundert oder zweihundert Grad Kälte. Ein Schritt aus diesem Schatten heraus, und das Licht würde Ihre Augäpfel wie Stahl durchbohren, das Gestein Ihre Füße verbrennen. Die Temperatur ist so hoch, daß Blei schmelzen würde. Sie würden sterben. Aber selbst dann würden Sie nicht zu Schmutz und Unrat. In wenigen Augenblicken sind Sie ein kleines Häufchen Asche – reines weißes Pulver. Und kein Wind würde dieses Pulver verwehen. Jedes Körnchen in dem kleinen Haufen bliebe an Ort und Stelle, wo Sie starben, bis zum Ende der Welt... aber das ist Unsinn. Das Universum wird kein Ende haben.«

»Ja. Eine tote Welt«, sagte Mark, zum Mond aufblickend.

»Nein!« widersprach Filostrato. Er stand dicht neben Mark und sprach fast im Flüsterton, dem an Fledermausflügel gemahnenden Wispern einer von Natur aus hohen Stimme. »Nein. Es gibt dort Leben.«

»Wissen wir das?« fragte Mark.

»O ja. Intelligentes Leben. Unter der Oberfläche. Eine große Rasse, weiter entwickelt als wir. Eine Inspiration. Eine reine Rasse. Sie hat ihre Welt gereinigt, sich fast vom Organischen befreit.«

»Aber wie...?«

»Sie brauchen nicht geboren zu werden und sich fortzupflanzen und zu sterben; nur ihr gewöhnliches Volk, ihre *canaglia*, tut das. Die Herren leben weiter. Sie erhalten ihre Intelligenz: sie können sie künstlich am Leben erhalten, nachdem der organische Körper zugrunde gegangen ist – ein Wunder der angewandten Biochemie. Sie benötigen keine organische Nahrung. Verstehen Sie? Sie sind fast unabhängig von der Natur, nur noch durch die feinsten, dünnsten Bande mit ihr verbunden.«

»Wollen Sie damit sagen, alles das...«, Mark zeigte zur fleckigen weißen Mondscheibe hinauf, »sei ihr eigenes Werk?«

»Warum nicht? Wenn Sie alle Vegetation entfernen, werden Sie bald keine Atmosphäre, kein Wasser mehr haben.«

»Aber wozu das alles?«

»Hygiene. Warum sollten sie sich mit einer Welt voller wimmelnder Organismen abfinden? Übrigens ist die Mondoberfläche nicht überall so, wie wir sie sehen. Es gibt noch immer Oberflächenbewohner – Wilde. Auf der erdabgewandten Seite gibt es eine große schmutzige Fläche, eine Art Tiefebene, wo es noch Reste von Wasser, Luft und Vegetation gibt – ja, und Keime und Tod. Langsam dehnen die Herren des Mondes ihre Hygiene über ihren ganzen Weltkörper aus. Desinfizieren ihn. Die Wilden kämpfen gegen sie. Es gibt Fronten und erbitterte Kämpfe in den Höhlen und Grotten unter der Oberfläche.

Aber die Herrenrasse läßt nicht nach. Könnten Sie die Rückseite des Mondes sehen, so würden Sie den sauberen Fels, wie er auf dieser Seite zu erkennen ist, Jahr um Jahr weiter vordringen sehen. Die organischen Verfärbungen, das schmutzige Grün und Braun und Blau und der trübgraue Dunst der Atmosphäre nehmen im gleichen Maße ab und schrumpfen zusammen. Es ist wie beim Putzen angelaufenen Silbers.«

»Aber woher wissen Sie das alles?«

»Das werde ich Ihnen ein andermal erzählen. Das Oberhaupt hat viele Informationsquellen. Ich habe es Ihnen nur erzählt, um Sie zu inspirieren. Damit Sie erkennen, was getan werden kann: was hier getan werden wird. Dieses Institut ist für größere Ziele als Wohnungsbauprogramme, Impfungen, verbesserte Eisenbahnen und Krebsbekämpfung ins Leben gerufen worden: es soll den Tod besiegen; oder das organische Leben, wenn Sie so wollen. Beides ist das gleiche. Es wird aus diesem Kokon organischen Lebens, der die Kindheit des Geistes beschützte, den Neuen Menschen hervorbringen, den unsterblichen Menschen, den künstlichen Menschen, der sich von der Natur befreit hat. Natur ist die Leiter, die wir emporgestiegen sind, und nun stoßen wir sie fort.«

»Und Sie glauben, daß wir eines Tages wirklich ein Mittel finden werden, um das Gehirn für unbegrenzte Zeit am Leben zu erhalten?«

»Wir haben schon begonnen. Das Oberhaupt selbst...«

»Sprechen Sie weiter«, sagte Mark. Sein Herz pochte heftig, und er hatte Jane und Wither völlig vergessen. Dies endlich war der wirkliche Sinn des Ganzen.

»Das Oberhaupt selbst hat den Tod bereits überlebt, und Sie werden heute abend zu ihm sprechen.«

»Wollen Sie damit sagen, daß Horace Jules gestorben ist?«

»Unsinn! Jules ist nichts. Er ist nicht das Oberhaupt.«

»Wer ist es dann?«

In diesem Augenblick wurde an die Tür geklopft. Jemand kam herein, ohne die Aufforderung abzuwarten.

»Ist der junge Mann bereit?« fragte Straik.

»Ja, das denke ich. Sie sind bereit, nicht wahr, Mr. Studdock?«

»Sie haben es ihm also erklärt«, sagte Straik. Er wandte sich zu Mark, und das kalte Mondlicht und die tiefen Schatten ließen sein mageres, faltiges Asketengesicht zerklüftet erscheinen.

»Ist es wirklich Ihre Absicht, sich uns anzuschließen, junger Mann?« fragte Straik. »Sobald Sie Hand an den Pflug gelegt haben, gibt es keine Umkehr. Und es gibt keine Vorbehalte. Das Oberhaupt hat nach Ihnen geschickt. Verstehen Sie – das Haupt. Sie werden jemanden sehen, der getötet wurde und doch lebt. Die Auferstehung Jesu in der Bibel war ein Symbol: heute abend sollen Sie sehen, was sie symbolisierte. Dies ist endlich der wahre

Mensch, und er beansprucht unsere uneingeschränkte Treue und Ergebenheit.«

»Wovon zum Teufel reden Sie eigentlich?« sagte Mark, und die nervöse Spannung verzerrte seine Stimme zu einem heiseren, zornigen Schreien.

»Mein Freund hat ganz recht«, sagte Filostrato. »Unser Oberhaupt ist der erste der Neuen Menschen – der erste, der über das animalische Leben hinaus existiert. Soweit es die Natur betrifft, ist er bereits tot. Ginge es nach der Natur, so würde sein Gehirn jetzt im Grab verfaulen. Aber er wird noch in dieser Stunde zu Ihnen sprechen, und – ein Wort im Vertrauen, mein Freund – Sie werden seinen Befehlen gehorchen.«

»Aber wer ist es?« sagte Mark.

»Es ist François Alcasan«, antwortete Filostrato.

»Der Mann, der guillotiniert wurde?« stieß Mark hervor. Die beiden nickten. Ihre Gesichter waren ihm nahe und sahen im unwirklichen Licht wie in der Luft hängende Masken aus.

»Sie fürchten sich?« fragte Filostrato. »Darüber werden Sie wegkommen. Wir bieten Ihnen an, einer der unseren zu werden. Ja, wären Sie draußen, wären Sie einer aus der *canaglia*, so würden Sie Grund haben, sich zu fürchten. Wir stehen am Anfang einer neuen Epoche, einer mächtigen Epoche. Er lebt für immer. Der Gigant Zeit ist besiegt. Und der Gigant Raum – auch er wurde bereits bezwungen. Einer der unsrigen hat den Weltraum schon bereist. Gewiß, er wurde verraten und ermordet, und seine Manuskripte sind unvollständig. Es war uns noch nicht möglich, sein Raumschiff nachzubauen. Aber das wird kommen.«

»Es ist der Beginn des unsterblichen und allgegenwärtigen Menschen«, sagte Straik. »Der Mensch auf dem Thron des Universums: das ist, was alle Prophezeiungen in Wahrheit bedeuteten.«

»In der ersten Zeit«, sagte Filostrato, »wird die Macht natürlich auf eine kleine Anzahl von Individuen beschränkt sein, die für das ewige Leben auserwählt werden.«

»Und später, meinen Sie«, sagte Mark, »soll dieses Geschenk allen Menschen zuteil werden?«

»Nein«, sagte Filostrato. »Ich meine, es wird dann auf einen Menschen reduziert sein. Sie sind nicht dumm, mein junger Freund, nicht wahr? All dieses Gerede von der Macht des Menschen über die Natur – des Menschen im abstrakten Sinne – ist nur für die *canaglia*. Sie wissen so gut wie ich, daß die Macht der Menschheit über die Natur nichts anderes sein kann als die Macht einiger Menschen über andere Menschen mit der Natur als Werkzeug. So etwas wie die Menschheit gibt es nicht – das ist nur ein Wort. Es gibt bloß Menschen. Nein, nicht die Menschheit wird allmächtig sein, sondern irgendein einzelner Mensch, ein Unsterblicher. Alcasan, unser Oberhaupt, ist der erste Entwurf dazu. Das endgültige Produkt wird wahrscheinlich ein anderer sein. Vielleicht werden Sie es sein, vielleicht ich.«

»Ein König wird kommen«, sagte Straik, »der über Himmel und Erde zu Gericht sitzen wird. Sie dachten ohne Zweifel, dies alles sei Mythologie. Sie dachten, weil sich um das Wort ›Menschensohn‹ Fabeln und Legenden gerankt haben, würde die Menschheit in Wirklichkeit niemals einen Sohn haben, der alle Macht in sich vereinigen würde. Aber genauso wird es sein.«

»Ich verstehe nichts«, sagte Mark.

»Aber es ist sehr leicht«, erwiderte Filostrato. »Wir haben entdeckt, wie man einen Toten lebendig machen kann. Schon in seinem natürlichen Leben war er ein weiser Mann. Nun lebt er für immer und wird an Weisheit zunehmen. Später werden wir ihnen das ewige Leben angenehmer gestalten – denn man muß zugeben, gegenwärtig ist dieses zweite Leben für denjenigen, der es hat, wahrscheinlich nicht sehr erfreulich. Verstehen Sie? Später machen wir es für einige angenehm – für andere vielleicht nicht so angenehm. Denn wir können die Toten lebendig machen, ob sie es wünschen oder nicht. Er, der schließlich Herrscher des Universums sein wird, kann dieses zweite Leben schenken, wem er will. Die Beschenkten können die Gabe nicht zurückweisen.«

»Und so«, sagte Straik, »werden die Lektionen, die Sie auf Ihrer Mutter Knie lernten, sich bewahrheiten. Gott wird die Macht zu ewiger Belohnung und ewiger Bestrafung haben.«

»Gott?« sagte Mark. »Was hat Gott damit zu tun? Ich glaube nicht an Gott.«

»Aber, mein Freund«, sagte Filostrato vorwurfsvoll, »wenn es in der Vergangenheit keinen Gott gab, folgt daraus noch nicht, daß es auch in Zukunft keinen Gott geben wird.«

»Sehen Sie nicht«, sagte Straik, »daß wir Ihnen den unaussprechlichen Ruhm anbieten, bei der Erschaffung des allmächtigen Gottes anwesend zu sein? Hier, in diesem Haus, werden Sie den ersten Anhauch des wahren Gottes verspüren. Ein Mensch – oder ein von Menschen gemachtes Wesen – wird schließlich den Thron des Universums besteigen. Und in alle Ewigkeit herrschen.«

»Werden Sie mit uns kommen?« fragte Filostrato. »Er hat nach Ihnen geschickt.«

»Selbstverständlich wird er kommen«, antwortete Straik. »Er muß wissen, daß er nicht umkehren *und* am Leben bleiben kann.«

»Und was die Sache mit Ihrer Frau betrifft«, fügte Filostrato hinzu, »so werden Sie eine solche Geringfügigkeit gar nicht erst erwähnen, sondern tun, wie Ihnen gesagt wird. Dem Oberhaupt widerspricht man nicht.«

Außer der nun rasch nachlassenden Wirkung des Alkohols und einigen matt aufschimmernden Erinnerungen an Stunden mit Jane und mit alten Freunden vergangener Zeiten, als die Welt noch anders ausgesehen hatte, gab es für Mark keine Hilfe zur Bewältigung der aufregenden Schrecken, die ihn jetzt erwarteten. Diese verbanden sich mit einer instinktiven Abneigung gegen die mondbeschienenen Gesichter zu einer unbestimmten Angst. Was würden sie mit ihm machen, wenn er sich jetzt weigerte? Bevor diese Angst zur Panik werden konnte, stellte sich zur rechten Zeit der grundlose Optimismus des jungen Mannes mit dem Glauben ein, daß die Dinge sich ›bis morgen‹ schon irgendwie einrenken würden, wenn er zunächst nachgäbe. Hinzu kam noch ein nicht gänzlich unangenehmer Schauer bei der Vorstellung, an einem so erstaunlichen Geheimnis teilzuhaben.

»Ja«, sagte er stockend, »ja – natürlich – werde ich mitkommen.«

Sie führten ihn hinaus. Die Korridore waren schon still, und die Geräusche von Stimmen und Gelächter aus den öffentlichen Räumen im Erdgeschoß hatten aufgehört. Mark strauchelte, und sie hakten ihn unter. Der Weg erschien ihm lang: Korridor folgte auf Korridor, und sie kamen durch Gänge, die er nie zuvor gesehen hatte. Türen waren aufzusperren, und dann kamen sie in eine Abteilung, in der alle Lampen eingeschaltet waren und seltsame Gerüche in der Luft lagen. Dann sagte Filostrato etwas in eine Sprechanlage, und eine Tür wurde ihnen geöffnet.

Sie betraten einen Raum, der an einen Operationssaal erinnerte, mit grellen Lampen, Spülbecken, Flaschen und glitzernden Instrumenten. Ein junger Mann in einem weißen Arztkittel, den er kaum vom Ansehen kannte, empfing sie.

»Ziehen Sie sich bis auf das Unterzeug aus«, sagte Filostrato. Während Mark der Aufforderung nachkam, bemerkte er, daß die gegenüberliegende Wand des Raums mit Anzeigeinstrumenten und Meßskalen bedeckt war. Zahlreiche Schlauchleitungen kamen aus dem Boden und verschwanden unter diesen Anzeigeskalen in der Wand. Die glasig starrenden Skalengesichter mit den leise zuckenden Anzeigenadeln und die Bündel der Schlauchleitungen darunter, in denen es schwach zu pulsieren schien, erinnerten an ein Lebewesen mit vielen Augen und Fangarmen. Der junge Mann beobachtete ständig die vibrierenden Nadeln der Anzeigeskalen. Als die drei Neuankömmlinge ihre Oberbekleidung abgelegt hatten, wuschen sie sich Hände und Gesichter, und danach pflückte Filostrato mit einer großen Zange weiße Kleider für sie aus einem Glasschrank. Nachdem sie diese angelegt hatten, gab er ihnen Handschuhe und Atemmasken, wie sie von Chirurgen getragen werden. Darauf folgte eine Wartezeit, während Filostrato die Instrumente überprüfte. »Ja, ja«, sagte er. »Ein bißchen mehr Luft. Nicht viel: null Komma drei. Lassen Sie Luft in die Kammer... langsam... bis auf Voll. Jetzt die Beleuchtung. Haben Sie Luft in der Schleuse? Gut. Etwas weniger von der Lösung.« Dann wandte er sich zu Straik und Studdock um und nickte. »Sind Sie bereit, hineinzugehen?«

Er führte sie zu einer Tür in der Wand mit den Kontrollinstrumenten.

9

Der Kopf des Sarazenen

»Es war der schlimmste Traum, den ich bisher hatte«, sagte Jane am nächsten Morgen. Sie saß mit dem Meister und Grace Ironwood im blauen Zimmer.

»Ja«, sagte Mr. Fisher-King, »Ihr Posten ist vielleicht der schwierigste; jedenfalls, bis der wirkliche Kampf beginnt.«

»Ich träumte, ich sei in einem dunklen Raum«, sagte Jane. »Es roch seltsam, und ich hörte leise summende Geräusche. Dann ging das Licht an, aber nicht viel Licht, und für längere Zeit verstand ich nicht, was ich sah. Und als ich es begriff... wahrscheinlich wäre ich aufgewacht, hätte ich mich nicht mit großer Anstrengung daran gehindert. Ich glaubte nahe vor mir ein Gesicht in der Luft schweben zu sehen. Ein Gesicht, keinen Kopf, wenn Sie verstehen, was ich meine. Es hatte einen Bart und eine Nase und Augen hinter einer farbigen Sonnenbrille, aber über den Augen schien nichts zu sein. Nicht zu Anfang. Aber als ich mich allmählich an das Licht gewöhnte, bekam ich einen furchtbaren Schreck. Ich dachte zunächst, das Gesicht sei eine Maske, die an einer Art Luftballon befestigt sei. Aber ganz so sah es auch nicht aus. Vielleicht ähnelte es ein wenig einem Mann, der eine Art Turban trägt... ich kann es nur schlecht beschreiben. In Wirklichkeit war es ein Kopf oder der Rest eines Kopfes, dessen Schädeldach fehlte und dessen Gehirn wie Hefeteig aufgegangen oder übergekocht war. Eine riesige Masse, die aus dem offenen Schädel herausquoll und mit etwas wie sehr dünnem, fast durchsichtigem Verbandmull umwickelt war. Man konnte sie darunter zucken sehen. Ich erinnere mich, daß ich sogar in meiner Angst dachte, ich müsse das Monstrum töten und von seiner Qual erlösen. Aber das war nur ein momentaner Gedanke, denn ich war überzeugt, daß das Ding in Wirklichkeit tot sei. Es sah grünlich aus, und der Mund stand weit offen und war ganz ausgetrocknet. Ich sah es lange an, ehe irgend etwas geschah, und bald bemerkte ich, daß es nicht eigentlich schwebte. Es war auf einer Art Sockel oder Podest befestigt – ich weiß nicht genau, was es war, und es hingen Kabel davon herunter. Vom Hals, meine ich. Ja, der Kopf hatte einen Hals und eine Art Kragen darum, aber unter dem Kragen war nichts: keine Schultern, kein Körper. Nur diese herabhängenden Kabel oder Schläuche. Im Traum dachte ich, es sei etwas wie ein neuer Mensch, der nur Kopf und Eingeweide habe; ich glaubte, all diese Schläuche wären die Eingeweide. Aber dann sah ich – ich weiß nicht genau wie –, daß sie künstlich waren. Dünne Gummischläuche und Blasen und kleine Metallklemmen. Ich wurde daraus nicht schlau. Die Schlauchleitungen führten alle in die Wand. Dann geschah endlich etwas.«

»Ist Ihnen nicht wohl, Jane?« fragte Miß Ironwood.

»Doch, ja«, sagte Jane, »es geht einigermaßen. Es widerstrebt einem nur, dies alles zu erzählen. Nun, ganz plötzlich, wie wenn eine Maschine anspringt, kam ein Atemstoß aus dem offenen Mund des Kopfes, und dazu machte er ein hartes, trockenes, raschelndes Geräusch. Und dann wiederholte sich der Vorgang und wurde zu einer Art Rhythmus – huff, huff, huff –, wie eine Nachahmung von Atemzügen. Dann kam etwas Schreckliches: Der Mund begann zu sabbern. Ich weiß, es klingt albern, aber mir tat der Kopf leid, denn er hatte keine Hände und konnte sich den Mund nicht wischen. Es scheint unbedeutend, verglichen mit allem anderen, aber so war mir zumute. Darauf begann der Mund sich zu verziehen, eine Zunge fuhr heraus und leckte über die Lippen. Es war, als mache jemand eine Maschine betriebsfertig. Es war furchtbar anzusehen, als ob der Kopf plötzlich lebendig geworden wäre, und dabei rann ihm der Speichel in den Bart, der ganz steif und tot aussah... Schließlich kamen drei Leute in den Raum, alle in weißen Mänteln und mit Atemmasken vor den Gesichtern. Sie gingen so vorsichtig wie Katzen auf einer Mauer. Einer war ein großer, fetter Mann, und ein zweiter war mager und knochig. Der dritte... der dritte war, glaube ich, Mark... ich meine, mein Mann.«

»Sie wissen es nicht genau?« sagte der Meister.

»Doch«, antwortete Jane. »Es war Mark. Ich erkannte ihn am Gang. Und ich kannte die Schuhe, die er anhatte. Und seine Stimme. Er war es.«

»Es tut mir leid«, sagte der Meister.

»Und dann«, fuhr Jane fort, »kamen sie alle drei näher und standen vor dem Kopf. Sie verbeugten sich vor ihm. Wegen der dunklen Brillengläser konnte man nicht sehen, ob der Kopf sie anblickte. Er machte mit diesem rhythmisch schnaufenden Geräusch weiter. Dann begann er zu sprechen.«

»Englisch?« fragte Miß Ironwood.

»Nein, französisch.«

»Was sagte er?«

»Nun, mein Französisch ist ziemlich mäßig, darum konnte ich schlecht folgen. Der Kopf sprach sehr sonderbar, stoßweise und in abgehackten Sätzen, wie jemand, der außer Atem ist. Ohne richtige Betonung. Und natürlich konnte er sich nicht hin und her bewegen, wie es ein richtiger Mensch beim Sprechen tut.«

»Verstanden Sie irgend etwas von dem, was gesagt wurde?«

»Nicht sehr viel. Der dicke Mann schien Mark dem Kopf vorzustellen. Der Kopf sagte etwas zu Mark, und Mark versuchte zu antworten. Ihn konnte ich einigermaßen verstehen, denn sein Französisch ist nicht viel besser als das meine.«

»Was sagte er?«

»Er sagte, er werde ›es in ein paar Tagen tun, wenn es möglich wäre‹, oder so ähnlich.«

»War das alles?«

»So ziemlich. Mark konnte es offenbar nicht aushalten. Ich sah ihn wanken und versuchte den beiden anderen zuzurufen, sie sollten ihn halten, er werde fallen, aber natürlich konnte ich es nicht. Ihm wurde übel, und sie führten ihn hinaus.«

Eine Weile schwiegen alle drei.

»War das alles?« fragte Miß Ironwood.

»Ja«, antwortete Jane. »Das ist meine ganze Erinnerung. Ich glaube, ich wachte dann auf.«

Der Meister holte tief Atem. »Nun«, sagte er mit einem Blick zu Miß Ironwood, »es wird klarer und klarer. Wir müssen sofort beraten. Sind alle hier?«

»Nein. Professor Dimble ist in Edgestow, wo er ein Seminar halten muß. Er wird erst am Abend zurückkommen.«

»Dann müssen wir heute abend beraten. Bereiten Sie alles vor.« Er schwieg einen Moment lang, mit seinen Gedanken beschäftigt, dann wandte er sich an Jane. »Ich fürchte, dies ist sehr schlecht für Sie, liebe Mrs. Studdock«, sagte er. »Und für ihn noch schlimmer.«

»Sie meinen für Mark, Sir?«

»Ja. Denken Sie nicht schlecht von ihm. Er leidet. Unterliegen wir, so werden wir alle mit ihm untergehen. Gewinnen wir, so werden wir ihn retten; es kann noch nicht zu spät sein.« Lächelnd fügte er hinzu: »Schwierigkeiten mit Ehemännern sind uns hier nichts Neues, wissen Sie. Der Mann unserer armen Yvy sitzt im Gefängnis.«

»Im Gefängnis?«

»Ja – wegen Diebstahls. Aber er ist ein ganz anständiger Kerl. Wird sich schon wieder aufrappeln.«

Obgleich der Anblick von Marks wirklicher Umgebung Jane (wenn auch nur im Traum) bis zum Punkt körperlicher Übelkeit entsetzt hatte, schwang in dem Entsetzen doch eine gewisse Ehrfurcht vor dem Großen und Geheimnisvollen mit. Seine Gleichsetzung mit einem gewöhnlichen Strafgefangenen ließ ihr das Blut in die Wangen schießen. Aber sie schwieg.

»Noch etwas«, fuhr Mr. Fisher-King fort. »Sie werden es hoffentlich nicht mißverstehen, wenn ich Sie von unserer Beratung heute abend ausschließe.«

»Natürlich nicht, Sir«, sagte Jane, die es sehr mißverstand.

»Sehen Sie«, sagte er, »MacPhee steht auf dem Standpunkt, daß Sie Vorstellungen von den Gegenständen unserer Beratung mit in den Schlaf hineintragen und so den Beweiswert Ihrer Träume zerstören könnten. Und es ist nicht leicht, ihn zu widerlegen. Er ist unser Skeptiker; ein sehr wichtiges Amt.«

»Ich verstehe durchaus«, sagte Jane.

»Das gilt natürlich nur für Ereignisse und Entwicklungen, die wir noch nicht wissen«, sagte der Meister. »Sie dürfen nicht unsere Vermutungen hören, und Sie sollten nicht dabeisein, wenn wir uns über Ihre Träume oder andere Hinweise die Köpfe zerbrechen. Aber was die frühere Geschichte unserer Familie angeht, so haben wir keine Geheimnisse vor Ihnen. MacPhee selbst wird darauf bestehen, Ihnen alles das zu erzählen. Er wird, wie ich ihn kenne, befürchten, daß Graces oder mein Bericht nicht objektiv genug sein würde.«

»Ich verstehe.«

»Ich wünschte, Sie könnten ihm Ihr Vertrauen schenken. Er ist einer meiner ältesten Freunde. Und er wird im Fall unserer Niederlage unser bester Mann sein. In einem unglücklichen Kampf könnte man keinen besseren Mann als ihn neben sich haben. Was er tun wird, wenn wir gewinnen, kann ich mir allerdings nicht vorstellen.«

Am nächsten Morgen erwachte Mark mit Schmerzen im Kopf, besonders aber im Hinterkopf. Er erinnerte sich, daß er umgekippt war – dabei mußte er mit dem Kopf aufgeschlagen sein. Es war in diesem seltsamen Raum passiert, und Filostrato und Straik waren dabeigewesen... Und dann entdeckte er (wie ein Dichter einmal gesagt hatte) ›in seinem Geist eine Entzündung, geschwollen und verformt: sein Gedächtnis‹. Aber es war unmöglich, unannehmbar, ein Alptraum, der verscheucht werden mußte, der nun nach dem Erwachen verschwinden würde. Im Fiebertraum hatte er einmal die vordere Hälfte eines Pferdes gesehen, das ohne Körper und Hinterbeine über eine Wiese gerannt war. Er hatte es lächerlich, aber darum nicht weniger grausig gefunden. Dies war eine Ungereimtheit der gleichen Art. Ein Kopf ohne Körper. Ein Kopf, der sprechen konnte, wenn sie im Nebenraum die Luft und den künstlichen Speichel aufdrehten. Der Schmerz in seinem eigenen Schädel begann so heftig zu bohren, daß er nicht weiter nachdenken konnte.

Aber er wußte, daß es wahr war. Und er konnte es nicht, wie man sagt, ›verkraften‹. Er schämte sich dessen sehr, denn er wünschte, als ein harter Bursche angesehen zu werden. Aber die Wahrheit ist, daß zwar sein Wille stark war, nicht aber seine Nerven, und die Tugenden, welche aus seinem Denken zu verbannen ihm beinahe gelungen war, lebten, wenn auch nur negativ und als Schwächen, in seinem Körper fort. Er billigte die Vivisektion, hatte aber niemals in einem Sezierraum gearbeitet. Er empfahl, daß bestimmte Menschengruppen nach und nach eliminiert werden sollten, war aber nie dabeigewesen, wenn ein kleiner Ladenbesitzer ins Armenhaus mußte oder eine verhungerte alte Frau in kalter Dachkammer den letzten Tag, die letzte Stunde, die letzte Minute erlebte. Er wußte nichts von der letzten halben Tasse Kakao, die sie zehn Tage vorher andächtig getrunken hatte.

Er mußte aufstehen und sich um die Sache mit Jane kümmern. Offenbar blieb ihm nichts anderes übrig, als sie nach Belbury zu holen. Sein Verstand hatte diese Entscheidung zu einem Zeitpunkt für ihn getroffen, an den er sich nicht erinnerte. Er mußte sie holen, um sein Leben zu retten. All seine Besorgnisse um die Zugehörigkeit zum inneren Kreis und eine angemessene Position waren zur Bedeutungslosigkeit geschrumpft. Es war eine Frage von Leben und Tod. Sie würden ihn töten, wenn er sich ihnen widersetzte; ihn vielleicht enthaupten... o Gott, wenn sie nur diesen monströsen, gequälten Klumpen sterben ließen, diesen Klumpen mit einem Gesicht, den sie dort wie ein gräßliches Orakel auf seinem Stahlgestell hatten. All die kleineren Ängste in Belbury – denn er wußte jetzt, daß bis auf die Anführer alle ständig Angst hatten – waren nur Ausstrahlungen dieser zentralen Angst. Er mußte Jane holen; dagegen kämpfte er jetzt nicht mehr an.

Man muß sich vergegenwärtigen, daß in Mark kaum eine Spur edlen Denkens, weder christlicher noch materialistischer Färbung, eine feste Verankerung hatte. Seine Bildung war weder naturwissenschaftlich noch humanistisch geprägt, sondern nur ›modern‹. Die Strenge logischer Abstraktion und die Erhabenheit der geistigen Tradition waren ihm gleich fremd, und er besaß weder Bauernschläue noch aristokratisches Ehrgefühl, die ihm hätten helfen können. Er war ein Strohmann, ein zungenfertiger Prüfling in Fächern, die nicht viel exaktes Wissen erfordern (in

Essays und allgemeinen Abhandlungen war er immer gut gewesen), und die erste Andeutung einer wirklichen Bedrohung seiner leiblichen Existenz warf ihn um.

Der Kopf schmerzte ihn so, daß er sich elend fühlte; glücklicherweise verwahrte er in seinem Zimmer neuerdings eine Flasche Whisky. Ein doppelter befähigte ihn, sich zu rasieren und anzukleiden.

Er kam zu spät zum Frühstück, aber das machte ihm nichts aus, da er ohnedies nichts essen konnte. Er trank mehrere Tassen schwarzen Kaffee und ging dann ins Schreibzimmer. Hier saß er lange Zeit und bekritzelte das Löschpapier. Nun, da es soweit war, erschien es ihm unglaublich schwierig, diesen Brief an Jane zu schreiben. Und warum wollten sie Jane? Gestaltlose Befürchtungen regten sich in seinem Bewußtsein. Ausgerechnet Jane. Würden sie auch Jane zum Kopf bringen? Zum erstenmal in seinem Leben kam ein Schimmer von etwas wie selbstloser Liebe in sein Denken; er wünschte, er hätte sie nie geheiratet, nie in diese Schreckenswelt gezerrt, die anscheinend sein Leben sein sollte.

»Hallo, Studdock!« sagte eine Stimme. »Sie schreiben an das kleine Frauchen, wie?«

»Verdammt!« sagte Mark. »Haben Sie mich erschreckt! Der Füllhalter ist mir aus der Hand gefallen.«

»Dann heben Sie ihn auf, Jungchen«, sagte Miß Hardcastle und setzte sich auf die Tischkante. Mark rührte sich nicht und blickte auch nicht zu ihr auf. Seit er als Junge in der Schule tyrannisiert worden war, hatte er niemanden mit solcher Inbrunst gehaßt und zugleich gefürchtet, wie er jetzt diese Frau haßte und fürchtete.

»Ich habe schlechte Neuigkeiten für Sie, Jungchen«, sagte sie. Sein Herzschlag setzte aus.

»Tragen Sie es wie ein Mann, Studdock«, sagte die Fee.

»Was ist es?« fragte er entsetzt.

Sie antwortete nicht gleich, und er wußte, daß sie ihn studierte, beobachtete, wie das Instrument auf ihr Spielchen ansprach.

»Ich mache mir Sorgen um Ihre kleine Frau, wissen Sie«, sagte sie schließlich.

»Was soll das heißen?« sagte Mark scharf, und diesmal blickte er auf. Die Zigarre zwischen ihren Zähnen war nicht angezündet, aber sie nahm die Zündhölzer aus der Tasche.

»Ich suchte sie auf«, sagte Miß Hardcastle. »Übrigens nur um ihretwillen. Ich dachte mir, Edgestow sei zur Zeit nicht der gesündeste Aufenthalt für sie.«

»Was ist mit ihr?« rief Mark.

»Pssst!« sagte Miß Hardcastle. »Wollen Sie, daß alle uns hören?«

»Können Sie mir nicht sagen, was los ist?«

Sie ließ sich mit der Antwort Zeit. »Was wissen Sie über ihre Familie, Studdock?«

»Viel. Was hat es damit zu tun?«

»Nichts... ah... Ungewöhnliches auf der einen oder der anderen Seite?«

»Was zum Teufel meinen Sie damit?«

»Seien Sie nicht unhöflich, Studdock. Ich tue für Sie, was ich kann. Es ist nur – nun, ich fand, sie benahm sich ziemlich komisch, als ich sie sah.«

Mark erinnerte sich gut an sein Gespräch mit Jane am Morgen seiner Abreise nach Belbury.

Ein neuer Schreck durchfuhr ihn. Könnte diese abscheuliche Frau die Wahrheit sagen?

»Was sagte sie?« fragte er.

»Falls bei Ihrer Frau in dieser Hinsicht etwas nicht in Ordnung sein sollte«, sagte die Fee, »dann hören Sie auf meinen Rat, Studdock, und lassen Sie sie sofort herbringen. Hier wird sie die richtige Behandlung erhalten.«

»Sie haben mir immer noch nicht gesagt, was meine Frau sagte oder tat.«

»Ich würde es nicht gern sehen, wenn mir Nahestehende in die Heilanstalt gesteckt würden. Schon gar nicht jetzt, wo wir nach den Notstandsgesetzen erweiterte Machtbefugnisse erhalten. Die gewöhnlichen Patienten werden in Zukunft zu Experimenten benutzt, müssen Sie wissen. Wenn Sie dagegen dieses Formblatt unterzeichnen, fahre ich nach dem Mittagessen schnell hinüber und habe sie bis heute abend hier.«

»Ich werde nichts dergleichen tun. Bisher haben Sie mir nicht die geringste Andeutung gemacht, was ihr fehlt.«

»Ich habe versucht, es Ihnen zu sagen, aber Sie lassen mich ja nicht ausreden. Ihre Frau redete ständig von jemand, der entweder in ihre Wohnung eingebrochen sein oder sie vom Bahnhof abgeholt haben soll. Welches von beiden, wurde einem nicht klar. Der Betreffende habe sie dann mit Zigarren gebrannt. Dann bemerkte sie unglücklicherweise meine Zigarre und identifizierte sofort mich als diesen imaginären Verfolger. Natürlich war danach nicht mehr mit ihr zu reden.«

Mark stand auf. »Ich muß sofort nach Hause.«

»Halt, halt! Das können Sie nicht machen«, sagte die Fee, die nun auch aufstand.

»Wieso kann ich nicht nach Haus gehen? Wenn das alles wahr ist, muß ich unbedingt nach Edgestow.«

»Seien Sie nicht einfältig, Jungchen«, sagte Miß Hardcastle. »Ehrlich, ich weiß, wovon ich rede. Sie sind bereits in einer verdammt gefährlichen Position. Wenn Sie sich jetzt ohne Urlaub entfernen, sind Sie so gut wie erledigt. Schicken Sie mich. Unterzeichnen Sie das Formblatt. Das ist das einzig Vernünftige.«

»Aber gerade eben sagten Sie, meine Frau halte Sie für Ihre Feindin, und Sie könnten deshalb nichts bei ihr ausrichten.«

»Oh, das würde nichts ausmachen. Natürlich wäre es besser, wenn sie diese Abneigung gegen mich nicht hätte. Sagen Sie, Studdock, Sie denken doch nicht, das kleine Frauchen könne eifersüchtig sein, wie?«

»Eifersüchtig? Auf Sie?« sagte Mark mit unverhülltem Abscheu.

»Wohin wollen Sie?« rief die Fee mit scharfer Stimme.

»Zum VD und dann nach Hause.«

»Halt! Lassen Sie das sein, wenn Sie es nicht endgültig mit mir verderben wollen. Noch mehr Feinde werden Sie sich kaum leisten können.«

»Ach, gehen Sie zum Teufel«, sagte Mark.

»Kommen Sie, Studdock«, schrie die Fee. »Warten Sie! Seien Sie kein verdammter Narr!« Aber Mark war schon draußen in der Halle. Im Moment schien alles klar. Er würde zu Wither gehen, nicht, um Urlaub zu erbitten, sondern, um einfach zu erklären, daß er sofort nach Haus fahren müsse, weil seine Frau erkrankt sei. Ehe Wither antworten konnte, würde er den Raum schon wieder verlassen haben – und dann nichts wie fort. Die weitere Zukunft war ungewiß und vage, aber das schien im Moment weniger wichtig. Er fuhr in seinen Mantel, setzte den Hut auf, rannte hinauf und klopfte an die Tür des stellvertretenden Direktors.

Keine Antwort. In diesem Moment bemerkte Mark, daß die Tür nicht ganz geschlossen war. Er stieß sie ein wenig weiter auf und sah den stellvertretenden Direktor mit dem Rücken zur Tür im Büro sitzen.

»Entschuldigen Sie, Sir«, sagte er. »Dürfte ich Sie einen Augenblick sprechen?«

Keine Antwort.

»Entschuldigen Sie, Sir«, sagte Mark, lauter als zuvor, doch die Gestalt schwieg und rührte sich nicht. Mark ging zögernd in den Raum und zur anderen Seite des Schreibtischs; aber als er Wither aus der Nähe sah, stockte ihm der Atem, denn er glaubte in das Gesicht eines Leichnams zu blicken. Im nächsten Augenblick erkannte er seinen Fehler, denn in der Stille des Raums war das Atmen des alten Mannes deutlich vernehmbar. Er schlief nicht einmal, denn seine Augen standen offen. Auch war er nicht bewußtlos, denn sein Blick ruhte momentan auf Mark und wandte sich dann wieder ab.

»Ich bitte um Entschuldigung, Sir«, begann Mark, dann brach er ab. Wither hörte nicht zu. Er war so weit davon entfernt, zuzuhören, daß Mark sich fragte, ob er überhaupt da sei, ob die Seele des stellvertretenden Direktors nicht in weiter Ferne schwebe, sich ausbreitend und auflösend wie eine Gaswolke zwischen öden, lichtlosen Welten. Was aus diesen blassen, wäßrigen Augen blickte, war in gewissem Sinne die Unendlichkeit – das Gestaltlose und das Unergründliche schlechthin. Im Raum war es still und kalt. Es gab keine Uhr, und das Feuer war ausgegangen. Es war unmöglich, zu einem Gesicht wie diesem zu sprechen. Zugleich aber schien es ebenso unmöglich, einfach hinauszugehen, denn der Mann hatte ihn gesehen. Mark fürchtete sich; so etwas hatte er noch nie erlebt.

Als Mr. Wither schließlich sprach, waren seine Augen nicht auf Mark gerichtet, sondern auf irgendeinen entfernten Punkt jenseits von ihm, jenseits des Fensters, vielleicht im Himmel.

»Ich weiß, wer es ist«, sagte Wither. »Ihr Name ist Studdock. Was wollen Sie hier? Sie hätten draußen bleiben sollen. Gehen Sie fort.«

In diesem Augenblick versagten Marks Nerven. Alle die langsam wachsenden Ängste der letzten Tage vereinigten sich zu einem impulsiven Entschluß, und ein paar Sekunden später rannte er die Treppe hinunter, drei Stufen auf einmal überspringend. Er rannte durch die Halle, und dann war er draußen und lief die Auffahrt hinunter. Wieder schien ihm völlig klar, was er als nächstes zu tun hatte. Gegenüber vom Eingang war ein breiter Waldstreifen, der von einem Feldweg durchschnitten wurde. Dieser Weg würde ihn in einer halben Stunde nach Courthampton bringen, und dort konnte er einen Überlandbus nach Edgestow besteigen. Über die Zukunft machte er sich überhaupt keine Gedanken. Nur zwei Dinge waren wichtig: erstens, aus diesem Haus hinauszukommen, und zweitens, zu Jane zurückzukehren. Er verzehrte sich in Sehnsucht nach Jane, aber es war eine körperliche Sehnsucht ohne jede Sinnlichkeit: als gingen von ihrem Körper Trost und Stärkung aus, und als könne die Berührung ihrer Haut ihn von allem Schmutz befreien, der ihm anzuhaften schien, seit er in Belbury war. Der Gedanke, daß sie wirklich verrückt sein könnte, hatte sich irgendwie aus seinem Bewußtsein verflüchtigt. Und er war noch immer jung genug, um nicht an die Realität des Elends zu glauben. Er konnte sich nicht von der Vorstellung befreien, daß das Netz irgendwie zerreißen und der Himmel sich aufklären müsse, wenn er nur den Ausbruch wagte. Und zum Schluß würden er und Jane zusammen beim Tee sitzen, als ob nichts von alledem geschehen wäre.

Er hatte das Institutsgelände hinter sich und überquerte die Straße. Es erreichte die Einmündung des Feldwegs und war zwischen den Bäumen. Dann blieb er plötzlich stehen. Etwas Unmögliches geschah. Vor ihm auf dem Feldweg war eine Gestalt erschienen; die Gestalt eines sehr großen Mannes mit leicht nach vorn gebeugten Schultern, der mit einem etwas schwankenden Gang näher kam und eine traurige kleine Melodie vor sich hin summte: der stellvertretende Direktor selbst. Und in einem Augenblick fiel die ganze zerbrechliche Kühnheit in Scherben. Er kehrte um, stand auf der Straße: nie hatte er eine schlimmere Qual erduldet. Dann ging er mit schleppenden Schritten ins Institutsgebäude zurück, so müde, daß seine Füße ihn kaum noch tragen wollten.

MacPhee hatte im Erdgeschoß des Landhauses einen kleinen Raum, den er sein Büro nannte und zu dem keine Frau Zutritt hatte, es sei denn in seiner Begleitung. In diesem aufgeräumten, aber ein wenig staubigen Zimmer saß er an diesem Abend vor dem Essen mit Jane Studdock zusammen, nachdem er sie eingeladen hatte, eine ›kurze und objektive Darstellung der Situation‹ zu hören.

»Ich sollte gleich vorausschicken, Mrs. Studdock«, sagte er, »daß ich den Meister seit vielen Jahren kenne. Die meiste Zeit seines Lebens war er Philologe. Ich bin nicht der Meinung, daß man die Philologie zu den exakten Wissenschaften zählen kann, aber ich erwähne die Tatsache als ein Zeugnis für seine allgemeine intellektuelle Fähigkeit. Und um keine Vorurteile zu erzeugen, werde ich nicht sagen, wie ich es im gewöhnlichen Gespräch tun würde, daß er schon immer ein Mann mit einem Hang zum Phantastischen gewesen ist. Sein eigentlicher Name ist Ransom.«

»Der Ransom, der *Dialekt und Semantik* geschrieben hat?« fragte Jane.

»Derselbe«, sagte MacPhee. »Nun, vor etwa sechs Jahren – die Daten stehen alle in meinem kleinen Notizbuch dort, aber das braucht uns jetzt nicht zu interessieren – verschwand er zum erstenmal. Er war einfach weg, spurlos verschwunden, und das für ein Dreivierteljahr. Ich dachte, er sei beim Baden ertrunken oder dergleichen. Aber plötzlich erschien er eines Tages wieder in seiner Wohnung in Cambridge, wurde krank und verbrachte drei weitere Monate im Krankenhaus. Und außer wenigen guten Freunden, die er ins Vertrauen zog, wollte er niemandem sagen, wo er gewesen war.«

»Und wo war er?« fragte Jane neugierig.

»Er sagte«, antwortete MacPhee, wobei er das Wort ›sagte‹ skeptische betonte, »er sagte, er sei auf dem Planeten Mars gewesen«. Er brachte seine Schnupftabakdose zum Vorschein und öffnete sie.

»Sie meinen, er sagte das... während seiner Krankheit?«

»Nein, nein. Er behauptet es heute noch. Denken Sie darüber, wie Sie wollen, das ist jedenfalls seine Geschichte.«

»Ich glaube es ihm«, sagte Jane.

MacPhee entnahm der Dose mit sehr viel Sorgfalt eine Prise und legte sie auf seinen Handrücken. Bevor er schnupfte, fuhr er fort: »Er sagte uns, er sei von Professor Weston und Mr. Devine – der heute Lord Feverstone heißt – zum Mars entführt worden. Und nach seinem eigenen Bericht entkam er ihnen dort und wanderte eine Zeitlang dort herum. Allein.«

»Der Mars ist unbewohnt, nicht wahr?«

»Zu diesem Punkt gibt es keine Beweise. Wir haben nur seine eigene Erzählung. Sicherlich ist Ihnen klar, Mrs. Studdock, daß Menschen in völliger Einsamkeit – Forscher zum Beispiel – selbst auf dieser Erde in sehr ungewöhnliche Bewußtseinszustände geraten können. Wie ich hörte, kann man sogar die eigene Identität vergessen.«

»Sie meinen, er könnte sich auf dem Mars Dinge oder Ereignisse eingebildet haben, die es in Wirklichkeit nicht gab?«

»Ich enthalte mich jeden Kommentars«, sagte MacPhee. »Ich gebe bloß wieder. Nach seinen Berichten laufen dort alle möglichen Lebewesen herum; das ist vielleicht der Grund, warum er dieses Haus in eine Art Menagerie verwandelt hat, aber das nur nebenbei. Er sagt auch, er sei dort einer Art von Lebewesen begegnet, die uns hier und jetzt besonders angehe. Er nannte diese Lebewesen Eldila.«

»Eine Tierart, meinen Sie?«

»Haben Sie schon einmal versucht, das Wort Tier zu definieren, Mrs. Studdock?«

»Nicht, daß ich wüßte. Ich wollte sagen, waren diese Lebewesen... na, intelligent? Konnten sie sprechen?«

»Sie konnten sprechen. Sie waren auch intelligent, was nicht immer dasselbe ist.«

»Und dies waren die eigentlichen Marsmenschen oder Marsbewohner?«

»Nein. Das waren sie gerade nicht, nach seiner Erzählung. Sie waren auf dem Mars, gehörten aber eigentlich nicht dorthin. Er sagt, sie seien Wesen, die im leeren Weltraum leben.«

»Aber dort gibt es keine Luft!«

»Ich gebe nur seine Erzählung wieder. Er sagt, daß sie nicht atmen. Er sagt ebenfalls, daß sie sich nicht fortpflanzen und nicht sterben. Aber Sie werden bemerken, daß diese letztere Behauptung nicht auf Beobachtung beruhen kann, selbst wenn wir davon ausgehen, daß der Rest seiner Geschichte der Wahrheit entspricht.«

»Wie in aller Welt sehen diese Eldila aus?«

»Ich werde Ihnen sagen, wie er sie beschrieb.«

»Ich meine, wie sehen sie aus?«

»Ich bin leider nicht in der Lage, diese Frage zu beantworten«, sagte MacPhee.

»Sind sie Riesen?« fragte Jane beinahe unfreiwillig.

MacPhee schneuzte sich. »Die Sache ist die«, sagte er dann. »Dr. Ransom behauptet, daß er seit seiner Rückkehr zur Erde ständig Besuche von diesen Wesen empfangen hat. Soviel zu seinem ersten Verschwinden. Dann kam das zweite. Er war länger als ein Jahr fort, und diesmal sagte er, er sei auf dem Planeten Venus gewesen – transportiert von diesen Eldila.«

»Wohnen sie auch auf der Venus?«

»Vergeben Sie mir die Bemerkung, aber diese Frage zeigt, daß Sie nicht erfaßt haben, was ich Ihnen sagte. Diese Wesen sind keine planetarischen Geschöpfe. Angenommen, sie lebten, so muß man sich vorstellen, daß sie in den Tiefen des Weltraums schweben, obgleich sie hier und dort auf einem Planeten landen können; wie ein Vogel auf einem Baum, verstehen Sie? Einige von ihnen, sagt er, wären mehr oder weniger permanent an bestimmte Planeten gebunden, aber sie seien dort nicht heimisch. Bei ihnen handele es sich um eine ganz eigene Art.«

Nach einer Pause fragte Jane: »Und sie sind uns Menschen freundlich gesinnt?«

»Der Meister ist fest davon überzeugt – mit einer wichtigen Ausnahme.«

»Und die ist?«

»Die Ausnahme sind die Eldila, die sich seit langer Zeit auf unseren Planeten Erde konzentriert haben. Bei der Auswahl unserer Weltraumparasiten scheinen wir kein Glück gehabt zu haben. Und damit, Mrs. Studdock, kommen wir zum Kern der Sache.«

Jane wartete. Es war ungewöhnlich, wie MacPhees nüchterne Art beinahe die Seltsamkeit dessen neutralisierte, was er ihr erzählte.

»Das ganze Geheimnis ist«, sagte er, »daß dieses Haus entweder von den Wesen beherrscht wird, über die wir reden, oder vom schieren Wahn. Durch Nachrichten, die von den Eldila erhalten zu haben er glaubt, ist dem Meister die Verschwörung gegen die menschliche Rasse bekanntgeworden. Und der Feldzug, den er führt – wenn man es führen nennen kann –, erfolgt auf Anweisung der Eldila. Vielleicht haben Sie sich schon die Frage vorgelegt, Mrs. Studdock, wie ein vernünftiger Mensch glauben kann, wir würden eine mächtige Verschwörung besiegen, indem wir hier sitzen, Wintergemüse ziehen und Bären abrichten. Das ist eine Frage, die ich mehr als einmal vorgebracht habe. Die Antwort darauf ist immer die gleiche: Wir warten auf Befehle.«

»Von den Eldila? Sie meinte er, als er von seinen Herren sprach?«

»Ich bezweifle es; jedenfalls gebrauchet er diesen Ausdruck nicht, wenn er mit mir spricht.«

»Aber ich verstehe nicht, Mr. MacPhee. Ich dachte, Sie hätten gesagt, die Eldila auf unserem Planeten seien feindselig.«

»Das ist eine sehr gute Frage«, erwiderte MacPhee. »Aber nicht die irdischen Eldila sind es, mit denen in Verbindung zu stehen der Meister behauptet. Es sind seine Freunde aus dem Weltraum. Unsere eigene Mannschaft, die irdischen Eldila, sind die Drahtzieher der ganzen Verschwörung. Sie müssen sich vorstellen, Mrs. Studdock, daß wir auf einer Welt leben, wo die kriminellen Eldila ihr Hauptquartier aufgeschlagen haben. Und wenn die Ansichten des Meisters zutreffend sind, dann schicken ihre respektablen Verwandten sich an, diesen Planeten zu besuchen und reinen Tisch zu machen.«

»Sie meinen, daß die anderen Eldila aus dem Weltraum tatsächlich hierherkämen – in dieses Haus?«

»Der Meister glaubt es.«

»Aber Sie müssen wissen, ob es wahr ist oder nicht.«

»Wieso?«

»Haben Sie sie denn nicht gesehen?«

»Das ist keine Frage, die man mit ja oder nein beantworten könnte. Zu meiner Zeit habe ich manche Dinge gesehen, die es nicht gab oder die nicht waren, was zu sein sie vorgaben: Regenbogen und Spiegelungen und Sonnenuntergänge, von Träumen ganz zu schweigen. Und es gibt auch Hetero-Suggestion. Ich leugne nicht, daß ich in diesem Haus gewisse Phänomene beobachtet habe, für die ich noch keine plausible Erklärung habe. Jedenfalls traten sie niemals auf, wenn ich ein Notizbuch, einen Fotoapparat oder andere Hilfsmittel zur Nachprüfung griffbereit hatte.«

»Ist sehen nicht glauben?«

»Vielleicht – für Kinder und Tiere«, sagte MacPhee.

»Aber nicht für vernünftige Leute, meinen Sie?«

»Mein Onkel, Dr. Duncanson«, sagte MacPhee, »dessen Name Ihnen bekannt sein mag – er war Vorsitzender der Generalversammlung für Wasserwirtschaft in Schottland –, pflegte zu sagen: ›Zeigt es mir im Wort Gottes.‹ Und dann warf er die große Bibel auf den Tisch. Das war seine Art, Leute zum Schweigen zu bringen, die zu ihm kamen und über religiöse Erlebnisse schwätzten. Anerkennt man seine Voraussetzungen, so hatte er völlig recht damit. Ich teile seine Ansicht nicht, Mrs. Studdock, aber ich verfahre nach dem gleichen Grundsatz. Wenn jemand oder etwas Andrew MacPhee von seiner Existenz überzeugen möchte, dann bitte ich darum, daß er oder es sich bei hellem Tageslicht vor einer hinreichend großen Zahl von Zeugen zeigt und sich nicht davonmacht, wenn man eine Kamera oder ein Thermometer hochhält.«

»Dann haben Sie also etwas gesehen?«

»Ja. Aber wir müssen einen kühlen Kopf bewahren. Es könnte eine Halluzination gewesen sein. Es könnte ein Zauberkunststück gewesen sein, ein Trick, verstehen Sie...«

»Des Meisters?« fragte Jane entrüstet. Mr. MacPhee nahm wieder Zuflucht zur Schnupftabakdose.

»Erwarten Sie wirklich von mir, daß ich glaube, der Meister sei so ein Mensch?« sagte Jane. »So ein Scharlatan?«

»Ich wünschte, Madam«, sagte MacPhee, »Sie könnten die Angelegenheit betrachten, ohne ständig Begriffe wie ›glauben‹ zu gebrauchen. Zaubertricks gehören ganz offensichtlich zu den Möglichkeiten, die ein unparteiischer Ermittler in Betracht ziehen muß. Die Tatsache, daß es eine hypothetische Möglichkeit ist, die den Gefühlen dieses oder jenes Ermittlers besonders gegen den Strich geht, darf keine Rolle spielen.«

»Es gibt etwas wie Loyalität«, sagte Jane.

MacPhee schloß sorgfältig die Schnupftabakdose und blickte auf. »Die gibt es, Madam«, sagte er. »Und wenn Sie älter sein werden, so werden Sie lernen, daß Loyalität eine zu wichtige Tugend ist, als daß man sie auf Einzelpersönlichkeiten verschwenden dürfte.«

Ehe Jane antworten konnte, wurde an die Tür geklopft. »Herein«, sagte MacPhee, und Camilla Denniston trat ein.

»Sind Sie mit Jane fertig, Mr. MacPhee?« sagte sie. »Sie und ich wollten vor dem Abendessen noch ein wenig hinausgehen und Luft schnappen.«

»Nun, dann schnappen Sie Luft!« sagte MacPhee und hob die Hände. »Sehr gut, meine Damen, sehr gut. Gehen Sie in den Garten. Wenn es auch nichts nützt, so kann es doch nicht schaden. Dieses Land wird sowieso dem Feind in die Hände fallen, wenn wir weitermachen wie bisher.«

»Ich werde Ihnen ein Gedicht zeigen, das ich gelesen habe«, sagte Camilla. »In einer Verszeile drückt es genau das aus, was ich über diese Wartezeit denke: ›Narr, alles liegt in der Leidenschaft der Geduld.‹«

»Mr. MacPhee schätzt wahrscheinlich keine Dichter außer Robert Burns«, sagte Jane.

»Burns!« erwiderte MacPhee mit tiefster Verachtung, dann öffnete er energisch eine Schublade seines Schreibtischs und zog ein dickes Papierbündel hervor. »Lassen Sie sich nicht aufhalten, wenn Sie in den Garten wollen, meine Damen.«

»Hat er Ihnen alles erzählt?« fragte Camilla, als sie den Korridor hinuntergingen. Bewegt von einem Impuls, der ihrem Wesen sonst fremd war, ergriff Jane die Hand ihrer Begleiterin und drückte sie, als sie bejahte. Sie kamen zum Haupteingang, und als sie die große Tür öffneten, bot sich ihnen ein Anblick, der, obgleich völlig natürlich, an eine apokalyptische Vision gemahnte.

Den ganzen Tag über hatte es gestürmt, und sie blickten in einen fast leergefegten Himmel hinaus. Der Wind war schneidend kalt, die Sterne streng und klar. Hoch über den letzten Wolkenfetzen hing der Mond in seiner ganzen Wildheit – nicht der sinnliche Mond tausend südländischer Liebeslieder, sondern die Jägerin, die unzähmbare jungfräuliche Mondgöttin, die Speerspitze des Wahnsinns. Wäre dieser kalte Satellit gerade zum erstenmal mit unserem Planeten zusammengetroffen, so hätte es nicht mehr nach einem Omen aussehen können. Die Wildheit kroch in Janes Blut.

»Dieser Mr. MacPhee...« sagte Jane kopfschüttelnd, als sie langsam durch den Garten zur Hügelkuppe hinaufstiegen.

»Ich weiß«, sagte Camilla. »Haben Sie es geglaubt?«

»Natürlich.«

»Wie erklärt Mr. MacPhee das Alter des Meisters?«

»Sie meinen, sein jugendliches Aussehen – wenn man es so nennen kann?«

»Ja. So sehen Menschen aus, die von den Sternen zurückkehren. Oder wenigstens von Perelandra. Dort dauert das Paradies noch an; lassen Sie sich gelegentlich vom Meister erzählen, wie es dort war. Seit seiner Rückkehr altert er nicht mehr. Er wird immer so aussehen wie jetzt.«

»Wird er sterben?«

»Ich glaube, er wird entrückt werden, hinaus in die Himmelstiefen. So ist es einigen wenigen ergangen, vielleicht einem halben Dutzend, seit die Welt besteht.«

»Camilla, was – was ist er?«

»Er ist ein Mensch, meine Liebe. Und er ist der Pendragon von Loegria. Dieses Haus und wir alle, die wir darin leben, auch Mr. Bultitude, das ist alles, was von Loegria übriggeblieben ist. Der ganze Rest ist einfach Britannien geworden. Kommen Sie, gehen wir bis hinauf zur Kuppe. Wie es weht! Heute nacht könnten sie zu ihm kommen.«

An diesem Abend wusch Jane unter den aufmerksamen Blicken der zahmen Dohle, die ›Baron Corvo‹ genannt wurde, das Geschirr ab, während die anderen im blauen Zimmer berieten.

»Gut«, sagte Ransom, als Grace Ironwood aus ihren Aufzeichnungen vorgelesen hatte. »Das ist der Traum, und alles darin scheint objektiv zu sein.«

»Objektiv?« sagte Dimble. »Ich verstehe nicht, Sir. Glauben Sie im Ernst, die Leute in Belbury könnten wirklich so ein Ding haben?«

»Was meinen Sie, MacPhee?« fragte Ransom.

»Also, möglich ist es schon«, meinte MacPhee. »Es ist ein altes Experiment, das in Laboratorien oft mit Tierköpfen veranstaltet wird. Man schneidet einer Katze den Kopf ab und wirft den Körper fort. Dann kann man den Kopf noch für einige Zeit am Leben erhalten, wenn man ihn mit Blut unter dem richtigen Druck versorgt.«

»Und ein solcher Kopf ist wirklich lebendig?« fragte Dimble.

»›Lebendig‹ ist ein dehnbarer Begriff. Man kann alle Funktionen erhalten. Das würde man in einem allgemeinen Sinn wohl als ›lebendig‹ bezeichnen können. Aber wenn man es mit einem menschlichen Kopf und seinem Bewußtsein versucht... Ich weiß nicht, was dann passieren würde.«

»Es ist schon einmal versucht worden«, sagte Miß Ironwood. »Vor dem Ersten Weltkrieg hat man es mit dem Kopf eines Verbrechers gemacht.«

»Tatsächlich?« sagte MacPhee sehr interessiert. »Und wissen Sie, wie das Resultat war?«

»Das Experiment mißlang. Der Kopf ließ sich nicht am Leben erhalten und verweste auf natürliche Weise.«

»Also, ich kann das nicht länger mit anhören!« sagte Yvy Maggs. Sie stand mit allen Zeichen des Abscheus und Ekels auf und verließ den Raum.

»Dann ist diese schmutzige Greueltat Wirklichkeit«, sagte Professor Dimble, »und nicht bloß ein Traum.« Er sah blaß und leidend aus, aber die Miene seiner Frau zeigte nicht mehr als die beherrschte Abneigung, mit der eine Dame der alten Schule widerliche Einzelheiten anhört, deren Erwähnung unvermeidlich ist.

»Wir haben dafür keine Beweise«, sagte MacPhee. »Ich stelle nur die Tatsachen fest. Was das Mädchen geträumt hat, ist möglich.«

»Und was hat dieser Turban zu bedeuten«, fragte Denniston, »diese Anschwellung auf dem Kopf?«

»Überlegen wir uns einmal, was es sein könnte«, sagte der Meister.

»Das ist schwierig«, sagte Dimble. »Ich habe schon darüber nachgedacht, kam aber zu keinem Ergebnis.«

»Wenn wir davon ausgingen, daß der Traum die Wahrheit widerspiegele«, sagte MacPhee, »dann ließe sich eine Erklärung finden. Gelingt es ihnen erst, den Kopf am Leben zu erhalten, müssen solche Leute als nächstes auf die Idee kommen, das Gehirn zu vergrößern. Sie würden es mit allen möglichen stimulierenden Mitteln versuchen. Und dann würden sie vielleicht die Schädeldecke entfernen und das Gehirn – nun, einfach herausquellen lassen. Das wäre die Möglichkeit, die ich sehe. Eine zerebrale Hypertrophie, künstlich erzeugt, um übermenschliche Denkkraft zu ermöglichen.«

»Ist es überhaupt wahrscheinlich«, fragte Ransom, »daß eine solche Hypertrophie die Denkfähigkeit vermehren würde?«

»Das scheint mir der schwache Punkt zu sein«, sagte Miß Ironwood. »Rein gefühlsmäßig würde ich meinen, daß ein solches künstlich angeregtes Wachstum genausogut zur Idiotie führen könnte – oder zu gar nichts. Aber das Gegenteil könnte immerhin möglich sein.«

»In diesem Fall«, sagte Professor Dimble, »hätten wir es mit dem Gehirn eines Kriminellen zu tun, aufgebläht zu übermenschlichen Proportionen und mit Bewußtseinsformen, die wir uns nicht vorstellen können, in denen Agonie und Rachegefühle jedoch eine wesentliche Rolle spielen dürften.«

»Ist es nicht so«, meinte Miß Ironwood, »daß ein solcher Kopf sehr große Schmerzen leiden würde?«

»Was uns viel unmittelbarer angeht«, sagte MacPhee, »ist die Frage, welche Schlußfolgerungen wir aus diesen Vorgängen mit Alcasans Kopf ziehen können und welche praktischen Schritte wir unternehmen sollten – immer unter der Voraussetzung, daß der Traum wahre Begebenheiten widerspiegelt.«

»Eins läßt sich auf Anhieb daraus schließen«, sagte Denniston.

»Und was ist das?« fragte MacPhee.

»Daß die feindliche Bewegung international ist. Um an diesen Kopf heranzukommen, müssen sie mit wenigstens einer ausländischen Polizeibehörde zusammengearbeitet haben.«

MacPhee rieb sich die Hände. »Mann«, sagte er, »Sie haben das Zeug zu einem logischen Denker. Aber der Schluß ist nicht ganz so sicher, wie er scheint. Bestechung auf unterer Ebene könnte genügt haben, auch ohne wirkliche Zusammenarbeit.«

»Es sagt uns etwas, das auf lange Sicht noch bedeutsamer sein dürfte«, meinte Ransom. »Wenn diese Technik wirklich erfolgreich ist, dann haben die Leute in Belbury eine Möglichkeit entdeckt, sich selbst unsterblich zu machen.« Er blickte in die Runde, und als keiner der anderen etwas sagte, fuhr er fort: »Es ist der Beginn einer tatsächlich neuen Spezies – der auserwählten Köpfe, die unsterblich sind. Sie werden es die nächste Stufe der Evolution nennen. Und hinfort werden alle Geschöpfe, die wir Menschen nennen, bloße Anwärter auf die Zulassung für die neue Spezies sein – oder ihre Sklaven.«

»Das Auftauchen des körperlosen Menschen!« sagte Dimble.

»Sehr wahrscheinlich«, sagte MacPhee und hielt dem Professor seine Schnupftabakdose hin. Sie wurde verschmäht, und er nahm bedächtig eine Prise, bevor er fortfuhr. »Aber es hat keinen Sinn, viele Worte darum zu machen oder sich die Köpfe zu zerbrechen, weil irgendwelche anderen Leute die Köpfe oder vielmehr die Körper verloren haben. Ich setze lieber auf unsere Köpfe als auf den Kopf dieses Burschen, mag sein Gehirn überkochen oder nicht. Entscheidend ist, daß wir unsere Köpfe gebrauchen. Ich wäre erfreut, zu hören, was für praktische Maßnahmen auf unserer Seite vorgeschlagen werden.« Bei diesen Worten blickte er den Meister fest an. »Es ist eine Frage«, setzte er hinzu, »die ich schon einmal gestellt habe.«

Eine plötzliche Verwandlung wie das Aufspringen einer Flamme aus glühender Asche ging über Grace Ironwoods Gesicht. »Kann dem Meister nicht vertraut werden, daß er zur rechten Zeit seinen eigenen Plan vorbringen wird, Mr. MacPhee?« sagte sie heftig.

»Da Sie meinen, von Vertrauen anfangen zu müssen«, versetzte MacPhee kühl, »kann dieser Ratsversammlung so wenig vertraut werden, daß sie von einem solchen Plan nichts erfahren darf?«

»Wie meinen Sie das, MacPhee?« fragte Dimble.

»Mr. Ransom«, sagte MacPhee, »Sie werden bitte entschuldigen, daß ich freimütig spreche. Ihre Feinde haben sich zu diesem Kopf verholfen. Sie haben von Edgestow Besitz ergriffen und sind auf dem besten Wege, die Gesetze des Landes zu suspendieren. Und doch sagen Sie uns, daß die Zeit zum Handeln noch nicht reif sei. Hätten Sie vor sechs Monaten auf meinen Rat gehört, so könnten wir uns jetzt auf eine über die ganze Insel verbreitete Organisation stützen und hätten möglicherweise eine große Zahl von Unterhausabgeordneten auf unserer Seite. Ich weiß gut, was Sie sagen werden – daß dies nicht die richtigen Methoden seien. Vielleicht haben Sie darin recht. Aber wenn Sie weder unseren Rat annehmen noch uns etwas zu tun geben können, wozu sitzen wir dann alle hier herum? Haben Sie schon ernsthaft die Möglichkeit erwogen, uns fortzuschicken und andere Kollegen um sich zu sammeln, mit denen Sie besser arbeiten können?«

»Die Gesellschaft auflösen, meinen Sie?« sagte Dimble.

»Ja, das meine ich«, erwiderte MacPhee.

Der Meister blickte lächelnd auf. »Aber ich habe nicht die Macht, sie aufzulösen«, sagte er.

»In diesem Fall«, sagte MacPhee, »muß ich fragen, mit welchem Recht Sie diesen Kreis zusammenbrachten?«

»Ich brachte ihn nie zusammen«, sagte der Meister. Dann, nachdem er in die Runde geblickt hatte, setzte er hinzu: »Hier liegt irgendein seltsames Mißverständnis vor! Standen Sie alle unter dem Eindruck, ich hätte Sie ausgewählt?«

»War es so?« drängte er, als niemand antwortete.

»Nun«, sagte Dimble, »was mich betrifft, so ist mir völlig klar, daß die Sache mehr oder weniger unbewußt oder sogar zufällig zustande gekommen ist. Es gab keinen Augenblick, zu dem Sie mich ersucht hätten, in eine Gesellschaft oder Organisation einzutreten. Darum habe ich mich auch immer als eine Art Mitläufer betrachtet. Ich hatte angenommen, daß die anderen mehr den Status von regulären Mitgliedern hätten.«

»Sie wissen, warum Camilla und ich hier sind, Sir«, sagte Denniston. »Wir hatten ganz gewiß nicht beabsichtigt oder vorausgesehen, wie wir beschäftigt würden.«

Grace Ironwood blickte mit einem starren Ausdruck im Gesicht auf; sie war blaß geworden. »Wünschen Sie...?« begann sie.

Der Meister legte die Hand auf ihren Arm. »Nein«, sagte er, »nein. Es ist nicht nötig, daß all diese Geschichten erzählt werden.«

MacPhees strenge Züge entspannten sich in einem breiten Lächeln. »Ich sehe, worauf Sie hinauswollen«, sagte er. »Offenbar haben wir alle Blindekuh gespielt. Aber ich erlaube mir die Bemerkung, Mr. Ransom, daß Sie die Dinge ein wenig weit treiben. Ich erinnere mich nicht genau, wie Sie dazu kamen, daß man Sie Meister nennt: aber dieser Titel und ein paar andere Anzeichen lassen darauf schließen, daß Sie sich mehr als der Führer einer Organisation denn als der Gastgeber einer Hausgesellschaft fühlen.«

»Ich bin der Meister«, erwiderte Ransom lächelnd. »Meinen Sie, ich würde mir die Autorität herausnehmen, die ich beanspruche, wenn die Beziehungen zwischen uns von Ihrer oder meiner freien Wahl abhingen? Sie haben mich nicht gewählt, ich habe Sie nicht gewählt. Selbst die großen Oyeresu, denen ich diene, erwählten mich nicht. Ich kam das erstemal durch einen scheinbaren Zufall in ihre Welten; wie Sie zu mir kamen, und wie auch die Tiere in diesem Haus hierherfanden. Sie und ich haben dies weder begonnen noch geplant: es kam auf uns herab, saugte uns ein, wenn Sie so wollen. Es ist zweifellos eine Organisation, aber wir sind nicht die Organisatoren. Und darum habe ich auch nicht das Recht, einem von Ihnen die Erlaubnis zu geben, meinen Haushalt zu verlassen.«

Eine Zeitlang blieb es still im blauen Zimmer; nur das Kaminfeuer knackte und knisterte.

»Wenn es nichts weiter zu besprechen gibt«, sagte Grace Ironwood nach einer Weile, »sollten wir den Meister vielleicht lieber ruhen lassen.«

MacPhee stand auf und klopfte etwas Schnupftabak vom ausgebeulten Knie seiner Hose – womit er den Mäusen, wenn sie das nächstemal herauskämen, ein völlig neues kulinarisches Abenteuer bereitete. »Ich habe nicht die Absicht«, sagte er, »dieses Haus zu verlassen, wenn jemand wünscht, daß ich bleibe. Was aber die allgemeine Hypothese betrifft, nach der der Meister zu handeln scheint und von der er die sehr sonderbare Autorität ableitet, die er beansprucht, so behalte ich mir mein Urteil vor. Sie wissen gut, Mr. Ransom, in welchem Sinne ich volles Vertrauen in Sie habe und in welchem Sinne nicht.«

Der Meister lachte. »Der Himmel soll mich strafen, wenn ich weiß, was in den beiden Hälften Ihres Kopfes vorgeht, MacPhee, und wie Sie es zusammenbringen. Aber ich weiß – und das ist viel wichtiger –, welches Vertrauen ich in Sie habe. Aber wollen Sie sich nicht setzen? Es gibt noch viel zu besprechen.«

MacPhee folgte der Aufforderung. Grace Ironwood, die stocksteif auf ihrem Stuhl gesessen hatte, entspannte sich widerwillig, und der Meister sagte:

»Heute abend haben wir vielleicht nicht erfahren, was die wirkliche Macht hinter unseren Gegnern tut, aber wir kennen jetzt wenigstens die Verkörperung, die sie in Belbury angenommen hat. Daraus können wir auf einen der beiden bevorstehenden Angriffe auf die Menschheit schließen. Aber ich denke an den anderen.«

»Welchen?« fragte MacPhee.

»Ich meine«, erwiderte Ransom, »was unter dem Bragdon-Wald ist.«

»Sie denken immer noch daran?«

»Ich denke an nichts anderes«, sagte der Meister. »Wir wußten bereits, daß der Feind den Wald wollte. Einige von uns errieten den Grund. Nun hat Mrs. Studdock in einer Vision gesehen oder gefühlt, was er dort im Wald sucht. Es könnte die größere der beiden Gefahren sein. Ganz gewiß aber besteht die größte Gefahr in der Vereinigung der feindlichen Kräfte. Darauf setzt der Feind alles. Wenn die neue Macht in Belbury sich mit der alten Macht unter dem Bragdon-Wald verbindet, wird Loegria – wird sogar die Menschheit selbst eingekreist sein. Für uns kommt alles darauf an, diese Vereinigung zu verhindern. Das ist der Punkt, an dem wir bereit sein müssen, zu töten und zu sterben. Aber wir können noch nicht zuschlagen. Wir können nicht in den Bragdon-Wald gehen und auf eigene Faust mit Ausgrabungen beginnen. Es wird ein Zeitpunkt kommen, wo die anderen ihn finden werden. Ich zweifle nicht daran, daß wir es auf diesem oder jenem Weg erfahren werden. Bis dahin aber müssen wir warten.«

»Von dieser anderen Geschichte glaube ich kein Wort«, sagte MacPhee.

»Ich dachte«, sagte Miß Ironwood, »wir sollten das Wort ›glauben‹ nicht verwenden? Ich dachte, wir sollten nur Tatsachen feststellen und auf Implikationen hinweisen.«

»Wenn Ihr zwei noch lange streitet«, sagte der Meister, »werde ich euch miteinander verheiraten.«

Anfangs war es Ransom und seiner Gruppe ein Rätsel gewesen, warum der Feind ausgerechnet den Bragdon-Wald wollte. Der Untergrund war ungeeignet und konnte nur durch die kostspieligsten Vorarbeiten hinreichend befestigt werden, um ein Gebäude von den vorgesehenen Ausmaßen zu tragen. Überdies war Edgestow kein besonders günstig gelegener Ort. Nach gründlichen Studien mit Professor Dimble und trotz MacPhees beharrlichen Skeptizismus war Ransom endlich zu einer bestimmten Schlußfolgerung gelangt. Dimble, die Dennistons und er besaßen gemeinsam ungewöhnlich gründliche und ausgedehnte Kenntnisse des keltisch-römischen und angelsächsischen Britannien. Sie wußten, daß Edgestow im Herzen jener Gegend lag, die einmal das alte Loegria gewesen war, daß im Dorfnamen von Cure Hardy der Name Ozana le Cœur Hardi erhalten war und daß ein historischer Merlin einst gelebt und gewirkt hatte, wo jetzt sich der Bragdon-Wald befand.

Was er dort getan hatte, wußten sie nicht; aber sie waren alle auf verschiedenen Wegen zu tief in jene ferne Vergangenheit vorgedrungen, um seine Kunst als bloße Legende und Betrug abzutun oder mit dem gleichzusetzen, was die Renaissance Magie nannte. Dimble behauptete sogar, daß ein guter Forscher allein durch seine Sensibilität die Spuren unterscheiden könne, die in der literarischen Überlieferung existierten.

»Welchen gemeinsamen Maßstab«, pflegte er zu fragen, »gibt es zwischen Okkultisten wie Faustus und Prospero und Archimago mit ihren mitternächtlichen Studien, ihren verbotenen Büchern, ihrer Alchimie und ihren dämonischen Begleitern, und einer Gestalt wie Merlin, der seine Resultate einfach dadurch zu erreichen scheint, daß er Merlin ist?«

Ransom pflichtete ihm darin bei. Er glaubte, daß Merlins Kunst ein letztes Überbleibsel von etwas älterem und anderem war, das nach dem Fall von Numantia nach Westeuropa gebracht worden war und auf eine Ära zurückging, in der die allgemeinen Beziehungen zwischen Geist und Materie auf diesem Planeten nicht von der Art gewesen waren, wie wir sie heute kennen. Wahrscheinlich war sie von Grund auf anders als die Magie der Renaissance. Möglicherweise (obwohl dies zweifelhaft blieb) war sie weniger schuldig gewesen. Jedenfalls mußte sie viel wirksamer gewesen sein. Denn Paracelsus und Agrippa und alle die anderen hatten wenig oder nichts erreicht: kein Geringerer als Francis Bacon – sonst kein Gegner der Magie – hatte berichtet, daß die Magier jener Tage ›nicht zu Größe noch zur Zuverlässigkeit der Arbeit gelangten‹. Der ganze Ausbruch der verbotenen Künste während der Renaissance war, wie es schien, hauptsächlich eine Methode gewesen, zu einmalig ungünstigen Bedingungen die Seele zu verspielen. Aber die ältere Kunst war eine andere Sache gewesen.

Doch wenn die einzige mögliche Anziehungskraft des Bragdon-Waldes in seiner Verbindung mit den letzten Spuren atlantisch-keltischer Magie lag, dann deutete dieser Umstand auf noch etwas hin. Es sagte Ransom und seinen Anhängern, daß das N.I.C.E. in seinem Kern nicht bloß auf moderne oder materialistische Formen der Machtausübung ausgerichtet war: es sagte Ransom, daß die Energie und das Wissen von Eldila dahintersteckten. Es war natürlich eine andere Frage, ob die menschlichen Mitglieder des Instituts von den dunklen Mächten wußten, die ihre wirklichen Herren waren. Doch auf lange Sicht war diese Frage vielleicht weniger bedeutsam. Ransom hatte selbst wiederholt die Meinung vertreten, daß es für den Gang der Ereignisse belanglos sei, ob die Mitglieder des Instituts davon wüßten oder nicht. Es gehe nicht darum, wie die Belbury-Leute handeln würden – das besorgten schon die dunklen Eldila –, sondern um die Frage, wie sie über ihre Handlungen urteilen würden. Es bleibe abzuwarten, ob einige von ihnen den wahren Grund wußten, weshalb sie in den Bragdon-Wald gingen, oder ob sie zur Erklärung irgendwelche Theorien über Bodenbeschaffenheit, Luftströmungen oder atmosphärische Spannungen erfinden würden.

Bis zu einem bestimmten Stadium hatte Ransom vermutet, daß die vom Feind gesuchten Kräfte lediglich an die geographische Position des Bragdon-Waldes gebunden seien – denn es gibt einen alten und verbreiteten Glauben, daß die Örtlichkeit selbst in solchen Dingen von Bedeutung sei. Aber durch Janes Traum von dem kalten Schläfer in der unterirdischen Gruft war er eines Besseren belehrt worden. Es handelte sich um etwas weitaus Bestimmteres, etwas, das unter dem Boden des Bragdon-Waldes lag und durch Ausgrabungen entdeckt werden mußte. Es war nichts anderes als der Körper des Zauberers Merlin. Was die Eldila ihm während ihres Besuchs über die Möglichkeit einer solchen Entdeckung gesagt hatten, hatte er fast ohne Verwunderung aufgenommen. Er wußte, daß es für sie nichts Wunderbares an sich hatte. In ihren Augen war das normale Erdenleben aus Zeugung, Geburt, Tod und Verwesung, das unseren Bewußtseinsrahmen bildet, nicht weniger wunderbar als die ungezählten anderen Seinsformen, die ihrem niemals ruhenden Geist gegenwärtig waren. Diesen erhabenen Geschöpfen, deren Aktivität aufbaut, was wir Natur nennen, ist nichts ›natürlich‹. Von ihrem Standort aus ist die wesentliche Zufälligkeit jedes Schicksals ständig sichtbar; für sie gibt es keine Grundvoraussetzungen: alles entspringt mit der eigenwilligen Schönheit eines Scherzes oder Liedes jenem wunderbaren Augenblick der Selbstbeschränkung, darin in der Unendliche eine Myriade von Möglichkeiten zurückweist und eine einzige, von ihm erwählte Wirklichkeit werden läßt. Daß ein Körper fünfzehnhundert Jahre lang unverwest in einer Gruft liegen sollte, erschien ihnen nicht seltsam. Sie kannten Welten, wo es überhaupt keine Verwesung gab. Daß das individuelle Leben während dieser ganzen Zeit latent im Körper vorhanden sein sollte, verwunderte sie ebensowenig. Sie kannten viele verschiedene Formen der Trennung und Vereinigung von Seele und Körper. Sie brachten Ransom ihre Botschaft nicht als die Verkündigung eines naturwissenschaftlich-philosophischen Wunders, sondern als eine Information in Kriegszeiten. Merlin war nicht tot. Fünfzehnhundert Jahre lang war sein Leben verborgen, abgestellt und aus unserer eindimensionalen Zeit genommen worden. Aber unter bestimmten Bedingungen würde es in seinen Körper zurückkehren.

Sie hatten ihm dies erst kürzlich mitgeteilt, weil sie es nicht gewußt hatten. Eine von Ransoms größten Schwierigkeiten bei seinen Diskussionen mit MacPhee, der sich beharrlich weigerte, an die Existenz von Eldila zu glauben, war, daß MacPhee von der verbreiteten, aber unvernünftigen Voraussetzung ausging, daß weisere und stärkere Geschöpfe aus der übersinnlichen Sphäre, wenn es sie überhaupt gab, allwissend und allmächtig sein müßten. Vergeblich bemühte sich Ransom, die Wahrheit zu erklären. Zweifellos besaßen die mächtigen Wesen, die ihn jetzt so häufig besuchten, hinreichende Macht, um Belbury vom Antlitz Englands und England vom Antlitz der Erde zu tilgen; vielleicht konnten sie sogar die Erde selbst auslöschen. Aber der Gebrauch von Macht dieser Art stand niemals zur Diskussion. Auch hatten sie keinen direkten Einblick in das Bewußtsein der Menschen. An einem anderen Ort und von einer anderen Seite aus hatten sie Merlins Zustand entdeckt: nicht durch die Untersuchung des Körpers, der tief unter den Wurzeln des Bragdon-Waldes schlief, sondern durch die Beobachtung einer bestimmten einzigartigen Konfiguration an jenem Ort, wo die Dinge bleiben, die von der Hauptstraße der Zeit genommen werden, hinter den unsichtbaren Hecken, in den undenkbaren Feldern. Nicht alle Zeiten, die außerhalb der Gegenwart liegen, sind darum vergangen oder zukünftig.

Gedanken dieser Art hielten den Meister in jener Nacht bis in die frühen kalten Morgenstunden wach, noch lange nachdem die anderen gegangen waren. Es gab für ihn keinen Zweifel mehr, daß der Feind den Bragdon-Wald gekauft hatte, um Merlin zu finden. Und wenn sie ihn fänden, würden sie ihn wiederbeleben. Daraufhin würde der alte Druide sich unausweichlich mit den neuen Planern verbünden – was könnte ihn daran hindern? So würde eine Verbindung zwischen zwei Arten von Macht bewirkt, die gemeinsam das Schicksal unseres Planeten bestimmen würden. Zweifellos war dies seit Jahrhunderten die Absicht der dunklen Eldila. Die Wissenschaft der Physik, an sich gut und unschuldig, war bereits subtil in eine bestimmte Richtung gedrängt worden. In zunehmendem Maße war den Wissenschaftlern Verzweiflung an der objektiven Wahrheit eingeredet worden; Gleichgültigkeit und eine Konzentration auf bloße Machtfragen waren die Folge gewesen. Geschwätz über den *élan vital* und Liebäugeln mit dem Panpsychismus waren geeignete Mittel zur Wiederbelebung der *Anima Mundi* der Magier. Träume von der fernen, zukünftigen Bestimmung des Menschen zerrten den alten Traum vom gottgleichen Menschen aus seinem flachen und unruhigen Grab. Die Erfahrungen von Sezierräumen und pathologischen Laboratorien züchteten eine Überzeugung, daß die Unterdrückung allen instinktiven Abscheus die erste Vorbedingung für den Fortschritt sei. Und nun hatte das alles ein Stadium erreicht, da seine dunklen Urheber glaubten, sie könnten ungestört das Ende zurückbiegen, bis es jener anderen und früheren Macht begegnen würde. Tatsächlich wählten sie dafür den ersten Augenblick, zu dem dies mit Aussicht auf Erfolg versucht werden konnte. Mit Wissenschaftlern des neunzehnten Jahrhunderts wäre es nicht möglich gewesen. Ihr entschiedener objektiver Materialismus hätte sich dagegen gesträubt; und selbst wenn es gelungen wäre, sie zu überzeugen, hätten ihre anerzogenen strengen Sittengesetze sie davor bewahrt, sich durch Gemeines zu beschmutzen. MacPhee war ein später Nachfahre dieser Tradition. Heutzutage war es anders. Von den Leuten in Belbury wußten womöglich nur wenige oder niemand, was wirklich geschah: aber im weiteren Verlauf des Geschehens würden sie wie Stroh im Feuer sein. Was sollten sie unglaublich finden, da sie nicht länger an ein vernünftiges Universum glaubten? Was sollten sie als untragbar schamlos betrachten, vertraten sie doch die Meinung, daß alle Moral nur ein subjektives Nebenprodukt der psychischen und ökonomischen Situation des Menschen sei? Die Zeit war reif. Vom Gesichtspunkt der Hölle aus gesehen hatte die gesamte Menschheitsgeschichte zu diesem Moment hingeführt. Endlich gab es jetzt eine wirkliche Chance für den gefallenen Menschen, jene Beschränkungen seiner Macht abzuschütteln, die göttliche Gnade ihm als

Schutz vor den vollen Auswirkungen seines Falls auferlegt hatte. Gelang dies, so wäre die Hölle endlich Fleisch geworden. Schlechte Menschen würden schon zu Lebzeiten, während sie noch auf Erden wandelten, jenen Zustand erreichen, in den sie bisher erst nach dem Tod eingetreten waren, würden die Unsterblichkeit und Macht böser Geister gewinnen. Die Natur würde überall auf der Erdkugel ihr Sklave werden. Und daß diese Herrschaft vor dem Ende der Zeiten kein Ende nehmen würde, war mit Sicherheit vorauszusehen.

10

Die eroberte Stadt

Bisher hatte Mark, was die Tage ihm auch gebracht hatten, gewöhnlich gut geschlafen. In dieser Nacht aber war es anders. Er hatte nicht an Jane geschrieben; er hatte sich den Tag über verkrochen und nichts Besonderes getan. Die schlaflose Nacht hob all seine Ängste auf eine neue Ebene. Er war theoretisch ein Materialist, und theoretisch war er aus dem Alter heraus, in dem man sich vor der Nacht fürchtet. Doch jetzt, als der Wind Stunde um Stunde an seinem Fenster rüttelte, lebten die Kinderzimmerängste wieder auf, und er verspürte jene wohlbekannten Schauer, als strichen kalte Fingerspitzen über seinen Rücken. Materialismus ist tatsächlich kein Schutz. Jene, die ihn in dieser Hoffnung suchen (sie sind nicht gering an Zahl), werden enttäuscht sein. Was man fürchtet, ist unmöglich. Schön und gut. Kann man deswegen aufhören, es zu fürchten? Nicht hier und jetzt. Und was dann? Wenn man schon Gespenster sehen muß, ist es besser, nicht an ihnen zu zweifeln.

Er wurde früher als gewöhnlich geweckt, und mit dem Tee kam eine Mitteilung. Der stellvertretende Direktor übermittelte seine Grüße und ersuchte Mr. Studdock, in einer äußerst dringlichen und unangenehmen Sache sofort zu ihm zu kommen. Mark zog sich an und gehorchte.

In Withers Büro erwarteten ihn der Vizedirektor und Miß Hardcastle. Zu Marks Überraschung und gleichzeitiger Erleichterung schien Wither sich nicht mehr an ihr letztes Zusammentreffen zu erinnern. Er gab sich freundlich, sogar rücksichtsvoll, wenn auch äußerst ernst.

»Guten Morgen, guten Morgen, Mr. Studdock«, sagte er. »Ich bedaure außerordentlich, daß ich... ah... kurzum, ich würde Sie nicht von Ihrem Frühstück ferngehalten haben, hätte ich nicht die

Überzeugung gewonnen, daß Sie in Ihrem eigenen Interesse so früh wie möglich in den vollen Besitz der Fakten gelangen sollten. Natürlich werden Sie alles, was ich Ihnen sage, als streng vertraulich betrachten. Die Angelegenheit ist unangenehm oder zumindest peinlich. Ich bin überzeugt, Sie werden im Lauf unseres Gespräches (bitte nehmen Sie Platz, Mr. Studdock) erkennen, wie klug unsere Entscheidung gewesen ist, eine eigene Polizeitruppe – um diesen eher unglückseligen Namen zu verwenden – ins Leben zu rufen.«

Mark befeuchtete die Lippen und setzte sich.

»Mein Widerstreben, die Frage aufzugreifen«, fuhr Wither fort, »wäre sehr viel stärker, fühlte ich mich nicht in der Lage, Sie – im voraus, verstehen Sie – des vollen Vertrauens zu versichern, das wir alle in Sie setzen und das Sie, wie ich sehr hoffe (hier blickte er Mark zum erstenmal in die Augen), erwidern werden. Wir betrachten uns hier alle als Brüder und ... hm ... Schwestern: so daß alles, was in diesem Raum zwischen uns gesprochen wird, als vertraulich im vollsten Sinne des Wortes betrachtet werden kann. Ich nehme an, wir können die Angelegenheit, von der ich nun sprechen möchte, in der menschlichsten und zwanglosesten Weise behandeln.«

Miß Hardcastles plötzlich einfallende Stimme hatte eine Wirkung, die derjenigen eines Pistolenschusses nicht völlig unähnlich war.

»Sie haben Ihre Brieftasche verloren, Studdock«, sagte sie.

»Meine – meine Brieftasche?« sagte Mark.

»Ja. Ihre Brieftasche. Das Ding, worin Sie Papiere und Banknoten bei sich zu tragen pflegten.«

»Ja, das ist richtig. Ich habe sie verloren. Ist sie gefunden worden?«

»Enthält sie drei Pfund und zehn Shilling, die Empfangsquittung einer Postanweisung über fünf Shilling, Briefe von einer Frau, die mit Myrtle unterschreibt, vom Quästor des Bracton Colleges, von G. Hernshaw, F. A. Browne, M. Belcher, und eine Rechnung für einen Smoking von der Firma Simonds & Son, Market Street 32, Edgestow?«

»Nun, so ungefähr.«

»Da liegt sie.« Miß Hardcastle zeigte auf den Tisch. »Nein, lassen Sie!« fügte sie hinzu, als Mark einen Schritt zum Tisch tun wollte.

»Was in aller Welt hat das zu bedeuten?« fragte Mark. Sein Ton entsprach dem üblichen Verhalten in einer solchen Situation, das von Polizisten jedoch gern als ›herausfordernd‹ beschrieben wird.

»Nicht die Tour«, sagte Miß Hardcastle. »Diese Brieftasche

wurde im Gras am Straßenrand gefunden, ungefähr fünf Schritte von Hingests Leichnam entfernt.«

»Mein Gott!« sagte Studdock. »Sie glauben doch nicht... das ist völlig unsinnig.«

»Es hat keinen Zweck, an mich zu appellieren«, sagte Miß Hardcastle.

»Ich bin kein Anwalt und kein Richter. Ich bin nur eine Polizistin. Ich mache Sie mit den Tatsachen bekannt.«

»Habe ich Sie dahingehend zu verstehen, daß Sie mich des Mordes an Hingest verdächtigen?«

»Ich glaube wirklich nicht«, sagte der stellvertretende Direktor, »daß Sie auch nur die geringste Besorgnis zu hegen brauchten, es gebe in diesem Stadium irgendwelche radikalen Unterschiede zwischen Ihren Kollegen und Ihnen, was das Licht angeht, in dem diese sehr peinliche Angelegenheit betrachtet werden sollte. Die Frage ist mehr konstitutioneller Natur...«

»Konstitutioneller Natur?« sagte Mark zornig. »Wenn ich sie richtig verstanden habe, beschuldigt Miß Hardcastle mich des Mordes!«

Withers Augen betrachteten ihn wie aus unendlicher Ferne.

»Oh«, sagte er, »ich glaube wirklich nicht, daß Sie Miß Hardcastles Position damit gerecht werden. Das von ihr im Institut repräsentierte Element würde seine Befugnisse überschreiten, wollte es innerhalb des N.I.C.E. etwas Derartiges tun, während seine Funktion in Beziehung zu den gewöhnlichen Staatsorganen mit dergleichen Aktionen völlig unvereinbar wäre: wenigstens in dem Sinne, in dem ich Ihre Bemerkung verstanden habe.«

»Aber gerade mit den Staatsorganen draußen werde ich vermutlich zu tun haben«, sagte Mark. Sein Mund war trocken, und er hatte Schwierigkeiten, sich verständlich zu machen. »Wie ich es aufgefaßt habe, meint Miß Hardcastle, daß ich verhaftet werde.«

»Im Gegenteil«, sagte Wither. »Dies ist genau einer jener Fälle, der Ihnen den enormen Wert einer eigenen Exekutive vor Augen führt. Wir haben es hier mit einer Sache zu tun, die Ihnen, wie ich fürchte, erhebliche Unannehmlichkeiten eintragen würde, wenn die gewöhnliche Polizei die Brieftasche gefunden hätte oder wenn wir in der Position eines gewöhnlichen Bürgers wären, der es für seine Pflicht hält, die Brieftasche beim nächsten Polizeirevier abzuliefern. Ich weiß nicht, ob Miß Hardcastle Ihnen hinreichend klargemacht hat, daß es ihre Beamten waren, die diese... ah... peinliche Entdeckung gemacht haben.«

»Wie soll ich das verstehen?« sagte Mark erregt. »Wenn Miß Hardcastle nicht glaubt, daß ein Indizienbeweis gegen mich vorliegt, warum werde ich dann überhaupt in dieser Art und Weise vernommen? Und wenn sie den Fund für beweiskräftig hält, wie kann sie dann vermeiden, die Staatsorgane zu benachrichtigen?«

»Mein lieber Freund«, sagte Wither, »unser Ausschuß hat nicht das geringste Verlangen, sich in Fällen dieser Art in die Tätigkeit und noch viel weniger – und darum geht es hier – in die Untätigkeit unserer eigenen Polizei einzumischen. Ich glaube, niemand hat davon gesprochen, daß Miß Hardcastle in irgendeinem Sinn, der ihre Eigeninitiative einschränken würde, verpflichtet sein sollte, außenstehende Behörden zu verständigen, die schon durch ihre Organisation viel weniger geeignet sein dürften, solche unwägbaren Gesichtspunkte und quasi technischen Zusammenhänge zu berücksichtigen, wie sie sich häufig bei Untersuchungen im inneren Bereich des N.I.C.E. ergeben.«

»Wenn ich das recht verstanden habe«, sagte Mark, »glaubt Miß Hardcastle, sie habe ausreichende Indizienbeweise, um mich wegen Mordes an Mr. Hingest festzunehmen, stellt mir aber gütigst in Aussicht, sie zu unterdrücken?«

»Jetzt haben Sie kapiert, Studdock«, sagte die Fee. Darauf zündete sie – zum erstenmal in Marks Gegenwart – ihre schwarze Zigarre an, blies eine Rauchwolke von sich und lächelte, oder zog wenigstens die Lippen so zurück, daß die Zähne sichtbar wurden.

»Aber das will ich nicht«, entgegnete Mark. Das stimmte nicht ganz. Die Aussicht, diese Angelegenheit könne auf irgendeine Weise vertuscht werden, hatte, als sie sich vor wenigen Augenblicken zum erstenmal bot, auf ihn wie frische Luft auf einen Erstickenden gewirkt. Aber etwas wie Bürgerstolz war noch in ihm lebendig, und fast ohne es zu merken, schlug er eine andere Richtung ein.

»Das will ich nicht«, sagte er etwas zu laut. »Ich bin unschuldig. Ich ziehe es vor, sofort zur Polizei zu gehen – der richtigen Polizei, meine ich.«

»Wenn Sie natürlich einen Mordprozeß haben wollen«, sagte die Fee, »ist das eine andere Sache.«

»Ich will gerechtfertigt sein«, sagte Mark. »Die Anklage würde sofort zusammenbrechen. Es gab kein denkbares Motiv, und außerdem habe ich ein Alibi. Jeder weiß, daß ich in jener Nacht hier geschlafen habe.«

»Wirklich?« sagte die Fee.

»Was wollen Sie damit sagen?« fragte Mark.

»Es gibt immer ein Motiv, wissen Sie«, sagte sie, »um einen umzubringen. Die Polizei besteht auch nur aus Menschen. Wenn die Maschinerie erst einmal in Gang gekommen ist, will man natürlich auch eine Verurteilung.«

Mark sagte sich, daß er keine Angst habe. Wenn Wither nur

nicht alle Fenster geschlossen hätte und dazu ein brüllendes Kaminfeuer unterhielte!

»Es gibt einen Brief, den Sie geschrieben haben«, sagte die Fee.

»Was für einen Brief?«

»Vor etwa sechs Wochen schrieben Sie einen Brief an einen Mr. Pelham vom Bracton College. Darin erklärten Sie wörtlich: ›Ich wünschte, Bill der Blizzard könnte in eine bessere Welt geschickt werden.‹«

Die Erinnerung an diese gekritzelte Mitteilung traf Mark wie ein scharfer körperlicher Schmerz. Alberne Scherze dieser Art waren unter den Mitgliedern des progressiven Elements gang und gäbe gewesen. Ähnliche Bemerkungen über Gegner oder auch nur langweilige Menschen konnte man im Bracton College täglich dutzendfach hören.

»Wie ist dieser Brief in Ihre Hände gelangt?« fragte Mark.

»Ich denke, Mr. Studdock«, sagte der stellvertretende Direktor, »es wäre sehr unpassend, anzuregen, daß Miß Hardcastle eine detaillierte Darstellung der tatsächlichen Arbeitsweise der Ordnungstruppe des N.I.C.E. geben sollte. Wenn ich das sage, will ich damit nicht einen Augenblick leugnen, daß das größtmögliche Vertrauen zwischen allen Angehörigen des Instituts einer der wertvollsten Aktivposten ist, die es haben kann, und darüber hinaus natürlich eine *conditio sine qua non* für jenes wirklich konkrete und organische Leben, dessen Entwicklung wir von ihm erwarten. Aber es gibt notwendigerweise gewisse Bereiche, in denen ein Vertrauen, das den verbalen Austausch von Tatsachen beinhaltete, seinem eigenen Zweck... ah... entgegenarbeiten würde.«

»Sie glauben doch nicht«, sagte Mark, »daß jemand diesen Brief ernst nehmen würde?«

»Haben Sie schon einmal versucht, einem Polizisten was begreiflich zu machen?« fragte die Fee. »Ich meine einem – wie Sie sagen würden – richtigen Polizisten.«

Mark sagte nichts.

»Und ich finde das Alibi nicht besonders gut«, fuhr die Fee fort. »Am Abend vor seinem Tod wurden Sie beim Essen im Gespräch mit Bill Hingest gesehen. Sie wurden auch gesehen, wie Sie ihn zum Haupteingang hinausbegleiteten, als er ging. Niemand sah Sie zurückkommen. Über Ihre Aktivitäten bis zur Frühstückszeit am nächsten Morgen ist nichts bekannt. Wenn Sie im Wagen mit ihm zum Tatort gefahren wären, hätten Sie reichlich Zeit gehabt, zu Fuß nach Belbury zurückzukehren und sich etwa um Viertel nach zwei schlafenzulegen. Es war eine frostige Nacht, wissen Sie: kein Grund, warum Ihre Schuhe besonders schmutzig gewesen sein sollten.«

»Wenn ich einen Punkt aufgreifen darf, der von Miß Hardcastle angesprochen wurde«, sagte Wither. »Dies illustriert sehr gut die große Bedeutung der Institutspolizei. In einem Fall wie diesem gibt es so viele feine Abstufungen, daß es unvernünftig wäre, von den regulären staatlichen Organen ein mehr als nur oberflächliches Verständnis zu erwarten. Solange ein Fall jedoch sozusagen in unserem Familienkreis bleibt – ich sehe das N.I.C.E. als eine große Familie an, Mr. Studdock –, brauchen sich keine Tendenzen zu entwickeln, die schließlich zu einem Justizirrtum führen könnten.«

In einer nervösen Verwirrung, die ihn früher zuweilen bei Zahnärzten und in den Büros von Schuldirektoren überkommen hatte, begann Mark seine üble allgemeine Lage mit dem Eingeschlossensein in den vier Wänden des überheizten Raums gleichzusetzen, und er fühlte einen verzweifelten Drang, unter allen Umständen hier herauszukommen, hinaus in frische Luft und Sonnenschein, hinaus über die Felder und fort von den knarrenden Schuhen des Vizedirektors, den Lippenstiftflecken am zerkauten Ende von Miß Hardcastles Stumpen und dem Bild des Königs über dem Kamin.

»Sie würden mir wirklich raten, Sir«, sagte er, »nicht zur Polizei zu gehen?«

»Zur Polizei?« sagte Wither, als ob diese Idee völlig neu wäre. »Ich glaube nicht, Mr. Studdock, daß irgend jemand daran dachte, Sie würden einen unwiderruflichen Schritt dieser Art unternehmen. Man könnte sogar argumentieren, daß Sie sich durch ein solches Verhalten einer gewissen Treulosigkeit Ihren Kollegen und besonders Miß Hardcastle gegenüber schuldig machen würden – unbeabsichtigt, wie ich gleich hinzufügen möchte. Sie würden sich in einem solchen Fall natürlich außerhalb unseres Schutzes stellen...«

»Das ist der entscheidende Punkt, Studdock«, fiel die Fee ein. »Sind Sie erst in den Händen der Polizei, kommen Sie so schnell nicht wieder heraus.«

Für Mark war der Augenblick der Entscheidung vorübergegangen, ohne daß er es bemerkt hätte. »Also gut«, sagte er. »Was schlagen Sie vor?«

»Ich?« sagte die Fee. »Stillhalten. Es ist ein Glück für Sie, daß wir die Brieftasche fanden und nicht irgendein Außenseiter.«

»Ein Glück nicht nur für... hm... Mr. Studdock«, fügte Wither freundlich hinzu, »sondern für das ganze N.I.C.E. Es hätte uns nicht gleichgültig sein können...«

»Die Sache hat nur einen Haken«, sagte die Fee, »und der ist, daß wir Ihren Originalbrief an Pelham nicht haben. Nur eine Kopie. Aber mit etwas Glück wird sich daraus nichts entwickeln.«

»Dann gibt es einstweilen nichts zu tun?« fragte Mark.

»Nein«, sagte Wither. »Keine unmittelbare Aktion offizieller Art. Natürlich ist es sehr ratsam, daß Sie während der nächsten Monate die größte Klugheit und... ah... ah... Vorsicht walten lassen. Ich nehme an, Scotland Yard wird sich einsichtig zeigen und nicht eingreifen, solange Sie bei uns sind, es sei denn, man hätte absolut sicheres Beweismaterial gegen Sie. Es ist zweifellos wahrscheinlich, daß innerhalb der nächsten sechs Monate eine Art... ah... Kraftprobe zwischen der gewöhnlichen Exekutive und unserer Organisation stattfinden wird; aber ich halte es für sehr unwahrscheinlich, daß man dies zu einem Testfall machen würde.«

»Glauben Sie denn, die Polizei habe mich bereits im Verdacht?« fragte Mark.

»Hoffentlich nicht«, erwiderte die Fee. »Natürlich wollen sie einen Schuldigen – das ist nur natürlich. Aber sie würden lieber einen haben, dessentwegen sie nicht das ganze N.I.C.E. durchsuchen müssen.«

»Hören Sie«, sagte Mark. »Meinen Sie denn nicht, daß Sie den Dieb in den nächsten Tagen finden werden? Wollen Sie denn nichts unternehmen?«

»Den Dieb?« fragte Wither. »Bisher gibt es keine Anhaltspunkte dafür, daß der Tote beraubt worden wäre.«

»Ich meine den Dieb, der meine Brieftasche stahl.«

»Oh... ah... Ihre Brieftasche«, sagte Wither und strich sich mit einer sanften Geste über das feine, vornehme Gesicht. »Ich verstehe. Demnach wollen Sie wegen Diebstahls Ihrer Brieftasche Anklage gegen Unbekannt erheben...«

»Aber, Herr im Himmel!« rief Mark. »Haben Sie denn nicht angenommen, daß jemand sie stahl? Glauben Sie, ich sei am Tatort gewesen? Halten Sie beide mich für einen Mörder?«

»Bitte!« sagte der stellvertretende Direktor. »Ich bitte Sie, Mr. Studdock, mäßigen Sie sich. Ganz abgesehen von der Indiskretion einer solchen Lautstärke muß ich Sie daran erinnern, daß Sie sich in der Gegenwart einer Dame befinden. Soweit ich mich erinnern kann, wurde von unserer Seite nichts über Mord gesagt und auch keine Anklage irgendwelcher Art erhoben. Ich bin lediglich bemüht, Ihnen unsere Handlungsweise zu erläutern. Es gibt natürlich gewisse Verhaltensweisen, die Sie sich theoretisch zu eigen machen könnten und die eine Fortsetzung des Gesprächs sehr erschweren würden. Ich bin sicher, daß Miß Hardcastle mir darin zustimmen wird.«

»Mir ist es gleich«, sagte die Fee. »Ich weiß nicht, warum Studdock uns anbrüllt, obwohl wir nur bemüht sind, ihn vor der Anklagebank zu bewahren. Aber das ist seine Sache. Ich habe eine

Menge zu tun und kann nicht den ganzen Morgen hier herumhängen.«

»Wirklich«, sagte Mark, »man sollte meinen, es sei verständlich, wenn ich...«

»Bitte beruhigen Sie sich, Mr. Studdock«, sagte Wither. »Wie ich bereits sagte, betrachten wir uns als eine große Familie, und eine förmliche Entschuldigung ist nicht erforderlich. Wir alle verstehen einander und mißbilligen... ah... Szenen. Vielleicht gestatten Sie mir, in aller Freundschaft zu erwähnen, daß jede Unbeständigkeit des Temperaments vom Ausschuß als – nun, als nicht sehr günstig für die Bestätigung Ihrer Anstellung angesehen würde. Dies alles ist natürlich streng vertraulich.«

Mark war längst darüber hinaus, sich wegen der Stellung um ihrer selbst willen Sorgen zu machen; aber er begriff, daß die Drohung mit Entlassung jetzt so gut wie gleichbedeutend mit einer Mordanklage und der Auslöschung seiner bürgerlichen, wenn nicht sogar seiner leiblichen Existenz war.

»Tut mir leid, daß ich unhöflich war«, sagte er schließlich. »Was raten Sie mir zu tun?«

»Lassen Sie sich nicht außerhalb von Belbury blicken, Studdock«, sagte die Fee.

»Ich glaube, Miß Hardcastle hätte Ihnen keinen besseren Rat geben können«, sagte Wither. »Und nun, da Mrs. Studdock diese zeitweilige Gefangenschaft – ich gebrauche dieses Wort, wie Sie verstehen werden, im übertragenen Sinne – mit Ihnen teilen wird, dürfte es keine allzu große Härte für Sie sein. Sie müssen dies als Ihr Heim betrachten, Mr. Studdock.«

»Oh... da fällt mir etwas ein, Sir«, sagte Mark. »Ich bin wirklich nicht sicher, ob es gut wäre, meine Frau hierzuhaben. Ihr Gesundheitszustand ist nicht der beste, und...«

»Aber in diesem Fall muß Ihnen doch erst recht daran liegen, sie hier bei sich zu haben, nicht wahr?«

»Ich glaube nicht, daß es ihr passen würde, Sir.«

Der Blick des VD wanderte von Mark ab, und seine Stimme wurde leiser. »Ich hatte beinahe vergessen, Mr. Studdock, Sie zu Ihrer Vorstellung bei unserem Oberhaupt zu beglückwünschen. Sie bezeichnet einen wichtigen Übergangspunkt in Ihrer Karriere. Wir alle fühlen jetzt, daß Sie in einem tieferen Sinne wirklich einer der unsrigen sind. Ich bin überzeugt, daß Ihren Absichten nichts ferner liegt, als die freundliche, beinahe väterliche Fürsorge zurückzuweisen, die er Ihnen entgegenbringt. Er ist sehr daran interessiert, Mrs. Studdock so bald wie möglich in unserem Kreis willkommen zu heißen.«

»Warum?« fragte Mark plötzlich.

Wither betrachtete ihn mit einem sonderbaren Lächeln. »Mein

lieber Junge«, sagte er. »Einheit, wissen Sie. Der Familienkreis. Ihre Frau wäre... sie wäre eine Gesellschaft für Miß Hardcastle.«
Ehe Mark diese erstaunliche neue Vorstellung verdauen konnte, erhob sich Wither und ging zur Tür. Dann hielt er inne, eine Hand auf der Klinke, die andere auf Marks Schulter.

»Sie müssen Appetit auf Ihr Frühstück haben«, sagte er. »Ich will Sie nicht länger aufhalten. Lassen Sie sich in Ihrem Verhalten von der größten Vorsicht leiten. Und... und...« Sein Gesicht veränderte sich plötzlich. Der weitgeöffnete Mund glich auf einmal dem Maul eines wütenden Tiers, und was die senile Verschwommenheit seines Blicks gewesen war, wurde zur Abwesenheit allen eigentlich menschlichen Ausdrucks. »Und bringen Sie das Mädchen, verstehen Sie mich? Holen Sie Ihre Frau.« Drohend fügte er hinzu: »Das Oberhaupt... ist nicht sehr geduldig.«

Als Mark die Tür hinter sich schloß, kam ihm sofort der Gedanke: *Jetzt!* Sie sind beide da drinnen. Endlich eine Gelegenheit, vielleicht die letzte!

Er nahm sich nicht einmal die Zeit, seinen Hut zu holen, sondern ging eilig zum Haupteingang, gelangte ins Freie und lief die Zufahrt hinunter. Nichts als die physische Unmöglichkeit konnte ihn daran hindern, nach Edgestow zu gehen und Jane zu warnen. Darüber hinaus hatte er keine Pläne. Selbst die unbestimmte Idee, nach Amerika zu entkommen, die in einfacheren Zeiten so viele Flüchtlinge getröstet hatte, blieb ihm verwehrt. Er hatte bereits in den Zeitungen gelesen, wieviel Anerkennung und Zustimmung das N.I.C.E. und sein Wirken in den Vereinigten Staaten und in der Sowjetunion gefunden hatte. Irgendein armes Werkzeug wie er selbst hatte diese Artikel geschrieben. Das Institut hatte seine Krallen in jedem Land. Seine Handlanger und Abgesandten würden ihn überall erwarten, auf jedem Schiff, in jedem ausländischen Hafen.

Nun hatte er die Straße überquert und war auf dem Feldweg, der sich durch den Waldgürtel zog. Kaum eine Minute war vergangen, seit er Withers Büro verlassen hatte, und niemand war hinter ihm. Aber das Abenteuer vom Vortag wiederholte sich. Eine große Gestalt mit gebeugten Schultern und knarrenden Schuhen versperrte ihm den Weg, eine banale, einförmige Melodie vor sich hin summend. Mark hatte nie gekämpft, doch diesmal reagierten alte Reflexe in seinem Körper – der in mancher Hinsicht klüger war als der Verstand – auf die Bedrohung und zielten einen Faustschlag auf den Kopf dieses senilen Hindernisses. Aber es gab keinen Aufprall. Die Gestalt war plötzlich verschwunden, hatte sich in Luft aufgelöst.

Experten der Parapsychologie und andere Berufene konnten

sich nie über eine Erklärung dieser Episode einigen. Möglicherweise sah Mark, überreizt und einem Nervenzusammenbruch nahe, wie schon am Vortag eine Halluzination von Wither, wo kein Wither war. Es mag auch sein, daß Withers ständiges Erscheinen zu allen Zeiten und in allen Räumen und Korridoren Belburys in einem gewissen Sinne des Worts sein Geist war – einer jener Sinneseindrücke, die eine starke Persönlichkeit nach ihrem Tod, zuweilen aber auch schon davor, in ihrem Lebensbereich hinterlassen kann und die nicht durch Exorzismus, sondern durch bauliche Veränderungen beseitigt werden.

Der Weg führte am Rand einer Wiese entlang, die jetzt mit Rauhreif überzuckert war, und der Himmel war blaßblau und dunstig. Dann kam ein Zaunübergang, und danach folgte der Weg drei Felder weit einem Gebüsch. Darauf ging es ein wenig nach links, vorbei an den Rückgebäuden einer Farm, dann eine Schneise entlang durch einen Wald. Hinter diesem kam der Kirchturm von Courthampton in Sicht. Mark schwitzte vom schnellen Gehen und begann Hunger zu verspüren. Er kreuzte einen weiteren Feldweg und kam an einer Herde weidender Kühe vorbei, die ihre Köpfe senkten und ihn anschnaubten, überquerte einen Bach auf einem Fußgängersteg und erreichte die wassergefüllten und überfrorenen Wagenspuren und Schlaglöcher eines neuen Feldwegs, der ihn in gerader Linie nach Courthampton brachte.

Als er in die Dorfstraße kam, sah er als erstes ein Bauernfuhrwerk. Eine Frau und drei Kinder saßen neben dem Mann, der es lenkte, und hinter ihnen waren Kommoden, Bettstellen, Matratzen, Kisten und Kasten und ein Käfig mit einem Kanarienvogel übereinandergestapelt. Unmittelbar hinter dem Fuhrwerk kamen ein Mann und eine Frau und ein Kind zu Fuß, die einen mit Haushaltsgegenständen überladenen Kinderwagen schoben. Ihnen folgte eine Familie mit einem Handkarren, ein pferdebespannter Leiterwagen, dessen Ladung förmlich überzuquellen schien, und endlich ein unaufhörlich hupendes altes Auto, eingekeilt in den langsam dahinkriechenden Zug und unfähig, auszuscheren. Eine fast lückenlose Kolonne solcher Fahrzeuge bewegte sich durch das Dorf. Mark hatte nie etwas vom Krieg gesehen, sonst hätte er sofort die Zeichen der Flucht erkannt. In all diesen schwerfällig daherstapfenden Pferden und Männern, in den Gesichtern der Frauen und in den überladenen Fahrzeugen hätte er klar die Botschaft ›Feind im Rücken‹ gelesen.

Der Flüchtlingsstrom war so dicht, daß Mark lange brauchte, um die Kreuzung beim Wirtshaus zu erreichen, wo die Bushaltestelle mit einem gerahmten und verglasten Fahrplan war. Der nächste Bus nach Edgestow sollte erst um 12.15 Uhr fahren. Er stand herum, ohne etwas von dem zu verstehen, was er sah, aber voller Fragen; normalerweise war Courthampton ein sehr ruhiges Dorf. Infolge einer glücklichen und nicht ungewöhnlichen Illusion fühlte er sich jetzt, da Belbury außer Sicht war, weniger gefährdet und dachte überraschend wenig an seine Zukunft. Zuweilen dachte er an Jane, und manchmal erfüllten ihn sehnsüchtige Gedanken an Spiegeleier mit Schinken, gebratenen Fisch und dunkle, duftende Kaffeeströme, die sich in große Tassen ergossen. Um halb zwölf öffnete das Wirtshaus. Er ging hinein und bestellte ein Glas Bier, Brot und Käse.

Zuerst war die Gaststube leer, aber während der nächsten halben Stunde stellten sich nach und nach vier Männer ein. Anfangs redeten sie nicht über die unglückliche Prozession, die draußen an den Fenstern vorbeizog. Eine Zeitlang sprachen sie überhaupt nicht. Dann bemerkte ein kleiner Mann mit einem Gesicht wie eine alte Kartoffel beiläufig: »Gestern abend sah ich den alten Rumbold.«

Fünf Minuten lang blieb alles still, dann sagte ein junger Mann: »Ich wette, es tut ihm leid, daß er es überhaupt versucht hat.«

So tröpfelte die Unterhaltung über Rumbold eine Weile dahin. Erst als das Thema erschöpft war, begann das Gespräch sehr indirekt und allmählich etwas über den Flüchtlingsstrom auszusagen.

»Sie kommen immer noch raus«, sagte ein Mann.

»Mh – hm«, machte ein anderer.

»Viele können nicht mehr dort sein.«

»Möchte wissen, wo die alle unterkriechen wollen.«

Nach und nach kam die ganze Geschichte heraus. Die Leute, die draußen vorbeizogen, waren Flüchtlinge aus Edgestow. Manche waren aus ihren Häusern vertrieben worden, andere flohen aus Angst vor den Krawallen und Plünderungen und noch mehr vor der Wiederherstellung von Ruhe und Ordnung. In der Stadt schien eine Art Schreckensherrschaft errichtet zu sein. »Wie ich hörte, gab es gestern zweihundert Verhaftungen«, sagte der Wirt.

»Gut möglich«, erwiderte der junge Mann. »Diese N.I.C.E.-Polizei, das sind lauter schwere Jungens. Meinen Alten haben sie windelweich gedroschen, dabei war er nur zum Einkaufen in der Stadt. Tatsache.« Er lachte.

»Wie ich hörte, sind es mehr die Arbeiter als die Polizisten«, sagte ein dritter. »Sie hätten diese Waliser und Iren nicht herbringen sollen.«

Aber das war schon fast alles, was sie auszusetzen hatten. Mark war betroffen über das völlige Fehlen von Empörung oder auch nur entschiedenem Mitgefühl mit den Flüchtlingen. Jeder

der Anwesenden wußte von wenigstens einer Gewalttat in Edgestow, aber alle stimmten darin überein, daß diese Flüchtlinge stark übertreiben müßten.

»Heute morgen steht in der Zeitung, daß die Lage sich schon wieder weitgehend beruhigt hätte«, sagte der Wirt. Die anderen stimmten zu. »Es wird immer welche geben, die Ärger machen«, sagte der Mann mit dem Kartoffelgesicht. »Was nützt es, Krawall zu machen?« fragte ein anderer. »Es muß weitergehen. Man kann es nicht aufhalten.« Der Wirt nickte und sagte: »Das sage ich auch immer.« Argumente und Wendungen aus Zeitungsartikeln, die Mark selbst geschrieben hatte, schimmerten da und dort durch. Anscheinend hatten er und seine Kollegen ihre Arbeit gut gemacht. Miß Hardcastle hatte die Immunität der Arbeiterklasse gegen Propaganda zu hoch eingeschätzt.

Als es an der Zeit war, hatte Mark keine Mühe, in den Bus zu kommen. Er war fast leer, denn der ganze Verkehr bewegte sich in die Gegenrichtung. Am oberen Ende der Market Street stieg er aus und machte sich sogleich auf den Weg nach Haus. Die ganze Stadt hatte ihr Gesicht verändert. Jedes dritte Haus stand leer, und ungefähr jeder zweite Laden hatte geschlossen und die Rolläden heruntergelassen. Als er den Hügel zur Hälfte erstiegen hatte und in die Gegend der großen alten Villen mit ihren schönen Gärten kam, bemerkte er, daß viele von diesen Häusern beschlagnahmt worden waren und weiße Plakate mit dem N.I.C.E.-Symbol trugen – einem nackten Muskelmann, der in der erhobenen Faust ein Bündel Blitze schwang. An jeder Ecke und oft auch noch dazwischen lungerten oder bummelten Institutspolizisten herum, Helme auf den Köpfen, arrogant mit ihren Gummiknüppeln wippend, Revolver in offenen Halftern an den schwarzglänzenden Koppeln. Ihre runden weißen Gesichter mit den offenen, in träger Kreisbewegung gummikauenden Mündern blieben ihm noch lange im Gedächtnis. Auch gab es überall Anschläge mit Bekanntmachungen, die er nicht las. Es waren Notstandsbestimmungen, die allesamt Feverstones Unterschrift trugen.

Ob Jane zu Hause war? Er fühlte, daß er es nicht würde ertragen können, wenn sie fort wäre. Lange bevor er das Haus erreichte, befingerte er den Schlüssel in der Tasche. Der Hauseingang war abgesperrt. Dies bedeutete, daß die Hutchinsons, die im Erdgeschoß wohnten, nicht zu Haus waren. Er sperrte auf und ging hinein. Im Treppenhaus kam es ihm kalt und feucht vor; kalt und feucht und dunkel war es auch auf dem Treppenabsatz vor der Wohnungstür. Als er aufschloß, rief er: »Ja – ane«, aber er hatte die Hoffnung schon verloren. Sobald er in der Wohnung stand, wußte er, daß sie leer war. Auf dem Boden bei der Tür lagen ungeöffnete Briefe. Kein Geräusch war zu hören, nicht einmal das

Ticken einer Uhr. Alles war in Ordnung. Jane mußte eines Morgens fortgegangen sein, nachdem sie überall aufgeräumt hatte. Die Geschirrtücher in der Küche waren knochentrocken: sie waren seit wenigstens vierundzwanzig Stunden nicht mehr benützt worden. Das Brot im Küchenschrank war hart und altbacken. Auf der Anrichte stand ein zur Hälfte mit Milch gefüllter Topf, aber die Milch war sauer geworden und ließ sich nicht ausschütten. Noch lange nachdem er die Wahrheit begriffen hatte, trampelte er von einem Zimmer zum nächsten und starrte suchend in die öde Abgestandenheit und Traurigkeit, die von verlassenen Wohnungen ausgeht. Aber nach und nach wurde ihm klar, daß es offensichtlich keinen Sinn hatte, hier herumzusitzen. Unvernünftiger Zorn stieg in ihm auf. Warum zum Teufel hatte Jane ihm nicht gesagt, daß sie fortgehen wollte? Oder hatte jemand sie geholt? Vielleicht lag irgendwo eine Nachricht für ihn. Er nahm einige Briefe vom Kaminsims, aber es waren nur solche, die er selbst zur Beantwortung dort hingelegt hatte. Dann sah er auf dem Tisch einen geöffneten, an Mrs. Dimble adressierten Briefumschlag mit der Adresse ihres jenseits des Wynd gelegenen Hauses. Also war dieses verdammte Frauenzimmer hiergewesen! Er wußte, daß die Dimbles ihn nie gemocht hatten. Wahrscheinlich hatten sie Jane eingeladen, bei ihnen zu wohnen. Jedenfalls hatten sie sich irgendwie eingemischt. Er mußte zum Northumberland College gehen und mit Dimble sprechen.

Die Idee, über die Dimbles verärgert zu sein, kam Mark beinahe wie eine Inspiration. Sich als gekränkter Ehemann auf der Suche nach seiner Frau ein wenig aufzuplustern, würde nach den Verhaltensweisen, zu denen er in letzter Zeit gezwungen gewesen war, eine angenehme Abwechslung sein. Unterwegs in die Stadt machte er halt, um sich zu stärken. Als er das N.I.C.E.-Plakat an der Glastür des ›Bristol‹ sah, war er nahe daran, eine Verwünschung zu murmeln und sich abzuwenden, bevor ihm plötzlich einfiel, daß er selbst ein hoher Funktionär des N.I.C.E. war und keineswegs jener allgemeinen Öffentlichkeit angehörte, die jetzt keinen Zutritt zum ›Bristol‹ mehr hatte. An der Tür fragte man ihn, wer er sei, und wurde unterwürfig, als er es sagte. Im Kamin brannte ein angenehmes, Wärme verbreitendes Feuer. Nach den zermürbenden Ereignissen dieses Tages fühlte er sich berechtigt, einen doppelten Whisky zu bestellen, und danach trank er noch einen zweiten. Dieser vollendete den Umschwung in der Wetterlage seines Gemüts, der mit seiner Verärgerung über die Dimbles begonnen hatte. Der ganze Zustand von Edgestow hatte etwas damit zu tun. In ihm gab es ein Element, dem alle diese Schaustellungen von Macht hauptsächlich suggerierten, wieviel angenehmer und besser es alles in allem sei, dem N.I.C.E. anzugehören, als ein Außenseiter zu sein. Hatte er das ganze Gerede über eine mögliche Mordanklage vielleicht zu ernst genommen? Natürlich, das war Withers Methode: Damit seine Leute besser spurten, ließ er über jedem ein Damoklesschwert hängen. Das Ganze hatte nur den Zweck gehabt, ihn in Belbury festzuhalten und zu veranlassen, daß er Jane kommen ließ. Und warum auch nicht? Sie konnte nicht ewig allein leben. Und die Frau eines Mannes, der Karriere machen und im Mittelpunkt der Ereignisse stehen wollte, mußte eben lernen, eine Frau von Welt zu sein. Wie auch immer, als erstes mußte er diesen Dimble aufsuchen. Er verließ das ›Bristol‹ mit dem Gefühl, ein anderer Mensch zu sein. Und tatsächlich war er ein anderer. Von nun an sollte er sich bis zum Augenblick der endgültigen Entscheidung mit erschreckender Geschwindigkeit von einem zum anderen und wieder zurückverwandeln, und jeder der verschiedenen Menschen in ihm schien für die Dauer seiner Herrschaft vollkommen. So, in einem fast haltlosen Taumeln von einer Seite zur anderen, näherte seine Jugend sich dem Augenblick, da er anfangen würde, eine Persönlichkeit zu sein.

»Herein«, sagte Dimble. Er war in seinem Arbeitszimmer im Northumberland College, hatte gerade den für diesen Tag letzten Studenten verabschiedet und wollte in wenigen Minuten nach St. Anne aufbrechen. »Ach, Sie sind es, Studdock«, fügte er hinzu, als die Tür geöffnet wurde. »Kommen Sie herein.« Er versuchte seiner Stimme einen natürlichen Klang zu geben, war aber überrascht und bestürzt. Studdocks Gesicht schien sich verändert zu haben, seit er ihn zuletzt gesehen hatte; es war dicker und blasser geworden, und in seinem Ausdruck war ein neuer, gewöhnlicher Zug.

»Ich bin gekommen, um nach Jane zu fragen«, sagte Mark kühl. »Wissen Sie, wo sie ist?«

»Ich fürchte, ich kann Ihnen die Anschrift nicht geben«, erwiderte Dimble.

»Heißt das, daß Sie sie nicht wissen?«

»Ich kann sie Ihnen nicht geben«, sagte Dimble.

Nach Marks Programm war dies der Punkt, wo er energisch werden wollte. Aber nun, da er in Dimbles Zimmer stand, empfand er nicht mehr genauso. Dimble hatte ihn stets höflich behandelt, obgleich Mark niemals das Gefühl losgeworden war, daß Dimble ihn nicht mochte. Dieses Bewußtsein hatte in ihm keine Abneigung gegen Dimble erzeugt; es hatte ihn in der Gegenwart des anderen nur immer in einer unbehaglichen Weise gesprächig und unnötig zuvorkommend gemacht. Rachsucht gehörte nicht zu Marks Untugenden, denn er wollte geschätzt werden. Stieß ihn jemand vor den Kopf, so träumte er nicht von Vergeltung, sondern von brillanten Scherzen oder Leistungen, die ihm eines Tages den guten Willen oder gar die Bewunderung des Mannes eintragen würden, der ihn gekränkt hatte. Wenn er jemals grausam war, dann nach unten, gegen Tieferstehende und Außenseiter, die sich um seine Gunst bemühten, niemals jedoch nach oben gegen jene, die ihn zurückwiesen. In seiner Natur lag ein guter Teil Opportunismus.

»Wie soll ich das verstehen?« fragte er.

»Wenn Ihnen in irgendeiner Weise an der Sicherheit Ihrer Frau gelegen ist, dann werden Sie mich nicht bitten, Ihnen zu sagen, wohin sie gegangen ist«, sagte Dimble.

»Sicherheit?«

»Sicherheit«, wiederholte Dimble verschlossen.

»Sicherheit wovor?«

»Wissen Sie nicht, was geschehen ist?«

»Was ist geschehen?«

»In der Nacht der großen Unruhen versuchte die Institutspolizei, Ihre Frau zu verhaften. Sie konnte entkommen, aber erst nachdem man sie gefoltert hatte.«

»Gefoltert? Wovon reden Sie?«

»Sie wurde mit Zigarren gebrannt.«

»Deshalb bin ich gekommen«, sagte Mark. »Ich fürchte, Jane ist am Rande eines Nervenzusammenbruchs. Das ist in Wirklichkeit nicht geschehen, wissen Sie.«

»Die Ärztin, die die Verbrennungen behandelte, denkt anders darüber.«

»Gott!« sagte Mark. »Also haben sie es wirklich getan? Aber sehen Sie...«

Unter Dimbles verschlossen-feindseligem Blick fand er es schwierig, weiterzusprechen. Nachdem er sich geräuspert hatte, sagte er ärgerlich: »Warum hat man mir nichts davon gesagt?«

»Warum fragen Sie mich?« versetzte Dimble. »Sie sollten die Arbeitsweise des N.I.C.E. besser kennen als ich.«

»Warum haben Sie mir nichts davon gesagt? Warum ist nichts unternommen worden? Haben Sie die Polizei verständigt?«

»Die Institutspolizei?«

»Nein, die gewöhnliche Polizei.«

»Wissen Sie wirklich nicht, daß es in Edgestow keine gewöhnliche Polizei mehr gibt?«

»Aber vermutlich gibt es eine Justizbehörde, nicht wahr?« sagte Mark ärgerlich.

»Es gibt den Notstandsbeauftragten der Regierung, Lord Feverstone. Sie scheinen nicht im Bilde zu sein. Dies ist eine eroberte und besetzte Stadt.«

»Warum in Gottes Namen haben Sie nicht mich verständigt?«

»Sie?« fragte Dimble erstaunt.

Für einen Augenblick, den ersten seit vielen Jahren, sah Mark sich selbst genauso, wie Dimble und seinesgleichen ihn sehen mußten. Es verschlug ihm beinahe den Atem.

»Hören Sie«, sagte er zornig. »Sie glauben doch nicht etwa... es ist einfach grotesk! Sie denken doch nicht etwa, ich hätte davon gewußt! Sie können doch nicht im Ernst glauben, ich würde Polizisten losschicken, daß sie meine eigene Frau mißhandeln!« Er hatte in einem Ton ungläubiger Entrüstung begonnen und schloß mit matter Ironie. Wenn dieser verdammte Dimble wenigstens eine Spur von Umgänglichkeit zeigen würde; es hätte das Gespräch gleich auf eine andere Ebene gebracht.

Aber Dimble sagte nichts, und sein Gesicht blieb steinern und verschlossen. Tatsächlich war er im Zweifel gewesen, ob Mark nicht doch schon so tief gesunken sei, mochte es aber nicht offen sagen. Sein Stillschweigen und seine abweisende Haltung waren jedoch beredt genug.

»Ich weiß, daß Sie mich nie leiden konnten«, sagte Mark in erneuertem Zorn. »Aber ich wußte nicht, daß es so schlimm war.«

Dimble sagte noch immer nichts, aber aus einem Grund, den Mark nicht erraten konnte. Die Wahrheit war, daß er mit seinem Vorwurf ins Schwarze getroffen hatte. Dimble hatte schon des öfteren Gewissensbisse wegen seiner rational nicht leicht zu erklärenden Abneigung gegen Studdock gehabt; und er hatte sie auch jetzt wieder.

»Nun«, sagte Studdock in einem Ton trockener Kälte, nachdem Dimbles Stillschweigen sich mehrere Sekunden lang hingezogen hatte, »anscheinend gibt es nicht viel mehr zu sagen. Ich bestehe darauf, zu erfahren, wo meine Frau ist.«

»Wollen Sie, daß sie nach Belbury gebracht wird?«

»Ich sehe keinen Grund, Dimble«, sagte Mark kalt, »warum ich mich von Ihnen in dieser Weise verhören lassen sollte. Wo ist meine Frau?«

»Ich habe keine Erlaubnis, Ihnen das zu sagen. Sie ist nicht in meinem Haus und steht nicht unter meiner Obhut. Wenn Sie noch ein Minimum an Rücksichtnahme auf Janes Wohlergehen aufbringen, werden Sie keinen Versuch machen, mit ihr in Verbindung zu treten.«

»Was nehmen Sie sich heraus?« sagte Mark schneidend. »Ich habe ein Recht darauf, zu erfahren, wo sie ist. Bin ich eine Art Leprakranker oder Krimineller, daß man meine Frau vor mir versteckt?«

»Entschuldigen Sie bitte, Sie sind ein Mitglied des N.I.C.E., dessen Organe sie bereits beleidigt, gefoltert und festgehalten haben. Seit ihrer Flucht ist sie nur in Ruhe gelassen worden, weil Ihre Kollegen nicht wissen, wo sie ist.«

»Glauben Sie, ich würde nicht eine volle Erklärung aus den Leuten herausholen, wenn sie wirklich von der Institutspolizei waren? Verdammt noch mal, für wen halten Sie mich?«

»Ich kann nur hoffen, daß Sie im N.I.C.E. keinerlei Macht haben«, sagte Dimble. »Wenn Sie keine Macht haben, dann können Sie Ihre Frau nicht schützen. Wenn Sie aber Macht haben, werden Sie mit der Politik des Instituts identifiziert. Weder im einen noch im anderen Falle werde ich Ihnen sagen, wo sie ist.«

»Das ist unglaublich!« sagte Mark wutentbrannt. »Selbst wenn ich gegenwärtig für das N.I.C.E. arbeite – Sie kennen mich doch.«

»Ich kenne Sie nicht«, erwiderte Dimble. »Ich habe keine Vorstellung von Ihren Zielen oder Motiven.«

»Es muß sich um irgendeinen lächerlichen Irrtum handeln«, sagte Mark und versuchte nun, einen besänftigenden Ton anzuschlagen. »Ich sage Ihnen, ich werde der Sache auf den Grund gehen. Ich werde Krach schlagen. Vermutlich hatte sich irgendein neueingestellter Polizist einen Rausch angetrunken, oder was. Nun, wir werden ihn zur Rechenschaft ziehen. Ich...«

»Es war die Chefin Ihrer Polizei, Miß Hardcastle persönlich, die Jane folterte.«

»Sehr gut. Dann werde ich sie zur Rechenschaft ziehen. Dachten Sie, ich würde so etwas stillschweigend hinnehmen? Aber es muß ein Irrtum vorliegen. Es kann nicht...«

»Kennen Sie Miß Hardcastle gut?« fragte Dimble.

Mark schwieg finster. Er hatte einen Moment lang das unheimliche (und irrige) Gefühl, Dimble lese in seinen Gedanken und sehe dort seine eigene Gewißheit, daß Miß Hardcastle diese Tat verübt hatte und daß er sie so wenig zur Rechenschaft ziehen wie er die Umdrehung der Erde aufhalten konnte.

Auf einmal kam Bewegung in Dimbles starre Züge, und als er sprach, hatte sein Tonfall sich verändert. »Haben Sie die Macht, Miß Hardcastle zur Rechenschaft zu ziehen?« fragte er. »Sind Sie dem Machtzentrum von Belbury bereits so nahe? Wenn es so ist, dann haben Sie der Ermordung Hingests und Comptons zugestimmt. Wenn es so ist, wurde Mary Prescott mit Ihrer Billigung in dem Schuppen hinter dem Bahnhof brutal vergewaltigt und anschließend der Schädel eingeschlagen. Mit Ihrer Zustimmung werden Verbrecher – anständige Verbrecher, denen die Hand zu reichen Sie nicht wert sind – aus den Gefängnissen geholt, in die sie von britischen Richtern in ordentlichen Verfahren geschickt wurden, und nach Belbury transportiert, um außer Reichweite des Gesetzes für unbestimmte Zeit den Qualen und Eingriffen in die persönliche Identität ausgesetzt zu werden, die Sie ›abhelfende Behandlung‹ nennen. Dann wurden mit Ihrer Billigung zweitausend Familien aus ihren Häusern und Wohnungen vertrieben, um in den Straßengräben zwischen hier und Birmingham zu erfrieren. Dann können Sie uns sagen, warum Place und Rowley und der achtzigjährige Cummingham verhaftet wurden und wo sie sich befinden. Und wenn Sie so tief darin verstrickt sind, werde ich Ihnen nicht nur Jane nicht ausliefern, sondern ich würde Ihnen nicht einmal meinen Hund überantworten.«

»Ich bitte Sie! Ich bitte Sie!« sagte Mark. »Das ist völlig absurd! Ich weiß, daß es vereinzelt zu Übergriffen gekommen ist. In einer Polizeitruppe gibt es immer ein paar Leute von der falschen Sorte – besonders am Anfang. Aber was habe ich jemals getan, daß Sie mich für jede Handlung verantwortlich machen wollen, die irgendein N.I.C.E.-Beamter irgendwo verschuldet hat – oder nach Meinung der Schmutzpresse verschuldet haben soll?«

»Schmutzpresse!« rief Dimble erregt. »Was für ein Unsinn ist das? Glauben Sie, ich wüßte nicht, daß das Institut bis auf eine einzige Zeitung die gesamte Presse des Landes kontrolliert? Und diese eine Zeitung ist heute nicht erschienen. Ihre Drucker sind in den Streik getreten. Die irregeleiteten armen Dummköpfe sagen, sie wollten keine Artikel drucken, in denen das Institut des Volkes angegriffen wird. Woher die Lügen in all den anderen Zeitungen kommen, wissen Sie wahrscheinlich viel besser als ich.«

Es mag seltsam erscheinen, daß Mark, der lang genug in einer Welt ohne Nächstenliebe gelebt hatte, nichtsdestoweniger sehr selten echtem Zorn begegnet war. Bosheit hatte er zur Genüge kennengelernt, aber sie äußerte sich durch Verachtung und Spott und Intrigen. Der dunkelrot angelaufene Kopf, die vorquellenden Augen und die vor Erregung schrille Stimme dieses älteren Mannes hatten eine irgendwie erstickende und entnervende Wirkung auf ihn. Im Institut pflegte man zur Beschreibung jedweder Opposition, die sein Vorgehen in der Außenwelt wachrief, die Worte ›winseln‹ und ›kläffen‹ zu gebrauchen. Und Mark hatte niemals genug Phantasie gehabt, um sich vorzustellen, wie das ›Kläffen‹ in Wirklichkeit sein würde.

»Ich sage Ihnen, ich wußte nichts davon!« schrie er zurück. »Verdammt noch mal, ich bin schließlich der Geschädigte. Wie Sie daherreden, könnte man meinen, es sei Ihre Frau gewesen, die mißhandelt wurde.«

»So hätte es sein können. So kann es noch kommen. Jeder Mann und jede Frau in England können betroffen werden. In diesem Fall war es eine Frau und eine Bürgerin. Welche Rolle spielt es, wessen Frau sie war?«

»Aber ich sage Ihnen, ich werde deswegen Krach schlagen. Ich werde diese Hardcastle zur Sau machen, und wenn ich das ganze Institut auf den Kopf stellen muß.«

Dimble sagte nichts, aber Mark sah, daß der andere wußte, daß er jetzt Unsinn redete. Trotzdem konnte er nicht aufhören. Wenn er sich nicht aufpustete und entrüstete, würde er nicht wissen, was er sagen sollte. »Bevor ich mir das gefallen lasse«, rief er, »verlasse ich das N.I.C.E.«

»Ist das Ihr Ernst?« fragte Dimble mit einem scharfen Blick. Und Mark, dessen Gedanken und Vorstellungen jetzt eine einzige fließende Konfusion aus verletztem Stolz, Ängsten, Scham und Erbitterung waren, fand diesen Blick unerträglich anklagend. In Wirklichkeit aber war es ein Blick neuerwachter Hoffnung gewesen; aber auch Vorsicht lag darin, und zwischen Hoffnung und Vorsicht sah Dimble sich abermals zum Schweigen veranlaßt.

»Ich sehe, daß Sie mir nicht vertrauen«, sagte Mark, und sein Gesicht nahm unwillkürlich den männlichen und gekränkten Ausdruck an, der ihm in Rektorenbüros oft gute Dienste erwiesen hatte.

»Nein«, sagte Dimble nach einer Pause, »ich vertraue Ihnen nicht.«

Mark zuckte die Achseln und wandte sich zum Gehen.

»Studdock«, sagte Dimble, »dies ist nicht der Zeitpunkt für Redensarten oder Artigkeiten. Es kann sein, daß uns beide nur wenige Minuten vom Tod trennen. Sie wurden wahrscheinlich beschattet, als Sie ins College kamen. Und ich halte nichts davon, mit höflichen Unaufrichtigkeiten im Mund zu sterben. Ich vertraue Ihnen nicht. Warum sollte ich? Sie sind – zumindest bis zu einem gewissen Grad – Verbündeter und Komplice der schlechtesten Menschen der Welt. Ich muß damit rechnen, daß selbst Ihr Besuch hier nichts als eine Falle für mich sein könnte.«

»Sie sollten mich wirklich besser kennen!« sagte Mark.

»Reden Sie keinen Unsinn«, erwiderte Dimble. »Hören Sie auf, Theater zu spielen, und wenn nur für eine Minute. Wer sind Sie, daß Sie so reden? Das Institut hat schon bessere Leute als Sie oder mich korrumpiert. Straik war einmal ein guter Mann. Filostrato war zumindest ein großes Genie. Selbst Alcasan – ja, ja, ich weiß, wer Ihr Oberhaupt ist – war ein origineller Kopf, obgleich er zum Mörder wurde. Auf alle Fälle war er etwas Besseres als das, was sie jetzt aus ihm gemacht haben. Wer sind Sie, daß ich Sie als Ausnahme betrachten soll?«

Mark starrte ihn verblüfft an. Die Entdeckung, wieviel Dimble wußte, hatte mit einem Schlag sein ganzes Bild von der Situation verändert.

»Nichtsdestoweniger«, fuhr Dimble fort, »bin ich bereit, ein

Risiko auf mich zu nehmen – obwohl ich weiß, daß Sie möglicherweise nur der Köder in der Falle sind. Ich werde ein Risiko auf mich nehmen, mit dem verglichen unser beider Leben bedeutungslos sind. Wenn Sie den ernsthaften Wunsch haben, das N.I.C.E. zu verlassen, werde ich Ihnen helfen.«

Einen Moment lang war es wie eine Verheißung – dann, im nächsten Augenblick, fluteten die Vorsicht und der unausweichliche Wunsch, Zeit zu gewinnen, zurück, und der Spalt schloß sich wieder. »Das müßte ich mir durch den Kopf gehenlassen«, murmelte Mark.

»Wir haben keine Zeit«, sagte Dimble. »Und es gibt da wirklich nichts zu überlegen. Ich biete Ihnen einen Weg zurück in die menschliche Familie. Aber Sie müssen sofort kommen.«

»Das ist eine Frage, die über meine ganze zukünftige Karriere entscheidet.«

»Ihre Karriere!« schnaufte Dimble. »Es geht um die Verdammung oder eine letzte Chance. Aber Sie müssen sofort kommen.«

»Ich verstehe nicht, wovon Sie reden«, sagte Mark. »Sie unterstellen ständig irgendeine Gefahr, und jetzt sprechen Sie von Verdammung. Was ist es? Und welche Macht haben Sie, mich oder Jane zu schützen, wenn ich abtrünnig werde?«

»Sie müssen es riskieren«, sagte Dimble etwas vage. »Ich kann Ihnen keine Sicherheit bieten. Verstehen Sie nicht? Es gibt für niemanden mehr Sicherheit. Der Kampf hat begonnen. Ich biete Ihnen einen Platz auf der richtigen Seite an. Ich weiß nicht, welche Seite gewinnen wird.«

»Ich hatte tatsächlich mit dem Gedanken gespielt, das Institut zu verlassen«, antwortete Mark. »Aber ich muß es mir überlegen. Sie drücken sich ziemlich sonderbar aus – auf der einen Seite warnen und drängen Sie, auf der anderen Seite weiß ich nicht einmal, für wen und für was Sie sprechen.«

»Es ist keine Zeit.«

»Angenommen, ich käme morgen noch einmal zu Ihnen?«

»Sind Sie sicher, ob Sie dazu in der Lage sein werden?«

»Oder in einer Stunde? Sehen Sie, das ist doch nur vernünftig. Werden Sie in einer Stunde noch hier sein?«

»Was kann eine Stunde für Sie tun? Sie warten in der Hoffnung auf eine erleuchtende Eingebung, aber in Wirklichkeit wird Ihr Verstand in einer Stunde weniger klar sein als jetzt.«

»Aber Sie werden hier sein?«

»Wenn Sie darauf bestehen. Aber es kann nichts Gutes dabei herauskommen.«

»Ich muß nachdenken«, sagte Mark. »Ich muß mir das überlegen.« Und er ging hinaus, ohne eine Erwiderung abzuwarten.

Mark hatte gesagt, er wolle nachdenken, aber in Wirklichkeit wollte er Alkohol und Tabak. Gedanken hatte er genug – mehr als er brauchen konnte. Eine innere Stimme drängte ihn, sich an Dimble zu halten und mit ihm zu gehen, wohin auch immer. Eine andere wisperte ihm zu, daß eben dies heller Wahnsinn wäre. Er dürfe nicht mit dem Institut brechen. Sie würden ihn verfolgen. Und wie könne Dimble ihm helfen? Ein solches Abenteuer werde ihn nur das Leben kosten. Eine dritte Stimme beschwor ihn, seine mühsam errungene Position im inneren Kreis des Instituts auch jetzt nicht einfach als Totalverlust abzuschreiben: es müsse sich zwischen den Extremen irgendein vernünftiger Mittelweg finden lassen. Eine vierte verurteilte den Gedanken, Dimble jemals wiederzusehen: die Erinnerung an die Tiraden dieses engstirnigen und selbstgerechten alten Frömmlers erschien ihm beinahe unerträglich und trieb ihm noch jetzt die heiße Wut in die Wangen. Und er wollte Jane, und er wollte sie strafen, weil sie mit Dimble befreundet war, und er wollte Wither nie wiedersehen, und er wollte sich zurückstehlen und die Sache mit Wither irgendwie in Ordnung bringen. Er wollte in Sicherheit und zugleich sehr nonchalant und kühn sein – wollte, daß die Dimbles und ihresgleichen seine männliche Ehrlichkeit und die Leute in Belbury seinen Wirklichkeitssinn und seine Durchtriebenheit bewunderten. Um alles das klar und konzentriert zu durchdenken, brauchte er noch zwei doppelte Whiskys. Und nun begann es zu regnen, und sein Kopf schmerzte ihn wieder. Verdammter Mist! Warum mußte all das über ihn kommen? Warum war er so lebensuntüchtig erzogen worden? Warum war dieses Gesellschaftssystem so irrational? Warum hatte er solches Pech?

Es regnete ziemlich stark, als er das Pförtnerhaus des Colleges erreichte. Draußen auf der Straße stand eine Art Lieferwagen, und davor wartete eine Gruppe von drei oder vier uniformierten Männern in Regenumhängen. Später erinnerte er sich, wie das nasse Ölzeug im Lampenschein geglänzt hatte. Eine Taschenlampe leuchtete ihm plötzlich ins Gesicht.

»Entschuldigen Sie, Sir«, sagte einer der Männer. »Ich muß Sie um Ihren Namen bitten.«

»Studdock«, sagte Mark.

»Mark Gainsby Studdock«, sagte der Mann, »es ist meine Pflicht, Sie wegen Mordes an William Hingest zu verhaften.«

Unzufrieden mit sich selbst und verfolgt von dem Verdacht, daß er unklug gehandelt habe und nicht genügend auf den bedrängten jungen Mann eingegangen sei, fuhr Professor Dimble hinaus nach St. Anne. Hatte er sich zu sehr gehenlassen? War er selbstgerecht gewesen? Hätte er ihm mehr sagen sollen? Hatte er Studdock die Situation nicht hinreichend klargemacht, weil er es in

Wirklichkeit gar nicht gewollt hatte? Hatte er ihn nur verletzen und demütigen wollen? Die Traurigkeit, die mit dieser Selbstbefragung über ihn kam, war ihm nicht neu. Die Worte des Bruders Laurentius kamen ihm in den Sinn: ›Also werde ich immer sein, wann immer Du mich mir selbst überläßt.‹

Einmal aus der Stadt, fuhr er langsam und bummelte gemächlich durch die Landschaft. Im Westen war der Himmel noch rot, aber schon blinkten die ersten Sterne herab. Weit unten im Tal schimmerten die Lichter von Cure Hardy, und er dachte, wie gut es sei, daß dieses Dorf weit genug von Edgestow entfernt war, um sicher zu sein. Die plötzliche Helligkeit einer niedrig fliegenden weißen Eule flatterte durch das Zwielicht im Wald zu seiner Linken. Die anbrechende Nacht erfüllte ihn mit Ruhe und Frieden. Er fühlte sich angenehm müde und freute sich auf einen behaglichen Abend und ein frühes Schlafengehen.

»Da ist er! Professor Dimble ist da!« rief Yvy Maggs, als er vor dem Haupteingang des Landhauses hielt.

»Lassen Sie den Wagen draußen stehen, Dimble«, sagte Denniston.

»Oh, Cecil!« sagte seine Frau; und er sah Angst in ihrem Gesicht.

Der ganze Haushalt schien auf ihn gewartet zu haben.

Einige Augenblicke später saß er in der Küche, blinzelte im hellen Licht umher und sah, daß ihn kein normaler Abend erwartete. Der Meister selbst war gekommen und saß beim Herd, die Dohle auf der Schulter und Mr. Bultitude zu seinen Füßen. Verschiedene Anzeichen sprachen dafür, daß alle anderen schon zu Abend gegessen hatten, und bevor er recht wußte, wie ihm geschah, sah sich Dimble am Ende des Küchentisches vor einem gefüllten Teller sitzen, während seine Frau und Mrs. Maggs ihn ziemlich aufgeregt zum Essen und Trinken nötigten.

»Halt dich nicht lange mit Fragen auf, Cecil«, sagte seine Frau. »Iß weiter, während wir dir alles erzählen. Du mußt anständig essen.«

»Sie müssen noch einmal fort, Mr. Dimble«, sagte Yvy Maggs.

»Ja«, bekräftigte der Meister. »Es geht endlich los. Es tut mir leid, daß ich Sie gleich nach Ihrer Heimkehr wieder ausschicken muß, aber der Kampf hat begonnen.«

»Ich habe wiederholt darauf hingewiesen«, erklärte MacPhee, »wie unsinnig es ist, einen älteren Mann wie Sie loszuschicken, der schon eine Tagesarbeit hinter sich hat, während ich, ein großer und stämmiger Bursche, untätig hier herumsitze.«

»Es hat keinen Zweck, MacPhee«, erwiderte der Meister. »Sie können nicht gehen. Erstens kennen Sie die Sprache nicht. Und zweitens – es ist Zeit, daß ich es offen sage – haben Sie sich niemals unter den Schutz Maleldils gestellt.«

»Ich bin durchaus bereit«, sagte MacPhee, »in diesem und für diesen Notfall die Existenz Ihrer Eldila anzuerkennen und darin auch ein Wesen namens Maleldil mit einzuschließen, das sie als ihren König betrachten. Und ich...«

»Sie können nicht gehen«, sagte der Meister unbeirrt. »Ich werde Sie nicht schicken. Ebensogut könnte ich ein dreijähriges Kind losschicken, damit es gegen einen Panzer kämpft. Legen Sie die andere Karte auf den Tisch, daß Dimble sie sehen kann, während er ißt. Und jetzt bitte ich um Ruhe. Die Situation, Dimble, ist folgende: Was unter dem Bragdon-Wald lag, war ein lebendiger Merlin. Ja, schlafend oder scheintot, wenn Sie es so nennen wollen. Und bisher deutet nichts darauf hin, daß der Feind ihn gefunden hat. Ist das klar? Nein, sprechen Sie nicht, essen Sie weiter. Vergangene Nacht hatte Mrs. Studdock den wohl wichtigsten Traum dieser ganzen Serie. Sie erinnern sich, daß sie in einem früheren Traum den Ort sah, wo Merlin unter dem Bragdon-Wald lag. Aber – und dies ist der wesentliche Punkt – dieser Ort wird weder durch einen Schacht noch über eine Treppe erreicht. Mrs. Studdock träumte, sie gehe durch einen langen Stollen mit einem sehr schwachen Gefälle. Ah, Sie beginnen zu verstehen; Sie haben recht. Mrs. Studdock meint, sie könne den Eingang zu diesem Stollen wiedererkennen: unter einem Steinhaufen am Rand eines Buschdickichts mit – was war es, Mrs. Studdock?«

»Eine weißgestrichene Gartenpforte, Sir. Eine gewöhnliche, ziemlich alte Pforte aus fünf Latten und zwei Querhölzern. Eins davon war abgebrochen. Ich würde die Pforte wiedererkennen. Alles war ziemlich verwachsen.«

»Sehen Sie, Dimble? Es bestehen gute Aussichten, daß dieser Stollen außerhalb des vom N.I.C.E abgesperrten Gebiets ins Freie mündet.«

»Das würde bedeuten«, sagte Dimble, »daß wir unter den Bragdon-Wald vordringen könnten, ohne ihn zu betreten.«

»Genau. Aber das ist noch nicht alles.«

Dimble blickte zu ihm auf, mit vollem Mund kauend.

»Anscheinend«, sagte der Meister, »kommen wir beinahe zu spät. Er ist bereits erwacht.«

Dimble hielt abrupt mit Kauen inne.

»Mrs. Studdock fand die Gruft in ihrem Traum leer«, ergänzte Ransom.

»Sie meinen, der Feind habe ihn doch gefunden?«

»Nein, so schlimm scheint es nicht zu sein. Die Gruft war nicht aufgebrochen. Er scheint von selbst erwacht zu sein.«

»Mein Gott!« sagte Dimble.

»Iß weiter, Liebling«, sagte seine Frau. Er bedeckte ihre Hand mit der seinen.

»Aber was hat es zu bedeuten?« fragte er besorgt.

»Ich denke, es bedeutet, daß die ganze Sache schon vor langer, langer Zeit geplant und zeitlich vorherbestimmt worden ist«, meinte Ransom. »Merlin verließ die Zeit und harrte in einem parallelen Stadium scheintot bis zum heutigen Tage aus, nur um jetzt unter die Lebenden zurückzukehren.«

»Eine Art menschlicher Zeitbombe«, bemerkte MacPhee. »Aus diesem Grund sollte ich...«

»Sie können nicht gehen, MacPhee«, sagte Ransom.

»Ist er draußen?« fragte Dimble.

»Inzwischen wird er wahrscheinlich den Weg ins Freie gefunden haben«, sagte Ransom. »Erzählen Sie ihm selbst, wie es war, Mrs. Studdock.«

»Es war derselbe Ort, den ich in einem meiner letzten Träume gesehen hatte«, sagte Jane. »Ein dunkler, aus Steinquadern gemauerter Raum, wie ein Keller oder eine Gruft. Ich erkannte den Raum sofort wieder. Und auch der steinerne Tisch war da, aber niemand lag darauf; und diesmal fühlte er sich auch nicht so kalt an. Dann träumte ich von diesem Stollen, der ganz allmählich ansteigend von der Gruft zur Erdoberfläche führte. In dem Stollen war ein Mann. Natürlich konnte ich ihn nicht sehen, denn es war stockfinster. Aber es war ein großer, breiter Mann, der stark schnaufte. Zuerst dachte ich, es sei ein Tier. Als ich ihm durch den Stollen aufwärts folgte, wurde es kälter. Anscheinend kam Luft von außen herein, wenn auch nicht viel. Schließlich endete der Stollen vor einem Haufen großer Feldsteine und lockeren Gerölls, der den Eingang zu verstopfen schien. Der Mann zog die Steine heraus und warf sie hinter sich, und dann wechselte der Schauplatz des Traums. Auf einmal stand ich draußen im Regen, und vor mir sah ich den Steinhaufen und die weiße Pforte.«

»Sehen Sie«, sagte Ransom, »es hat den Anschein, als hätten sie bisher noch keine Verbindung mit ihm aufgenommen. Jetzt haben wir unsere einzige Chance. Es geht darum, daß wir dieses Geschöpf finden, bevor die anderen es tun.«

»Sie alle werden bemerkt haben, daß der Bragdon-Wald sehr feucht ist und einen hohen Grundwasserspiegel hat«, warf MacPhee ein. »Wo dort ein trockener unterirdischer Raum sein mag, in dem ein menschlicher Körper viele Jahrhunderte lang konserviert werden konnte, ist eine lohnende Frage. Das heißt, wenn einer von Ihnen noch an Fakten interessiert ist.«

»Sehr richtig«, sagte Ransom. »Die Gruft muß in höherem Gelände liegen – vielleicht unter dem Moränenrücken im Süden des Waldes, wo er sich zur Eaton Road hinaufzieht. Wo Storey einmal gewohnt hat. Dort werden Sie zuerst nach Janes weißer Gartenpforte Ausschau halten müssen. Ich vermute, daß sie irgendwo an der Eaton Road zu finden ist. Oder an dieser anderen Straße, der gelben hier, die nach Cure Hardy hinüberführt.«

»Wir können in einer halben Stunde dort sein«, sagte Dimble, dessen Hand noch immer auf der seiner Frau lag. Jeder im Raum fühlte die übelkeiterregende Spannung der letzten Minuten vor der Entscheidungsschlacht.

»Es muß wohl heute abend sein, nicht wahr?« fragte Mrs. Dimble schüchtern.

»Ich fürchte ja, Margaret«, sagte Ransom. »Es kommt auf jede Minute an. Gelingt es dem Feind, vor uns mit ihm in Verbindung zu treten, ist der Kampf für uns so gut wie verloren. Ich vermute, daß die gesamte Planung des Feindes darauf beruht.«

»Natürlich. Ich verstehe. Es tut mir leid«, sagte Mrs. Dimble.

»Und wie wollen wir verfahren, Sir?« fragte Dimble, als er den leeren Teller von sich schob und seine Pfeife stopfte.

»Zunächst ist zu klären, ob er den Stollen bereits verlassen hat«, sagte Ransom. »Es ist nicht anzunehmen, daß der Stolleneingang während all der Jahrhunderte nur von einem Steinhaufen verschlossen war. Verhielt es sich aber so, werden die Steine nicht mehr so lose sein wie einst. Vielleicht braucht er Stunden, um sich da herauszuarbeiten.«

»Sie werden wenigstens zwei kräftige Männer mit Spitzhacken brauchen...«, warf MacPhee ein.

»Es hat keinen Zweck, MacPhee«, sagte Ransom. »Ich lasse Sie nicht gehen. Wenn der Stolleneingang noch verschlossen ist, müssen Sie eben warten. Aber er mag Kräfte besitzen, von denen wir nichts wissen. Ist er herausgekommen, so müssen Sie nach Spuren suchen. Glücklicherweise hat es getaut, und die Erde ist aufgeweicht. Sie müssen ihn einfach verfolgen.«

»Wenn Mrs. Studdock geht, Sir«, meinte Camilla Denniston, »könnte ich nicht auch gehen? Ich habe in solchen Sachen mehr Erfahrung als...«

»Mrs. Studdock muß gehen, weil sie die Führerin ist«, sagte Ransom. »Ich fürchte, Sie werden zu Haus bleiben müssen. Wir sind alles, was von Loegria übriggeblieben ist. Wir tragen seine Zukunft in uns. Wie ich sagte, Dimble, Sie müssen suchen. Ich glaube nicht, daß er weit gehen wird. Das Land wird ihm natürlich völlig unbekannt sein, selbst bei Tageslicht.«

»Und – und wenn wir ihn finden, Sir?«

»Darum müssen Sie gehen, Dimble. Nur Sie kennen die Große Sprache. Wenn die Macht von Eldila hinter der Tradition stand, die er repräsentierte, könnte er sie verstehen. Und selbst wenn er sie nicht versteht, wird er sie vermutlich wiedererkennen. Es wird ihn lehren, daß er es mit Meistern zu tun hat. Es besteht die Möglichkeit, daß er glauben wird, Sie wären die Belbury-Leute – seine Freunde. In diesem Fall bringen Sie ihn sofort hierher.«

»Und wenn nicht?«

»Dann müssen Sie Farbe bekennen. Das ist der Augenblick, wo es gefährlich werden kann. Wir wissen nichts von den Kräften des alten keltisch-atlantischen Kreises. Wahrscheinlich verließen sich die Druiden zu einem guten Teil auf eine Art von Hypnose. Fürchten Sie nichts, aber lassen Sie ihn keine Tricks versuchen. Und lassen Sie Ihre Hand am Revolver. Sie auch, Denniston.«

»Ich kann auch gut mit einem Revolver umgehen«, sagte MacPhee. »Und warum, im Namen des gesunden Menschenverstandes...«

»Sie können nicht gehen, MacPhee«, sagte Ransom geduldig. »Sie würde er in zehn Sekunden schlafen legen. Die anderen stehen unter einem Schutz, der Ihnen fehlt. Haben Sie verstanden, Dimble? Den Revolver in der Hand, ein Gebet auf den Lippen, den Geist zu Maleldil geöffnet. Und wenn Sie ihn dann vor sich haben, müssen Sie ihn beschwören. In der Großen Sprache.«

»Was muß ich sagen?«

»Sagen Sie, Sie kämen im Namen Gottes und aller Engel und mit der Macht der Planeten von einem, der heute den Sitz des Pendragon einnimmt, und befehlen Sie ihm, mit Ihnen zu kommen. Sagen Sie es.«

Und Dimble, der mit blassem, etwas verkniffenem Gesicht zwischen den sorgenvoll blickenden Frauen gesessen hatte, hob den Kopf, und Silben und Worte, die wie Felsblöcke klangen, kamen aus seinem Mund. Jane fühlte, wie ihr Herz sich zusammenzog und erbebte. Im Raum war es ganz still geworden, selbst der Vogel, der Bär und die Katze verharrten reglos und blickten den Sprecher an. Die Stimme klang nicht wie Dimbles Stimme; es war, als sei er nur der Lautsprecher, der Worte aus weiter Ferne empfing und widergab – oder als ob es überhaupt keine Worte wären, sondern gegenwärtige Wirkungen Gottes, der Planeten und des Pendragon. Denn dies war die Sprache, die vor dem Sündenfall und jenseits des Mondes gesprochen wurde, und die Bedeutungen wurden den Silben nicht durch Zufall oder Geschick oder lange Tradition zugewiesen, sondern waren ihnen inhärent, wie die Gestalt der großen Sonne dem kleinsten Wassertropfen inhärent ist. Dies war die Sprache selbst, wie sie einst auf Maleldils Geheiß dem geschmolzenen Quecksilber des Planeten entsprungen war, der auf Erden ›Merkur‹, in den Himmelstiefen aber ›Viritrilbia‹ genannt wurde.

»Danke«, sagte Ransom; und die warme, häusliche Geborgenheit der Küche strömte in alle Anwesenden zurück. »Und wenn er mit Ihnen kommt, ist alles gut. Wenn nicht – nun, Dimble, in diesem Fall müssen Sie sich auf Ihr Christentum verlassen. Versuchen Sie es nicht mit irgendwelchen Tricks. Sagen Sie Ihre Gebete und befehlen Sie Ihren Willen Maledil an. Ich weiß nicht, was er tun wird. Aber bleiben Sie standhaft. Was immer geschieht, Sie können Ihre Seele nicht verlieren; jedenfalls nicht durch irgendeine seiner Handlungen.«

»Ja«, sagte Dimble mit tonloser Stimme. »Ich verstehe.«

Es trat eine längere Pause ein. Schließlich ergriff der Meister von neuem das Wort.

»Seien Sie nicht niedergeschlagen, Margaret«, sagte er. »Wenn sie Ihren Mann töten, wird keiner von uns ihn um viele Stunden überleben. Es wird eine kürzere Trennung sein, als Sie vom Gang der Natur erwarten dürfen. Und nun, meine Herren«, fügte er hinzu, »sollen Sie ein wenig Zeit haben, Ihre Gebete zu sprechen und von Ihren Frauen Abschied zu nehmen. Es ist jetzt acht, und wir dürfen keine Zeit mehr verlieren. Finden Sie sich um zehn nach acht zum Aufbruch bereit wieder hier ein.«

Die Dimbles und die Dennistons gingen hinaus, und Jane sah sich mit Mrs. Maggs und den Tieren und MacPhee und dem Meister allein in der Küche.

»Fühlen Sie sich wohl, Kind?« fragte Ransom.

»Ich denke schon, Sir«, sagte Jane. Sie war nicht imstande, ihre augenblickliche Stimmung zu analysieren. Ihre Erwartung war auf das höchste gespannt, und etwas, das ohne Freude Schrecken und ohne Schrecken Freude gewesen wäre, hatte von ihr Besitz ergriffen – eine alles umfassende Spannung, die von Erregung und Gehorsam gespeist wurde. Verglichen mit diesem Augenblick kam ihr alles andere in ihrem Leben klein und nichtig vor.

»Verpflichten Sie sich zum Gehorsam«, fragte Ransom, »zum Gehorsam gegenüber Maleldil?«

»Ich weiß nichts von Maleldil, Sir«, erwiderte Jane. »Aber ich bin bereit zu tun, was Sie von mir erwarten.«

»Das genügt einstweilen«, sagte der Meister. »Das ist die Höflichkeit der Himmelstiefen: dem Wohlmeinenden hält Er immer mehr zugute, als der Betreffende verdient hat. Es wird nicht für alle Zeit genug sein, denn Er ist sehr eifersüchtig. Er wird Sie schließlich für sich allein haben wollen und gönnt Sie keinem anderen. Aber für heute abend ist es genug.«

»Dies ist die verrückteste Geschichte, die ich jemals gehört habe«, sagte MacPhee kopfschüttelnd.

11

Der Kampf beginnt

»Ich kann nichts sehen«, sagte Jane.

»Dieser Regen verdirbt uns den ganzen Plan«, seufzte Dimble vom Rücksitz. »Sind wir immer noch auf der Eaton Road, Arthur?«

»Ich glaube... ja, da ist das alte Zollhaus«, sagte Denniston, der am Steuer saß.

»Aber was nützt es?« fing Jane wieder an. »Ich kann nichts sehen, obwohl das Fenster unten ist. Vielleicht sind wir längst daran vorbeigefahren. Es bleibt uns nichts übrig, als auszusteigen und zu Fuß zu gehen.«

»Ich denke, sie hat recht, Sir«, sagte Denniston.

»He, sehen Sie!« rief Jane plötzlich. »Sehen Sie dort! Was ist das? Halten Sie an!«

»Ich sehe keine weiße Gartenpforte«, sagte Denniston.

»Ach, das meine ich nicht«, erwiderte Jane aufgeregt. »Dort drüben, sehen Sie nur!«

»Ich kann nichts sehen«, murmelte Dimble.

»Meinen Sie dieses Licht?« fragte Denniston.

»Ja, natürlich, das ist das Feuer.«

»Welches Feuer?«

»Das Feuer in der Mulde in dem kleinen Wald«, sagte sie. »Ich hatte es ganz vergessen. Ja, ich weiß, ich habe es Miß Ironwood und dem Meister nicht gesagt, denn dieser Teil des Traums war mir entfallen. Bis zu diesem Augenblick. Das war, wie er endete, und es war eigentlich der wichtigste Teil. Jetzt weiß ich wieder, wie ich ihn fand – Merlin, wissen Sie. An einem Feuer in einem kleinen Wald. Nachdem ich aus dem unterirdischen Gang herausgekommen war. Oh, kommen Sie schnell!«

»Was meinen Sie, Arthur?« sagte Dimble.

»Ich denke, wir müssen gehen, wohin immer Jane uns führt«, antwortete Denniston.

»So beeilen Sie sich doch!« sagte Jane. »Dort ist ein Gatter im Zaun. Schnell! Es ist nicht weit.«

Sie überquerten die Straße und öffneten das Gatter und stapften ins Feld hinaus. Dimble schwieg. Er taumelte innerlich unter dem Schock und der Scham über eine ungeheure und Übelkeit erregende Angst, die in ihm aufgewallt war. Vielleicht hatte er von dem, was geschehen mochte, wenn sie ihr Ziel erreichten, eine klarere Vorstellung als die anderen.

Jane führte, und Denniston ging neben ihr, bot ihr den Arm und leuchtete gelegentlich mit seiner Taschenlampe auf den unebenen

Boden. Dimble ging am Schluß. Keiner zeigte Neigung zu sprechen.

Der Wechsel von der Landstraße zum Feld war wie der Übergang von einer wachen in eine gespenstische Welt. Alles wurde dunkler, nasser, unberechenbarer. Jede kleine Böschung schien der Rand eines Abgrunds zu sein. Sie folgten einer Pfadspur neben einer Hecke; nasse und stachlige Fangarme schienen nach ihnen zu greifen. Wann immer Denniston die Taschenlampe einschaltete, wirkten die Dinge, die im Lichtkreis erschienen – Grasbüschel, wassergefüllte Radspuren, beschmutzte gelbe Blätter, die an der nassen Schwärze feinverästelter Zweige hingen, und einmal zwei grünlichgelbe Lichter, die Augen eines kleinen Tieres –, gewöhnlicher als sie erscheinen sollten; als hätten sie im Augenblick der Beleuchtung eine Verkleidung angenommen, die sie sogleich wieder ablegten, wenn sie in Ruhe gelassen wurden. Auch sahen sie seltsam klein aus; doch wenn das Licht wieder verschwand, nahm die kalte, stille Dunkelheit riesige Dimensionen an.

Während sie gingen, begann die Furcht, die Dimble von Anfang an verspürt hatte, wie Wasser in ein leckes Schiff ins Bewußtsein der anderen einzusickern. Sie erkannten, daß sie bis jetzt nicht wirklich an Merlin geglaubt hatten. In der Küche hatten sie sich eingebildet, an ihn zu glauben, aber es war eine Selbsttäuschung gewesen. Der Schock stand ihnen noch bevor. Erst hier draußen, nur mit dem flackernden roten Licht weit voraus und von tropfender, feuchter Finsternis eingehüllt, begann man dieses Stelldichein mit etwas Totem, das doch nicht tot war, etwas Ausgegrabenen, exhumiert aus jenem dunklen Loch der Geschichte, das zwischen der Römerherrschaft und den Anfängen Englands klaffte, wirklich als Tatsache zu akzeptieren. Das dunkle Zeitalter, dachte Dimble: Wie gedankenlos hatte man diese Worte sooft gelesen und geschrieben. Aber nun waren sie im Begriff, in diese Dunkelheit einzutreten. Es war ein Zeitalter, nicht ein Mensch, was sie in dem schrecklichen kleinen Waldtal erwartete.

Und plötzlich erhob sich wie eine greifbare Realität jenes Britannien vor ihm, das ihm als Gelehrten seit langem vertraut war. Kleine schrumpfende Städte, auf denen noch Roms verblassender Glanz lag, kleine christliche Gemeinden wie Camalodunum, Kaerleon, Glastonbury – eine Kirche, ein paar Villen, zusammengedrängte kleine Häuser, Bauernhütten, ein Erdwall. Und dann, kaum einen Steinwurf jenseits der Tore, die nassen, verfilzten, endlosen Wälder, modrig vom Herbstlaub der Jahrtausende; schleichende Wölfe, Dämme bauende Biber, weite, flache Sümpfe, das trübe Blöken von Hörnern und der Klang dumpfer Trommeln in der Ferne, Augen im Dickicht, Augen von nichtrömischen, nichtbritischen Menschen, unglücklichen und enteigneten Urbewohnern, welche später die Elfen und Menschenfresser, Nymphen und Waldschrate der Überlieferung wurden. Aber schlimmer als die Wälder: die Rodungen. Kleine Bollwerke mit namenlosen Königen. Kleine Kollegien und Heiligtümer von Druiden. Häuser, deren Mörtel rituell mit Kinderblut vermischt war. Und nun brach dieses ganze Zeitalter über sie herein, schrecklich verlagert und aus seiner natürlichen Abfolge gerissen, um sich mit verdoppelter Monstrosität zu wiederholen und sie in sich aufzunehmen.

Dann gab es einen Aufenthalt. Sie waren in eine Hecke gelaufen und verloren eine Minute, bis sie mit Hilfe der Taschenlampe Janes langes Haar aus dem dichten Gezweig befreit hatten. Sie waren zum Ende eines Feldes gekommen. Der Feuerschein, der abwechselnd heller und schwächer wurde, war von hier aus kaum zu sehen. Die Hecke war undurchdringlich, und es blieb ihnen nichts übrig, als weiterzugehen und eine Lücke oder einen Durchschlupf zu suchen. Sie machten einen weiten Umweg, bevor sie ein Gatter fanden. Es war mit einer Kette gesichert und ließ sich nicht öffnen, und nachdem sie es überklettert hatten, gerieten sie auf der anderen Seite in eine morastige Stelle mit knöcheltiefem Wasser. Darauf stapften sie einige Minuten lang bergauf und konnten das Feuer nicht mehr sehen, und als es wieder zum Vorschein kam, war es ein gutes Stück zu ihrer Linken und viel weiter entfernt, als sie angenommen hatten.

Bisher hatte Jane sich kaum Gedanken darüber gemacht, was vor ihnen liegen mochte. Wie sie jetzt durch die Nacht wanderten, begann ihr die wahre Bedeutung jener Szene in der Küche zu dämmern. Der Meister hatte die Männer aufgefordert, von ihren Frauen Abschied zu nehmen. Er hatte sie alle gesegnet. Demnach war es möglich oder gar wahrscheinlich, daß dieses Dahinstolpern über nasse Wiesen und Sturzäcker den Tod bedeutete. Den Tod, von dem man immer hörte (wie von der Liebe), über den die Dichter soviel geschrieben hatten. So also würde es sein. Aber das war nicht die Hauptsache. Jane versuchte den Tod in dem neuen Licht alles dessen zu sehen, was sie in St. Anne gehört hatte. Sie hatte längst aufgehört, sich über die Tendenz des Meisters zu ärgern, selbstherrlich über sie zu bestimmen – sie einmal Mark zuzueignen und einmal Maleldil, als ob sie ein bloßes Objekt wäre. Damit hatte sie sich abgefunden. Und an Mark dachte sie nicht viel, weil die Gedanken an ihn zunehmend Gefühle des Mitleids und der Schuld weckten. Auch an Maleldil hatte sie bisher nicht viel gedacht. Unter dem Einfluß der Persönlichkeit des Meisters waren ihre ursprünglich starken Zweifel an der Existenz der Eldila allmählich geschwunden, und es bereitete ihr keine unüberwindlichen Schwierigkeiten mehr, an sie und an die Existenz dieses mächtigeren und geheimnisvolleren Wesens zu glauben, dem sie gehorchten – dem auch der Meister gehorchte, und durch ihn der ganze Haushalt, sogar MacPhee. Wäre ihr jemals die Frage in den Sinn gekommen, ob dies alles die Wirklichkeit hinter dem sei, was man sie in der Schule als ›Religion‹ gelehrt hatte, so hätte sie den Gedanken als lächerlich verworfen. Der Abstand zwischen diesen beunruhigenden und allenthalben spürbaren Realitäten und der Erinnerung an fette salbadernde Priester und mißgünstige alte Betschwestern war zu groß. Für sie gehörte beides verschiedenen Welten an. Auf der einen Seite die Schrecken von Wahrträumen, die Identifikation mit einem großen Ziel und der aktive Kampf gegen eine drohende Gefahr; auf der anderen Seite Beichtstuhlgeruch, süßliche Farbdrucke vom Erlöser und die herablassende Leutseligkeit von Würdenträgern. Aber diesmal, wenn es wirklich der Tod sein sollte, ließ sich der Gedanke nicht beiseite schieben. Denn nun schien es wirklich, als ob beinahe alles wahr sein konnte. Alles wurde denkbar. Maleldil mochte einfach Gott sein. Es mochte ein Leben nach dem Tode geben, einen Himmel und eine Hölle. Der Gedanke entflammte sie und erschien ihr zugleich unerträglich. Sie sagte sich, daß sie Gewißheit haben müsse, dachte aber keinen Augenblick lang daran, daß solche Wesen, wenn sie tatsächlich existierten, ihr unerbittlich feindselig gegenüberstehen würden.

»Vorsicht, ein Baum«, sagte Denniston.

»Ich – ich hielt ihn für eine Kuh«, sagte Jane.

»Nein, es ist ein Baum. Sehen Sie, dort ist noch einer.«

»Still!« flüsterte Dimble. »Dies muß der kleine Wald sein. Wir sind jetzt sehr nahe.«

Zwischen ihnen und dem Feuer erhob sich eine Bodenwelle, und obgleich sie das Feuer selbst nicht sahen, war der Wald ringsum jetzt deutlich erkennbar, und sie sahen auch ihre Gesichter, die weiß waren, und ihre Augen zwinkerten nervös.

»Ich werde zuerst hingehen«, sagte Dimble mit halblauter Stimme.

»Ich beneide Sie um Ihren Mut«, antwortete Jane. »Pssst!« machte Dimble.

Langsam und möglichst jedes Geräusch vermeidend stiegen sie zum breiten Rücken der Bodenwelle auf und machten halt. Auf der Sohle einer Talmulde zu ihren Füßen brannte ein großer Holzfeuer. Überall war Gebüsch und Unterholz, dessen im flackernden Widerschein des Feuers tanzende Schatten die Beobachtung erschwerten.

Jenseits des Feuers schien etwas wie ein primitives Zelt aus Sackleinwand zu stehen, und Denniston glaubte, einen umgeworfenen Karren auszumachen. Im Vordergrund, zwischen ihnen und dem Feuer, lag ein Kessel.

»Ist niemand da?« wisperte Dimble zu Denniston.

»Ich weiß nicht. Warten wir einen Augenblick.«

»Da, sehen Sie!« flüsterte Jane aufgeregt. »Dort! Rechts hinter dem Feuer!«

»Was?« fragte Dimble.

»Sahen Sie ihn nicht?«

»Ich sah nichts.«

»Ich glaubte einen Mann zu sehen«, sagte Jane, unsicher geworden.

»Ich auch«, sagte Denniston. »Aber wenn Sie mich fragen, war es ein gewöhnlicher Landstreicher. Ich meine, ein Mann in modernen Kleidern.«

»Wie sah er aus?«

»Keine Ahnung.«

»Wir müssen zum Feuer hinunter«, erklärte Dimble.

»Das Gebüsch ist so dicht, daß er uns schon von weitem hören wird«, wandte Denniston ein.

»Richtig«, sagte Dimble. »Aber es scheint einen Pfad zu geben, der von rechts in die Senke hineinführt. Wir müssen sie umgehen, bis wir auf diesen Weg stoßen.«

Sie hatten mit gedämpften Stimmen gesprochen, und das Knistern des Feuers war jetzt das lauteste Geräusch, denn der Regen schien aufzuhören. Leise und vorsichtig wie ein Spähtrupp in der Nähe der feindlichen Stellungen begannen sie, die Senke zu umgehen.

»Halt!« wisperte Jane plötzlich.

»Was ist?«

»Da bewegt sich was.«

»Wo?«

»In den Büschen dort. Ganz nahe.«

»Ich habe nichts gehört.«

»Jetzt höre ich auch nichts mehr.«

»Gehen wir weiter.«

»Glauben Sie immer noch, daß dort etwas ist?«

»Jetzt ist es still. Aber da war was.«

Sie gingen ein paar Schritte weiter.

»Achtung!« raunte Denniston. »Jane hat recht. Da ist was.«

»Soll ich sprechen?« fragte Dimble.

»Augenblick«, erwiderte Denniston. »Es ist gleich hier. Da, sehen Sie! Verdammt noch mal, es ist bloß ein alter Esel!«

»Genau wie wir dachten«, erklärte Dimble. »Der Mann ist ein Zigeuner; ein Kesselflicker oder was. Dies ist sein Esel. Trotzdem, wir müssen nachsehen.«

Sie gingen weiter. Minuten später folgten sie einem grasüberwachsenen Pfad, der in die Talsenke hinunterführte. Als sie das Feuer vor sich sahen, war es nicht mehr zwischen ihnen und dem Zelt. »Da ist er«, sagte Jane.

»Können Sie ihn sehen?« fragte Dimble. »Meine Augen sind nicht so gut.«

»Ich kann ihn gut erkennen«, erwiderte Dennniston. »Es ist ein Landstreicher. Sehen Sie ihn denn nicht, Dimble? Ein alter Mann mit einem wirren Bart, einem Überzieher und schwarzen Hosen. Sehen Sie nicht, wie er das linke Bein von sich gestreckt hat?«

»Das?« sagte Dimble. »Das hatte ich für einen Wurzelstock gehalten. Aber Sie haben bessere Augen als ich. Aber das ist doch zu eigenartig! Haben Sie wirklich einen Mann gesehen, Arthur?«

»Nun, ich war davon überzeugt, Sir. Aber jetzt bin ich selbst unsicher geworden. Vielleicht werden meine Augen müde. Er sitzt absolut bewegungslos. Wenn es ein Mann ist, dann schläft er.«

»Oder er ist tot«, sagte Jane schaudernd.

»So oder so«, meinte Dimble, »wir müssen hingehen.«

Weniger als eine Minute später waren sie auf dem Grund der Talmulde und gingen auf das Feuer zu. Und da war das provisorische Zelt mit einem armseligen Lager und einem Blechteller. Auf dem Boden lagen Zündhölzer und die ausgeklopfte Asche einer Pfeife, aber sie konnten keinen Menschen sehen.

»Ich verstehe nicht, Wither«, sagte Miß Hardcastle, »warum Sie mir mit dem Burschen nicht freie Hand lassen. Ihre Ideen sind alle so halbherzig – ihn mit dem Mord unter Druck zu setzen, ihn dann zu verhaften und die ganze Nacht in eine Zelle zu sperren, damit er sich die Sache durch den Kopf gehenlassen kann. Warum geben Sie sich immer wieder mit Methoden ab, die vielleicht Erfolg haben, vielleicht aber auch nicht? Dabei würden zwanzig Minuten meiner Behandlung ausreichen, um seine innersten Gedanken nach außen zu kehren. Ich kenne den Typ.«

Es war zehn Uhr am gleichen Abend, und Miß Hardcastle marschierte wie eine grollende Walküre im Arbeitszimmer des stellvertretenden Direktors auf und ab. Als Dritter war Professor Frost anwesend.

»Ich versichere Ihnen, Miß Hardcastle«, sagte Wither, und seine wäßrigen Augen blickten in Frosts Richtung, »bitte zweifeln Sie nicht daran, daß Ihre Ansichten in dieser oder jeder anderen Angelegenheit immer die vollste Aufmerksamkeit finden werden. Aber wenn ich so sagen darf, ist dies einer jener Fälle, wo jeder... ah... strenge Grad von Zwangsvernehmung das Gegenteil des angestrebten Zwecks bewirken könnte.«

»Wieso?« fragte die Fee verdrießlich.

»Sie müssen entschuldigen«, sagte Wither, »wenn ich Sie daran erinnere – nicht daß ich der Meinung wäre, Sie übersähen den Hauptpunkt, sondern einfach aus methodischen Gründen –, daß wir die Frau brauchen – ich meine, daß es für uns von größtem Wert sein würde, Mrs. Studdock in unserem Kreis willkommen zu heißen, und zwar hauptsächlich wegen der bemerkenswerten psychischen Fähigkeit, die ihr nachgesagt wird. Wenn ich das Wort ›psychisch‹ gebrauche, schließe ich mich selbstverständlich nicht irgendeiner bestimmten Theorie an.«

»Sie meinen diese Träume?«

»Es ist sehr zweifelhaft«, fuhr Wither fort, »ob nicht die Wirkung, die es auf sie haben würde, wenn man sie zwangsweise hierher brächte und sie dann ihren Ehemann in dem... ah... einigermaßen abnormen, wenn auch zweifellos nur vorübergehenden Zustand anträfe, den wir als Resultat Ihrer wissenschaftlichen Vernehmungsmethoden zu gewärtigen hätten, unseren Interessen... ah... entgegenstünde. Man liefe Gefahr, daß sie einen tiefen traumatischen Schock erleiden würde. Die Fähigkeit selbst könnte versiegen; zumindest für längere Zeit.«

»Wir haben Major Hardcastles Bericht noch nicht gehört«, sagte Professor Frost.

»Nicht sehr ergiebig«, sagte die Fee. »Er wurde beschattet, und unsere Leute folgten ihm bis zum Northumberland College. Nur drei mögliche Kontaktpersonen verließen nach ihm das College – Lancaster, Lyly und Dimble. Ich nenne sie in der Reihenfolge der Wahrscheinlichkeit.

Lancaster ist ein erklärter Anglikaner und ein sehr einflußreicher Mann. Er ist Mitglied der Kirchenversammlung und war maßgeblich an der Vorbereitung der Konferenz über die Kirchenreform beteiligt. Außerdem ist er mit mehreren bekannten, streng klerikalen Familien verschwägert und hat eine Reihe von Büchern geschrieben. Er hat ganz auf die andere Seite gesetzt. Lyly ist ungefähr der gleiche Typ, aber als Organisator weniger gut. Wie Sie sich erinnern werden, hat er in dieser reaktionären Kommission für das Erziehungswesen eine Menge Unheil angerichtet. Die beiden sind gefährliche Männer. Sie gehören zu den Leuten, die aktiv handeln und für die andere Seite natürliche Führergestalten darstellen. Dimble ist von ganz anderer Art. Abgesehen davon, daß er als kirchentreu und frömmlerisch gilt, gibt es nicht viel gegen ihn zu sagen. Er ist ein reiner Akademiker. Ich glaube nicht, daß er sehr bekannt ist, außer unter Gelehrten seines Fachgebiets. Keinerlei persönliche Ausstrahlung, unpraktisch und ein bißchen versponnen. Er wäre viel zu sehr von Skrupeln geplagt, um seiner Partei viel nützen zu können. Die anderen sind kluge Köpfe, besonders Lancaster. Er ist ein Mann, den wir gebrauchen könnten, wenn er die richtigen Ansichten hätte.«

»Sie sollten Major Hardcastle sagen, daß uns die meisten dieser Tatsachen bereits bekannt sind«, sagte Professor Frost.

»Vielleicht«, sagte Wither, »sollten wir in Anbetracht der späten Stunde – wir wollen Ihre Kräfte nicht übermäßig beanspruchen, Miß Hardcastle – zum rein erzählenden Teil Ihres Berichts übergehen.«

»Nun«, sagte die Fee, »ich mußte alle drei beschatten lassen, und zwar mit den Leuten, die ich an Ort und Stelle zur Verfügung hatte. Sie werden verstehen, daß es nur einem glücklichen Zufall zu verdanken war, daß Studdock gesehen wurde, als er sich nach Edgestow aufmachte. Es brachte alle Planungen durcheinander. Die meisten meiner Leute waren anderweitig beschäftigt, und ich mußte nehmen, wen ich kriegen konnte. Ich stellte einen Mann als Wache auf und ließ sechs weitere in der Nähe des Northumberland Colleges warten, natürlich in Zivil. Als Lancaster herauskam, beauftragte ich drei meiner Leute, ihm unauffällig zu folgen und sich dabei abzuwechseln, um ihn nicht mißtrauisch zu machen. Vor einer halben Stunde riefen sie mich aus London an, wohin Lancaster mit dem Zug gefahren ist. Vielleicht sind wir dort auf einer heißen Spur. Lyly machte eine Menge Schwierigkeiten. Nachdem er das College verlassen hatte, scheint er nacheinander ungefähr fünfzehn Leute in Edgestow aufgesucht zu haben. Die beiden Jungen, die ich auf ihn ansetzte, haben alle Namen aufgeschrieben. Schließlich kam Dimble heraus. Ich hätte ihn durch meinen letzten Mann beschatten lassen, aber zu dem Zeitpunkt kam ein Anruf von Hauptmann O'Hara, der einen weiteren Wagen brauchte. Also ließ ich Dimble für diesmal sausen und schickte meinen Mann mit dem Wagen zu O'Hara. Dimble läuft uns nicht davon; er kommt ziemlich regelmäßig fast jeden Tag ins College, und er ist wirklich nicht viel mehr als eine Null.«

»Ich verstehe nicht ganz«, sagte Frost, »warum Sie keinen Ihrer Leute im Innern des Colleges hatten, um zu sehen, welches Gebäude und welche Personen Studdock dort aufsuchte.«

»Wegen Ihres verdammten Notstandsbevollmächtigten«, erwiderte die Fee. »Es ist uns nicht gestattet, Universitätsgelände zu betreten. Ich sagte schon zu Anfang, daß Feverstone nicht der richtige Mann ist. Er versucht auf beiden Hochzeiten zu tanzen. Er ist für uns und gegen die Stadt, aber wenn die Alternative Institut oder Universität lautet, ist er unzuverlässig. Denken Sie an meine Worte, Wither: Sie werden noch Ärger mit ihm haben.«

Frost musterte den stellvertretenden Direktor.

»Ich bin weit davon entfernt, zu leugnen«, sagte Wither, »daß einige von Lord Feverstones Maßnahmen unklug gewesen sein mögen, wenngleich ich mich anderen möglichen Erklärungen nicht verschließen will. Es wäre mir außerordentlich schmerzlich, annehmen zu müssen, daß ...«

»Müssen wir Major Hardcastle noch länger aufhalten?« unterbrach ihn Frost.

»Du meine Güte!« sagte Wither. »Wie recht Sie haben! Ich hatte fast vergessen, meine liebe Miß Hardcastle, wie müde Sie sein müssen und wie kostbar Ihre Zeit ist. Wir müssen versuchen, Sie für jene besondere Art von Arbeit zu schonen, in der Sie sich als unentbehrlich erwiesen haben. Sie dürfen Ihre Gutmütigkeit nicht ausnützen lassen. Es gibt eine Menge eintöniger Routinearbeit, von der Sie vernünftigerweise verschont bleiben sollten.« Er stand auf und hielt ihr die Tür auf.

»Sie sind also nicht dafür«, sagte sie, »daß meine Leute ein bißchen Druck auf Studdock ausüben sollten? Ich meine, es kommt mir irgendwie lächerlich und unnötig vor, daß wir alle möglichen Schwierigkeiten auf uns nehmen, um eine Adresse zu erfahren.«

Als Wither neben der Tür stand, eine Hand auf der Klinke, höflich, geduldig und lächelnd, verlor sich plötzlich aller Ausdruck aus seinem Gesicht. Die halbgeöffneten blassen Lippen, der weißhaarige Kopf, die wäßrigblauen Augen über den Tränensäcken – alles hörte auf, irgendeine Stimmung oder Gemütsbewegung wiederzugeben. Miß Hardcastle hatte mit einemmal das Gefühl, eine Maske aus Fleisch und Haut starre sie an. Im nächsten Augenblick war sie draußen.

»Ich frage mich«, meinte Wither, als er zu seinem Platz zurückkehrte, »ob wir dieser Mrs. Studdock nicht doch zuviel Bedeutung beimessen.«

»Wir handeln nach einem Befehl, der am vierzehnten Oktober erging«, sagte Frost.

»Oh ... das habe ich nicht in Zweifel gezogen«, sagte Wither mit einer beschwichtigenden Geste.

»Erlauben Sie mir, Sie an die Tatsachen zu erinnern«, sagte Frost. »Die Autoritäten hatten nur während sehr kurzer Zeit Zugang zum Unterbewußtsein dieser Frau. Sie beobachteten nur einen wichtigen Traum – einen Traum, der ein wesentliches Element unseres Programms enthüllte, wenngleich in Verbindung mit einigen bedeutungslosen Details. Das warnte uns, weil diese Frau eine ernste Gefahr darstellen könnte, wenn sie in die Hände feindlich gesonnener Personen fiele, die ihre Fähigkeit auszunutzen wissen.«

»Oh, selbstverständlich, ohne Zweifel. Ich hatte nie die Absicht, zu bestreiten ...«

»Das war der erste Punkt«, unterbrach Frost. »Der zweite ist, daß ihr Unterbewußtsein oder Geist kurz darauf undurchsichtig wurde. Im gegenwärtigen Stadium unserer wissenschaftlichen Erkenntnis ist uns nur eine Ursache für solche Eintrübungen bekannt. Sie kommen vor, wenn der betreffende Bewußtseinsträger sich aus einer – wie auch immer gearteten – freiwilligen Entscheidung unter die Herrschaft eines feindlichen Organismus begibt. Indem die Eintrübung uns den Zugang zu ihren Träumen verwehrt, sagt sie uns also, daß die Frau auf diese oder jene Weise unter feindlichen Einfluß geraten ist. Dies ist an sich schon eine ernste Gefahr. Aber es bedeutet auch, daß die Auffindung dieser Frau wahrscheinlich gleichbedeutend mit der Entdeckung des feindlichen Hauptquartiers wäre. Miß Hardcastle hat wahrscheinlich recht mit der Behauptung, daß die Folter Studdock sehr bald bewegen würde, uns die Anschrift seiner Frau zu verraten. Aber wie Sie sagten, könnte eine Razzia des Hauptquartiers mit Verhaftungen, die Überführung hierher und die Auffindung ihres Mannes in seinem von der Folter verursachten Zustand in der Frau psychologische Reaktionen auslösen, die zur Zerstörung ihrer Fähigkeit führen könnten. Wir würden auf diese Weise eine der Absichten vereiteln, die wir mit ihr verbinden. Das ist der erste Einwand. Der zweite ist, daß ein offener Angriff auf das feindliche Hauptquartier sehr riskant wäre. Sie genießen sehr wahrscheinlich einen Schutz, dem wir nicht allzuviel entgegenzusetzen haben. Und schließlich könnte es sein, daß der Mann den gegenwärtigen Aufenthalt seiner Frau gar nicht kennt. In diesem Fall...«

»Oh«, sagte Wither, »nichts würde ich mehr beklagen. Wissenschaftliche Untersuchung – ich kann das Wort ›Folter‹ in diesem Zusammenhang nicht gestatten – in Fällen, wo der Patient die Antwort nicht weiß, ist immer ein fataler Fehler. Als Männer von humanistischen Idealen sollten wir doch keinesfalls... Ein anderes Problem kommt hinzu: Macht man weiter, erholt sich der Patient natürlich nicht, und hört man auf, wird selbst ein erfahrener Operateur von der Sorge geplagt sein, er habe es vielleicht doch gewußt. Es ist in jedem Falle unbefriedigend.«

»Es gibt tatsächlich keine Möglichkeit, unsere Instruktionen auszuführen, es sei denn, wir brächten Studdock dazu, seine Frau selbst herbeizuschaffen.«

»Oder wenn es möglich wäre«, sagte Wither noch ein wenig verträumter als gewöhnlich, »ihn noch viel enger an uns zu binden, als es bisher geschehen ist. Ich spreche von einem wirklichen Gesinnungswechsel, mein Freund.«

Frost öffnete und dehnte seinen ziemlich breiten Mund, so daß sein weißes Gebiß sichtbar wurde.

»Das ist ein Teil des erwähnten Plans«, sagte er. »Ich schlug vor, daß er veranlaßt werden müsse, die Frau von sich aus herbeizuschaffen. Das kann natürlich auf zweierlei Weise geschehen.

Entweder indem wir ihn auf der instinktiven Ebene motivieren, also durch Angst vor uns oder Verlangen nach ihr; oder indem wir ihn so konditionieren, daß er sich vollständig mit der Sache identifiziert, die wirklichen Gründe versteht und entsprechend handelt.«

»Genau... genau«, sagte Wither beifällig. »Ihre Ausdrucksweise unterscheidet sich wie immer ein wenig von der, die ich wählen würde, aber...«

»Wo ist Studdock gegenwärtig?« sagte Frost.

»In einer der Zellen hier – auf der anderen Seite.«

»Steht er unter dem Eindruck, daß er von der staatlichen Polizei verhaftet wurde?«

»Das kann ich nicht sagen. Ich nehme es allerdings an. Wahrscheinlich macht es keinen großen Unterschied.«

»Und wie wollen Sie nun vorgehen?«

»Wir hatten vor, ihn für mehrere Stunden sich selbst zu überlassen, damit der psychologische Druck der Verhaftung auf ihn einwirken kann. Ich habe riskiert – selbstverständlich unter Berücksichtigung der gebotenen Menschlichkeit –, auf den Wert geringfügiger körperlicher Entbehrungen zu bauen und Anweisung gegeben, ihm kein Abendessen zu servieren. Außerdem wurden seine Taschen geleert. Es ist nicht wünschenswert, daß der junge Mann etwa auftretende Zustände nervlicher Anspannung durch Rauchen lindert. In einem solchen Fall soll der Persönlichkeit Gelegenheit gegeben werden, sich ganz auf ihre eigenen Hilfsquellen zu besinnen.«

»Selbstverständlich. Und was dann?«

»Nun, vermutlich eine Art Vernehmung. Das ist ein Punkt, zu dem ich Ihre Ratschläge begrüßen würde. Die Frage ist, ob ich persönlich in Erscheinung treten sollte. Ich bin geneigt, zu denken, daß der Anschein eines Verhörs durch die staatliche Polizei ein wenig länger aufrechterhalten werden sollte. Dann, in einem späteren Stadium, würde die Entdeckung kommen, daß er sich noch immer in unseren Händen befindet. Wahrscheinilch wird er diese Entdeckung zunächst mißverstehen. Es würde gut sein, ihn erst nach und nach zu der Erkenntnis zu führen, daß dieser Umstand ihn keineswegs von den... ah... Unannehmlichkeiten befreit, die sich aus Hingests Tod ergeben. Ich könnte mir denken, daß daraus eine tiefere und nachhaltigere Erkenntnis seiner unausweichlichen Solidarität mit dem Institut erwachsen würde...«

»Und dann wollen Sie ihn wieder nach seiner Frau fragen?«

»So würde ich es ganz und gar nicht anfangen«, sagte Wither. »Es ist, wenn ich so sagen darf, einer der Nachteile jener extremen Einfachheit und Genauigkeit Ihrer von uns allen so sehr bewunderten Ausdrucksweise, daß sie keinen Raum für Zwischentöne läßt. Wir erhoffen uns eher einen spontanen Ausbruch von Vertrauen seitens des jungen Mannes. Alles, was auf eine direkte Forderung hinausliefe...«

»Die Schwäche des Plans«, sagte Frost, »liegt darin, daß Sie sich ganz auf die Furcht verlassen.«

»Furcht«, wiederholte Wither sinnend, als habe er das Wort zum erstenmal gehört. »Ich vermag der Gedankenverbindung nicht ganz zu folgen. Soll ich davon ausgehen, daß Sie sich dem gegenteiligen Vorschlag anschließen, der, wenn ich mich recht entsinne, von Miß Hardcastle gemacht wurde?«

»Was war das?«

»Wieso?« sagte Wither. »Wenn ich sie richtig verstand, dachte sie daran, wissenschaftliche Maßnahmen zu ergreifen, um dem jungen Mann die Gesellschaft seiner Frau wünschenswerter zu machen. Einige chemische Hilfsmittel...«

»Sie meinen ein Aphrodisiakum?«

Wither seufzte sanft und schwieg.

»Das ist Unsinn«, sagte Frost. »Seit wann wendet sich ein Mann unter dem Einfluß von Aphrodisiaka seiner Frau zu? Aber wie ich sagte, ich halte es für falsch, ganz auf die Furcht zu bauen. Ich habe während mehrerer Jahre beobachtet, daß ihre Resultate unkalkulierbar sind: das gilt besonders dann, wenn die Furcht komplizierter Natur ist. Der Patient kann so in Angst geraten, daß er jede Antriebskraft verliert, also auch in die gewünschte Richtung. Gelingt es nicht, die Frau mit der Hilfe ihres Mannes herbeizuschaffen, müssen wir eben Folter anwenden und die Folgen auf uns nehmen. Aber es gibt andere Alternativen. Es gibt zum Beispiel das Verlangen.«

»Ich bin nicht sicher, daß ich Sie recht verstanden habe. Eben haben Sie den Gedanken an medizinische oder chemische Mittel zurückgewiesen.«

»Ich dachte an ein stärkeres Verlangen.«

Weder in diesem noch einem anderen Stadium des Gesprächs blickte der stellvertretende Direktor länger als für einen flüchtigen Augenblick ins Gesicht seines Partners; wie gewöhnlich wanderten seine Blicke ziellos und wie unter einem Zwang im Raum umher oder richteten sich auf entfernte Objekte. Zuweilen schloß er die Augen. Aber entweder Frost oder Wither – es war schwierig zu sagen, welcher der beiden – war mit seinem Stuhl dem anderen nach und nach näher gerückt, so daß ihre Knie sich jetzt fast berührten.

»Ich habe mit Filostrato gesprochen«, sagte Frost mit seiner leisen, klaren Stimme. »Ich drückte mich so aus, daß er die Bedeutung verstanden haben muß, wenn er auch nur eine Ahnung von der Wahrheit hat. Sein erster Assistent, Wilkins, war ebenfalls anwesend. Tatsache ist, daß keiner der beiden wirkliches Interesse zeigt. Was sie interessiert, ist die Tatsache, daß es ihnen – wie sie glauben – gelungen ist, den Kopf am Leben zu erhalten und zum Sprechen zu bringen. Was er sagt, interessiert sie nicht wirklich. Sie zeigen keinerlei Neugierde. Ich ging sehr weit. Ich stellte Fragen über seinen Bewußtseinszustand, seine Informationsquellen und seine Erkenntnisse. Es gab keine Reaktion.«

»Wenn ich Sie recht verstehe«, sagte Wither, »dann schlagen Sie vor, daß wir aus dieser Richtung auf Mr. Studdock zukommen. Nun, wenn ich mich recht entsinne, wiesen Sie Furcht mit der Begründung zurück, daß Ihre Wirkung nicht mit der wünschenswerten Genauigkeit vorausgesagt werden könne. Aber würde die jetzt ins Auge gefaßte Methode verläßlicher sein? Ich brauche wohl kaum zu erwähnen, daß ich eine gewisse Enttäuschung, die ernst zu nehmende Persönlichkeiten über Kollegen wie Filostrato und seinen Untergebenen, Mr. Wilkins, empfinden müssen, vollauf verstehe.«

»Das ist der entscheidende Punkt«, sagte Frost. »Man muß sich vor dem Fehler hüten, anzunehmen, daß die politische und wirtschaftliche Herrschaft des N.I.C.E. über England mehr als ein untergeordneter Faktor sei: In Wahrheit geht es uns um Persönlichkeiten. Um einen harten Kern von Persönlichkeiten, die der Sache so ergeben sind wie wir selbst. Das ist tatsächlich, was wir brauchen, und was zu beschaffen wir beauftragt sind. Bisher ist es uns nicht gelungen, viele Leute zu gewinnen – wirklich zu gewinnen.«

»Gibt es noch immer keine Neuigkeiten aus dem Bragdon-Wald?«

»Nein.«

»Und Sie meinen, Studdock könnte tatsächlich geeignet sein?«

»Sie dürfen nicht vergessen«, sagte Frost, »daß sein Wert nicht nur in den hellseherischen Fähigkeiten seiner Frau liegt. Das Paar ist auch eugenisch interessant. Außerdem glaube ich nicht, daß er Widerstand leisten kann. Zuerst die angstvollen Stunden in der Haftzelle und dann ein Appell an Wünsche, die die Angst gewissermaßen unterwandern, wird auf einen Charakter dieses Typs beinahe mit Sicherheit wirken.«

»Selbstverständlich ist nichts so sehr zu wünschen wie die größtmögliche Einheit«, sagte Wither. »Sie werden mich nicht verdächtigen, diesen Aspekt unserer Anweisungen unterzubewerten. Jede neue Persönlichkeit, die in diese Einheit aufgenommen wird, könnte für... ah... alle Beteiligten Ursache größter Zufriedenheit sein. Ich befürworte einen möglichst engen Zusammenschluß. Ich würde eine gegenseitige Durchdringung der Persönlichkeiten begrüßen, die so unwiderruflich sein sollte, daß die Individualität in ihr nahezu aufgehoben sein würde. Zweifeln Sie nicht, daß ich die Arme öffnen würde, um diesen jungen Mann zu empfangen, aufzunehmen und zu assimilieren.«

Sie saßen jetzt so nahe beisammen, daß ihre Gesichter einander fast berührten, als wären sie ein Liebespaar und im Begriff, sich zu küssen. Das Licht spiegelte sich in Frosts Zwicker, so daß seine Augen unsichtbar waren; nur sein Mund, lächelnd, doch im Lächeln nicht entspannt, verriet seinen Ausdruck. Withers Mund stand offen, mit herabhängender Unterlippe, seine Augen waren naß, und sein ganzer Körper kauerte zusammengesunken im Armsessel, als sei jede Kraft aus ihm geschwunden. Ein Fremder hätte ihn für betrunken gehalten. Dann zuckten seine Schultern, und er begann lautlos zu lachen. Frost lachte nicht, doch sein Lächeln wurde von Augenblick zu Augenblick heller und auch kälter, und dann streckte er die Hand aus und klopfte seinem Kollegen auf die Schulter. Plötzlich störte ein lautes Poltern die Stille im Raum. Das Nachschlagewerk *Wer ist wer* war vom Tisch gefallen, auf den Boden gefegt, als die beiden alten Männer sich mit einer raschen und ruckartigen Bewegung steif vorwärtsbeugten und in einer Umarmung vor und zurück schwankten, aus der sich zu befreien gleichwohl jeder der beiden bemüht schien. Und wie sie so schaukelten und schwankten und rangen, erhob sich, schrill und kichernd zuerst, aber dann lauter und lauter, eine senil gakkernde und prustende Parodie eines Gelächters.

Als Mark aus dem Polizeiwagen in Dunkelheit und Regen gezerrt und von zwei Uniformierten im Laufschritt in ein Gebäude getrieben und schließlich in einen kahlen kleinen Raum gestoßen wurde, hatte er keine Ahnung, daß er in Belbury war. Es hätte ihn auch kaum gekümmert, denn mit dem Augenblick seiner Verhaftung hatte er mit dem Leben abgeschlossen. Er würde am Galgen enden.

Er hatte den Tod nie aus der Nähe erlebt. Nun, wie er seine Hand betrachtete (weil seine Hände kalt waren und er sie gerieben hatte), überraschte ihn die völlig neue Vorstellung, daß diese selbe Hand, mit ihren fünf Nägeln und der gelben Nikotinverfärbung an der Innenseite des Zeigefingers, bald die Hand eines Leichnams und später die eines Skeletts sein würde. Er wurde nicht gerade von Entsetzen geschüttelt, obgleich er sich eines würgenden Gefühls im Hals bewußt war; was ihn verstörte, war die Ungeheuerlichkeit der Vorstellung.

Darauf folgte ein jäher Ansturm von scheußlichen Einzelheiten über Hinrichtungen, die er vor längerer Zeit von Miß Hardcastle gehört hatte. Aber das war eine Dosis, die für das Bewußtsein zu stark war und nur für Sekunden in seiner Vorstellung schwebte und ihn zu einem inneren Aufschrei brachte, ehe sie verdrängt wurde und sich auflöste. Der Tod als Gegenstand der Aufmerksamkeit setzte sich wieder durch, und mit ihm kam die Frage der Unsterblichkeit. Mark war nicht im mindesten interessiert. Was hatte ein Leben nach dem Tode damit zu tun? Glücksempfindungen in irgendeiner anderen, körperlosen Welt waren für einen Mann, der dem Tod entgegensah, völlig irrelevant. Das Sterben war der entscheidende Punkt. Wie man es auch betrachtete, dieser Körper – dieser schlaffe, zitternde, verzweifelt lebendige Körper, der auf eine so intime Weise sein eigen war – sollte gewaltsam in einen toten Körper verwandelt werden. Wenn es so etwas wie eine Seele gab, dieser Körper hatte nichts davon. Das würgende, erstickende Angstgefühl brachte die Ansicht des Körpers zu der Angelegenheit mit einer Intensität zum Ausdruck, die alles andere ausschloß.

Da er das Gefühl hatte, am Ersticken zu sein, sah er sich in der Zelle nach Belüftungseinrichtungen um. Tatsächlich gab es über der Tür eine Art Gitter. Diese Ventilationsöffnung und die Tür selbst waren die einzigen Gegenstände, die dem Auge Abwechslung boten. Alles andere – Boden, Decke, Wände – war nackter Beton, ohne Stuhl oder Tisch, Buch oder Kleiderhaken. In der Mitte der Decke war ein grelles, weißes Licht.

Irgend etwas in der Atmosphäre des Raums brachte ihn zum erstenmal auf den Gedanken, er könne in Belbury sein und nicht in einem Polizeigefängnis. Aber der bei diesem Gedanken aufflammende Hoffnungsschimmer war nicht von Dauer. Es war einerlei, ob Wither und Miß Hardcastle und die anderen sich seiner entledigten, indem sie ihn der staatlichen Polizei übergaben, oder indem sie ihn selbst beiseite räumten, wie sie es zweifellos mit dem abtrünnigen Hingest getan hatten. Die Bedeutung des ständigen Auf und Ab, das seinen Aufenthalt in Belbury bestimmt hatte, erschien ihm jetzt völlig offensichtlich. Sie waren alle seine Feinde, hatten mit seinen Hoffnungen und Ängsten gespielt, um ihn sich gefügig zu machen, und waren von Anfang an entschlossen gewesen, ihn zu töten, wenn er zu fliehen versuchte oder den Zweck erfüllt hätte, für den sie ihn wollten. Er fand es erstaunlich, daß er jemals anders darüber gedacht haben konnte. Wie hatte er sich der Illusion hingeben können, diese Leute durch Leistung für sich einzunehmen?

Was für ein verdammter, gutgläubiger Narr war er gewesen! Er setzte sich auf den Boden, denn seine Beine waren schwach, als wäre er fünfundzwanzig Meilen marschiert. Warum war er überhaupt nach Belbury gegangen? Hätte ihn nicht schon sein erstes

Gespräch mit dem stellvertretenden Direktor warnen sollen, daß er es hier mit einer Welt der Intrigen zu tun hatte, voller Hinterlist, Heimtücke, Täuschung und Lüge – einer Welt, in der gemordet wurde und in der man nur ein verächtliches Hohnlachen für den Dummkopf übrig hatte, der bei dem Spiel verlor? Feverstones kaltes Auflachen an jenem Tag, als er ihn einen ›unheilbaren Romantiker‹ genannt hatte, kam ihm wieder in den Sinn. Feverstone... so war er dazu gekommen, an Wither zu glauben: durch Feverstones Empfehlung. Seine Torheit reichte offenbar weiter zurück. Wie in aller Welt war er dazu gekommen, Feverstone Vertrauen zu schenken – einem Mann mit einem Haifischmaul, einem Blender mit weltgewandten Manieren, einem Mann, der einem nie ins Gesicht sah? Jane oder der alte Dimble hätten ihn sofort durchschaut. Das Wort ›Halunke‹ war ihm förmlich auf die Stirn geschrieben. Er konnte nur Marionetten wie Curry und Busby täuschen. Damals aber, zu der Zeit, als er zum erstenmal mit Feverstone zusammengekommen war, hatte er Curry und Busby nicht für Marionetten gehalten. Mit außergewöhnlicher Klarheit, aber auch mit einer sich plötzlich einstellenden Verblüffung, erinnerte er sich daran, wie er über das progressive Element am Bracton College gedacht hatte, als er in seine Reihen aufgenommen worden war. Mit noch größerer Verblüffung erinnerte er sich nun, wie er als frischgebackener Dozent gedacht hatte, als er noch außerhalb dieses Kreises gestanden hatte – wie er beinahe ehrfurchtsvoll auf Curry und Busby geblickt, wenn sie im Gesellschaftsraum die Köpfe zusammensteckten, wie er Bruchstücke ihrer geflüsterten Gespräche aufgeschnappt hatte, zum Schein in eine Zeitung vertieft, aber verzehrt von dem Verlangen, einer von ihnen möge herüberkommen und ihn ansprechen. Und dann, nach Monaten und Monaten, war es geschehen. Er sah sich selbst als den widerlichen kleinen Außenseiter, der unbedingt ›dazugehören‹ wollte, den infantilen Tölpel, der die heiseren und unwichtigen Vertraulichkeiten in sich einsog, als wären sie Staatsgeheimnisse. Hatte seine Dummheit nie einen Anfang gehabt? War er von Geburt an ein solcher Einfaltspinsel gewesen? Schon in seiner Schulzeit, als er seine Arbeit vernachlässigt und seinen einzigen wirklichen Freund verloren hatte, nur weil ihm nichts wichtiger gewesen war, als in die führende Jungenclique an der Schule aufgenommen zu werden? Selbst als kleines Kind, als er sich mit Myrtle prügelte, weil sie mit Pamela von nebenan Geheimnisse gehabt hatte?

Er verstand nicht, warum ihm dies alles, was nun so offensichtlich schien, früher nie in den Sinn gekommen war. Er war sich nicht bewußt, daß solche Gedanken oft bei ihm Einlaß begehrt hatten, aber immer ausgesperrt worden waren, weil ihre Bewußtwerdung das ganze Geflecht seines Lebens zerrissen und hinfällig gemacht hätte. Die unübersehbare Masse von Problemen, die ihm daraus erwachsen wäre, hatte ihn stets daran gehindert, solche Fragen laut werden zu lassen. Was ihm jetzt die Scheuklappen abgenommen hatte, war lediglich die Tatsache, daß nichts mehr zu machen war. Sie würden ihn hängen. Alles war aus. Es konnte nicht mehr schaden, wenn er das Geflecht zerriß, denn jetzt konnte er es ohnehin nicht mehr gebrauchen. Es war keine Rechnung (in Gestalt mühevoller Entscheidung und Neuorientierung) für die Wahrheit zu bezahlen. Es war ein Ergebnis der Todesfurcht, das der stellvertretende Direktor und Professor Frost möglicherweise nicht vorausgesehen hatten.

Moralische Erwägungen hatten zu diesem Zeitpunkt keinen Raum in Marks Gedanken. Er blickte nicht mit Scham auf sein Leben zurück, sondern mit einer Art von Abscheu vor seiner öden Traurigkeit. Er sah sich selbst als kleinen Jungen in kurzen Hosen, in den Büschen beim Gartenzaun versteckt, um Myrtles Gespräche mit Pamela zu belauschen, wobei er sich nicht eingestehen wollte, daß diese Geheimnisse ganz und gar nicht interessant waren, wenn man sie mithörte. Er sah sich vorgeben, daß ihm die Nachmittage mit den Sportkanonen der Clique Spaß machten, während er sich die ganze Zeit (wie er jetzt einsah) nach den Spaziergängen auf den alten Wegen mit Pearson sehnte – Pearson, den abzuschütteln er zuvor keine Mühe gescheut hatte. Er sah sich als Halbwüchsigen angestrengt Schundromane lesen und Bier trinken, während ihm in Wirklichkeit John Buchan besser gefiel und Limonade besser schmeckte. Die Stunden, die er damit verbracht hatte, den Jargon eines jeden neuen Kreises zu lernen, der ihn anzog, das ständige Vorspiegeln von Interesse für Dinge, die er langweilig fand, und von Kenntnissen, die er nicht besaß, die fast heroische Aufopferung nahezu jeder Person oder Sache, die ihm wirklich gefiel, die kläglichen Versuche, sich selbst weiszumachen, daß man Spaß daran haben könne, der Clique oder dem progressiven Element oder dem N.I.C.E. anzugehören – alles das drückte ihm jetzt das Herz ab. Wann hatte er jemals getan, was *er* wollte? Sich mit den Leuten zusammengetan, die *er* mochte? Oder auch nur gegessen und getrunken, was *ihm* schmeckte? Die konzentrierte Fadheit des Ganzen erfüllte ihn mit Selbstmitleid.

In einer normalen Verfassung hätte er die Verantwortung für dieses Leben unverzüglich auf äußere, unpersönliche Kräfte geschoben, die außerhalb seines Einflusses lagen. Schuld an allem wären ›das System‹ oder ein ›Minderwertigkeitskomplex‹ gewesen, den seine Eltern ihm mit auf den Weg gegeben hätten, oder die Eigentümlichkeiten der Zeit und ihrer Erscheinungen. Jetzt kam ihm nichts dergleichen in den Sinn. Seine ›wissenschaftliche‹

Betrachtungsweise war niemals eine richtige Lebensphilosophie gewesen, an die man mit dem Herzen glaubt. Sie hatte nur in seinem Gehirn gelebt und war Teil jenes öffentlichen Selbst, das nun von ihm abfiel. Ohne darüber nachdenken zu müssen, war er sich bewußt, daß er selbst dieses Leben gewählt hatte, das von oberflächlichem Ehrgeiz und Geltungssucht bestimmt gewesen war. Er selbst und niemand sonst war für den Scherbenhaufen verantwortlich, vor dem er stand.

Eine unerwartete Idee kam ihm in den Sinn. Sein Tod würde für Jane ein Glücksfall sein. Myrtle vor langer Zeit, Pearson in der Schule, Denniston auf der Universität und zuletzt Jane waren die vier stärksten Einflüsse gewesen, die aus der Welt jenseits seiner Ambitionen auf ihn eingewirkt hatten. Myrtle hatte er erobert, indem er der kluge Bruder geworden war, der Stipendien errang und mit wichtigen Leuten Umgang pflegte. Eigentlich waren sie Zwillinge, aber nach einer kurzen Kindheitsperiode, während der sie den Anschein der älteren Schwester gehabt hatte, war sie mehr wie eine jüngere Schwester geworden und seither so geblieben. Er hatte sie völlig in seinen Bannkreis gezogen, und ihre großen, erstaunten Augen und naiven Bemerkungen zu seinen Erzählungen über die Kreise, in denen er sich gerade bewegte, waren es, die ihm in jedem Stadium seiner Karriere die meiste wirkliche Freude und Befriedigung verschafften. Aber aus dem gleichen Grund hatte sie aufgehört, eine Mittlerin des Lebens jenseits der unfruchtbaren und sinnentleerten Welt seines Ehrgeizes zu sein. Die Blume, einst sorgsam zwischen die leeren Konservenbüchsen gepflanzt, war selbst zur leeren Blechbüchse geworden. Pearson und Denniston hatte er weggeworfen. Und er wußte jetzt zum erstenmal, welche Rolle er Jane in seinem Leben zugedacht hatte. Hätte er Erfolg gehabt; wäre er der Mann geworden, der zu sein er wünschte, so wäre sie die große Gastgeberin geworden – die legendäre Gastgeberin in dem Sinne, daß nur die wenigen Auserwählten gewußt hätten, wer diese hinreißend aussehende Frau war und warum es so ungeheuer wichtig war, sich ihres guten Willens zu versichern. Nun... es war gut für Jane, daß es nicht so gekommen war. Wie er sie jetzt in seinen Gedanken sah, schien sie in sich tiefe Brunnen und blühende Wiesen des Glücks zu haben, Ströme von Frische und verzauberte Gärten der Muse, zu denen er keinen Zugang hatte, die er aber hätte zerstören können. Sie gehörte zu jenen anderen Leuten – wie Pearson, wie Denniston –, die sich der Dinge um ihrer selbst willen erfreuen konnten. Sie war nicht wie er. Es war gut, daß sie ihn bald los sein würde. Es konnte ihr nicht schwerfallen, den Verlust zu verschmerzen. Sie hatte sich Mühe gegeben, es vor ihm und vor sich selbst zu verbergen, aber sie liebte ihn nicht wirklich. Niemand hatte es je getan.

In diesem Augenblick drehte sich ein Schlüssel im Schloß der Zellentür, und alle Gedanken, die ihn bis dahin beschäftigt hatten, waren plötzlich wie weggefegt. An ihrer Stelle überflutete ihn von neuem die nackte Todesangst, dörrte ihm die Kehle aus und machte seine Knie zittern. Trotzdem rappelte er sich auf, drängte sich gegen die Zellenrückwand und starrte so unverwandt zur Tür, als könne er dem Gehenktwerden entgehen, wenn er nur jeden, der hereinkam, ständig im Auge behielt.

Der Besucher war kein Polizist. Es war ein Mann in einem grauen Anzug, dessen Brillengläser zu spiegelnden Fenstern wurden und seine Augen verbargen, als er zu Mark und ins Licht blickte. Mark erkannte ihn sofort und wußte, daß er in Belbury war. Aber nicht das war es, was ihn veranlaßte, seine Augen noch weiter zu öffnen und vor Verblüffung beinahe sein Entsetzen zu vergessen. Es war die Veränderung in der Erscheinung des Mannes – oder vielmehr die Veränderung in den Augen, mit denen Mark ihn sah. In gewisser Weise war alles an Professor Frost, wie es immer gewesen war – der graue Spitzbart, die blasse breite Stirn, die Regelmäßigkeit der Züge, das strahlende arktische Lächeln. Aber Mark konnte nicht verstehen, wie es ihm je möglich gewesen war, an dem Mann etwas so Offensichtliches zu übersehen, daß jedes Kind vor ihm zurückgeschreckt und jeder Hund zähnefletschend und mit gesträubtem Nackenfell in eine Ecke gekrochen wäre. Der Tod selbst schien nicht beängstigender als die Tatsache, daß er diesem Mann noch vor sechs Stunden in einem gewissem Umfang vertraut, sein Vertrauen richtig gefunden und sich sogar glauben gemacht hätte, die Gesellschaft dieses Mannes sei ihm nicht unangenehm.

12

Nacht in Wind und Regen

»Nun«, sagte Dimble, »hier ist niemand.«

»Eben war er noch da«, sagte Denniston.

»Sind Sie sicher, daß Sie jemand sahen?« fragte Dimble.

Denniston zuckte die Achseln. »Ich glaubte, jemanden gesehen zu haben. Beschwören möchte ich es nicht.«

»Wenn vor einer Minute noch jemand da war, muß er ganz in der Nähe sein«, meinte Dimble.

»Sollen wir ihn rufen?« schlug Denniston vor.

»Still! Hören Sie!« sagte Jane. Eine Weile waren sie alle still und lauschten.

»Das ist nur der alte Esel«, sagte Dimble schließlich. »Er bewegt sich da oben im Gebüsch.«

Wieder wurde es still.

»Mit seinen Streichhölzern scheint er ziemlich verschwenderisch umzugehen«, sagte Denniston mit einem Blick zu der zertrampelten Erde im Umkreis des Feuers. »Man sollte meinen, daß ein Landstreicher sparsamer sein würde.«

»Andererseits«, erwiderte Dimble, »sollte man nicht meinen, daß Merlin aus dem fünften Jahrhundert eine Schachtel Streichhölzer mitbringen würde.«

»Aber was sollen wir tun?« fragte Jane ratlos.

»Man denkt nur ungern daran, was MacPhee sagen wird, wenn wir ohne größeren Erfolg als diesen zurückkommen«, sagte Denniston mit einem Lächeln. »Er wird sofort auf einen Plan verweisen, dem wir hätten folgen sollen.«

»Nachdem der Regen aufgehört hat«, sagte Dimble, »sollten wir lieber zum Wagen zurückgehen und nach Ihrer weißen Gartenpforte suchen, Jane. Was haben Sie da, Denniston?«

»Ich sehe mir die Erde hier an«, sagte Denniston, der sich einige Schritte vom Feuer entfernt hatte und neben dem Pfad stand, auf dem sie in die Senke gekommen waren. Er bückte sich immer wieder und leuchtete mit der Taschenlampe den Boden ab. Nun richtete er sich plötzlich auf und sagte: »Sehen Sie, da waren mehrere Leute. Nein, gehen Sie nicht darüber, Sie zertrampeln sonst alle Spuren. Sehen Sie es nicht?«

»Sind das nicht unsere eigenen Fußabdrücke?« fragte Dimble nach einem Moment.

»Einige davon zeigen in die falsche Richtung. Sehen Sie sich diesen an – und diesen.«

»Könnten die nicht von dem Landstreicher stammen?« meinte Dimble. »Wenn es ein Landstreicher war«, fügte er hinzu.

»Wäre er diesen Pfad hinaufgegangen, hätten wir ihn sehen müssen«, sagte Jane.

»Er könnte ihn gegangen sein, bevor wir kamen«, sagte Denniston.

»Aber wir sahen ihn alle hinter dem Feuer sitzen«, wandte Jane ein.

»Kommen Sie«, sagte Dimble, »wir folgen der Fährte, so weit wir können. Verlieren wir sie, müssen wir zur Straße zurückgehen und nach der Pforte suchen.«

Als sie den oberen Rand der Senke erreichten, verlor sich die Fußspur in Gras und Laub. Zweimal umwanderten sie das kleine Waldtal und fanden nichts; dann machten sie sich auf den Rückweg zur Straße. Es hatte aufgeklart, und Orion beherrschte den Nachthimmel.

Der stellvertretende Direktor schlief fast nie. Wurde die Notwendigkeit des Schlafs einmal unabweisbar, so nahm er ein Schlafmittel, aber die Notwendigkeit ergab sich selten, denn der Bewußtseinszustand, in dem er die meisten Tages- und Nachtstunden verbrachte, hatte längst aufgehört, dem zu gleichen, was andere Leute wachen nennen. Er hatte gelernt, den größten Teil seines Bewußtseins von der Aufgabe des Lebens abzuziehen und sogar die Tagesgeschäfte mit nur einem Viertel seines Verstandes zu führen. Farben, Gerüche, Formen und andere Wahrnehmungen wurden von seinen Sinnesorganen ohne Zweifel in der normalen Art und Weise registriert, aber sie erreichten nicht sein eigentliches Selbst. Seine äußere Haltung gegenüber anderen Menschen, die er vor einem halben Jahrhundert angenommen hatte, war jetzt wie eine beinahe unabhängig funktionierende Organisation, ähnlich einem automatischen Rechner, der er seine gesamte Routinearbeit von Gesprächen und Ausschußsitzungen überlassen konnte. Während Gehirn und Lippen diese Arbeiten ausführten und für die Umwelt Tag für Tag die unbestimmte und furchteinflößende Persönlichkeit aufbauten, die jedermann kannte, war sein inneres Selbst frei, ein eigenes Leben zu führen. So hatte er die Loslösung des Geistes nicht nur von den Sinnen, sondern sogar vom Verstand erreicht, die seit jeher das Ziel von Mystikern war.

Daher war er eine Stunde, nachdem Frost ihn verlassen hatte, um Mark in der Zelle aufzusuchen, in gewissem Sinn noch immer wach – jedenfalls schlief er nicht. Wer während dieser Stunde in sein Arbeitszimmer geschaut hätte, würde ihn mit gesenktem Kopf und gefalteten Händen bewegungslos an seinem Schreibtisch sitzen gesehen haben. Aber die Augen waren nicht geschlossen, und das Gesicht war ausdruckslos: der wahre Wither war anderswo und genoß, erduldete oder fügte zu, was solche Seelen genießen, erdulden oder zufügen, wenn die Bande, die sie mit der natürlichen Ordnung verbinden, auf das Äußerste gedehnt, aber noch nicht zerrissen sind. Als das Telefon auf seinem Schreibtisch läutete, nahm er den Hörer ab, ohne zusammenzufahren.

»Ja bitte«, sagte er.

»Hier Stone, Sir«, sagte eine Stimme. »Wir haben die Kammer gefunden.«

»Ja.«

»Sie war leer, Sir.«

»Leer?«

»Ja, Sir.«

»Sind Sie sicher, mein lieber Mr. Stone, daß Sie den richtigen Ort gefunden haben? Wäre es nicht möglich, daß ... ah ...«

»O ja, Sir. Es ist eine Art Krypta, sehr klein. Das Mauerwerk besteht aus behauenen Quadern und römischen Ziegeln. Und in der Mitte ist eine Steinplatte wie ein Altar oder eine Liegestatt.«

»Und Sie sagen, sie sei... ah... leer gewesen? Keine Anzeichen eines Bewohners?«

»Nun, Sir, es scheint, als ob die Krypta in jüngster Zeit Besucher hatte.«

»Bitte erläutern Sie das so ausführlich wie möglich, Mr. Stone.«

»Also, Sir, es gab einen Ausgang – ich meine, einen Stollen, der nach Süden zur Oberfläche führt. Wir gingen diesem Stollen sofort nach und kamen in ungefähr achthundert Metern Entfernung heraus, außerhalb des Bereichs des ehemaligen Bragdon-Waldes.«

»Sie kamen heraus? Wollen Sie damit sagen, Mr. Stone, daß es ein Tor gibt, eine Stollenöffnung oder einen Eingang?«

»Ja, das ist der Fall. Wir kamen ohne Schwierigkeiten ins Freie. Aber offensichtlich ist der Ausgang erst vor ganz kurzer Zeit freigelegt worden, und zwar ziemlich gewaltsam. Es sieht aus, als ob eine Sprengung stattgefunden hätte. Als sei der Stollenausgang zugemauert und mit einer Erdschicht abgedeckt gewesen, und jemand hätte sich den Weg freigesprengt. Es sah wüst aus.«

»Reden Sie weiter, Mr. Stone. Was taten Sie dann?«

»Ich machte Gebrauch von der Ermächtigung, die Sie mir ausgestellt hatten, Sir, trommelte alle verfügbaren Polizeikräfte zusammen und bildete Suchtrupps, die nun unterwegs sind, den von Ihnen beschriebenen Mann ausfindig zu machen.«

»Ich verstehe. Und wie beschrieben Sie ihn diesen Suchtrupps?«

»Wie Sie ihn mir beschrieben, Sir. Ich sagte ihnen, sie sollten nach einem alten Mann mit einem sehr langen oder sehr primitiv gestutzten Bart Ausschau halten, der wahrscheinlich mit einem langen Mantel, sicherlich aber ungewöhnlich bekleidet ist. Im letzten Augenblick kam mir noch der Gedanke, hinzuzufügen, daß er möglicherweise überhaupt keine Kleider trage.«

»Warum... ah... fügten Sie das hinzu, Mr. Stone?«

»Nun, Sir, ich wußte nicht, wie lang er dort war, und es geht mich auch nichts an. Aber ich habe von Fällen gelesen, wo Kleider an Orten wie diesem lange Zeit erhalten blieben, jedoch zerfielen, sobald frische Luft eingelassen wurde. Ich hoffe, Sie ziehen daraus nicht den absolut unrichtigen Schluß, daß ich etwa versuchte, etwas herauszubringen, das mich nichts angeht. Aber ich dachte, es könnte nicht schaden, die Leute auf alle denkbaren Möglichkeiten hinzuweisen...«

»Sie hatten völlig recht mit der Annahme, Mr. Stone«, sagte Wither, »daß alles, was auch nur entfernt an... ah... Wißbegier von Ihrer Seite erinnert, die verhängnisvollsten Folgen haben könnte. Ich meine, für Sie selbst; denn natürlich hatte ich bei der Wahl meiner Methoden hauptsächlich Ihre Interessen im Sinn. Ich versichere Ihnen, daß Sie sich in der sehr... ah... heiklen Lage, in die Sie sich – zweifellos unabsichtlich – gebracht haben, auf meine Unterstützung verlassen können.«

»Vielen Dank, Sir. Ich bin sehr froh, daß Sie meiner Annahme, er könnte nackt sein, zustimmen.«

»Oh, was das betrifft«, sagte Wither, »so gibt es noch eine Menge Überlegungen, die momentan nicht erörtert werden können. Haben Sie Ihre Suchtrupps instruiert, was sie tun sollen, wenn sie eine solche... ah... Person auffinden?«

»Also, das war eine weitere Schwierigkeit, Sir. Einem Trupp gab ich meinen persönlichen Assistenten, Pater Doyle, mit, weil er Latein kann. Und Inspektor Wrench gab ich den zweiten Trupp und dazu den Ring, den Sie mir ausgehändigt haben. Für den dritten Trupp konnte ich nicht mehr tun, als ihm einen Mann mitgeben, der walisisch spricht.«

»Sie dachten nicht daran, selbst einen Trupp zu übernehmen?«

»Nein, Sir. Sie sagten mir, ich wolle unverzüglich anrufen, sobald wir etwas fänden. Und ich wollte die Suchtrupps nicht warten lassen, bis ich mit Ihnen gesprochen hätte.«

»Ich verstehe. Nun, ohne Zweifel könnte Ihre Handlungsweise – ich spreche ganz unverbindlich – in diesem Sinne interpretiert werden. Sie haben Ihren Leuten hinreichend klargemacht, daß diese... ah... Persönlichkeit bei ihrer Auffindung mit der größten Ehrerbietung und – wenn Sie mich nicht mißverstehen – Vorsicht zu behandeln ist?«

»Selbstverständlich, Sir.«

»Also, Mr. Stone, im großen und ganzen bin ich – mit bestimmten unvermeidlichen Einschränkungen – einigermaßen zufrieden mit der Art und Weise, wie Sie diese Angelegenheit gehandhabt haben. Ich glaube, es wird mir möglich sein, sie jenen meiner Kollegen, deren Wohlwollen Sie sich leider nicht erhalten konnten, in einem günstigen Licht darzustellen. Ein erfolgreicher Abschluß dieses Unternehmens würde Ihre Position sehr befestigen. Im Falle eines Mißerfolgs... es wäre mir überaus schmerzlich, sollte es unter uns zu diesen Spannungen und beiderseitigen Beschuldigungen kommen. Aber Sie verstehen mich ja, mein lieber Stone. Wenn ich nur – sagen wir mal, Miß Hardcastle und Mr. Studdock – überreden könnte, meine Einschätzung Ihrer wirklichen Qualitäten zu teilen, so brauchten Sie keinerlei Besorgnis hinsichtlich Ihrer Karriere oder... ah... Ihrer Sicherheit zu hegen.«

»Aber was soll ich denn tun, Sir?«

»Mein lieber junger Freund, die goldene Regel ist sehr einfach. Nur zwei Fehler könnten in der besonderen Lage, in die Sie sich durch gewisse... ah... Phasen Ihres früheren Verhaltens leider gebracht haben, verhängnisvoll für Sie sein. Auf der einen Seite würde jeder Mangel an Initiative oder Unternehmungsgeist unheilvolle Auswirkungen haben. Auf der anderen Seite könnte die geringste Neigung zu nichtautorisiertem Handeln – alles, was die Vermutung nahelegte, Sie maßten sich eine Entscheidungsfreiheit an, die Ihnen nach Lage der Dinge nicht zusteht – Folgen haben, vor denen nicht einmal ich Sie schützen könnte. Aber solange Sie diese beiden Extreme meiden, gibt es keinen Grund – inoffiziell gesprochen –, warum Sie sich nicht vollkommen sicher fühlen sollten.« Dann legte er den Hörer auf, ohne Stones Antwort abzuwarten, und läutete seine Glocke.

»Müßten wir nicht schon in der Nähe des Gatters sein, über das wir geklettert waren?« sagte Dimble.

Nun, da der Regen aufgehört hatte, war es heller geworden, aber der Wind hatte zugenommen und pfiff ihnen so um die Ohren, daß sie sich nur durch Rufen verständigen konnten. Die Zweige der Hecke, an der sie entlanggingen, schwankten, beugten sich tief herab und schnellten wieder empor, so daß es aussah, als schlügen sie nach den glitzernden Sternen.

»Der Weg scheint mir nun viel weiter als vorher«, bemerkte Denniston.

»Und nicht so aufgeweicht«, sagte Jane.

»Sie haben recht«, meinte Denniston und machte plötzlich halt. »Der Boden hier ist ganz steinig. Auf dem Hinweg war er nicht so. Wir müssen fehlgegangen sein.«

»Ich denke, daß dieser Weg der richtige sein muß«, erwiderte Dimble. »Als wir aus dem Wald kamen, gingen wir halblinks diese Hecke entlang, und ich glaube mich mit Sicherheit zu erinnern...«

»Aber sind wir auf dieser Seite aus dem Wald gekommen?« unterbrach ihn Denniston.

»Wenn wir erst anfangen, die Richtung zu ändern«, sagte Dimble, »werden wir die ganze Nacht im Kreis herumlaufen. Lassen Sie uns geradeaus weitergehen, dann werden wir schließlich auf die Straße kommen.«

»He!« sagte Jane scharf. »Was ist das?«

Alle blieben stehen und lauschten. Der Wind ließ das undeutliche, dumpf rhythmische Geräusch weit entfernt erscheinen, doch wenige Augenblicke später sprangen sie alle mit Ausrufen wie: »Vorsicht!«, »Hau ab, Mistvieh!« und »Zurück!« in den Schutz der Hecke, als wie aus dem Nichts ein großer Ackergaul auftauchte und in schwerfälligem Trab nahe an ihnen vorbeistampfte. Ein kalter und nasser Erdklumpen, hochgeschleudert von den Pferdehufen, klatschte Denniston ins Gesicht.

»Oh, sehen Sie! Da!« rief Jane. »Haltet ihn auf! Schnell!«

»Aufhalten?« sagte Denniston, bemüht, sein Gesicht zu säubern. »Wozu denn? Je eher der Gaul verschwindet, desto besser.«

»Rufen Sie ihn an, Professor!« schrie Jane ungeduldig. »Kommen Sie, laufen Sie! Haben Sie nicht gesehen?«

»Was gesehen?« keuchte Dimble, als die Gruppe unter dem Einfluß von Janes Drängen dem davontrabenden Pferd nachzulaufen begann.

»Auf dem Pferd sitzt ein Mann!« rief Jane. Sie war erschöpft und außer Atem und hatte einen Schuh verloren.

»Ein Mann?« fragte Denniston, dann fügte er aufgeregt hinzu: »Bei Gott, Sir, sie hat recht! Sehen Sie, sehen Sie dort! Links von Ihnen!«

»Wir können ihn nicht einholen«, schnaufte Dimble.

»He! Halt! Kommen Sie zurück! Wir sind Freunde – amis – amici!« brüllte Denniston.

Dimble konnte nicht rufen. Er war ein älterer Mann und schon erschöpft gewesen, ehe sie aufgebrochen waren, und jetzt fühlte er Stiche in der Herzgegend und litt unter Atemnot. Er fürchtete sich nicht, aber ohne eine Verschnaufpause konnte er nicht mit lauter Stimme rufen – schon gar nicht in der altsolarischen Sprache. Und während er dastand und Atem zu schöpfen suchte, riefen die anderen wieder »Oh!« und »Da ist er!«, und deutlich vom Sternenhimmel abgehoben, zeigte sich einige zwanzig Schritte voraus der unnatürlich groß und vielbeinig aussehende Umriß des Pferds, wie es über eine Hecke setzte. Auf seinem Rücken saß ein riesig erscheinender Mann mit einem hinter ihm im Wind flatternden Mantel oder Umhang. Es schien Jane, als ob er spöttisch über die Schulter zurückblickte. Dann hörte man ein dumpfes Getrappel und Platschen, als das Pferd auf der anderen Seite landete; und danach war nichts mehr als Wind und Sternenlicht.

»Sie sind in Gefahr«, sagte Frost, als er die Zellentür hinter sich geschlossen hatte, »zugleich aber bietet sich Ihnen eine sehr günstige Gelegenheit.«

»Ich entnehme Ihrem Besuch«, sagte Mark, »daß ich doch im Institut und nicht in einem Polizeigefängnis bin.«

»Ja. Das ändert jedoch nichts an der Gefahr. Bald wird das Institut offiziell ermächtigt sein, Liquidationen durchzuführen. Es hat davon bereits im voraus Gebrauch gemacht. Hingest und Carstairs wurden beide liquidiert. Solche Entscheidungen werden von uns verlangt.«

»Wenn Sie mich töten wollen«, erwiderte Mark, »warum dann erst diese Farce einer Mordanklage?«

»Bevor ich fortfahre«, sagte Frost, »muß ich Sie um strikte Objektivität ersuchen. Wut und Angst sind beides chemische Phänomene. Unsere Reaktionen aufeinander sind chemische Phänomene. Gesellschaftliche Beziehungen sind die Ergebnisse chemischer Vorgänge. Sie müssen diese Ihre eigenen Gefühle objektiv betrachten. Lassen Sie Ihre Aufmerksamkeit dadurch nicht von den Fakten ablenken.«

»Ich verstehe«, sagte Mark. Er versuchte seiner Stimme einen gleichzeitig hoffnungsvollen und verdrießlichen Klang zu geben, als sei er bereit, sich bearbeiten zu lassen. Aber im Innern blieb er bei dem Entschluß, den er seiner neuen Einsicht in die Natur Belburys verdankte, dem anderen kein Wort zu glauben und kein Angebot anzunehmen – oder höchstens zum Schein. Er ahnte, um jeden Preis an der Erkenntnis festhalten zu müssen, daß diese Männer unerbittliche Feinde waren: denn schon fühlte er wieder die alte Neigung zum Nachgeben und Glauben.

»Die Mordanklage gegen Sie und Ihre wechselnde Behandlung sind Teile eines geplanten Programms gewesen, das ein genau umrissenes Ziel verfolgt«, sagte Frost. »Es ist eine Schulung, die jeder durchmachen muß, bevor er Aufnahme in den inneren Kreis der Eingeweihten finden kann.«

Wieder war der Rückblick für Mark mit einem Schreckensschauer verbunden. Noch vor wenigen Tagen hätte er jeden Haken mit einem solchen Köder daran blindlings geschluckt; und nur das Bewußtsein der Todesgefahr konnte den Haken so offensichtlich und den Köder so geschmacklos erscheinen lassen, wie sie ihm jetzt erschienen. Und selbst in diesem Augenblick meldeten sich schon wieder Zweifel...

»Ich begreife nicht, wozu das alles gut sein sollte«, sagte er.

»Es hat den Zweck, die Objektivität zu fördern. Ein Kreis von Menschen, zusammengehalten nur von gegenseitigem Vertrauen und Zuneigung, wäre nutzlos. Dabei handelt es sich, wie ich bereits sagte, um chemische Phänomene, die im Prinzip auch durch Injektionen hervorgerufen werden könnten. Sie mußten eine Zeit der widerstreitenden Gefühle gegenüber dem stellvertretenden Direktor und anderen durchleben, um zu erreichen, daß Ihr zukünftiges Verhältnis zu uns überhaupt nicht von Gefühlen bestimmt wird. Sollte es überhaupt gesellschaftliche Beziehungen innerhalb dieses Kreises geben, wäre es wahrscheinlich besser, wenn sie von Gefühlen der Abneigung getragen wären. Dies würde die Gefahr verringern, solche Beziehungen mit der wirklichen Bindung zu verwechseln.«

»Mein künftiges Verhältnis?« sagte Studdock mit einer Schaustellung hoffnungsvoller Ungeduld. Aber es fiel ihm gefährlich leicht, diese Rolle zu spielen. Sie konnte jeden Augenblick in Realität umschlagen.

»Jawohl«, sagte Frost. »Sie wurden als ein möglicher Kandidat für die Aufnahme ausgewählt. Sollten Sie aus Gründen mangelnder Qualifikation oder wegen Unzuverlässigkeit nicht aufgenommen werden, oder die Wahl von sich aus ablehnen, wird es notwendig sein, Sie zu vernichten. Selbstverständlich will ich Ihnen keine Angst einjagen; das Liquidationsverfahren würde völlig schmerzlos sein, und Ihre augenblicklichen Reaktionen darauf sind lediglich unvermeidliche physische Abläufe.«

»Es... es sieht nach einer ziemlich schwerwiegenden Entscheidung aus«, sagte Mark zögernd.

»Das ist nur eine Folge Ihres momentanen Befindens. Wenn Sie wollen, werde ich Ihnen jetzt die notwendigen Informationen geben. Zuvor muß ich Ihnen sagen, daß weder der stellvertretende Direktor noch ich für die Politik des Instituts verantwortlich sind.«

»Das Oberhaupt?« fragte Mark.

»Nein. Filostrato und Wilkins täuschen sich gründlich, was das angeht. Indem sie den Kopf vor der Verwesung bewahrten, ist ihnen in der Tat ein bemerkenswertes Experiment gelungen. Aber Alcasans Geist ist nicht derselbe, mit dem wir in Verbindung stehen, wenn das Haupt spricht.«

»Wollen Sie damit sagen, daß Alcasan wirklich... tot ist?« fragte Mark. Sein Erstaunen über Frosts letzte Erklärung war nicht geheuchelt.

»Nach dem gegenwärtigen Stand unseres Wissens«, sagte Frost, »gibt es auf diese Frage keine Antwort. Wahrscheinlich hat sie auch keine Bedeutung. Aber das Gehirn und der Sprechapparat von Alcasans Kopf dienen einem anderen Geist. Und nun passen Sie bitte gut auf. Wahrscheinlich haben Sie noch nie von Makroben gehört.«

»Mikroben?« fragte Mark verwirrt. »Aber natürlich...«

»Ich sagte nicht *Mi*kroben, ich sagte *Ma*kroben. Schon das Wort macht deutlich, was gemeint ist. Wir wissen seit langem, daß es unterhalb der Ebene tierischen und pflanzlichen Lebens mikroskopische Organismen gibt. Ihre Einwirkungen auf das menschliche Leben, auf Gesundheit und Krankheit, haben natürlich einen großen Teil der Geschichte beeinflußt. Die verborgene Ursache dieser Einflüsse war bis zur Erfindung des Mikroskops nicht bekannt.«

»Sprechen Sie weiter«, sagte Mark. Die Neugierde erhob sich wie eine anschwellende Dünung unter seiner bewußten Entschlossenheit, wachsam zu bleiben.

»Ich muß Ihnen jetzt sagen, daß es ähnliche Organismen über der Ebene tierischen Lebens gibt. Wenn ich sage ›über‹, dann meine ich es nicht in einem biologischen Sinn. Die Struktur der Makrobe, soweit sie uns bekannt ist, zeichnet sich durch äußerste Einfachheit aus. Sie unterscheidet sich von den Lebewesen der tierisch-menschlichen Ebene durch eine unvergleichlich längere Lebensdauer, größere Kräfte und höhere Intelligenz.«

»Sie meinen, höhere Intelligenz als die entwickelten Anthropoiden?« fragte Mark.

»Dann muß es eine annähernd menschliche Intelligenz sein, nicht wahr?«

»Sie haben mich mißverstanden. Wenn ich sagte, daß die Intelligenz der Makroben über der tierisch-menschlichen Ebene liegt, dann schloß ich den Menschen ganz bewußt mit ein. Die Makrobe ist intelligenter als der Mensch.«

»Aber wie ist in diesem Fall zu erklären, daß wir keine Kommunikation mit ihnen hatten?«

»Eine solche Kommunikation hat es des öfteren gegeben, wenn ich recht unterrichtet bin. Aber in primitiven Zeiten war sie verkrampft, weil ihr zahlreiche Vorurteile entgegenstanden. Überdies hatte die intellektuelle Entwicklung des Menschen noch nicht die Ebene erreicht, wo der Umgang mit unserer Spezies für eine Makrobe attraktiv sein könnte. Aber wenn es auch nur selten zu direkter Kommunikation gekommen ist, so hat es doch starke Einflüsse gegeben, und das zu allen Zeiten. Die Einwirkung der Makroben auf die Menschheitsgeschichte ist bei weitem größer und bedeutsamer als diejenige der Mikroben, wenn auch ebensowenig anerkannt. Im Lichte dessen, was wir heute wissen, wird die gesamte Geschichte umgeschrieben werden müssen. Die wahren Ursachen fast aller wichtigen Ereignisse sind den Historikern völlig unbekannt; aus eben diesem Grund ist es der Geschichtsschreibung bisher nicht gelungen, eine Wissenschaft zu werden.«

»Ich werde mich lieber setzen, wenn es Ihnen nichts ausmacht«, sagte Mark und ließ sich wieder auf den Fußboden nieder. Frost blieb während des ganzen Gesprächs regungslos mit herabhängenden Armen stehen. Seine einzigen Gesten waren ein gelegentliches Zurücklegen des Kopfes und ein Aufblitzen seiner Zähne am Ende eines jeden Satzes.

»Die Stimmbänder und das Gehirn Alcasans«, fuhr er fort, »sind die Mittler eines regelmäßigen Umgangs zwischen den Makroben und unserer eigenen Art geworden. Ich behaupte nicht, daß wir diese Technik entwickelt hätten; das Verdienst daran gebührt ihnen, nicht uns. Der Kreis, in den Sie vielleicht Aufnahme finden werden, ist das eigentliche Organ dieser Zusammenarbeit der beiden Arten, die bereits eine neue Situation für die Menschheit geschaffen hat. Sie werden sehen, daß die Veränderung bei weitem größer ist als diejenige, die den Untermenschen zum Menschen machte. Sie ist eher dem ersten Auftreten organischen Lebens vergleichbar.«

»Dann sind diese Organismen der Menschheit freundlich gesonnen?« fragte Mark.

»Wenn Sie einen Moment nachdenken«, erwiderte Frost, »werden Sie sehen, daß Ihre Frage bedeutungslos ist, außer auf der Ebene der primitivsten volkstümlichen Vorstellungen. Freundschaft ist ein chemisches Phänomen, ebenso wie Haß. Beide setzen Organismen unserer Art voraus. Der erste Schritt zur Kommunikation mit den Makroben ist die Erkenntnis, daß man die ganze Welt unserer subjektiven Gefühle und Empfindungen verlassen muß. Erst wenn Sie begonnen haben, diesen Schritt zu vollziehen, entdecken Sie, wieviel von dem, was Sie irrtümlich für Ihr Denken hielten, tatsächlich nur ein Nebenprodukt Ihres Nervensystems und Ihrer Drüsenfunktionen war.«

»Ja, natürlich. Ich meinte ›freundlich gesonnen‹ nicht in genau diesem Sinne. Ich meine: Sind ihre Ziele und Absichten mit unseren eigenen vereinbar?«

»Was verstehen Sie unter unseren Zielen?«

»Nun, ich denke, ich verstehe darunter die wissenschaftliche Vervollkommnung der menschlichen Rasse im Sinne vermehrter Effizienz, die Abschaffung von Krieg und Armut und anderen Formen der Vergeudung, eine planmäßigere Nutzung der natürlichen Hilfsquellen, die Erhaltung und Ausbreitung unserer Art...«

»Ich glaube nicht, daß diese pseudowissenschaftliche Sprache etwas an der im wesentlichen subjektiven und instinktiven Basis der Ethik ändern kann, die Sie beschreiben. Ich werde später darauf zurückkommen. Im Augenblick möchte ich nur bemerken, daß Ihre Beurteilung des Krieges und Ihr Hinweis auf die Erhaltung der Art auf ein tiefes Mißverständnis schließen lassen. Sie ist eine bloße Verallgemeinerung affektiven Verhaltens.«

»Sicherlich«, sagte Mark, »bedarf es einer ziemlich großen Bevölkerung, um eine moderne Zivilisation wie die unsrige zu tragen, und sicherlich ist Krieg eine Art negativer Auslese, weil er vorwiegend die körperlich Fähigsten vernichtet, nicht wahr? Selbst wenn die Bevölkerung verringert werden müßte, wäre der Krieg die denkbar schlechteste Methode, denke ich.«

»Diese Ideen sind Überbleibsel von allgemeinen Bedingungen, die sich heute rapide wandeln. Vor ein paar Jahrhunderten wirkte der Krieg tatsächlich in der von Ihnen beschriebenen Weise. Eine zahlenmäßig starke ländliche Bevölkerung war lebenswichtig.

Aber jeder Fortschritt in Technik und Landwirtschaft reduziert die Zahl der benötigten Arbeitskräfte. Eine große Bevölkerung von überwiegend niedrigem Bildungsstand wird mehr und mehr zu totem Ballast. Die wahre Bedeutung des wissenschaftlich geführten Krieges besteht darin, daß er ein genetisch wirkungsvolles Regulativ darstellt. Es waren nicht die großen Wissenschaftler, Erfinder und Technokraten, die in der Schlacht von Stalingrad ums Leben kamen: es waren vorwiegend Bauernsöhne und russische Landarbeiter. Der moderne Krieg hat die Tendenz, rückständige Bevölkerungstypen zu eliminieren, während die zivilisatorisch wichtige Technokratie geschont wird und ihren Einfluß auf die öffentlichen Angelegenheiten vermehren kann. Was bisher nur der intellektuelle Kern der Rasse war, wird im neuen Zeitalter auf diese Weise allmählich zur Rasse selbst. Sie müssen sich die Spezies als ein Tier vorstellen, das entdeckt hat, wie es Ernährung und Bewegung bis zu einem Punkt vereinfachen kann, wo die komplizierten alten Organe und der große Körper nicht länger notwendig sind. Der große Körper ist darum zum Verschwinden verurteilt. Nur ein Zehntel seiner früheren Masse wird benötigt, um das Gehirn zu erhalten. Das Individuum wird sozusagen ganz Kopf. In diesem Sinne wird die menschliche Rasse ganz Technokratie.«

»Ich verstehe«, sagte Mark. »Ich war bisher – ziemlich unbestimmt – davon ausgegangen, daß der intelligente Kern durch Erziehung und Ausbildung vergrößert würde.«

»Das ist reine Illusion. Die große Mehrheit der menschlichen Rasse kann nur im Sinne der Wissensvermittlung erzogen und ausgebildet werden: man kann ihr nicht die totale Objektivität des Geistes beibringen, die jetzt notwendig ist. Die meisten Menschen werden immer Tiere bleiben und die Welt durch den Dunst ihrer subjektiven Reaktionen sehen. Selbst wenn sie in dieser Richtung bildungsfähig wären, würde es nicht allzuviel nützen, denn die Zeit, in der eine große Bevölkerung sinnvoll war, ist vergangen. Sie hat ihre Funktion erfüllt, indem sie das Potential für den technokratischen und objektiven Menschen lieferte. Jetzt aber haben die Makroben und die auserwählten Menschen, die mit ihnen zusammenarbeiten, nicht den geringsten Bedarf mehr für sie.«

»Dann waren die beiden letzten Kriege in Ihren Augen keine Katastrophen?«

»Im Gegenteil, sie waren nur der Beginn des Programms – die beiden ersten der sechzehn größeren Kriege, die in diesem Jahrhundert stattfinden sollen. Ich bin mir der gefühlsmäßigen (das heißt, der chemischen) Reaktionen bewußt, die eine Feststellung wie diese in Ihnen erzeugen muß, und Sie vergeuden Ihre Zeit, wenn Sie versuchen, diese Reaktionen vor mir zu verbergen. Ich erwarte nicht, daß Sie sie beherrschen. Das ist nicht der Weg, der zur Objektivität führt. Ich rufe die Reaktionen absichtlich in Ihnen hervor, damit Sie sich daran gewöhnen, sie in einem rein wissenschaftlichen Licht zu betrachten und so scharf wie möglich von den Tatsachen zu unterscheiden.«

Mark saß da und starrte auf den Boden. Frosts Programm für die menschliche Rasse hatte seine Gefühle nicht sonderlich in Wallung gebracht; es hatte ihm vielmehr zu der Entdeckung verholfen, daß ihm in Wahrheit niemals viel an jenen fernen Zukunftsvisionen und universalen Wohltaten gelegen war, auf denen seine Zusammenarbeit mit dem Institut in der ersten Zeit wenigstens theoretisch beruht hatte. Zum gegenwärtigen Zeitpunkt war in seinen Gedanken ganz gewiß kein Raum für solche Überlegungen. Er war voll und ganz mit dem Konflikt zwischen seinem Beschluß, diesen Männern nicht zu vertrauen und sich nie wieder von irgendeinem Köder zu wirklicher Mitarbeit verleiten zu lassen, und der furchtbaren Kraft einer gegensätzlichen Empfindung beschäftigt, die ihn wie die Unterströmung einer Flutwelle zurückzog. Denn hier endlich (so flüsterte ihm sein Ehrgeiz ein) war der wahre innere Kreis, der Kreis, dessen Mittelpunkt außerhalb der menschlichen Rasse lag – das letzte Geheimnis, die oberste Gewalt, der Ort der höchsten Weihe. Die Tatsache, daß alles daran abstoßend war, minderte den Reiz nicht im geringsten. Nichts, dem der Beigeschmack des Schreckens fehlte, wäre stark genug gewesen, die fieberhafte Erregung zufriedenzustellen, die nun in seinen Schläfen hämmerte. Er ahnte, daß Frost von dieser Erregung und auch von der entgegengesetzten Entschlossenheit wußte und fest damit rechnete, daß die Erregung im Geist seines Opfers den Sieg davontragen würde.

Ein Rütteln und Klopfen, das seit einiger Zeit undeutlich hörbar gewesen war, wurde so laut, daß Frost sich zur Tür umwandte. »Scheren Sie sich fort«, sagte er mit erhobener Stimme. »Was hat diese Unverschämtheit zu bedeuten?« Mark hörte das undeutliche Geräusch einer aufgeregten Stimme auf der anderen Seite der Tür, und das Klopfen dauerte an. Frost öffnete, und sofort wurde ihm ein Stück Papier in die Hand gegeben. Als er es überflog, fuhr er heftig zusammen. Ohne Mark eines weiteren Blicks zu würdigen, verließ er die Zelle. Mark hörte, wie die Tür wieder abgeschlossen wurde.

»Was sind das für Freunde!« sagte Ivy Maggs bewundernd. Sie meinte Pinch, die Katze, und Mr. Bultitude, den Bären. Der letztere saß aufrecht, den Rücken an der vom heißen Herd erwärmten Wand, die Pranken auf dem Bauch gefaltet. Seine Wangen waren so fett und seine Augen so klein, daß es aussah, als lächle er. Die Katze war eine Weile mit aufgestelltem Schwanz auf und ab stolziert und hatte sich an ihm gerieben, um sich schließlich zwischen seinen Tatzen zum Schlaf zusammenzurollen. Die zahme Dohle, noch immer auf des Meisters Schulter, hatte längst den Kopf unter den Flügel gesteckt.

Mrs. Dimble saß auf der anderen Seite des Küchenherds, stopfte und schürzte ein wenig die Lippen, als Ivy Maggs sprach. Sie konnte nicht zu Bett gehen. Ihre Besorgnis hatte jenen Punkt erreicht, an dem jedes Wort und jedes Ereignis, wie unbedeutend es auch sein mag, zur unerträglichen Störung wird. Aber wenn jemand sie beobachtet hätte, wäre ihm nicht entgangen, wie rasch die Regung von Reizbarkeit aus ihrem Gesicht verschwand. Ihre Selbstbeherrschung hatte viele Jahre Praxis hinter sich.

»Wenn wir in Verbindung mit diesen beiden Tieren das Wort Freunde gebrauchen«, bemerkte MacPhee, »ist es nicht bloß eine sentimentale Vermenschlichung. Im Gegenteil, je länger man sie kennt, desto schwieriger wird es, ihnen Persönlichkeiten im menschlichen Sinne abzusprechen. Aber es gibt keine Beweise dafür.«

»Vielleicht können Sie dann auch erklären, warum sie sich an ihn heranmacht«, sagte Ivy Maggs.

»Nun«, sagte MacPhee gedehnt, »vielleicht spielt der Wunsch nach Wärme eine Rolle – dort ist sie vor Zugluft geschützt. Und die Nähe von etwas Vertrautem verschafft ihr ein Gefühl von Sicherheit. Möglicherweise spielen auch irgendwelche desorientierten sexuellen Impulse eine Rolle.«

»Aber, Mr. MacPhee!« sagte Yvy entrüstet. »Es ist eine Schande, den unschuldigen Tieren so etwas nachzusagen. Ich habe nie gesehen, daß Pinch oder Mr. Bultitude, der arme Kerl...«

»Ich sagte ›desorientierten‹«, unterbrach MacPhee sie trocken. »Außerdem reiben sie ihre Felle gern aneinander, um den von Parasiten erzeugten Juckreiz zu lindern. Sie werden zum Beispiel beobachten...«

»Wenn Sie damit meinen, die Tiere hätten Flöhe«, erwiderte Yvy, »dann sollten Sie es wirklich besser wissen.« Sie hatte wahrscheinlich recht, denn MacPhee selbst zog jeden Monat einmal einen Overall an und seifte Mr. Bultitude im Waschhaus von oben bis unten ein, übergoß ihn mit Eimern lauwarmen Wassers und trocknete ihn schließlich ab – eine Tagesarbeit, bei der er sich von keinem anderen helfen ließ.

»Was meinen Sie, Sir?« fragte Ivy den Meister.

»Ich?« fragte Ransom. »Ich meine, MacPhee führt eine Unterscheidung in das Tierleben ein, die dort nicht existiert, und versucht dann zu bestimmen, auf welcher Seite dieser Unterscheidung die Gefühle von Pinch und Bultitude liegen. Man muß menschlich sein, bevor die leiblichen Bedürfnisse von Zuneigung unterscheidbar werden – ebenso wie man vergeistigt sein muß, bevor Zuneigung von Nächstenliebe unterscheidbar wird. Was in der Katze und dem Bären vorgeht, ist weder dieses noch jenes, sondern eine einzige, undifferenzierte Gemütslage, in der wir den Keim von Freundschaft und den Wunsch nach körperlichem Wohlbefinden und Geborgenheit finden.«

»Habe ich vielleicht etwas anderes behauptet?« sagte Mac-Phee.

»Nun, genau das habe ich doch gesagt!« rief Mrs. Maggs.

»Es lohnt sich, hier eine Frage anzuknüpfen«, sagte MacPhee, »die auf eine wesentliche Falschheit im ganzen System dieses Ortes hinweist.«

Grace Ironwood, die während der letzten halben Stunde einen aussichtslosen Kampf gegen die bleierne Schwere ihrer Augenlider geführt hatte, sperrte die Augen plötzlich weit auf und starrte MacPhee an, und Mrs. Dimble wandte den Kopf zu Camilla Denniston und flüsterte: »Ich wünschte, Mr. MacPhee ließe sich überreden, zu Bett zu gehen. In einer Situation wie dieser sind solche Spitzfindigkeiten einfach nicht zu ertragen.«

»Wie meinen Sie das, MacPhee?« fragte Ransom.

»Ich meine, daß gegenüber diesen Tieren eine halbherzige, unaufrichtige und irrationale Einstellung vorherrscht, die auf die Dauer unhaltbar ist. Der Bär wird im Haus gehalten und bekommt Äpfel und Sirup, bis er platzt...«

»Also, das gefällt mir!« sagte Mrs. Maggs. »Wer gibt ihm denn immer Äpfel? Das möchte ich gern wissen.«

»Wie ich sagte: Der Bär wird im Haus gehalten und verhätschelt«, sagte MacPhee. »Die Schweine werden in einem schmutzigen Kellerstall gehalten und zur Gewinnung von Schinken und Bauchspeck getötet. Ich möchte gern die philosophische Ratio dieser Unterscheidung wissen.«

Yvy Maggs blickte verwirrt vom lächelnden Gesicht des Meisters zu MacPhee und wieder zurück.

»Ich finde, daß ist einfach albern«, sagte sie. »Wer hat jemals davon gehört, daß man aus einem Bären Speck macht?«

MacPhee machte eine ungeduldige Geste und sagte etwas über Bärenschinken, das in Ransoms Gelächter und dem Heulen einer Windbö unterging, die mit den Fensterläden klapperte, als wolle sie sie losreißen.

»Was für eine schreckliche Nacht für sie!« sagte Mrs. Dimble bekümmert.

»Mir gefällt es«, versetzte Camilla. »Ich bin gern im Sturm draußen. Am liebsten auf einem hohen Hügel. Ach, ich wünschte, Sie hätten mich mit ihnen gehen lassen!«

»Also, ich finde es unheimlich«, erklärte Yvy Maggs. »Hören Sie nur, wie der Wind um die Ecken pfeift. Wenn ich allein wäre, hätte ich eine Heidenangst. Oder wenn Sie jetzt oben wären, Sir. Ich stelle mir immer vor, daß diese – diese Geister, wissen Sie – in solchen Nächten zu Ihnen kommen.«

»Sie kümmern sich nicht um das Wetter, ob es so ist oder so, Yvy«, versicherte Ransom.

»Wissen Sie, das ist etwas, was ich nicht verstehe«, sagte Yvy mit gedämpfter Stimme. »Sie sind so unheimlich, diese Geister, die Sie besuchen, daß ich nicht in den Teil des Hauses gehen würde, wenn ich dächte, sie seien gerade da, nicht für hundert Pfund. Aber bei Gott habe ich dieses Gefühl nicht. Dabei müßte er noch schlimmer sein, wenn Sie verstehen, was ich meine.«

»Sie haben ganz recht«, antwortete Ransom. »Engel sind im allgemeinen keine gute Gesellschaft für Menschen, selbst wenn es gute Engel und gute Menschen sind. Bei Paulus kann man es nachlesen. Aber was Maleldil selbst angeht, so hat sich das alles geändert: das hat das Geschehen von Bethlehem bewirkt.«

»Bald wird Weihnachten sein«, sagte Yvy Maggs mehr zu sich selbst.

»Bis dahin werden wir Ihren Mann bei uns haben«, sagte Ransom aufmunternd.

»Hoffen wir es, Sir«, sagte Yvy.

»War das nur der Wind?« fragte Grace Ironwood.

»Ich fand, es hörte sich wie das Schnauben eines Pferds an«, sagte Mrs. Dimble.

MacPhee sprang auf. »Hier, geh aus dem Weg, Mr. Bultitude, daß ich meine Gummistiefel da rausholen kann. Das werden wieder Broads Gäule sein, die meine Selleriebeete zertrampeln. Hätten Sie mich nur beim erstenmal zur Polizei gehen lassen! Daß der Mann es nicht fertigbringt, das Gatter seiner Pferdekoppel zu schließen...«

Während er sprach, fuhr er in Gummistiefel und Überzieher, und der Rest seiner Rede verlor sich in Schnaufen und Gemurmel.

»Bitte meine Krücke, Camilla«, sagte Ransom. »Warten Sie, MacPhee. Wir gehen zusammen zur Tür, Sie und ich. Meine Damen, Sie bleiben, wo Sie sind.«

In seinem Gesicht war ein Ausdruck, den die Anwesenden noch nie gesehen hatten. Die vier Frauen saßen wie versteinert, mit großen, stieren Augen. Ransom und MacPhee gingen in die Spülküche. Der Wind rüttelte so heftig an der rückwärtigen Tür, daß sie nicht wußten, ob jemand daran klopfte oder nicht.

»Machen Sie auf«, sagte Ransom. »Und bleiben Sie selbst hinter der Tür.«

MacPhee machte sich an den Riegeln zu schaffen. Ob er die Anweisung befolgen wollte oder nicht (ein Punkt, der zweifelhaft blieb), der Sturm warf die Tür gegen die Wand, und er war momentan hinter ihr eingezwängt. Ransom, der vornübergebeugt und bewegungslos auf seine Krücke gestützt stand, sah im Lichtschein, der aus der Spülküche in die Nacht fiel, ein riesiges Pferd, schäumend und schweißbedeckt, die gelben Zähne entblößt, die Nüstern rot und gebläht, die Ohren zurückgelegt und mit flammenden Augen. Es war so nahe an die Tür geritten worden, daß es mit den Vorderhufen auf der Stufe vor der Haustür stand. Es hatte weder Sattel noch Zaumzeug, aber bevor Ransom weitere Beobachtungen machen konnte, sprang ein Mann herunter. Er schien sehr groß und sehr dick, beinahe ein Riese. Sein rötlichgraues Haar und der Bart umflatterten sein Gesicht, so daß es kaum zu sehen war; und erst als der Hüne einen Schritt vorwärts getan hatte, bemerkte Ransom seine Kleider – den ausgefransten, schlechtsitzenden Khakimantel, die ausgebeulte Hose und die Stiefel, denen die Kappen fehlten.

In einem großen Zimmer des Instituts, wo ein Kaminfeuer prasselte und Kristall und Silber auf der Anrichte funkelten, stand der stellvertretende Direktor neben einem großen Bett und sah schweigend zu, wie vier junge Männer mit ehrfürchtiger oder ärztlicher Behutsamkeit eine beladene Tragbahre hereintrugen. Als sie die Decken zurückschlugen und den Mann auf der Bahre vorsichtig aufhoben und ins Bett legten, öffnete sich Withers Mund ein wenig. Sein Interesse wurde so lebhaft, daß das Chaos in seinen Zügen momentan geordnet schien und er wie ein gewöhnlicher Mann aussah. Auf dem Bett lag eine nackte menschliche Gestalt, lebendig, aber anscheinend bewußtlos. Wither befahl den Bediensteten, Wärmflaschen an die Füße des Ohnmächtigen zu legen und Kissen unter seinen Kopf zu schieben. Als sie es getan und sich zurückgezogen hatten, setzte er sich am Fußende des Betts auf einen Stuhl und betrachtete eingehend das Gesicht des Schläfers. Der Kopf war sehr groß, doch ging dieser Eindruck vielleicht auf den wirren grauen Bart und das lange und verfilzte graue Haar zurück. Das Gesicht war vom Wetter gegerbt und wie rissige Baumrinde von Runzeln und Falten durchzogen, und der Hals zeigte sich, wo man ihn sehen konnte, bereits dürr und faltig vom Alter. Die Augen waren geschlossen, und um den Mund lag ein mattes Lächeln. Der Gesamteindruck war zwiespältig. Wither beobachtete das Gesicht lange Zeit, und zuweilen bewegte er den Kopf, um zu sehen, wie es sich aus einem anderen Blickwinkel ausnahm – als suche er nach irgendeinem Zug, den er nicht finden konnte, und sei enttäuscht. So saß er fast eine Viertelstunde; dann wurde die Tür geöffnet, und Professor Frost kam leise in den Raum. Er ging zum Bett, beugte sich darüber und blickte aufmerksam in das Gesicht des Fremden. Dann ging er um das Bett auf die andere Seite und betrachtete den Schläfer von dort.

»Schläft er?« flüsterte Wither.

»Ich glaube nicht. Es ist mehr wie eine Ohnmacht oder ein Trancezustand. Welches von beiden, kann ich nicht sagen.«

»Sie haben keine Zweifel, hoffe ich?«

»Wo hat man ihn gefunden?«

»In einem waldigen kleinen Teil, ungefähr eine Viertelmeile vom Stolleneingang entfernt. Der Suchtrupp entdeckte in der Nähe die Spur eines Barfüßigen und folgte ihr bis in die Senke.«

»Und die Gruft selbst war leer?«

»Ja. Kurz nachdem Sie gingen, bekam ich eine Meldung von Stone.«

»Sie werden wegen Stone Vorkehrungen treffen?«

»Ja. Aber was meinen Sie?« Er machte eine Kopfbewegung zum Schläfer.

»Ich denke, er ist es«, sagte Frost. »Der Ort ist richtig, und die Nacktheit wäre anders schwierig zu erklären. Der Schädel ist von der Art, die ich erwartete.«

»Aber das Gesicht?«

»Ja. Es gibt gewisse Züge, die etwas beunruhigend sind.«

»Ich hätte schwören mögen«, sagte Wither, »daß ich einen Herren erkenne, wenn ich ihn sehe – selbst, wenn er erst zu einem Herren gemacht werden muß. Sie verstehen, was ich meine... man sieht sofort, daß Straik oder Studdock geeignet wären, während Miß Hardcastle trotz ihrer ausgezeichneten Eigenschaften... ah... ungeeignet wäre.«

»Ja. Vielleicht müssen wir auf eine Persönlichkeit gefaßt sein, der viel Barbarisches und Ungehobeltes anhaftet. Wer weiß, welches in Wirklichkeit die Technik des Atlantischen Kreises war?«

»Man darf nicht... ah... engstirnig sein. Wir dürfen annehmen, daß die Meister jenes Zeitalters sich vom gewöhnlichen Volk nicht so deutlich unterschieden, wie wir es tun. Vielleicht wurden im Atlantischen Kreis alle möglichen emotionalen und sogar instinktiven Elemente toleriert, die wir ablegen mußten.«

»Man darf es nicht nur annehmen, man muß. Wir sollten nicht vergessen, daß der ganze Plan in der Wiedervereinigung verschiedener Arten der Kunst besteht.«

»Genau. Durch unsere Verbindung mit den Mächten – ihrer anderen Zeitrechnung und alledem – neigen wir vielleicht dazu, aus den Augen zu verlieren, wie ungeheuer groß der Zeitabstand ist, gemessen an unseren menschlichen Maßstäben.«

»Was wir hier haben«, sagte Frost und zeigte auf den Schläfer,

»ist nicht jemand aus dem fünften Jahrhundert, wissen Sie. Er ist der letzte späte Nachfahre von etwas viel Älterem, von dem im fünften Jahrhundert nur noch Spuren existierten. Von etwas, das älter ist als das primitive Druidentum der Bronzezeit; von etwas, das uns bis in die präglaziale Epoche zurückführt.«

»Möglicherweise ist das ganze Experiment gewagter, als wir dachten.«

»Ich hatte schon früher Veranlassung«, sagte Frost, »den Wunsch zu äußern, Sie möchten nicht länger diese emotionalen Pseudofeststellungen in unsere wissenschaftlichen Gespräche einführen.«

»Mein lieber Freund«, sagte Wither, ohne ihn anzusehen, »ich bin mir völlig bewußt, daß das erwähnte Thema zwischen Ihnen und den Mächten selbst diskutiert worden ist. Völlig bewußt. Und ich zweifle nicht daran, daß Sie sich ebenso klar gewisser Diskussionen bewußt sind, die sie mit mir über Aspekte Ihrer eigenen Methoden geführt haben, welche Anlaß zu Kritik geben. Nichts wäre vergeblicher – ich möchte sogar sagen: gefährlicher – als irgendein Versuch, zwischen uns beiden jene Formen versteckter Disziplin einzuführen, die wir unseren Untergebenen gegenüber anwenden. Es liegt in Ihrem eigenen Interesse, daß ich mir erlaube, auf diesen Punkt... ah... aufmerksam zu machen.«

Statt zu antworten, gab Frost seinem Gefährten ein Zeichen. Beide schwiegen und wandten sich dem Bett zu: denn der Schläfer hatte die Augen geöffnet.

Die offenen Augen gaben dem Gesicht Ausdruck, doch war es ein Ausdruck, den sie nicht deuten konnten. Der Schläfer schien sie anzusehen, aber sie waren nicht ganz sicher, ob er sie überhaupt sah. Während die Sekunden vergingen, war Withers hauptsächlicher Eindruck die Vorsicht in den Zügen des Mannes. Aber es war eine Vorsicht, die nichts Angespanntes oder Unruhiges hatte. Es war vielmehr eine gewohnheitsmäßige Abwehrhaltung, die auf Jahre harter und geduldig – vielleicht sogar humorvoll – ertragener Erfahrung zurückzugehen schien.

Wither stand auf und räusperte sich.

»Magister Merline«, sagte er, »Sapientissime Britonum, secreti secretorum possessor, incredibili quodam gaudio afficimur quod te domum nostram accipere nobis... ah... contingit. Scito nos etiam haud imperitos esse magnae artis – et – ut ita dicam...«*

---

* Meister Merlin, weisester der Briten, Besitzer der geheimsten Geheimnisse, mit unaussprechlicher Freude ergreifen wir die Gelegenheit... ah... dich in unserem Haus willkommen zu heißen. Du wirst bemerken, daß auch wir in der großen Kunst nicht ungeübt sind – und – wenn ich so sagen darf...

Er verstummte.

Es war allzu offensichtlich, daß der Schläfer von dem, was er sagte, keinerlei Notiz nahm.

Es war unmöglich, daß ein gelehrter Mann des fünften Jahrhunderts kein Latein verstehen sollte. Gab es vielleicht Fehler in seiner eigenen Aussprache? Aber Wither war keineswegs sicher, daß dieser Mann ihn nicht verstand. Das völlige Fehlen von Neugier oder auch nur Interesse in seinem Gesicht deutete eher darauf hin, daß er nicht zuhörte.

Frost nahm eine Karaffe vom Tisch und füllte ein Glas mit Rotwein. Dann kehrte er zum Bett zurück, verbeugte sich tief und reichte es dem Fremden. Dieser betrachtete es mit einem Ausdruck, der möglicherweise als listig interpretiert werden konnte; dann setzte er sich plötzlich auf, wobei er eine breite behaarte Brust und sehnige, knotige Arme enthüllte. Seine Augen blickten zum Tisch und er deutete auf ihn. Frost kehrte an den Tisch zurück und berührte eine andere Karaffe. Der Fremde schüttelte den Kopf und deutete wieder.

»Ich denke«, sagte Wither, »daß unser vornehmer Gast versucht, auf den Krug zu deuten. Ich weiß nicht genau, was bereitgestellt wurde. Vielleicht...«

»Er enthält Bier«, sagte Frost.

»Nun, das ist kaum das Geeignete – doch vielleicht wissen wir zu wenig von den Bräuchen jener Zeit...«

Während Wither noch sprach, hatte Frost einen Zinnkrug mit Bier gefüllt und bot ihn dem Gast an. Zum erstenmal kam ein Schimmer von Interesse in das rätselhafte Gesicht. Der Mann ergriff den Bierkrug, strich sich den wirren Bart von den Lippen und begann zu trinken. Immer weiter legte sich der graue Kopf zurück in den Nacken; immer höher hob sich der Boden des Bierkrugs; auf und nieder hüpfte der Adamsapfel in der mageren Kehle. Schließlich setzte der Mann den leeren Bierkrug ab, wischte sich den Mund mit dem Handrücken und ließ einen tiefen Seufzer hören – das erste Geräusch, das er seit seiner Ankunft von sich gegeben hatte. Dann richtete er seine Aufmerksamkeit wieder auf den Tisch.

Während der nächsten zwanzig Minuten fütterten die beiden alten Männer ihn – Wither mit zitternder und beflissener Ehrerbietung, Frost mit den sicheren, dezenten Bewegungen eines ausgebildeten Dieners. Alle Arten von Delikatessen standen bereit, doch der Fremde widmete seine Aufmerksamkeit ausschließlich kaltem Rumpsteak, Hühnchen, eingelegten Gurken, Brot, Käse und Butter. Anscheinend war er mit Gabeln nicht vertraut, aß die Butter von der Messerspitze und nahm die Hühnerknochen zum Benagen in beide Hände, um sie anschließend unter das Kopfkissen zu stecken. Sein Essen war geräuschvoll und tierisch. Als er fertig war, signalisierte er nach einem zweiten halben Liter Bier, trank ihn in zwei langen Zügen, wischte sich den Mund mit der Bettdecke und seine Nase an der Hand und ließ sich schließlich zu weiterem Schlummer zurücksinken.

»Ah... äh.. domine«, sagte Wither mit mißbilligender Dringlichkeit, »nihil magis mihi displiceret quam tibi ullo modo... ah... molestum esse. Attamen, venia tua...«*

Aber der Mann nahm keine Notiz von ihm. Wither und Frost wußten nicht zu sagen, ob seine Augen geschlossen waren, oder ob er sie durch schmale Schlitze unter fast geschlossenen Lidern beobachtete; aber es war völlig klar, daß er nicht zu sprechen beabsichtigte. Frost und Wither tauschten fragende Blicke aus.

»Dieses Zimmer ist nur durch den Nebenraum zu erreichen, nicht wahr?« sagte Frost.

Wither bejahte.

»Dann lassen Sie uns nach nebenan gehen und die Situation erörtern. Wir können die Tür angelehnt lassen; so werden wir ihn hören, wenn er sich bewegt.«

Als Mark sich plötzlich alleingelassen sah, war seine erste Empfindung eine unerwartete Erleichterung. Sie erlöste ihn nicht von seinen Zukunftsängsten, aber inmitten dieser Befürchtungen war ein seltsames Gefühl von Befreiung entstanden. Das Gefühl, nicht länger um das Vertrauen dieser Männer zu werben und all diese armseligen Hoffnungen abgeschüttelt zu haben, war beinahe beglückend. Nach der langen Reihe diplomatischer Fehlschläge empfand er den offenen Kampf als belebend und anregend. Er mochte diesen offenen Kampf verlieren, aber wenigstens herrschten klare Verhältnisse: seine Seite gegen die ihre. Und er konnte mit Recht von ›seiner Seite‹ sprechen, denn schon fühlte er sich eins mit Jane und allem, was sie verkörperte. Tatsächlich war er derjenige, der in vorderster Front kämpfte; Jane war beinahe eine Nichtkämpferin...

Die Billigung durch das eigene Gewissen ist ein berauschender Schluck, besonders für jene, die nicht daran gewöhnt sind. Innerhalb von zwei Minuten war Mark von jenem ersten unwillkürlichen Gefühl von Befreiung zu einer Haltung bewußter Tapferkeit gelangt, und von dort war der Weg zu ungehemmtem Heldentum nicht mehr weit. Die Vorstellung von ihm selbst als Held und Märtyrer, als Siegfried der Drachentöter, erhob sich vor ihm und versprach für immer jene anderen und unerträglichen Selbstpor-

---

* Ah... äh... Herr – nichts würde mir fernerliegen, als Ihnen... ah... in irgendeiner Weise lästig sein zu wollen. Dennoch, mit Ihrer Erlaubnis...

träts auszulöschen, die ihn während der letzten Stunden verfolgt hatten. Schließlich hätte nicht jeder einem Angebot wie dem widerstehen können, das Frost ihm gemacht hatte. Ein Angebot, das einen einlud, über die Grenzen des menschlichen Lebens hinauszugehen in das Etwas, das zu entdecken die Menschen seit Anbeginn der Welt versucht hatten, und jene geheimsten Schicksalsfäden zu berühren, welche die zentralen Nerven der ganzen Geschichte waren. Wie hätte ihn das noch vor kurzem angezogen!

Plötzlich, wie eine Bestie, die ihn mit Lichtgeschwindigkeit über unendliche Entfernungen hinweg ansprang, fuhr ihm ein Verlangen an die Kehle, salzig, schwarz, heißhungrig, unwiderstehlich, und schüttelte ihn wie der Hund die Ratte. Die bloße Andeutung wird jenen, die sie selbst gespürt haben, die Art der Emotion verdeutlichen; anderen wird vielleicht keine noch so ausführliche Beschreibung nützen. Viele sprechen davon als Lust, aber es hat nichts mit dem Körper zu tun, wenn es auch in zweierlei Hinsicht der Lust ähnelt, wie sie sich in den tiefsten und dunkelsten Verliesen ihres labyrinthischen Hauses zeigt. Denn wie die Lust entzaubert es das gesamte Universum. Alles andere, das Mark jemals gefühlt hatte – Liebe, Ehrgeiz, Hunger, ja die Lust selbst –, erschien ihm wie Milch und Wasser, wie Kinderspielzeug, mit dem sich zu beschäftigen nicht der Mühe wert sei. Die unendliche Anziehungskraft dieses dunklen Etwas sog alle anderen Leidenschaften in sich ein, und was übrigblieb, erschien gebleicht, entleert, fade, eine Welt farbloser Ehen und farbloser Mengen, ungewürzter Gerichte und wertlosen Trödels. Er konnte jetzt an Jane nur in Begriffen von Begehren denken, doch fehlte dem Begehren hier der Reiz. Diese Schlange wurde angesichts des wahren Drachen zum zahnlosen Wurm. Aber es war auch in einer anderen Hinsicht wie Lust. Es ist müßig, dem Perversen die Scheußlichkeit seiner Perversion klarzumachen; während die Leidenschaft ihn übermannt, ist eben diese Abscheulichkeit die Würze seines Verlangens. Schließlich wird die Häßlichkeit selbst das Ziel seiner Gier; Schönheit als Anregungsmittel ist längst zu schwach geworden. Und so war es hier. Diese Geschöpfe, von denen Frost gesprochen hatte – und er zweifelte jetzt nicht daran, daß sie in seiner Zelle gegenwärtig waren –, atmeten Tod auf die menschliche Rasse und auf alle Freude. Nicht trotz dieser Erkenntnis, sondern weil das so war, fühlte Mark sich übermächtig zu ihnen hingezogen, von ihnen fasziniert. Niemals zuvor hatte er die furchtbare Kraft der widernatürlichen Bewegung gekannt, die ihn jetzt im Griff hatte; den Impuls, allen natürlichen Widerwillen umzukehren und jeden Kreis gegen den Uhrzeiger zu ziehen. Die Bedeutung gewisser Bilder, von Frosts Reden über ›Objektivität‹

und von Hexenritualen alter Zeiten wurde ihm klar. Aus seinem Gedächtnis erhob sich das Vorstellungsbild von Withers Gesicht, und diesmal verabscheute er es nicht nur: mit schaudernder Befriedigung erkannte er darin die Zeichen einer gemeinsamen Erfahrung. Wither wußte es auch. Wither verstand...

Im gleichen Augenblick fiel ihm wieder ein, daß sie ihn wahrscheinlich töten würden. Mit dem Gedanken wurde er sich neuerlich der Zelle bewußt, des kleinen, harten, leeren Raums mit der grellen Lampe, worin er auf dem nackten Betonboden saß. Er zwinkerte. Er konnte sich nicht erinnern, daß diese Umgebung während der vergangenen Minuten sichtbar gewesen war. Wo war er gewesen? Jedenfalls war sein Verstand jetzt klar. Diese Idee einer Gemeinsamkeit zwischen ihm und Wither war reiner Unsinn. Natürlich hatten sie vor, ihn früher oder später zu töten, es sei denn, er könnte sich aus eigener Kraft retten. Was hatte er gedacht und gefühlt, daß er es vergessen konnte?

Nach und nach begriff er, daß er etwas wie einen Angriff ausgehalten und überhaupt keinen Widerstand geleistet hatte; und mit diesem Begreifen drang eine ganz neue Art von Furcht in sein Denken ein. Er war theoretisch ein Materialist und hatte sein Leben lang ziemlich selbstverständlich an die Freiheit seines eigenen Willens geglaubt. Er hatte selten moralische Vorsätze gefaßt; und als er einige Stunden zuvor beschlossen hatte, den Leuten von Belbury nicht länger zu trauen, hatte er es für selbstverständlich gehalten, daß er imstande sein würde, dem Beschluß treu zu bleiben. Er wußte natürlich, daß er aufgrund einer veränderten Situation oder neuer Einsichten ›seine Meinung ändern‹ könnte, doch bis zum Eintreten dieser rein hypothetischen Möglichkeit würde er natürlich an seinem Beschluß festhalten. Nie war ihm in den Sinn gekommen, daß sein Geist von irgendeiner Kraft derart verändert werden könnte, daß er ihn von einem Augenblick zum anderen selbst nicht wiedererkannte. Wenn so etwas geschehen konnte... Der unbestimmte Theismus, dem er unter dem für die Außenwelt bestimmten Materialismus mehr gefühlsmäßig als aus Vernunftgründen angehangen hatte, triumphierte und war zugleich gekränkt. Wo solche Mächte am Werk waren, mußte es auch einen Gott geben, aber wie war es dann möglich, daß dieser Gott ihn im Stich ließ, kaum daß er sich aus eigener Kraft für das Gute und Richtige entschieden hatte – nämlich das, was Jane und die Dimbles und ihresgleichen billigen würden? Man sollte doch erwarten dürfen, daß Gott ein solches Verhalten unterstützen würde. Aber davon konnte offenbar nicht die Rede sein. Er ließ einen sitzen; das war der Lohn für die Mühe.

Die Zyniker hatten also recht. Aber bei diesem Gedanken hielt er plötzlich inne. Irgendein begleitendes Aroma hatte ihn gewarnt. War dies der Wiederbeginn jener anderen Stimmung? Nein, nicht das, um keinen Preis! Er ballte die Fäuste. Nein, lange konnte er dies nicht mehr aushalten. Er brauchte Jane, er brauchte Mrs. Dimble, er brauchte Denniston, er brauchte irgend jemand, irgend etwas... »O nein, bloß das nicht!« murmelte er verzweifelt; und dann lauter: »Nein, nein!« Sein ganzes Selbst war in diesem Aufschrei, und das schreckliche Bewußtsein, die letzte Karte ausgespielt zu haben, begann sich langsam in eine Art von Frieden zu verwandeln. Mehr war nicht zu tun. Seine Muskeln entspannten sich. Sein Körper war inzwischen völlig erschöpft und übermüdet und nahm sogar den harten Betonboden dankbar als Lager an. Die Zelle selbst schien irgendwie entleert und gereinigt, als wäre auch sie nach den Konflikten, die sie gesehen hatte, müde und erschöpft – entleert wie der Himmel nach dem Regen, müde wie ein Kind nach dem Weinen.

Mit dem undeutlichen Gefühl, daß die Nacht bald zu Ende sein müsse, schlief Mark ein.

13

Der Mann aus der Vergangenheit

»Halt! Bleiben Sie stehen. Wer sind Sie und was wollen Sie?« sagte Ransom.

Der zerlumpte Mann auf der Schwelle legte den Kopf ein wenig auf die Seite, wie einer, der nicht gut hört. Während sie so standen, fegte der Wind durch die Spülküche und warf die innere Tür mit lautem Krachen zu, so daß die drei Männer von den Frauen getrennt waren. Eine große Blechschüssel fiel mit Getöse ins Spülbecken. Der Fremde trat über die Schwelle.

»Sta!« sagte Ransom mit lauter Stimme. »In nomine Patris et Filii et Spiritus Sancti, dic mihi qui sis et quam ob causam venenis.«*

Der Fremde hob die Rechte und wischte sich das tropfnasse Haar aus der Stirn. Das Licht fiel voll auf sein Gesicht, von dem eine ungeheure Ruhe ausging. Ransom hatte den Eindruck, als ob jeder Muskel im Körper dieses Titanen völlig entspannt sei, beinahe, als ob er schliefe, und er stand völlig unbeweglich. Jeder Wassertropfen aus dem nassen Khakimantel traf den Fliesenboden genau dort, wohin schon der letzte Tropfen gefallen war.

---

* Bleib stehn! Im Namen des Vaters und des Sohnes und des Heiligen Geistes, sag mir, wer du bist und warum du kommst.

Sein Blick ruhte ohne sonderliches Interesse auf Ransom, dann wandte er den Kopf zur anderen Seite, wo MacPhee hinter der Tür an der Wand stand.

»Komm heraus«, sagte der Fremde auf lateinisch. Er sprach sehr leise, aber seine Stimme war so tief, daß ihr Klang selbst in diesem vom Wind durchtosten Raum eine Art von Vibration erzeugte. Was Ransom aber noch mehr überraschte, war die Tatsache, daß MacPhee sofort gehorchte. Er sah nicht Ransom an, sondern den Fremden. Dann gähnte er unerwartet. Der fremde Riese musterte ihn kurz und wandte sich an Ransom.

»Bursche«, sagte er, wieder in lateinischer Sprache, »sag dem Herrn dieses Hauses, daß ich gekommen bin.« Als er sprach, schlug der Wind ihm den Mantel um die Beine und blies ihm das Haar in die Stirn; aber sein mächtiger Körper stand wie ein Baum, und er schien nicht in Eile. Und auch die Stimme gemahnte an die Stimme eines Baums, wie man sie sich vorstellen würde, tief und langsam und geduldig, durch Wurzeln und Erde und Kies aus den Tiefen der Erde heraufgezogen.

»Ich bin hier der Herr«, antwortete Ransom in derselben Sprache.

»Natürlich!« erwiderte der Fremde. »Und dieser Schlingel* da ist ohne Zweifel dein Bischof.«

Er lächelte nicht eigentlich, aber ein Ausdruck beunruhigender Heiterkeit trat in seine scharfen Augen. Plötzlich stieß er mit dem Kopf ruckartig vor, und sein Gesicht beugte sich bedrohlich über Ransom. »Sag deinem Herrn, daß ich gekommen bin«; wiederholte er in unverändertem Tonfall.

Ransom blickte zu ihm auf, ohne mit der Wimper zu zucken.

»Wünscht Ihr wirklich«, sagte er endlich, »daß ich meine Herren herbeirufe?«

»Eine Dohle aus der Klause eines Eremiten kann leicht Bücherlatein daherschwatzen«, sagte der andere. »Laßt hören, wer Euch berufen hat, Menschlein**.«

»Dafür muß ich eine andere Sprache gebrauchen«, sagte Ransom.

»Eine Dohle mag auch Griechisch im Schnabel führen.«

»Es ist nicht Griechisch.«

»Dann laßt uns Euer Hebräisch hören.«

»Es ist nicht Hebräisch.«

»Nun«, antwortete der Riese schmunzelnd und mit einem glucksenden Lachen tief in seinem enormen Brustkasten, »wenn Ihr zum Geschnatter der Jüten und Angeln kommt, so wird es schwer, aber ich will Euch dennoch überschnattern.«

---

* Er sagte »mastigia«. ** »homuncio«

»Es mag Euch wie die Sprache von Barbaren erscheinen«, sagte Ransom, »denn viel Zeit ist vergangen, seit sie gehört wurde. Nicht einmal in den Straßen Numinors hörte man sie.«

Der Fremde zeigte keinerlei Überraschung, und sein Gesicht blieb ruhig wie zuvor, aber in seiner Stimme lag ein neues Interesse.

»Eure Herren lassen Euch mit gefährlichem Spielzeug spielen«, sagte er. »Sagt mir, was ist Numinor?«

»Der wahre Westen«, sagte Ransom.

»Nun...«, sagte der andere, um nach einer Pause hinzuzufügen: »Ich kann wahrhaft die Gastfreundschaft in Eurem Haus nicht loben. Ein kalter Wind bläst mir in den Rücken, und ich war lange im Bett. Ihr seht, ich trat bereits über die Schwelle.«

»Das soll mich nicht bekümmern«, erwiderte Ransom. »Schließen Sie die Tür, MacPhee«, fügte er auf englisch hinzu. Aber es erfolgte keine Reaktion, und als er sich umblickte, sah er, daß MacPhee sich auf den einzigen Stuhl in der Spülküche gesetzt hatte und fest schlief.

»Was hat diese Torheit zu bedeuten?« fragte Ransom mit einem scharfen Blick zum Fremden.

»Wenn Ihr wirklich der Herr dieses Hauses seid, so braucht es Euch nicht gesagt zu werden. Wenn nicht, warum sollte ich einem wie Euch Rechenschaft geben? Aber fürchtet nichts; Euer Pferdeknecht wird darum nicht übler dran sein.«

»Das werden wir bald sehen«, sagte Ransom. »Einstweilen sollt Ihr wissen, daß ich Euch nicht fürchte. Vielmehr habe ich Grund, Eure Flucht zu fürchten. Schließt die Tür, wenn Ihr wollt, denn Ihr seht, mein Fuß ist verletzt.«

Der Fremde griff mit der Linken hinter sich, ohne seinen Blick von Ransom abzuwenden, fand die Türklinke und drückte die Tür zu. MacPhee rührte sich nicht. »Nun«, sagte er, »wie steht es mit diesen Euren Herren?«

»Meine Herren sind die Oyeresu.«

»Wo habt Ihr diesen Namen gehört?« fragte der Fremde. »Oder, wenn Ihr wirklich zu den Weisen gehört, warum kleidet Ihr Euch wie ein Sklave?«

»Eure eigenen Kleider«, versetzte Ransom, »sind nicht die eines Druiden.«

»Der Streich war gut pariert«, sagte der andere. »Da Ihr Kenntnisse besitzt, beantwortet mir drei Fragen, wenn Ihr es wagt.«

»Ich werde sie beantworten, wenn ich kann.«

Der Fremde dachte eine Weile nach. Dann stellte er in einem singenden Tonfall, als wiederhole er einen alten Vers, in zwei lateinischen Hexametern die Frage: »Wer wird Sulva genannt?

Welchen Weg geht sie? Warum ist der Schoß auf einer Seite unfruchtbar?«

»Sulva wird von den Sterblichen Luna oder Mond genannt. Sie wandelt in der untersten Sphäre. Der äußere Rand der Welt, die verwüstet wurde, geht durch sie. Eine Hälfte ihrer Rundung ist uns zugekehrt und teilt unseren Fluch. Mit ihrer anderen Hälfte blickt sie in die Himmelstiefen hinaus. Glücklich der, welcher diese Grenze überschreiten und die fruchtbaren Gefilde auf der anderen Seite schauen kann. Auf dieser Seite ist Sulvas Schoß unfruchtbar und die Hochzeiten kalt; hier wohnt ein verfluchtes Volk, voll Stolz und Lust. Wenn ein junger Mann ein Mädchen zum Weibe nimmt, so teilt er nicht ihr Lager; jeder liegt einem kunstfertig gestalteten Abbild des andern bei, durch teuflische Künste bewegt und mit warmem Leib, denn wirklich Fleisch befriedigt sie nicht mehr, verwöhnt* sind sie in ihren Wollustträumen. Die echten Kinder zeugen sie im Verborgenen durch schwarze Kunst.«

* »delicati«

»Ihr habt gut geantwortet«, sagte der Fremde. »Ich dachte, es gebe nur drei Menschen auf der Welt, die diese Antwort wissen. Aber meine zweite Frage mag schwieriger sein. Wo ist der Ring des Königs Artus? Welcher Herr hat einen solchen Schatz in seinem Haus?«

»Der Ring des Königs«, sagte Ransom, »ist an Artus' Finger, und Artus selbst sitzt im Haus der Könige im schüsselförmigen Land Abhalljin, jenseits der Meere von Lur in Perelandra. Denn Artus starb nicht; unser Herr nahm ihn auf und ließ ihm seine leibliche Gestalt bis zum Ende aller Zeit und Sulvas Untergang, wie er vor ihm Enoch und Elias, Moses und Melchisedek aufgenommen hatte. Melchisedek ist derjenige, in dessen Halle der Ring am Finger des Pendragon funkelt.«

»Gut geantwortet«, sagte der Fremde. »In meiner Schule dachte man, daß nur zwei Menschen auf der Welt die Antwort darauf wüßten. Doch auf meine dritte Frage wußte niemand als ich selbst die Antwort. Wer wird in der Zeit, da Saturn aus seiner Sphäre herabkommt, der Pendragon sein? In welcher Welt erlernte er die Kriegskunst?«

»In der Sphäre der Venus erlernte ich die Kriegskunst«, sagte Ransom. »In diesem Zeitalter wird Lurga herabkommen. Ich bin der Pendragon.«

Als er dies gesagt hatte, tat er einen Schritt zurück, denn der Riese vor ihm war in Bewegung gekommen und in seinen Augen war ein neuer Ausdruck. Jeder, der sie gesehen hätte, wie sie einander so gegenüberstanden, würde geglaubt haben, sie wären im

Begriff, sich aufeinanderzustürzen. Aber der Fremde hatte sich nicht mit feindlicher Absicht bewegt. Langsam und schwerfällig, doch nicht unbeholfen, ließ er sich vor Ransom auf ein Knie nieder; und noch immer war sein Gesicht beinahe auf einer Ebene mit dem des Meisters.

»Dies ist eine gänzlich unerwartete Belastung für uns«, bemerkte Wither zu Frost, während sie bei angelehnter Tür im Nebenzimmer saßen. »Ich muß gestehen, daß ich nicht mit ernstlichen Verständigungsschwierigkeiten gerechnet hatte.«

»Wir müssen sofort einen Spezialisten für keltische Sprache und Kultur herbeischaffen«, sagte Frost. »Es ist bedauerlich, daß wir auf der philologischen Seite so schwach besetzt sind. Ich kann im Moment nicht sagen, wer der beste Kenner des keltischen Britannien ist. Ransom könnte uns beraten, wenn er zu haben wäre. Ich nehme an, Ihrer Abteilung ist auch nichts über ihn bekannt, wie?«

»Ich brauche wohl kaum zu betonen«, sagte Wither, »daß Dr. Ransoms philologische Kenntnisse keineswegs der einzige Grund sind, weshalb wir Näheres über seinen Aufenthalt zu erfahren suchen. Sie dürfen versichert sein, daß Sie längst das... ah... Vergnügen gehabt hätten, ihn persönlich hier zu sehen, wäre auch nur die geringste Spur von ihm entdeckt worden.«

»Natürlich. Möglicherweise befindet er sich überhaupt nicht auf der Erde.«

»Ich traf ihn einmal«, sagte Wither mit halbgeschlossenen Augen. »Er war in seiner Art ein ausgezeichneter Mann. Ein Mann, dessen Einsichten und Eingebungen für uns von großem Wert gewesen wären. Leider war er schon damals in einem Maße von fanatischer Religiosität erfüllt, daß ein... ah... fruchtbares Gespräch mit ihm nicht möglich war. Kein Wunder, daß er sich der Sache der Reaktion verschrieb. Es ist ein betrüblicher Gedanke...«

»Aber natürlich!« sagte Frost, ihn unterbrechend. »Straik kann walisisch. Seine Mutter ist Waliserin, und er erzählte mir einmal, daß sie bei ihm zu Hause walisisch sprächen. Es ist zwar nicht das gleiche wie das alte Keltisch, aber vielleicht kommen wir mit ihm weiter.«

»Es wäre zweifellos befriedigender«, sagte Wither, »wenn die ganze Angelegenheit sozusagen in der Familie bleiben könnte. Die Vorstellung, einen Experten für Keltisch von außerhalb beiziehen zu müssen, hätte etwas sehr Unangenehmes für mich – und ich bin sicher, daß Sie genauso darüber denken.«

»Für den Experten würde natürlich Vorsorge getroffen werden, sobald wir auf seine Dienste verzichten könnten«, erwiderte Frost nachdenklich. »Das Ärgerliche an der Sache ist der Zeitverlust. Welche Fortschritte haben Sie mit Straik gemacht?«

»Oh, es geht wirklich ausgezeichnet«, sagte der stellvertretende Direktor. »Tatsächlich bin ich beinahe ein wenig enttäuscht. Ich meine, mein Schüler macht so rasche Fortschritte, daß es notwendig werden könnte, eine Idee aufzugeben, die – wie ich gern gestehe – einen gewissen Reiz auf mich ausübt. Während Sie draußen waren, dachte ich darüber nach, daß es besonders passend und... ah... befriedigend wäre, wenn Ihr Schüler und der meine zusammen eingeweiht werden könnten. Wir hätten beide – hm – stolz sein können... Wenn aber Straik einige Zeit vor Studdock soweit ist, würde ich mich natürlich nicht berechtigt fühlen, ihm im Wege zu stehen. Sie werden... ah... verstehen, mein lieber Freund, daß ich nicht versuche, aus dieser Situation etwas wie einen Probefall für die Wirksamkeit unserer sehr verschiedenen Methoden zu machen...«

»Das wäre Ihnen auch nicht möglich«, sagte Frost, »da ich Studdock erst ein einziges Mal gesprochen habe. Dieses eine Gespräch hatte immerhin allen Erfolg, der erwartet werden konnte. Ich erwähnte Straik nur, um zu erfahren, ob er unserer Sache schon so weit verpflichtet ist, daß man ihn unserem Gast vorstellen könnte.«

»Nun..., ah... was das Verpflichtetsein angeht«, sagte Wither, »so würde ich... abgesehen einmal von bestimmten feinen Unterschieden, deren Bedeutung für das Ganze hier keineswegs verkannt werden soll... ah... nicht zögern zu sagen, daß ein solcher Versuch durchaus zu verantworten wäre.«

»Ich denke«, sagte Frost, »jemand sollte hier Wache halten. Er kann jeden Augenblick munter werden. Unsere Schüler – Straik und Studdock – könnten sich abwechselnd zu ihm setzen. Warum sollten sie sich nicht nützlich machen, selbst vor ihrer vollen Einweihung? Selbstverständlich würden sie angewiesen sein, uns sofort anzurufen, wenn sich etwas ereignet.«

»Sie meinen, Mr. Studdock sei schon weit genug?«

»Das spielt keine Rolle«, sagte Frost. »Was für Schaden sollte er schon anrichten? Entkommen kann er nicht. Und wir brauchen ja nur jemanden zum Aufpassen. Es wäre ein nützlicher Versuch.«

MacPhee, der gerade sowohl Ransom als auch Alcasans Kopf mit einem zweischneidigen Argument widerlegt hatte, das im Traum unschlagbar schien, auf das er sich später jedoch nie mehr besinnen konnte, fühlte sich unsanft wachgerüttelt. Er merkte, daß er fror und sein linker Fuß ohne Gefühl war. Dann sah er Dennistons Gesicht, das besorgt in das seine spähte. Die Spülküche schien voller Leute – Denniston, Dimble und Jane Studdock. Sie sahen sehr mitgenommen aus, zerkratzt, schmutzig und naß.

»Fehlt Ihnen was?« fragte Denniston. »Seit mehreren Minuten versuche ich, Sie zu wecken.«

»Mir – was fehlen?« murmelte MacPhee, während er den Kopf schüttelte, schluckte und seine Lippen befeuchtete. »Nein, mir fehlt nichts.« Dann setzte er sich aufrecht. »Es war ein Mann hier«, sagte er.

»Was für ein Mann?« fragte Dimble.

»Nun«, sagte MacPhee, »was das angeht... das ist nicht so leicht zu erklären... ich schlief ein, um die Wahrheit zu sagen.

wurde.«

Die anderen tauschten erstaunte Blicke. Obwohl MacPhee an kalten Winterabenden gern einen Grog trank, war er ein nüchterner Mann, und sie hatten ihn nie so gesehen. Im nächsten Augenblick sprang er auf die Füße.

»Tausend Teufel!« rief er. »Der Fremde hatte den Meister hier. Schnell! Wir müssen Haus und Garten durchsuchen. Möglicherweise war es ein Betrüger oder Spion. Ich weiß jetzt, was mit mir los war. Ich wurde hypnotisiert. Der Mann hatte auch ein Pferd bei sich. Er muß damit gekommen sein.«

Der letztere Hinweis hatte auf die anderen eine durchschlagende Wirkung. Denniston riß die Küchentür auf, und die ganze Gruppe stürmte hinein. Zuerst sahen sie nur undeutliche Umrisse im schwachen roten Widerschein der Glut in einem offenen Herdloch. Dann, als Denniston den Lichtschalter fand und drehte, atmeten alle auf. Die vier Frauen schliefen fest. Die Dohle saß auf der Lehne eines leeren Stuhls und schlief. Auch Mr. Bultitude schlief, ausgestreckt vor dem Herd, und sein kleines, an ein Kind gemahnendes Schnarchen, was sowenig zu seinem massigen Körper paßte, war in der tiefen Stille hörbar. Mrs. Dimble war vornüber gesunken und schlief mit dem Kopf auf dem Tisch, eine halb gestopfte Socke noch immer auf den Knien. Professor Dimble betrachtete sie mit jenem unheilbaren Mitleid, das Männer für jeden Schläfer empfinden, besonders aber für eine schlafende Frau. Camilla Denniston hatte sich im Schaukelstuhl wie ein Tier zusammengerollt, und Yvy Maggs hatte den Kopf über die Stuhllehne zurückgelegt und schlief mit offenem Mund. Grace Ironwood schließlich, stocksteif, als ob sie wach wäre, und mit nur wenig zur Seite geneigtem Kopf, schien die Demütigung der Bewußtlosigkeit mit strenger Geduld zu ertragen.

»Denen fehlt nichts«, sagte MacPhee aus dem Hintergrund. »Es ist das gleiche, was er mit mir machte. Wir haben keine Zeit, sie zu wecken. Vorwärts!«

Sie gingen von der Küche in den fliesenbelegten Gang. Die Stille des weitläufigen Hauses erschien ihnen – MacPhee ausgenommen – nach ihrem Aufenthalt in Sturmwind und Regen tief und undurchdringlich. Die nacheinander eingeschalteten Lampen enthüllten leere Räume und leere Korridore, die den Ausdruck mitternächtlicher Verlassenheit trugen – tote Asche in den Feuerstellen der offenen Kamine, eine Abendzeitung auf einem Sofa, eine stehengebliebene Uhr. Aber niemand hatte erwartet, im Erdgeschoß viel mehr als das zu finden.

»Jetzt nach oben«, entschied Dimble.

»Oben brennt Licht«, sagte Jane überflüssigerweise, als sie alle am Fuß der Treppe standen.

»Wir haben es vom Korridor aus selbst eingeschaltet«, erwiderte Dimble.

»Ich glaube, da irren Sie sich«, sagte Denniston.

Dimble nickte MacPhee zu. »Entschuldigen Sie mich, vielleicht sollte ich vorangehen.«

Bis zum Treppenabsatz zwischen den beiden Geschossen waren sie in Dunkelheit; auf die zweite Hälfte der Treppe fiel von oben Licht. Jane und Denniston, die den Schluß bildeten, sahen Dimble und MacPhee am oberen Ende der Treppe stehenbleiben, die Gesichter im Profil beleuchtet, Hinterköpfe und Rücken in Dunkelheit. MacPhee hatte die Lippen zusammengepreßt, und seine Haltung war feindselig und gespannt, während Dimble mit offenem Mund dastand. Jane rannte die letzten Stufen hinauf und sah, was die beiden sahen.

In den offenen Räumen des Meisters standen zwei Männer in weiten, langen Gewändern – das eine rot, das andere blau. Der Mann im blauen Gewand war Ransom, und der Anblick der beiden rief in Jane eine instinktiv abwehrende, alptraumhafte Vorstellung wach. Die Gestalten in ihren Gewändern schienen beide von der gleichen Sorte zu sein... und was wußte sie eigentlich von diesem Meister, dessen Zauber sie so hilflos erlegen war, daß sie ohne Vorbehalte in seinem Haushalt geblieben war und sich untergeordnet hatte? Hatte er sie nicht Träume träumen heißen und ihr erst in dieser Nacht eine Höllenangst eingejagt? Und da standen sie, die beiden, raunten sich ihre Geheimnisse zu und taten, was immer solche Leute tun, wenn sie die Bewohner eines Hauses eingeschläfert haben: der Mann, den man aus der Erde gegraben hatte, und der Mann, der im Weltraum gewesen war... Und der eine hatte ihnen erzählt, daß der andere ein Feind sei, und nun, kaum daß sie einander begegnet waren, standen sie einträchtig beisammen, vereint wie zwei Tropfen Quecksilber. Diese ganze Zeit hatte sie den Fremden kaum beachtet. Der Meister schien seinen Krückstock aus der Hand gelegt zu haben, und Jane hatte ihn noch nie zuvor so gerade und bewegungslos stehen sehen. Das Licht schimmerte auf seinem Bart und seinem Haupthaar und erzeugte die Illusion eines Heiligenscheins. Plötzlich, während sie noch an diese Dinge dachte, gewahrte sie, daß der Fremde sie ins Auge gefaßt hatte. Ihre Aufmerksamkeit wanderte zu ihm, und erst jetzt wurde ihr seine ungewöhnliche Größe bewußt. Der Mann war ein Monstrum. Und er und der Meister waren Verbündete. Und der Fremde sprach und zeigte auf sie.

Sie verstand die Worte nicht; aber Dimble, der neben ihr stand, hörte Merlin in einem ihm ziemlich seltsam vorkommenden Latein sagen:

»Herr, von allen Frauen, die in dieser Zeit leben, habt Ihr die falscheste in Eurem Haus.«

Und Dimble hörte den Meister in derselben Sprache antworten:

»Herr, Ihr irrt. Wie wir alle ist sie sündig; aber ihr Herz ist rein.«

»Herr«, sagte Merlin, »wisset wohl, daß sie in Loegria etwas getan hat, woraus nicht wenig Kummer erwachsen wird. Denn es war Gottes Wille, daß sie und ihr Gemahl ein Kind zeugten, das die Feinde für tausend Jahre aus Loegria vertreiben sollte.«

»Sie ist noch nicht lange verheiratet«, erwiderte Ransom. »Das Kind mag noch geboren werden.«

»Herr«, sagte Merlin, »so seid versichert, daß das Kind niemals geboren wird, denn die Stunde seiner Zeugung ist vergangen. Aus eigenem Willen sind sie unfruchtbar: Bislang wußte ich nicht, daß die Bräuche von Sulva unter Euch so verbreitet sind. Während hundert Generationen war die Zeugung dieses Kindes in beiden Linien vorbereitet worden; und wenn Gott das Werk der Zeit nicht ungeschehen macht, werden solch ein Saatkorn und solch eine Stunde in solch einem Land nicht wiederkehren.«

»Genug gesagt, Herr«, antwortete Ransom. »Die Frau bemerkt, daß wir von ihr sprechen.«

»Es wäre eine große Wohltat«, sagte Merlin, »Ihr würdet befehlen, daß ihr der Kopf von den Schultern gehauen werde; denn ihr Anblick ist ein Überdruß.«

Jane verstand zwar ein wenig Latein, hatte dem Gespräch aber nicht folgen können. Die Aussprache war ungewohnt, und der alte Druide bediente sich eines Vokabulars, das weit über ihre Kenntnisse hinausging – das Latein eines Mannes, für den Apuleius und Martianus Capella die wichtigsten Klassiker waren und dessen gewählte Ausdrucksweise derjenigen der *Hisperica Famina* ähnelte. Aber Dimble hatte ihn verstanden. Er stellte sich schützend vor Jane und rief:

»Ransom! Was in Gottes Namen hat das zu bedeuten?«

Merlin sprach weiter, und Ransom wandte sich antwortend zu ihm, als Dimble zornig unterbrach:

»Antworten Sie uns!« sagte er scharf. »Was ist geschehen? Warum haben Sie sich so aufgeputzt? Was wollen Sie mit diesem blutdürstigen alten Mann? Ich meine...«

MacPhee hatte das Latein ebensowenig verstanden wie Jane, aber seine eigenen Erfahrungen mit dem Magier hatten ausgereicht, um ihn mit Mißtrauen zu erfüllen, und so brachte er den schwächlich aufbegehrenden Dimble mit einer Handbewegung zum Schweigen und sagte im Ton eines Staatsanwalts:

»Doktor Ransom, ich weiß nicht, wer dieser Mann ist, und ich bin kein Lateiner. Aber ich weiß gut, daß Sie mich diese ganze Nacht gegen meinen ausdrücklichen Willen hier festgehalten und zugelassen haben, daß ich unter Drogen gesetzt oder hypnotisiert wurde. Ich versichere Ihnen, daß es mir wenig Vergnügen bereitet, zu sehen, daß Sie sich wie ein Komödiant herausgeputzt haben und mit diesem Jogi oder Schamanen, oder was immer er ist, auf vertraulichem Fuß zu verkehren scheinen. Und Sie können ihm sagen, daß er mich nicht so anzusehen braucht; ich fürchte ihn nicht. Und wenn Sie, Doktor Ransom, nach allem, was gewesen ist, die Seite gewechselt haben, dann sagen Sie es lieber gleich, denn ich werde mich nicht zum Narren halten lassen. Wir erwarten eine Erklärung.«

Der Meister blickte sie eine Weile schweigend an. »Ist es wirklich so weit gekommen?« sagte er dann. »Vertraut mir keiner von Ihnen?«

»Diese Appelle an Leidenschaften und Gefühle«, sagte MacPhee, »tun nichts zur Sache. Wenn ich es darauf anlegte, könnte ich in diesem Augenblick wie jeder andere weinen und klagen.«

»Nun«, sagte Ransom nach längerem Schweigen, »es gibt eine Entschuldigung für Sie alle, denn wir haben uns geirrt. Und nicht nur wir, sondern auch der Feind. Dieser Mann ist Merlin Ambrosius. Unsere Gegner dachten, daß er auf ihrer Seite sein würde, wenn er zurückkäme. Ich habe erkannt, daß er auf unserer Seite steht. Sie, Dimble, sollten erkennen, daß dies immer eine Möglichkeit war.«

Dimble nickte zögernd. »Das mag sein. Sehen Sie, Ransom, es war – nun, der Anschein des Ganzen: Sie und er einträchtig beisammen, gewandet wie zwei Heldentenöre einer Wagneroper in der Verbrüderungsszene; und dann seine Blutgier...«

»Sie hat mich selbst erschreckt«, versicherte Ransom. »Aber schließlich können wir nicht erwarten, daß seine Vorstellungen vom Strafrecht an den Normen des zwanzigsten Jahrhunderts orientiert sind. Es ist nicht einfach für mich, ihm verständlich zu machen, daß ich kein absoluter Monarch bin.«

»Ist.. ist er überhaupt Christ?« fragte Dimble besorgt.

Ransom nickte. »Und was diese Kleider betrifft, so mußte ich mein Amtsgewand anlegen, um ihm Ehre zu erweisen und weil ich mich schämte. Er hielt MacPhee und mich für Küchenjungen oder Stallknechte. Zu seiner Zeit, verstehen Sie, liefen die Männer außer in Notfällen nicht in sackähnlich formlosen Kleidern herum, und Grau war nicht ihre Lieblingsfarbe.«

Nun ergriff Merlin wieder das Wort. Dimble und Ransom, die ihm allein folgen konnten, hörten ihn sagen: »Wer sind diese Leute? Wenn sie Eure Sklaven sind, warum erweisen sie Euch keine Ehrerbietung? Wenn sie Feinde sind, warum vernichten wir sie nicht?«

»Sie sind meine Freunde«, begann Ransom auf lateinisch, doch MacPhee fiel ihm ins Wort.

»Verstehe ich Sie richtig, Doktor Ransom«, sagte er, »daß Sie von uns verlangen, diese Person als ein Mitglied unserer Gemeinschaft anzusehen?«

»Ich fürchte«, antwortete Ransom, »daß ich es nicht so ausdrücken kann. Er *ist* ein Mitglied unserer Gemeinschaft. Und ich muß Ihnen allen befehlen, ihn zu akzeptieren.«

»Und zweitens«, fuhr MacPhee fort, »muß ich fragen, in welcher Weise seine Glaubwürdigkeit überprüft worden ist.«

»In diesem Punkt bin ich voll zufriedengestellt«, antwortete Ransom. »Ich bin von seinem guten Willen genauso überzeugt wie von dem Ihren.«

»Aber womit begründen Sie Ihr Vertrauen?« beharrte MacPhee. »Sollen wir das nicht erfahren?«

»Es würde schwierig sein«, meinte Ransom, »Ihnen die Gründe zu erklären, die mich bewegen, Merlinus Ambrosius zu vertrauen. Aber nicht schwieriger, als ihm zu erklären, warum ich trotz manchen Anscheins, der mißverstanden werden könnte, Ihnen vertraue.«

Er lächelte ein wenig, als er das sagte, und dann sprach Merlin wieder auf lateinisch zu ihm, und er antwortete, worauf Merlin sich an Dimble wandte.

»Der Pendragon sagt mir«, sagte er mit seiner unerschütterlichen Ruhe, »daß Ihr mich beschuldigt, ein wilder und grausamer Mann zu sein. Dies ist eine Anklage, die ich nie zuvor hörte. Den dritten Teil meines Besitzes gab ich Witwen und Armen. Niemals wünschte ich jemandes Tod, ausgenommen Verräter, Jüten und Sachsen. Was die Frau angeht, so mag sie von mir aus leben. Ich bin nicht Herr dieses Hauses. Aber wäre es eine so schwerwiegende Angelegenheit, wenn ihr der Kopf abgeschlagen würde? Sind nicht Königinnen und Damen, die sie als Kammerjungfer verschmäht hätten, wegen geringerer Vergehen auf dem Scheiter-

haufen verbrannt worden? Und diesen Galgenvogel* neben Euch
– ja, Euch meine ich, obgleich Ihr nichts als Eure barbarische
Sprache redet; Ihr mit dem Gesicht wie saure Milch und der
Stimme wie eine Säge im harten Stamm – selbst diesen Beutelschneider** hätte ich auspeitschen und zum Tor hinausjagen lassen, obwohl manch einer ihn kurzerhand aufgeknüpft haben
würde.«

MacPhee begriff, daß er zur Zielscheibe unfreundlicher Bemerkungen gemacht wurde, wenn er auch die Worte nicht verstand;
dennoch wahrte er eine Haltung abwartender Gelassenheit, und
erst als Merlin geendet hatte, sagte er: »Mr. Ransom, ich wäre
Ihnen sehr dankbar, wenn Sie uns erklären würden...«

»Kommen Sie«, unterbrach ihn der Meister hastig, »keiner von
uns hat in dieser Nacht geschlafen. Arthur, würden Sie in dem
großen Zimmer am Nordende dieses Korridors für unseren Gast
ein Kaminfeuer anzünden? Und könnte jemand die Frauen wekken? Sie sollen einen Imbiß heraufbringen. Eine Flasche Burgunder und was an kalten Speisen noch da ist. Und dann zu Bett. Niemand braucht morgen früh aufzustehen. Wir können ausschlafen,
und alles wird in bester Ordnung sein.«

»Mit diesem neuen Kollegen werden wir noch Schwierigkeiten
haben«, sagte Dimble am nächsten Tag, als er mit seiner Frau allein in ihrem gemeinsamen Zimmer in St. Anne war. »Ja, ja«, fuhr
er nach einer Pause sinnend fort. »Er ist, was du eine ›starke Persönlichkeit‹ nennen würdest.«

»Du siehst sehr müde aus, Cecil«, sagte Mrs. Dimble.

»Nun ja, es war eine ziemlich anstrengende Konferenz«, erwiderte er. »Er kann einem auf die Nerven gehen, verstehst du. Ich
weiß, wir waren alle einfältig. Ich meine, unbewußt hatten wir uns
alle vorgestellt, daß er ein Mensch wie wir sein würde, weil er in
unser zwanzigstes Jahrhundert hineingeraten ist. Aber die Zeit
macht mehr aus als man ahnt.«

»Das dachte ich mir beim Mittagessen, weißt du«, sagte seine
Frau. »Es war dumm, nicht daran zu denken, daß er mit einer Gabel nichts anzufangen weiß. Was mich nach dem ersten Schock
aber noch mehr wunderte, war seine elegante Art, auch ohne Gabel zu essen. Man konnte sehen, daß es nicht einfach ein Fall
schlechter Tischsitten war, sondern anderer.«

»Nun gut, auf seine eigene Art mag der alte Knabe ein Herr sein
– das kann ihm jeder ansehen. Aber... also, ich weiß nicht.«

»Was passierte bei der Sitzung?«

»Nun, weißt du, alles muß ihm des langen und breiten erklärt

---

* Er sagte »cruciarius«.   ** Er sagte »sector zonarius«.

werden. Wir hatten alle Mühe, ihm begreiflich zu machen, daß Ransom nicht der König dieses Landes ist und auch nicht versucht, es zu werden. Und dann mußten wir ihm beibringen, daß wir überhaupt keine alten keltischen Briten sind, sondern Engländer – Nachfahren seiner alten Feinde, der Angelsachsen. Er brauchte ziemlich lange, um darüber hinwegzukommen.«

»Kann ich mir vorstellen.«

»Und dann mußte MacPhee die Gelegenheit benutzen, um eine ausführliche Erläuterung der Beziehungen zwischen Schottland und Irland und England zu geben, die natürlich erst wieder übersetzt werden mußte. Es war auch alles ziemlicher Unsinn. Wie so viele andere Leute bildet MacPhee sich ein, er sei ein Kelte, während außer seinem Namen nicht mehr Keltisches an ihm ist als an Mr. Bultitude. Übrigens machte Merlinus Ambrosius eine Prophezeiung über Mr. Bultitude.«

»Nein! Und welche?«

»Er sagte, noch vor Weihnachten werde dieser Bär die beste Tat verrichten, die je ein Bär in Britannien verrichtet habe, ausgenommen einer, von der wir aber noch nie gehört hätten. Er sagt ständig solche Sachen. Sie kommen ihm einfach dazwischen, wenn wir über etwas anderes reden, und auch seine Stimme klingt dann anders. Als ob sein Wille überhaupt nichts damit zu tun hätte. Er scheint nicht mehr zu wissen als das, was er im gegebenen Moment gerade verkündet, wenn du verstehst, was ich meine. Als schnappte in seinem Kopf ein Kameraverschluß auf und zu, und jedesmal käme nur ein Satz oder ein Gedanke heraus. Die Wirkung ist ziemlich unangenehm.«

»Ich hoffe, er und MacPhee haben nicht wieder gestritten?«

»Eigentlich nicht. Ich habe den Eindruck, daß Merlinus Ambrosius unseren Freund MacPhee nicht ganz ernst nimmt. Aus der Tatsache, daß MacPhee sich nicht unterordnet, häufig Kritik übt und niemals ein Blatt vor den Mund nimmt, andererseits aber nicht zurechtgewiesen wird, scheint er den Schluß zu ziehen, daß MacPhee eine Art Hofnarr des Meisters sei. Er scheint seine Abneigung gegen ihn überwunden zu haben. Aber eine solche Haltung ist natürlich nicht geeignet, in MacPhee Sympathie zu wecken.«

»Seid ihr überhaupt zu praktischer Arbeit gekommen?« fragte Mrs. Dimble.

»Nun, in gewisser Weise schon, könnte man sagen«, antwortete Dimble stirnrunzelnd.

»Es gab eine Menge Mißverständnisse, weißt du. Als die Sprache auf Yvy Maggs Mann kam, der im Gefängnis ist, wollte Merlinus wissen, warum wir ihn nicht befreit hätten. Er hätte es ganz normal gefunden, wenn wir losgeritten wären und das Bezirksgefängnis gestürmt hätten. Mit solchen Vorstellungen hatten wir die ganze Zeit zu tun.«

Mrs. Dimble schüttelte besorgt den Kopf. »Meinst du, daß er uns nützlich sein kann, Cecil?«

»Er wird bestimmt allerlei ausrichten, wenn du das meinst. In diesem Sinne besteht sogar die Gefahr, daß er eher zuviel als zuwenig tun wird.«

»Was ausrichten?« fragte seine Frau.

»Das Universum ist so ungemein kompliziert«, seufzte Professor Dimble.

»Das hast du schon ziemlich oft gesagt, mein Lieber.«

»Wirklich?« sagte er lächelnd. »Wie oft, frage ich mich? So oft, wie du die Geschichte mit dem Pony und der Kutsche in Dawlish erzählt hast?«

»Cecil! Seit Jahren habe ich sie nicht mehr erzählt.«

»Meine Liebe, erst vorgestern abend hörte ich, wie du sie Camilla erzähltest.«

»Ach, Camilla! Das ist etwas völlig anderes. Sie hatte die Geschichte noch nie gehört.«

Darauf sagte Dimble nichts, und für eine Weile herrschte Schweigen.

»Aber was ist mit Merlin?« fragte Mrs. Dimble schließlich.

»Ist dir schon einmal aufgefallen«, sagte er, »daß das Universum und alles, was darin ist, sich ständig verhärtet und verengt und zuspitzt?«

Seine Frau wartete, wie jene warten, die aus langer Erfahrung die Denkprozesse ihrer Gesprächspartner kennen.

»Ich meine es so«, fuhr Dimble fort. »Wenn du zu einem gegebenen Zeitpunkt in irgendein College gehst oder in eine Schule, Gemeinde oder Familie, findest du immer, daß es eine Zeit vor diesem Punkt gab, in der mehr Bewegungsraum zur Verfügung stand und die Gegensätze nicht so ausgeprägt und scharf waren; und du siehst voraus, daß es nach diesem Punkt eine Zeit geben wird, da der Spielraum noch geringer und die Möglichkeit der Wahl noch beschränkter sein werden. Die Polarisierungen auf allen Gebieten nehmen zu: das Gute wird immer besser, das Schlechte immer schlechter. Die Möglichkeiten auch nur scheinbarer Neutralität nehmen immer mehr ab. Die Gesamtsituation formiert sich unablässig, verhärtet und verengt sich, spitzt sich immer mehr zu. Vielleicht ist dies der eigentliche Sinn des Zeitablaufs. Alles spezialisiert sich, wird ständig mehr es selbst und damit allem anderen unähnlicher. Die Evolution führt die Arten immer weiter auseinander. Der Geist wird immer geistiger, die Materie immer materieller. Selbst in der Literatur entfernen sich Poesie und Prosa weiter und weiter voneinander.«

Mrs. Dimble begegnete mit der Leichtigkeit langer Praxis der in ihrem Haus allgegenwärtigen Gefahr, daß das Gespräch eine rein literarische Wendung nahm.

»Ja«, sagte sie. »Geist und Materie, gewiß. Das erklärt, warum es Leuten wie den Studdocks so schwerfällt, eine glückliche Ehe zu führen.«

»Den Studdocks?« meinte Dimble und bedachte sie mit einem abwesenden Blick. Die häuslichen Probleme jenes jungen Ehepaars hatten ihn bei weitem nicht so intensiv beschäftigt wie seine Frau. »Ach ja, ich verstehe. Natürlich, das hat etwas damit zu tun. Aber um auf Merlin zurückzukommen: soweit ich sehen kann, läuft es auf dies hinaus. Für einen Menschen jenes Zeitalters gab es noch Möglichkeiten, die unseren Zeitgenossen nicht mehr geboten werden. Die Erde selbst war in jenen Tagen mehr wie ein Tier, und geistige Prozesse ähnelten viel mehr als heute physikalischen Abläufen. Und es gab immer noch... nun, Neutrale.«

»Neutrale?«

»Ich will damit natürlich nicht sagen, daß irgend etwas wirklich neutral sein kann. Ein bewußtes Lebewesen gehorcht entweder Gott, oder es gehorcht ihm nicht. Aber es könnte Wesen geben, die sich im Vergleich mit uns neutral verhalten.«

»Du meinst Eldila – Engel?«

»Nun, das Wort ›Engel‹ sieht die Sache schon zu konkret. Selbst die Oyeresu sind nicht im herkömmlichen Sinne Engel. Technisch gesehen sind sie Intelligenzen. Während es am Ende der Welt und vielleicht schon heute zutreffend sein mag, jeden Eldil entweder als Engel oder als Teufel zu bezeichnen, war das zu Merlins Zeit nicht möglich.

Damals gab es auf dieser Erde Wesen, die sozusagen ihren eigenen Geschäften nachgingen. Sie waren keine hilfreichen Geister, ausgesandt, um der gefallenen Menschheit zu helfen, aber sie waren uns auch nicht feindlich gesonnen. Selbst in den Schriften des heiligen Paulus gibt es Andeutungen über eine Population, die sich nicht genau in den Begriffsrahmen von Engeln und Teufeln zwängen läßt. Und wenn wir weiter zurückgehen... die Vielzahl der Götter, Elfen, Zwerge, Geister der Luft und des Wassers: Du und ich, wir wissen heute zuviel, um sie alle einfach für Sinnestäuschungen zu halten.«

»Du glaubst wirklich, es gebe all diese Wesen?«

»Ich glaube, daß es sie *gab*. Ich glaube, daß das Universum, welches sich seither in der zuvor beschriebenen Weise verändert hat, damals noch Raum für sie hatte. Vielleicht waren nicht alle diese Wesen rational. Manche mochten in Bäumen oder anderen Dingen wohnende Willenskräfte gewesen sein, kaum bewußte Zwischenformen pflanzlich-tierischer Natur. Andere – aber das weiß ich wirklich nicht. Jedenfalls ist das die Umgebung, worin man einen Mann wie Merlin sehen muß.«

»Das alles hört sich ziemlich schrecklich an.«

»Wahrscheinlich war es das auch. Ich meine, selbst in Merlins Zeit (er war ein sehr später Nachfahre) konnte man diese Geisterwelt noch unschuldig beschwören und gebrauchen, aber schon nicht mehr ungefährdet. Die Wesen waren nicht an sich schlecht, doch sie waren bereits schlecht für uns. Sie – sie saugten den Menschen aus, der mit ihnen Umgang pflegte. Wahrscheinlich taten sie es nicht absichtlich. Ich vermute, sie konnten nicht anders. Nun, Merlin ist in diesem Sinne ausgesaugt. Der alte Heide schaut zwar überall durch, aber er gibt sich ganz fromm und bescheiden und so weiter. Nur ist etwas aus ihm herausgenommen worden. Diese Seelenruhe, die uns so auffallend erscheint, hat etwas Totes an sich, wie die Stille eines ausgeräumten Hauses. Es ist das Ergebnis davon, daß er seinen Geist für etwas öffnete, das sein Bewußtsein für die Umwelt einfach ein bißchen zu sehr erweiterte.«

»Cecil«, sagte Mrs. Dimble besorgt, »bist du nicht ein wenig beunruhigt, daß der Meister einen solchen Mann einsetzt? Ich meine, sieht es nicht ein wenig danach aus, als bekämpften wir Belbury mit seinen eigenen Waffen?«

»Daran dachte ich auch schon, Martha. Aber ich sehe da keine Vergleichsmöglichkeit. Merlin ist das Gegenteil von Belbury; er steht sozusagen am anderen Ende der Skala. Er ist das letzte Überbleibsel einer alten Ordnung, in der Materie und Geist – von unserem heutigen Standpunkt aus gesehen – miteinander verfilzt waren. Für ihn ist jede Bewegung in der Natur eine Art von persönlichem Kontakt, vergleichbar mit dem Streicheln eines Pferdes oder dem Liebkosen eines Kindes. Nach ihm kam der moderne Mensch, für den die Natur etwas Totes ist – etwas, das nutzbar gemacht und ausgebeutet, umgewandelt und zerstört werden kann, wie es dem kurzsichtigen momentanen Interesse gerade entspricht. Und schließlich kommen die Belbury-Leute, die diese Einstellung des modernen Menschen unverändert übernehmen und einfach ihre Macht vergrößern wollen, indem sie sich die Hilfe von Geistern sichern – außernatürlichen, widernatürlichen Geistern. Natürlich hofften sie, in einer Art Doppelstrategie vorgehen zu können. Sie dachten, die alte Magie des Merlin, die im Einklang mit den geistigen Qualitäten der Natur arbeitete, sie liebte und verehrte und im Innersten kannte, könnte mit der neuen Methode kombiniert werden – dem brutalen Eingriff von außen. Nein. In gewissem Sinn verkörpert Merlin genau das, was wir auf einem anderen Weg wieder erreichen müssen. Weißt du übrigens, daß die Regeln seines Druidenstandes ihm verbieten, tierisches oder pflanzliches Leben mit irgendeinem Schneidwerkzeug zu bearbeiten?«

»Allmächtiger Gott!« rief Mrs. Dimble. »Es ist schon sechs! Ich hatte Yvy versprochen, um Viertel vor sechs in der Küche zu sein. Nein, Cecil, du brauchst deswegen nicht aufzustehen. Bleib du nur sitzen.«

»Weißt du«, sagte Professor Dimble, »ich finde, du bist eine großartige Frau.«

»Warum?«

»Wie viele Frauen, die dreißig Jahre lang einen eigenen Haushalt hatten, würden imstande sein, sich in diese Menagerie einzufügen, wie du es tust?«

»Das ist gar nichts«, erwiderte seine Frau. »Yvy hatte auch ihr eigenes Haus, weißt du. Und für sie ist es viel schlimmer. Schließlich sitzt mein Mann nicht im Gefängnis.«

»Das wirst du bald erleben«, sagte Dimble, »wenn auch nur die Hälfte der Pläne unseres Freundes Merlinus Ambrosius in die Tat umgesetzt werden.«

Merlin und Ransom sprachen unterdessen im blauen Zimmer. Der Meister hatte sich seiner Robe entledigt und lag auf seinem Sofa. Ihm gegenüber saß der Druide auf einem Stuhl, die großen blassen Hände reglos auf den Knien, in seiner aufrechten Haltung wie eine alte Königsstatue. Er trug noch immer sein langes Gewand, darunter aber, wie Ransom wußte, nur dünne Bekleidung, denn die Wärme des Hauses erschien ihm übermäßig und lästig, und er fand Hosen unbequem. Sein lautes Verlangen nach Öl im Anschluß an sein Bad hatte Denniston zu einer eiligen Einkaufsfahrt ins Dorf veranlaßt, von der er mit einer Büchse Brillantine zurückgekehrt war. Merlinus hatte sich so großzügig daraus bedient, daß Haare und Bart glänzten und der süßliche Geruch den ganzen Raum erfüllte. Dies war der unmittelbare Anlaß, daß Mr. Bultitude mit energischem und beharrlichem Kratzen an der Tür Einlaß begehrt und auch gefunden hatte. Jetzt saß er mit zuckenden Nüstern neben dem Magier; nie hatte er einen so interessanten Menschen gerochen.

»Herr«, sagte Merlin in Antwort auf die Frage, die Ransom ihm gerade gestellt hatte, »ich danke Euch sehr. Ich kann in der Tat nicht verstehen, wie Ihr lebt, und Euer Haus ist mir fremd. Ihr gebt mir ein Bad, um das mich der Kaiser selbst beneiden würde, aber niemand bedient mich; ein Bett, weich und köstlich wie der Schlaf selbst, aber wenn ich aufstehe, muß ich meine Kleider eigenhändig anlegen, als ob ich ein Bauer wäre. Ich liege in einem Raum mit Fenstern aus reinem Kristall, durch die man den Himmel immer gleich klar sieht, ob sie geschlossen sind oder offen, und der Luftzug im Raum reicht nicht aus, eine Öllampe auszublasen. Aber ich liege allein darin, und es wird mir nicht mehr Ehre und Aufmerksamkeit zuteil als einem Gefangenen im Kerker. Ihr verzehrt trockenes und fad schmeckendes Fleisch, aber Ihr eßt es aus Schalen glatt wie Elfenbein und rund wie die Sonne. Im ganzen Haus ist Wärme und Stille, daß man an ein irdisches Paradies gemahnt wird; aber es gibt keine Wandbehänge, keine kunstvollen Mosaikböden, keine Musiker, kein Räucherwerk, keinen Schimmer von Gold, weder Falken noch Jagdhunde. Ihr scheint weder wie ein reicher Mann zu leben noch wie ein armer; weder ein Herr noch ein Eremit. Ich sage Euch dies, weil Ihr mich gefragt habt. Es ist von keiner besonderen Bedeutung. Nun, da uns bis auf den letzten der sieben Bären von Loegria niemand hört, ist es an der Zeit, daß wir offen miteinander beratschlagen.«

Er blickte abwartend in Ransoms Gesicht, dann beugte er sich plötzlich vor, als sei er über das, was er darin sah, erschrocken und besorgt.

»Schmerzt Euch Eure Wunde?«

Ransom schüttelte den Kopf. »Nein«, erwiderte er, »es ist nicht die Wunde. Wir haben Furchtbares zu besprechen.«

»Herr«, sagte Merlinus mit gedämpfter Stimme, »ich könnte alle Schmerzen von Eurem Fuß nehmen, als wischte ich sie mit einem Schwamm fort. Gebt mir nur sieben Tage, daß ich umhergehe und alte Bekanntschaften erneuere. Diese Felder und ich, diese Wälder und ich haben einander viel zu sagen.«

Während er dies sagte, beugte er sich vor, so daß sein Gesicht und das Gesicht des Bären beinahe Seite an Seite waren, und es sah aus, als ob die beiden in ein seltsames pelziges und knurrendes Gespräch vertieft wären. Das Gesicht des Druiden hatte ein sonderbar tierhaftes Ausehen, weder sinnlich noch wild, aber erfüllt von der geduldigen, niemals widerstreitenden Weisheit eines Tiers. Ransom blickte ihn gequält an, dann zwang er sich zu einem Lächeln.

»Ihr würdet das Land sehr verändert finden«, sagte er.

»Nein«, widersprach Merlin. »Ich erwarte nicht, es sehr verändert zu finden.« Die Distanz zwischen den beiden Männern vergrößerte sich zusehends. Merlin war etwas, das nicht im Innern eines Hauses sein sollte. Gebadet und gesalbt wie er war, haftete ihm dennoch etwas von Erde, Bachkieseln, feuchtem Laub und verschilftem Wasser an.

»Nicht verändert«, wiederholte er mit fast unhörbarer Stimme. Und in dieser sich vertiefenden inneren Stille, von der sein Gesicht Zeugnis ablegte, schien er einem Gemurmel flüchtiger Geräusche zu lauschen: dem Geraschel von Mäusen und Wieseln, dem verstohlenen Schlüpfen von Fröschen, dem leisen Aufprall fallender

Haselnüsse, dem Knarren von Ästen, dem Rieseln von Rinnsalen, ja selbst dem Wachsen des Grases. Der Bär hatte die Augen geschlossen. Die Luft im Raum schien sich in einer betäubenden Weise zu verdichten.

»Durch mich«, sagte Merlin, »könnt Ihr aus der Erde Heilung von allen Schmerzen ziehen.«

»Nein, danke«, murmelte Ransom. Er hatte entspannt in den Polstern des Sofas gelegen, und der Kopf war ihm ein wenig auf die Brust gesunken. Nun richtete er sich energisch auf und schüttelte den Kopf. Die Luft im Raum schien sich zu klären. Selbst der Bär öffnete wieder die Augen.

»Nein«, wiederholte er. »Heiliger Himmel, meint Ihr, man hätte Euch aus der Erde gegraben, damit Ihr mir ein Pflaster für die Ferse gebt? Wir haben Mittel, die den Schmerz ebenso gut bezwingen könnten wie Eure Magie, und ich hätte sie längst angewendet, wäre es nicht meine Aufgabe, den Schmerz bis zum Ende zu ertragen. Versteht Ihr?«

»Ich verstehe«, sagte der Magier. »Ich wollte Euch nur helfen, Herr. Wenn nicht zur Heilung Eures Fußes, so werdet Ihr meinen Umgang mit Feld und Wasser doch für die Wiederherstellung Loegrias benötigen. Es muß sein, daß ich umhergehe und alte Bekanntschaften erneuere. Es wird sich nichts verändert haben, wißt Ihr – nicht, was Ihr ›verändern‹ nennen würdet.«

Wieder schien die süße Schläfrigkeit wie der Duft von blühendem Weißdorn in den Raum zu strömen.

»Nein«, sagte der Meister abwehrend, »das ist nicht länger möglich. Die Seele hat Wald und Wasser verlassen. Gewiß, ich glaube Euch, daß Ihr sie wiedererwecken könntet – ein wenig. Aber es würde nicht genug sein. Ein Sturm oder eine Flußüberschwemmung würde gegen unseren derzeitigen Feind wenig bewirken. Eure Waffe würde in Eurer Hand zerbrechen. Denn die Böse Macht steht gegen uns, und es ist wie in den Tagen, da Nimrud einen Turm baute, um dem Himmel zu erreichen.«

»Verborgen mag sie sein, die Seele, wie Ihr sie nennt«, sagte Merlin, »aber sie ist nicht verschwunden, noch hat sie sich geändert. Laßt mich an die Arbeit, Herr. Ich werde die Geister der Natur wecken. Jeder Grashalm soll zu einem Schwert werden, das sie verwundet, und selbst die Erdbrocken sollen Gift für Ihre Füße sein. Ich werde...«

»Nein«, sagte der Meister mit Entschiedenheit, »ich will nicht, daß Ihr so sprecht. Wenn es möglich sein sollte, so wäre es doch gegen das Gesetz. Was vom alten Geist noch in der Erde wohnen mag, hat sich seit Eurer Zeit um weitere fünfzehnhundert Jahre von uns entfernt. Ihr dürft es nicht wecken. Ihr dürft kein Wort zu ihm sagen und keinen Finger heben, es zu beschwören. Es ist in diesem Zeitalter völlig ungesetzlich.« Ransom beugte sich vor und fügte in vertraulicherem Ton hinzu: »Es war übrigens nie ganz rechtmäßig, auch nicht in Eurer Zeit. Bedenkt, daß wir, als wir von Eurem Erwachen erfuhren, zuerst glaubten, Ihr würdet auf der Seite des Feindes stehen. Und weil Gott der Herr für jeden etwas tut, war eins der Ziele Ihrer Erweckung, daß Eure eigene Seele errettet würde.«

Merlin ließ sich entspannt zurücksinken. Der Bär leckte ihm die Hand, die bleich und wie kraftlos über die Armlehne hing.

»Herr«, sagte Merlin nach einer Weile, »wenn ich nicht in dieser Art für Euch arbeiten soll, dann habt Ihr einen nutzlosen Esser in Euer Haus aufgenommen, denn für den Krieg tauge ich nicht länger. Wenn es zum Hauen und Stechen kommt, fühle ich meine Jahre.«

»Das meinte ich auch nicht«, sagte Ransom zögernd, als käme er nur ungern zur Sache. »Keine bloß irdische Macht wird gegen die Böse Macht aufkommen.«

»Dann bleibt uns nur das Gebet«, sagte Merlin. »Aber auch darin tauge ich nicht viel, müßt Ihr wissen. Zu meiner Zeit gab es Menschen, die mich einen Sohn des Teufels nannten. Sie hatten nicht recht. Aber ich weiß nicht, warum ich unter die Lebenden zurückgebracht wurde.«

»Es gibt himmlische Mächte, mein Freund: erschaffene Mächte, die nicht von dieser Welt sind, sondern im Himmel wohnen.«

Merlin blickte ihn schweigend an.

»Ihr wißt genau, von wem ich spreche«, sagte Ransom. »Sagte ich Euch nicht bei unserer ersten Begegnung, daß die Oyeresu meine Herren sind?«

»Gewiß«, erwiderte Merlin. »Und daran erkannte ich, daß Ihr an der Weisheit teilhabt. Ist es nicht unser Losungswort auf der ganzen Erde?«

»Losungswort?« sagte Ransom überrascht. »Das wußte ich nicht.«

»Aber... aber wenn Ihr das Losungswort nicht wußtet, wie konntet Ihr es dann sagen?«

»Ich sagte es, weil es die Wahrheit ist.«

Der Magier befeuchtete seine Lippen und beobachtete Ransom nachdenklich.

»So wahr, wie die einfachsten Dinge wahr sind«, sagte Ransom, der im Blick des anderen irrtümlich Zweifel las. »So wahr, wie Ihr hier mit meinem Bären sitzt.«

Merlin breitete die Hände aus. Seine Augen waren auf einmal groß und unverwandt auf Ransom gerichtet.

»Ich habe in meiner Zeit davon gehört, daß manche mit den

Göttern sprechen«, sagte er in ehrfürchtigem Ton. »Mein eigener Lehrer wußte einige Worte dieser Sprache. Doch diese Götter waren Mächte der Erde. Denn – ich brauche es Euch nicht zu lehren, Ihr wißt mehr als ich – es sind nicht die Oyeresu selbst, die wahren Himmelsmächte, mit denen die Größten der Unsrigen Umgang pflegen, sondern nur ihre irdischen Geister, ihre Schatten. Nur die irdische Venus, der irdische Merkur: nicht Perelandra oder Viritrilbia selbst.«

»Ich spreche nicht von den Erdengeistern oder Schatten«, sagte Ransom. »Ich habe vor Mars und Venus in ihren eigenen Sphären gestanden und mit ihnen gesprochen. Ihre Kraft und die eines noch Größeren wird unsere Feinde vernichten.«

»Aber wie kann das sein, Herr?« sagte Merlin. »Verstößt es nicht gegen das siebente Gesetz?«

»Welches Gesetz ist das?« fragte Ransom.

»Hat unser Herr sich nicht selbst zum Gesetz gemacht, daß er die Mächte des Himmels bis zum Ende aller Dinge nicht herabschicken werde, um auf der Erde zu heilen oder zu strafen? Oder ist dies das angekündigte Ende?«

»Es mag der Anfang vom Ende sein«, antwortete Ransom, »aber ich weiß nichts davon. Maleldil mag sich zum Gesetz gemacht haben, die Mächte des Himmels nicht herabzuschicken. Aber wenn Menschen durch Naturwissenschaft lernen, in den Himmel zu fliegen, und wenn sie dann in ihrer leiblichen Gestalt unter den himmlischen Mächten erscheinen und sie stören, dann ist diesen nicht verboten, zu reagieren. Denn alles das ist innerhalb der natürlichen Ordnung. Ein böser Mensch machte es so. Er flog mit einer kunstvoll gebauten Maschine in jene Himmelsgegenden, wo Mars und Venus wohnen, und nahm mich als seinen Gefangenen mit. Und dort sprach ich von Angesicht zu Angesicht mit den wahren Oyeresu. Ihr versteht mich?«

Merlin neigte den Kopf.

»Und so brachte der böse Mensch zuwege, was er am wenigsten beabsichtigt hatte. Denn nun gab es einen Menschen – nämlich mich –, der den Oyeresu bekannt war und ihre Sprache verstand, weder durch ein Wunder Gottes noch durch Magie, sondern natürlich, wie zwei Menschen einander auf dem Weg begegnen. Unsere Feinde hatten sich selbst des Schutzes beraubt, den das siebende Gesetz ihnen bot. Sie hatten mit den Mitteln der Naturwissenschaft die Barriere durchbrochen, die Gott von sich aus nicht durchbrochen hätte. Damit nicht genug, suchten sie Eure Freundschaft und erhoben damit die Geißel wider sich selbst. Und darum sind die Mächte des Himmels in dieses Haus herabgekommen, und in diesem Raum, wo wir jetzt sitzen, haben die Oyeresu von Malakandra und Perelandra zu mir gesprochen.«

Merlins Gesicht war ein wenig blasser geworden. Der Bär beschnüffelte seine Hand, ohne daß er es merkte.

»Ich bin eine Brücke geworden«, sagte Ransom.

»Herr«, sagte Merlin ratlos, »wohin wird dies führen? Wenn sie ihre Macht einsetzen, werden sie die Erde zerreißen.«

»Ihr habt recht«, sagte Ransom. »Darum werden sie nur durch einen Menschen wirken.«

Der Magier hob seine große Hand und fuhr sich über die Stirn.

»Durch einen Menschen, dessen Geist dafür geöffnet ist«, ergänzte Ransom. »Einen, der seinen Geist einst aus eigenem Willen öffnete. Ich rufe unseren Herrn zum Zeugen dafür an, daß ich mich nicht weigern würde, wenn die Wahl auf mich fiele. Aber er wird nicht zulassen, daß ein noch jungfräulicher Geist so versehrt würde. Und durch den Geist eines Meisters der Schwarzen Magie wird ihre Reinheit nicht wirken wollen oder können. Aber einer, der die Geister der Natur verstand und mit ihnen mächtige Zauber wirkte, als das Wirken von Magie noch nicht schlecht war; der überdies ein Christ und ein Büßer war... In diesen westlichen Teilen der Welt gab es nur einen Mann, der in jenen Tagen gelebt hatte und noch zurückgerufen werden konnte. Euch...«

Ransom hielt erschrocken inne. Der hünenhafte Mann war von seinem Stuhl aufgesprungen und stand hoch aufgerichtet vor ihm, die Arme und das Gesicht zur Decke erhoben. Aus seinem geöffneten Mund kamen Laute, die für Ransom kaum noch Menschliches hatten, obgleich es in Wirklichkeit nur eine alte keltische Klage war. Es war beunruhigend zu sehen, wie dieses verwitterte bärtige Gesicht sich wie das eines Kindes im Weinen verzog und ungeniert Tränen vergoß. Der dünne Firnis römischer Zivilisation war abgeplatzt, und Merlin war zu einer archaischen Monstrosität geworden, die in einem unverständlichen altkeltischen Idiom Klagen und beschwörende Bitten schluchzte.

»Seid still!« rief Ransom. »Setzt Euch. Ihr beschämt uns beide.«

Der Ausbruch endete so unvermittelt, wie er begonnen hatte. Merlin setzte sich wieder. Es schien seltsam, daß er nach dem vorübergehenden Verlust der Selbstbeherrschung jetzt nicht die geringste Verlegenheit zeigte. Der Charakter der doppelgesichtigen Gesellschaft, in der dieser Mann gelebt haben mußte, gewann durch diese Beobachtung für Ransom eine plastische Dimension, die von keiner historischen Darstellung erreicht werden konnte.

»Glaubt nicht«, sagte er, »daß es für mich ein Kinderspiel sei, jene zu empfangen, die herabkommen werden, um Euch die Macht zu verleihen.«

»Herr«, stammelte Merlin, »Ihr seid im Himmel gewesen. Ich bin nur ein Mensch. Ich bin nicht der Sohn eines Luftgeistes, wie von Lügnern behauptet wurde. Wie könnte ich? Aber Ihr seid nicht wie ich. Ihr habt ihre Gesichter gesehen.«

»Nicht alle«, antwortete Ransom. »Größere Geister als Malakandra und Perelandra werden diesmal herabsteigen. Wir sind in Gottes Hand. Wir mögen beide zugrunde gehen; es gibt kein Versprechen, daß Ihr oder ich Leben und Verstand behalten werden. Ich weiß nicht, wie wir es wagen können, zu ihren Gesichtern aufzublicken; aber ich weiß, daß wir nicht wagen können, zu Gottes Antlitz aufzublicken, wenn wir diesen Dienst verweigern.«

Plötzlich schlug der Magier sich laut klatschend aufs Knie. »Mehercule!« rief er. »Gehen wir nicht zu schnell voran? Wenn Ihr der Pendragon seid, so bin ich der hohe Rat von Loegria und werde Euch beraten. Wenn die Mächte mich in Stücke reißen müssen, um unsere Feinde zu vernichten, so sei es: Gottes Wille geschehe. Ist es aber schon so weit? Dieser Euer sächsischer König, der in Windsor sitzt – ist von ihm keine Hilfe zu erwarten?«

»Er hat in dieser Sache keine Macht.«

»Dann ist er nicht schwach genug, um gestürzt zu werden?«

»Ich habe kein Verlangen, ihn zu stürzen. Er ist der König. Der Erzbischof krönte und salbte ihn. In der Ordnung von Loegria mag ich Pendragon sein, aber in der Ordnung von Britannien bin ich ein Mann des Königs.«

»Sind es dann seine Großen – die Grafen und Legaten und Bischöfe –, die das Böse ohne sein Wissen tun?«

»So ist es – obgleich diese Männer nicht die Art von Würdenträgern sind, an die Ihr denkt.«

»Und sind wir nicht stark genug, ihnen in offenem Kampf entgegenzutreten?«

»Wir sind vier Männer, einige Frauen und ein Bär.«

»Ich kannte eine Zeit, da bestand Loegria nur aus mir und einem Mann und zwei Jungen, und doch siegten wir.«

»Das wäre heute nicht mehr möglich. Sie haben eine Maschine, die Presse genannt, womit sie das Volk täuschen und übertölpeln. Wir würden sterben, ohne daß man auch nur davon hörte.«

»Aber was ist mit den Dienern Gottes? Können sie nicht helfen? Es kann nicht sein, daß all Eure Priester und Bischöfe verderbt sind.«

»Seit Euren Tagen, Herr, ist der Glaube selbst in Stücke zerrissen und spricht mit gespaltener Zunge. Doch selbst wenn er geeint wäre, machten die Christen nur den zehnten Teil des Volkes aus. Von dort ist keine Hilfe zu erwarten.«

»Dann laßt uns jenseits des Meeres Hilfe suchen. Gibt es keinen christlichen Prinzen in Neustrien oder Irland oder Benwick, der mit einem Heer heranziehen und Britannien säubern würde, wenn man ihn riefe?«

»Es gibt keine christlichen Prinzen mehr. Diese anderen Länder sind wie Britannien – wenn sie nicht noch tiefer im Übel stecken.«

»Dann müssen wir uns an höhere Stellen wenden. Wir müssen bis zu ihm gehen, dessen Amt es ist, der Tyrannen Joch zu brechen und sterbenden Königreichen neues Leben zu geben. Wir müssen den Kaiser anrufen, den Imperator.«

»Es gibt keinen Kaiser.«

»Keinen Kaiser...?« flüsterte Merlin, und seine Stimme erstarb. Lange saß er still und nachdenklich da und rang in Gedanken mit einer Welt, die er sich nie vorgestellt hatte. Schließlich sagte er: »Ein Gedanke kommt mir in den Sinn, und ich weiß nicht, ob er gut ist oder böse. Aber weil ich der hohe Rat von Loegria bin, will ich ihn nicht vor Euch verbergen. Dies ist ein kaltes Zeitalter, in dem ich erwacht bin. Wenn dieser ganze westliche Teil der Welt abtrünnig geworden ist, könnte es da nicht rechtmäßig sein, wenn wir in unserer großen Not den Blick in weitere Fernen schweifen ließen – über die Grenzen des Christentums hinaus? Selbst unter den Heiden gibt es viele, die nicht verderbt sind. In meinen Tagen kannte ich solche: Männer, die das Glaubensbekenntnis und die Gebote nicht kannten, aber die Gesetze der Natur achteten und den Menschen, Tieren und Gewächsen Freunde waren. Herr, ich glaube, es würde berechtigt sein, selbst in den fernen Ländern jenseits von Byzanz Hilfe zu suchen. Es ging die Rede, daß auch in jenen Ländern Weisheit zu finden sei. Man berichtete von einem östlichen Kreis, von dem Wissen in den Westen gelangte. Ich weiß nicht, wo – Babylon, Arabien oder Kathay. Ihr sagtet, Herr, Eure Schiffe hätten die ganze Erde umsegelt, oben und unten...«

Ransom schüttelte den Kopf. »Ihr versteht nicht, Freund«, erwiderte er. »Das Gift wurde in diesen westlichen Ländern gebraut, aber inzwischen hat es sich überall verbreitet. Wie weit Ihr auch geht, Ihr würdet überall Maschinen finden, überfüllte Städte, falsche Lehren, falschen Glanz; Ihr würdet Menschen finden, die ihre Brüder berauben und ausstoßen und die eisernen Werke ihrer eigenen Hände verehren; und Menschen, von falschen Versprechungen erbittert und von echtem Elend bedrückt, abgeschnitten von der Erde, ihrer Mutter, und vom Vater im Himmel.

Ihr mögt so weit nach Osten gehen, daß der Osten zum Westen würde und Ihr über den großen Ozean nach Britannien zurückkehrtet, aber selbst dann würdet Ihr nirgendwo ins Licht hinausgekommen sein. Der Schatten eines dunklen Flügels liegt über dem ganzen Erdkreis.«

»Ist dies also das Ende?« fragte Merlin.

»Aus diesem Grund«, sagte Ransom, ohne die Frage zu beachten, »bleibt uns kein Weg außer jenem, den ich Euch gewiesen habe. Die Böse Macht hält diese ganze Erde in der Faust und preßt sie nach Belieben. Hätten die Feinde nicht einen schweren Fehler gemacht, so gäbe es keine Hoffnung mehr. Hätten sie nicht aus eigenem bösen Willen die Barriere durchbrochen und die Himmelsmächte eingelassen, so wäre dies die Zeit ihres Sieges. Ihre eigene Stärke hat sie verraten. Sie gingen zu den Göttern, die nicht zu ihnen gekommen wären, und zogen den Zorn der Himmelstiefen auf sich herab. Darum werden sie untergehen. Werdet Ihr mir nun, da Ihr alle Auswege versperrt findet, folgen?«

Und dann, ganz langsam, zuerst seinen Mund schließend und endlich in seinen Augen leuchtend, kehrte in Merlins weißes Gesicht jener beinahe tierhafte Ausdruck zurück, erdverbunden und gesund und mit einem Funken schalkhafter Schlauheit.

»Gut«, sagte er. »Wenn die Ausgänge verstopft sind, stellt sich der Fuchs den Hunden. Hätte ich aber bei unserem Zusammentreffen gewußt, wer Ihr seid, ich denke, ich hätte Euch genauso schlafen gelegt wie Euren Narren.«

»Seit ich durch die Himmel reiste, habe ich einen sehr leichten Schlaf«, erwiderte Ransom.

14

Leben ist Begegnung

Da die Tage und Nächte der Außenwelt in Marks Zelle keine Bedeutung hatten, wußte er nicht, wie viele Stunden vergangen waren, als er sich, wieder erwacht und immer noch fastend, abermals Professor Frost gegenübersah. Dieser war gekommen, um zu fragen, ob er ihr letztes Gespräch überdacht habe. Mark, der zu dem Schluß gelangt war, daß eine gute Schaustellung von Zögern die endgültige Kapitulation überzeugender machen würde, erwiderte, daß ihn nur noch eine Sache beunruhige. Er verstehe nicht ganz, was die Menschheit im allgemeinen oder er im besonderen durch die Zusammenarbeit mit den Makroben zu gewinnen hätten. Er sehe durchaus, daß die Motive, von denen die meisten Menschen sich leiten ließen und die sie mit Bezeichnungen wie ›Patriotismus‹ oder ›Verpflichtung gegenüber der Menschheit‹ verbrämten, lediglich instinktive Verhaltensweisen darstellten, wie man sie schon bei Tieren antreffe, und die sich nur durch ihren rationalisierenden Überbau da und dort voneinander unterschieden. Aber er sehe noch nicht, was an die Stelle dieser irrationalen Verhaltenssteuerung gesetzt werden sollte. Mit welcher Begründung sollten in Zukunft Handlungen gerechtfertigt oder verurteilt werden?

»Wenn man darauf besteht, die Frage so zu stellen«, erwiderte Frost, »so hat meines Erachtens Waddington die beste Antwort gegeben: Existenz ist ihre eigene Rechtfertigung. Die Tendenz zu entwicklungsbedingten Veränderungen, die wir Evolution nennen, wird durch die Tatsache gerechtfertigt, daß sie allen biologischen Lebensformen eigen ist. Die gegenwärtige Kontaktaufnahme zwischen den höchsten biologischen Lebensformen und den Makroben wird durch die Tatsache gerechtfertigt, daß sie sich vollzieht, und sie sollte auf allen Ebenen verstärkt werden, weil das ihrer Tendenz entspricht.«

»Sie meinen also«, sagte Mark, »daß die Frage, ob die allgemeine Entwicklungstendenz in die Richtung gehe, die wir schlecht nennen, sinnlos sein würde?«

»Absolut sinnlos«, sagte Frost. »Das Werturteil, das Sie abgeben wollen, erweist sich bei genauerer Untersuchung lediglich als ein Ausdruck von Emotion. Selbst Huxley konnte es nur mit unverhüllt emotionalen Begriffen wie ›gladiatorenhaft‹ oder ›unbarmherzig‹ ausdrücken. Wenn der sogenannte Existenzkampf einfach als ein statistisches Theorem gesehen wird, haben wir mit Waddingtons Worten ›einen Begriff von der emotionslosen Klarheit eines bestimmten Integrals‹, und die Emotion verflüchtigt sich. Mit ihr verschwindet die unsinnige Vorstellung eines von Gefühlen bestimmten Wertmaßstabs.«

»Und die tatsächliche Entwicklungstendenz«, sagte Mark, »würde auch dann aus sich selbst heraus gerechtfertigt und in diesem Sinne ›gut‹ sein, wenn sie auf die Auslöschung allen organischen Lebens hinarbeitet, wie es gegenwärtig der Fall ist?«

»Selbstverständlich«, erwiderte Frost. »Wenn Sie darauf bestehen, das Problem in diesen Begriffen zu formulieren. In Wirklichkeit ist die Frage bedeutungslos. Sie setzt eine zweckgerichtete Denkweise voraus, wie wir sie von Aristoteles übernommen haben; bei ihm haben wir es aber nur mit verselbständigten Elementen aus der Erfahrung einer ackerbautreibenden eisenzeitlichen Gesellschaft zu tun. Motive sind nicht die Ursachen des Handelns, sondern seine Nebenprodukte. Mit ihrer Untersuchung vergeuden Sie nur Ihre Zeit. Wenn Sie wirkliche Objektivität erreicht haben, werden Sie nicht nur einige, sondern alle Motive als animalisch-instinktive, subjektive Phänomene erkennen. Sie werden dann keine Motive haben und feststellen, daß Sie auch keine brauchen. An ihre Stelle wird etwas anderes treten, das Sie bald besser als jetzt verstehen werden. Ihr Handeln wird davon nicht gelähmt, sondern im Gegenteil weitaus effizienter werden.«

»Ich verstehe«, sagte Mark. Frosts Philosophie war ihm keineswegs unvertraut. Er erkannte darin die logische Weiterführung von Gedankengängen, die er bisher immer für richtig gehalten hatte, nach seinen neuesten Erfahrungen jedoch bedingungslos ablehnte. Die Erkenntnis, daß seine eigenen Anschauungen zu Frosts Position führten, verbunden mit dem, was er in Frosts Gesicht sah und in dieser Zelle erfahren hatte, hatten in ihm eine völlige Umkehr bewirkt. Kein Philosoph oder Apostel hätte diese innere Wandlung gründlicher zuwege bringen können.

»Und darum«, fuhr Frost fort, »müssen Sie systematisch in Objektivität geschult werden. Diese Schulung wird aus Ihrem Verstand nacheinander die Faktoren eliminieren, die Sie bisher als Handlungsursachen betrachtet haben. Es ist etwa dem Abtöten eines Nervs vergleichbar. Dieses gesamte System von instinktiven Präferenzen, in welcher ethischen, ästhetischen oder logischen Verkleidung sie auch daherkommen mögen, muß zerstört werden.«

Danach führte er Mark aus der Zelle und setzte ihm in einem benachbarten Raum eine Mahlzeit vor. Auch dieser Raum war künstlich beleuchtet und hatte kein Fenster. Während Mark aß, stand der Professor unbeweglich da und beobachtete ihn. Mark merkte kaum, was er aß, es schmeckte ihm auch nicht; aber er war inzwischen viel zu hungrig, um sie zurückzuweisen, wenn eine Ablehnung überhaupt möglich gewesen wäre. Daraufhin führte Frost ihn zum Vorzimmer des Oberhaupts, und wieder mußte er sich umziehen und eine Maske vor Mund und Nase binden. Dann wurde er zu dem glotzenden, sabbernden Kopf hineingeführt. Zu seiner Überraschung schenkte Frost dem Monstrum keinerlei Beachtung. Er führte ihn durch den Raum zu einer spitzbogigen kleinen Tür auf der anderen Seite. Hier blieb er stehen und sagte: »Gehen Sie hinein. Sie werden zu niemandem über das sprechen, was Sie hier finden. Ich werde bald zurück sein.« Damit öffnete er die Tür, und Mark ging hinein.

Auf den ersten Blick war der Raum eine Enttäuschung. Er schien ein leeres Konferenzzimmer zu sein, mit einem langen Tisch, acht oder neun Stühlen, einigen Bildern und – seltsam genug – einer großen Trittleiter in einer Ecke. Auch hier gab es keine Fenster. Die elektrische Beleuchtung war eine nahezu vollkommene Nachahmung von Tageslicht, besser als Mark es je zuvor gesehen hatte. Im ersten Moment hatte er das Gefühl, an einem kalten grauen Tag ins Freie zu treten. Dieser Eindruck, verbunden mit dem Fehlen eines Kamins, ließ den Raum kalt erscheinen, obgleich die Temperatur tatsächlich nicht sehr niedrig war.

Ein Mann mit ästhetischem Empfinden hätte sofort bemerkt, daß der Raum schlecht proportioniert war, nicht gerade übertrieben, aber hinreichend, um Abneigung hervorzurufen. Er war zu hoch und zu schmal. Mark fühlte den Effekt, ohne die Ursache zu erkennen, und die Wirkung auf ihn nahm zu, während er wartete. Er saß da und blickte umher, und so wurde er auf die Tür aufmerksam. Zuerst dachte er, es handle sich um irgendeine optische Täuschung, und es kostete ihn einige Zeit, bis er sich davon überzeugt hatte, daß es sich nicht so verhielt. Die Spitze des gotischen Bogens war nicht in der Mitte; die ganze Tür samt Rahmen war schief und wie verschoben. Aber auch hier war die Abweichung nicht direkt augenfällig. Das Ding war so annähernd symmetrisch, daß man für einen Augenblick getäuscht wurde; hatte man die Täuschung bemerkt, so blieb ein quälender Effekt, der die Aufmerksamkeit immer wieder auf die Tür lenkte. Man bewegte unwillkürlich den Kopf, um Blickwinkel zu finden, aus denen sie richtig aussehen würde. Mark drehte sich schließlich um und kehrte der Tür den Rücken – man durfte so etwas nicht zu einer Besessenheit werden lassen.

Dann bemerkte er die Flecken an der Decke. Es waren keine Schmutzflecken oder Verfärbungen, sondern aufgemalt: kleine schwarze Flecken, die in unregelmäßigen Abständen auf der beigefarbenen Decke verteilt waren. Es waren nicht sehr viele, vielleicht dreißig... oder waren es hundert? Er beschloß, sich nicht verleiten zu lassen, sie zu zählen. Es wäre auch schwierig gewesen, so unregelmäßig waren sie verteilt. Oder doch nicht? Nun, da seine Augen sich an sie gewöhnten – und man konnte nicht umhin, zu bemerken, daß auf der rechten Seite fünf Flecken eine kleine Gruppe bildeten –, schien die Anordnung der Flecken nicht weit von einem regelmäßigen Muster entfernt zu sein. Sie suggerierte irgendein Muster. Die Hinterhältigkeit der Anordnung bestand eben in der Tatsache, daß sie das Vorhandensein eines Musters suggerierte und die so geweckten Erwartungen dann enttäuschte. Plötzlich begriff Mark, daß dies eine weitere Falle war. Er richtete seinen Blick fest auf den Tisch.

Auch auf dem Tisch waren Flecken – weiße: glänzende weiße Flecken, nicht ganz, aber fast rund und anscheinend so angeordnet, daß sie mit den Flecken an der Decke korrespondierten. Oder doch nicht? Nein, natürlich nicht... Ja, jetzt hatte er es! Das Muster auf dem Tisch – wenn man es ein Muster nennen konnte – war ein exaktes Spiegelbild des Musters an der Decke. Aber mit bestimmten Ausnahmen. Mark ertappte sich dabei, wie er immer wieder vom Tisch zur Decke und wieder auf den Tisch blickte, um das Rätsel zu lösen. Wieder hielt er inne, nicht gewillt, das Spiel mitzumachen. Er stand auf und begann umherzugehen. Er sah sich die Bilder an.

Einige von ihnen gehörten der surrealistischen Kunstrichtung an, mit der er bereits vertraut war. Eins davon war das Porträt einer jungen Frau mit weitgeöffnetem Mund, dessen Inneres mit dichtem Pelz bewachsen war. Es war technisch meisterhaft in der fotografisch genauen Manier gemalt, so daß man den Pelz förmlich zu fühlen glaubte; man konnte sich diesem Eindruck tatsächlich nicht entziehen, selbst wenn man wollte. Ein anderes stellte eine riesige Gottesanbeterin dar, die Violine spielte, während sie von einer anderen Gottesanbeterin gefressen wurde; ein weiteres einen Mann mit Korkenziehern statt Armen, der unter einem Sonnenuntergang in einer seichten, traurig gefärbten See badete. Aber die meisten Bilder waren nicht von dieser Art. Auf den ersten Blick kamen sie Mark ziemlich alltäglich vor, obgleich ihn das Vorherrschen biblischer Themen ein wenig überraschte. Erst bei genauerem Hinsehen entdeckte man gewisse unerklärliche Details – etwas Seltsames an der Fußstellung der dargestellten Figuren oder die Anordnung ihrer Finger, oder die Gruppierung. Und wer war die Person zwischen Christus und Lazarus? Und warum wimmelten beim letzten Abendmahl so viele Käfer unter dem Tisch herum? Worauf beruhten die seltsamen Beleuchtungseffekte, die jedes Bild wie eine Vision aus einem Delirium erscheinen ließ? Waren diese Fragen erst einmal ausgesprochen, so wurde die scheinbare Gewöhnlichkeit der Bilder zu ihrer eigentlichen Bedrohung. Jede Gewandfalte, jedes Stück Architektur gewann eine ungreifbare Bedeutung, die den Verstand lähmte. Verglichen mit diesen waren die surrealistischen Bilder bloße Spielerei. Vor langer Zeit hatte Mark irgendwo von ›Manifestationen jenes extrem Bösen, das dem Uneingeweihten unschuldig erscheint‹, gelesen und sich gefragt, was mit solchen Manifestationen gemeint sein mochte.

Jetzt glaubte er es zu wissen.

Er wandte sich von den Bildern ab und setzte sich. Er durchschaute die ganze Sache. Frost versuchte nicht, ihn in den Wahnsinn zu treiben; wenigstens nicht in dem Sinn, den Mark bisher dem Begriff ›Wahnsinn‹ beigemessen hatte. Frost hatte gemeint, was er sagte. Der Aufenthalt in diesem Raum war der erste Schritt zu dem, was Frost Objektivität nannte – der Prozeß, in dessen Verlauf alle spezifisch menschlichen Reaktionen abgetötet wurden, damit der Schüler für die Gesellschaft der wählerischen Makroben geeignet wäre. Höhere Grade der antinatürlichen Askese würden ohne Zweifel folgen: das Verzehren ekelerregender Nahrung, der Umgang mit Schmutz und Blut, die rituelle Verrichtung kalkulierter Obszönitäten. In gewisser Weise waren sie ganz aufrichtig mit ihm – boten ihm die gleiche Initiation, durch die sie selbst gegangen waren: die Wither zu einer formlosen Ruine aufgebläht und aufgelöst, Frost zu einer harten spitzen Nadel kondensiert und geschärft und beide von der Menschheit geschieden hatte.

Nach ungefähr einer Stunde begann dieser lange hohe Sarg von einem Raum auf Mark eine Wirkung auszuüben, mit der sein Lehrmeister wahrscheinlich nicht gerechnet hatte. Der Anfall, den er vergangene Nacht in der Zelle erlitten hatte, kehrte nicht wieder. Ob das so war, weil er jenen Angriff bereits überlebt hatte, oder weil die Todesgefahr ihn von seiner lebenslangen Vorliebe für das Dunkle und Geheimnisvolle befreit hatte – die gemalte und gemauerte Perversität dieses Raums machte ihm wie nie zuvor die alledem entgegengesetzte Welt bewußt. Wie die Wüste den Menschen das Wasser lieben lehrt, oder Zuneigung durch Abwesenheit enthüllt wird, so erhob sich vor diesem Hintergrund der Bedrohung durch Widerwärtigkeiten eine Vision des Lieblichen und Schönen. Etwas anderes – etwas, das er unbestimmt das ›Normale‹ nannte – existierte offenbar. Er hatte noch nie darüber nachgedacht, aber da war es, greifbar nahe und mit eigenen, unverwechselbaren Konturen. Es hatte mit Jane und Spiegeleiern, mit Seife und Sonnenschein und den krächzenden Krähen in Cure Hardy zu tun, und der Gedanke, daß irgendwo draußen der Tag weiterging, gewann plötzlich eine neue, schmerzliche Dimension. Er dachte nicht in moralischen Begriffen; dessenungeachtet hatte er seine erste tief moralische Erfahrung. Er entschied sich für eine Seite: das Normale. Die Wahl selbst war vielleicht nicht weiter verwunderlich, aber die Heftigkeit seiner Entscheidung verschlug ihm den Atem; es war ein ganz neues Gefühl für ihn. In diesem Angenblick kümmerte es ihn kaum, ob Frost und Wither ihn töten würden.

Er wußte nicht, wie lang dieser Zustand andauerte; aber während er noch auf dem Höhepunkt war, wurde die Tür geöffnet, und Frost kehrte zurück. Er führte Mark in ein Schlafzimmer, wo ein Kaminfeuer loderte und ein alter Mann im Bett lag. Das auf Kristall und Silber spielende Licht und der angenehme Luxus des Raums hoben Marks Stimmung so rasch, daß er Mühe hatte, zuzuhören, während Frost ihm erklärte, daß er hier bis zur Ablösung Dienst tun und den stellvertretenden Direktor anrufen müsse, sollte der Patient aufwachen oder sprechen. Er selbst solle nichts sagen; übrigens wäre es nutzlos, wenn er es versuchte, denn der Patient verstehe kein Englisch.

Frost zog sich zurück. Mark sah sich im Raum um. Er war jetzt unbekümmert und bis zu einem gewissen Grad sogar leichtsinnig. Er sah keine Möglichkeit, Belbury lebendig zu verlassen, es sei denn, er ließe sich zu einem enthumanisierten Diener der Makroben verkrüppeln. Einstweilen galt es, aus der Situation das Beste zu machen. Dazu gehörte, daß er sich keine Mahlzeit entgehen ließ, die er haben konnte. Der Tisch war mit Delikatessen geradezu beladen. Aber vielleicht zuerst eine Zigarette, behaglich im Sessel ausgestreckt, die Füße auf dem Kamingitter.

»Verdammt!« murmelte er, als er in die Tasche gegriffen und sie leer gefunden hatte. Im gleichen Augenblick bemerkte er, daß der Mann im Bett die Augen geöffnet hatte und ihn beobachtete.

»Entschuldigen Sie«, sagte Mark verwirrt, »ich wollte Sie nicht wecken...«

Der Mann setzte sich im Bett auf und machte eine ruckartige Kopfbewegung zur Tür.

»Ha?« sagte er fragend.

»Wie bitte?« fragte Mark.

»Ha?« sagte der Mann wieder. Und dann: »Ausländer, wie?«

»Dann sprechen Sie also doch Englisch?« sagte Mark verdutzt.

»Ah!« sagte der Mann, und nach einer Pause von mehreren Sekunden: »He, Chef!«

Mark blickte ihn fragend an.

»Chef«, wiederholte der Patient mit großer Dringlichkeit, »Sie ham nich zufällig 'ne Aktive bei sich? Eh?«

»Ich denke, das ist alles, was wir im Moment tun können«, sagte Mrs. Dimble. »Um die Blumen kümmern wir uns heute nachmittag.« Sie und Jane waren in einem kleinen Steinhaus neben der Pforte in der Gartenmauer, durch die Jane bei ihrem ersten Besuch eingelassen worden war. Dieses Haus wurde das ›Pförtnerhaus‹ genannt, und Mrs. Dimble und Jane hatten es für Yvy Maggs und ihren Mann eingerichtet, dessen Haftstrafe an diesem Tag endete. Yvy war mit dem Zug in die Stadt gefahren, wo er inhaftiert war, und hatte dort die Nacht bei einer Tante verbracht, um ihn frühmorgens am Gefängnistor zu erwarten.

Als Mrs. Dimble ihrem Mann erzählt hatte, welche Arbeit sie an diesem Tag erwartete, hatte er gemeint: »Nun, ein Feuer in Gang zu bringen und zwei Betten zu machen wird wohl nicht allzulange dauern.« Er konnte sich nicht vorstellen, was die beiden Frauen stundenlang im Pförtnerhaus beschäftigen sollte. Auch Jane hatte nicht damit gerechnet. Unter Mrs. Dimbles Händen wurde aus der einfachen Aufgabe, das kleine Haus zu lüften, Feuer zu machen und die Betten für Yvy Maggs und ihren Exhäftling von Ehemann zu beziehen, ein Spiel und ein Ritual zugleich. In Jane weckte es vage Erinnerungen an ihre Mithilfe bei Weihnachtsvorbereitungen in den Tagen ihre Kindheit. Zugleich aber gemahnte es ihr literarisches Gedächtnis an alle möglichen Details aus Hochzeitsliedern des sechzehnten Jahrhunderts, abergläubische Bräuche, Scherze und Sentimentalitäten über Ehebetten und Hochzeitsstuben, mit Zauberzeichen auf der Türschwelle und Feen über der Herdstelle. Die Atmosphäre war derjenigen, in der sie aufgewachsen war, völlig fremd, und noch vor ein paar Wochen hätte sie ihr mißfallen. War nicht etwas Absurdes und geradezu peinlich Heuchlerisches an dieser steifen, augenzwinkernden Welt bürgerlicher Wohlanständigkeit – dieser Mischung von Prüderie und kaum verhohlener Sinnlichkeit, von stilisierter Galanterie des Bräutigams und obligatorischer Verschämtheit der Braut, von religiösem Zuckerguß und erlaubten Anzüglichkeiten und Zoten, von sakramentaler Weihe und Völlerei? Wie war es möglich gewesen, daß man die unfeierlichste Sache der Welt in das Gefängnis eines solchen Zeremoniells gesteckt hatte? Aber sie war sich ihrer Reaktion nicht länger sicher. Bewußt war sie sich vor allem der Trennlinie, die Mutter Dimble in jene Welt mit einschloß und sie draußen ließ. Mrs. Dimble mit ihren viktorianischen Vorstellungen von Schicklichkeit erschien ihr an diesem Tag als eine zwiespältige und irgendwie archaische Person. Jeden Augenblick schien sie sich in eine jener steifen und zugleich derben alten Frauen zu verwandeln, die seit jeher junge Liebespaare mit Geschäftigkeit und einer sonderbaren Mischung von Segenswünschen und Augenzwinkern, Tränen der Rührung und burschikosen Anspielungen ins Brautgemach geleitet hatten – unmögliche alte Frauen in Rüschen und steifem Satin, die in einem Moment shakespearesche Späße über Genitalien und gehörnte Ehemänner machen konnten, um im nächsten fromm in Kirchenbänken zu knien. Es war sehr eigenartig, denn soweit es ihre Gespräche betraf, schien der Unterschied zwischen ihnen ins Gegenteil verkehrt. Jane hätte in einer Diskussion ungeniert über Genitalien sprechen können, während Mrs. Dimble eine viktorianische Dame war, die ein solches Thema einfach totgeschwiegen haben würde, wenn jemand so instinktlos gewesen wäre, es in ihrer Gegenwart anzuschneiden. Vielleicht hatte das Wetter Einfluß auf Janes seltsame Empfindungen. Die Kälte hatte aufgehört, und es war einer jener fast durchdringend milden Tage, die zu Beginn des Winters manchmal vorkommen.

Erst am Tag zuvor hatte Yvy Maggs Jane ihre Geschichte erzählt. Mr. Maggs hatte in der Wäscherei, in der er arbeitete, Geld unterschlagen. Er hatte es getan, als er in schlechter Gesellschaft verkehrt und Yvy noch nicht gekannt hatte. Seit er und Yvy zusammen waren, hatte er sich ordentlich geführt; aber die Unterschlagung war aufgedeckt und Mr. Maggs von seiner Vergangenheit eingeholt worden. Sechs Wochen nach ihrer Hochzeit hatte man ihn verurteilt und ins Gefängnis gebracht. Jane hatte nicht viel dazu gesagt. Yvy schien sich der sozialen Brandmarkung, die mit Diebstahl und Gefängnishaft verbunden war, nicht bewußt zu sein; und Jane hätte keine Gelegenheit gehabt, selbst wenn sie es gewollt hätte, jene gekünstelte und beinahe technische ›Freundlichkeit‹ zu praktizieren, die das Bürgertum für die Nöte der Armen bereitzuhalten pflegt. Andererseits hatte sie auch keine Gelegenheit, sich revolutionär zu geben und Yvy Maggs mit der manchmal tröstlichen Wahrheit bekannt zu machen, daß Diebstahl nicht verbrecherischer ist als Reichtum. Yvy schien die traditionellen Moralvorstellungen als unumstößlich hinzunehmen. Sie sagte, sie sei über die Sache ›unheimlich aufgeregt‹ gewesen.

Es schien in einer Hinsicht sehr wichtig zu sein, in einer anderen aber überhaupt keine Rolle zu spielen. So war ihr nie in den Sinn gekommen, daß es ihr Verhältnis zu ihrem Mann verändern könnte: als ob Diebstahl und Gefängnishaft wie eine Krankheit zu den normalen Risiken gehörten, die man mit der Heirat auf sich nehmen mußte.

»Ich sage immer, man kann nicht alles über einen Jungen wissen, bis man verheiratet ist«, hatte sie gesagt.

»Das mag sein«, hatte Jane erwidert.

»Natürlich ist es für die Männer das gleiche. Mein Vater pflegte oft zu sagen, er hätte meine Mutter nie geheiratet, wenn er vorher gewußt hätte, wie sie schnarchte.«

»Aber das ist doch etwas anderes.«

»Nun, ist es nicht dies, dann ist es etwas anderes. So sehe ich es. Und die Männer laden sich schließlich auch allerhand auf. Wenn sie eine Familie und Kinder haben wollen, müssen sie heiraten, und was wir auch sagen mögen, es ist nicht einfach, mit einer Frau zu leben. Ich meine jetzt nicht diejenigen, die man schlechte Frauen nennt. Ich erinnere mich, wie Mutter Dimble eines Tages – es war, bevor Sie kamen – etwas zum Professor sagte; und er saß da und las etwas – Sie wissen, wie er zu lesen pflegt: nicht wie wir, sondern mit den Fingern zwischen den Seiten und einem Bleistift in der Hand – und sagte einfach: ›Ja, Liebes‹, und wir wußten beide, daß er überhaupt nicht zugehört hatte. Und ich sagte: ›Da haben Sie es, Mutter Dimble‹, sagte ich. ›So behandeln sie uns, wenn sie erst verheiratet sind. Sie hören nicht mal zu, wenn wir was sagen.‹ Und wissen Sie, was sie darauf sagte? ›Mrs. Maggs‹, sagte sie, ›haben Sie sich schon mal gefragt, ob sich überhaupt jemand alles anhören kann, was wir reden?‹ Das waren ihre Worte. Natürlich wollte ich das nicht zugeben, nicht vor ihm, also sagte ich: ›Natürlich kann man.‹ Aber es war klar, sie hatte recht. Wissen Sie, oft habe ich eine ganze Weile auf meinen Mann eingeredet, und dann blickte er plötzlich auf und fragte mich, was ich gesagt hätte, und ich konnte mich selbst nicht mehr daran erinnern!«

»Oh, bei mir ist es anders«, erwiderte Jane. »Wenn zwei Leute sich auseinanderleben, verschiedene Ansichten übernehmen, sich verschiedenen Seiten anschließen...«

»Sie dürfen sich nicht so viele Sorgen um Ihren Mann machen, Mrs. Studdock«, sagte Yvy. »Ich weiß, ich wäre genauso. Ich könnte in keiner Nacht ein Auge zutun, wenn ich an Ihrer Stelle wäre. Aber Sie werden sehen, der Meister wird es schon in Ordnung bringen. Denken Sie an meine Worte.«

Bald danach ging Mrs. Dimble zum Landhaus hinauf, um irgendwelche Kleinigkeiten zur Verschönerung zu holen. Jane, die sich ein wenig müde fühlte, kniete auf dem Fenstersitz und stützte die Ellbogen auf den Sims, das Kinn in den Händen. Die Sonne war beinahe heiß. Der Gedanke, zu Mark zurückzukehren, sollte er jemals aus den Klauen Belburys gerettet werden, erschien ihr nicht unerträglich, aber schal und fad. Diese mildere Einstellung verdankte sie einem gewissen Maß von Erkenntnis, das sie inzwischen gewonnen hatte. Sie vergab ihm jetzt das eheliche Verbrechen, das darin bestand, daß er ihren Körper nicht selten ihren Gesprächen vorzuziehen schien, und manchmal seine eigenen Gedanken beidem. Warum sollte sich jemand sonderlich für das interessieren, was sie sagte? Diese neue Bescheidenheit wäre für sie selbst noch befriedigender gewesen, wenn sie jemand Aufregenderem als Mark gegolten hätte. Natürlich mußte sie ihn anders behandeln, wenn sie wieder zusammenkämen. Aber es war dieses ›wieder‹, das dem guten Vorsatz soviel von seinem Reiz nahm – es war wie das Hervorholen einer verpfuschten Rechnung, die auf derselben vollgekritzelten Seite des Aufgabenhefts neu ausgearbeitet werden mußte. Beim Gedanken an ein Wiedersehen mit Mark fühlte sie sich schuldig, weil sie nichts von erwartungsvoller Freude fühlte. Zugleich aber verspürte sie ein wenig Sorge. Denn bisher hatte sie immer angenommen, daß Mark irgendwann zurückkehren würde. Jetzt aber mußte sie mit der Möglichkeit seines Todes rechnen. Sie dachte nicht daran, wie sie danach selbst weiterleben würde; sie sah nur das Bild des toten Mark vor sich, das fahle Gesicht auf einem Kissen, der Körper steif, die Hände und Arme (im Guten wie im Bösen so verschieden von allen anderen Händen und Armen) gerade und puppenhaft nutzlos ausgestreckt. Sie fröstelte, doch die Sonne war immer noch sehr warm – unnatürlich warm für die Jahreszeit. Es war auch sehr still, so still, daß sie die Bewegungen eines kleinen Vogels hören konnte, der draußen auf dem kiesbestreuten Weg entlanghüpfte. Dieser Weg führte zu der Tür in der Gartenmauer, durch die sie das erstemal hereingekommen war. Der Vogel hüpfte bis zur Schwelle dieser Tür und dort auf jemandes Fuß. Und jetzt erst sah Jane, daß jemand auf einer kleinen Sitzbank direkt neben der Tür saß. Diese

Person war nur wenige Schritte entfernt, aber sie mußte sich sehr ruhig verhalten haben, daß Jane sie nicht bemerkt hatte.

Ein flammenfarbenes Gewand, in dem ihre Hände verborgen waren, bedeckte diese Person von den Füßen bis zum Hals, hinter dem es sich zu einem hohen, plissierten Kragen erhob, doch vorn war es so tief ausgeschnitten oder offen, daß es ihre großen Brüste enthüllte. Ihre Haut hatte einen dunklen, südlichen Ton und sah sehr gesund aus, beinahe honigfarben. Auf Abbildungen von minoischen Priesterinnen aus dem alten Knossos hatte Jane ähnliche Gewänder gesehen. Das Gesicht, reglos auf dem dicken, muskulösen Hals, blickte unverwandt zu ihr herüber. Es war ein rotwangiges, feuchtlippiges Gesicht mit schwarzen, beinahe kuhartig anmutenden Augen und einem rätselhaften Ausdruck. Nach gewöhnlichen Maßstäben hatte es keine Ähnlichkeit mit Mutter Dimble, aber Jane erkannte es sofort. Es war, in der Sprache der Musiker, die volle Entfaltung des Themas, das während der letzten Stunden verstohlen in Mutter Dimbles Gesicht gespukt hatte. Es war Mutter Dimbles Gesicht, in dem etwas ausgelassen war, und die Auslassung erschreckte Jane. Sie fand es brutal, denn seine Energie schien sie zu erdrücken; dann aber änderte sie ihre Meinung und dachte, sie selbst sei nur schwächlich und empfindlich. Dann meinte sie, das Gesicht mache sich über sie lustig, nur um gleich darauf die Überzeugung zu gewinnen, daß es sie überhaupt nicht beachte, nicht einmal sehe; denn obgleich eine dämonische Freude aus den Zügen leuchtete, schien Jane nicht eingeladen, daran teilzunehmen. Sie versuchte ihren Blick von dem Gesicht abzuwenden, und als es ihr gelungen war, gewahrte sie zum erstenmal, daß noch weitere Geschöpfe anwesend waren – vier oder fünf, nein, mehr –, eine ganze Schar lächerlicher kleiner Männer: fette Zwerge mit roten Quastenmützen, stämmige gnomenhafte Gestalten, die sich unerträglich zwanglos und unbezähmbar frivol gaben. Sie zeigten zu ihr herüber, nickten, schnitten Grimassen, standen auf den Köpfen, schlugen Purzelbäume. Jane fürchtete sich nicht, denn die ungewöhnliche Wärme der Luft an diesem offenen Fenster machte sie schläfrig. Es war wirklich unnatürlich warm für die Jahreszeit. Ihre wesentlichste Empfindung war Empörung. Ein Verdacht, der ihr hin und wieder durch den Sinn gegangen war, kehrte jetzt mit fast unwiderstehlicher Macht zurück: der Verdacht, daß das wirkliche Universum einfach albern sein könnte. Mit dem Verdacht kamen die Erinnerungen an jenes Erwachsenenlachen – lautes, unbekümmertes Männerlachen von den Lippen unverheirateter Onkel –, das sie in der Kindheit oft zornig gemacht hatte und vor dem sie dankbar in die Ernsthaftigkeit des Schuldebattierklubs geflohen war.

Aber gleich darauf fürchtete sie sich sehr. Das Riesenweib erhob sich und kam mit seinem Gefolge auf sie zu. Mit einem mächtigen Glutschein und Geräuschen, die an knisternde, prasselnde Flammen gemahnten, betraten die feuergewandete Frau und ihre ungezogenen Zwerge das Haus. Dann waren sie bei ihr im Zimmer. Die seltsame Frau hielt eine Fackel in der Hand. Sie brannte mit einer schrecklichen, blendenden Helligkeit, knisterte und entließ eine dichte schwarze Rauchwolke, die das Schlafzimmer mit einem stickigen, harzigen Geruch erfüllte. Wenn sie nicht achtgeben, dachte Jane, werden sie das Haus in Brand setzen. Aber sie hatte kaum Zeit, daran zu denken, denn ihre ganze Aufmerksamkeit wurde von dem zügellosen und empörenden Benehmen der kleinen Männer in Anspruch genommen. Sie begannen das ganze Zimmer auf den Kopf zu stellen. Innerhalb weniger Sekunden waren die Doppelbetten ein Chaos, die Laken am Boden, eine Decke fortgerissen und als Sprungtuch mißbraucht, um den dicksten Zwerg in die Höhe zu schnellen, die Kissen herumgeschleudert und ihre Federn überall verstreut. »Halt, paß auf! Kannst du nicht achtgeben?« schrie Jane, denn die Riesenfrau begann verschiedene Gegenstände im Zimmer mit ihrer brennenden Fackel zu berühren. Aus einer Vase auf dem Kaminsims erhob sich unter der Berührung der Fackel ein leuchtender Farbstreifen, den Jane für Feuer hielt. Sie sprang hin, es zu löschen, als sie bemerkte, daß auch ein Bild an der Wand Feuer gefangen hatte. Und dann wiederholte sich der Vorgang immer schneller überall um sie her. Nun brannten sogar die Quasten auf den Mützen der Zwerge. Aber als der Schrecken dieser Szene unerträglich zu werden drohte, sah Jane plötzlich, daß es gar kein Feuer war, was aus allem emporloderte, das die Fackel berührt hatte, sondern Vegetation. Efeu und Geißblatt rankten sich an den Beinen der Betten empor, rote Rosen erblühten aus den Mützen der kleinen Männer, und von allen Seiten drängten sich große Lilien heran, wuchsen auf ihren Leib zu und streckten ihre gelben Zungen heraus.

Die Gerüche, die Hitze, das Gedränge und die Seltsamkeit der ganzen Szene machten sie schwach und schwindlig. Nicht einen Augenblick lang meinte sie zu träumen. Oft werden Träume als Visionen mißdeutet: aber niemand hat je eine Vision als einen Traum mißdeutet...

»Jane! Jane!« rief Mrs. Dimbles Stimme. »Was in aller Welt ist geschehen?«

Jane setzte sich aufrecht. Der Raum war leer, aber das Doppelbett war ganz auseinandergerissen und durcheinandergeworfen. Sie hatte anscheinend am Boden gelegen. Sie war durchgefroren und sehr müde.

»So sagen Sie doch!« drängte Mrs. Dimble besorgt. »Was ist passiert?«

»Ich weiß es nicht«, sagte Jane.
»Sind Sie krank, Kind?« fragte Mrs. Dimble.
Jane schüttelte benommen den Kopf.
»Ich muß sofort den Meister sprechen«, murmelte sie. »Es ist schon in Ordnung. Machen Sie sich keine Sorgen um mich. Ich kann schon allein aufstehen... wirklich. Aber ich muß sofort den Meister sprechen.«

Mr. Bultitudes Geist war so pelzig und in der Form so nichtmenschlich wie sein Körper. Er erinnerte sich nicht an den Provinzzoo, aus dem er während eines Brandes entkommen war, noch an seine von angstvollem Knurren und Zähnefletschen begleitete Ankunft in St. Anne oder die folgenden Monate der Eingewöhnung, in denen er allmählich gelernt hatte, den Bewohnern des Landhauses zu vertrauen und sie zu lieben. Es war ihm nicht bewußt, daß er sie jetzt liebte und ihnen vertraute. Er wußte nicht, daß sie Menschen waren oder daß er ein Bär war. Wenn Mrs. Maggs ihm eine Schüssel honigfarbenen Sirup gab, wie sie es jeden Sonntagmorgen tat, so anerkannte er nicht das Abhängigkeitsverhältnis zwischen Geber und Empfänger, wenn er sich über die Leckerei hermachte. Es geschah etwas Gutes, und er nahm es an. Und das war alles. Wenn man so wollte, konnte man seine Zuneigung als ›Freßschüsselliebe‹ bezeichnen, die dem Futter und der Wärme und den kraulenden Händen und freundlichen Stimmen galt. Aber wenn man unter Freßschüsselliebe etwas Kaltes und Berechnendes verstand, so verkannte man die wirklichen Qualitäten seiner Empfindungswelt. Er war ebensowenig mit einem menschlichen Egoisten wie mit einem menschlichen Altruisten zu vergleichen. Die Instinkte und Sehnsüchte, die ein menschlicher Verstand geringschätzig als Freßschüsselliebe abtun mochte, waren für ihn zitternde und ekstatische Hoffnungen, die sein ganzes Wesen aufsaugten, unendliche Sehnsüchte, durchschossen von dunkel drohender Tragödie und der Farbenpracht des Paradieses. Ein Mensch, für kurze Zeit in den warmen, bebenden, schillernden Teich dieses vormenschlichen Bewußtseins zurückgestoßen, wäre in dem Glauben wiederaufgetaucht, das Absolute erfaßt zu haben: denn die Zustände unter und über unserer Vernunftebene haben durch ihren gemeinsamen Kontrast zu dem uns bekannten Leben eine gewisse oberflächliche Ähnlichkeit. Manchmal erreicht uns aus früher Kindheit die Erinnerung an eine namenlose Freude oder Angst, abgelöst von jeglicher schönen oder schrecklichen Erscheinung, ein mächtiges Adjektiv in einer hauptwortlosen Leere, eine reine Qualität. In solchen Augenblicken gewinnen wir Einblick in die Tiefen jenes Teiches, in denen der Bär sein ganzes Leben verbrachte.

An diesem Tag war etwas Ungewöhnliches geschehen – er war ohne Maulkorb in den Garten hinausgelangt. Sonst ging er im Freien immer mit einem Maulkorb umher, nicht wegen etwaiger Befürchtungen, daß er gefährlich werden könnte, sondern wegen seiner Vorliebe für Früchte und süße Gemüse. »Es ist nicht so, daß er nicht zahm wäre«, hatte Yvy Maggs es Jane erläutert, »sondern daß er nicht anständig ist. Wenn wir ihn gewähren ließen, würde er uns nichts übriglassen.« Aber heute hatte man die Vorsichtsmaßnahme vergessen, und der Bär hatte bei den Rüben einen sehr angenehmen Vormittag vebracht. Jetzt, am frühen Nachmittag, war er bei der Gartenmauer. Hier wuchs ein Kastanienbaum, den der Bär leicht erklettern konnte, und von den niedrig hängenden, breit ausladenden Ästen konnte er auf der anderen Seite hinunterspringen. Er stand da und blickte an dem Baum hinauf. Mrs. Maggs hätte seinen Gemütszustand mit den Worten beschrieben: »Er weiß genau, daß er nicht aus dem Garten darf.« Doch für Mr. Bultitude stellte die Sache sich anders dar. Er hatte keine moralischen Grundsätze, wenn der Meister ihm auch bestimmte Hemmungen eingepflanzt hatte. Kam er der Gartenmauer zu nahe, so machte sich ein mysteriöses Zögern bemerkbar, eine Art Bewölkungszunahme in der emotionalen Wetterlage. Aber der Drang, auf die andere Seite dieser Mauer zu gelangen, wurde dadurch nicht ausgelöscht. Er wußte natürlich nicht, warum es so war, und war sogar unfähig, die Frage zu stellen. Hätte man versucht, seinen Drang zur anderen Seite in menschlichen Begriffen auszudrücken, so wäre man jedoch nicht daran vorbeigekommen, ihm die logische folgerichtige Verarbeitung von Sinneswahrnehmungen zu attestieren.

Man begegnete Bienen im Garten, fand aber nie einen Bienenstock. Die Bienen flogen alle fort, über die Mauer. Die offensichtliche Folgerung daraus war, daß man den Bienen folgen mußte. Vielleicht hatte der Bär ein Vorstellungsbild von endlosen grünen Wiesen und Wäldern jenseits der Mauer, besetzt mit unzähligen Bienenkörben, die dort auf ihn warteten, umsummt von sperlingsgroßen Bienen und angefüllt mit den süßen, klebrigen, goldenen Honigwaben.

Diese nicht neue Unruhe erfüllte ihn heute in ungewöhnlichem Maße, denn er vermißte Yvy Maggs. Sie und der Meister waren, jeder auf seine Weise, die beiden wesentlichen Faktoren in seinem Leben. Er fühlte den Vorrang des Meisters; Begegnungen mit ihm waren für den Bären, was mystische Erfahrungen für Menschen sind, denn der Meister hatte von der Venus eine Spur des verlorenen Vorrechts der Menschen mitgebracht, Tiere zu adeln. In seiner Gegenwart erreichte Mr. Bultitude die Schwelle zur Persönlichkeit, dachte das Undenkbare und tat das Unmögliche, beunruhigt und hingerissen von glänzenden Visionen von jenseits seiner eigenen pelzigen Welt, und trottete müde wieder fort. Bei Yvy dagegen fühlte er sich ganz zu Hause – wie ein Naturmensch, der an irgendeinen fernen höchsten Gott glaubt, sich jedoch bei den kleinen Gottheiten der Erde und des Waldes und des Wassers mehr zu Hause fühlt. Yvy fütterte ihn, jagte ihn von verbotenen Orten fort, knuffte ihn und redete den ganzen Tag mit ihm. Sie war der festen Überzeugung, daß das Tier jedes Wort verstand, was sie sagte. Nahm man dies buchstäblich, so war es unwahr; aber in einem anderen Sinne traf es sehr wohl zu. Denn ein großer Teil von Yvys Gesprächen drückte Gefühle und nicht Gedanken aus, und obendrein Gefühle, die Mr. Bultitude teilte – Gefühle von Munterkeit, Behaglichkeit und körperlicher Zuneigung. In ihrer jeweiligen Art und Weise verstanden sie einander recht gut.

Dreimal wandte sich Mr. Bultitude von Baum und Mauer ab, aber jedesmal kehrte er zurück. Dann begann er den Baum sehr vorsichtig und leise zu erklettern. Als er die Astgabel erreichte, blieb er lange dort sitzen. Er konnte über die Mauerkrone blicken und sah einen steilen Wiesenhang, der zu einer Straße abfiel. Verlangen und Hemmung waren beide sehr stark und hielten einander fast die Waage. So saß er annähernd eine halbe Stunde lang dort oben. Gelegentlich schweiften seine Gedanken vom Ziel ab, und einmal schlief er beinahe ein. Schließlich aber sprang er auf der Außenseite der Mauer hinunter. Als er begriff, daß es nun wirklich geschehen war, bekam er es so mit der Angst, daß er am Fuß der Böschung neben der Straße still sitzen blieb. Dann hörte er ein Geräusch.

Ein Lastwagen kam in Sicht. Der Mann am Steuer und sein Beifahrer trugen beide die Uniform des N.I.C.E.

»He... halt an, Sid!« sagte der Beifahrer. »Was ist da los?«

»Wo?« fragte der Fahrer.

»Hast du keine Augen im Kopf?«

»Mich laust der Affe«, sagte Sid und brachte den Wagen zum Stehen. »Ein Bär! Und was für ein riesiges Vieh. Hör mal – könnte das am Ende unser eigener Bär sein?«

»Niemals«, sagte sein Kollege. »Der war heute morgen noch in seinem Käfig.«

»Aber, was meinst du, könnte er abgehauen sein? Das würde uns teuer zu stehen kommen...«

»Selbst wenn er abgehauen wäre, könnte er nicht hier sein«, sagte der andere. »Bären sind keine Brieftauben. Darum geht es nicht. Aber ich glaube, wir sollten den hier lieber mitnehmen.«

»Wir haben keine Anweisung«, sagte Sid.

»Nein. Und den verdammten Wolf haben wir nicht gekriegt.«

»Das war nicht unsere Schuld. Die Alte wollte ihn verkaufen, aber dann doch nicht hergeben. Du kannst bezeugen, Len, daß wir unser Bestes getan haben. Du weißt, was ich ihr alles gesagt habe, daß die Versuche in Belbury gar nicht so wären, wie sie glaubte, und daß der Wolf bei uns das schönste Leben haben würde. Noch nie habe ich an einem Morgen soviel zusammengeschwindelt. Jemand muß sie beeinflußt haben.«

»Natürlich war es nicht unsere Schuld. Aber dem Chef wird das egal sein. Wenn du in Belbury nicht spurst, fliegst du raus.«

»Raus?« sagte Sid. »Ich wüßte gerne, wie.«

Len spuckte aus dem Wagenfenster, und eine Weile blieben beide still.

»Aber was nützt es«, sagte Sid schließlich, »wenn wir einen Bären mitbringen?«

»Nun, besser als mit leeren Händen zurückkommen, oder?« sagte Len. »Außerdem kosten Bären Geld. Ich weiß, daß sie noch einen wollen. Und da sitzt einer und kostet nichts.«

»Also gut«, sagte Sid ironisch, »wenn du so scharf darauf bist, kannst du ja aussteigen und ihn fragen, ob er mitfahren möchte.«

»Blödmann«, sagte Len und zeigte ihm eine Flasche.

»Aber nicht mit meiner Stulle, kommt nicht in Frage«, sagte Sid.

»Du bist vielleicht ein Kumpel«, sagte Len, während er in einem kleinen Paket aus fettigem Butterbrotpapier kramte. »Kannst von Glück sagen, daß ich nicht zu denen gehöre, die ihre Kumpel hochgehen lassen.«

»Das hast du schon längst versucht«, sagte der Fahrer. »Ich kenne deine kleinen Spielchen, mein Lieber.«

Len hatte inzwischen eine dicke Wurststulle ausgepackt und durchtränkte sie mit einer stark riechenden Flüssigkeit aus der Flasche. Dann stieg er aus, ging ein paar Schritte auf den Bären zu und warf ihm die Stulle hin.

Eine Viertelstunde später lag Mr. Bultitude bewußtlos und schweratmend auf der Seite.

Die beiden Männer hatten keine Schwierigkeiten, ihm die Beine zu fesseln und das Maul zuzubinden, aber sie hatten große Mühe, ihn in den Wagen zu heben.

»Das hat meiner Pumpe einen Knacks gegeben«, sagte Sid und preßte die Hand gegen seine linke Brustseite.

»Scheiß auf deine Pumpe«, sagte Len. Er rieb sich mit dem Handrücken Schweiß aus den Augen. »Komm schon.«

Sid kletterte auf den Fahrersitz, saß eine Weile schnaufend über das Lenkrad gebeugt und murmelte in Abständen: »Verfluchter Mist.« Dann ließ er den Motor an, und sie fuhren davon.

Marks Tageslauf teilte sich jetzt in Perioden am Bett des Schläfers und Perioden im Raum mit der gefleckten Decke. Die Ausbildung in Objektivität, die im letzteren stattfand, kann nicht in allen Einzelheiten beschrieben werden. Die Umkehrung natürlicher Neigungen, die Frost bezweckte, wurde nicht durch spektakuläre oder dramatische Mittel bewirkt, und die Einzelheiten waren oft von einer kindisch anmutenden Albernheit, die man am besten ignoriert. Oft dachte Mark, daß ein befreiendes Gelächter das Ganze als Humbug entlarven und die Atmosphäre reinigen würde; aber Gelächter kam unglücklicherweise nicht in Frage. Und genau das war das Erschreckende – unter der unwandelbar ernsten Aufsicht des mit Stoppuhr und Notizbuch bewaffneten Professors nach den Regeln wissenschaftlichen Experimentierens geringfügige Unzüchtigkeiten und Albernheiten zu begehen, die ein unverständiges Kind lustig gefunden hätte. Manches von dem, was er zu tun hatte, war bloß bedeutungslos. In einer Übung etwa mußte er die Trittleiter ersteigen und einen bestimmten, von Frost ausgewählten Flecken an der Decke berühren: nur mit dem Zeigefinger antippen und dann wieder herabsteigen. Aber dieser Vorgang erschien Mark – entweder durch Assoziation mit den anderen Übungen, oder weil vielleicht wirklich eine Bedeutung darin verborgen war – immer als die unanständigste und unmenschlichste von all seinen Aufgaben. Und Tag für Tag, als der Prozeß seinen Fortgang nahm, wuchs und verfestigte sich in ihm jene Idee des Normalen oder Rechtschaffenen, die ihm während seines ersten Besuchs in diesem Raum gekommen war, bis sie unverrückbar wie ein Berg erschien. Bisher war ihm nie recht klar, was eine Idee bedeuten konnte. Eine Idee war für ihn stets nicht mehr als ein erleuchtender Gedanke gewesen. Jetzt aber, da sein Verstand ständigen Angriffen ausgesetzt und häufig von der Verderbtheit der Ausbildung ganz erfüllt war, ragte diese Idee über ihm auf – etwas, das offensichtlich ganz unabhängig von ihm existierte und harte, felsige und unnachgiebige Oberflächen hatte, Oberflächen, die ihm Halt gaben.

Sein zweiter Rettungsanker war der Mann im Bett. Marks Entdeckung, daß der Alte tatsächlich englisch sprechen konnte, hatte zu einer seltsamen Bekanntschaft geführt. Es kann nicht gerade behauptet werden, daß sie sich unterhielten. Beide sprachen, aber das Ergebnis war kaum ein Gespräch oder etwas, was Mark bisher darunter verstanden hatte. Der Mann arbeitete in einem Maße mit Andeutungen, Anspielungen und knappen Gesten, daß Marks weniger verfeinerte Kommunikationsmethoden beinahe nutzlos waren. Als Mark ihm erklärte, er habe keine Zigaretten, zeigte der Mann ihm einen imaginären Tabaksbeutel und zündete ein imaginäres Streichholz an, wobei er den Kopf mit einem so verklärten Ausdruck auf die Seite legte, wie Mark ihn nur selten in einem menschlichen Gesicht gesehen hatte. Dann versuchte Mark dem sonderbaren Alten klarzumachen, daß ›sie‹ zwar keine Ausländer, aber außerordentlich gefährliche Leute seien und daß er wahrscheinlich gut daran tun würde, sein Schweigen beizubehalten.

»Ah!« sagte der Fremde mit einer seiner ruckartigen Kopfbewegungen. »Eh?« Dann legte er bedeutungsvoll einen Finger an die Lippen und sagte: »Sie kriegen nichts aus mir raus. Kein Wort, kann ich Ihnen sagen. Ah?« Und sein Blick umfing Mark in einem Ausdruck so verständnisinnig-verschmitzter Verschwörung, daß es ihm das Herz wärmte. Da er glaubte, diese Angelegenheit sei nun hinreichend klar, fuhr Mark fort: »Aber was die Zukunft betrifft...«, nur um von einer weiteren Geste der Verschwiegenheit unterbrochen zu werden, der in fragendem Ton das Wort »eh?« folgte.

»Ja, natürlich«, sagte Mark. »Wir sind beide in beträchtlicher Gefahr. Und...«

»Ah!« sagte der Mann. »Ausländer, eh?«

»Nein, nein«, widersprach Mark. »Ich sagte Ihnen, es sind keine Ausländer. Aber sie scheinen Sie für einen zu halten. Und deshalb...«

»Das ist richtig«, unterbrach ihn der Mann. »Ich weiß. Für mich sind sie Ausländer, ich weiß. Sie kriegen nichts aus mir raus. Keine Angst, Chef, keine Angst.«

»Ich habe versucht, mir einen Plan auszudenken«, sagte Mark.

»Ah«, sagte der Mann zustimmend.

»Und ich fragte mich...«, begann Mark, als der Alte sich plötzlich vorbeugte und mit unerwarteter Energie sagte: »Ich weiß!«

»Was?« fragte Mark.

»Ich hab 'nen Plan.«

»Was für einen?«

»Ah«, sagte der Alte, zwinkerte Mark wissend zu und rieb sich den Bauch.

»Reden Sie weiter, Mann«, sagte Mark. »Was ist das für ein Plan?«

»Wie wär's«, sagte der andere und legte den linken Daumen an den rechten Zeigefinger, als sei er im Begriff, den ersten Schritt einer Beweisführung zu tun, »wie wär's, wenn wir uns jetzt einen Toast mit Käse machen würden?«

»Ich meinte einen Fluchtplan«, sagte Mark.

»Ah«, erwiderte der Mann. »Mein alter Vater, zum Beispiel. War in seinem ganzen Leben nicht einen Tag krank. Eh? Wie finden Sie das, Chef? Eh?«

»Nun, das ist sicherlich bemerkenswert...«, sagte Mark.

»Das kann man wohl sagen«, erwiderte der andere. »Sein Leben lang unterwegs. Hatte nie auch nur Bauchweh. Eh?« Und als ob Mark nicht wissen könnte, was für eine Krankheit das sei, führte er ihm eine lange und außerordentlich bildhafte Pantomime vor.

»Das Leben im Freien muß ihm gepaßt haben, nehme ich an«, sagte Mark.

»Und worauf führte er seine Gesundheit zurück?« fragte der Mann. »Was meinen Sie, Chef, worauf führte er seine Gesundheit zurück?«

Mark war im Begriff, zu antworten, als der Mann durch eine Geste zu verstehen gab, daß die Frage rein rhetorisch sei und daß er nicht unterbrochen werden wolle.

»Er führte seine Gesundheit«, sagte er dann, »auf das Essen von Käsetoast zurück. Hält das Wasser aus dem Magen, nicht wahr? Füttert ihn aus, eh? Ist jedem vernünftigen Menschen klar. Ah.«

In mehreren späteren Gesprächen versuchte Mark etwas über das Vorleben des Fremden zu erfahren und vor allem herauszubringen, wie er nach Belbury gekommen war. Dies war nicht leicht, denn obgleich die Reden des Landstreichers voller autobiographischer Details steckten, bezogen sich diese beinahe ausschließlich auf irgendwelche Unterhaltungen, in denen er mit schlagfertigen Antworten verblüfft hatte, deren Sinn indes völlig im dunkeln blieb. Selbst die weniger intellektuellen Anspielungen des Alten waren zu schwierig für Mark, der vom Leben auf den Straßen keine Ahnung hatte, obwohl er einmal einen sehr autoritätsbewußten Artikel über das Vagabundentum geschrieben hatte. Aber durch wiederholtes und (als er den Alten besser kennenlernte) vorsichtigeres Befragen gewann er den Eindruck, daß der Landstreicher gezwungen worden war, seine Kleider einem wildfremden Mann zu überlassen, der ihn anschließend betäubt zu haben schien. Der Alte war zu keiner ausführlichen Darstellung zu bewegen und redete, als wisse Mark schon alles, und jedes Drängen auf einen genaueren Bericht führte nur zu wiederholtem Kopfnicken, Zwinkern und höchst vertraulichen Gesten. Was die Identität oder das Aussehen der Person betraf, die ihm seine Kleider weggenommen hatte, so war nichts aus ihm herauszubekommen. Selbst nach stundenlangen Gesprächen und ausgiebigem Zechen erhielt Mark keine klareren Hinweise, als Wendungen wie: »Ah, das war einer!« oder: »Er war eine Art von – Sie wissen schon, eh?« oder: »Das war vielleicht ein Kunde, war das.« Diese Erklärungen wurden mit großem Vergnügen abgegeben, als ob der Raub seiner Kleider die größte Bewunderung des Landstreichers gefunden hätte.

Dieses Vergnügen, hinter dem eine Philosophie naiver Lebensfreude zu stehen schien, war überhaupt das wesentlichste Merkmal der Gespräche des Alten. Nie gab er irgendein moralisches Urteil über das ab, was man ihm im Verlauf seiner Karriere angetan hatte, noch versuchte er es zu erklären. Vieles, das ungerecht oder einfach unverständlich war, schien er nicht nur ohne Groll, sondern sogar mit einer gewissen Befriedigung hinzunehmen, solange es nur effektvoll war. Selbst für seine gegenwärtige Situation zeigte er weniger Neugier, als Mark für möglich gehalten hätte. Es ergab keinen Sinn, aber der Mann erwartete auch nicht, daß sein Leben und Schicksal einen Sinn ergäben. Er beklagte das Fehlen von Tabak und betrachtete die ›Ausländer‹ als sehr gefährliche Leute: aber die Hauptsache war offensichtlich, soviel wie möglich zu essen und zu trinken, solange die gegenwärtigen Verhältnisse Bestand hatten. Und allmählich paßte Mark sich dem an. Der Alte hatte einen übelriechenden Atem, hielt wenig von körperlicher Reinlichkeit und aß höchst unappetitlich. Aber diese Art von Dauerpicknick mit ihm führte Mark in jene Bereiche der Kindheit zurück, derer wir alle uns erfreuten, bevor die Zeit der guten Manieren begann. Jeder verstand vielleicht ein Achtel von dem, was der andere sagte, aber nach und nach entstand zwischen ihnen eine Art Vertrautheit. Erst viel später begriff Mark, daß er hier, wo es keinen Raum für Eitelkeit und nicht mehr Macht oder Sicherheit gab als die von ›spielenden Kindern in der Küche des menschenfressenden Riesen‹, unversehens Mitglied eines so geheimen und gegen Außenseiter so hermetisch abgeschlossenen ›Kreises‹ geworden war, wie er es sich nie hätte träumen lassen.

Hin und wieder wurde ihr Alleinsein unterbrochen, wenn Frost oder Wither oder alle beide hereinkamen und irgendeinen Fremden vorstellten, der den Landstreicher daraufhin in einer unbekannten Sprache anredete, keinerlei Reaktion erzielte und wieder hinausgeführt wurde. Die Gewohnheit des Landstreichers, sich dem Unverständlichen zu unterwerfen, verbunden mit der gesunden Schläue des ständig Verfolgten und Getretenen, kam ihm während dieser Interviews zustatten. Selbst ohne Marks Ratschläge wäre es ihm niemals in den Sinn gekommen, seine Gefängnisaufseher mit einer Antwort in englischer Sprache zu desillusionieren. Dies fiel ihm um so leichter, als Aufklärung ohnehin eine seinem Denken völlig fremde Aktivität war. Sein Gesichtsausdruck von ruhiger Gleichgültigkeit, gelegentlich variiert durch schnelle, scharfe Blicke, aber niemals durch Anzeichen von Angst oder Verwirrung, ließ seine Verhörer im dunkeln tappen. Wither konnte im Gesicht des Fremden niemals das Böse finden, das er suchte; aber er sah auch nichts von jenen Tugenden darin, die für ihn das Gefahrensignal gewesen wären. Der Landstreicher war ein Menschentyp, der ihm völlig unbekannt war. Der Einfaltspinsel, das entsetzte Opfer, der Speichellecker, der potentielle Komplice, der Rivale, der aufrechte Mann – sie waren ihm alle vertraut. Aber nicht dies.

Und dann kam es eines Tages zu einem Gespräch, das anders verlief.

»Die Beschreibung klingt nach einem zum Leben erwachten mythologischen Gemälde von Tizian«, sagte der Meister lächelnd, als Jane ihr Erlebnis im Pförtnerhaus geschildert hatte.

»Ja, aber...«, sagte Jane zweifelnd, um gleich darauf einen neuen Anlauf zu nehmen. »Ja, eine gewisse Ähnlichkeit mag da bestehen. Nicht nur in der monströsen Frau und den Zwergen... sondern vor allem im Licht. Als ob die Luft selbst in Flammen gestanden hätte. Aber ich habe Tizian immer gemocht. Vielleicht habe ich die Bilder nie wirklich ernst genommen. Gewöhnlich fasziniert einen bei diesen Malern die Form, die künstlerische Vollendung, während man die meist biblischen oder mythologischen Darstellungen, die den Inhalt ausmachen, kaum beachtet.«

»Das Bild gefiel Ihnen jedenfalls nicht mehr, als es sich in Wirklichkeit verwandelte?«

Jane schüttelte den Kopf. »Aber ich muß sagen, daß ich von einem solchen Gemälde bei Tizian nichts weiß. Glauben Sie, daß ich etwas Reales gesehen habe? Ich meine, daß die Szene sich tatsächlich vor meinen Augen abspielte?«

Ransom zuckte die Achseln. »Ihre Schilderung ist so, daß man daran glauben möchte. Sehen Sie, innerhalb dieser Quadratmeile gibt es Tausende von Dingen, von denen ich nichts weiß. Und ich glaube sagen zu dürfen, daß Merlins Gegenwart manches davon zum Vorschein bringt. Solange er hier ist, leben wir nicht genau im zwanzigsten Jahrhundert. Wir überlappen ein wenig; die Einstellung ist verschwommen. Und Sie selbst... Sie sind eine Seherin. Villeicht war es Ihnen bestimmt, dieser Frau zu begegnen. Sie verkörpert, was Sie bekommen werden, wenn Sie die andere nicht haben wollen.«

»Wie meinen Sie das, Sir?« fragte Jane verdutzt.

»Sie sagten, diese Frau habe ein wenig wie Mrs. Dimble ausgesehen. Wahrscheinlich ist sie eine Verkörperung von ihr. Aber von einer Mrs. Dimble, der etwas fehlt. Mrs. Dimble ist mit der Welt, die Sie gesehen haben, ebenso gut Freund wie Merlin mit den Wäldern und Flüssen. Aber er ist nicht selbst ein Wald oder ein Fluß. So verhält es sich auch bei ihr. Sie hat jene Welt nicht zurückgewiesen, sondern sie hat getauft. Sie ist eine christliche Frau. Und Sie, Mrs. Studdock, sind es nicht. Sie stellten sich auf, wo Sie dieser alten Frau begegnen mußten, und dann verwarfen Sie alles, was ihr widerfuhr, seit Maleldil zur Erde kam. So haben

Sie sozusagen Mrs. Dimble im Rohzustand gesehen, dämonisch, ungeläutert. Und sie gefiel Ihnen nicht. Spiegelt sich darin nicht die Geschichte Ihres Lebens?«

»Sie meinen«, sagte Jane, »ich hätte etwas verdrängt?«

Ransom lachte, und es war genau dieses laute, selbstsichere Junggesellenlachen, das sie oft in Wut gebracht hatte.

»Ja«, sagte er, ein wenig ernüchtert durch die aufschießende zornige Röte in ihren Wangen. »Aber ich spreche nicht von Freudschen Verdrängungen. Er kannte nur die eine Hälfte der Tatsachen. Es ist nicht eine Frage der Hemmungen – anerzogener Scham – gegenüber dem natürlichen Verlangen. Ich fürchte, für Leute, die weder Heiden noch Christen sein wollen, gibt es keine Nische auf der Welt. Stellen Sie sich einen Menschen vor, der zu heikel ist, mit den Fingern zu essen, aber auch keine Gabel gebrauchen will.«

Jane starrte ihn an, erfüllt von Empfindungen der Abneigung und Empörung. Sicher war der Meister nicht wie Mrs. Dimble, aber eine unangenehme Erkenntnis, daß er in dieser Angelegenheit ein fast genießerisches Verständnis an den Tag legte und – wenn er ihr auch nicht angehörte – die guten Beziehungen eines Voyeurs zu dieser farbenglühenden sinnlichen Welt unterhielt, traf sie wie ein Schlag. Nicht nur ihre mädchenhafte Schwärmerei von einem Mann, der sie ›wirklich verstand‹, war desillusioniert; sie hatte es auch rein gefühlsmäßig für selbstverständlich gehalten, daß der Meister der Reinste und Jungfräulichste seines Geschlechts sei. Seine Art der Traumdeutung und sein von männlicher Arroganz und vulgärer Zweideutigkeit – so sah sie es wenigstens – durchdrungenes Lachen schienen ihn jetzt auf einmal in die Nachbarschaft jenes Typs vom salbungsvoll lüsternen Priestern zu stellen, die sich an den Beichtstuhlgeheimnissen junger Mädchen weiden. Anscheinend war sie von falschen Voraussetzungen ausgegangen, was das Leben in diesem Haus betraf.

Sie hatte sich dieses abgeschlossene kleine Gemeinwesen als eine vergeistigte Welt vorgestellt, ein neutrales und demokratisches Vakuum, wo Unterschiede verschwanden und Geschlechtlichkeit einfach nicht existierte, zumindest aber transzendental sublimiert wurde. Jetzt nahm der Verdacht Gestalt an, daß es bis hinauf Unterschiede und Abstufungen gebe, schärfer und einschneidender, je höher man stieg. Wie, wenn die Durchdringung ihres jungfräulichen Körpers beim ersten Geschlechtsakt, vor dem sie lange in Auflehnung gegen den eigenen Trieb zurückgeschreckt war, nicht bloß ein Relikt tierischer Herkunft oder patriarchalischer Barbarei wäre, wie sie es sich gern vorzustellen pflegte, sondern womöglich nur die erste, unterste und einfachste Form eines schockierenden

Unterwerfungsrituals, das sich in immer größeren und erschrekkenderen Dimensionen auf allen Ebenen wiederholte – bis hinauf zur höchsten?

»Ja«, sagte der Meister, »es gibt kein Entrinnen. Wenn es eine jungfräuliche Ablehnung des Mannes wäre, so würde Er es erlauben. Solche Seelen können den Mann umgehen und höher hinaufsteigen, um dort oben etwas bei weitem Männlicheren zu begegnen, dem sie sich um so bedingungsloser unterwerfen müssen. Aber Ihr Problem ist der Stolz. Sie fühlen sich vom maskulinen Prinzip an sich beleidigt und verletzt. Dem lauten, rücksichtslosen, besitzergreifenden Element, dem zottigen Stier, der Hecken durchbricht und das kleine Königreich Ihrer spröden Selbstgenügsamkeit durcheinanderwirft, wie die Zwerge das sorgfältig gemachte Bett durcheinanderwarfen. Dem Mann können Sie entkommen oder sich verschließen, denn er existiert nur auf der biologischen Ebene. Aber dem männlichen Prinzip kann niemand von uns entrinnen. Was über allen und jenseits aller Dinge ist, ist so männlich, daß wir im Vergleich damit alle feminin erscheinen. Sie täten gut daran, Ihrem Widersacher rasch zuzustimmen.«

»Sie meinen, ich solle Christ werden?« fragte Jane.

»Es sieht so aus«, sagte der Meister.

»Ich sehe immer noch nicht, was das mit – mit meinem Mann zu tun haben soll«, sagte Jane kühl. Sie wollte sich nicht überrumpeln lassen und versuchte Zeit zu gewinnen und ihre Gedanken zu ordnen. Was sie während der letzten Minuten von seinem Weltbild gesehen hatte, war von einer beunruhigend stürmischen und gewaltsamen Qualität, grell und überwältigend. Alttestamentarische Vorstellungen von Augen und Rädern gewannen in diesem Licht eine mögliche und wenig erhebende Bedeutung. In diese Eindrücke mischte sich das Gefühl, daß er sie subtil in eine falsche Position manövriert habe. Die lebendige, offene Welt der Bewährung und des Wagnisses war ihre Welt, und indem er diese Welt usurpierte, versuchte er sie darüber hinwegzutäuschen, daß er ihr in Wirklichkeit nur das Joch einer anmaßenden und unduldsamen Hierarchie von Männern schmackhaft machen wollte, die in der Frau bloß ein dienendes und ansonsten sündiges Element sah. Ihr gehörten die schnellen, lebendigen Bewegungen, ihm die starre Strenge farbiger Kirchenfenster. Das war die Antithese, mit der sie vertraut war, die ihren Erfahrungen entsprach. Und nun wollte er sie mit einem Feuerwerk von Purpur und Scharlach glauben machen, dies sei die wahre Qualität der bunten Kirchenfenster. Oder täuschte sie sich? Konnte er wirklich diesen Zugang zur Welt des Überirdischen haben, von dem Grace Ironwood, diese alte Betschwester, mit frommen Augenaufschlägen zu berichten wußte? War diese alttestamentarische Wildheit, welcher noch der Bocksgeruch heidnischer Satyrn anzuhaften schien, die wahre Qualität des Gottesreichs? Und wo stand Mark in dieser veränderten Welt? Ganz gewiß nicht an seinem alten Platz. Etwas, worin sie den eigentlichen Mark zu sehen glaubte, schien in Auflösung begriffen: etwas Zivilisiertes und Gelehrtes, etwas (in letzter Zeit) Geistiges, das sie nicht besitzen wollte, sondern das sie wegen der Sammlung von Eigenschaften, die ihr Selbst ausmachten, schätzte und achtete, etwas ohne zupackende Hände und ohne Anforderungen an sie. Aber wenn es diesen Mark in Wirklichkeit nicht gab? Sie beschloß, sich nicht festzulegen, und als sie sah, daß er auf ihren Einwand nicht einging, fragte sie:

»Wer kann diese Riesenfrau gewesen sein?«

»Ich bin nicht sicher«, sagte Ransom, »aber ich denke, ich kann eine Vermutung riskieren. Wußten Sie von den irdischen Verkörperungen der Planeten?«

»Nein, Sir. Davon habe ich nie gehört.«

»Es gibt keinen Oyarsa im Himmel, der nicht seinen irdischen Vertreter hätte. Und es gibt auf der anderen Seite keine Welt, auf der man nicht einen kleinen, ungefallenen Partner unseres eigenen schwarzen Engels antreffen könnte, eine Art anderes Selbst. Das erklärt, warum es einen lateinischen und einen himmlischen Saturn gab, einen kretischen und einen olympischen Zeus. Diese irdischen Geister und Stellvertreter der hohen Intelligenzen waren es, denen die Menschen mythologischer Zeiten begegnet waren, wenn sie berichteten, sie hätten die Götter gesehen. Sie waren es, mit denen ein Mann wie Merlin zuweilen Umgang hatte. Von jenseits des Mondes ist niemand wirklich herabgekommen. Und so gibt es eine irdische wie eine himmlische Venus – Perelandras Geist und Perelandra selbst.«

»Und Sie meinen...?«

»Ja. Ich weiß seit langem, daß dieses Haus unter ihrem Einfluß steht. Der Boden hier ist sogar kupferhaltig, und Kupfer ist das Venusmetall. Außerdem wird die irdische Vertreterin gegenwärtig besonders aktiv sein, denn heute abend wird ihr himmlisches Vorbild tatsächlich herabsteigen. Es wird daher am besten sein, wenn Sie alle zusammenbleiben – vielleicht in der Küche. Gehen Sie nicht ins Obergeschoß. Heute abend werde ich Merlin vor meine fünf Herren führen: Viritrilbia, Perelandra, Malakandra, Glund und Lurga. Sie werden sich offenbaren und ihm besondere Kräfte verleihen.«

»Was soll er damit anfangen?«

Der Meister lachte. »Der erste Schritt ist einfach. Die Feinde in Belbury suchen bereits nach Experten für altkeltische Dialekte. Wir werden ihnen einen Dolmetscher schicken! Ja, bei Gott, wir werden ihnen einen schicken! Sie suchen schon mit Zeitungsinseraten. Und nach diesem ersten Schritt... nun, es wird nicht schwierig sein, wissen Sie. Wenn man jene bekämpft, die den Teufeln dienen, hat man immer einen Vorteil auf seiner Seite: ihre Herren hassen sie genauso, wie sie uns hassen. Gelingt es uns, ihre menschlichen Marionetten so weit kampfunfähig zu machen, daß sie für die Hölle unbrauchbar werden, so beenden ihre eigenen Herren die Arbeit für uns. Sie zerbrechen ihre Werkzeuge.«

Plötzlich wurde an die Tür geklopft, und Grace Ironwood kam herein.

»Mrs. Maggs ist zurückgekommen, Sir«, sagte sie. »Vielleicht wäre es gut, wenn Sie mit ihr sprechen würden. Nein, sie ist allein. Sie hat ihren Mann nicht zu sehen bekommen. Die Strafe ist verbüßt, aber man hat ihn nicht entlassen. Wie es scheint, wurde er schon vor Tagen oder Wochen zu einer Art ›Abhilfebehandlung‹ nach Belbury verlegt. Ja, aufgrund einer neuen Bestimmung; ein Gerichtsentscheid ist dazu offenbar nicht erforderlich... das ist alles, was ich aus Mrs. Maggs herausbekommen konnte. Sie ist sehr verstört und in größter Sorge.«

Jane war in den Garten gegangen, um nachzudenken. Sie akzeptierte manches von dem, was Ransom gesagt hatte, während ihr anderes unsinnig erschien. Wenn es einen Gott gab – sie begann sich an die Vorstellung zu gewöhnen –, war Ransoms Vergleich zwischen Marks Liebe und der Liebe Gottes schamlos und unehrerbietig. ›Religion‹ sollte einen Bereich bezeichnen, worin ihre begründete weibliche Furcht, als ein Ding behandelt zu werden – als Tauschgegenstand, Lustobjekt und Arbeitstier in einem –, endgültig zur Ruhe käme, und ihr ›eigentliches Selbst‹ sich erheben und in einer besseren und reineren Welt entfalten könne. Denn sie hielt ›Religion‹ noch immer für eine Art Aushauchung oder Weihrauchwolke, die von besonders begabten Seelen zu einem empfänglichen Himmel aufstieg. Dann wurde ihr plötzlich bewußt, daß weder der Meister noch die Dimbles oder Dennistons jemals von Religion sprachen. Sie sprachen von Gott. In ihren Köpfen schien es keine Bilder von emporsteigenden Weihrauchdämpfen zu geben; eher Bilder von starken und geschickten Händen, die sich herabstreckten, um zu heilen, zu formen und zu zerstören. Angenommen, man wäre doch ein Ding – ein Ding, erfunden und entworfen von jemand anderem und wegen ganz anderer Eigenschaften als denen geschätzt, die man selbst für wesentlich und der eigenen Person angemessen hielt. Angenommen, all diese Leute, die statt der interessanten und eigenständigen Persönlichkeit, für die sie sich hielt, immer nur das frische hübsche Ding und die appetitlich verpackte Ware in ihr gesehen hatten, waren nur realistisch gewesen und hatten sie als das gesehen, was sie war? Angenommen, Gott stimmte in diesem Punkt mit ihnen und nicht mit ihr überein? Der Gedanke war unerträglich, und sie hatte eine lächerliche und unwürdige Vision einer Welt, in der man als Frau nicht einmal von Gott verstanden und ernst genommen wurde. Da plötzlich, an einer Wegbiegung bei den Stachelbeersträuchern, kam die Veränderung.

Was sie dort erwartete, war ernst bis zur Traurigkeit und darüber hinaus. Es hatte weder Gestalt noch Geräusch. Das Moos auf dem Weg, das faulende Laub unter den Sträuchern und die Wegbegrenzung aus aufrecht eingegrabenen Ziegelsteinen waren nicht sichtbar verändert. Aber sie waren mit einemmal anders. Sie hatte eine Grenze überschritten. Sie war in eine andere Welt oder in eine andere Person oder in die Gegenwart einer anderen Person gelangt. Etwas Erwartungsvolles, Geduldiges und Unerbittliches trat ihr ohne Schleier oder schützende Trennung entgegen. In der Nähe dieses Kontakts begriff sie sofort, daß die Worte des Meisters völlig irreführend gewesen waren. Diese Forderung, die ihr jetzt auferlegt wurde, war wie keine andere Forderung und durch keine Analogie zu erklären. Sie war der Ursprung aller gerechten Forderungen und schloß diese mit ein. Es gab nichts und hatte nie etwas gegeben, das diesem glich. Zugleich aber war alles wie dies gewesen: nur indem es wie dies gewesen war, hatte irgend etwas existieren können. In diesen Dimensionen fiel die kleine Idee von ihr selbst, die sie bis dahin ihr Ich genannt hatte, wie ein Vogel im luftleeren Raum in bodenlose Tiefen und verschwand. Die Bezeichnung ›Ich‹ war der Name eines Wesens, dessen Existenz sie niemals vermutet hatte, eines Wesens, das noch nicht einmal ganz existierte, aber verlangt wurde. Es war eine Person (nicht die Person, die zu sein sie geglaubt hatte), doch auch ein Ding – ein geschaffenes Ding, geschaffen zur Freude eines Anderen und in Ihm zur Freude aller –, ein Dingwesen, das in diesem Augenblick ungefragt geschaffen und in eine Form gebracht wurde, die es nie erträumt hätte. Und die Erschaffung vollzog sich inmitten einer Herrlichkeit oder Trauer oder beidem, und sie wußte nicht zu sagen, ob diese Empfindungen aus den formenden Händen oder dem gekneteten Klumpen kamen.

Worte sind zu umständlich. In einem einzigen Augenblick waren Anfang und Ende ihres Erlebnisses verdichtet. Erst als es vorüber war, offenbarte es sich. Das größte Ereignis ihres Lebens hatte sich anscheinend mit einem Moment begnügt, der zu kurz war, um überhaupt Zeit genannt zu werden. Ihre Hand schloß sich um nichts als eine Erinnerung, und als sie es tat, erhoben sich in allen Ecken und Winkeln ihres Selbst die Stimmen, welche die Freude nicht kennen und ihr nicht trauen.

»Nimm dich in acht. Behalte einen klaren Kopf. Laß dich auf

nichts ein«, sagten sie. Und dann, viel subtiler: »Du hast eine Anwandlung von religiösem Wahn gehabt. Das ist sehr interessant. Nicht jeder macht eine solche Erfahrung. Wieviel besser wirst du jetzt die mittelalterlichen Mystiker verstehen!« Und schließlich ganz begeistert: »Los, versuch es noch einmal. Vielleicht gelingt es wieder. Es wird den Meister interessieren.«

Aber ihr Widerstand war zusammengebrochen, und diese schwächlichen Gegenangriffe des Verstandes blieben ohne Erfolg.

15

Die Herabkunft der Götter

Bis auf zwei Räume war das ganze Landhaus in St. Anne leer. In der Küche saßen Dimble, MacPhee, Denniston und die Frauen bei geschlossenen Fensterläden und enger beisammen als gewöhnlich. Durch die Leere der langen Korridore und Treppen von ihnen getrennt, warteten der Pendragon und Merlin gemeinsam im blauen Zimmer.

Wäre jemand die Treppe hinauf und in den Vorraum des blauen Zimmers gegangen, hätte er den Weg versperrt gefunden – versperrt von einem beinahe physischen Widerstand. Und wäre es ihm gelungen, sich gegen diesen Widerstand den Durchgang zu erzwingen, so hätte er eine Region klingender Töne erreicht, die eindeutig keine Stimmen waren, obgleich sie artikuliert wurden. Und wäre der Gang völlig dunkel gewesen, so hätte er unter der Tür des Meisters wahrscheinlich einen schwachen Lichtschimmer gesehen, doch nicht wie von Feuerschein oder Mondlicht. Aber als unbefugter Eindringling hätte er die Tür selbst kaum erreichen können. Ihm wäre gewesen, als schwanke das ganze Haus wie ein Schiff in der stürmischen See der Biskaya hin und her und auf und nieder. Er hätte diese Erde zu seinem Schrecken nicht länger als die unerschütterliche Grundfeste des Universums gefühlt, sondern als eine rotierende und dahinrasende Kugel, die sich statt durch leeren Raum durch ein dichtbewohntes und kompliziert strukturiertes Medium bewegte. Bevor ihm die Sinne geschwunden wären, hätte er gefühlt, daß die Besucher nicht unmittelbar in diesem Raum waren, sondern durch die vollgepackte Wirklichkeit des Himmels zogen (die von den Menschen leerer Raum genannt wird) und Projektionen ihrer selbst auf diesen Punkt der Erdoberfläche gerichtet hielten.

Bald nach Sonnenuntergang hatten Ransom und der Druide auf

diese Besucher zu warten begonnen. Ransom lag auf seinem Sofa, Merlin saß neben ihm, die Hände gefaltet, den Körper etwas vorgeneigt. Von Zeit zu Zeit rannen Schweißtropfen kalt über seine graue Wange. Zuerst hatte er niederknien wollen, aber Ransom hatte ihn davon abgebracht. »Laßt es sein«, hatte er gesagt. »Habt Ihr vergessen, daß sie Diener wie wir sind?« Die Vorhänge waren zurückgezogen, und alles Licht im Raum kam von draußen: frostiges Rot, als sie zu warten begannen, später mattes Sternenlicht.

Lange bevor im blauen Zimmer etwas geschah, hatte die Gesellschaft in der Küche den Zehnuhrtee bereitet. Während sie saßen und ihn tranken, geschah die Veränderung. Bisher hatten sie mit unwillkürlich gedämpften Stimmen gesprochen, wie Kinder in einem Raum sprechen, wo ihre Eltern mit irgendeiner schwierigen und unverständlichen Angelegenheit beschäftigt sind, dem Verlesen eines Testaments oder den Vorbereitungen für eine Beerdigung. Nun begannen sie auf einmal alle laut zu reden und sich gegenseitig ins Wort zu fallen, nicht im Wettstreit, sondern voll Vergnügen. Ein Fremder, der zu diesem Zeitpunkt in die Küche gekommen wäre, hätte sie allesamt für angetrunken gehalten, hätte zusammengesteckte Köpfe, funkelnde Augen und überschwengliche Gesten gesehen. Später konnte sich keiner von ihnen daran erinnern, über was sie gesprochen hatten. Dimble behauptete, sie hätten hauptsächlich Wortspiele veranstaltet, während MacPhee leugnete, daß er sich jemals mit Wortspielen beschäftigt hätte, schon gar nicht an jenem Abend, aber alle stimmten darin überein, daß es außerordentlich lustig und anregend gewesen war. Selbst Yvy Maggs vergaß ihren großen Kummer, und Mrs. Dimble erinnerte sich immer, wie die Dennistons einander in fröhlichem intellektuellem Wettkampf auf beiden Seiten des Herds gegenübergestanden hatten, jeder den anderen übertrumpfend und sich immer weiter steigernd. Hätte sie sich nur entsinnen können, was sie sagten! Denn noch nie in ihrem Leben hatte sie solche Reden gehört – solche Eloquenz, solche Sprachmelodien, solche Kaskaden von Doppelsinnigkeiten, Metaphern und Anspielungen.

Einen Augenblick später waren sie alle verstummt. Die Stille kam so unvermittelt in den Raum, wie wenn man aus dem Wind hinter eine Mauer tritt. Sie saßen da und starrten einander an, müde und ein wenig verlegen.

Im Obergeschoß ging diese erste Veränderung anders vonstatten. Als sie erkennbar wurde, spannte sich die Haltung der beiden Männer. Ransom ergriff die Armlehne des Sofas, und Merlin umklammerte die eigenen Knie. Ein Stab aus farbigem Licht, dessen Farbe kein Mensch nennen oder beschreiben könnte, fuhr zwischen sie: mehr war nicht zu sehen, aber das Sichtbare war der geringste Teil ihrer Erfahrung. Heftige Erregung überkam sie, ein Aufwallen unklarer Gemütsbewegungen, das auch ihre Körper erbeben machte. Bald wurde es zu einem rhythmischen Pulsieren von solcher Schnelligkeit, daß sie um ihren Verstand fürchteten. Und dann schien es, als sei ihr Verstand tatsächlich in tausend Stücke zersprungen. Aber es war nicht wichtig, denn alle Fragmente – Wünsche, Fröhlichkeiten, Sorgen und luchsäugige Gedanken – rollten wie glitzernde Quecksilbertropfen hin und her und flossen wieder zusammen. Es war gut, daß beide Männer einige Kenntnisse in Poesie hatten. Das Verdoppeln, Spalten und Wiederzusammenfließen von Gedanken, das jetzt in ihnen vorging, wäre unerträglich für einen Menschen gewesen, den diese Kunst nicht bereits im Kontrapunkt des Geistes unterwiesen hatte, in der Beherrschung doppelter und dreifacher Synopsis. Ransom, seit vielen Jahren im Bereich der Wörter zu Hause, empfand es als ein himmlisches Vergnügen. Ihm war, als sitze er unmittelbar im Herzen der Sprache, in der Schmiede, wo alles Geschehen zu Bedeutung umgeschmolzen und gehämmert wurde. Alle Tatsachen wurden zerbrochen, aufgelöst, geknetet, umgeformt und als Bedeutung wiedergeboren. Denn der Herr der Bedeutung selbst war bei ihnen, der Herold, der Götterbote: der Engel, welcher der Sonne am nächsten kreist, Viritrilbia, den die Menschen Merkur oder Thoth nennen.

Unten in der Küche breitete sich nach dem berauschenden Schwelgen in Rede und Gegenrede Schläfrigkeit aus. Jane nickte ein und schrak hoch, als ihr das Buch, in dem sie gelesen hatte, aus der Hand fiel. Sie blickte in die Runde. Wie warm es war... wie behaglich und angenehm. Sie hatte immer Herdfeuer gemocht, aber an diesem Abend schien das Knacken der dicken Buchenscheite im Herdfeuer noch mehr als sonst zur Gemütlichkeit beizutragen. Dann war ihr, als käme der Duft von brennendem Zedernholz oder Räucherwerk in den Raum, süßer, als sie es je für möglich gehalten hätte. Der verstärkte sich, und Assoziationen gingen ihr durch den Sinn – Narde und Zimt und Rosenwasser und die Wohlgerüche Arabiens; und noch etwas anderes, Subtileres, seltsam Erregendes und Berauschendes schien in diesem Duft zu liegen. Aber sie wußte, daß es von außen kam, obwohl sie zu müde war, der Frage nachzugehen, wie dies sein könne. Die Dimbles sprachen miteinander, aber so leise, daß die anderen sie nicht hören konnten. Ihre Gesichter erschienen Jane wie verklärt, nicht mehr alt, nur reif wie Felder im Hochsommer, heiter und golden in der Ruhe erfüllten Verlangens. Arthur und Camilla Denniston flüsterten ebenfalls miteinander, und während die duftgeschwängerte Luft mehr und mehr ihren Geist benebelte, hatte Jane den seltsamen Eindruck, als ob eine blendende Helligkeit von den beiden ausginge, als brennten der Gott und die Göttin in ihnen durch ihre Körper und Kleider und strahlten in einer jungen Doppelnatur, umtanzt nicht von den fetten und lächerlichen Zwergen, die sie am Nachmittag gesehen hatte, sondern von schlanken, kaum sichtbaren, feurigen und geflügelten Geistererscheinungen.

Zur gleichen Zeit fühlten auch Ransom und Merlin im blauen Zimmer, daß die Temperatur angestiegen war. Die Fenster waren aufgegangen, ohne daß sie gesehen hätten, wie oder wann; doch bewirkte ihr Öffnen kein Absinken der Temperatur, denn die Wärme kam von draußen. Durch die kahlen Äste über dem frosterstarrten Boden wehte eine Sommerbrise in den Raum, aber von einem Sommer, wie England ihn nicht kennt. Wie eine tief im Wasser dahingleitende, mit den schweren Düften nächtlich blühender Blumen, aromatischer Harze und dem kühlen Geruch mitternächtlicher Früchte beladene Barke bewegte sie die Vorhänge, hob einen Brief vom Tisch und löste das Haar von Merlins schweißnasser Stirn. Der Raum schwankte sanft, als ob sie auf einem Schiff wären. Ein weiches Prickeln und Schaudern wie von Schaum und zerplatzenden Blasen überlief ihre Haut. Tränen rannen über Ransoms Wangen. Er allein wußte, von welcher See und welchen Inseln diese Brise herüberwehte. Merlin wußte es nicht, doch auch in ihm erwachte und schmerzte bei dieser Berührung die unheilbare Wunde, mit der der Mensch geboren wird. Wehmütige Laute prähistorisch-keltischer Klage kamen leise von seinen Lippen. Diese Sehnsüchte waren jedoch nur die Vorboten der Göttin. Als der lange Strahl ihrer Projektion mit ganzer Kraft diesen Punkt auf der Erdoberfläche erfaßte, kam aus dem Mittelpunkt dieser sanften Wehmut und Sehnsucht etwas Härteres, Schrilleres und Ekstatischeres. Merlin und Ransom zitterten, Merlin, weil er nicht wußte, was kam, Ransom, weil er es wußte. Und nun kam es. Es war feurig, scharf, hell und unbarmherzig, bereit zu töten, bereit zu sterben, schneller als das Licht: es war die Liebe, nicht wie Sterbliche sie sich vorstellen, nicht einmal so, wie sie seit der Geburt des Wortes für sie vermenschlicht wurde, sondern die reine, überirdische Tugend, wie sie unmittelbar und ungemildert aus dem dritten Himmel über sie kam. Sie waren geblendet, versengt, betäubt. Sie glaubten, es werde ihre Knochen zu Asche verbrennen. Sie konnten nicht ertragen, daß es andauerte, und sie konnten nicht ertragen, daß es aufhörte. So kam Perelandra, triumphierend unter den Planeten, von den Menschen Venus genannt, zu ihnen und war mit ihnen im Raum.

Unten in der Küche stieß MacPhee seinen Stuhl zurück, daß er wie

ein Stift auf einer Schiefertafel über den Fliesenboden kratzte.
»Mann«, rief er, »es ist eine Schande für uns, hier um den warmen Herd zu sitzen. Wenn Mr. Ransom nicht ein schlimmes Bein hätte, ich wette, er hätte einen anderen Weg gefunden, die Sache anzupacken.«

»Richtig«, pflichtete Camilla Denniston ihm bei. Ihre Augen blitzten. »Was haben Sie vor?«

»Ja, was meinen Sie, MacPhee?« fragte Dimble.

»Er meint, daß wir kämpfen sollten«, sagte Camilla.

»Ich fürchte, es würden zu viele für uns sein«, meinte Arthur Denniston.

»Möglich«, sagte MacPhee achselzuckend. »Aber möglicherweise werden es auch so zu viele für uns sein. Es wäre jedenfalls eine Befriedigung, ihnen an den Kragen zu gehen, solange es noch nicht zu spät ist. Um die Wahrheit zu sagen, manchmal ist mir beinahe gleichgültig, was passiert. Aber ich würde in meinem Grab keine Ruhe finden, wenn ich wüßte, daß sie gewonnen haben und ich nie auch nur versucht hätte, etwas dagegen zu tun. Bevor sie mir den Garaus machen, möchte ich noch ein paar von ihren Schädeln bersten hören.«

»Das finde ich abscheulich«, sagte Mutter Dimble.

»Dieser Teil davon, ja«, meinte Camilla. »Aber wenn man so eine Reiterattacke im alten Stil machen könnte... Mit einem Pferd unter mir wäre ich zu allem imstande.«

»Ich kann das nicht verstehen«, sagte Dimble. »Ich bin nicht wie Sie, MacPhee. Ich bin nicht tapfer. Aber als Sie sprachen, dachte ich mir gerade, daß ich anders als früher keine Angst haben würde, verletzt oder getötet zu werden. Nicht heute nacht.«

»Es ist möglich, daß wir getötet werden«, sagte Jane.

»Solange wir alle beisammen sind«, seufzte Mutter Dimble, »könnte es – nein, ich meine nicht irgend etwas Heroisches –, könnte es eine... angenehme Art zu sterben sein.«

Und auf einmal kam eine Veränderung in ihre Gesichter und Stimmen, und sie lachten wieder, aber es war ein verändertes Lachen. Sie verspürten ein Zusammengehörigkeitsgefühl, wie sie es in dieser Intensität bisher nicht gekannt hatten. Jeder blickte in die Runde zu den anderen und dachte: Welches Glück, hier zu sein. Mit diesen hier könnte ich sterben.

Im Obergeschoß war es zuerst ganz ähnlich. Merlin sah in seiner Erinnerung das winterliche Gras am Badon Hill, das lange Banner mit dem Kreuzsymbol über den britisch-römischen Panzerreitern, die flachshaarigen Barbaren. Er hörte das Schwirren der Bogensehnen und das Aufschlagen eiserner Pfeilspitzen auf hölzerne Schilde, das Triumphgeheul und die Schreie der Verletzten und Sterbenden, das Klirren von Helmen und Harnischen unter den Schlägen von Keulen und Schwertern. Er erinnerte sich auch des Abends: der auf dem ganzen Hang des Hügels blinzelnden Lagerfeuer, der Winterkälte, die in die Wunden biß, an Sternenlicht auf blutverschmutzten Tümpeln, an Krähenschwärme, die anderntags über den Gefallenen am Winterhimmel kreisten. Und Ransom erinnerte sich vielleicht seines langen Kampfes in den Höhlen von Perelandra. Aber dies alles ging vorüber. Etwas Stärkendes, Erfrischendes und aufmunternd Kaltes kam wie ein Seewind über sie. Da war keine Angst; sie fühlten, daß sie ihre Plätze im geordneten Rhythmus des Universums einnahmen, Seite an Seite mit pünktlichen Jahreszeiten, wohlgeordneten Atomen und gehorsamen Seraphim. Unter dem ungeheuren Gewicht ihres Gehorsams stand ihr Wille aufrecht und unermüdet wie ein Karyatide. Frei von allem Wankelmut und Zaudern standen sie; fröhlich, leichtfüßig und wachsam. Sie hatten alle Ängste hinter sich gelassen; Sorge war ein Wort ohne Bedeutung. Leben hieß, ohne Anstrengung an dieser ausgelassenen Prozession teilzunehmen. Ransom erkannte den klaren, gespannten Glanz jenes himmlischen Geistes, der nun wie ein kalter Blitz zwischen sie gefahren war: es war der wachsame Malakandra, Herr einer kalten Welt, die von den Menschen Mars genannt wird, oder auch Tyr, der seine Hand in den Wolfsrachen legte. Ransom begrüßte seine Gäste in der Sprache des Himmels. Aber er warnte Merlin, daß nun die Zeit gekommen sei, da er seinen Mann stehen müsse. Die drei Götter, die bereits im blauen Zimmer weilten, waren der Menschheit ähnlicher als jene zwei, die sie noch erwarteten. In Viritrilbia, Perelandra und Malakandra waren jene beiden der sieben Geschlechter verkörpert, die eine gewisse Analogie zu den biologischen Geschlechtern erkennen ließen und daher in gewissem Umfang von Menschen verstanden werden können. Aber das galt nicht für die beiden, deren Herabkunft jetzt bevorstand. Auch diese hatten zweifellos ihr Geschlecht, aber wir besitzen keine Kenntnis davon. Diese mußten mächtigere Kräfte sein, alte Eldila, Steuerleute gigantischer Welten, die niemals den süßen Demütigungen organischen Lebens unterworfen waren.

»Legen Sie ein paar Scheite nach, Denniston, um alles in der Welt. Das ist eine kalte Nacht«, sagte MacPhee in der Küche.

Dimble nickte bedächtig. »Draußen muß es sehr kalt geworden sein.«

Alle dachten daran: an bereiftes Gras, an aufgeplusterte Hühner auf der Stange, an dunkle Orte tief im Wald, an Gräber. Dann an den Tod der Sonne, die Erde in luftloser Kälte erstickt, der schwarze Himmel nur von Sternen erhellt. Und dann nicht einmal mehr Sterne: der Hitzetod des Universums, völlige und endgültige Schwärze des Nichts, aus dem die Natur keine Rückkehr kennt. Ein weiteres Leben? Kaum wahrscheinlich, dachte Mac-Phee. Ich glaube daran, dachte Denniston. Aber das alte Leben untergegangen und verschwunden, all seine Zeiten, all seine Stunden und Tage, versunken. Kann selbst Allmacht das zurückbringen? Wohin gehen Jahre, und warum? Der Mensch würde es niemals verstehen. Die Befürchtungen vertieften sich. Vielleicht gab es nichts zu verstehen.

Saturn, dessen Name in den Himmeln Lurga ist, stand im blauen Zimmer. Sein Geist lag mit kaltem Druck auf dem Haus und vielleicht auf der ganzen Erde. Vor der bleiernen Last seines Alters mochten sich selbst die anderen Götter jung und vergänglich vorkommen. Er war ein Berg von Jahrhunderttausenden, der auf dem Urgrund der Zeit ruhte und dessen Gipfel nie einem menschlichen Auge sichtbar sein wird, aufragend nicht in die Ewigkeit, wo der Gedanke ruhen kann, sondern in immer mehr Zeit, in gefrorene Einöden und die Stille unnennbarer Zahlen. Er war auch stark wie ein Berg; sein Alter war kein bloßer Morast aus Zeit, worin die Vorstellung andächtig versinken kann, sondern eine lebendige, erinnerungsfähige Dauer, die geringere Intelligenzen abstieß wie Granitfelsen die Meeresbrandung, selbst unerschüttert und unverändert, aber alles vernichtend, was sich ihm unbedacht nahte. Ransom und Merlin litten unter einem Gefühl unerträglicher Kälte, und alles, was in Lurga Kraft war, wurde zu Traurigkeit, als es in sie eindrang. Doch selbst Lurga fand in diesem Raum seinen Meister. Plötzlich erschien ein größerer Geist – einer, dessen Einfluß mäßigte und der in sich die Qualitäten aller anderen zu vereinigen schien: die schnelle Gewandtheit Merkurs, die Klarheit des Mars, das strahlende Feuer der Venus und selbst das betäubende Gewicht Saturns.

In der Küche fühlte man sein Kommen. Danach wußte niemand, wie es geschehen war, aber irgendwie wurde der Kessel auf den Herd gestellt und der heiße Grog gebraut. Arthur Denniston, der einzige Musikant unter ihnen, wurde gebeten, seine Violine zu holen. Die Stühle und der Tisch wurden beiseite geräumt, der Boden freigemacht. Sie tanzten. Niemand konnte sich später erinnern, was sie tanzten. Es war irgendein Rundtanz, kein modernes Schlurfen und Schieben: man mußte stampfen, in die Hände klatschen und hochspringen. Und solange es dauerte, fand keiner sich oder seine Mittänzer lächerlich. Es mochte etwas Dörfliches gewesen sein, das zu der geräumigen Küche mit dem Fliesenboden nicht schlecht paßte; aber der Geist, in dem sie tanzten, war nicht so. Jedem von ihnen schien es, als ob der Raum voller Könige und Königinnen sei, daß die Wildheit ihres Tanzes heroische Energie ausdrücke und seine ruhigeren Bewegungen den Geist verkörperten, der allen feierlichen Zeremonien innewohnt.

Oben tauchte sein mächtiger Strahl das blaue Zimmer in eine Lichtflut. Vor den anderen Engeln mochte ein Mensch in die Knie sinken, vor diesem aber konnte man sterben. Doch wenn man es überlebte, konnte man lachen. Ein einziger Atemzug der Luft, die von ihm kam, verlieh einem das Gefühl, größer als vorher zu sein. Ein Krüppel wäre aufrechter gegangen und ein Bettler hätte seine Lumpen selbstbewußter getragen. Königtum und Macht und festlicher Prunk sprühten von ihm wie Funken von einem Amboß. Glockengeläute, Fanfarenstöße, wehende Banner und Feuerwerkskörper sind Mittel, die auf Erden verwendet werden, um ein schwaches Gleichnis davon zu geben. Es war wie eine lange, sonnenbeschienene Brandungswelle, schaumgekrönt und smaragden leuchtend, die drei Meter hoch heranrauscht, brüllend und Schrecken verbreitend, zugleich aber schön und voll tobender, lachender Lebenslust. Es war wie der erste Einsatz feierlicher Musik in den Hallen eines so hohen Königs, daß mit den ersten Tönen ein Beben wie von Angst durch junge Herzen geht. Denn dies war der große Oyarsa von Glund, der König der Könige, durch den die Freude der Schöpfung über die Felder Arbols weht, der den Menschen alter Zeiten als Zeus und Jupiter bekannt war und unter diesen Namen durch einen fatalen, aber nicht unerklärlichen Irrtum mit seinem Schöpfer verwechselt wurde – sowenig ahnten sie, wie tief selbst er unter dem Thron des Allerhöchsten steht.

Sein Kommen brachte Festlichkeit in das blaue Zimmer. Die zwei Sterblichen, momentan mit einbezogen in das Gloria dieser großen und herrlichen Geister, vergaßen für eine Weile den niedrigeren und mehr unmittelbaren Zweck der Zusammenkunft. Dann machten sie sich ans Werk, und Merlin empfing die Kräfte und nahm sie in sich auf.

Am nächsten Tag sah er verändert aus, zum Teil, weil er keinen Bart mehr trug, aber auch, weil er nicht länger sein eigener Herr war. Niemand zweifelte daran, daß die endgültige Trennung seiner Seele von ihrem Körper nahe war. Später am Tag fuhr MacPhee mit ihm fort und setzte ihn in der Nähe von Belbury ab.

Mark war im Schlafzimmer des Landstreichers eingenickt, als er durch unerwartet eintretende Besucher aufgeschreckt und zu hastiger Besinnung gezwungen wurde. Frost kam zuerst herein und hielt die Tür. Zwei weitere Männer folgten. Der eine war der stellvertretende Direktor, der andere ein Unbekannter.

Dieser Mann war in eine verschossene Soutane gekleidet und trug einen breitkrempigen schwarzen Hut in der Hand, wie er in mediterranen Ländern häufig von Priestern getragen wird. Er war ein ungewöhnlich großer und breitschultriger Mann, und die Soutane ließ ihn möglicherweise noch größer erscheinen, als er war. Sein bartloses Gesicht war groß und bleich und von tiefen Falten durchzogen, und im Gehen hielt er den Kopf ein wenig gebeugt. Nach Marks schneller Einschätzung war er eine einfältige Seele, wahrscheinlich Angehöriger eines religiösen Ordens, der sich in klösterlicher Abgeschiedenheit dem Studium einer oder sogar mehrerer obskurer Sprachen gewidmet hatte und nun eine gewisse Autorität auf diesem Gebiet besaß. Mark empfand es als störend und ärgerlich, einen solchen Mann zwischen diesen beiden Raubvögeln stehen zu sehen – Wither überschwenglich und schmeichelnd zu seiner Rechten und Frost steif wie ein Ladestock zu seiner Linken, mit der Aufmerksamkeit des Wissenschaftlers, aber auch mit einer gewissen kalten Abneigung das Resultat des neuen Experiments abwartend.

Eine Weile sprach Wither lateinisch mit dem Fremden, doch reichten Marks Kenntnisse nicht aus, um mehr als ein paar Brocken zu verstehen. Offensichtlich ein Priester, dachte er. Aber woher mochte er sein? Wither beherrschte die meisten gängigen Sprachen. Wie ein Levantiner sah der Mann nicht aus, eher wie ein Grieche oder Russe. Aber dagegen sprach seine Tracht, die ihn als einen römisch-katholischen Priester auswies. Vielleicht war er Ungar oder Kroate. An diesem Punkt seiner Spekulationen wurde Marks Aufmerksamkeit abgelenkt. Der Landstreicher, der gewohnheitsmäßig die Augen zu schließen pflegte, wenn er die Tür gehen hörte, hatte die Augen plötzlich aufgesperrt, den Fremden angestarrt und sie dann fester als zuvor wieder geschlossen. Sein weiteres Verhalten war womöglich noch eigenartiger. Er begann sehr übertrieben zu schnarchen und kehrte den Besuchern den Rücken zu. Nun trat der Fremde näher an das Bett heran und sprach mit leiser Stimme zwei oder drei kurze Worte. Zuerst blieb der Landstreicher unverändert auf der Seite liegen, schien aber von fröstelnden Schauern überlaufen; dann wälzte er sich langsam auf den Rücken und starrte ins Gesicht des anderen auf. Mund und Augen waren jetzt weit geöffnet. Aus ruckartigen Kopfbewegungen, Zuckungen der Hände und einem gequälten Versuch zu lächeln schloß Mark, daß er etwas sagen wollte, wahrscheinlich etwas Einschmeichelndes und Bittendes. Was dann folgte, benahm Mark den Atem. Der Fremde sprach wieder, und aus dem Mund des Landstreichers kamen unter Grimassen, Husten, Spucken und Stottern in unnatürlich hoher Stimme Silben und Worte und ganze Sätze in einer Sprache, die weder Latein noch Englisch war. Während dieser ganzen Zeit blickte der Fremde unverwandt in die Augen des Landstreichers.

Der Besucher sprach wieder. Diesmal antwortete der Landstreicher viel ausführlicher und schien die unbekannte Sprache ein wenig besser zu meistern, obgleich seine Stimme noch immer wenig Ähnlichkeit mit der hatte, die Mark während der letzten Tage aus seinem Mund gehört hatte. Am Ende seiner Rede setzte er sich im Bett auf und zeigte auf Wither und Frost. Dann schien der Besucher ihm eine Frage zu stellen, und er sprach zum drittenmal.

Auf diese Erwiderung wich der Fremde zurück, bekreuzigte sich mehrere Male und gab alle Anzeichen von Entsetzen zu erkennen. Er wandte sich um und redete erregt auf die beiden anderen ein. Seine Worte blieben auf Wither und Frost nicht ohne Wirkung; sie wirkten wie Hunde, die gerade Witterung aufgenommen haben. Dann raffte der Fremde mit einem lauten Ausruf seine Soutane und eilte zur Tür. Aber die Wissenschaftler waren zu schnell für ihn. Minutenlang rangen sie schnaufend und unbeholfen bei der Tür. Frost bleckte die Zähne wie ein Tier, und die schlaffe Maske, die Withers Gesicht war, zeigte ausnahmsweise einen ganz unzweideutigen Ausdruck. Der alte Priester wurde zurückgehalten und bedroht. Mark bemerkte, daß er einen Schritt vorwärts getan hatte, doch bevor er sich klarwerden konnte, ob und wie er eingreifen solle, war der Fremde kopfschüttelnd und mit resigniert ausgebreiteten Händen umgekehrt und näherte sich furchtsam dem Bett. Der Landstreicher, der sich während des Handgemenges an der Tür entspannt hatte, versteifte sich plötzlich von neuem und starrte in die Augen des Priesters, als erwarte er Befehle.

Wieder folgten Worte in der unbekannten Sprache. Wieder zeigte der Landstreicher auf Wither und Frost. Der Fremde wandte sich um und schien in lateinischer Sprache wiederzugeben, was er gehört hatte. Wither und Frost sahen einander an, und jeder schien darauf zu warten, daß der andere die Initiative ergreife. Mark traute seinen Augen nicht, als der stellvertretende Direktor sich ächzend, mit unendlicher Vorsicht und knackenden Gelenken auf die Knie niederließ; und ehe er seine Verblüffung überwunden hatte, kniete Frost mit ruckartigen, steifen Bewegungen neben seinem Kollegen nieder. Als er auf den Knien lag, wandte er plötzlich den Kopf und blickte über die Schulter Mark an. In seinen Augen blitzte reiner Haß, aber ein so kristallisierter Haß, daß er keine Leidenschaft mehr war und keine Hitze in sich hatte. Sein Blick traf Mark mit dem Brennen, das die Berührung von Metall in arktischer Kälte verursacht. »Knien Sie nieder!« zischte er und wandte sofort wieder den Kopf zum Bett. Mark konnte sich später nicht erinnern, ob er die Befolgung dieses Befehls einfach vergaß, oder ob seine wirkliche Rebellion mit diesem Augenblick begonnen hatte.

Wieder sprach der Landstreicher, den Blick starr auf das Gesicht des Mannes in der Soutane gerichtet. Und wieder dolmetschte der letztere, um dann zur Seite zu treten. Wither und

Frost rutschten auf den Knien vorwärts, bis sie die Bettkante erreichten. Des Landstreichers haarige, unsaubere Hand mit den abgekauten Fingernägeln wurde ihnen entgegengestreckt. Sie küßten sie. Dann schien es Mark, als ob sie einen weiteren Befehl erhielten. Sie standen auf, und Wither erhob mit sanfter Stimme auf Latein Einwände gegen diesen Befehl, wobei er immer wieder auf Frost zeigte. Die Worte ›venia tua‹ (jedesmal verbessert zu ›venia vestra‹) kamen so häufig vor, daß Mark sie heraushören konnte. Aber anscheinend blieben die Einwände unberücksichtigt: wenige Augenblicke später hatten Frost und Wither den Raum verlassen.

Als die Tür hinter ihnen ins Schloß fiel, ließ der Landstreicher sich schlaff wie ein entleerter Ballon zurückfallen. Er schüttelte matt den Kopf und murmelte: »Verdammt. Hätt's nicht geglaubt. Haut einen um.« Aber Mark hatte wenig Muße, ihm zuzuhören, denn er wurde sich bewußt, daß der Fremde ihn anredete, und obgleich er die Worte nicht verstand, blickte er auf. Sofort wollte er wieder wegsehen, doch es war ihm nicht möglich. Er hätte mit einigem Recht behaupten können, daß er im Ertragen von beängstigenden Gesichtern mittlerweile versiert sei, doch änderte das nichts daran, daß er sich vor diesem Gesicht fürchtete. Aber bevor diese Erkenntnis sich in seinem Verstand verwurzeln konnte, fühlte er sich schläfrig. Einen Augenblick später ließ er sich in seinen Sessel zurücksinken und schlief ein.

»Nun?« fragte Frost, als sie vor der Tür standen.
»Es ist... ah... äußerst verblüffend«, sagte der stellvertretende Direktor. Sie setzten sich in Bewegung und gingen langsam den Korridor entlang, während sie halblaut diskutierten.
»Es sah zweifellos ganz danach aus«, fuhr Frost fort, »als wäre der Mann im Bett hypnotisiert worden und der baskische Priester Herr der Lage gewesen.«
»Aber ich bitte Sie, mein lieber Freund, das wäre eine höchst beunruhigende Hypothese.«
»Entschuldigen Sie. Ich habe keine Hypothese aufgestellt. Ich beschreibe, wie es ausgesehen hat.«
»Und wie, um Ihrer Hypothese zu folgen – vergeben sie mir, aber um eine solche handelt es sich –, würde ein baskischer Priester darauf kommen, die Geschichte zu erfinden, daß unser Gast Merlinus Ambrosius sei?«
»Das ist der wesentliche Punkt. Wenn der Mann im Bett nicht Merlinus ist, dann kennt jemand anders unseren ganzen Feldzugsplan – und zwar der Priester, ein Mann, der völlig außerhalb unserer Rechnung steht.«
»Und dies, mein lieber Freund, macht die – hm – Internierung

dieser beiden Personen und eine extreme Feinfühligkeit in unserer Haltung gegenüber ihnen erforderlich – zumindest, bis wir Genaueres wissen.«

»Natürlich müssen sie inhaftiert werden.«

»Ich würde nicht sagen: ›inhaftiert‹. Das hat Implikationen... Gegenwärtig möchte ich keinerlei Zweifel an der Identität unseres Gastes äußern. Von Haft darf keinen Augenblick die Rede sein. Im Gegenteil, die herzlichste Aufnahme, die peinlichste Höflichkeit...«

»Habe ich das so zu verstehen, daß Sie sich immer vorgestellt hatten, Merlinus werde das Institut als Diktator und nicht als Kollege betreten?«

»Was das betrifft«, erwiderte Wither, »so ist meine Vorstellung von den persönlichen oder sogar offiziellen Beziehungen zwischen uns immer elastisch und zu allen notwendigen Anpassungen bereit gewesen. Es wäre für mich wirklich ein großer Kummer, wenn ich zu dem Schluß kommen müßte, Sie gestatteten irgendeinem unangebrachten Gefühl Ihrer eigenen Würde... ah... kurzum, vorausgesetzt, er ist Merlinus... Sie verstehen?«

»Wo wollen Sie jetzt eigentlich hin?«

»In meine Räume. Wenn Sie sich erinnern, wurden wir ersucht, unseren Gast mit Kleidern zu versehen.«

»Das war kein Ersuchen. Das war ein Befehl.«

Darauf erwiderte der stellvertretende Direktor nichts. Als sie in sein Schlafzimmer gegangen waren und die Tür geschlossen hatten, sagte Frost: »Ich bin nicht zufrieden. Sie scheinen die Gefahren der Situation nicht zu erkennen. Wir müssen die Möglichkeit in Betracht ziehen, daß der Mann nicht Merlinus ist. Und wenn er nicht Merlinus ist, dann weiß der Priester Dinge, die er nicht wissen sollte. Einen Betrüger und Spion frei im Institut herumlaufen zu lassen, kommt jedenfalls nicht in Frage. Wir müssen sofort in Erfahrung bringen, woher dieser Priester seine Kenntnisse hat. Wo haben Sie ihn überhaupt aufgegabelt?«

»Ich denke, dies ist ein Hemd, das sehr geeignet sein würde«, sagte Wither und legte es aufs Bett. »Die Anzüge sind in diesem Schrank. Der... ah... Kleriker sagte, er sei auf unser Inserat hin gekommen. Ich möchte dem von Ihnen angesprochenen Gesichtspunkt volle Gerechtigkeit widerfahren lassen, mein lieber Frost. Auf der anderen Seite würde es ebenso gefährlich sein, den echten Merlinus vor den Kopf zu stoßen und uns damit eine Macht zu entfremden, die ein integraler Bestandteil unseres Plans ist. Es ist nicht einmal sicher, ob der Priester in jedem Fall ein Feind sein würde. Er mag unabhängig von uns mit den Makroben in Verbindung getreten sein. Er mag ein potentieller Verbündeter sein.«

»Finden Sie, daß er danach aussah? Sein Priestertum spricht gegen ihn.«

»Eine Soutane und ein umgedrehter Kragen besagen noch nicht viel«, erklärte Wither. »Vergeben Sie mir die Bemerkung, daß ich Ihre formale Einstellung zur Religion niemals habe teilen können. Ich spreche nicht vom dogmatischen Kirchenglauben in seiner primitiven Form, aber innerhalb religiöser Kreise – sogar kirchlicher Kreise – bilden sich von Zeit zu Zeit Formen einer wirklich wertvollen Geistigkeit aus. Sie entwickeln zuweilen große Energie. Pater Doyle, obgleich nicht sehr talentiert, ist einer unserer vernünftigsten Kollegen. Und Mr. Straik hat den Keim jener totalen Loyalität in sich – Objektivität ist, glaube ich, die Bezeichnung, die Sie vorziehen –, die so selten ist. Mit Engstirnigkeit kämen wir in keinem Fall weiter.«

»Was schlagen Sie vor?«

»Wir werden natürlich sofort den Kopf konsultieren. Ich gebrauche diesen Ausdruck nur der Bequemlichkeit halber, versteht sich.«

»Aber wie stellen Sie sich das vor? Haben Sie vergessen, daß heute abend das Einweihungsbankett stattfindet und daß Jules kommen wird? Er kann in einer Stunde hiersein. Dann werden Sie bis Mitternacht um ihn herumschwänzeln müssen.«

Wither starrte ihn mit leerem Gesicht und offenem Mund an. Er hatte wirklich vergessen, daß die Marionette von Direktor, das Aushängeschild des Instituts, durch das es die Öffentlichkeit zum Narren hielt, an diesem Abend kommen sollte. Aber die Erkenntnis, daß er das vergessen hatte, beunruhigte ihn mehr, als sie einen anderen beunruhigt haben würde. Es war wie der erste kalte Hauch des Winters – der erste feine Riß in jener großartigen geistigen Hilfsmaschine, die er aufgebaut hatte, um die Tagesgeschäfte zu führen, während er, der wahre Wither, weit entfernt an den unbezeichneten Grenzen des Geistseins schwebte.

»Herrje!« sagte er.

»Sie müssen sich deshalb sofort darüber klarwerden«, sagte Frost, »was heute abend mit diesen beiden Männern geschehen soll. Daß sie am Bankett teilnehmen, ist ausgeschlossen. Andererseits wäre es Wahnsinn, sie sich selbst zu überlassen.«

»Das erinnert mich daran, daß wir sie bereits über zehn Minuten alleingelassen haben – noch dazu mit Studdock. Wir müssen sofort mit den Kleidern zurückgehen.«

»Und ohne einen Plan?« fragte Frost, während er Wither aus dem Raum folgte.

»Wir müssen uns von den... ah... Umständen leiten lassen«, sagte Wither.

Bei ihrer Rückkehr überfiel sie der Mann in der Soutane mit einem beschwörenden lateinischen Wortschwall. »Laßt mich gehen«, sagte er. »Ich bitte Euch beim Seelenheil Eurer Mutter, gebraucht keine Gewalt gegen einen harmlosen armen alten Mann! Ich werde nichts sagen – Gott möge mir vergeben –, aber ich kann nicht hierbleiben. Dieser Mann, der sagt, er sei der von den Toten auferstandene Merlinus – er ist ein Teufelsdiener, einer, der infernalische Wunder bewirkt. Seht! Seht, was er dem armen jungen Mann antat, kaum daß Sie den Raum verlassen hatten.« Er zeigte auf Mark, der wie besinnungslos im Sessel lag. »Er tat es mit dem Auge, nur indem er ihn ansah. Der böse Blick, der böse Blick!«

»Schweigt und hört zu«, sagte Frost in derselben Sprache. »Wenn Ihr tut, was Euch gesagt wird, so wird Euch nichts geschehen. Tut Ihr es nicht, werdet Ihr zerstört werden. Ich fürchte, daß Ihr sowohl Eure Seele als auch Euer Leben verlieren werdet, wenn Ihr Euch als lästig erweist; denn Ihr scheint mir nicht aus dem Holz zu sein, aus dem Märtyrer geschnitzt sind.«

Der Mann wimmerte und bedeckte das Gesicht mit den Händen. Plötzlich versetzte Frost ihm einen Fußtritt, nicht als ob er es gewollt hätte, sondern als ob er eine Maschine wäre, die in diesem Moment eingeschaltet wurde. »Vorwärts«, sagte er. »Sagt ihm, wir hätten ihm Kleider gebracht, wie sie heutzutage getragen werden.« Der Priester wankte nicht, als er einen zweiten Tritt bekam.

Das Ergebnis war, daß der Landstreicher gewaschen und angezogen wurde. Als dies geschehen war, sagte der Mann in der Soutane: »Er sagt, daß er nun durch Euer ganzes Haus geführt werden und alle Geheimnisse sehen müsse.«

»Sagt ihm«, erwiderte Wither, »daß es uns ein Vergnügen und eine große Ehre sein wird...«

Aber in diesem Augenblick ergriff der Landstreicher wieder das Wort. »Er sagt«, dolmetschte der Priester, »daß er zuerst das Haupt und die Tiere und die Verbrecher sehen müsse, die gepeinigt werden. Er werde mit einem von Euch allein gehen. Mit Euch, Herr«, und damit wandte er sich zu Wither.

»Eine solche Regelung werde ich nicht dulden«, sagte Frost auf englisch.

»Mein lieber Frost«, antwortete Wither, »dies ist kaum der geeignete Augenblick... und einer von uns muß frei sein, um Jules zu empfangen.«

Der Landstreicher murmelte wieder dazwischen, und der Priester machte nervöse Handbewegungen. »Vergebt mir, Herr«, sagte er, »aber ich muß dem folgen, was er sagt. Die Worte sind nicht von mir. Er verbietet Euch, in seiner Gegenwart eine Sprache zu sprechen, die er nicht verstehen kann, auch nicht durch mich. Und er sagt, er sei gewöhnt, daß man ihm gehorche. Er fragt, ob Ihr ihn zum Freund oder zum Feind haben wollt.«

Frost tat einen Schritt auf den Pseudomerlin zu, so daß seine Schulter die abgewetzte Soutane des richtigen berührte. Wither glaubte, Frost habe beabsichtigt, etwas zu sagen, dann aber Bedenken bekommen. Tatsächlich war es Frost unmöglich, Worte zu finden. Vielleicht lag es am raschen Wechsel zwischen Latein und Englisch, vielleicht an etwas anderem, jedenfalls konnte er nicht sprechen. Nichts als unsinnige und zusammenhanglose Worte kamen ihm in den Sinn. Er wußte seit langem, daß sein fortgesetzter Umgang mit den Wesen, die er Makroben nannte, Auswirkungen auf seine Psyche haben mochte, die er nicht voraussagen konnte. In einer unklaren Art und Weise war er sich immer der Möglichkeit völliger psychischer Zerstörung bewußt. Er hatte sich geschult, nicht darauf zu achten, doch nun schien das Unheil auf ihn herabzukommen. Er vergegenwärtigte sich, daß Angst nur ein chemisches Phänomen sei. Diese Ausfallerscheinung war offenbar ein Zeichen, daß er sich überfordert hatte. Er mußte sich aus diesem Hin und Her zurückziehen, zur Ruhe kommen und im Verlauf des Abends einen neuen Anfang machen; denn dies konnte natürlich nicht endgültig sein. Schlimmstenfalls war es ein erstes Anzeichen geistigen Verfalls. Wahrscheinlich hatte er noch Jahre der Arbeit vor sich. Er würde Wither überdauern. Selbst Merlin, wenn dieser alte Mann Merlin war, konnte mit den Makroben nicht besser stehen als er selbst. Er trat zur Seite, und der Landstreicher, begleitet vom echten Merlin und dem stellvertretenden Direktor, verließ den Raum.

Frost hatte recht mit der Vermutung, daß der Verlust des Sprechvermögens nur vorübergehend sein würde. Sobald sie allein waren, rüttelte er Mark bei der Schulter und hatte keine Schwierigkeiten zu sagen: »Stehen Sie auf! Was fällt Ihnen ein, hier zu schlafen? Kommen Sie mit in den Unterweisungsraum.«

Bevor sie den Rundgang antraten, verlangte Merlin einen Umhang für den Landstreicher, und Wither kleidete ihn schließlich als einen Doktor der Philosophie der Universität Edgestow. So angetan, die Augen halb geschlossen und so vorsichtig auftretend, als gehe er auf Eiern, wurde der verwirrte Kesselflicker treppauf und treppab durch den Gebäudekomplex samt Zoo und Zellen geführt. Hin und wieder verzog er sein Gesicht wie in einem Krampf, als versuche er etwas zu sagen; aber es gelang ihm nie, Worte hervorzubringen, es sei denn, der echte Merlin stellte ihm eine Frage und fixierte ihn mit seinem Blick. Natürlich war dies alles für den Landstreicher nicht dasselbe wie für einen gebildeten und vermögenden Mann, der dem Leben mit anderen Ansprüchen und Ansichten gegenübertrat. Für den Vagabunden war es einfach eine verrückte und ulkige Sache – die verrückteste, die ihm jemals untergekommen war. Schon das Gefühl, am ganzen Körper sauber zu sein, war komisch und ungewöhnlich genug, ganz abgesehen von dem scharlachroten Umhang und der Tatsache, daß sein eigener Mund ständig Geräusche und Laute von sich gab, die er nicht verstand und die ohne sein Zutun in ihm entstanden. Aber schließlich war es nicht das erstemal, daß ihm Unerklärliches widerfuhr.

Im Unterweisungsraum war es zwischen Mark und Professor Frost unterdessen zu einer Art Krise gekommen. Schon beim Eintreten sah Mark, daß der Tisch zurückgeschoben worden war. Auf dem Boden lag ein fast lebensgroßes Kruzifix, ein ausdrucksstarkes Kunstwerk der spanischen Schule, grausig und realistisch. »Wir haben für unsere Übungen eine halbe Stunde Zeit«, sagte Frost mit einem Blick auf seine Uhr. Dann befahl er Mark, das Kruzifix mit Füßen zu treten und auf andere Art und Weise zu beleidigen.

Im Gegensatz zu Jane, die christlich erzogen worden war und ihren Glauben erst als Heranwachsende verloren hatte, war Mark nie gläubig gewesen. Er achtete jedoch die religiösen Überzeugungen und Symbole anderer, und als er jetzt mit diesem Ansinnen konfrontiert wurde, kam ihm zum erstenmal der Gedanke, es könne doch etwas daran sein. Frost, der ihn aufmerksam beobachtete, wußte gut, daß dies das Resultat des gegenwärtigen Experiments sein mochte. Im Rahmen seiner eigenen Ausbildung durch die Makroben hatte er selbst die gleiche Situation erlebt und kannte die Hemmungen und Bedenken, die eine solche Aufforderung auslösen mußte. Aber er hatte keine Wahl. Ob es ihm gefiel oder nicht, dieses Experiment gehörte zur Initiation.

»Aber hören Sie...« sagte Mark.

»Was gibt es?« fragte Frost. »Bitte beeilen Sie sich. Unsere Zeit

Mark zeigte mit einem unbestimmten Widerwillen auf die schreckliche weiße Gestalt am Kreuz. »Aber dies ist doch sicherlich reiner Aberglaube, nicht wahr?«

»Na und?«

»Nun, wenn es so ist, was hat es dann für einen Zweck, darauf herumzutrampeln? Ist das Treten oder Bespucken eines Gegenstands nicht genauso subjektiv wie seine Verehrung? Ich meine... warum etwas daran tun, wenn es nur ein Stück Holz ist?«

»Das ist eine oberflächliche Betrachtungsweise. Wären Sie in einer nichtchristlichen Gesellschaft aufgewachsen, so würden wir Sie nicht auffordern, dies zu tun. Natürlich ist es ein Aberglaube: aber es ist jener besondere Aberglaube, der sich seit vielen Jahrhunderten unserer Gesellschaft aufgeprägt hat. Es läßt sich experimentell nachweisen, daß er noch immer eine dominierende Rolle im Unterbewußtsein vieler Menschen spielt, deren bewußtes Denken völlig frei von ihm zu sein scheint. Eine entschiedene Handlung in der entgegengesetzten Richtung ist darum ein notwendiger Schritt zu vollkommener Objektivität. Das ist keine Frage, die einer Diskussion bedarf. Die Praxis hat uns gelehrt, daß auf diesen Akt nicht verzichtet werden kann.«

Mark war über seine eigenen Gefühle erstaunt. Er betrachtete das Kreuz keineswegs mit irgendwie religiös gearteten Empfindungen. Und es gehörte ganz entschieden nicht zu jener Idee des Rechtschaffenen, Normalen und Vernünftigen, die während der letzten Tage sein Halt gewesen war. Die schreckliche Eindringlichkeit dieses Realismus war von jener Idee in ihrer Weise so entfernt wie alles andere in dem alptraumhaften Raum. Das war ein Grund seines Widerwillens. Es schien verwerflich, auch nur die geschnitzte Darstellung solchen Leidens zu verunglimpfen. Aber das war nicht der einzige Grund. Mit der Einführung dieses christlichen Symbols hatte die gesamte Situation irgendwie eine Änderung erfahren. Seine einfache Antithese des Normalen und des Krankhaften hatte offensichtlich etwas übersehen. Warum war das Kruzifix hier? Warum war die Mehrzahl der Gemälde religiöser Natur? An dem Konflikt schienen Parteien beteiligt, von denen er bis jetzt nichts gewußt hatte – potentielle Gegner und Verbündete. Er hatte das Gefühl, daß der nächste Schritt ihn an den Rand eines Abgrunds bringen könnte, gleichgültig, in welche Richtung er ging. Eine eselartige Entschlossenheit, die Beine in den Boden zu stemmen und sich um keinen Preis der Welt vom Fleck zu rühren, erhob sich in seinem Geist.

»Bitte beeilen Sie sich«, sagte Frost.

Das ruhige Drängen der Stimme und die Tatsache, daß er ihr in der Vergangenheit sooft gehorcht hatte, bezwangen ihn beinahe. Er war im Begriff zu gehorchen und die ganze alberne Sache hinter sich zu bringen, als die Wehrlosigkeit der Schnitzfigur ihn einhalten ließ. Das Gefühl war wie die meisten Gefühle sehr unlogisch. Nicht, weil die Hände des Gekreuzigten angenagelt und hilflos waren, zögerte er, sondern weil sie nur aus Holz und deshalb um so hilfloser waren, weil das Ding bei all seinem Realismus unbelebt war und nicht zurückschlagen konnte. Das wehrlose Gesicht einer Puppe – einer von Myrtles Puppen –, die er in seiner Kindheit in Stücke gerissen hatte, war auf ihn von ähnlicher Wirkung gewesen, und noch jetzt haftete der Erinnerung etwas Schmerzliches an.

»Worauf warten Sie, Mr. Studdock?« sagte Frost.

Mark war sich der wachsenden Gefahr bewußt. Wenn er nicht gehorchte, mochte seine letzte Chance, lebendig aus Belbury herauszukommen, verspielt sein. Das erstickende Gefühl überkam ihn aufs neue. Er selbst war genauso hilflos wie der hölzerne Christus. Der Gedanke bewirkte, daß er das Kruzifix aus einer neuen Perspektive sah – weder als ein Stück Holz noch ein Symbol des Aberglaubens, sondern als ein Stück Geschichte. Das Christentum war Unsinn und hatte mit seinem Ausschließlichkeitsanspruch eine Menge Elend über die Welt gebracht, aber es gab keinen Zweifel, daß dieser Mann gelebt hatte und vom Belbury seiner Tage auf diese Art und Weise hingerichtet worden war. Und das erklärte, warum dieses Abbild, wenn es auch in sich selbst kein Abbild des Rechtschaffenen oder Normalen war, dennoch in Opposition zum unehrlichen Belbury stand. Es war ein Beispiel dafür, was geschah, wenn der Gerade dem Verbogenen begegnete, und ein Bild davon, was die Verbogenen dem Geraden antaten – was sie ihm selbst antun würden, wenn er gerade bliebe. Es war in einem nachdrücklicheren Sinne, als er bisher verstanden hatte, ein Kreuz.

»Haben Sie die Absicht, in der Ausbildung fortzufahren, oder nicht?« fragte Frost. Sein Blick war auf die Uhr gerichtet. Er wußte, daß die anderen ihren Rundgang machten und daß Jules jeden Augenblick eintreffen konnte. Er rechnete ständig mit einer Unterbrechung der Ausbildung. Daß er diesen Zeitpunkt für dieses Stadium in Marks Initiation gewählt hatte, lag einerseits an einem jener unerklärlichen Impulse, die ihn mit zunehmender Häufigkeit überkamen, andererseits jedoch an der vernünftigen Überlegung, Mark in der jetzt entstandenen ungewissen Lage ganz für das Institut zu gewinnen. Er und Wither und inzwischen vielleicht auch Straik waren die einzigen voll Eingeweihten. Sie trugen das Risiko aller etwaigen Fehler in der Behandlung des vorgeblichen Merlin und seines geheimnisvollen Dolmetschers. Wer aber die richtigen Schritte unternahm, hatte die Möglichkeit, die anderen zu überflügeln und für sie das zu werden, was sie für den Rest des Instituts und was das Institut für den Rest Englands war. Er wußte, daß Wither mit Ungeduld darauf wartete, daß ihm ein Ausrutscher unterlief. Daher erschien es ihm äußerst wichtig, Mark sobald wie möglich an jenen Punkt zu bringen, von dem aus es kein Zurück mehr gab, und die Loyalität des Schülers gegenüber den Makroben und seinem Lehrer für den ersteren zu einer psychologischen und sogar physischen Notwendigkeit wurde.

»Hören Sie nicht, was ich sage?« fragte er Mark wieder.

Mark antwortete nicht. Er dachte angestrengt nach, denn er wußte, daß die Todesangst ihm die Entscheidung aus den Händen nehmen würde, wenn er aufhörte zu denken. Das Christentum war eine Fabel. Es wäre lächerlich, für eine Religion zu sterben, an die man nicht glaubte. Dieser Mann am Kreuz hatte selbst entdeckt, daß es nur eine Fabel war, und sich noch im Tode beklagt, daß der Gott, auf den er vertraut hatte, ihn verlassen habe. Aber dies warf eine Frage auf, über die Mark bisher nicht nachgedacht hatte. Wenn das Aufrechte machtlos war, immer und überall dazu verurteilt, wie dieser Mann am Kreuz vom Verbogenen verspottet, gequält und schließlich getötet zu werden, was dann? Warum nicht mit dem Schiff untergehen? Dieselbe Tatsache, daß seine Ängste momentan verschwunden schienen, begann ihm Angst zu machen. Sie waren ein Schutz gewesen... sie hatten ihn sein Leben lang daran gehindert, vorschnelle und unvernünftige Entscheidungen wie jene zu treffen, die er jetzt fällte, als er zu Frost aufblickte und in wegwerfendem Ton sagte: »Das ist doch alles ausgemachter Blödsinn, und der Teufel soll mich holen, wenn ich so etwas tue.«

Als er das sagte, hatte er keine Ahnung, was als nächstes geschehen mochte. Er wußte nicht, ob Frost auf einen Klingelknopf drücken oder einen Revolver ziehen oder seine Forderung erneuern würde. Eine Weile geschah nichts. Frost starrte ihn an, und er starrte zurück. Dann bemerkte er, daß Frost angestrengt lauschte, und begann selbst zu lauschen. Kurz darauf wurde die Tür geöffnet. Der Raum schien plötzlich voller Leute zu sein – einem Mann in einem roten Umhang (Mark erkannte den Landstreicher nicht sofort), dem hünenhaften alten Mann in der Soutane und Wither.

Im großen Empfangsraum von Belbury hatte sich eine äußerst unbehagliche Gesellschaft versammelt. Horace Jules, Direktor des N.I.C.E., war vor einer halben Stunde eingetroffen. Man hatte ihn ins Arbeitszimmer des stellvertretenden Direktors geführt, aber Wither war nicht dort gewesen. Dann hatte man ihn zu seinen eigenen Räumen gebracht und gehofft, er werde sich dort länger aufhalten. Doch schon nach fünf Minuten war er wieder unten und ihnen auf dem Hals, und es war noch viel zu früh, um sich zum Abendessen umzuziehen. Nun stand er mit dem Rücken zum Kaminfeuer im Kreis der wichtigsten Mitglieder des Instituts und trank ein Glas Sherry. Die Konversation schleppte sich hin.

Konversation mit Mr. Jules war immer mühsam, weil er darauf bestand, sich nicht als Galionsfigur, sondern als der wirkliche Direktor des Instituts und die Quelle der meisten Ideen zu betrachten. Und da er alles, was er von Wissenschaft verstand, vor fünfzig Jahren von der Universität London bezogen hatte, und alles, was er sonst wußte, von Schriftstellern wie Haeckel, Josef McCabe und Winwood Reade hatte, war es tatsächlich nicht möglich, mit ihm über die eigentlichen Aktivitäten des Instituts zu sprechen. Man war ständig damit beschäftigt, Antworten auf Fragen zu erfinden, die in Wirklichkeit bedeutungslos waren und Begeisterung für veraltete und selbst in ihrer Blütezeit kaum ernst genommene Ideen ausdrückten. Dies war der Grund, warum die Abwesenheit des stellvertretenden Direktors bei solchen Gesprächen so verhängnisvoll war, denn Wither allein war Meister eines Konversationsstils, der genau zu Jules paßte.

Jules war gebürtiger Londoner, sehr klein und mit so kurzen Beinen, daß man ihn unfreundlicherweise mit einer Ente zu vergleichen pflegte. Er hatte eine aufgestülpte Nase und ein Gesicht, dessen ursprüngliche Gutmütigkeit unter Jahren guten Lebens und wachsenden Eigendünkels sehr gelitten hatte. Anfangs hatten ihm seine Romane Ruhm und Reichtum eingebracht; später war er als Herausgeber der Wochenzeitschrift ›Wir wollen es wissen‹ zu einer solchen Macht im Land geworden, daß sein Name für das N.I.C.E. unentbehrlich geworden war.

»Und wie ich zum Erzbischof sagte«, bemerkte Jules, » ›Sie mögen nicht wissen, Exzellenz‹, sagte ich, ›daß der Tempel zu Jerusalem nach den Ergebnissen der neuesten Forschungen ungefähr die Größe einer englischen Dorfkirche hatte.‹ «

»Meine Güte!« seufzte Feverstone zu sich selbst. Er hielt sich schweigend am Rand der Gruppe.

»Darf ich Ihnen noch ein Glas Sherry servieren lassen, Direktor?« fragte Miß Hardcastle.

»Nun, ich habe nichts dagegen«, meinte Jules. »Es ist kein übler Sherry, obwohl ich Ihnen eine Adresse nennen könnte, wo man noch besseren bekommt. –

Und wie kommen Sie mit Ihren Reformen unseres Strafvollzugs voran, Miß Hardcastle?«

»Wir machen echte Fortschritte«, erwiderte sie. »Ich denke, daß eine Abwandlung der Pellotoff-Methode...«

»Wie ich immer sage«, unterbrach Jules die Fee mit einem Blick in die Runde, »warum soll man Verbrechen nicht wie jede andere Krankheit behandeln? Ich kann mit Strafen nichts anfangen. Man muß den Mann nur auf den richtigen Weg bringen, ihn einen neuen Anfang machen lassen, ihm ein neues Lebensziel setzen. Wenn Sie es unter diesem Gesichtspunkt betrachten, ist es ganz einfach. Ich denke, Sie werden den Text der Rede gelesen haben, die ich in Northampton über dieses Thema gehalten habe.«

»Ich war ganz Ihrer Meinung«, sagte Miß Hardcastle.

»Ganz recht«, sagte Jules. »Aber ich will Ihnen sagen, wer es nicht war. Der alte Hingest – übrigens, das war eine komische Geschichte. Sie haben den Mörder nie gefunden, nicht wahr? Aber obwohl mir der alte Knabe leid tut, konnte ich seine Ansichten nie ganz teilen. Als ich ihn das letztemal sah, sprachen ein paar von uns über Jugendkriminalität, und wissen Sie, was er sagte? Er sagte: ›Das Dumme mit den Jugendgerichten heutzutage ist, daß sie ihnen die Bewährung draußen statt drinnen geben.‹ Nicht schlecht, was? Trotzdem, wie Wither sagte – übrigens, wo ist Wither?«

»Ich denke, er muß jeden Augenblick kommen«, sagte Miß Hardcastle. »Ich kann mir nicht vorstellen, wo er ist.«

»Ich fürchte, er hat eine Panne mit seinem Wagen«, sagte Filostrato. »Er wird untröstlich sein, Direktor, Sie nicht persönlich hier empfangen zu haben.«

»Ach, deswegen sollte er sich keine Gedanken machen«, meinte Jules.

»Ich war nie für Formalitäten, obwohl ich dachte, daß er bei meiner Ankunft hiersein würde. Sie sehen sehr gut aus, Filostrato. Ich verfolge Ihre Arbeiten mit großem Interesse. Ich betrachte Sie als einen der Schöpfer der neuen Menschheit.«

»Ja, ja«, sagte Filostrato, »das ist die wirklich wichtige Aufgabe. Wir beginnen bereits mit der...«

»Auf der nichttechnischen Seite versuche ich Ihnen nach besten Kräften zu helfen«, sagte Jules. »Das ist ein Kampf, den ich seit Jahren ausfechte. Die ganze Frage unseres Geschlechtslebens. Ich sage immer, daß es keine Schwierigkeiten mehr geben wird, sobald man die ganze Sache offen ans Tageslicht bringt. Es ist nur diese viktorianische Heimlichtuerei, die den Schaden anrichtet. Die ein Geheimnis daraus macht. Ich bin dafür, daß jeder Junge und jedes Mädchen im Land...«

»Mein Gott!« sagte Feverstone zu sich selbst.

»Verzeihen Sie«, sagte Filostrato, der, weil er Ausländer war, noch nicht an dem Versuch verzweifelt war, Jules Erleuchtung zu bringen. »Aber darum geht es eigentlich nicht.«

»Ich weiß, was Sie sagen wollen«, unterbrach ihn Jules und tippte mit dem fetten Zeigefinger auf Filostratos Ärmel. »Und ich wage zu behaupten, daß Sie meine kleine Zeitschrift nicht lesen. Aber glauben Sie mir, wenn Sie die erste Nummer vom vergangenen Monat nachlesen wollten, würden Sie einen bescheidenen kleinen Leitartikel finden, den ein Mann wie Sie leicht übersieht, weil darin keine Fachausdrücke vorkommen. Aber ich bitte Sie, ihn trotzdem zu lesen und selbst zu sehen, ob er die ganze Sache nicht auf einen vernünftigen Nenner bringt, und das in einer Weise, die dem Mann auf der Straße verständlich ist.«

In diesem Augenblick schlug eine Uhr die Viertelstunde.

»Sagen Sie«, fragte Jules, »für wieviel Uhr ist dieses Abendessen angesetzt?« Er schätzte Bankette sehr, besonders solche, bei denen er eine Rede zu halten hatte.

»Um Viertel vor acht«, sagte Miß Hardcastle.

»Wissen Sie«, sagte Jules, »dieser Wither sollte wirklich hiersein. Das meine ich wirklich. Ich bin nicht für Formalitäten, aber unter uns gesagt, dieses Ausbleiben verletzt mich doch ein wenig. Es ist doch nicht ganz der Empfang, den man erwartet, nicht wahr?«

»Ich hoffe, es ist ihm nichts passiert«, sagte Miß Hardcastle.

»Man sollte meinen, daß er nicht irgendwohin fahren würde, nicht an einem Tag wie diesem«, sagte Jules.

»Ecco!« rief Filostrato. »Jemand kommt.«

Es war tatsächlich Wither, der den Raum betrat, gefolgt von einer Gesellschaft, die zu sehen Jules nicht erwartet hatte. Withers Gesicht sah noch chaotischer aus als gewöhnlich, denn er war durch sein eigenes Institut gejagt worden, als ob er eine Art Hausdiener wäre. Es war ihm nicht einmal erlaubt worden, die Luftzufuhr für den Kopf einzuschalten, bevor sie hineingegangen waren. Und Merlin (wenn er es war) hatte dem Kopf überhaupt keine Beachtung geschenkt. Schlimmer noch, allmählich war ihm klargeworden, daß dieser unausstehliche Inkubus und sein Dolmetscher die Absicht hatten, am Abendessen teilzunehmen. Keinem konnte die Absurdität der Idee, Horace Jules einen schäbigen alten Priester, der des Englischen nicht mächtig war, und einen als Doktor der Philosophie verkleideten somnambulen Orang-Utan vorzustellen, peinlicher bewußt sein als Wither. Jules die wirklichen Zusammenhänge zu erklären – selbst wenn er, Wither, gewußt hätte, welches die wirklichen Zusammenhänge waren –, konnte keinen Augenblick ernsthaft erwogen werden, denn Jules war ein schlichter Mann, für den das Wort ›mittelalterlich‹ nur ›finster‹ bedeutete und in dem das Wort ›Magie‹ Erinnerungen an Kindermärchen weckte. Ein weiteres, wenn auch geringeres Übel war, daß er seit dem Besuch im Unterweisungsraum Frost und Studdock in seinem Gefolge hatte. Es trug auch nicht zur Verbesserung der Situation bei, daß der Pseudomerlin, als sie auf Jules zugingen und aller Augen auf sie gerichtet waren, sich murmelnd in einen Sessel fallen ließ und die Augen schloß.

»Mein lieber Direktor«, begann Wither, ein wenig außer Atem, »dies ist einer der ... ah ... glücklichsten Augenblicke meines Lebens. Ich hoffe, man hat sich in jeder Weise um Ihr Wohlergehen gekümmert. Es traf sich höchst unglücklich, daß ich ausgerechnet zu dem Zeitpunkt, da ich Ihre Ankunft erwartete, abgerufen wurde. Eine bemerkenswerte Koinzidenz ... eine weitere sehr bedeutende Persönlichkeit suchte uns zur gleichen Stunde auf. Ein Ausländer ...«

»Oh«, unterbrach Jules mit leicht krächzender Stimme, »wer ist er?«

»Erlauben Sie mir«, sagte Wither und trat ein wenig zur Seite.

»Meinen Sie den da?« fragte Jules indigniert. Der mutmaßliche Merlin saß weit zurückgelehnt im Sessel, die Arme auf beiden

Seiten über die Lehnen hängend, die Augen geschlossen, den Kopf auf eine Seite geneigt und ein schwächliches Lächeln im Gesicht.
»Ist er betrunken? Oder krank? Und wer ist er überhaupt?«
»Er ist, wie ich bereits erwähnte, ein Ausländer«, begann Wither.
»Nun, deswegen braucht er sich nicht in dem Augenblick schlafen zu legen, wo er mir vorgestellt werden soll, nicht wahr?«
»Pst!« machte Wither, zog Jules am Ärmel beiseite und fuhr mit gedämpfter Stimme fort: »Es gibt Umstände – es wäre sehr schwierig, sie jetzt im einzelnen zu erläutern –, die nicht vorausgesehen werden konnten. Ich wurde durch diesen Besuch überrascht und hätte Sie bei der frühest möglichen Gelegenheit konsultiert, wenn Sie nicht schon hier gewesen wären. Unser werter Gast hat eine sehr weite Reise hinter sich und ist ein, ich muß es zugeben, etwas exzentrischer Mann...«
»Aber wer ist er, in Gottes Namen?« drängte Jules.
»Sein Name ist... ah... Ambrosius. Dr. Ambrosius, wissen Sie.«
»Nie von ihm gehört«, knurrte Jules. Unter normalen Umständen hätte er das nicht zugegeben, aber der ganze Abend entwickelte sich nicht nach seinen Erwartungen, und er begann die Geduld zu verlieren.
»Sehr wenige von uns haben bisher von ihm gehört«, sagte Wither. »Aber bald wird jeder seinen Namen kennen. Aus diesem Grund habe ich, ohne im mindesten...«
»Und wer ist das?« fragte Jules und zeigte auf den wahren Merlin. »Er sieht aus, als mache ihm die Sache Spaß.«
»Ach, das ist nur Dr. Ambrosius' Dolmetscher.«
»Dolmetscher? Kann er kein Englisch?«
»Unglücklicherweise nicht. Er lebt in seiner eigenen Welt, wissen Sie.«
»Können Sie denn keinen anderen als diesen Priester dafür finden? Der Blick von diesem Burschen gefällt mir nicht. So was hat hier überhaupt nichts verloren. Hoppla! Und wer sind Sie?«
Die letzte Frage war an Straik gerichtet, der sich in diesem Moment seinen Weg zum Direktor gebahnt hatte. »Mr. Jules«, sagte er und fixierte ihn mit prophetischem Blick, »ich bin der Überbringer einer Botschaft an Sie, die Sie hören müssen. Ich...«
»Halt's Maul«, sagte Frost zu Straik.
»Also wirklich, Mr. Straik, ich muß schon sagen«, sagte Wither. Gemeinsam drängten sie ihn ab.
»Nun hören Sie zu, Mr. Wither«, erklärte Jules, »ich sage Ihnen ganz offen, daß ich weit davon entfernt bin, zufrieden zu sein. Hier ist schon wieder ein Geistlicher. Ich kann mich nicht an ihn erinnern, habe den Namen nie gehört und hätte den Mann auch nicht

aufgenommen, verstehen Sie? Wir beide werden ein sehr ernstes Wort miteinander reden müssen. Mir scheint, Sie haben ohne meine Billigung Ernennungen ausgesprochen und verwandeln das Institut hinter meinem Rücken in eine Art Priesterseminar. Und dafür habe weder ich das geringste Verständnis, Mr. Wither, noch wird das britische Volk Verständnis dafür aufbringen.«

»Ich weiß. Ich weiß«, sagte Wither. »Ich kann Ihre Gefühle durchaus verstehen. Sie können sich auf meine ungeteilte Sympathie verlassen. Ich kann kaum erwarten, Ihnen die Situation zu erklären. Vielleicht können wir in der Zwischenzeit, da Dr. Ambrosius ein wenig übermüdet scheint und die Glocke zum Umkleiden eben geläutet hat... Oh, ich bitte um Entschuldigung. Darf ich bekannt machen – dies ist Dr. Ambrosius.«

Der Landstreicher hatte sich unter dem Blick des echten Magiers aus dem Sessel erhoben und kam näher. Jules streckte verdrießlich die Hand aus. Der andere ergriff sie und schüttelte sie wie geistesabwesend zehn- oder fünfzehnmal, wobei er an Jules vorbeiblickte und ein unerklärliches Grinsen zur Schau stellte. Jules bemerkte, daß sein Atem übelriechend und seine Hand schwielig war. Dieser Dr. Ambrosius gefiel ihm nicht. Und noch weniger gefiel ihm die hünenhafte Gestalt des geistlichen Dolmetschers, die sie beide überragte.

16

Bankett in Belbury

Es war ein großes Vergnügen für Mark, sich wieder einmal für ein festliches Abendessen umzuziehen, noch dazu für eins, das ausgezeichnet zu sein versprach. Als Tischnachbarn hatte er Filostrato zur Rechten und einen ziemlich unscheinbaren Neuling zur Linken. Verglichen mit Wither oder Frost, erschien selbst Filostrato menschlich und liebenswürdig, und für den Neuling erwärmte sich sogar sein Herz. Er bemerkte mit einiger Überraschung, daß der Landstreicher zwischen Jules und Wither am Kopfende der Tafel saß, blickte aber nicht oft in diese Richtung, denn der Landstreicher hatte ihm, als er seinen Blick auffing, sehr unklug zugezwinkert und zugetrunken. Der seltsame Priester stand geduldig hinter dem Stuhl des Landstreichers. Nichts Besonderes geschah, bis man auf die Gesundheit des Königs getrunken hatte und Jules sich erhob, um seine Tischrede zu halten.

Wer während der ersten Minuten die langen Tafeln überblickte, hätte gesehen, was man bei solchen Gelegenheiten immer sieht.

Da waren die sanften Gesichter der älteren Bonvivants, von Wein und gutem Essen gerötet und in einer Zufriedenheit schwimmend, die von keiner noch so langen Rede beeinträchtigt werden konnte. Da waren die geduldigen Mienen ernsthafter und verantwortungsbewußter Gäste, die seit langem gelernt hatten, ihren eigenen Gedanken nachzuhängen, während sie der Rede gerade genug Aufmerksamkeit schenkten, um im richtigen Augenblick zu lachen oder zustimmend zu murmeln. Da war der übliche unruhige Ausdruck in den Gesichtern junger Männer, die den Portwein nicht zu schätzen wußten und nach Zigaretten gierten. Da war die strahlende, übertrieben gekünstelte Aufmerksamkeit in den gepuderten Gesichtern von Matronen, die ihre gesellschaftlichen Pflichten kannten. Im weiteren Verlauf aber wurde eine Veränderung erkennbar. Ein Gesicht nach dem anderen blickte auf und wandte sich dem Redner zu, neugierig zuerst, dann fasziniert, dann ungläubig. Schließlich wurde es ganz still im Raum, ohne ein Husten oder Scharren, und aller Augen waren in gebanntem Entsetzen auf Jules gerichtet.

Den Zuhörern wurde die Veränderung unterschiedlich bewußt. Frost merkte auf, als Jules einen Satz mit den Worten beendete: ».. . ein grober Anachronismus, geradeso, als wollte man in einem modernen Krieg die Rettung bei der Kalvarie suchen.«

Kavallerie, dachte Frost beinahe laut. Warum konnte der Dummkopf nicht aufpassen, was er sagte? Der Schnitzer irritierte ihn sehr. Vielleicht – aber was war das? Hörte er plötzlich schlecht? Denn Jules schien zu sagen, daß die zukünftige Dichte der Menschheit von der Implosion der natürlichen Pferde abhänge. »Er ist betrunken«, murmelte Frost zu sich selbst. Dann aber hörte er Jules in kristallklarer Artikulation, die jedes Mißverständnis ausschloß, verkünden: »Die Atolisation des Leichtrums muß inkaveniert werden.«

Wither bemerkte erst später, was geschah. Er hatte von Anfang an nicht erwartet, daß die Rede als Ganzes irgendeinen Sinn haben würde, und lange Zeit plätscherten die vertrauten Schlagworte halb gehört an seinem Ohr vorbei, ohne daß ihn etwas gestört hätte. Aber er dachte bei sich, daß Jules sehr hart am Wind segelte und daß ein geringer Fehltritt ausreichen würde, um den Redner wie sein Publikum der mühsam bewahrten Illusion zu berauben, daß irgend etwas Sinnvolles gesagt werde. Aber solange der Redner diese Grenze nicht überschritt, war Wither eher geneigt, die Rede zu bewundern: sie entsprach ganz seiner eigenen Art. Dann aber dachte er: Komm! Das geht zu weit. Selbst diese Leute müssen sehen, daß du nicht die Herausforderung der Vergangenheit annehmen kannst, indem du der Zukunft den Fehdehandschuh hinwirfst. Er blickte verstohlen umher. Alles in Ordnung. Aber es würde nicht dabei bleiben, wenn Jules nicht bald aufhörte und sich setzte. In diesem letzten Satz hatte er Worte gebraucht, von denen Wither nie gehört hatte. Was zum Henker meinte er mit ›aholibieren‹? Er blickte wieder durch den Raum. Die Aufmerksamkeit war nun fast ungeteilt – immer ein schlechtes Zeichen. Dann kam der Satz: »Die in einem Fortwährenden von porösen Variationen eingeschlanzten Surrogate.«

Mark achtete anfangs überhaupt nicht auf die Ansprache. Es gab genug andere Dinge, über die er nachzudenken hatte. Das Auftreten dieses salbadernden Wichtigtuers war nur eine Unterbrechung in der krisenhaften Entwicklung um seine Person. Er war zu gefährdet und zugleich in gewissem Sinn zu glücklich, um auf Jules zu achten. Dann und wann fing er eine Redewendung oder einen Satz auf, die ihm irgendwie erheiternd erschienen, aber erst das Benehmen der Tischgäste in seiner Umgebung machte ihn auf die tatsächliche Situation aufmerksam. Er bemerkte, daß keiner mehr sprach und alle bis auf ihn selbst der Rede lauschten. Er blickte auf und sah ihre Gesichter, und erst jetzt schenkte er den Worten des Redners wirklich Aufmerksamkeit. »Wir werden nicht«, sagte Jules gerade, »wir werden nicht, bis wir die Erebation aller prostundiären Pelunkte besichern können.« Sowenig ihn kümmerte, was Jules schwafelte, dies erschreckte und alarmierte ihn doch. Wieder blickte er umher. Offensichtlich war nicht er es, der verrückt war – sie alle hatten das Kauderwelsch gehört. Alle bis auf den Landstreicher, der so ernst und feierlich wie ein Richter dreinschaute. Er hatte nie eine Rede von einem dieser hochgestellten feinen Pinkel gehört und wäre enttäuscht gewesen, wenn er sie verstanden hätte. Auch hatte er noch nie alten Portwein getrunken, und wenngleich ihm der Geschmack nicht sehr zusagte, hatte er doch kräftig mitgehalten.

Wither hatte nicht für einen Augenblick vergessen, daß Journalisten anwesend waren. An sich machte das nicht viel aus. Sollte in den Zeitungen etwas Unpassendes erscheinen, so würde es ihm ein Leichtes sein, die Verantwortlichen zur Rechenschaft zu ziehen. Auf der anderen Seite mochte es zweckmäßig sein, einen für Jules kompromittierenden Artikel ungeahndet zu lassen. Jules war in vielerlei Hinsicht lästig, und dies könnte eine günstige Gelegenheit werden, seine Karriere zu beenden. Aber das war nicht das unmittelbare Problem. Wither fragte sich, ob er warten solle, bis Jules sich von selbst setzte, oder ob er besser aufstünde und ihn mit einigen verständigen Worten unterbräche. Er wollte keine Szene. Es wäre besser, wenn Jules von selbst aufhörte. Andererseits war in dem vollbesetzten Raum inzwischen eine Atmosphäre entstanden, die Wither warnte, nicht zu lange zu warten. Nach einem Blick auf den Sekundenzeiger seiner Uhr beschloß er noch zwei Minuten zuzugeben. Schon im nächsten Augenblick hatte er Anlaß, die Entscheidung zu bedauern. Am unteren Ende der Tafel wurde ein unerträgliches, schrilles Gelächter laut und wollte nicht aufhören. Irgendeine dumme Gans hatte die Selbstbeherrschung verloren. Sofort zupfte er Jules am Ärmel, nickte ihm zu und stand auf.

»Eh? Bratzer blolo?« murmelte Jules. Aber Wither legte die Hand auf des kleinen Mannes Schulter und drückte ihn ruhig und mit seinem ganzen Gewicht auf den Stuhl. Dann räusperte er sich. Er wußte das so zu tun, daß jedes Augenpaar im Raum sofort in seine Richtung blickte. Die Frau stellte ihr hysterisches Gelächter ein. Leute, die stocksteif und angestrengt schweigend auf ihren Plätzen gesessen hatten, bewegten und entspannten sich. Wither blickte schweigend in die Runde und fühlte, daß er die Zuhörer bereits in der Hand hatte. Es würde keine unerwünschten Ausbrüche mehr geben. Dann begann er zu sprechen.

Während er redete, hätten sie alle zunehmend entspannt und beruhigt aussehen und die Tragödie, die sie eben miterlebt hatten, mit bedauerndem Gemurmel kommentieren sollen. Was Wither statt dessen sah, verwirrte ihn. Die zu aufmerksame Stille, die während Jules Ansprache vorgeherrscht hatte, war zurückgekehrt. Wohin er den Blick auch richtete, überall begegneten ihm große Augen und offene Münder. Die Frau begann von neuem zu lachen – nein, diesmal waren es zwei Frauen. Cosser sprang nach einem ängstlichen Blick auf, warf dabei seinen Stuhl um und eilte hinaus.

Der stellvertretende Direktor konnte dies alles nicht verstehen, denn er glaubte, seine Stimme halte die Rede, die er sich vorgenommen hatte. Aber die Gäste hörten ihn sagen: »Hamen und Derren – ich schnollte mühlen, daß wir alle ... ah ... auf das madelichste die Schwart und Meise belauern, wie blunzer geschwätzter Trost, wie wir schwoffen transformatorisch, Aspasia meute labend ... ah ... unermeßlich ist. Es wäre – hm – quart, sehr quart...«

Die Frau, die gelacht hatte, erhob sich hastig von ihrem Stuhl und murmelte ihrem Tischnachbarn ins Ohr: »Blud wulu.« Der hörte die sinnlosen Silben, sah zugleich den unnatürlichen Ausdruck in ihrem Gesicht. Beides erregte ihn aus irgendeinem Grund. Er stand auf und half ihr mit einer jener Gesten zähneknirschender Höflichkeit, die in der modernen Gesellschaft die Stelle von Schlägen einnehmen, den Stuhl zurückzuziehen. Er tat es so heftig, daß er ihr die Lehne förmlich aus der Hand riß. Sie schrie, stolperte über eine Teppichfalte und fiel. Ihr Tischnachbar auf der anderen Seite sah sie fallen und bemerkte den wütenden Gesichtsausdruck des anderen Mannes. »Was toll da steißen, zum

Träufel?« brüllte er, sprang auf und nahm eine drohende Haltung ein. In diesem Teil des Raums waren jetzt vier oder fünf Leute auf den Beinen und riefen aufgeregt durcheinander. Zur gleichen Zeit entstand anderswo Bewegung. Mehrere jüngere Männer hatten ihre Plätze verlassen und liefen zur Tür. »Aber Beine mehren, Beine mehren!« sagte Wither streng und mit erhobener Stimme. Schon oft war es ihm gelungen, unruhige Versammlungen mit einem lauten und gebieterischen Wort zur Ordnung zu rufen.

Aber diesmal wurde er überhaupt nicht beachtet. Mindestens zwanzig Leute versuchten in diesem Augenblick, das gleiche zu tun wie er. Jeder von ihnen war überzeugt, daß ein paar vernünftige Worte, mit normaler Stimme gesprochen, die Menschen wieder zur Besinnung bringen würden. Der eine dachte an einen scharfen Befehl, der andere an einen Scherz, ein dritter an etwas Ruhiges und Überlegenes. Das Ergebnis waren neue Sturzbäche von Kauderwelsch in den verschiedensten Tonlagen und aus mehreren Richtungen zugleich. Frost war der einzige unter den führenden Männern, der nichts sagte. Statt dessen schrieb er ein paar Worte auf einen Notizzettel, winkte einen Diener zu sich und gab ihm durch Zeichen zu verstehen, daß er die Nachricht Miß Hardcastle überbringen sollte.

Bis die Botschaft in ihre Hände gelangte, war der Lärm ohrenbetäubend. Mark fühlte sich an das unverständliche Durcheinander und Geschrei in einem überfüllten südländischen Restaurant erinnert. Miß Hardcastle glättete das Papier und beugte sich darüber. Die Botschaft lautete: ›Schwall die beschwerlichen Schmotzer zu den Wauslingen. Schwingend. Prost.‹ Sie zerknüllte den Zettel in der Hand.

Sie hatte schon vorher gemerkt, daß sie betrunken war, und sie hatte es nicht anders gewollt. Später wollte sie zu den Zellen hinuntergehen und sich ein wenig unterhalten. Sie hatten dort eine neue Gefangene, ein flaumiges kleines Mädchen von dem Typ, der ihr gefiel; mit ihr wollte sie eine angenehme Stunde verbringen. Der Tumult ringsum störte sie nicht; sie fand ihn erregend. Anscheinend erwartete Frost, daß sie irgend etwas tat, also stand sie auf und ging durch den ganzen Raum zur Tür, sperrte sie ab, steckte den Schlüssel in die Tasche und machte dann kehrt, um die Abendgesellschaft zu überblicken. Zum erstenmal bemerkte sie jetzt, daß weder der angebliche Merlin noch der baskische Priester zu sehen waren. Wither und Jules waren beide aufgesprungen und rangen miteinander. Sie ging zu ihnen.

So viele Leute hatten ihre Plätze inzwischen verlassen und drängten aufgeregt durcheinander, daß Miß Hardcastle ziemlich lange brauchte, bis sie die beiden erreichte. Alle Ähnlichkeit mit einer Abendgesellschaft war vergangen; das Geschiebe und Geschrei der durcheinanderdrängenden Gäste erinnerten mehr an einen Feiertag in einem Londoner Bahnhof. Jeder war bemüht, die Ordnung wiederherzustellen, aber keiner konnte sich verständlich machen und redete in dem Bemühen, sich Gehör zu verschaffen, immer lauter. Auch sie mußte schreien und sich mit den Ellbogen den Weg bahnen, bevor sie ihr Ziel erreichte. Es gab ein ohrenbetäubendes Krachen, und danach trat für mehrere Sekunden Totenstille ein. Mark bemerkte zuerst, daß Jules getötet worden war; und erst später wurde ihm klar, daß Miß Hardcastle den Mann erschossen hatte. Was danach geschah, konnte niemand mehr mit Sicherheit sagen. Möglicherweise planten verschiedene beherzte Männer die Mörderin zu entwaffnen, aber inmitten der Panik und des Geschreis war es unmöglich, solche Vorhaben zu koordinieren. Was schließlich dabei herauskam, war ein Treten und Ringen, ein Springen auf und unter Tische, ein Drängen und Zurückstoßen, Schreie und das Splittern von Glas. Miß Hardcastle gab Schuß auf Schuß ab. Der Geruch war es, der mehr als alles andere in Marks Gedächtnis haftenblieb: der Geruch verbrannten Pulvers, vermischt mit menschlichen Ausdünstungen und dem Geruch von verschüttetem Portwein und Madeira.

Auf einmal vereinigte sich die Konfusion der Schreie zu einem einzigen, langgezogenen Schreckenslaut. Etwas war sehr schnell durch den Raum zwischen den zwei langen Tafeln geglitten und unter einer von ihnen verschwunden. Viele hatten nicht gesehen was es war, und andere hatten nur etwas Gelbliches und Schwarzes gesehen. Diejenigen, die es genau gesehen hatten, konnten es den anderen nicht sagen: sie konnten nur auf die Stelle zeigen, wo es verschwunden war, und unverständliche Schreie ausstoßen. Aber Mark hatte es erkannt. Es war ein Tiger.

Auch jetzt gab es noch besonnene Menschen, die mit lauten Appellen an die Gesamtheit oder mit beschwörendem Einreden auf ihre unmittelbarere Umgebung versuchten, der Panik Herr zu werden, einen geordneten Rückzug einzuleiten und anzugeben, wie das wilde Tier ins Freie gelockt oder gescheucht und erschossen werden könnte. Aber das Verhängnis der Sprachverwirrung machte alle Anstrengungen zuschanden. Sie vermochten nichts gegen die beiden Hauptströmungen, die durcheinanderbrandeten und sich gegenseitig behinderten, auszurichten. Die Mehrheit hatte nicht gesehen, daß Miß Hardcastle die Tür abgeschlossen hatte: sie drängte darauf zu, beseelt von dem Verlangen, um jeden Preis hinauszukommen. Eine starke Minderheit wußte jedoch, daß die Tür abgeschlossen war, und drängte in die Gegenrichtung, um zu einem anderen Ausgang zu gelangen, demjenigen, der von den Bediensteten benützt wurde und durch den der Tiger hereingekommen war. Beide Strömungen begegneten einander in der Mitte des Raumes, wo sie, eingeengt von den Tafeln, nicht aneinander vorbeikamen. Zuerst gab es ein lärmendes Gedränge, beherrscht von verzweifelten Erklärungsversuchen und Gesten, doch mit zunehmender Erbitterung wurde der Kampf immer stiller, bis nur noch das angestrengte Schnaufen, Scharren und Trampeln der Kämpfer zu hören war, untermalt von sinnlosem Gestammel und vereinzelten spitzen Schreien.

Mehrere Teilnehmer taumelten gegen eine Tafel und rissen im Fallen das Tischtuch mit den Fruchtschalen, Karaffen, Gläsern und Tellern herunter. Der verschreckte Tiger sprang mit Angstgeheul aus diesem Chaos und brach in Panik durch die Menge, um das Weite zu suchen. Es geschah so schnell, daß Mark dem Geschehen kaum folgen konnte. Er sah den breiten Kopf mit den zurückgelegten Ohren, die schrecklich gebleckten Fänge, die flammenden gelben Augen. Er hörte einen Schuß, den letzten, dann war der Tiger wieder verschwunden. Zwischen den trampelnden Füßen der völlig kopflos gewordenen Gäste lag etwas Schwammiges, Weißes, Blutiges. Mark erkannte es nicht gleich, denn das Gesicht war in der Agonie von Grimassen entstellt. Erst als die Züge erstarrten, sah er, daß es Miß Hardcastle war.

Wither und Frost waren nicht zu sehen. Mark hörte ein kehliges Knurren in seiner Nähe, fuhr mit dem Gedanken an den Tiger herum und sah etwas Kleineres und Graueres, das wie ein Schäferhund aussah und an der Tafel entlangrannte, den Schwanz zwischen den Beinen. Eine Frau sah das Tier kommen, kreischte auf und fiel hintenüber, das Tier an der Kehle. Es war ein Wolf. »Ai, ai!« quietschte Filostrato und sprang auf einen Tisch. Dort kauerte er mit aufgerissenen Augen und bebendem Doppelkinn und zeigte mit zitternder Hand auf eine Schlange, die gerade unter dem Tisch verschwand.

Durch das erneute Chaos kreischender Panik – jeden Augenblick schien ein neues Tier aufzutauchen – drang endlich ein Geräusch, das all denen Hoffnung verhieß, die bei noch halbwegs klarem Verstand waren: dumpfe Schläge gegen die hohe Flügeltür zeigten an, daß jemand daran war, sie von außen aufzubrechen. Schon zersplitterten die ersten Täfelungsfelder. Das Geräusch befeuerte jene, die vergeblich versuchten, die schwere Tür von der Innenseite her aufzubrechen. Es schien auch die Tiere zu befeuern, die sich in einem Zustand unnatürlicher Raserei befanden, als habe jemand sie zum Töten abgerichtet. Dann gaben beide Türflügel gleichzeitig nach und brachen auseinander. Der Korridor jenseits der Öffnung lag im Dunkeln, und aus der Dunkelheit kam ein graues, sich ringelndes Etwas. Es schien wie ziellos in der Luft umherzutasten, dann brach es methodisch die zersplitterten Rest der Türflügel aus den Scharnieren und machte den

Durchgang frei. Einen Augenblick später sah Mark, wie das Ding herunterkam und sich um einen Mann wickelte. Er glaubte Steele zu erkennen, war aber nicht sicher, denn alle sahen jetzt mehr oder weniger verändert aus. Der Mann wurde hoch in die Luft gehoben, und dann zwängte sich, monströs und unwahrscheinlich, die riesige Gestalt des Elefanten durch die Türöffnung in den Raum, die kleinen Augen blutunterlaufen, bösartig um sich blickend, die Ohren wie Teufelsflügel abstehend. Einen Augenblick lang stand er da, den zappelnden Steele in der Schlinge seines Rüssels, dann schleuderte er ihn zu Boden und zertrampelte ihn. Darauf hob er abermals Kopf und Rüssel und stampfte unter furchterregendem Trompeten in den Raum, um zielstrebig alles zu zertrampeln, was ihm in die Quere kam. Bald watete er wie ein Mädchen, das Trauben stampft, schwerfällig in einem Brei aus Blut, Knochen, Fleisch, Wein, Früchten und durchnäßten Tischtüchern. Mark, der dies alles aus der relativen Sicherheit einer Fensternische sah, war vom Stolz, der Wildheit und der Achtlosigkeit, mit der das mächtige Tier tötete, wie gelähmt. Wirklich, hier kam der König der Welt... Dann wurde ihm schwarz vor Augen, und er erinnerte sich an nichts mehr.

Als Mr. Bultitude wieder zu sich gekommen war, hatte er sich an einem dunklen Ort voll unvertrauter Gerüche befunden. Dies überraschte oder beunruhigte ihn nicht sehr; er war Geheimnisse gewöhnt. Wenn er eins der leerstehenden Schlafzimmer in St. Anne erforschte, was ihm zuweilen gelang, war es ein nicht weniger bemerkenswertes Abenteuer als dies. Und die Gerüche hier waren, im ganzen gesehen, vielversprechend. Er witterte, daß es in der Nähe vielerlei Nahrung und – noch aufregender – ein weibliches Exemplar seiner Art gab. Anscheinend waren auch viele andere Tiere um ihn, aber das war eher irrelevant als alarmierend. Er beschloß, die Bärin und die Nahrung zu suchen und machte die Entdeckung, daß er auf drei Seiten von Wänden und auf der vierten von Gitterstäben umgeben war: er konnte nicht hinaus. Diese Erkenntnis, verbunden mit aufkommender Sehnsucht nach den ihm vertrauten menschlichen Gefährten und der gewohnten Umgebung, ließ ihn nach und nach in tiefe Depression versinken. Ein Kummer, wie nur Tiere ihn kennen – ein grenzenloser Ozean untröstlicher Emotion, ohne das kleinste Floß der Vernunft, sich darauf zu retten –, ertränkte ihn viele Faden tief.

Doch nicht sehr weit von ihm entfernt war ein anderer, menschlicher Gefangener beinahe ebenso tief im Kummer versunken. Tom Maggs saß in einer kleinen weißen Zelle, bedrückt von Sorge und untröstlich über diese deprimierende und unverständliche Wendung seines Geschicks. Ein gebildeter Mann in seiner Lage hätte Stoff zu nachdenklichen Betrachtungen gefunden und sich Gedanken darüber gemacht, wie diese neue Idee von Heilbehandlung statt Strafe – scheinbar so human – den Gefangenen tatsächlich aller Rechte beraubte und durch Vermeidung des richtigen Namens die Sache selbst endlos und unabsehbar machte. Aber Mr. Maggs dachte die ganze Zeit nur an eins: daß dies der Tag sei, den er während seiner ganzen Haftzeit herbeigesehnt hatte, daß er erwartet hatte, um diese Zeit schon zu Hause bei Yvy Tee zu trinken (sicherlich hatte sie ihm etwas besonders Gutes gekocht), und daß aus alledem nichts geworden war. Er saß ganz still auf seiner nackten Pritsche, und ungefähr alle zwei Minuten rollte eine dicke Träne über seine stoppelbärtige Wange. Er hätte diesen Schlag leichter ertragen, wenn sie ihm wenigstens eine Packung Zigaretten gegeben hätten.

Beide Gefangenen wurden von Merlin befreit. Er hatte den Speisesaal verlassen, nachdem er den babylonischen Fluch über die Feinde gebracht hatte. Niemand hatte ihn gehen sehen. Wither hatte ihn einmal mit lauter Stimme in das Durcheinander des unverständlichen Geplappers rufen hören: »Qui Verbum Dei contempserunt, eis auferetur etiam Verbum hominis.«* Danach sah er ihn nicht wieder, und mit ihm blieb der Landstreicher verschwunden. Merlin war gegangen, das Haus zu verderben. Er hatte Tiere und Menschen befreit. Die bei den grausamen Versuchen bereits verstümmelten Tiere tötete er rasch und schmerzlos mit den Kräften, die in ihm waren. Mr. Maggs übergab er eine schriftliche Botschaft von seiner Frau, in der sie ihn bat, nicht nach Edgestow zu gehen, sondern direkt zum Landhaus in St. Anne zu kommen. Die anderen Gefangenen ließ er gehen, wohin sie wollten. Sobald der Landstreicher sah, daß das Haus leer zu sein schien, nützte er die erste Gelegenheit, seinen unheimlichen Hypnotiseur zu verlassen und sich auf eigene Faust davonzumachen, zuerst in die Küche, und dann, mit vollgestopften Taschen, in die weite Welt hinaus.

Mit Ausnahme eines Esels, der ungefähr zur gleichen Zeit wie der Landstreicher verschwand, sandte Merlin die Tiere, nachdem er sich durch Wort und Berührung in Raserei versetzt hatte, in den Speisesaal. Aber er behielt Mr. Bultitude bei sich. Dieser hatte ihn sofort als denselben Mann erkannt, neben dem er im blauen Zimmer gesessen hatte; weniger süß und klebrig als bei jenem Anlaß, aber dennoch wiederzuerkennen. Selbst ohne die Brillantine war etwas in Merlins Wesen, das dem Bären Vertrauen einflößte, und beim Wiedersehen zeigte Mr. Bultitude alle Freude, die ein Tier

---

* Wer das Wort Gottes verachtet, dem soll auch das menschliche Wort genommen werden.

dem Menschen zeigen kann. Merlin legte die Hand auf seinen Kopf und flüsterte ihm ins Ohr, und Erregung erfüllte das dumpfe Bewußtsein des Bären, als würde ihm plötzlich ein lange verbotener und vergessener Genuß gewährt. Er tappte hinter Merlin durch die langen, leeren Korridore Belburys; Speichel floß aus seinem Maul, und er begann zu knurren. Er dachte an einen warmen, salzigen Geschmack, an das angenehme Gefühl, Knochen zu zerbeißen und das Mark herauszuschlürfen, an saftiges Fleisch, das man zerreißen konnte.

Mark fühlte, wie jemand seinen Arm gepackt hielt und unsanft rüttelte; dann traf der Schock eines kalten Wassergusses sein Gesicht. Mühsam setzte er sich aufrecht. Bis auf die überall umherliegenden verstümmelten und zermalmten Leichen war der Speisesaal leer. Das elektrische Licht der Kronleuchter strahlte festlich auf das grausige Durcheinander von Speiseresten und Schmutz, verdorbenem Luxus und zerfleischten Menschenleibern herab. Mark blickte auf und sah den angeblichen baskischen Priester über ihn gebeugt stehen. Er hielt ihm die Hand hin und half ihm auf die Beine. Mark hatte ein paar Schnittwunden und Prellungen davongetragen, und sein Kopf schmerzte, doch sonst war er unverletzt. Der hünenhafte Greis reichte ihm Wein in einem der großen Kristallgläser, aber Mark wandte sich schaudernd ab. Darauf warf der Fremde das Glas achtlos fort und reichte ihm einen Brief. Der Umschlag enthielt eine kurze Mitteilung folgenden Inhalts: ›Ihre Frau erwartet Sie in St. Anne auf dem Hügel. Das Landhaus liegt am Rand des Dorfs und ist von einer Mauer umgeben. Nehmen Sie die Straße und kommen Sie sobald wie möglich. Machen Sie einen Bogen um Edgestow. A. Denniston.‹ Mark blickte wieder zu Merlin auf und fand sein Gesicht furchtbar. Doch Merlin begegnete seinem Blick mit einer Miene strenger Autorität, legte eine Hand auf seine Schulter und führte ihn durch schlüpfriges Blut und Scherben hinaus und in die Garderobe. Von seinen Fingern ging ein seltsames Prickeln durch Marks Haut. In der Garderobe angelangt, erhielt Mark Hut und Mantel (beides gehörte nicht ihm) und wurde in die sternklare, bitterkalte Nacht hinausgeschoben. Es war zwei Uhr früh, der Sirius schimmerte grünlich, und ein paar Flocken trockenkalten Schnees schwebten herab. Mark zögerte. Der Fremde trat von ihm zurück, dann schlug er ihm mit der flachen Hand auf den Rücken. Sein Leben lang taten Mark die Knochen von diesem Schlag weh, sooft er daran dachte. Im nächsten Augenblick rannte er davon, wie er seit seiner Jungenzeit nie mehr gerannt war; nicht aus Angst, aber weil seine Beine nicht aufhören wollten. Als er wieder Herr über sie wurde, war er eine halbe Meile von Belbury entfernt und völlig ausgepumpt. Zurückblickend, sah er Lichtschein über den Bäumen.

Wither war nicht unter jenen, die im Speisesaal umgekommen waren. Er kannte alle Wege und Verbindungstüren und hatte den Raum verlassen, noch ehe der Tiger gekommen war. Er verstand, was geschah, wenn auch nicht vollkommen, so doch besser als jeder andere. Er erkannte, daß der baskische Priester/Dolmetscher der Urheber des ganzen Durcheinanders war. Und damit wußte er auch, daß übermenschliche Kräfte herabgekommen waren, Belbury zu zerstören; nur einer, der von Merkur selbst geritten wurde, konnte eine solche Sprachverwirrung herbeiführen. Und dies wiederum sagte ihm etwas noch Schlimmeres: es bedeutete, daß seine dunklen Meister völlig versagt hatten. Sie hatten von einer Barriere gesprochen, die es unmöglich mache, daß Mächte aus den Himmelstiefen die Erdoberfläche erreichten; hatten ihm versichert, daß nichts von dort über die Umlaufbahn des Mondes herabdringen könne. Ihre ganze Politik beruhte auf dem Glauben, daß die Erde nach außen abgeschlossen und jenseits der Reichweite solcher Hilfe wäre, ganz ihrer und seiner Gnade ausgeliefert. Daher wußte er, daß alles verloren war.

Seltsamerweise bewegte ihn dieses Wissen nur wenig. Doch es konnte kaum anders sein, denn er hatte seit langem aufgehört, an das Wissen zu glauben. Was in seiner fernen Jugendzeit ein rein ästhetischer Widerwille gegen rohe oder vulgäre Realitäten gewesen war, hatte sich mit den Jahren zu einer starren Ablehnung von allem vertieft, was in irgendeiner Weise anders war als er selbst. Er war von Hegel zu Hume gekommen, von dort über den Pragmatismus zum logischen Positivismus und von dort schließlich in die völlige Leere. Die Hinweise, die er jetzt sah, korrespondierten mit keinem Gedanken, den sein Verstand akzeptieren konnte. Er hatte von ganzem Herzen gewollt, daß es keine Realität und keine Wahrheit gebe, und nun konnte ihn nicht einmal die Gewißheit seines bevorstehenden Untergangs aus dieser Fixierung reißen. Die letzte Szene von Marlowes *Doktor Faustus*, in welcher der Mensch am Rand der Hölle rast und bettelt, ist vielleicht Theaterfeuerwerk. Die letzten Augenblicke vor der Verdammnis sind selten so dramatisch. Oft weiß der Mensch mit aller wünschenswerten Klarheit, daß ein noch immer möglicher eigener Willensakt ihn retten könnte. Aber er kann diese Einsicht sich selbst nicht glaubhaft machen. Eingefleischte Verhaltensweisen, alte Verstimmungen und triviale Abneigungen, die Gewohnheit fataler Lethargie erscheinen ihm in diesem Augenblick wichtiger als die Wahl zwischen vollkommener Freude und vollkommener Vernichtung. Mit offenen Augen und in dem Bewußtsein, daß der Schrecken ohne Ende gerade im Begriff ist, zu beginnen, doch momentan unfähig, darüber entsetzt zu sein, sieht er untätig zu, wie die letzten Verbindungen mit der Freude und der Vernunft unterbrochen werden; ohne aus der Ruhe zu geraten, sieht er die Falle um seine Seele zuschnappen. So schläfrig sind sie zu dem Zeitpunkt, wenn sie den rechten Weg verlassen.

Auch Straik und Filostrato waren noch am Leben. Sie begegneten sich in einem der kalten, beleuchteten Korridore, so weit vom Speisesaal entfernt, daß der Lärm des Gemetzels nur als ein schwaches Murmeln zu ihnen drang. Filostrato war verletzt, sein rechter Arm war aufgerissen und blutete. Sie sprachen nicht – beide wußten, daß der Versuch sinnlos wäre –, gingen aber gemeinsam weiter. Filostrato wollte auf einem Umweg zur Garage gelangen. Er dachte, daß er trotz seiner Verletzung wenigstens bis Sterk fahren könne, wo es einen Arzt geben mußte.

Als sie um eine Ecke kamen, sahen sie, was sie früher oft gesehen, aber niemals wiederzusehen erwartet hatten – den stellvertretenden Direktor, gebeugt, mit knarrenden Schuhen einherschreitend, sein Lied summend. Filostrato wollte nicht mit ihm gehen, aber Wither bot ihm den Arm, als habe er seine Verwundung bemerkt. Filostrato versuchte abzulehnen: unsinnige Silben kamen aus seinem Mund. Wither ergriff mit fester Hand den linken Arm; Straik ergriff den anderen, verletzten Arm. Zitternd und ächzend vor Schmerz mußte Filostrato sie gegen seinen Willen begleiten. Aber Schlimmeres erwartete ihn. Er war kein Eingeweihter, er wußte nichts von den dunklen Eldila. Er glaubte, daß allein seine Kunst und Geschicklichkeit Alcasans Gehirn am Leben erhalten hätten. Deshalb schrie er trotz seiner Schmerzen vor Empörung und Entsetzen auf, als er fand, daß die beiden ihn durch den Vorraum des Oberhaupts und in seine Gegenwart zerrten, ohne sich mit den antiseptischen Vorbereitungen abzugeben, die er seinen Kollegen immer auferlegt hatte. Vergebens versuchte er ihnen klarzumachen, daß ein Augenblick solcher Achtlosigkeit seine gesamte Arbeit zunichte machen könne. Diesmal begannen seine Begleiter sich erst im Allerheiligsten zu entkleiden. Und diesmal entledigten sie sich all ihrer Kleider.

Sie entkleideten auch ihn. Als der rechte Ärmel, steif von geronnenen Blut, sich nicht abziehen lassen wollte, holte Wither ein Messer aus dem Vorraum und schnitt ihn auf. Schließlich standen die drei Männer nackt vor dem Kopf – der magere, knochige Straik, Filostrato, der einem wabbelndem Fettberg glich, Wither schlaff und von obszöner Greisenhaftigkeit. Dann war der Höhepunkt des Entsetzens erreicht, von dem Filostrato nie wieder herabsteigen sollte; denn das Unmögliche ereignete sich. Niemand hatte die Skalen abgelesen, den Blutdruck eingestellt oder die Zufuhr von Luft und künstlichem Speichel eingeschaltet. Dennoch kamen Worte aus dem trocken klaffenden Mund in des toten Mannes Kopf. »Betet an!« sagte er.

Filostrato fühlte sich von seinen Gefährten vorwärts und aufwärts gestoßen, dann wieder abwärts und ein zweites Mal vorwärts. Er war gezwungen, sich mit ihnen in rhythmischem Gehorsam tief zu verbeugen und wieder aufzurichten, wobei die Füße schlurfende kleine Schritte auf der Stelle ausführten. Eine seiner letzten Wahrnehmungen auf Erden war der Anblick der schlaffen Hautfalten an Withers Hals, die sich wie die Kehllappen eines Truthahns schüttelten. Gleich darauf begann Wither zu singen, und Straik fiel ein. Dann hörte Filostrato sich zu seinem Schrekken selbst mitsingen:

»Uroborindra!
Uroborindra!
Uroborindra ba–ba–hi!«

Aber nicht lange. »Gebt mir einen weiteren Kopf«, sagte die Stimme. Filostrato wußte sofort, warum sie ihn zu einem bestimmten Platz an der Wand zerrten. Er hatte das alles selbst entworfen. In der Wand, die den Raum des Oberhaupts vom Vorzimmer trennte, war eine kleine Klappe. Hob man sie auf, sah man eine kleine Fensteröffnung und den Rahmen eines Schiebefensters, das schnell und schwer herabsausen konnte. Aber das Schiebefenster war in Wirklichkeit ein Fallbeil. Die kleine Guillotine war nicht für einen Zweck wie diesen gemacht! Sie wollten ihn nutzlos und unwissenschaftlich ermorden! Hätte er es mit einem von ihnen gemacht, so wäre alles ganz anders gewesen; alles wäre seit Wochen genauestens vorbereitet gewesen – die Temperaturen beider Räume genau richtig abgestimmt, die Klinge sterilisiert, die Schlauchleitungen fertig zum Anschließen, sowie der Kopf abgetrennt würde. Er hatte sogar berechnet, welche Auswirkungen die Todesangst des Opfers voraussichtlich auf seinen Blutdruck haben würde: so konnte die künstliche Blutzufuhr entsprechend reguliert werden und die Arbeit mit der denkbar geringsten Unterbrechung der Kontinuität fortführen. Sein letzter Gedanke war, daß er die Intensität der Todesangst unterschätzt hatte.

Die beiden Eingeweihten, von Kopf bis Fuß mit Blut bespritzt, blickten einander schweratmend an. Bevor die fetten Beine und Hinterbacken des geköpften Italieners zu zittern aufgehört hatten, wurden die beiden schon zur Wiederaufnahme des Rituals angetrieben:

»Uroborindra!
Uroborindra!
Uroborindra ba–ba–hi!«

Während sie schlurften und ihre rhythmischen Verbeugungen ausführten, kam beiden gleichzeitig der Gedanke, daß der Kopf nach einem weiteren Opfer verlangen werde. Und Straik erinnerte sich, daß Wither das Messer hatte. Er riß sich mit übermenschlicher Anstrengung vom Rhythmus los: Krallen schienen seine Brust von innen zu zerfleischen. Wither erkannte seine Absicht, und als Straik davonlief, war er schon hinter ihm. Straik erreichte den Vorraum, glitt in Filostratos Blut aus. Wither stieß mehrmals mit dem Messer zu. Seine Kräfte reichten nicht aus, den Kopf vom Rumpf zu trennen, aber er hatte den Mann getötet. Er stand auf. Schmerzen nagten an seinem Greisenherz. Dann sah er den Kopf des Italieners am Boden liegen. Es schien ihm ratsam, die Trophäe aufzuheben und in den inneren Raum zu tragen, damit das Haupt sie zu sehen bekäme. Er tat es. Dann bemerkte er, daß sich im Vorraum etwas bewegte. War es möglich, daß sie die äußere Tür nicht geschlossen hatten? Er wußte es nicht mehr genau. Sie waren hereingekommen und hatten Filostrato zwischen sich mitgezerrt; es war denkbar... alles war so unnormal gewesen. Er legte seine Last nieder – sorgfältig, auch jetzt noch beinahe höflich – und ging auf die Verbindungstür zu. Schon nach zwei Schritten machte er halt. Ein mächtiger Bär, der sich auf die Hinterbeine erhoben hatte, füllte die Türöffnung aus – den Rachen geöffnet, ein wildes Licht in den Augen, die Vorderpranken wie zu einer Umarmung ausgebreitet. War es dies, was aus Straik geworden war? Er wußte (obwohl er sich nicht einmal jetzt darum kümmern konnte), daß er an der Grenze einer Welt stand, wo solches geschehen konnte.

Niemand in Belbury war an diesem Abend kühler geblieben als Feverstone. Er war weder ein Eingeweihter wie Wither noch ein Getäuschter wie Filostrato. Er wußte von den Makroben, aber das gehörte nicht zu den Dingen, die ihn interessierten. Von Anfang an hatte die Gefahr bestanden, daß das Institut mit seinen Plänen scheitern würde, und er wußte, daß er in diesem Fall rechtzeitig aussteigen würde. Er hatte sich ein Dutzend Rückzugswege offengehalten. Er hatte auch ein völlig reines Gewissen und sich niemals irgendwelchen Ideen verschrieben. Er hatte niemals andere verleumdet, außer um seinen Posten zu bekommen, niemals betrogen, außer wenn er Geld brauchte, niemals andere Leute verabscheut, es sei denn, sie langweilten ihn. An diesem Abend bemerkte er schon frühzeitig, daß etwas nicht stimmte. Die Sache schien schiefzugehen, und nun kam es allein auf die richtige Einschätzung an. War dies das Ende von Belbury? Wenn es sich so verhielt, mußte er nach Edgestow zurückkehren und die schon lange vorbereitete Rolle des Beschützers der Universität gegen das N.I.C.E. übernehmen. Andererseits wäre es entschieden besser, als der entschlossene Mann dazustehen, der Belbury in einem Augenblick der Krise gerettet hatte. Er beschloß abzuwarten und die Entwicklung zu beobachten. Und er beobachtete sie lange. Er fand eine Durchreiche, die den Speisesaal mit der Küchenanrichte verband, kletterte durch die Öffnung und betrachtete von dort das blutige Schauspiel. Seine Nerven waren ausgezeichnet, und er glaubte das Schiebefenster rechtzeitig herunterziehen und verriegeln zu können, falls ein gefährliches Tier auf die Durchreiche losginge. So stand er während des ganzen Massakers, mit glänzenden Augen, manchmal einem Lächeln im Gesicht, rauchte eine Zigarette nach der anderen und trommelte mit den Fingern auf den Kunststoffbelag der Anrichte. Als alles vorbei war, sagte er zu sich selbst: »Nun, ich will verdammt sein!« Es war wirklich eine ganz außerordentliche Schau gewesen.

Die Tiere waren alle verschwunden. Es war ihm klar, daß er Gefahr laufen würde, in den Korridoren einigen von ihnen zu begegnen, aber das mußte er riskieren. Gefahr – in Maßen – wirkte anregend auf ihn. Er gelangte unbehelligt aus dem Gebäude und zu den Garagen; wie die Dinge lagen, war er gut beraten, sofort nach Edgestow zu fahren. Aber er konnte seinen Wagen in der Garage nicht finden – tatsächlich standen dort bei weitem weniger Fahrzeuge als erwartet. Offenbar waren mehrere andere Leute auf die Idee gekommen, sich davonzumachen, solange es noch möglich war, und jemand von ihnen hatte seinen Wagen genommen. Statt sich über den Diebstahl zu ärgern, machte er sich achselzuckend auf die Suche nach einem anderen Wagen des gleichen Fabrikats. Es dauerte längere Zeit, bis er einen gefunden hatte, und dann hatte er beträchtliche Schwierigkeiten mit der Zündung. Die Nacht war kalt, und in der Luft war der Geruch von Schnee. Zum erstenmal in dieser Nacht blickte er finster drein, denn er haßte Schnee. Es war nach drei Uhr, als er endlich losfuhr.

Als der Motor schon lief und er gerade den ersten Gang einlegte, hatte er plötzlich den Eindruck, jemand sei hinter ihm eingestiegen. »Wer ist da?« fragte er barsch. Er beschloß auszusteigen und nachzusehen, doch zu seiner Überraschung gehorchten ihm seine Muskeln nicht. Ohne sein Zutun und wie vom Willen eines anderen gelenkt, fuhr er den Wagen aus der Garage, um den Gebäudekomplex zur Vorderseite und auf die Landstraße. Es begann tatsächlich zu schneien. Feverstone entdeckte, daß er den Kopf nicht wenden und auch nicht anhalten konnte. Er konnte nicht einmal den Fuß vom Gaspedal nehmen, und der Wagen fuhr mit halsbrecherischer Geschwindigkeit durch das Schneetreiben. Er hatte keine Wahl. Bald darauf bemerkte er mit Entsetzen, daß er die Landstraße verlassen hatte. Der Wagen, noch immer unverantwortlich schnell, holperte und hüpfte die Gipsy Lane entlang (von den Gebildeten auch Wayland Street genannt) – die alte Römerstraße von Belbury nach Edgestow, nichts als Gras und Weidengebüsch und tiefeingeschnittene Radspuren. Was zum Teufel mache ich da? dachte Feverstone. Habe ich noch alle beisammen? Wenn ich nicht aufpasse, werde ich mir bei diesem Spielchen noch den Hals brechen! Aber der Wagen jagte weiter, als würde er von einem gelenkt, der diese Wegspur für eine Schnellstraße und die gegebene Verbindung mit Edgestow hielt.

Frost hatte den Speisesaal einige Minuten nach Wither verlassen. Er wußte nicht, wohin er ging und was er tun sollte. Seit vielen Jahren hatte er die theoretische Überzeugung vertreten, daß alles, was dem Geist als Motivation oder Absicht erscheint, lediglich ein Nebenprodukt körperlicher Funktionen sei. Aber während des letzten Jahres – seit er eingeweiht worden war – hatte er praktisch erlebt, was er als Theorie akzeptiert hatte. Seine Handlungen waren in zunehmendem Maß unmotiviert gewesen. Er tat dies und das, er sagte dies und das und wußte nicht warum. Sein Verstand war nur noch ein Zuschauer. Er konnte nicht verstehen, warum dieser Zuschauer überhaupt existieren sollte. Er ärgerte sich über seine Existenz, während er sich zugleich versicherte, daß Ärger auch nur ein chemisches Phänomen sei. Was an menschlicher Leidenschaft noch in ihm existierte, war eine Art kalter Wut gegen alle, die an den Geist glaubten. Eine solche Illusion durfte man nicht dulden. Aber bis zum heutigen Abend war ihm nie so lebhaft bewußt geworden, daß der Körper und seine Bewegungen die einzige Realität waren und daß das Selbst, das den Körper zu beobachten schien, wie er den Speisesaal verließ und sich auf den Weg zum Raum des Oberhaupts machte, ein Unding und ein Nichts war. Wie ärgerlich, daß der Körper die Macht haben sollte, ein solches Phantom seiner selbst zu projizieren!

So sah der Frost, dessen Existenz Frost leugnete, seinen Körper in den Vorraum gehen und beim Anblick eines nackten, blutbesudelten Leichnams haltmachen. Es kam zu der chemischen Reaktion, die Schock genannt wird. Frost bückte sich, wälzte den Toten auf den Rücken und erkannte Straik. Einen Augenblick später blickten sein funkelnder Zwicker und der graue Spitzbart in den Raum des Oberhaupts. Er bemerkte kaum, daß Wither und Filostrato tot am Boden lagen. Seine Aufmerksamkeit wurde von etwas Wichtigerem in Anspruch genommen. Die Fassung, die das Haupt tragen sollte, war leer, der Metallring verbogen, die Schlauchleitungen verwirrt und zerrissen. Dann sah er einen Kopf am Boden liegen, bückte sich und untersuchte ihn. Es war der Filostratos. Von Alcasans Kopf fand er keine Spur, es sei denn, ein Durcheinander zersplitterter Knochen bei Filostratos enthauptetem Rumpf rührte davon her.

Ohne sich zu fragen, was er tun solle, oder warum, ging Frost zur Garage. Alles war still und leer, und der Schnee lag schon knöcheltief. Er schleppte Benzinkanister in den Unterweisungsraum und trug dort an Brennbarem zusammen, was er finden konnte. Dann schloß er sich ein, indem er die äußere Tür des Vorzimmers zusperrte. Was immer ihm sein Handeln diktierte, zwang ihn nun, den Schlüssel in das Sprachrohr zu werfen, das zum Gang hinausführte. Er hörte den Schlüssel draußen klirrend auf den Boden fallen, und sein Bewußtsein, diese lästige Illusion, schrie in verzweifeltem Protest. Doch sein Körper hatte keine Macht, sich um diese Schreie zu kümmern, selbst wenn er gewollt hätte. Wie die Aufziehfigur, die zu sein er gewählt hatte, ging sein steifer und jetzt schrecklich kalter Körper zurück in den Unterweisungsraum, verschüttete das Benzin und warf ein brennendes Streichholz hinein. Jetzt erst begann er zu ahnen, daß der Tod ihn womöglich nicht von der Illusion befreien würde, eine Seele zu sein, sondern sich als das Eingangstor zu einer Welt erweisen mochte, wo diese Illusion frei und ungehindert schweifen konnte. Seiner Seele, wenn nicht seinem Körper, bot sich ein Entkommen. Er wurde in die Lage versetzt, zu erkennen (und wies das Wissen gleichzeitig zurück), daß er von Anfang an geirrt hatte, wenn er leugnete, daß Seelen und persönliche Verantwortung existierten. Nun sah er es, doch um so größer wurde sein Haß. Die körperliche Qual des Verbrennens war kaum grausamer als dieser Haß. Mit enormer Anstrengung stürzte er sich wieder zurück in seine Illusion. In dieser Haltung überraschte ihn die Ewigkeit, wie in alten Erzählungen der Sonnenaufgang die Trolle überrascht und in Steine verwandelt.

17

St. Anne

Das Tageslicht kam ohne sichtbaren Sonnenaufgang, als Mark den sanft ansteigenden Hang eines niedrigen Höhenzugs hinaufstapfte. Die verschneite Straße war noch frei von Spuren menschlichen Verkehrs und zeigte da und dort die Fußabdrücke von Vögeln und Kaninchen. Der Schneeschauer endete in einem Wirbel größerer und nasser Flocken. Als Mark die Höhe fast erreicht hatte, überholte ihn ein großer Lastwagen, der in dieser Landschaft schwarz und warm aussah. Der Fahrer steckte seinen Kopf aus dem Fenster. »Richtung Birmingham?« fragte er.

»Ungefähr«, sagte Mark. »Ich will nach St. Anne.«

»Wo soll das sein?« fragte der Fahrer.

»Hinter Pennington, oben auf dem Hügel«, sagte Mark.

»In Ordnung«, sagte der Mann. »Ich könnte dich bis zur Abzweigung nach Pennington mitnehmen, Freund. Erspart dir ein hübsches Stück.«

Mark stieg zu ihm ins Fahrerhaus.

Der Vormittag war zur Hälfte um, als der Mann ihn an einer Straßenkreuzung neben einem kleinen Landgasthof absetzte. Der Schnee war liegengeblieben, in den grauen Wolken war noch mehr davon, und der Tag war ungewöhnlich still. Mark ging in das kleine Gasthaus und traf dort eine freundliche ältere Wirtin an. Er ließ sich ein warmes Bad bereiten und verzehrte ein umfangreiches Frühstück, worauf er in einem Sessel vor dem prasselnden Kaminfeuer einschlief. Erst gegen vier Uhr wachte er auf. Er vermutete, daß er nur wenige Meilen von St. Anne entfernt sei und beschloß, Tee zu trinken, bevor er sich auf den Weg machte. Auf Anraten der Wirtin ließ er sich mit dem Tee ein gekochtes Ei bringen. Zwei Wandregale in dem kleinen Raum waren mit gebundenen Jahrgängen der Zeitschrift ›The Strand‹ gefüllt. In einem dieser Bände fand er eine Fortsetzungsgeschichte für Kinder, die er als kleiner Junge zu lesen begonnen, nach seinem zehnten Geburtstag aber aufgegeben hatte, weil er der Meinung gewesen war, er sei zu alt dafür. Jetzt las er eine Fortsetzung nach der anderen, bis er sie zu Ende gelesen hatte. Sie war gut. Die Erwachsenengeschichten, denen er sich nach seinem zehnten Geburtstag zugewandt hatte, erschienen ihm jetzt mit Ausnahme von *Sherlock Holmes* als schundmäßig. Er sagte sich, daß er nun bald aufbrechen müsse, wenn er nicht von der Dunkelheit überrascht werden wollte.

Sein Widerwillen gegen den Aufbruch rührte nicht von Müdigkeit her – tatsächlich fühlte er sich ausgeruht und besser denn je in den letzten Wochen. Was ihn zögern ließ, war eine Scheu: Er würde Jane sehen, und die Dennistons, und wahrscheinlich auch die Dimbles. Er würde Jane in der Welt besuchen, die er als die ihre, nicht aber als die seine ansah. In seinem lebenslangen Ehrgeiz, Aufnahme in einen Kreis zu finden, hatte er den falschen Kreis gewählt. Jane war, wo sie hingehörte. Er dagegen wurde nur aus Menschenfreundlichkeit zugelassen, weil Jane dumm genug gewesen war, ihn zu heiraten. Er nahm es ihnen nicht übel, aber er war befangen. Er sah sich selbst, wie diese Leute ihn sehen mußten – als einen oberflächlichen und ein wenig vulgären Menschen, einen jener Steeles und Cossers, langweilig, opportunistisch, berechnend und kalt. Wie war es möglich, daß er diesen Eindruck erweckte? Wie brachten andere Leute – Leute wie Denniston zum Beispiel – es fertig, so sorglos und entspannt durch die Welt zu schlendern, voll Phantasie und unbekümmertem Humor, empfänglich für Schönheit und ohne die Notwendigkeit, ständig auf der Hut sein zu müssen? Welches war das Geheimnis jenes behaglichen, unbekümmerten Lachens, das er nicht um alles in der Welt imitieren konnte? Alles an ihnen war anders. In ihrem Leben gab es eine Ellbogenfreiheit, die er nie gehabt hatte. Natürlich mußte er Jane ihre Freiheit geben. Es wäre ungerecht, zu denken, seine Liebe zu ihr sei im Grunde nur sinnlich gewesen. Liebe, sagte Platon, ist die Tochter des Mangels. Marks Körper hatte es besser begriffen als sein Verstand, und selbst sein sinnliches Verlangen zeigte an, was ihm fehlte und Jane zu geben hatte. Als sie zum erstenmal die trockene und staubige Welt betreten hatte, die sein Geist bewohnte, war sie wie ein Frühlingsschauer gewesen; indem er sich ihm ausgesetzt hatte, war er nicht fehlgegangen. Fehlgegangen war er nur mit der Annahme, daß die Ehe an sich ihn berechtige, sich diese Frische anzueignen. Das war so falsch wie die Annahme, man könne einen Sonnenuntergang kaufen, indem man das Feld erwirbt, von dem aus man ihn gesehen hat.

Er läutete und ließ sich die Rechnung geben.

Am gleichen Nachmittag waren Mrs. Dimble und die drei jungen Frauen in dem großen Raum im Obergeschoß des Seitenflügels, der vom Meister ›die Garderobe‹ genannt wurde. Beim ersten Blick hätte man auf die Vermutung kommen können, man sei im Obergeschoß eines Warenhauses, wo aufgestellte Teppiche und herabhängende Stoffe einen farbenfrohen Wald bilden. In Wirklichkeit standen die Frauen vor einer Auswahl von Prachtgewändern, die zu Dutzenden jedes für sich an kleinen Holzsäulen hingen.

»Das wäre prachtvoll für Sie, Yvy«, sagte Mutter Dimble und hob mit einer Hand die Falten eines lebhaft grünen Mantels, auf dessen Material dünne Goldspiralen ein festliches Muster bildeten. »Kommen Sie, Yvy«, fuhr sie fort, »gefällt es Ihnen nicht? Machen Sie sich noch immer Sorgen wegen Tom? Der Meister hat Ihnen doch gesagt, daß Ihr Mann heute abend oder spätestens morgen mittag hier sein wird.«

Yvy blickte sie bekümmert an.

»Das ist es nicht allein«, meinte sie. »Wo kann der Meister selbst stecken?«

»Aber Sie können doch nicht wollen, daß er bleibt, Yvy«, sagte Camilla. »Nicht mit den ständigen Schmerzen, die er leidet. Und wenn in Edgestow alles gutgeht, wird sein Werk getan sein.«

»Er hat sich nach Perelandra zurückgesehnt«, sagte Mutter Dimble. »Er hatte immer Heimweh... ich konnte es in seinen Augen sehen.«

»Und wird dieser Merlin wiederkommen?« fragte Yvy.

»Das glaube ich nicht«, erwiderte Jane. »Der Meister und er selbst rechneten anscheinend nicht damit. Und dann mein Traum letzte Nacht. Es sah aus, als ob er in Flammen stünde... das heißt, nicht daß er brannte, wissen Sie, aber aus seiner Gestalt strahlten Lichterscheinungen in den ungewöhnlichsten Farben und liefen an ihm herauf und herab.

Das war das letzte Bild: Merlin stand wie eine Säule da, und ringsum geschahen all diese gräßlichen Dinge. Und man konnte seinem Gesicht ansehen, daß er bis zum letzten Tropfen aufgebraucht war, wenn Sie verstehen, was ich meine – daß er in dem Augenblick, da die Kräfte ihn verlassen, zu Staub zerfallen würde.«

»Wir kommen mit der Auswahl unserer Kleider für heute abend nicht weiter.«

»Woraus kann es gemacht sein?« sagte Camilla, während sie den grünen Stoff befühlte und dann beschnüffelte. Die Frage war berechtigt, denn obgleich der Stoff nicht im mindesten durchscheinend war, wohnten in seinen fließenden Falten alle Arten von Licht und Schatten, so daß der Stoff wie ein Wasserfall in der Sonne durch Camillas Hände floß. Ivy begann sich zu interessieren.

»Möchte wissen«, sagte sie sinnend, »was ein Meter von dem Zeug kosten würde?«

Mrs. Dimble legte den weiten langen Mantel geschickt um Ivys Schultern, dann trat sie zurück, den Mund in echter Verblüffung zu einem O geformt. Alle drei betrachteten Ivy mit Verwunderung und Entzücken. Das Gewöhnliche war nicht aus ihrer Gestalt und ihrem Gesicht verschwunden, aber der Mantel hatte es aufgenommen, wie ein großer Komponist ein Volkslied aufnimmt und es wie einen Ball durch seine Symphonie wirft und ein Wunder daraus macht, ohne es seiner Identität zu berauben.

»Das sieht einem Mann ähnlich!« rief Mrs. Dimble. »Kein Spiegel im ganzen Raum!«

»Ich glaube, wir sollten uns selbst nicht sehen«, meinte Jane. »Er sagte, wir seien einander Spiegel genug, oder so ähnlich.«

»Aber ich möchte gern wissen, wie ich von hinten aussehe«, sagte Ivy.

»Nun, Camilla«, sagte Mutter Dimble, »bei Ihnen brauchen wir nicht lange zu überlegen. Dies ist offensichtlich das Richtige für Sie.«

»Das da, meinen Sie?«

»Ja, natürlich.«

»Darin werden Sie bestimmt sehr hübsch aussehen«, sagte Yvy.

Es war ein langes, schmal fallendes Gewand von stahlblauer

Farbe, das sich weich wie Schaum anfühlte. Wie eine Walküre, dachte Jane.

»Dazu müssen Sie eine Krone oder wenigstens ein Diadem tragen«, sagte Mutter Dimble.

»Wäre das nicht übertrieben...?«

Aber Mutter Dimble setzte ihr bereits eine kleine Krone auf den Kopf. Alle vier verstummten vorübergehend in Ehrfurcht und Bewunderung. Solche Brillanten gab es vielleicht in ganz England kein zweites Mal. Der Glanz war märchenhaft, beinahe übertrieben.

»Was starren Sie mich so an?« fragte Camilla, die nur ein Blitzen gesehen hatte, als die Krone in Mrs. Dimbles Händen emporgehoben wurde.

»Sind sie echt?« fragte Yvy.

»Wo kommen die Sachen überhaupt her, Mrs. Dimble?« fragte Jane.

»Aus dem Schatz von Loegria, meine Lieben«, erwiderte Mrs. Dimble. »Vielleicht von jenseits des Mondes oder der Zeit vor der Sintflut. Jetzt Sie, Jane.«

Jane konnte nichts besonders Geeignetes an dem Gewand sehen, das die anderen ihr anlegten. Blau war zwar ihre Farbe, aber sie dachte an etwas Würdigeres und Strengeres. Für ihren Geschmack war dieses Kleid zu verspielt. Aber als sie die anderen vor Entzücken in die Hände klatschen sah, gab sie nach. Es wäre ihr nicht eingefallen, sich gegen den Mehrheitsentscheid aufzulehnen, und gleich darauf war die Sache schon vergessen und untergegangen in der Aufregung über die Wahl eines Gewands für Mutter Dimble.

»Etwas Ruhiges«, sagte sie. »Ich bin eine alte Frau und möchte nicht lächerlich wirken.«

»Das ist alles nichts«, sagte Camilla und ging die lange Reihe der Prunkgewänder entlang, selbst wie ein Meteor vor dem Hintergrund von Gold und Purpur, weichem Schnee und flimmerndem Opal, von Pelz, Seide, Samt, Taft und Brokat. »Das ist hübsch«, sagte sie, »aber nicht für Sie. Und oh! Unglaublich! Aber es paßt auch nicht. Ich sehe nichts...«

»Hier! Kommen Sie schnell und sehen Sie nur! Kommen Sie«, rief Yvy, als befürchtete sie, ihre Entdeckung könne weglaufen, wenn die anderen nicht schnell dazu kämen.

»Oh! Ja, ja wirklich!« sagte Jane.

»Ja, das ist es«, meinte Camilla.

»Ziehen Sie es an, Mutter Dimble«, befahl Yvy. »Sie müssen, wissen Sie.«

Das Gewand war von jener fast tyrannischen Flammenfarbe, die Jane in ihrer Vision im Pförtnerhaus gesehen hatte, aber anders geschnitten, mit einem Pelzkragen unter der großen kupfernen Spange, die den Hals umschloß, und mit langen, trompetenförmig sich öffnenden Ärmeln. Dazu gehörte eine Haube mit vielen Zipfeln. Alle waren überrascht, als Mrs. Dimble das Kleid übergestreift hatte, Jane nicht weniger als die anderen, obgleich sie das Ergebnis am ehesten hätte voraussehen können. Denn nun war aus dieser provinziellen rundlichen Frau eines ziemlich versponnenen Gelehrten, dieser respektablen und unfruchtbaren Matrone mit grauem Haar und Doppelkinn eine Art Priesterin oder Sibylle geworden, die Dienerin irgendeiner prähistorischen Fruchtbarkeitsgöttin, feierlich, furchtbar und erhaben. Ein langer Stab, von einer geschnitzten Schlange umwunden, gehörte anscheinend zur Ausstattung, und sie gaben ihn ihr in die Hand.

»Sehe ich schrecklich aus?« fragte Mrs. Dimble und blickte unsicher in die drei schweigenden Gesichter.

»Sie sehen großartig aus«, sagte Yvy.

»Es ist genau richtig«, sagte Camilla. »Ehrfurchtgebietend«, fügte Jane hinzu.

»Was werden die Männer tragen?« fragte Camilla plötzlich.

»Die können sich nicht gut kostümieren«, erwiderte Yvy. »Schließlich müssen sie kochen und auftragen und Geschirr wegräumen. Ich muß sagen, wenn dies der letzte Abend sein soll, dann hätten wir uns um das Abendessen kümmern müssen. Den Männern hätten wir die Getränke überlassen können. Ich stelle mir lieber gar nicht erst vor, was sie mit dieser Gans anfangen werden, denn ich glaube nicht, daß Mr. MacPhee jemals in seinem Leben einen Vogel gebraten hat, was immer er sagen mag.«

»Die Austern können sie jedenfalls nicht verderben«, sagte Camilla lachend.

»Und den Plumpudding auch nicht, hoffen wir es«, sagte Yvy. »Trotzdem möchte ich gern hinuntergehen und nach dem Rechten sehen.«

»Lassen Sie das lieber bleiben«, sagte Jane mit einem Lachen. »Sie wissen, wie er ist, wenn er Küchendienst hat.«

»Sie brauchen sich wegen des Abendessens nicht die geringsten Sorgen zu machen«, erklärte Mrs. Dimble. »Er wird seine Sache sehr gut machen. Immer vorausgesetzt, daß er und mein Mann sich nicht über irgendeinen philosophischen Gegenstand in die Haare geraten, während die Gans im Backofen schmort. Kommen Sie, vergnügen wir uns. Wie warm es hier ist!«

In diesem Moment ging eine Erschütterung durch den Raum.

»Was war das?« fragte Jane erschrocken.

»Wenn der Krieg nicht vorbei wäre, hätte ich gesagt, es war eine Bombe«, sagte Yvy.

»Sehen Sie nur!« rief Camilla von einem der Westfenster, die zum Tal des Wynd hinausgingen. »Oh, nein! Wie unheimlich! Aber es ist kein Feuer, und Scheinwerfer sind es auch nicht. Da! Schon wieder ein Erdstoß. Und dort draußen – sehen Sie sich das an! Hinter der Kirche ist es taghell. Aber was sage ich da, es ist ja erst drei. Es ist heller als der Tag! Und die Hitze!«

»Es hat begonnen«, sagte Mrs. Dimble.

Ungefähr zur gleichen Zeit, als Mark am Morgen in den Lastwagen stieg, kroch Feverstone, kaum verletzt, aber einigermaßen entnervt, aus dem umgestürzten Auto. Die wilde Fahrt hatte in einem tiefen Graben ihr Ende gefunden, und Feverstone, immer bereit, die erfreuliche Seite einer Sache zu sehen, fand es sehr beruhigend, daß es nicht sein eigener Wagen war. Im Graben lag tiefer Schnee, und er war ziemlich durchnäßt. Als er aufstand und umherblickte, sah er, daß er nicht allein war. Kaum fünf Schritte von ihm entfernt stand eine hohe und massige Gestalt in einer schmutzigen schwarzen Soutane. Sie schien eben aus dem Graben geklettert zu sein, hatte ihm den Rücken zugekehrt und schickte sich an, fortzugehen. »Hallo!« rief Feverstone. Die Gestalt wandte sich um und sah ihn schweigend eine oder zwei Sekunden lang an; dann ging sie weiter. Feverstone fühlte sofort, daß dieser Mann nicht der Typ war, mit dem er zurechtkommen würde – ja noch nie hatte ihm jemand weniger gefallen. Auch konnte er in seinen durchnäßten Halbschuhen nicht mit dem Sechskilometertempo dieser gestiefelten Füße Schritt halten. Er versuchte es gar nicht erst. Die schwarze Gestalt kam zu einem Weidezaun, blieb dort stehen und gab ein wieherndes Geräusch von sich. Feverstone beobachtete ihn und hörte ziemlich deutlich, daß der unsympathische Pseudopriester auf ein Pferd einredete, das auf sein Wiehern hin an den Weidezaun gekommen war. Im nächsten Augenblick (Feverstone konnte nicht genau ausmachen, wie es passierte) war der Mann über den Zaun und auf dem Pferd und trabte über eine weite, verschneite Wiese davon, die sich milchweiß bis zum Horizont erstreckte.

Feverstone hatte keine Ahnung, wo er war, aber es war völlig klar, daß er versuchen mußte, eine Landstraße zu erreichen. Das dauerte viel länger, als er vermutet hatte. Mit dem Schneefall hatte Tauwetter eingesetzt, und an vielen Stellen, wo Wasser sich sammeln konnte, waren unter der Schneedecke schlammige Pfützen entstanden. Am Fuß des ersten Hügels kam er in einen solchen Morast, daß er gezwungen war, die Reste der Römerstraße zu verlassen und querfeldein zu marschieren. Die Entscheidung war folgenschwer, denn während der nächsten zwei Stunden war er nun damit beschäftigt, nach Lücken in Hecken zu suchen und dunkle Streifen in der Landschaft zu erreichen, die aus der Ferne wie Straßen aussahen, aber keine waren, wenn man sie endlich erreichte. Er hatte das flache Land und das Wetter nie gemocht, und zu Fuß zu gehen war zu keiner Zeit seine Sache gewesen.

Gegen Mittag stieß er auf einen Fahrweg ohne Wegweiser, der ihn nach einer Stunde auf eine Durchgangsstraße brachte. Hier herrschte glücklicherweise ziemlich reger Verkehr. Wagen, Radfahrer und Fußgänger bewegten sich alle in einer Richtung. Die ersten drei Wagen kümmerten sich nicht um seine Zeichen. Der vierte hielt an. »Schnell, steigen Sie ein«, sagte der Fahrer.

»Fahren Sie nach Edgestow?« fragte Feverstone, die Hand an der Tür.

»Großer Gott, nein!« antwortete der andere. »Dort ist Edgestow!« Er zeigte mit dem Daumen über die Schulter nach hinten. »Wenn Sie wirklich dorthin wollen, müssen Sie in die andere Richtung gehen.«

Der Mann wirkte ziemlich aufgeregt und schien kaum zu verstehen, daß jemand den Wunsch haben konnte, nach Edgestow zu gehen.

Schließlich blieb Feverstone nichts anderes übrig, als zu Fuß weiterzugehen. Alle Fahrzeuge kamen aus Edgestow, nicht ein einziges fuhr hin. Feverstone war ein wenig überrascht. Er wußte alles über den Exodus, der mit der Übernahme der Verwaltung durch das Institut begonnen hatte (tatsächlich war es Teil seines Plans gewesen, die Stadt soweit wie möglich zu räumen), aber er hatte angenommen, der Auszug sei inzwischen abgeschlossen. Aber den ganzen Nachmittag hindurch, während er mit nassen und durchfrorenen Füßen durch den Schneematsch platschte und schlitterte, zogen die Flüchtlinge an ihm vorüber. Es ist verständlich, daß über die Ereignisse dieses Tages in Edgestow kaum Augenzeugenberichte existieren, aber es gibt genug Geschichten darüber, wie so viele Leute dazu kamen, die Stadt im letzten Augenblick zu verlassen. Wochenlang füllten diese Erzählungen die Zeitungsspalten und gaben noch lange danach Gesprächsstoff ab, bis schließlich ein Scherz daraus wurde. »Nein, ich will nicht wissen, wie Sie aus Edgestow entkommen sind«, wurde zu einer stehenden Redensart. Aber hinter allen Übertreibungen bleibt die unzweifelhafte Wahrheit, daß eine überraschend große Zahl von Einwohnern die Stadt gerade noch rechtzeitig verließ. Einer wurde zu seinem sterbenden Vater gerufen; ein anderer entschloß sich ganz plötzlich und ohne sagen zu können, warum, einen Tag freizunehmen und wegzufahren; ein dritter ging, weil der Frost die Wasserleitung in seinem Haus zerrissen hatte und er nicht bis zur Reparatur ohne Wasser sein wollte. Nicht wenige hatten die Stadt verlassen, weil sie irgendein triviales Ereignis als Omen deuteten – Träume, zerbrochene Spiegel, Teeblätter in der Tasse. Auch

Omina einer altertümlicheren Art waren während dieser Krise wiederbelebt worden. Der eine hörte seinen Esel, die andere ihre Katze ganz deutlich sagen: »Geh fort!« Und Hunderte gingen noch immer aus dem alten Grund: weil ihre Häuser beschlagnahmt worden waren, weil sie ihre Existenzgrundlage verloren hatten, oder weil sie ihre Freiheit von der Institutspolizei bedroht sahen.

Gegen vier Uhr nachmittags wurde Feverstone vom ersten Erdstoß zu Boden geworfen. Weitere folgten in den nächsten Stunden mit zunehmender Häufigkeit – furchtbare Stöße, Hebungen und Senkungen der Erde, verbunden mit unheilvollem unterirdischem Grollen. Die Temperatur begann zu steigen. Überall schmolz der Schnee dahin, und stellenweise war die Straße knietief überflutet. Dunst von schmelzendem Schnee und verdampfendem Wasser erfüllte die Luft. Als er auf dem letzten Höhenrücken vor der steilen Gefällstrecke nach Edgestow stand, konnte er von der Stadt nichts erkennen: nur Nebel, durch den außergewöhnliche Lichterscheinungen zuckten. Ein weiterer Erdstoß warf ihn vornüber, und er beschloß umzukehren und dem Verkehr zu folgen. Er konnte irgendwo eine Bahnstation erreichen und versuchen, nach London zu kommen. Die Vorstellung eines warmen Bades in seinem Klub und von ihm selbst, wie er behaglich im Rauchzimmer saß und seine Geschichte erzählte, erfüllte ihn mit vorweggenommener Befriedigung. Es wäre schon eine schöne Sache, sowohl Belbury als auch Bracton überlebt zu haben. Er hatte schon anderes überlebt und glaubte an sein Glück.

Als er den Entschluß zur Umkehr faßte, war er bereits ein kleines Stück ins Tal abgestiegen, und nun machte er sofort kehrt. Aber statt höherzukommen, entdeckte er, daß es weiterhin abwärts ging. Wie der Schutt eines Berghangs gab der Boden unter seinen Füßen nach und rutschte ab. Als er endlich zum Stillstand kam, war er dreißig Meter tiefer als zuvor. Er machte sich von neuem an den Aufstieg. Von der Straße war überhaupt nichts mehr zu sehen, und der Boden schien sich in einen Schuttstrom verwandelt zu haben. Bald verlor er das Gleichgewicht und kollerte zwischen Steinen, Erde, Grasbüscheln und Wasser in wildem Durcheinander bergab. Es war, als ob ihn eine mächtige Brandungswelle beim Baden überrollt hätte, bloß war es eine Erdwelle. Er kam noch einmal auf die Füße und stellte sich wieder hartnäckig dem abrutschenden Hang entgegen. Das Tal hinter ihm schien sich in eine Hölle verwandelt zu haben. Die nebelerfüllte Mulde schien in Flammen zu stehen und gloste in grellen schwefelgelben und violetten Lichteruptionen, irgendwo rauschte Wasser, Gebäude brachen zusammen, Menschen schrien. Der Hang vor ihm war nicht wiederzuerkennen – keine Spur von Straße,

Hecke oder Feld, nur ein Katarakt schlammiger, lehmiger Erde. Außerdem war er nun viel steiler, als er noch Minuten vorher gewesen war.

Feverstone hatte Erde im Mund, in den Haaren und in der Nase. Der Hang schien sich noch steiler aufzurichten, während er hinaufblickte. Der Hügelrücken schien in Bewegung, hob sich mit unterirdischem Rumpeln höher und höher, um plötzlich abzureißen und in einer alles unter sich begrabenden Erd- und Gesteinslawine auf ihn herabzudonnern.

»Warum Loegria, Sir?« fragte Camilla.

Das Abendessen war vorüber, und sie saßen beim Wein um das Kaminfeuer im Speiseraum. Wie Mrs. Dimble prophezeit hatte, war den Männern das Essen gut gelungen. Aber erst nach dem Servieren hatten auch sie ihre Festtagskleider angelegt. Nun saßen sie alle entspannt und behaglich zusammen, jeder in seiner Pracht: Ransom gekrönt und rechts vom Kamin, Grace Ironwood in Schwarz und Silber ihm gegenüber. Es war so warm, daß sie das Feuer hatten herabbrennen lassen, und im Kerzenschein sah es aus, als leuchteten die Prunkgewänder von selbst.

»Sagen Sie es ihnen, Dimble«, sagte Ransom. »Ich werde von nun an nicht viel sprechen.«

»Sind Sie müde, Sir?« fragte Grace besorgt. »Sind die Schmerzen schlimm?«

»Nein, Grace«, antwortete er, »das ist es nicht. Aber nun, da die Zeit gekommen ist, daß ich gehe, beginnt dies alles mir wie ein Traum zu erscheinen. Wie ein glücklicher Traum, verstehen Sie mich recht: alles daran, selbst die Schmerzen. Ich möchte jeden Tropfen davon auskosten. Aber ich habe das Gefühl, es würde sich auflösen, wenn ich viel darüber redete.«

»Sie müssen gehen, nicht wahr, Sir?« sagte Yvy Maggs.

»Meine Liebe«, fragte er zurück, »was gibt es sonst zu tun? Seit ich von Perelandra zurückkehrte, bin ich nicht einen Tag oder eine Stunde älter geworden. Für mich gibt es keinen natürlichen Tod. Die Wunde wird nur dort heilen, wo ich sie empfing.«

»Dies alles hat den Nachteil, im Gegensatz zu den bewiesenen Naturgesetzen zu stehen«, bemerkte MacPhee. Der Meister lächelte wortlos wie ein Mann, der sich nicht herausfordern läßt.

»Es ist nicht gegen die Naturgesetze«, sagte eine Stimme aus der Ecke, wo Grace Ironwood saß, beinahe unsichtbar in den Schatten. »Sie haben ganz recht. Die Gesetze des Universums werden niemals gebrochen. Ihr Fehler ist, daß Sie glauben, die kleinen Regelmäßigkeiten, die wir seit einigen hundert Jahren auf einem Planeten beobachtet haben, wären die wirklichen, unumstößlichen Gesetze; während sie in Wahrheit nur die entfernten

Auswirkungen sind, die von den echten Gesetzen häufiger erzeugt als nicht erzeugt werden, und zwar mehr aus Zufall.«

»Was Sie da aufstellen, sind bloße Behauptungen, die niemand nachprüfen kann«, erwiderte MacPhee. »Solange Sie erwarten, daß ich Ihnen unbewiesene Hypothesen glaube, werden wir nicht weiterkommen.«

»Aber was Miß Ironwood sagt, würde erklären, warum nichts in der Natur ganz regelmäßig ist«, meinte Denniston. »Es gibt immer Ausnahmen. Eine gute, durchschnittliche Einheitlichkeit, die aber nie vollkommen ist.«

MacPhee grunzte mißbilligend. »Mir sind noch nicht viele Ausnahmen vom Gesetz der Sterblichkeit über den Weg gelaufen.«

»Wie sollten Sie auch erwarten, bei mehr als einer solchen Gelegenheit dabei zu sein?« entgegnete Grace Ironwood leidenschaftlich. »Waren Sie mit König Artus oder Barbarossa befreundet? Kannten Sie Enoch oder Elias?«

»Und woher wollen Sie wissen, daß diese Leute nicht wie alle anderen gestorben sind?« gab MacPhee ungerührt zurück. »Wenn Sie mich überzeugen wollen, Miß Ironwood, dann dürfen Sie nicht ständig Glaubensfragen in die Diskussion bringen.«

»Es gibt Leute, die nie gestorben sind«, schaltete Dimble sich ein. »Wir wissen noch nicht, warum, aber wir wissen ein wenig mehr über das Wie. Es gibt viele Orte im Universum – ich meine in diesem physikalischen Universum, in dem unser Planet sich bewegt –, wo ein Organismus praktisch ewig weiterleben kann. Wir wissen zum Beispiel, wo Artus ist.«

»Wo?« fragte Camilla.

»Im dritten Himmel, auf Perelandra. Auf Abhalljin, jener entfernten Insel, welche die Abkömmlinge von Tor und Tinidril erst in hundert Jahrhunderten finden werden. Vielleicht ist er dort allein?« Er zögerte und blickte zu Ransom hinüber, der den Kopf schüttelte. Dann fuhr er nach kurzem Zögern fort: »Es begann alles, als wir entdeckten, daß die Artussage zum größten Teil geschichtliche Wahrheit ist. Es gab im sechsten Jahrhundert einen Augenblick, als etwas, das in diesem Land immer durchzubrechen sucht, beinahe Erfolg gehabt hätte. Loegria ist unser Name für diese zweite, untergründige Realität. Nach dieser Entdeckung begannen wir die englische Geschichte nach und nach in einem neuen Licht zu sehen. Wir entdeckten den Spuk.«

»Welchen Spuk?« fragte Camilla.

»Wir entdeckten, wie in dem Land, das wir Britannien nennen wollen, immer ein anderes spukt, das wir nach einem alten Namen Loegria nennen. Haben Sie noch nicht bemerkt, daß wir zwei Länder sind? Nach jedem Artus ein Mordred, hinter jedem Milton ein

Cromwell: eine Nation von Dichtern, eine Nation von Händlern; die Heimat von Sidney – und von Cecil Rhodes. Ist es ein Wunder, wenn andere Völker uns scheinheilig und Heuchler nennen? Aber was sie für Heuchelei halten, ist in Wirklichkeit das Ringen zwischen Loegria und Britannien.«

Er hielt inne und trank aus seinem Weinglas, bevor er fortfuhr.

»Erst viel später«, sagte er, »nachdem Mr. Ransom aus dem dritten Himmel zurückgekehrt war, erfuhren wir ein wenig mehr. Dieser Spuk rührte nicht nur von der anderen Seite der unsichtbaren Wand her. Ransom wurde an das Lager eines sterbenden alten Mannes in Cumberland gerufen. Sein Name würde Ihnen nichts bedeuten, wenn ich ihn sagte. Dieser Mann war der Pendragon, der Nachfolger von Artus und Uther und Cassibelaun. Dann erfuhren wir die Wahrheit. Während all dieser Jahrhunderte lebte im Herzen Britanniens ein geheimes Loegria weiter, ohne ununterbrochene Folge von Pendragons. Dieser alte Mann war der achtundsiebzigste Nachfolger von König Artus. Unser Meister empfing von ihm das Amt, den Titel und den Segen; und heute nacht oder morgen werden wir wissen, wer der achtzigste sein wird.

Einige der Pendragons sind der Geschichte wohlbekannt, wenn auch nicht unter diesem Namen. Von anderen haben Sie niemals gehört. Aber in jedem Zeitalter waren sie und das kleine Loegria, das sie verkörperten, die Finger, die jenen winzigen Anstoß gaben, welcher England aus dem trunkenen Schlaf wecken sollte.«

»Dieser Ihrer neuen Geschichtsschreibung«, meinte MacPhee, »mangelt es allerdings ein wenig an Dokumenten.«

»Es gibt deren viele«, erwiderte Dimble lächelnd, »aber Sie kennen die Sprache nicht, in der sie geschrieben sind. Wenn die Geschichte dieser letzten Monate in Ihrer Sprache geschrieben und gedruckt und in Schulen gelehrt wird, dann wird darin nicht von Ihnen und mir noch von Merlin und dem Pendragon und den Planeten die Rede sein. Und doch rebellierte Britannien in diesen Monaten in einer äußerst gefährlichen Weise gegen Loegria und konnte nur in letzter Minute bezwungen werden.«

»Richtig«, sagte MacPhee. »Und es wird gut sein, wenn Sie und ich und die meisten anderen hier Anwesenden in dieser Geschichte unerwähnt bleiben. Ich wäre sehr dankbar, wenn jemand mir sagen könnte, was wir getan haben – außer die Schweine zu füttern und sehr ordentliches Gemüse zu ziehen.«

»Sie haben getan, was von Ihnen erwartet wurde«, sagte der Meister. »Sie haben gehorcht und gewartet. So wird es oft sein. Aber lassen Sie sich nicht zu voreiligen Schlußfolgerungen verleiten. Es mag noch viel Arbeit auf Sie warten, ehe ein Monat um ist. Britannien hat eine Schlacht verloren, aber es wird sich wieder erheben.«

»Sie meinen also, England sei einfach dieses Hin- und Herschwanken zwischen Loegria und Britannien?« fragte Mrs. Dimble den Meister.

»Ja«, sagte ihr Mann. »Fühlst du es nicht? Es ist die wesentliche Qualität Englands. Wenn wir einen Eselskopf haben, dann kommt es daher, weil wir in einem Zauberwald gegangen sind. Wir haben von Besserem gehört, als wir vollbringen können, und das will uns nicht aus dem Kopf... Kannst du nicht in allem Englischen eine ungelenke Anmut sehen, eine bescheidene, humorvolle Unvollkommenheit?

Wie recht hatte Sam Weller, als er Mr. Pickwick einen Engel in Gamaschen nannte. Alles hier ist entweder besser oder schlechter als...«

»Dimble!« sagte Ransom. Dimble, der sich ein wenig in Leidenschaft geredet hatte, brach ab und blickte zu ihm hin. Er zögerte und schien sogar ein wenig zu erröten, bevor er von neuem anhob.

»Sie haben recht, Sir«, sagte er lächelnd. »Ich vergaß, woran wir immer denken sollten. Dieser Spuk ist keine Besonderheit von uns. Jedes Volk hat seinen eigenen. Es gibt kein besonders privilegiertes England, keinen Unsinn über ein erwähltes Volk oder dergleichen. Wir sprechen über Loegria, weil es unseren Spuk verkörpert, den einen, den wir kennen.«

»All das«, erwiderte MacPhee sarkastisch, »scheint mir eine sehr umständliche Art zu sein, die Binsenweisheit zu verbreiten, daß es überall gute und schlechte Menschen gibt.«

»Davon kann keine Rede sein«, sagte Dimble. »Sehen Sie, MacPhee, wenn man an Güte einfach im abstrakten Sinne denkt, dann kommt man bald zu der fatalen Vorstellung von etwas Einheitlichem – einer genormten Lebensart, die alle Nationen erreichen sollte. Natürlich gibt es universale Regeln, nach denen sich alles Gute verhalten muß. Aber das ist nur die Grammatik der Tugend. Gott macht keine zwei Grashalme gleich; um wieviel weniger zwei Heilige, zwei Nationen oder zwei Engel! Die Rettung der Erde hängt davon ab, daß dieser kleine Funke am Leben erhalten wird, der noch immer in jedem echten Menschen lebendig ist, wenn auch in jedem verschieden. Wenn Loegria wirklich über Britannien herrscht, wenn die Göttin Vernunft, die göttliche Klarheit, wirklich in Frankreich inthronisiert wird, wenn die himmlische Ordnung in China befolgt wird – nun, dann wird Frühling sein. Aber unterdessen haben wir uns um Loegria zu kümmern. Wir haben Britannien besiegt, aber wer weiß, wie lange wir es am Boden halten können? Edgestow wird sich nicht von dem erholen, was heute abend dort geschieht. Aber es wird andere Edgestows geben.«

»Ich wollte etwas wegen Edgestow fragen«, sagte Mrs. Dimble. »Sind Merlin und die Eldila nicht ein wenig... nun, pauschal vorgegangen? Hatte ganz Edgestow verdient, ausgelöscht zu werden?«

»Wen beklagen Sie?« fragte MacPhee. »Den geldgierigen und kurzsichtigen Stadtrat, dessen Mitglieder die eigenen Frauen und Töchter verkauft hätten, um das N.I.C.E. nach Edgestow zu bringen?«

»Nun, ich weiß nicht viel über diese Leute«, meinte sie. »Aber an der Universität gab es viele anständige Menschen. Selbst am Bracton College. Natürlich, wir alle wußten, daß es ein schreckliches College war, aber haben sie mit all ihren kleinen Intrigen so viel Böses gewollt? War es nicht eher Albernheit als irgendetwas anderes?«

»Ach, ach!« sagte MacPhee mit abwehrenden Gesten. »Sie haben nur sich selbst gespielt. Kätzchen, die sich als Tiger ausgaben. Aber es gab einen wirklichen Tiger in der Nähe, und ihr Spiel endete damit, daß sie ihn einließen. Sie haben kein Recht, sich zu beklagen, daß sie auch ein paar Stücke Blei in die Gedärme kriegen, wenn der Jäger hinter dem Tiger her ist. Es wird sie lehren, sich nicht in schlechte Gesellschaft zu begeben.«

»Nun, aber die Kollegiumsmitglieder der anderen Colleges. Was können die Leute vom Northumberland und Duke's College dafür?«

»Ich weiß«, sagte Denniston. »Man hat Mitleid mit einem Mann wie Churchwood. Ich kannte ihn gut; er war ein lieber alter Kerl. In seinen Vorlesungen pflegte er die Unmöglichkeit ethischen Verhaltens zu beweisen, obwohl er im Privatleben eher zehn Meilen zu Fuß gegangen wäre, als eine Schuld von einem Groschen unbezahlt zu lassen. Aber trotzdem... gab es eine einzige in Belbury praktizierte Doktrin, die vorher nicht von irgendeinem Professor in Edgestow gepredigt worden war? Natürlich, sie dachten nie, daß jemand nach ihren Theorien handeln würde. Niemand war bestürzter als sie, als plötzlich Realität wurde, worüber sie fünf Jahre lang geredet hatten. Es war ihr eigenes Kind, das zu ihnen zurückkam: erwachsen und nicht wiederzuerkennen, aber dennoch ihr eigenes Kind.«

»Ich fürchte, das ist alles wahr, meine Liebe«, sagte Dimble zu seiner Frau. »Keiner von uns ist ganz unschuldig.«

»Das ist Unsinn, Cecil.«

»Sie vergessen alle«, sagte Grace Ironwood, »daß bis auf die sehr guten (die für die Abberufung reif waren) und die sehr schlechten fast alle Leute Edgestow verlassen hatten. Aber ich stimme mit Arthur überein. Wer Loegria vergessen hat, versinkt in Britannien.«

In diesem Augenblick wurde sie unterbrochen. An der Tür waren kratzende und winselnde Geräusche laut geworden.

»Öffnen Sie die Tür, Arthur«, sagte Ransom. Denniston ging, und wenige Augenblicke später sprangen alle mit freudigen Ausrufen von ihren Plätzen, denn der Neuankömmling war Mr. Bultitude.

»Ach nein!« rief Yvy. »Das arme Ding! Und ganz voll Schnee! Ich werde ihn in die Küche lotsen und ihm was zu essen geben. Wo in aller Welt bist du gewesen, du Schlimmer? Eh? Sieh nur, wie du aussiehst!«

Zum drittenmal in zehn Minuten bekam der Zug einen heftigen Stoß und kam zum Stillstand. Diesmal war der Ruck so heftig, daß alle Lichter ausgingen.

»Dies geht wirklich ein bißchen zu weit«, sagte eine Stimme in der Dunkelheit. Die vier anderen Passagiere im Erster-Klasse-Abteil erkannten sie als die Stimme des wohlerzogenen, dicken Mannes im braunen Anzug; des ungewöhnlich gut informierten Mannes, der allen anderen gesagt hatte, wo sie umsteigen sollten und warum man Sterk jetzt erreichte, ohne über Stratford zu fahren.

»Ich sollte um diese Zeit in Edgestow sein«, ergänzte dieselbe Stimme. Der Mann, dem die Stimme gehörte, stand auf, öffnete das Fenster und starrte in die Dunkelheit hinaus. Nicht lange, und einer der anderen Fahrgäste beklagte sich über die Kälte. Der beleibte Mann schloß das Fenster und setzte sich wieder.

»Jetzt stehen wir schon zehn Minuten hier«, sagte er nach einer Weile. Der Zug setzte sich noch immer nicht in Bewegung. Die Stimmen zweier im Nachbarabteil streitender Männer wurden hörbar. Auf einmal gab es einen Stoß, der sie in der Dunkelheit durcheinanderwarf. Es war, als ob der Zug bei hoher Geschwindigkeit eine Notbremsung gemacht hätte.

»Was zum Teufel war das?« sagte einer.

»Öffnen Sie die Tür.«

»Hat es einen Zusammenstoß gegeben?«

»Alles in Ordnung«, erklärte der wohlinformierte Mann mit lauter, ruhiger Stimme. »Lokomotivwechsel. Und sie machen es ziemlich ungeschickt. Das liegt an all diesen neuen Lokomotivführern, die in letzter Zeit eingestellt worden sind.«

»Hallo!« sagte jemand. »Wir fahren.«

Langsam und schnaufend setzte sich der Zug in Bewegung.

»Das dauert vielleicht eine Zeit, bis er wieder auf Reisegeschwindigkeit kommt«, meinte einer.

»Wie ich die Bahn kenne, wird er gleich rasen, um die verlorene Zeit aufzuholen«, sagte der wohlinformierte Mann.

»Ich wünschte, sie würden das Licht wieder einschalten«, meldete sich eine Frauenstimme.

»Wir werden nicht schneller«, bemerkte einer.

»Im Gegenteil, wir fahren wieder langsamer. Verdammt noch mal! Ob wir wieder halten?«

»Nein. Wir fahren noch – oh!« Wieder ging ein heftiger Stoß durch den ganzen Zug. Es war schlimmer als beim letztenmal, und beinahe eine Minute lang schien alles zu stoßen und zu rütteln.

»Dies ist unglaublich!« rief der wohlinformierte Mann und öffnete abermals das Fenster. Jetzt hatte er mehr Glück. Eine dunkle Gestalt, die eine Laterne schwenkte, ging unter ihm vorbei.

»He! Träger! Wärter!« rief er schroff.

»Es ist alles in Ordnung, meine Damen und Herren, es ist alles in Ordnung, bleiben Sie bitte sitzen«, rief der Mann zurück, ging weiter und verschwand in der Dunkelheit.

»Es hat keinen Zweck, all diese kalte Luft einzulassen, Sir«, sagte der Passagier neben dem Fenster.

»Voraus ist eine Art Licht«, sagte der wohlinformierte Mann.

»Ein Signal?« fragte ein anderer.

»Nein. Nichts dergleichen. Der ganze Himmel ist erhellt, wie von einem Feuer oder wie von Scheinwerfern.«

»Mir ist es gleich, wie es aussieht«, sagte der Frierende. »Hauptsache, Sie schließen jetzt... oh!«
Ein weiterer Stoß. Und dann, weit entfernt in der Dunkelheit, unbestimmte, unheilvolle Geräusche. Der Zug begann wieder zu rollen, immer noch langsam, als taste er sich voran.

»Ich werde mich darüber beschweren«, erklärte der wohlinformierte Mann. »Es ist ein unglaublicher Skandal!«

Ungefähr eine halbe Stunde später glitt der beleuchtete Bahnsteig von Sterk längsseits, und der Zug hielt mit lautem Zischen, durch das aufgeregte Stimmen ertönten.

»Achtung, Achtung, eine wichtige Durchsage!« sagte eine blecherne Lautsprecherstimme von draußen. »Erdbeben und Überflutungen haben die Strecke nach Edgestow unpassierbar gemacht. Einzelheiten liegen noch nicht vor. Reisende nach Edgestow werden gebeten...«

Der wohlinformierte Mann, der Curry war, stieg aus. Leute wie er kennen alle Eisenbahnbeamten, und wenige Minuten später stand er im Büro der Fahrkartenausgabe und hörte eine ausführlichere und private Meldung über die Katastrophe.

»Nun, wir wissen es noch nicht genau, Mr. Curry«, sagte der Mann. »Seit etwa einer Stunde sind keine weiteren Neuigkeiten durchgekommen. Es sieht sehr schlimm aus, wissen Sie. Man versucht natürlich, die Dinge nicht zu dramatisieren, aber ein solches Erdbeben hat es in England seit Menschengedenken nicht gegeben. Und dazu die Überschwemmungen! Nein, Sir, ich fürchte, Sie werden vom Bracton College nichts wiederfinden. Dieser Teil der Stadt wurde zuerst verwüstet. Von dort scheint das Erdbeben ausgegangen zu sein, wenn ich richtig informiert bin. Über die Zahl der Opfer ist noch nichts bekannt, nein. Ich bin nur froh, daß ich letzte Woche meinen alten Vater zu mir geholt habe.«

In späteren Jahren betrachtete Curry dies immer als einen der Wendepunkte seines Lebens. Bis dahin war er kein religiöser Mensch gewesen, aber nun führte er oft und gern das Wort ›Vorsehung‹ im Munde. Man konnte es wirklich nicht anders sehen. Um ein Haar hätte er den früheren Zug genommen, und in diesem Fall wäre er jetzt tot. Das gab einem zu denken. Das gesamte College ausgelöscht! Man würde es wiederaufbauen müssen. Man würde neue Professoren und Dozenten, einen neuen Rektor berufen müssen. Wieder war es ein Werk der Vorsehung gewesen, daß ein verantwortlicher Mann verschont geblieben war, um diese schwere Krise zu bewältigen. Der übliche Wahlvorgang konnte unter diesen Umständen natürlich nicht stattfinden. Der College-Inspektor (der der Lordkanzler war) würde wahrscheinlich einen neuen Rektor und dann, in Zusammenarbeit mit diesem, eine Kerngruppe neuer Professoren ernennen müssen. Je mehr er darüber nachdachte, desto klarer wurde Currys Erkenntnis, daß die gesamte Gestaltung des zukünftigen Colleges auf den Schultern des einzigen Überlebenden ruhte. Er würde gewissermaßen ein zweiter Gründer von Bracton sein. Wenn das nicht Vorsehung war! Schon stellte er sich das Porträt dieses zweiten Gründers in der neuerbauten Eingangshalle des Colleges vor, seine Statue im neuerrichteten Hof, das lange, ihm gewidmete Kapitel in der Geschichte des Colleges.

Zur gleichen Zeit (und ohne die geringste Heuchelei) hatten Gewohnheit und Instinkt seine Schultern so gebeugt, seinen Augen einen Ausdruck so feierlicher Trauer und seiner Stirn einen so vornehmen Ernst verliehen, wie sie einem Mann von gutem Empfinden beim Hören einer solchen Nachricht angemessen sind. Der Schalterbeamte war sehr angetan. »Man konnte sehen, daß es ihm naheging«, sagte er später. »Aber er trug es wie ein Mann. Ein wirklich feiner alter Herr.«

»Wann geht der nächste Zug nach London?« fragte Curry. »Ich muß morgen in aller Frühe in der Stadt sein.«

Ivy Maggs hatte das Speisezimmer verlassen, um in der Küche für Mr. Bultitudes leibliches Wohl zu sorgen. Daher waren alle überrascht, als sie kaum eine Minute später mit verstörter Miene zurückkehrte.

»Oh, kommen Sie schnell! Kommen Sie schnell!« keuchte sie. »In der Küche ist ein Bär.«

»Ein Bär, Yvy?« sagte der Meister. »Aber natürlich...«

»Ach, ich meine nicht Mr. Bultitude, Sir. Da ist ein fremder Bär; ein anderer.«

»Nicht möglich!«

»Doch, und er hat alles aufgefressen, was von der Gans übrig war, und den halben Schinken und allen Rahm, und jetzt geht er um den Tisch herum und leckt einen Teller nach dem anderen ab und zerbricht das ganze Geschirr. Oh, kommen Sie schnell! Es wird sonst nichts übrig bleiben.«

»Und wie verhält sich Mr. Bultitude dazu, Yvy?« fragte Ransom.

»Also, das sollten Sie sehen. Er führt sich schrecklich auf, Sir, so was habe ich noch nicht gesehen. Zuerst stand er einfach da und hob die Beine in einer komischen Art, als wolle er tanzen. Aber jetzt ist er aufs Büffet gesprungen, macht seltsam hüpfende und nickende Bewegungen und quietscht dazu. Er hat den Plumpudding heruntergeworfen und steckt mit dem Kopf in den Zwiebelschnüren, und ich kann nichts mit ihm anfangen, wirlich nicht.«

»Das ist ein äußerst ungewöhnliches Verhalten für Mr. Bultitude. Sie meinen nicht, Yvy, daß der fremde Bär eine Bärin sein könnte?«

»Oh, sagen Sie das nicht, Sir!« rief Yvy entsetzt.

»Ich glaube, daß es sich so verhält, Ivy. Ich habe den Verdacht, daß dies die künftige Mrs. Bultitude ist.«

»Es wird die gegenwärtige Mrs. Bultitude sein, wenn wir noch lange hier sitzen und darüber reden«, sagte MacPhee trocken und stand auf.

»Um Himmels willen, was sollen wir nur tun?« jammerte Yvy.

»Ich bin überzeugt, daß Mr. Bultitude der Situation durchaus gewachsen ist«, erwiderte der Meister. »Augenblicklich stärkt sich die Dame. Sine Cerere et Baccho, Dimble. Wir können ihnen vertrauen, daß sie mit ihren eigenen Angelegenheiten fertig werden.«

»Ohne Zweifel, ohne Zweifel«, sagte MacPhee. »Aber bitte nicht in unserer Küche.«

»Yvy, meine Liebe«, sagte Ransom, »Sie müssen sehr fest sein. Gehen Sie in die Küche und sagen Sie dem fremden Bären, daß ich ihn sprechen will. Oder fürchten Sie sich?«

»Ich mich fürchten? Nie! Ich werde ihr zeigen, wer hier das Sagen hat. Sie benimmt sich eben, wie es ihre Natur ist.«

»Was ist bloß mit dieser Dohle los?« sagte Professor Dimble irritiert. »Es scheint, daß sie hinaus will«, meinte Denniston. »Soll ich das Fenster öffnen?«

»Es ist warm genug, ein Fenster offen zu lassen«, sagte der Meister. Und als Denniston das Fenster öffnete, hüpfte Baron Corvo hinaus, und plötzlich erhob sich draußen ein Geflatter und Geschnatter.

»Wieder eine Liebesgeschichte«, bemerkte Mrs. Dimble. »Mir scheint, als ob wieder ein Topf seinen Deckel gefunden hätte... Was für eine köstliche Luft!« fügte sie hinzu. Denn als die Vorhänge sich bauschten, schien die Frische einer Mittsommernacht in den Raum zu wehen. Die laue Brise trug Pferdegewieher heran.

»Hallo!« sagte Denniston verwundert. »Die alte Mähre ist auch aufgeregt.«

»Pssst! Hören Sie!« zischte Jane.

»Das ist ein anderes Pferd«, erklärte Denniston, nachdem er gelauscht hatte.

»Wahrscheinlich ein Hengst«, meinte Camilla.

»Allmählich wird die Sache allein schon durch ihre Häufung unanständig!« sagte MacPhee.

»Im Gegenteil«, sagte Ransom. »Das ist alles sehr passend und schicklich. Venus selbst schwebt über St. Anne.«

»Sie kommt der Erde näher, als sie soll«, zitierte Dimble.

»Sie ist näher, als die Astronomen wissen«, sagte Ransom. »Das Werk in Edgestow ist getan, die anderen Götter haben sich zurückgezogen. Sie allein wartet noch, und wenn sie in ihre Sphäre zurückkehrt, werde ich mit ihr gehen.«

Plötzlich rief Mrs. Dimbles Stimme in schrillem Entsetzen aus dem Halbdunkel: »Seht nur! Da oben! Vorsicht, Cecil! Oh, ich kann Fledermäuse nicht ertragen. Sie werden mir noch ins Haar fliegen!«

Zwei Fledermäuse kreisten flatternd unter der Decke. Man konnte ihr feines, dünnes Piepsen hören. Durch ihre Schatten entstand der Eindruck, als ob es vier Fledermäuse wären, die paarweise flogen.

»Sie sollten jetzt lieber gehen, Margaret«, sagte der Meister. »Sie und Cecil sollten beide gehen. Auch ich werde nicht mehr lange hier sein. Es ist nicht nötig, lange Abschied zu nehmen.«

»Ich glaube wirklich, daß ich gehen muß«, sagte Mutter Dimble. »Ich kann Fledermäuse nicht ertragen.«

»Trösten Sie Margaret, Cecil«, sagte Ransom. »Nein, bleiben Sie nicht. Schließlich sterbe ich nicht. Es ist immer unvernünftig, Leuten das Geleit zu geben. Es bringt weder gute Freude noch guten Kummer.«

»Sie meinen wirklich, daß wir gehen sollten, Sir?« sagte Dimble unsicher.

»Geht, meine lieben Freunde. Urendi Maleldil.«

Er legte die Hände auf ihre Köpfe. Dimble bot seiner Frau den Arm, und sie gingen.

Kurz darauf hörte man ein Gepolter an der Tür, dann wurde sie aufgestoßen und Ivy Maggs kam herein, das Gesicht gerötet und strahlend. Neben ihr watschelte ein Bär, die Schnauze weiß vom Rahm, die Kinnbacken mit Stachelbeermarmelade beschmiert. »Und – ach, Sir!«

»Was gibt es, Yvy?« fragte Ransom.

»Bitte, Sir, es ist der arme Tom, ich meine, mein Mann. Und wenn es Ihnen nichts ausmacht...«

»Ich hoffe, Sie haben ihm zu essen und zu trinken gegeben?«

»Nun ja, das habe ich. Wenn diese Bären viel länger in der Küche geblieben wären, hätte ich nichts mehr für ihn gehabt.«

»Was haben Sie Ihrem Mann gegeben, Yvy?«

»Ich habe ihm kalte Pastete gegeben und von den eingelegten Gurken und dann den Rest Käse und eine Flasche Bier. Und dann habe ich den Kessel aufgestellt, damit wir uns – damit er sich eine Tasse Tee machen kann. Er läßt es sich schmecken, und wenn Sie nicht böse sind, Sir, möchte er lieber nicht heraufkommen und guten Tag sagen, denn er war nie für Gesellschaft, wenn Sie verstehen, was ich meine.«

Die ganze Zeit über stand der fremde Bär reglos da, den Blick auf Ransom gerichtet. Nun legte der Meister ihm die Hand auf den breiten Kopf und sagte: »Urendi Maleldil, du bist ein guter Bär. Geh zu deinem Partner – aber da ist er schon.« In der Türöffnung war Mr. Bultitudes fragendes und ein wenig besorgtes Gesicht erschienen. »Nimm sie, Bultitude, aber nicht im Haus. Jane, öffnen Sie bitte die Tür zum Garten. Es ist wie eine Nacht im Juli.«

Die Türflügel schwangen auf, und die beiden Bären tappten hinaus in Wärme und Nässe. Alle bemerkten, wie hell es geworden war.

»Sind diese Vögel alle verrückt geworden, daß sie um Viertel vor zwölf zwitschern?« fragte MacPhee.

Ransom schüttelte den Kopf. »Nein, sie sind völlig normal. Nun, Yvy, Sie möchten gehen und mit Ihrem Mann beisammensein. Mutter Dimble hat Ihnen ein Zimmer hier im Haus hergerichtet. Es ist doch praktischer, als im Pförtnerhaus zu wohnen.«

»Ach, Sir«, stammelte Yvy und brach ab. Der Meister beugte sich vor und legte ihr die Hand auf den Kopf. »Natürlich wollen Sie gehen«, sagte er. »Ihr Mann hatte ja kaum Zeit, Sie in Ihrem neuen Kleid zu bewundern. Haben Sie ihm keinen Kuß zu geben?«

sagte er und küßte sie. »Dann geben Sie ihm meinen. Weinen Sie nicht, Sie sind eine gute Frau. Gehen Sie und heilen Sie diesen Mann. Wir werden einander wiedersehen.«

»Was hat dieses Quietschen und Pfeifen zu bedeuten?« sagte MacPhee irritiert. »Hoffentlich sind die Schweine nicht ausgebrochen. Denn ich sage Ihnen, es ist schon so mehr Trubel und Unruhe im Haus, als ich ertragen kann.«

»Ich glaube, es sind Igel«, sagte Grace Ironwood.

»Igel halten jetzt Winterschlaf«, erwiderte Jane. »Und ich glaube, das Geräusch ist irgendwo im Haus.«

»Still!« sagte der Meister, und alle verhielten sich ruhig. Sein Gesicht entspannte sich zu einem Lächeln. »Es sind meine Freunde hinter der Vertäfelung«, sagte er. »Auch dort wird gefeiert:

*So geht es im Schnützepützhäusel,
da singen und tanzen die Mäusel.«*

»Ich denke«, sagte MacPhee trocken, während er die Schnupftabaksdose unter dem aschgrauen und ein wenig mönchisch aussehenden Gewand hervorzog, das die anderen ihm gegen sein eigenes Urteil als passend aufgedrängt hatten, »ich denke, wir dürfen uns glücklich schätzen, daß keine Giraffen, Nilpferde, Elefanten und dergleichen es für richtig gehalten haben, hier... allmächtiger Gott, was ist *das*?« Denn als er sprach, kam ein dicker grauer Schlauch zwischen den Vorhängen hervor, schob sich über MacPhees Schulter und nahm ohne Umstände den Obstkorb vom Tisch.

»In drei Teufels Namen, wo kommen all die Viecher her?« rief MacPhee bestürzt.

»Es sind die befreiten Gefangenen aus Belbury«, antwortete der Meister. »Perelandra ist um uns, und der Mensch ist nicht länger isoliert. Wir sind jetzt, wie wir sein sollten – zwischen den Engeln, die unsere älteren Brüder sind, und den Tieren, die unsere jüngeren Brüder und Spielgefährten sind.«

Was immer MacPhee entgegnen wollte, ging in einem ohrenbetäubenden Quietschen und Trompeten unter.

»Elefanten! Und gleich zwei!« sagte Jane mit schwacher Stimme. »Oh, der Sellerie! Und die Rosenbeete!«

»Wie hell es draußen ist«, sagte Grace Ironwood andächtig. »Heller als Mondschein; heller beinahe als der Tag. Eine große Lichtkuppel steht über dem ganzen Garten. Sehen Sie nur! Die Elefanten tanzen. Wie hoch sie ihre Füße heben, und sie gehen immer im Kreis herum. Es ist wie ein Menuett von Riesen. Sie sind nicht wie die anderen Tiere, sie sind mehr wie gute Dämonen.«

MacPhee stand auf. »Ich glaube, ich gehe jetzt in mein Büro hinunter und kümmere mich um die Rechnungen«, sagte er. »Es ist besser, ich schließe mich dort ein, ehe Krokodile und Känguruhs sich auf meinem Schreibtisch und in meinen Akten paaren. Wenigstens einer sollte in dieser Nacht einen klaren Kopf bewahren, denn Sie sind doch alle glatt übergeschnappt. Meine Damen, ich wünsche allenthalben eine gute Nacht.«

»Leben Sie wohl, MacPhee«, sagte Ransom.

»Nein, nein«, wehrte MacPhee ab, trat einen Schritt zurück und streckte zugleich seine Hand aus. »Sie werden mir keinen von Ihren Segen geben. Sollte ich mich jemals für Religion erwärmen, dann wird sie nicht von Ihrer Art sein. Aber hier ist meine Hand. Was wir zusammen erlebt haben... aber lassen wir das. Und ich muß Ihnen noch was sagen, Doktor Ransom: Mit all Ihren Fehlern (und niemand kennt sie besser als ich) sind Sie im großen und ganzen der beste Mensch, den ich je gekannt habe. Sie sind... Sie und ich... aber die Damen weinen schon. Ich weiß wirklich nicht, was ich noch sagen wollte. Es wird besser sein, wenn ich jetzt gehe. Warum sollte man es hinauszögern? Gott segne Sie, Doktor Ransom. Meine Damen, ich wünsche Ihnen eine gute Nacht.«

Öffnen Sie alle Fenster«, sagte Ransom.

»Das Fahrzeug, in dem ich reisen muß, ist nun schon im Luftraum dieser Welt.«

»Es wird mit jeder Minute heller«, sagte Denniston.

»Können wir bis zum Ende bei Ihnen bleiben?« fragte Jane.

Ransom schüttelte den Kopf. »Sie sollten nicht bis dahin bleiben.«

»Warum nicht, Sir?«

»Sie werden erwartet.«

»Ich?«

»Ja. Ihr Mann erwartet Sie im Pförtnerhaus. Es war Ihr eigenes Schlafzimmer, das Sie bereiteten. Sollten Sie nicht zu ihm gehen?«

»Muß das jetzt sein?«

»Wenn Sie mir die Entscheidung überlassen, dann würde ich Sie jetzt fortschicken.«

»Dann werde ich gehen, Sir. Aber... aber bin ich ein Bär, oder ein Igel?«

»Mehr. Aber nicht weniger. Gehen Sie in Gehorsam, und Sie werden Liebe finden. Sie werden keine Träume mehr haben. Haben Sie statt dessen Kinder. Urendi Maleldil.«

Lange bevor er St. Anne erreichte, bemerkte Mark, daß entweder er selbst oder die Welt um ihn her in einen sehr seltsamen Zustand geriet. Die Wanderung dauerte länger, als er angenommen hatte, doch mochte das an den unfreiwilligen Umwegen liegen, die er aus mangelnder Ortskenntnis machte. Viel schwieriger waren der schreckliche Lichtschein im Westen über Edgestow und die Erdstöße und Erschütterungen des Bodens zu erklären. Dann kamen die plötzliche Wärme und die Gießbäche des Schmelzwassers von den Hügeln. Alles hüllte sich in Dunst; und dann, als die Lichterscheinungen im Westen verschwanden, schimmerte an anderer Stelle diffuse Helligkeit durch diesen Dunst – über ihm, als ruhe das Licht auf St. Anne. Und die ganze Zeit über hatte er den seltsamen Eindruck, als ob Wesen von sehr verschiedener Form und Größe im Nebel an ihm vorüberglitten – er hielt sie für Tiere. Vielleicht war es alles ein Traum; oder vielleicht war es der Weltuntergang; oder vielleicht war er tot. Aber trotz aller Rätsel, die ihm diese Beobachtungen aufgaben, fühlte er sich merkwürdigerweise außerordentlich wohl. Sein Bewußtsein war voller Sorge und Unbehagen, doch was seinen Körper anging – Gesundheit und Jugend und Sehnsucht schienen ihn mit magischer Gewalt zu dem diesigen Licht auf dem Hügel zu ziehen. Er zweifelte keinen Augenblick daran, daß er weitergehen mußte.

Seine Gedanken waren aufgewühlt. Er wußte, daß er mit Jane zusammentreffen würde, und in ihm begann sich etwas zu vollziehen, das ihm schon viel eher hätte geschehen sollen. Durch die gleiche sachliche Einstellung zur Liebe, die in Jane die Opferbereitschaft der Frau unterdrückt hatte, war auch in ihm zur Zeit seiner Werbung die Opferbereitschaft des Liebenden unterdrückt worden. Oder wenn in einem einsichtigen Augenblick jemals ein Empfinden für eine Schönheit in ihm gewesen war, die für den Gebrauch zu reich und für die Erde zu wertvoll ist, hatte er es abgeschüttelt. Falsche Theorien, prosaisch und bestechend zugleich, hatten ihm solche Stimmungen muffig, altmodisch und wirklichkeitsfremd erscheinen lassen. Nun, nachdem ihm jede Gunst gewährt worden war, überkamen ihn verspätet unerwartete Zweifel. Er versuchte sie abzuschütteln. Schließlich waren sie verheiratet, nicht wahr? Und sie waren vernünftige, moderne Menschen. Was könnte natürlicher und normaler sein?

Aber dann drängten sich gewisse Augenblicke unangenehmen Versagens in den Vordergrund seines Bewußtseins. In seinem kurzen Eheleben mit Jane war er oft verdrießlich über etwas gewesen, das er Janes ›Launen‹ genannt hatte. Diesmal nun dachte er an seine eigene unbeholfene Zudringlichkeit, und der Gedanke wollte sich nicht verdrängen lassen. Stück für Stück enthüllte sich seiner eigenen widerwilligen Inspektion der ganze einfühlungsarme Tölpel, der er war; der rohe männliche Lümmel mit genagelten Stiefeln und Beefsteakkinn, der gefühllos hineintrampelte und herumstampfte, wo große Liebhaber, Poeten oder andere Männer mit Sensibilität und ritterlichem Empfinden nicht gewagt hätten, den Fuß zu setzen. Er sah Janes Haut vor sich, so glatt und weiß (jedenfalls stellte er sie sich in diesem Augenblick so vor), daß der Kuß eines Kindes Spuren darauf hinterlassen würde. Ihre Musik, ihre Unverletzlichkeit, die Grazie ihrer Bewegungen... wie hatte er es nur wagen können? Und noch dazu ohne das Bewußtsein, etwas zu wagen, gedankenlos gleichgültig, in sorgloser Dummheit! Die Gedanken, die von einem Augenblick zum andern über ihr Gesicht gingen, allesamt jenseits seiner Reichweite, bildeten eine Hecke um sie, die zu durchbrechen er niemals hätte die Kühnheit haben sollen. Ja, natürlich war sie es gewesen, die ihm erlaubt hatte, sie zu durchschreiten, vielleicht aus mißverstehendem Mitleid. Und er hatte diesen edlen Irrtum in ihrer Einschätzung niederträchtig ausgenützt; hatte sich benommen, als ob er in jenem eingezäunten Garten zu Hause und sogar sein rechtmäßiger Besitzer wäre.

Dies alles quälte ihn jetzt, denn es kam zu spät. Er entdeckte die Hecke, nachdem er die Rose gepflückt hatte, und nicht nur gepflückt, sondern in Stücke gerissen und mit ungeschickten, gierigen Fingern zerdrückt.

Wie hatte er es nur wagen können? Es war unverzeihlich. Er begriff jetzt, wie er sich in den Augen ihrer Freunde und Gesinnungsgenossen ausnehmen mußte, und ihm wurde heiß vor Scham, als er daran dachte.

Das Wort ›Dame‹ hatte es in seinem Wortschatz nicht gegeben, es sei denn als eine leere Form oder im Spott. Er hatte zu früh gelacht.

Nun, er würde sie freigeben. Sie würde froh sein, ihn loszuwerden, und mit Recht. Er war ein Eindringling, den sie versehentlich in ihr Leben eingelassen hatte, und nun, da sie ihren Irrtum erkannt hatte, konnte es sie nur begrüßen, wenn er sich davonmachte. Was er ihre Kälte genannt hatte, schien jetzt ihre Geduld zu sein. Die Erinnerung daran brannte, denn nun liebte er sie. Aber es war alles verpfuscht; zu spät, um noch etwas zu retten.

Plötzlich wurde das diffuse Licht heller, verfärbte sich und verdichtete sich zu einer fast körperlich sichtbaren Erscheinung. Mark blickte auf und sah mit nicht geringer Bestürzung eine Frauenerscheinung bei einer Türöffnung in einer Mauer stehen. Es war nicht Jane, nicht wie Jane. Diese Frau war größer, beinahe riesenhaft. Sie war nicht menschlich, obgleich sie wie eine übernatürlich große Frau aussah, zum Teil nackt, zum Teil in ein flammenfarbenes Gewand gehüllt. Sie strahlte Licht aus, und das Gesicht war von rätselhafter, unbarmherziger und – wie er dachte – unmenschlicher Schönheit. Die Erscheinung öffnete ihm die Tür. Er wagte sich nicht zu widersetzen, und mit dem Gedanken, daß er gestorben sein müsse, trat er durch die Maueröffnung. Trat ein und fand sich in einem Raum köstlicher Wohlgerüche und heller Kaminfeuer, mit Speisen und Wein und einem üppigen Bett.

Und Jane verließ das große Haus mit dem Segen des Meisters und seinen Worten im Ohr und ging in das flüssige Licht und die übernatürliche Wärme des Gartens und über den nassen Rasen (Vögel waren überall) und vorbei am Gewächshaus und dem Schweinestall, die ganze Zeit abwärts, hinunter zum Pförtnerhaus und die Stufen der Demut hinab. Zuerst dachte sie an den Meister, dann dachte sie an Maleldil. Dann dachte sie an ihren Gehorsam, und das Setzen eines jeden Fußes vor den anderen wurde zu einer Art Opferzeremonie. Und sie dachte an Kinder und an Schmerz und Tod. Und nun war sie den halben Weg zum Pförtnerhaus gegangen und dachte an Mark und an alle seine Leiden. Als sie das kleine Haus erreichte, war sie überrascht, es dunkel und die Tür verschlossen zu finden. Als sie vor dem Eingang stand, eine Hand auf der Klinke, kam ihr ein neuer Gedanke. Wie, wenn Mark sie nicht wollte – nicht nur heute, sondern überhaupt nicht mehr und in keiner Beziehung? Wie, wenn Mark gar nicht hier wäre? Der Gedanke riß eine große Kluft in ihr Bewußtsein – von Erleichterung oder von Enttäuschung, konnte niemand sagen. Noch immer drückte sie die Klinke nicht nieder. Dann bemerkte sie, daß das Schlafzimmerfenster offenstand. Kleider waren so achtlos über einen Stuhl beim Fenster geworfen, daß sie halb über den Fenstersims hingen, der Ärmel eines Hemdes – es war eins von Marks Hemden – hing sogar über die äußere Mauer herab. Und das bei dieser feuchten Luft. Das sah Mark ähnlich! Offensichtlich war es höchste Zeit, daß sie hineinging.